JN055390

バリー・アンズワースの『聖なる渇望』ほど想像力にあふれて読者をとらえて放さない形式で、奴隷制と大西洋航路の奴隷船という歴史的現実に近い例を示してくれるものを私は思いつくことができない。本書は歴史上のあの驚くべき出来事に私たちの目を開かせるという意味で、尊いものであり続けるだろう。

ヨーク大学歴史学名誉教授　ジェームズ・ウォルヴィン

大西洋奴隷貿易は、人類史上、最も凄惨な人間性への冒涜であった。それは、犠牲となった奴隷たちばかりか、奴隷商人の心理にも、大きな爪痕を残した。二〇世紀末以来、奴隷制度や奴隷貿易の歴史研究はすすんだが、奴隷商人の側の心性の動向をヴィヴィドに描き出した本書には、史料に制約されがちな歴史学にはない新鮮な魅力がある。

大阪大学名誉教授　川北　稔

SACRED HUNGER

Barry Unsworth

聖なる渇望 I

バリー・アンズワース
小林克彦
二村宮國 訳

至誠堂書店

SACRED HUNGER

by

BARRY UNSWORTH

装丁デザイン　原 宗男
カバー／奴隷船の図面より（1823年頃）

ジョン、マデレン、フィーリクス・リースへ、愛を込めて。

スウェーデンに六か月間滞在するための助成金を認めてくださったブリティッシュ・カウンシルと、惜しみない援助を与えてくださったルンド大学英文科および図書館の親切なスタッフの方々に心から感謝いたします。本書を執筆するにあたって、下調べをルンド大学で行うことができました。

深い森に抱かれた安らかな世界、
大海原に浮かぶ幸福の島……

アレグザンダー・ポープ

第一巻　一七五二—五三年

第一巻　目次

〔　〕は訳注

第二巻　目次

主な登場人物

第一巻

ウィリアム・ケンプ　リヴァプールの商人、綿取引で市況を読み違え、多額の借金を負う。奴隷船「リヴァプール・マーチャント号」を建造し、奴隷貿易に起死回生をかける。

エリザベス・ケンプ　ウィリアムの妻、健康がすぐれず、生気を欠いている。

イラズマス・ケンプ　ウィリアムとエリザベスの一人息子、父親の事業を手伝う。幼なじみのセーラ・ウォルパートに求婚する。八歳のときのある出来事から、従兄のマシュー・パリスを憎む。

マシュー・パリス　ノリッジで開業医をしていたが、地球の年齢に関する論文を出版したことから有罪となる。服役中に、妊娠していた妻を亡くす。叔父ウィリアムの誘いに応じて、リヴァプール・マーチャント号に船医として乗船する。

ウォルパート　リヴァプールの商人、ウィリアム・ケンプとは古い付き合い。

チャールズ・ウォルパート　ウォルパートの長男、イラズマスの幼なじみ。

セーラ・ウォルパート　チャールズの妹、イラズマスに求婚される。

〈リヴァプール・マーチャント号の乗組員〉

ソール・サーソ　船長、奴隷貿易のベテラン。船主の利益を最優先する。

ジェイムズ・バートン　一等航海士、権力の所在を嗅ぎ付けることに長ける。

マシュー・パリス　船医

ジャック・シモンズ　二等航海士

ヘインズ　甲板長

ジャック・バーバー　大工

デイヴィス　樽職人

ジョンソン　砲手

モーガン　コック

リビー　片目の平水夫、ロンドン出身。

ウィリアム（ビリー）・ブレア　平水夫、タインサイド出身。

マイケル・サリヴァン　平水夫で、バイオリン弾き、アイルランド出身。
ダニエル（ダンル）・キャリー　知的障害をもつ新米の平水夫。
ディーキン　平水夫、海軍からの脱走兵、デヴォン出身。
キャヴァナ　平水夫、ウェールズ出身。
ヒューズ　平水夫、人間嫌いで、いつもマストに登っている。
ジェイムズ・ウィルソン　平水夫、ヨークシャー出身。
マックギャン　平水夫、スコットランド出身。
ブライス　平水夫
タプリー　平水夫
トマス・トルー　平水夫
エヴァンズ　平水夫
チャーリー　キャビンボーイ
リーズ　平水夫、パルマス岬から乗船。
リマー　平水夫、パルマス岬から乗船。

〈シャーブロ川流域の奴隷商人ほか〉
イエロー・ヘンリー　地元のムラートの奴隷商人
タッカー　地元の有力なムラートの奴隷商人
オーエン　イングランド出身の零細奴隷商人
ジミー　通訳としてリヴァプール・マーチャント号に乗船、ハウサ族出身。

〈アフリカ貿易商会社のパルマス岬要塞総督ほか〉
総督　着任してから一年目、たえず健康に気をつかう。
カラバンダ師　英国国教会の黒人牧師
デルブラン　放浪の肖像画家、パルマス岬から客としてマーチャント号に乗船。「自由と平等の理論」を水夫たちに説いて回る。

プロローグ

チャールズ・タウンゼンド・メイザーによれば、そのムラート〔白人と黒人の混血〕は、肌が濃い琥珀(こはく)色で白髪混じり、その上、ほとんど目が見えなかった。体は骨と皮ばかりで、話すとき頭を上に向ける癖があった。それは悪くなった両目の水晶体にもっと光を入れようとしているかのようであった。老ムラートはカロライナの大農園で働いていた元奴隷。もう仕事のできる年齢ではなく、大農園から解放され自由の身になっていた。一八三二年の春から夏にかけて毎日、彼はニューオーリンズの町の高台から河岸まで物乞いして回っていた。そして船着き場で給料をもらって船を降りて来る船員たちを待ち受けるのが習わしだった。船員たちは老ムラートを見て哀れみや軽蔑の表情を浮かべた。老ムラートは語り部だった。話を聞く人がいようといまいと構わずに、自分の人生を低い声でぶつぶつと語ったり大声で叫んだりした。

ムラートの奴隷のころの名はルーサー。だが、「おが屑(ソーダスト)」というニックネームがあった。農園で命令に逆らって口答えするルーサーを黙らせるため、奴隷監督が口におが屑をねじ込んだからだ。だから彼の名はルーサー・ソーダスト。しかし、河岸通りにあるバーなどでは、彼はパラダイス・ニガーという名で知られていた。バーの料理の残り物を食べ、有り金はすべて酒に注(つ)ぎ込み、酔いつぶれるまで飲んだ。バーでは彼をエンターテナーとして認めていた。人々は彼にラム酒を買ってやった。彼はこの界(かい)隈(わい)のちょっとした名物男だった。首に掛けた古いハ

ーモニカを吹いたり歌ったりした。歌は農園の歌だ。だが、彼は話す方が多かった。ルーサーは昔から語り部だったらしい。その内容は、リヴァプールの船のことだったり、白人で、その船に船医として乗っていた父親のことだったりした。彼の思い出の中では、いつまでも父は生きていた。少年のころの驚きの世界についてもルーサーは語った。そこでは、太陽がいつもさんさんと輝き、ジャングルのように木が茂った小山があった。雨季に水浸しになったサバンナからは白い鳥の大群が飛び立った。そこの村は白人も黒人も仲良く暮らす別天地だった。

ルーサーは、自分は文字を読むことができると言った。そして――メイザーも証言しているように――アレグザンダー・ポープの詩の断片を口にしたりした。メイザーは時折、寄稿したミシシッピ・リコーダー紙への作品の一つに、ルーサーがポープの詩を吟ずるのを聞いたと書いている。メイザーの寄稿文は後年、まとめて編集され、『古きルイジアナのスケッチ』という題で自費出版された。パラダイス・ニガーに関して今日、入手できる唯一の記録は、この無名本の中の「河岸通りの多彩な人物たち」という章にある。メイザーはニューオーリンズを一時離れ、約一年後、再び戻ったが、パラダイス・ニガーはいなくなり、その後の消息は誰も知らないと書いている。

メイザーは河岸通りに集まって来る多彩な人々の観察を続け、しばしば地下のバーに足を運んだ。そして歳月が経つにつれ、彼自身、多彩で夢想的な人物に変わっていった。一八四一年にジャクソンビルのサナトリウムにいたとき、意識が混濁状態に陥り、死んだ。遺稿集を発刊するため準備を進めていたメイザーの妻は、下層の人々を取り上げた作品は公表しないのが自分の務めと考え、乞食のムラートをテーマにした文章を外した。だからそれは「ビッグ・スーザン」や、女装を趣味とするアンジェロという名のギタリストについての作品などとともに日の目を見ることはなかった。

ルーサーの存在がまったく闇の中に埋もれてしまったと表現すると正確ではないが、実在の人物なのかどうか、はっきりしないとして忘れ去られようとしている。しかし、あいまいな存在とは言うものの、メイザーがニューオーリンズを訪れたころ、ルーサ

ーはニューオーリンズをうろつき回り、人に物をねだり、ほらを吹き、パラダイスについて語っていたことになっている。では、メイザーはルーサーという人物を創作したのだろうか。ルーサーをメイザーが取り上げたのは、まだ、正気のころであって、精神に変調を来たしたのはもっとのちのことである。それにメイザーの作品の中には、ルーサーの語った話の引用がある。メイザーがルーサーの言葉を創作してまで読者にルーサーが実在の人物であったかのように思わせようとしたとは信じ難い。話を創作したとすれば、それはルーサー自身ではないか。だからこそルーサーはあちこちのバーに出入りすることを許されていたのだ。

本書で描いた老ムラート、ルーサー・ソーダストの人物像については私が創作した部分もある。過去の記憶をこね回しているとイメージが膨らみ、フィクションの生地ができてくるものだ。その生地が発酵し膨らみ続けるのは誰しも経験するところだろう。それに私の場合、記憶だけに頼らなければならなかったという事情も人物像の描写に影響している。当時のミシシッピ・リコーダー紙は現存しないし、その綴じ込みはぼろぼろで使用に耐えなくなっている。私が持っていたメイザーの『古きルイジアナのスケッチ』も何年か前に行方不明になった。その後、新しい資料は発掘できていないし、関連資料もない。

だが、老ムラートは私の想像の世界では生きている。今も顔を出し、相変わらず失われた彼の楽園を語っている。そして何かを訴えようとするかのように、目の見えない顔を私に向けるのだ。老ムラートをメイザーのテキストの中によみがえらせることは不可能だが、私の心の中の迷宮の入口には、彼が今も座っている……。

第一部

第一章

ルーサーの言う船とは、リヴァプール・マーチャント号であり、ソール・サーソ船長のことであった。リヴァプール・マーチャント号の船倉には、ルーサーの夢のすべての種が積み込まれていたが、ルーサー自身はその船を見たことがなかった。

リヴァプール・マーチャント号は持ち主の木綿商人に死をもたらした。少なくとも、この商人の息子であるイラズマス・ケンプは、そう信じていた。イラズマスには、リヴァプール・マーチャント号が父を殺した、としか考えられなかった。そうした思い込みは記憶すらゆがめてしまう。悲しみはその特有の倒錯した思いを生み、正確な記憶を誤らせてしまうのだ。失われたものの形は人間の体のように朽ち果てやすい。

あの日、物憂い午後、父はマージー河畔の材木置き場で、自分の死の臭いを嗅いでいた。その日、泥とサフランの色が入り交じった材木置き場で、父はいくぶん不器用に身をかがめ、新しく伐り出されたばかりのマストに使う部材を嗅いでいた。それは防腐剤の匂いでもなければ、神聖な匂いでもなく、自分の死の臭いだったのだ。イラズマスは父の死後、そうした考えにとらわれ続けた。

それは忌まわしい想像だった。イラズマスの別の記憶がさらにその思いを強いものにした。記憶といっても、イラズマスだけが知り得る記憶だった。湿ったおが屑と踏まれた泥の臭い。泥にはおが屑が飛

び散っていた。わずか百ヤードほど離れたマージー河の低湿地から漂ってくる冷たい臭気。ここで生じた臭いではないほかの臭気も混じっていた。しかも、それは別の日に運ばれてきた臭いで、悲しみがもたらしたゆがんだ記憶だった。

　父が匂いを嗅いでいたマストの部材は薄黄色だった。部材は、両側が開いた板屋根の粗末な小屋の台の上に置かれていた。このところ雨が強く降り続き、岸辺の波が泡立つ堤防の斜面の下には、木で道が作られていた。父は、原木の匂いを嗅ぐため顔を近づけた。イラズマスは父のこの芝居染みた仕草に戸惑いを感じた。二十一歳のイラズマスは無口な性格で、大げさな身振りは好きではなかった。それに、このころは、ちょうど彼の感受性が非常に高まっていた時期でもあった。セーラ・ウォルパートを秘（ひそ）かに愛し始めていたのだ。

「最高の代物（しろもの）だ」父のケンプは体を起こし、背筋を伸ばして言った。

「この木は、伐り出されたとき、水分を十分に吸い上げていたのだ。樹液の匂いを嗅げばわかることだ。木がしっかりしているかどうかを見るには、芯の外側の匂いを嗅げばいいのだ。そうだね？　諸君」

　父のケンプは、木材に関しても専門家だった。木はバルト海沿岸から輸入された樅（もみ）の木だった。

「神がマストのためにお作りになった木だよ。樅の木はイングランドでは育ちにくい。イングランド以外の方がよく育つんだ。もっとも、そういう例は多くはないんだが」とケンプは言った。

　周りにいた人々は笑い声を上げた。皆、ケンプをよく知っていた。人々はケンプを材木置き場の辺りでよく見掛けるからだ。ケンプは浅黒い顔を紅潮させ、敏捷に歩き回っていた。服装はだらしがないというよりは無頓着だった。粉を振り掛けていない短い鬘（かつら）をかぶり、長く幅広の外套はいつも前が開いていた。

「こちらに来なさい」父親は、一人離れて立っているイラズマスに声を掛けた。

「ごらん。部材はすべてそろっている。いつでも組み立てられるんだ。マストの軸の、二つの部品もある。底に小さなろうそくの印が見えるだろう。二つは中央のところでホゾを使って繋（つな）ぎ合わせ、あとはボルトでとめるんだ。こちらのとてつもなく大きいのをごらん。何だかわかるかな？　これの厚さといったら……」

彼の話し方は、子供のときに住んでいたランカシャー地方の農村の訛りが今も抜けていない。ランカシャー地方の普通の話し方に比べると温かみがあるが、やや、せっかちにも聞こえた。

ケンプは軸の組み立て方や軸の周りに取り付ける大量の横木の接ぎ方、板の端で前後左右にマストを太くする方法、さらにはマストの周りを大きな鉄製の輪で補強する方法などをイラズマスに語って聞かせた。話を続けていくうちに、そして周りの人々がケンプの言葉にうなずくたびに、ケンプの心の中でマストはますます強いものにできあがり、船は人間の攻撃にも悪天候の暴力にも耐え得るものになっていった。船足は速い。注ぎ込んだ資金に対して十分な利益を約束してくれるように思われる。資金を回収して利益を上げる——それがどれだけ切実な問題か、ケンプだけが知っていた。

そうとも知らず、イラズマスは退屈していた。気分も落ち着かなかった。ケンプは目下の者たちとごく自然に親しくできるのだが、イラズマスにはそれができないからだった。時がくれば退屈したことを後悔するだろう。そして、不滅の船を造ることに情熱を燃やす父を理解できなかったことを後悔するに違いない。

確かに明らかな兆候はいくつも表れていた。ケンプは忙しい身だった。しかし、週に二、三回は暇を見つけて街中の自宅から、時にはオールド・プール・ドックの仕事場からマージー河の河岸にあるディクソン造船所に馬でやって来た。ここでケンプの船が造られていたのだ。ケンプは造船所を歩き回り、船大工たちと雑談したりしながら時を過ごすのだった。彼は無一文から出発した男で、今や資産家になっていたが、人に好かれたいという願望は相変わらずだったし、物知りだと思われたい気持ちも昔と変わらなかった。船を造るために人を使い、神の息の長い加護によって船台で自分の船が日ごとにできあがっていくのを見守りながら満足感に浸っていた。

その船は特に変わった特徴があるわけではなかった。船の造り方は昔と変わらなかった。材料には木を用い、マストと帆桁には亜麻の粗布でできた帆が張られた。麻でできた索具が、それらを支えた。風を受け、その力で船は走った。仮にコロンブスのような昔の船乗りが、この時代の船に乗り込んだとしても戸惑いは感じなかっただろう。それでもリヴァプールで造られる船には、いくつか共通する特徴があった。船尾が高く造られ、後甲板には回転砲が据え付けられていた。このため奴隷が反乱を起こしたときには、鎮圧のため簡単に、当時の言い方では「首尾良く」下の甲板中央部に砲を向けることができた。船は横梁が長く、幅広で、船倉の深さは十分にあった。手すりは厚くなっており、奴隷たちが逃亡を図って死のジャンプを試みることも難しかった。

　リヴァプール・マーチャント号もほかの船と特に変わったところはなかった。リヴァプール・マーチャント号はどんな目的の船なのか。それはほとんど、建造が始まった最初から、竜骨の形や不気味な肋材などを見れば明らかだった。大西洋貿易のために建造されるリヴァプールの二本マスト、ブリッグ式帆装のスノー型帆船だった。ケンプは生まれつきの楽天家であった。山のような借金の重圧によって、夢はかえって非合理なまでに膨れ上がっていった。彼の船に懸(か)ける期待は単なるビジネスの域を越えるものがあった。

　ケンプは血行が良く整った顔立ちをしていた。色黒で、眉は一文字、大きく見開いた黒い目は輝き、何事にも意欲的なケンプの仕草は、概して感情を表に出さない彼の知人たちのジョークの的となっていたが、それはあくまでも内輪の話だった。というのも、当時、世間が知る限りでは、ケンプは事業に成功した金持ちだったからだ。彼自身、富を他人に誇示することをためらわなかった。彼の石造りの邸宅は町の主だった商人たちの家が並ぶレッド・クロス街にあった。彼の馬車にはお仕着せを着た御者が付き、妻は高価な装いをしていた。しかし、その表情には生気がなかった。物事に積極的で動作も敏捷な夫と、苦虫を噛みつぶしたようなしかめっ面の息子が、二人して彼女の生気を奪っているようにさえ見えた。

　父と息子は、すき間風の入り込む小屋で、立って見つめ合っていた。傍らには、今なお樹液が流れ出ているマストの部材が置かれている。その場の二人は別々のことを考えていたが、整った顔と黒い目は同じだった。大きく見開いた輝く目は、いくぶんまぶしげで、ともに極端に走る性格を表していた。

「この船を造るのには千本ものオークの木を使うんだ」ケンプは満足そうに言った。

「オークの芯の部分がしっかりしているかどうか、見分け方を知っているかな？　木目を見て乾いた木髄がその中に見つかったときは危ない。木が腐っている証拠だ。そいつを見分けなくてはならないんだ。見分け方をよく知っているこの人たちに聞くんだな。もっとも、人間を見分けるときには同じようにはできないだろうがね。そうだろう？　諸君」

　彼はへりくだったものの言い方をするときでも魅力的だった。彼にはどこか、人を引きつけるところがあった。だが、それですべて物事が順調にいったわけではなかった。ケンプの魅力をもってしても屋根裏の帆布職人の仕事場を訪ねたときはうまくいかなかった。

　イラズマスはそれが、どのくらい日時が経ってからのことだったのか、ついに思い出すことができなかった。いや、実際、それがあとのことだったのかどうかすらはっきりしなかった。彼のそのころの記憶は、時を追ってつながっているわけではなかった。

しかし彼は、長い窓から射し込む光が溢れんばかりの大きな四角い仕事場で、自分が過剰な光を浴びたときの雰囲気を覚えていた。それは灰色の河に反射してこの屋根裏まで上がってきた厳しいが豊かな光だった。室内の人の顔や手、床のほこりっぽい板、低いベンチ、中央部に置かれた帆を掛けるための索具やロープの掛かったタール塗りの柱、至るところに光が降り注いでいた。この光景の中で、横棒が一本浮かび上がった。その上には、四角い薄い帆布が掛けてあった。

　三人の男がスツールに座っていた。彼らは膝（ひざ）の上にキャンバスを広げていた。二人は渡り職人で、一人が帆布職人の親方だった。親方は青白い顔で髪が薄かった。ケンプはこの男に向かって温かみのあるごく自然な態度で話し掛けた。

「やあ、君、仕事の進み具合はどうかね？」

　ケンプが入って来たのを見て二人の渡り職人は、仕事中のキャンバスを膝でしっかり抱え込みながら立ち上がった。親方は、ちらっと目を上げたものの、すぐにまた針を動かし始めた。

「予定通りで、心配いりませんよ」と親方は答えた。

イラズマスは、男が立ち上がらず、返事をする際も「ケンプさん」と尊敬を込めた言い方をしなかったこと、つまり男は、はっきりとは言わないが、その態度でケンプへの不満を示していることに気づいた。この男はやや過激な考え方の無神論者に違いない。造船所地帯にはこの手の男たちが大勢いる。イラズマスは言った。

「帆布の仕事に専念したまえ。それが一番だ。予定の心配は会社の連中がする」

親方は答えなかった。彼は、糸を通した小さな鉄製の鉤針（かぎばり）を使って帆布の縁を付けるために、キャンバス地の余り布を帆布に縫い合わせていた。イラズマスは父親に言った。

「この人の仕事を邪魔しない方がいいですよ」

しかし、ケンプを思いとどまらせることはできなかった。

「きっと、頑丈な帆を作ってくれるだろう。そうだね」

「最高の麻布ですよ」

親方はこう言ったが、その手はほとんど休めなかった。ケンプは少し間（ま）を置いたあと、若干当惑したように息子の方を向いた。そして意識的に力を込めて言った。

「これらの布地は一枚一枚裁断するんだ。マストやヤードの大きさにもよるが、縦と横を切り詰めて帆布にする。そのためにはしっかりした目が必要だ。請け合ってもいいな。出来の悪い帆は船に不幸をもたらす。船のそのほかの部分がどんなに頑丈にできていてもそうなんだ。こちらは今、帆の端にぐるりと裏を付けているんだ」

「周りを全部というわけじゃないんですがね」親方は頑なに顔を上げようとせずに言った。「横帆の縦縁だけはやります」

「今、そう説明しようと思っていたんだ」ケンプは鋭く遮（さえぎ）った。彼は話の途中で人が口をはさむのを好まなかった。

親方は少しも表情を変えなかった。ただ、縫う手を休めて言った。

「そうですか。ええ、縦縁はやります。横帆の中央部もやる者もいますがね。横帆の裾（すそ）の中央部全部を裏付けする者もいれば、三角帆（ステイスル）の一番上の縦縁の部分を裏付けする者もいるんですよ。その方がいいですか、旦那」

「いや」と言って、ケンプは暗い顔をした。彼は自分が知らないということを認めなかった。それは彼にとって敗北を意味した。

「私は常識的なやり方でいい」とケンプは言った。

「やり方はいろいろあるんですよ、旦那。ちょっと伺いますが、縦帆の縁に裏地を前後方向に付けるのはどうやるんですかね？」

　イラズマスは、この陰険で物知り顔の男に対する怒りで顔が赤くなるのを感じた。この男は父をわざと困らせようとしているのだ。彼は父を愛していたが、こんなことにこだわる父も悪いと思った。こんな男を相手にすべきではない。すぐ立ち去るべきだ。でなければ、男の椅子を蹴飛ばしてやればいいのだ。

　イラズマスは窓に歩み寄り室内に背を向けて立った。そして、水面（みなも）にかすかな明かりがきらきらする、スレート屋根のような灰色をしたマージー河の向こう側のリヴァプール港に錨を下ろしている船のマストを見つめた。カモメが上空を旋回していた。カモメの羽毛はどんより曇った空を背景に鉛色で、空中を鉛の弾丸のように猛烈な速さで飛んで行く。彼の目にはそのように映った。この偶然の一致、判断の正しさに、イラズマスは強く心を動かされ、怒りは収まった。このことをあとで書き残そうと思った。彼は恋をしていることから、詩を書かないまでも記録に残したいと考えていた。記録に残すことが自分にとって宿命のように思われた。そのとき、彼女が今そこにいる、と思った。自分が立っている場所から五マイルも離れていないところに。

　セーラ・ウォルパートに恋をしてからというもの、イラズマスの心の中ではセーラの姿が、潮の満ち引きのように浮かんだり消えたりした。そしていつでもその姿を思い浮かべ、心を満たすことができるようになった。心の中にセーラのもとへ行く水路ができあがっていた。イラズマスは、その水路をすぐに思い浮かべることができた。セーラの姿を思い浮かべるだけで胸がどきどきし、痛いほどだ。飛び込んでくる完璧な姿。透（す）き通る白い肌。手のわずかな仕草。目を伏せたときのまぶた。ドレスの中を想像すると……。

　イラズマスはセーラを小さいときから知っていた。二人の父親は古くからの知り合いで、一緒に事業をしたこともあった。しかし、セーラについて本当に知ったのはわずか十日前で、イラズマスよりほんの数か月年下のセーラの兄チャールズが成年に達した祝いの日のことだった。その日、イラズマスはウォルパート家に行くことにあまり気乗りしなかった。人が集まる場所に行くと落ち着かないからだ。パーティーに参加して他愛ないおしゃべりをするのも好きではなかった。彼は愛想がなく、強情だった。しかし、その夜、神の恵みによってイラズマスの目は開かれた。この突然の出会いのときまで、イラズマスはセーラを子供っぽく、気取っていると思っていた。セーラも確かに彼の視線に気づいたに違いない。彼の方にちらっと目を向けたのだ。しかし、同時に、ほかの男たちにも目をやっていた……。

　イラズマスは思い直して、苦痛をともなう忍耐を必要としたものの、その夜の出来事を再び継ぎ合わせ始めた。ランプの灯り、むき出しの両腕、高くなったり低くなったりする声、絹の擦れる音。奇跡の透かし細工だ。再び、彼の心は彼女への想いで溢れた。

　イラズマスはなお続いている声を聞きながら室内に背を向け続けた。どこか目に見えない雲の切れ間から射す赤い太陽光線が遠く水面に映っている。足元では潮が陰うつにさえない音を立てている。冬にも氷結しないこの河沿いには造船所がいくつかあり、リヴァプールの船はここで建造されるのだ。ケンプ家の船もその一つだった。まだ骨格はできていない。竜骨の背骨ができた程度である。だが、船の完成を心待ちにする父の頭の中では船はすでに完成し、荷を積み、南への航海に出発しているのだ。イラズマスはそんな父に強い愛情を感じた。それは自分でも驚くほどだった。竜骨を見るだけで完成した船を思い描くほどの父の思い入れ。イラズマスにはそのような情熱はなかった。彼にとっては現在の問題をしっかりつかみ取ることの方がはるかに大切だったのだ。父と自分の、船に対する思いが違っていると感じたイラズマスは最近、悲しみのこもった複雑な気持ちを抱くようになっていた。その悲しみは自分自身に向けられたものか、父に対する思いか、彼自身にもわからなかったのだが……。

　イラズマスは室内を振り向いた。仕事場は静まり返っていた。話はついたのだ。父の赤らんだ顔は落ち着きを取り戻していた。ケンプは親方の方は見ていなかった。横棒に掛けられているキャンバス地の帆布が、外から入り込んでくる空気の流れによって少し揺れ動いているのに気づいた。記憶は経験に強く左右されるが、それは常に、いろいろな要因の気まぐれな組み合わせによってそうなるのだ。この光に溢れた仕事場の、油の塗られたキャンバス地の帆布や生麻(きあさ)、タールの匂いがする中で、わずかに揺れ動く帆布の縁と、セーラ・ウォルパートと父に対するイラズマスの思いが新たに強く結び付いた。

第二章

それから夕食のパーティーがあった。暖炉とろうそくの光の中で、父の予言者のような目がきらめき、熱の入った話とワインのせいでほてった顔が灰色の鬘(かつら)の下で紅潮していた。部材の匂いを嗅いでいた男、製帆場で虚勢を張っていた男にはとても見えなかった。あの晩、父のよどみない話を聞いていた者の中に、従兄(いとこ)のマシュー・パリスがいた。イラズマスの心に鮮明に焼き付いていたのは、この従兄の到着とその場に立ちはだかるような彼の姿だった。パリスは——もちろんほかの客は知らなかったが——近ごろ釈放されたばかりだった。ノーフォーク州の浜辺でのある出来事のために、イラズマスはこの従兄を八歳のときから嫌っていた。パリスはリヴァプール・マーチャント号の船医になる予定だった。

婦人たちは、イラズマスの母を先頭にテーブルを去った。母は男たちの大きな声と酒臭い息から逃れるために、いつもさっさと——といってもふだんの物憂げな動作が許す限りではあったが——席を立つのだった。

婦人たちが立ち去ると、男たちの声はますます大きくなった。光が、獣足の付いた長いサイド・ボードに揺らめきかけ、その扉の重厚な真鍮(しんちゅう)の留め金やグラスやデカンタ、また、母方の祖母の所持品であった銀の三つ又燭台に戯れかけていた。イラズマスは子供のころから、これらの品々や暖炉の上の金めっきが施されたマホガニー製の時計、紫の絹のしおりが付いた大きな聖書を抱える黒檀(こくたん)作りのカラスの本立てとともに育ってきた。それらは、記憶する限り遠い昔から、いささかの疑念、不安を感じさせることない父の声と同様、なじみある物だった。

父の声はいつも通り自信に溢れ、暖炉の赤みがかった炎とろうそくの淡い炎が、アフリカ貿易から生じる利益についての、父の見解に賛同するように踊っていた。興奮したその声は時折、急に上がり調子になって、まさにこのキリスト歴一七五二年ほど絶好の年、幸先の良い年はないと招待客たちに力説していた。

「戦争も終わった。王立アフリカ会社も、特許状とそれにともなう独占権を失った。ロンドンのあの悪党共に手数料を払わずにアフリカで取引ができる今こそ……」

パリスは招待客の間で黙っていた。ほとんど一言（ひとこと）もしゃべらなかった。にもかかわらず、その場の誰よりも大きく存在感があった。物陰にいたが、拳（こぶし）の大きな両手、不格好な体付き、長く青白い顔でどっしりとしていた。彼の恥辱と不面目な過去が生み出す独得な雰囲気もその存在感を強めていた。

「アフリカ貿易の前途は洋々としている。いいかね、諸君。前途洋々だ。植民地の人口は、年ごとに、いや、月ごとに増加している。入植が進めば進むほど、ニグロが必要となる。早い者勝ちなんだ。そこでそれを引き受けるのに地の利を得ているのは誰かということになる。ロンドンは尻にテムズ川をくっつけて、ずっと遠くの場違いな位置にある。ブリストルの物価は我々の二倍だ。よく聞いてもらいたい。たとえ神がその御手（みて）にこのリヴァプールを載せられ、アフリカ貿易のためにはこれをイギリスのどこに置いたらいいか思案されたとしても、結局はここに、この地に戻されるはずだ」

彼は握り拳でテーブルを強くたたいたので、グラスがカタカタと音を立てた。それから反論があれば言うがいいといった顔付きで、ぐるりと客の面々を見回して座った。

「またどうして神はリヴァプールに親切をなさろうとするんだ？」

イラズマスはこの軽率な発言を誰がしたのか、あとになって思い出すことができなかったが、父が不機嫌そうに顔をしかめたのを覚えていた。

「それはもののたとえだ」とケンプは言った。「私はみだりに神の御名（みな）を口にするような男じゃない」

彼はいつもの癖で思慮を欠いて神を冒瀆すること

はあったが、教会には通う敬虔な信徒だった。建造中の自分の船と、黒人を捕まえて売るというリスクの大きな事業のことで頭がいっぱいの今は、なおさら敬虔だった。人々の祈りの多様性が証明するように、神はさまざまな顔を持つ。神の姿はその特定の望みに従って変化する。ケンプは順風と高値に望みを懸けていた。

「いいかね」と彼は言った。「私がここに座っているのが確かなように、リヴァプールの将来は確実にアフリカ貿易に懸かっている。どんなに頭の鈍い者にも明らかなことじゃないか。商品はすべて我々の裏庭にある。綿織物、小間物、マスケット銃、すべて我々が――」

「わしは今まで通りやるさ」と老人が言った。その声は酒のせいで不明瞭でけんか腰だった。ロルフソン翁は、その後間もなく、取引所の階段で卒中に襲われて死ぬが、のちに十万ポンド以上も遺した。その大半は近年の戦争の際、軍への食糧供給で稼いだものだった。

「今まで通りって、一体何をするんだい?」と誰かが聞いた。冗談めいてはいたがとげがなくもなかった。「アイザック、今は平和時なんだ。あんたの契約も切れたんだろう。我らが勇敢な兵士たちも運がいい。きっとあんたの食糧のせいで、連中はフランス軍に殺られたよりも多く殺られたんだろうよ」

これには笑いが起こった。ロルフソンは敵意を見せたが、落ち着いて聞き流した。ロルフソンが再びしゃべろうとすると、右から誰かが割って入った。

「ロルフソンが言っているのはスペインとの取引のことさ。そうだろう、ロルフソン?」

「非合法取引だって?」ケンプはばかにしたように言った。「この都市の命運がたばこの密輸に懸かっているとでも言うのかね? 私の言っているのは何百万ポンドにもなる合法的な交易のことなんだ。これは国の法律によって認められている。アフリカ貿易に携わる商人こそが胸を張っていられるんだ」

のちに貿易業それ自体が一つの美徳となり、資本から生じる見返りが十分祝福されるほど大きなものになると、合法性に訴える必要性はそれほど感じられなくなるが、このテーブルの周りに座っている男たちは、まだその必要性を強く感じていた。ケンプは勝ち誇って自分を主張し、それは異議なく迎えられた。彼は少し間を置いて穏やかに話を続けた。

「今、参入する者が一番いい位置を占めることができる。現在この貿易にかかわっている船は二十隻もあればいいところだ。それが十年後には百隻にはなるはずだ。何といっても、私の仕立屋までが手を出しているんだからね。つい先日も言っていた。七十五人のニグロを西インド諸島に運ぶ三十トンのスループ船株の一割を買ったとね」

「小さい漁船と変わりませんね」こう言ったのはパリスで、会話の中で記憶される彼の貢献はこれだけだった。かなり低音の響く声は、ノーフォーク訛りのうなるような抑揚で和らげられていた。「輪投げの一投げの長さにもなりませんね」と彼は、しばらくして言い足した。信じられないといった口調で、彼が何を問題にしているのか、船の大きさか、それともニグロの数か、イラズマスには、わかりかねた。

　ケンプはイラズマスとはまったく別の受け止め方をしたようだった。「そうとも」とケンプは言った。「それがその船の取り柄だ。十人で操れるんだ。最高の奴隷を一人キングストンの市場で売れば、二十五ポンドの儲けになる。それで十人の水夫の二か月分の給料は優に払える」

　ケンプは笑みを浮かべて、テーブルをぐるりと見回した。「それに砂糖の市場がどうなっているか考えてもらいたい。諸君、未精製の砂糖の値が今、国内市場でいくらになっているかは言うまでもなかろう」彼は手を挙げ、宙に三角形をすばやく書いてみせた。「三つの別個の利益が上がるんだ。アフリカで一つ、ジャマイカで一つ、そして、戻って来てここで一つ。しかも、そのたびに利益が殖える」

　パリスを除いて、テーブルの全員がリヴァプール人だった。黒人を買うためにアフリカに安価な商品を持って行き、次に黒人をアメリカか西インド諸島に運び、そこで売る。その収益でラム酒、たばこ、砂糖を買い、それをイングランドで売る。三角貿易――こう呼ばれているこの貿易を十分理解していない者は一人もいなかった。彼らの大半は製造業者、仲買人あるいは卸売り業者として、ある程度はこの貿易にかかわっていた。

　ケンプが話している内容は彼らがすでに知っていることだった。その点は彼自身、承知していた。ただ、そのころ彼は不安を抱いていた。不安を和らげるために、病人が薬を必要とするように、仲間の同意というつかの間の鎮静剤が必要だった。それを手に入れるためならどんな努力も惜しまなかった。ケンプは晩年冗舌になっていた、とのちに回想する者たちがいた。彼らの言うには、ケンプの弱みがいつも見えていた。自分の目的に引き込み、味方に付けようとして、そのために精力的な視線を周りに投げかけたり、いまいましいフランス人のように両手で身振りをしたりする様子から、ケンプが健全でないことはわかっていた、と。そう彼らは言い触らした。ケンプは自分の計画を黙ってはいられなかったのだ。そういう男は早晩破滅する、と。

　こういった輩（やから）は、他人が落ちぶれるのを見て、また一つ教訓を得たとにやりとする、料簡（りょうけん）の狭い連中だ。父ケンプの死ののち、一時的、イラズマスは彼らとの付き合いの際、父の零落と死が会話に影を落とし話が中断し、連中が押し黙ったり話をそらすのに気づいた。父の名誉を少しでも傷つけるような物言いをする者であれば、どの階級に属する相手であれ、けんかを挑むことも辞さないイラズマスだが、相手の出方はとらえどころがなく、けんかの種にはしにくかった。

　あの晩、具合の悪いことは何一つ起こらなかった。酒が父を雄弁にはしたが、それに問題はなかった。父があのごろつきの老ロルフソンをにらみ倒し、座を圧したことをイラズマスは誇らしく思った。父の言葉はすべて正しいと思った。マシュー・パリスの存在が目障（めざわ）りだったことは間違いない。従兄が前科者で、そんな男と席をともにしなければならないのは不愉快だった。しかし、イラズマスもまた、ずいぶん飲んだ。しかも彼の心を占め、ことによると彼の観察力を鈍らせる原因となった出来事が、その日午前すでに起きていた。その日の午後、彼は意を決してウォルパート館に、表向きはセーラの兄のチャールズに会うために馬を走らせていた。そしてそこで、いつも劇に出るのを嫌がっていたイラズマスだが、訳もわからないうちに、ある劇の配役に加わることになったのだ。

第三章

ノーフォークにいた従兄マシュー・パリスがやっ

て来たのは、イラズマスがその劇に加わることになった日の朝のことだった。この従兄には失敗によるその不名誉の暗い影がつきまとっていた。イラズマスにはそれがどこか不具者の負った傷のように思われた。人は誰でも自分の分をわきまえてさえいれば、そんな不運を引き起こすこともないはずだ。イラズマスの両親は、従兄が約束されていた成功も、妻も失うという不幸にも見舞われたと話していたが、その苦しみさえイラズマスには恥ずべきことのような気がした。あとになって思い出したのだが、イラズマスは、再会の最初から従兄の存在に圧迫感を覚えた。それはまるで夕闇の中の出来事のように思われた。折から船の建造が始まっていたのに、いくつか暗い出来事が重なったことも、そう感じた要因だろう。

「お前の従兄のマシューだ。覚えているかね？」

イラズマスの目に、短髪の鬘の下から特徴のある顔をのぞかせている、背の高い不格好な男が映った。黒い服を着て、牧師のようなリボン状のネクタイをしている。

「いいえ、全然覚えていません」とイラズマスは、まるでその部屋にいない人物のことを話しているかのように、父の方を向いて言った。

「最後に会ったときには、君はまだ小さかったからね」とパリスが言った。「確か僕たちは十歳離れていましたね」

深く柔らかな彼の声は少しかすれていて、不思議によく響いた。

イラズマスは首筋にちくちく刺すような痛みを覚えた。パリスの平然とした態度に驚いたのだ。二人が最後に会ったときパリスは、怒りに震える無力なイラズマスを持ち上げ、波と闘って作り上げようとしていたダムから無理やり引き離し、軽々と何ヤードも離れたところに運んで行ったのだ。そのひどい屈辱的な仕打ち、自分の肉体と意志に対するあの暴力を、イラズマスは十三年前と変わらず鮮明に思い起こした。

「お会いできてうれしく思います。ようこそいらっしゃいました」

そう言いながら顔を背けたイラズマスの目に、ほほ笑みながらうなずく父の姿が映った。父は満足したときいつもそうするのだ。

「またこうしてお会いできてうれしいですね」と頭

を少し下げてパリスは答えた。それから、上機嫌で話す父親と、よそよそしい息子にかわるがわる目をやりながらしばらく無言でいたあと、こう付け加えた。「あれからずいぶん経ちましたね」

パリスは従弟の敵意を感じ取った。突然また、今度の滞在をうまくやり遂げられるか不安になり、できることなら部屋を立ち去りたい衝動に駆られた。父親と息子が同じ高さの目線で自分を同じようにじっと見ている。

「お前には話していなかったんだが」とケンプは息子に切り出した。「いや、それもたった今、はっきり決まったからなんだが、このマシューが船医としてリヴァプール・マーチャント号に乗り組んでくれることになったんだ」

「本当ですか」

自分の身内の者があの船に乗るなどとはイラズマスには思いもよらないことだった。しかも、それがずっと自分が憎んできたこの人物、公安妨害の科で罪に問われて自分たちみんなに不名誉な思いをさせ、憎しみを倍加させたこの男であることなど、考えるだけでも我慢がならなかった。

「そんなことをお考えになっていたなんて、一言もおっしゃらなかったじゃありませんか」とイラズマスは父に言った。

「当てにして、話が壊れてしまってはと思ってのことだよ。何しろ、マシューの資格は抜きん出ているからね。ロンドンのシティーの外科大学で三年間勉強したんだ。それから、ウェストミンスター病院で何とかの助手をしていたんだ。えーっと、あれは何だった？」

「砕石外科の助手です」まじめくさってパリスが答える。「ノリッジで開業医を始める前のことです」

「その上、王立外科薬剤師協会のメンバーときている。いや、だったということだが。『人体大綱』という論文を書いて、確かロンドンのブラッキー・アンド・パタノスター・ロウ二世社から出版されたんだ。そうだったな？」

パリスの業績を列挙し始めると、ケンプの顔が紅潮してきた。資格に勝るものはない。それぞれの項目が、船材に打ち込まれるリベットであり、強力なボルトなのだ。

「ああ、そうだった。マシューはノリッジ主教から内科医の免状をもらって開業して、自分の地所で薬局も開いていたんだ。そうだったな、マシュー？」

「ええ、まあ」

　パリスをよく知る者なら、彼が口ごもった訳も、突然その頰骨(ほお)が突き出た理由もわかっただろう。謙遜するのだ、さもなければ、せめて用心するのだ、と自分に言い聞かせたのだ。だが、こんなふうに自分の業績を数え上げられると、どちらもできなくなってしまうように感じた。叔父の慈悲深い申し出を受け入れるからといって、こんな褒め上げに甘んじなければならないはずはない。確かに業績をこんなふうに商売上の資産項目のように並べ立てるのは少し面白い気はするが。それにしても、思いもかけず、あの聖職者の名が挙がったのには驚いた。彼がパリスの人生をめちゃめちゃにし、挙げ句の果てに、パリスは自らに対する約束すら反古にすることになったのだ。

「確かに主教の署名が入った書類を持っていなければ開業はできません。どうしてなのかは私にはわかりかねますが。なにしろこの人物ときたら、医学については神学以上に何も知らないときているのですからね。署名といえば、私を牢に送る書類にも彼の署名が入っていました。少なくとも監獄のことなら、彼も多少の知識を持っています。ノリッジ監獄の現在の権利者ですからね。いえ、もちろん建物のではありません。それはジョージ国王のものですから。そこから上がる収益の権利者なんです。ご存じの通り、かなりの額になりますからね。人は便宜を得るためなら、監獄の中でもお金を払うものです。ただし金を持っていさえすればの話ですがね。それは外の世界と変わりません」

　しばらく沈黙が続いた。イラズマスは自分の耳を疑った。パリスが監獄のことをこんなに何気なく話すなど、哀れを誘うほどの度し難い悪趣味としか思えない。とんでもないへまをしでかしたこの従兄を助け出してやらなければなるまい。だからこそ、このつまずきから救い出してやろうと、イラズマスは別の話題を探した。

「砕石外科というのは実際のところはどんなものなんです？」

　ようやくイラズマスは別の話題を思いついた。

「膀胱の中にできた結石を切り出す手術のことで

す」

　ゆっくりとよく通る声でパリスは答えた。その顔に悲しげな、片方の目がもう一方より細くなる、少しゆがんだ笑みが浮かんだ。

「お父上が地所とおっしゃったのは、ちっぽけな店のことなんです」そう言いながらパリスは強く否定するように、その大きな手を挙げた。「妻と私は薬屋を開いていて、その二階に住んでいました」

　もちろん、パリスは謙遜のつもりで言ったのだ。しかしイラズマスにとってこの言葉は、自分の望んでいたもの、つまり彼を嫌うことを正当化してくれる理由、いわば公認する理由を与えてくれるものだった。他人に覚える反感は、愛情に似ている。育む要素はさまざまであっても、初めの漠然とした嫌悪感や腹立たしさ、あるいは偏見で終わることはなく、何らかのきっかけによって、いつかは、はっきりとした反感に変わり、それと意識されるようになる。そしてイラズマスの場合、父の熱意をあざ笑うかのような皮肉な言い方をするパリスのゆがんだ笑みがその「きっかけ」を与えたのだ。いったんきっかけさえ与えられれば、あとは自然に流れていく。イラズマスは、一体何の権利があって、施しを受けるこの貧乏な男が、恩人の言葉を正し、自分がどう見られるかについて、偉そうに口出しするのかと考えた。

　しばらくして居間に移り、そこに母親が加わってお茶の時間になった。従兄のひどく不格好な靴にまで、イラズマスは反感を覚えることに気づいた。それは大きな黒靴だった。バックルなどとうに時代遅れになっているのに、目立って大きな四角いバックルが付き、つま先も四角く角張っている。その上、靴は少々きしむような音を立てる。例のリボン状のネクタイと、玄関に掛かっている山の低い黒い帽子は、お呼ばれに着飾った田舎の説教師か貧乏牧師を連想させた。そして、この不格好な靴はその風体にぴったりだった。だが、それは見せかけだけで偽善だ。従兄が獄につながれたのは、聖書を否定したせいだったはずだ。

　この狭い部屋では、パリスが発する力を感じずにはいられなかった。それは物腰がどうこうというのではなく、彼に備わった潜在的な破壊力とでもいうべきもののせいなのだ。不自由な、完全には調整されていないぎこちない動作からもその力は伝わってくる。厚手の黒の上下を着たパリスは、笑みも見せず無表情に、薄青い目と深くしわの刻まれた長い顔を女主人に向けて腰掛け、その話に耳を傾けている。この場違いな感じの男は、狭過ぎるところに閉じ込められたような、また、突然とんでもないことをしでかしかねないような雰囲気を漂わせていた。

ケンプ夫人はのちに打ち明けたところによると、このとき自分の甥が何か壊してしまうのではないかと気が気でならなかったと言う。

「マシューがいる間ずっと私、はらはらしどおしで、本当に落ち着かなかったの」

夫人の声はいつもと同じく、最後の音を出しきる前に今にも消えてしまいそうだった。

ケンプ夫人がお茶の席に加わった部屋は、家の中で彼女が一番気に入っている部屋だった。薄緑のブロケード織りの椅子に、楕円形の小さなテーブルが置かれたその部屋には、外の通りと向こう側の屋敷の玄関がほどほどに見えるよう寒冷紗織りのカーテンが掛かっていた。キャビネットには夫人が母親からもらい受けたティーセットにドレスデン人形、中国の匂い玉の見事なコレクション、それに、丸薬入れなどの大切な品々が入っていた。そして、こうした物すべてが、この甥の手の届くところにあったのだ。

めったに会うこともなかったが、夫人はマシューを気に入っており、姉の息子であるこの青年を関心をもって見守ってきた。彼をよく話題にもした。それがまたイラズマスにはしゃくに障るのだが、プライドからそんなことはおくびにも出さなかった。夫人はこの甥の不幸に対する哀れみの情や悲しみを隠そうと、いかにも大儀そうにみせたり、彼が何か壊すかもしれないと大げさに恐れてみせたりした。いつも自分の感情の誤りをうるさく正す夫や息子と暮らすうちに、彼女はずっと以前からこんなふうに自分の感情を隠してみせる術を覚えたのだ。

「もう最悪の事態も覚悟していましたもの」と、消え入りそうな声で夫人は言った。

そうは言うものの実際にはパリスの手の動きは正確で、華奢なソーサーや小さな取っ手の付いたカップや小さなスプーンの扱いは非の打ちどころがなかった。彼が何かを打ち壊しかねない感じを人に与えるとすれば、それは特にこれといった不器用さが目に付くからというよりも、体を窮屈そうに緊張させているせいだった。おまけに見るからに力も強そうだった。

「あの子のせいで、すっかりくたびれてしまったわ。それに、もちろん監獄を出たばかりってことがわかってますし……」と夫人が言いかけると、ケンプは「それでマシューの破壊力が増すとでも言いたいのかね」と問い掛けた。彼は自分のことを皮肉な目で見ることがまったくないが、その分、妻に対してはひどく皮肉な目で見ることが多かった。

「だって、監獄ではずいぶん押さえ付けられるでしょう」夫人は筋の通った言い方で答えた。「狭いところに閉じ込められていたんですもの。自由な世界に戻ったのだから、あの子が伸び伸び動き回りたいと思っても不思議はないでしょう」

　イラズマスは母のことなど理解したことはなかったが、自分の姉の息子が一家にもたらした恥を、少しも意識していない様子なのにすっかり驚いてしまった。母の話を聞いていると、パリスは何かの病気から回復したばかりなのだと思わされてしまう。

「あの子のことをどうおっしゃっても構いません。でも私はいい子だと思ってますよ。作法ってことをいえば、少なくとも今回は誰かさんよりはずっとよかったんじゃありません？」

　夫人にしては珍しく、この最後の言葉は直接息子への非難を込めたものだった。息子の無愛想さを夫人は見逃していなかったのだ。

　作法といえば、これがまた、パリス自身にとっても驚きだった。自分の心は死んだも同然と思っていた。この地上から消えてしまうことが望みであり、その第一歩として、奴隷船での仕事を引き受けようとしていた。その自分が、椅子の堅さに心地悪い思いをしながら行儀良く座り、こうしてカップを手にし、砂糖入れを手渡しているのである。

　しかし、それが人間の本性なのだ。社交上の儀礼であったはずのものが、いつの間にか現実の感情となることはよくある。パリスは自分の顔のすぐそばにある叔母の顔を見た。その表情に不機嫌さや心気症のしるしが表れているばかりでなく、同情の気持ちが浮かんでいるのを見て、叔母に好意を感じている自分に気づいた。彼女が大げさにスカートを直したり、彼と話すのに前かがみになって香水の香りがするハンカチであおぐのを見ていると、緊張した顔に刻まれていたしわも和らいでくる。

夫人の注意がずっとこの甥に向けられていたのも、ただ単に自分の大切な品々が壊されるのを恐れていたせいではない。奇抜な靴を履き、黒っぽい服を着て、短髪の鬘をかぶったマシュー・パリスが夫人に好印象を与えているらしいことは、夫の目にも息子の目にもすぐ明らかになった。

「じゃあ、あなたはあの船に乗るつもりなのね」

「ええ、船医としてですが」

「でしたら心強いわ」

「そう思っていただけるのなら光栄です」重々しく一礼しながらパリスが答えた。「でも、どういうおつもりでそうおっしゃってくださるのか、私にはわかりませんが」

どうしてわからないのか不思議だと言わんばかりに夫人は言った。

「だって、身内の者が乗っていればとても安心ですよ。当然でしょ？」

このときパリスは、前に見せたゆがんだ笑みとは違う笑顔を持っていることが皆にわかった。その笑みはゆっくりと表れ、彼の顔は輝き、優しげになった。

「もちろんそうですね」

パリスは叔母の論理性の無さを面白く思うと同時に、その気持ちに打たれもした。近ごろパリスは人の優しさに感じやすくなっていた。そして夫と息子にはさまれて、今にも消え入りそうに見える、この青白く大儀そうな、彼のことなどほとんど知らないはずの婦人が今与えようとしているのが、まさにその優しさであった。

「ご安心ください。心して責任を果たす所存です」と笑みの残る顔でパリスは言った。

「これだから女は困る。別にマシューは一族の代表として船に乗るわけじゃない。いや、少なくとも第一の目的は違う。黒人たちの健康管理をする資格を持った医者として乗り組むんだ」と、いら立ったケンプは言った。

「ええ、それに乗組員の健康管理もです」とパリスは穏やかに付け足した。

「ん？　ああそうだ。当然、乗組員たちのもだ」ケンプは夫人に向かって言った。「何しろマシューは外科大学で勉強したんだからな。大きな病院で住み込みの医師だった。それに本も書いていて」

「ええ、そのお話はもう、伺いましたわ。それにそのことは前から聞いておりましたし」夫人は、またパリスの方を向いた。「私ね、この上、この胸の下の方がね、時々どきどきするのよ」と夫人は胸当ての縁飾りのレースの上に白い手を置いた。「うんと動揺したり興奮したりするとなんですけど。何か心当たりありますか？」

「動悸にはクリスマス・ローズのチンキ剤がよく効くと思います。お望みなら調薬いたしましょう。それにシナモン水を朝夕一口ずつ飲むと、神経が治まります」

重々しい態度を取り戻してパリスは言った。

こんなふうに答えられれば、母親が元気づいて自分の症状をますますこまごまと話し始めるのは必至と見て取り、イラズマスはパリスに尋ねた。

「これまで船に乗ったことは？」

「いわゆる乗組員として海に出たことはありません。子供のときに釣り舟に乗ったぐらいです。あれはノーフォーク海岸のブランカスターでした」

パリスはそこでためらうように話をやめた。そのときイラズマスは、パリスの目は初めに思ったような青色ではなく、薄緑色をしているのに気づいた。その目は少し斜め下を見つめており、穏やかな顔に頑固さと憂うつが混じり合った表情を与えている。さらにしばらくためらったあとパリスは言った。

「私たちみんなが――つまり私の一家とあなた方一家のことですが――最後に会ったのはそこでした。あなた方一家が訪ねて来てくださったんです。ある日のこと、私たちは海に行きました。ええ、大勢でしたね、あのときは。確か近くに住んでいた人たちも何人か来てました。あの夏、私は十八歳でしたから、あなたは八歳か九歳だったはずです。まだとても小さかった」

「まったく覚えていませんね」

イラズマスが異様に冷淡で、強い口調で言ったので、かえってその言葉には真実味がなかった。ただ少なくとも拒絶の気持ち――従兄がためらいがちに差し出した共通の過去の思い出を拒もうとする気持ち――だけは、誤りようもなく伝わった。

「私ははっきりと覚えていますよ」とパリスはまた、もう一度、叔母に助けを求めた。「多分、その日に私たちが作ろうとしていたダムのせいだと思います。この従弟は、こうと決めたらそれを押し通す性格を見せてくれました。潮を食い止めようと、まさに死力を尽くしたんです」

　パリスは穏やかな低音で、はるか遠い日、水際に作った運河や貯水池のことを話し続けた。石や流木を使い、浜辺の低地の黒土を厚く塗って堤を補強し、障壁を作ったこと、そのたびに波がその苦労を無駄にして底をごっそり流し去り、おかげで壁面が絶えず崩れては水が漏れ、結局みんなが飽きてしまい、よそに行って遊び始めたことを。ただ一人イラズマスを除いては……。

「彼はあきらめようとはしなかったんです。みんなでダムから離れるようにと言ったんですが、耳を貸そうとしません。口をきこうともしないんです。体中泥だらけになって、石や板に泥を塗り続け、波はまたその努力を邪魔し続ける。あのとき私は、彼がいったん何か心に決めたら、どんなに難しいことも、結局はやり遂げるのかもしれないと思いました」

　ここでパリスは話をやめ、自分に対する軽蔑感を胸に吸い込んだ。従弟の英雄的な頑固さの話をしているのは、その母親の歓心を買おうとしてのことではないか。病弱さを訴える叔母に自分の逃げ場を見出した上、さらにその好意の懐深くに入り込み、弱者としての絆を強めようとしているのではないか。実際の記憶はこれとはまったく違っていたはずだ。

「まるで何かに取りつかれたみたいでしたね」パリスは今度はイラズマスをいささか厳しい目付きでじっと見て言った。「顔はすっかり青白くなり、一点をにらみつけていましたよ。手は泥で真っ黒、石を引っかき回してできた傷のせいで、指からは血が流れているのが見えて……。とにかく、すさまじい光景でした」

　しかもそれは楽しみとは程遠く、喜びを予期させるものなど何もなかった、とパリスは従弟の方を好奇心のようなものを持って眺めながら思った。たとえ成功しても何の喜びもなかっただろう。あの孤独な熱情は敗北と表裏一体のものだった。

「何も覚えていませんね」

　イラズマスは従兄の厚かましい好奇心に対し、無関心を装い、相も変わらぬうそをつき通しながらも、心の中ではいたく動揺していた。しわが刻まれた顔、薄緑色の目をしたこの見慣れぬ男、ズボンの生地の下から、盛り上がった膝をのぞかせたこの男は、自らの不行跡ゆえにとっくの昔に取り上げられたはずの権利を要求している。しかもさらに悪いことに、その要求を正当化しようとしているのだ。あの日のことがまざまざとよみがえった。思い出したことは否定できても、イラズマスにはその記憶から身を守る術がない。あのときの感情、あの孤独感、無情な空、きらきらと輝きとらえようのない海、そしてあの猛(たけ)り狂う怒りを、もう一度味わされたのだ。人々の目に映る自分の姿を、頑固で愚かしい我が身を、もう一度見なければならなかった。パリスの思うがままに、彼はもう一度この苦痛に耐えなければならないのだ。何より悪いことに、この従兄は自分の犯した過ちにはまったく気づいておらず、それに触れようともしないのだ……。

第四章

ケンプ夫人は昼食をほとんどとらなかった。食事が終わるとすぐに午後の休息のため部屋に退がった。その前に、夫人はパリスにプレゼントを贈った。それは見事な漆(うるし)塗りの箱だった。内側に粗い羅紗が貼ってあり、表面は青地の上に金色のクジャクが描かれたデザインだった。夫人は言った。

「これ、中国の漆器よ。いつも処方箋をしまっておいたの。でも、あなたが日誌などを入れておくのにもいいと思うわ」

「日誌をつけるのは船長だよ。船医じゃない」と、ケンプが言った。

「日誌と言っても診療日誌のことよ。航海日誌のことを言ってるのじゃないわ」

夫人は威厳を持って言い放った。

「マシューは船の中で診察する記録を取っておきたいはずよ。航海から帰ってきたとき、その記録を見たいものね」

夫人はあらゆる病気に対して常に大変な関心を示

した。

「いい利用方法がきっとあると思います」

パリスは大きな両手でいくぶん持て余すように箱を抱えながら言った。

「叔母様、ご親切に本当に感謝します」

イラズマスも早めに、「失礼します」と言って食卓を離れた。日曜日なのでウォルパート家まで馬で行くことに決めていたからだ。チャールズ・ウォルパートに会いに行くことを口実にしていた。チャールズとは親しいというほどの間柄ではなかった。それだけに決心するまではいろいろと悩んだ。プライドの問題もあった。ウォルパート家へ行くと言うと、家人にからかわれるかもしれない。それが怖い。それにそんなことをすれば、自分の想いを公表するのも同じで、それを恥ずかしいと思う気持ちもあった。もっとも、そう考えるのは、彼がひどく自意識過剰になっていたからで、周りの人々がそう考えるとは限らないのだが。気持ちの整理がつくと彼の意志は不動のものになった。次の問題は、この場合、どの服を選ぶかだった。イラズマスは急いで自分の部屋へ戻った。

夫人とイラズマスが退席して、あとには二人の男だけが残った。パリスはもはや第三者に頼ることもできなかったし、ケンプも一種のせっかちさにとらわれていた。ケンプは、この日、午後のうちに、この勉強好きだが、少々要領の悪い甥をつかまえて、自分がこれまでかかわってきた奴隷貿易に対する情熱のすべてを語りたい気持ちだった。その野心は、食事の際、飲んだマラガ産の白ワインの酔いによって一層強いものになった。だが、自分の思いをとうとうと語ったあとはいつも気が抜けたようになるのだ。そこで、ケンプは、ここでも自分の善意を繰返し強調するしかなかった。

「マシュー、乗船するまでの間、私の家においで。歓迎するよ」

彼がこう言うのはこれが初めてではなかった。二人は二階の部屋にいた。ケンプは、この部屋を私室と呼んだり時には書斎と呼んだりした。もっとも、大した仕事をするわけではなく、元帳をこの部屋で調べたりする程度だった。パイプをくわえ、たばこの煙の向こう側に座っている若者をじっと見つめた。安楽椅子に座ったパリスは、すべてを耐え忍ぶことを心に決めたとでもいうような表情で、背中を丸め、前かがみになった姿勢を崩さず、両膝の間で大きな両手を軽く握っている。

「この家を自分の家と思っていいんだよ。君がいただけいいていいんだ」

「本当にありがとうございます。でも、前にもお話しした通り、家で準備することがありますので、遅くとも明後日にはノリッジ行きの駅馬車に乗らなければなりません」とパリス。

「まあ、好きなようにすればよろしい。私はただ、過去は過去、と言いたいだけなんだ。過去にこだわっていてはいけないよ。君の過去にかかわらず我々は君を歓迎するよ。歓迎は口先だけなんてことは決してないからね」

ケンプは自分の話す言葉の響きで自分の考えのすばらしさを再確認し、元気になった。そして精神は高揚した。甥に対して度量の大きいところを見せると同時に資格を持った医者も確保したのだ。もっと水準の低い資格の医者でも間に合ったかもしれない。それはわかっていた。リヴァプール港から出港する奴隷船の大半には外科医の見習いか、酔っ払いのニセ医者しか乗っていない。医者が乗っていない船もある。だが、リヴァプール・マーチャント号に船医が乗船していないとはとんでもないことだ。パリスが乗船すれば、いわば一石二鳥だ。破産者のパリスに対して親切にすれば、善意と他人に対する思いやりでリヴァプール・マーチャント号を飾ることができるのだ。

ケンプは道徳的な人生観の持ち主だった。神が元帳をバランスさせてくださる。神がすべてを見ておられる。善き行いは貸し方に記帳される。運命宛てに振り出された手形は、必ずいつか支払われる――と信じていた。彼には自分の持ち船が航海から帰って来てリヴァプール港に停泊する光景が目に浮かんだ。船は人々が欲しがっている品物を積み込んでいる。債権者たちが一時的にせよ、満足するのが目に見えるようだ。貸付金に対して利息が支払われるからだ。もっともそれは、綿市況が回復すればの話だが、回復は確実だ――。

ケンプは前かがみになり、自分の構想を話そうとした。目は輝き、頬に赤みがさしている。

「アフリカだ。アフリカへ行くのだ。考えてみてくれ、マシュー」

「はい、もう十分考えてきました」

パリスは丁寧に答えようとして、少し背を起こして姿勢を正した。彼は何と答えたらよいか戸惑った。今日の叔父は少し興奮し、熱があるのではないかと思われるほど顔が赤らんでいる。叔父の脈拍を測ってみたいとさえ考えた。さすがに、脈を取りませんか、とは言い出しかねて、彼は窓の方を見やった。朝方の霧に代わり日が射してきた。外ではそよ風が吹き、小さな広場を取り巻く楡（にれ）の若葉が風にそよいでいる。数羽のハトが飛び上がった。風にそよぐ木々とハトの群れの動きが一瞬、室内の天井や壁に影をつくった。彼はしばらくの間、何も言わずに、この風景を眺めていた。体が重い感じだが、心は何となく軽やかだった。季節の変わり目には霧が晴れて午後は好天に恵まれることが多い——眠気に襲われたぼんやりした頭でそんなことを考えていた。

春を告げる鳥の最初の鳴き声が霧の中から聞こえるとカエデも芽吹く。川のほとりを手を取り合って歩くルースと自分。光が新芽や若葉に降り注ぐ。いくつもの影が水面を動いて行く。彼女の顔は愛で輝いていた。二人は一緒に川岸に座り込んだ。彼女は身ごもっていた。その日をよく覚えている。というのも二人は話し合ったのだが、待てばいいことがわかっていたからだ。二人は今まで通りやっていくだけでよかった。すべて平穏で満足できる状態だった。家は大きくはなかった。だが、部屋数は十分だし、収入も店や診療から得られる分で十分だった。あとは、慈（いつく）しみをもって、生まれてくる子供を待つだけだった。だが今は、ルースはもはやこの世にいない。自分はアフリカに行こうとしている——。

「確かにアフリカはとても遠いところですね。行ってみようと考えたこともありませんでした。でも、アフリカもほかのところと違いはないでしょう」

パリスは恩知らずな言い方と誤解されないように、急いで言い足した。

「もう一度申し上げます。お手紙をありがとうございました。それに、私に船医として働くようにとおっしゃってくださることにも感謝します」

「血は水よりも濃しだ」

ケンプは警戒するように言った。パリスが、はっきりとは言わないが、何か隠していることを感じ取ったからだ。そこでケンプは、少し間を置いて付け加えた。

「君は私の提案に興味を示したね」

だから君はここにいるのじゃないか。ケンプはさらにこう言おうとしたが、言葉を飲み込んだ。パリスに対して、それ以外、ここにいる理由は何もないぞと言うのに等しいからだ。

それでも、ケンプの持ち出したアフリカ行きの問題が、しばらくの間、その場を支配した。パリスはすぐには答えなかった。ケンプは不安に思った。この男は放っておいたらアフリカ行きという自分の目的について、とことん思い悩むのではないだろうか。

「手紙に概要を書いておいたので、君はこのアフリカ行きでどんな利益があるのか十分考えてみただろう。それに、すばらしく魅力あるものがいっぱいあるところにあちこち行ってみるのもいいことだよ」

「本当にそうですね」とパリスは重々しくうなずいた。「大プリニウス〔一世紀ローマの博物学者〕は、アフリカでは常に何か新しいことが起こると言っていますね」

「おお、そうかね。その通りだろう。それに、君は科学者だから、注目すべきものをいろいろと発見するだろうし」

「きっとそうなると思います」

「私は報酬の問題については手紙に書かなかった。君は出費を必要とする事態を招いたが、その支払いはすんだ。もう、その話はいいだろう。君に興味がある事柄がほかにもあるのだが……」

ケンプは再び体を乗り出し、一呼吸したあと言った。

「私は船の契約が調印されるまではと、その件は持ち出さずにおいたのだ。だが、ここまでくれば話しても問題はあるまい。積み荷のニグロの中から三人を元値で君に渡す。君が選んだ黒人は買い入れたとき印を付けさせよう。さて、どうかね」

ケンプは甥の表情に何の変化も認められないため落胆して、少し非難めいた口調で付け加えた。「これは俸給のほかに渡すのだよ」

しばらくして、パリスはかすかにほほ笑んで言った。

「そんなに配慮していただけるなんて思ってもみませんでした」

「しばらく国から離れていた方がいい。新天地で頑張ることだ。不運だった思い出を忘れるためにはきっと……、少なくともある程度……、だから君の最終的な答えが欲しかったんだ」

「ええ、アフリカへ行きます」

パリスはすぐに答えた。それは叔父の説得に負けたからというわけではないことは確かだが、あまり深く考えた返事にも聞こえなかった。

事実、パリスは最初から、叔父の手紙を受け取ったときから行くつもりだった。まるで追放に等しい長期間の航海と、どう考えても恥知らずな――だからこそ自分のような男にふさわしいとも言えるのだが――貿易、アフリカ行きは、その組み合わせだった。精神的に落ち込んでいたパリスは、この二つを組み合わせた叔父の依頼を断れなかった。そのとき以来、パリスは迷いを感じなかった。そして今も迷いとは程遠かった。だから叔父の顔にほっとした表情が浮かぶのを見たとき、パリスは、叔父が不安感を持っていたことに驚いたほどだ。

「必ず行きます」

パリスは繰り返した。

「そうこなくっちゃ。乾杯しよう」

ケンプは言った。ブランデーで一杯やるのが契約成立を祝うには一番だというのがケンプの持論だ。

だが、ボトルとグラスを取り出しながら、突然、何か厳しい試練を耐え抜いたあとのようなぐったりとした疲れを感じた。これまで不安だった。いくつもの疑問もあった。なぜ、この不器用な甥のパリスが自分に魔力を使えるのか。なぜ、自分はパリスを船医に採用することにこだわるのか。すべての手はずが整ったように見える今、その疑問が解けたのだ。パリスを船医に採用するのは、甥に対する親切心とは何の関係もない。恐らく、自分自身のためなのだ。

パリスに降りかかった災いは最悪で、最も恐ろしいものだった。ケンプの夢の中で、パリスはレッド・クロス街の邸宅を部屋から部屋へとさまよい歩いていた。それは破産と破滅の亡霊だった。パリス自身の、自分の、皆の破産と破滅を象徴する亡霊。その亡霊の魂を鎮めて安らぎの場を与えてやるのでなく、霊界から人間世界に連れ戻してよみがえらせ、ビジネスの世界に引き入れてやらなければならない。そうすれば、毎日のように明け方、自分を悩まし続けた不安と恐怖も消えるかもしれない——。ケンプはグラスを上げて言った。

「さあ、マシュー、成功を祈って」

第五章

　イラズマスは、出掛けるための服を選ぶのに一時間かかった。いろいろ試してみるが、どれもどこか気に入らない。結局、選んだのは赤紫色のサテンの上下と白い絹の畝織りの華やかなチョッキだった。同系色でやや濃い色合いの小さな花が全体に刺繍されていた。彼の髪は黒く、自然な光沢があった。最近は、前髪を下げて額を覆い、うしろ髪をリボンで結んでいた。こうした髪形は顔立ちを柔らかくし、何かに取りつかれたように見える印象を和らげた。しかし、表情は和やかでも目は異様に輝いていた。切れ長で、細く非常に黒いその目は並外れた激しさで相手を見つめた。その上、頬骨が高いため、人々は彼が相手を射すくめるように見る癖があるとの印象を持った。これは父、ケンプ譲りだった。

　その日は晴れていた。空気は、まだしっとりと早朝の露を含んでいた。最初はゆっくり駆けた。河沿いの道はぬかるみ、嫌な臭いがした。すぐに彼の馬は膝まで泥を跳ね上げた。町には舗装された道などどこにもない。歩行者を避けるのに苦労する。また、手押し車で物を売り歩く商人や、背中に荷を積んで岸辺から懸命に上がって来る子馬のために馬を止めなければならなかった。子馬は翌日、市場で売る品物を腹の下までくくり付けていた。

　イラズマスは、乗馬靴から上の服の汚れをひたすら心配していた。大きな問題を考える心の余裕などなかった。ウォルパート家を訪れることも、今となっては逃れようがない刑の宣告のように彼の心に重くのしかかっている。太陽の光がぼんやりと射していた。ふたのない溝から汚水の臭いが漂ってくる。彼の馬は、荒い息遣いでいら立った様子を見せていた。厚板を敷いた歩道に木靴の音が響く。道で「そっちが邪魔だ」、「いや、そっちがだ」と言い争う声がする——馬を進めながら彼はすっかり重い刑に服している気分だった。

　カースル街を通り抜けたところで、水売りが喉から絞り出すようなしゃがれ声で叫んでいるのが聞こえた。水売りの手桶がカタカタ音を立てていた。イラズマスは道がふさがれているのに気づいた。ふさいでいるのは巨大な樽を山と積んだ水売りの荷馬車だ。荷馬車の馬は大儀そうに立っている。男は並べられた手桶に水を注いでいた。イラズマスは、壁と荷馬車の間を体を斜めにして少しずつ進まなければならなかった。進みながら男と男の両親、手桶、樽をののしった。男は歯を見せてにやりと笑い、イラズマスの馬を驚かせてやろうと帽子を振った。水を買う順番を待つ女の一人がイラズマスに金切り声を上げて叫んだ。彼をからかっているのか、それとも悪態をついているのか見当もつかなかった。

　プール通りの北方にある町の郊外にたどり着くと、彼はほっとした。馬も同じだった。ウォルパートの屋敷は展望の開けた田園の、木の茂った丘の上にあった。石で造られた切妻壁は遠くからも眺めることができた。イラズマスのセーラへの想いの象徴とも言えるその小さな尖塔は太陽に輝き、木々の中からくっきりとそびえ立っていた。彼は館への長くカーブした馬車道をたどって行った。心のどこかで、今が自分の本当の想いを貫くための正念場なのだと感じていた。自分には欲しいものがある、ただ、今は満たされていない。その想いを打ち明けようとしているのだ。そう考えると心が痛んだ。だが、痛む心が道を急がせた。彼は、その乙女のことだけを考えていた。強迫観念に取りつかれた人間にとっては、傷つき苦痛を受けるかもしれないと考えることすら刺激になり得る。それは傷を負うことに対する恐怖が戦士を奮い立たせるのと似ている。

　穏やかで風もない五月の好い天気。ブナの並木道に沿った新緑。木の葉の間から漏れてくる異様なほど声を落とした小鳥の歌声。イラズマスはセーラへの熱烈な想いでひとりでに歯がガチガチと鳴った。

　彼は呼び鈴を鳴らした。現れたのは年を取った従僕のアンドルーだった。老僕は立ったままじっとイラズマスを見つめた。いつものように服装はだらしなく、鬘（かつら）も着けていない。まばらな髪は房に束ねられて血の気のない両耳にかかっている。イラズマスは、「チャールズ様はおいでかな」と尋ねた。その声は神経質になっていたため、いつもより甲高く響いた。

「皆様はリホーシングにおいでのようですだ」

老僕は口ごもるように答えた。そして、日射しを受け、驚いたように瞬きして彼を見た。イラズマスは言った。

「もう少しはっきり言いなさい」

奉公人としてこんな愚かな男を置いておくのは由緒あるウォルパート家としては納得がいかない。従僕を甘やかし過ぎている。イラズマスはいつもそう感じていた。

「馬と言ったのかい？　外出かな？」

彼は失望すると同時にほっとした気分にもなった。

「皆様は読み合わせに出掛けられたようですだ。練習ですだ。リホーシングへ」

返事にはイラズマスが誤解しているのを若干とがめるニュアンスが込められていた。老僕は関節炎にかかった指で、館から続いている芝生の約三百ヤード先にある楡とオークの混在する雑木林の方向を指し示した。木々の間から、水がきらきら光るのが見えた。イラズマスはそこに小さな湖があることを思い出した。

「皆さんがあそこで、劇のリハーサルをしていると言うのかね。誰がいるの？　セーラさんもいるかな？」

「いらっしゃるのは、セーラ様、スタントンからお出でになった若いご婦人、チャールズ旦那様、ロバート旦那様、パーカー様とおっしゃる牧師様、それに学校の先生で……」

「大変結構。だが、メンバー表が欲しいんじゃないんだ」

彼は驚きあきれて、木が密に生えた雑木林の方を眺めた。オークの若葉の黄色と楡の薄緑色がともに日の光の中に溶け込み、微妙に霞んでいる。そして葉が空に届くところでは、強くくっきりした線を描いていた。そこは天使の住まいだった。どこか、この澄んだ大空の下で、セーラ・ウォルパートは劇のリハーサルをしているのだ。

「皆さんのところへ行ってみることにしよう」

少し間を置いて彼は言った。必要もないのに老僕に自分の考えを言うほど彼は取り乱していた。

「牧師様が野蛮人の役をなさっているですだ」

アンドルーは血の気がない唇を開いた。

「牧師様にはふさわしくねえとおっしゃる方もいなさるです」

「何を言っているのか、私にはさっぱりわからないよ」

イラズマスは気を取り直し、つっけんどんに言った。

「馬を頼む。やってくれるかな？　誰かにやらせてくれてもいいが」

彼は雑木林の方へ進み始めた。歩きながら腹が立ってきた。自分だけ除け者にされた気分だった。今は胸の内に秘めているが、イラズマスはセーラを愛していた。だから、理屈ではなく、自分も仲間に入れてもらう権利があると思った。

雑木林まで来たとき、どちらへ行こうかと迷った。老僕から説明を受けたが、その場所の正確な位置がわからなかった。湖は、ここからは見えない。少しためらったが、真っすぐ進むことにした。クロウタドリが驚いて、低い声で彼を非難するように鳴きながら足元から飛び立った。林は館から遠望したときに比べて、はるかに広がりがあった。明らかに最近は手入れもされず、放置されたままになっている。木々は、根元から枝が生え、若木の下生えやイバラが地面を覆っていた。シャクナゲの群れも辺りにははびこっていた。イラズマスは遠回りして進まなければならなかった。林を突き進むのではなく、その周りを迂回してくれればよかったと思った。見上げると、一瞬、真っ赤な色が広がっているような印象を受けた。楡の葉芽の赤い外被を突き抜けた太陽の赤い光が射し込んでいるのだ。何の物音も聞こえなかった。どちらに湖があるのか見当もつかない。サテンの服を着ていたので暑く感じ、気分が悪くなった。道に迷ったと思った。もちろんそれで大変なことになったと不安を感じたわけではない。だが、一瞬、確かにそう感じた。まったくばかげたことなのだが……。

彼は再び歩き始めた。少し経ったとき、声が聞こえたような気がした。声のした方向に進むと、木々がまばらになってきた。湖がちらりと見える。前方の右の方から男の声が聞こえてくる。朗々とした大きな声だ。

鳥の食べたものは別として、
すべての果実に気をつけよ。
木々の影にさえ毒がある。
ひそかな毒があらゆる枝を伝わってくる。

ああ息子よ、良心が私を悩ます。
　食べ物や休息のことなど語る場合であろうか、
　お前の運命すら知らぬというのに……

　イラズマスは思わず立ち止まった。少し間を置いて、別の声がした。チャールズ・ウォルパートに違いない、と思った。その声が言った。

「失礼ながら、あの台詞の第二の部分は傍白部なんだ。つまり、ほかの出演者には聞こえないことになっているんだ。君の台本に『傍白で』と書いてあるはずだよ。『ああ息子よ、良心が私を悩ます』で始まるところだ」

　話はさらに続いたが、低い声なのでイラズマスにはその内容が聞き取れなかった。と、最初の声が再び聞こえた。

「しかし、聴衆が聞くことになっているのなら、ほかの者にも聞こえるはずだが」

「リヴァース君、劇には劇の約束事があるんだよ」

これは別の声だった。甲高く、ちょっぴり鼻にかかった声だ。

「ウォルパート君が言わんとしているのは、君の台詞がすべて同じ調子で、速さも同じ、ということだよ。舞台の端まで進み出て聴衆に直接語り掛ければ間を取ることができるよ」

「どうもありがとう、パーカー」

　しかし、その声に感謝の響きはなかった。イラズマスはその場に立ちすくんだ。林の中から見晴らしのいい開けた場所へうっかり出てしまったら、自分の姿はその場の人々に滑稽に映るかもしれない。今度は別のいくつもの声が聞こえた。低い上に声は入り交じっており、何を話しているのか、イラズマスにはわからなかった。声がやみ、静かになった。一瞬ののち、前触れもなしに少女の声が聞こえた。悲しげで、甘い声だ。歌うため少女は声を張り上げた。

　　金砂銀砂の浜に来て、
　　手に手を取り、
　　お辞儀してキスをしたら、
　　荒々しい波も静まり返り……

　イラズマスは楡の葉芽を見上げて、その深紅の燃えるような色に見入った。次に自分がたどって来た道を確認するかのように視線を下げた。ワラビの新芽も赤い色だ。そしてくるっと巻いたシダのぎざぎざの葉も赤さび色だ。彼は一瞬、何か記念すべき発見をしそうな気がした。男性、女性の声が入り交じって、不ぞろいな、怒鳴るような合唱になった。

「聞け聞け、ワンワン」

それはまるで野蛮な呪文を唱えているようだった。イラズマスはその呪文に呼び寄せられるように前へ進み、林の一番端の木々の間を通って開けたところへ出て来た。そこで彼は再び立ち止まった。突然、視界が開け、空が広がり、卵形の湖のきらめきと、湖の向こうに続く広大な風景が目に入ったからだ。湖の縁には葦が生い茂り、周囲を砂で作られた人工の岸が取り囲んでいた。ボートがはるか離れた岸に繋がれている。右の岸辺には、湖水と岸辺の木々の間に、洞窟に見立てた木の枝とキャンバスでできた舞台があった。この舞台の前の砂の上に人々が集まって立っている。その中にセーラがいた。青いドレスを着て、スカーフを顎の下で結んだ広い縁取りの夏用の帽子をかぶっている。まだ、イラズマスの方を向く者はいなかった。セーラがはっきりした、しかし少し興奮した声で言った。

「よければ私がファーディナンドの台詞を読むわ」

彼女は台本を持ち、一歩前に出た。

この音楽はどこからくるのだ？
天からか？
それとも地の底からか？
もう聞こえない……

セーラは消えていくこだまを耳で追って、周囲を見回した。彼女の視線がイラズマスの上で止まった。イラズマスは林の端で、身じろぎもせずに立っていた。

「あら、イラズマス・ケンプさんじゃない。どこからいらしたの？」

セーラが聞いた。

「チャールズ君に会いに来ました」

イラズマスは対岸から叫んだ。それはうそだ。彼の胸はどきどきしていた。彼は林の方を指差した。

「ちょうどいいところへ来た。タイミングがいい」

こう言ったのはかっぷくのよい大声の男だった。

この男一人だけが役のための衣装を着けていた。赤いキャラコのモーニング・ガウンを着て、頭には同じ赤い魔法使いのターバンのようなものを巻いている。この男は学校の教師に違いない、とイラズマスは思った。イラズマスは嫉妬心に駆られてセーラの周りにいるすべての男たちの身元を探ろうとした。牧師補のパーカーはすぐに見分けがついた。聖職者用のカラーを付けていたからだ。

　セーラはグループを抜け出し、ドレスの裾を持ち上げ、岸辺を回って砂地を歩いて、イラズマスの方へやって来た。その場で彼女を見つめながらイラズマスは再び一瞬、情景を見渡した。湖の水、背後ののぼり斜面のエニシダの黄色、あちこちに散って草を食む羊の群れ――。その情景の奇妙な点に気がついた。出演者たちが全員観客になり、自分とセーラを見ているのだ。そして彼の目には近づいて来る若い女性しか映らなくなった。セーラはロングドレスを着ている上、柔らかい砂に足を取られて歩きにくそうにしていた。彼はその姿の美しさに痛いような感動を覚えた。数ヤード先からセーラは叫んだ。

「今日は、イラズマスさん。お出でいただいてとてもうれしいわ」

　彼女は大胆に彼を見つめた。興奮して慎みを忘れてしまったようだ。

「ちょうど、誰かいらっしゃらないかしら、と話してたところよ」彼女は驚いた様子でほほ笑みながら言った。「あなたはまるで妖精のように現れたのね」

　イラズマスはせき払いした。

「えーと、僕は人間ですよ」

　彼女は彼の言葉が意味する何かをその目の中に読み取ったようだ。冷めた表情になって言った。

「ジョナサン・リグビーさんが落馬して、足を折ってしまったのよ」

「それはお気の毒に」イラズマスは戸惑いを感じた。彼はジョナサン・リグビーとはほんの少ししか面識がなかった。「大したことがなければよろしいのですが」

「いいえ、そうじゃないの。困ったことがあるの。ほら、今、私たちは『魔法の島』〔シェイクスピアの作品『テンペスト』を翻案して、ウィリアム・ダヴェナントとジョン・ドライデンが一六六七年に共作した戯曲〕というタイトルの劇を練習しているんです。ジョナサンはファーディナンド役だけれど、できなくなったの。よろしければ、代役をしてくださらない？」

一瞬、彼女は彼の目をじっと見つめた。そして低い声で言った。

「私を喜ばせたいとお考えなら、ぜひお願い」

第六章

「それで君は満足かな？　すべてに同意するかい？　君には毎月、報酬を五ポンド払う。それにニグロ、金（きん）、象牙などからの純利益百四ポンドごとに四ポンドを加える。その上、君が私的な冒険をしないですむように、積み荷二百二十五ポンド分について我々とともに権利を持つことを認める。君の一等航海士にはニグロ三人分の権利を与えよう。二等航海士は二人分の権利だ。船には船医が配置される。船医には三人分の権利を与える」

「船医？」

ソール・サーソ船長の声には抑揚などまるでない。長年にわたり風に向かって叫び続けてきたため、低くしゃがれて耳障りで一本調子に聞こえる。

「我々に船医を乗せる義務はないですよ」

「そりゃ、知ってるさ」

ケンプは言った。

「船医を乗船させるのは、船主としての義務からではない。人道的な理由で乗船させるのさ」

サーソ船長は眉をひそめて、自分の雇い主になる男の紅潮した顔を見つめ、少し考えた。それから二人が座っている狭い事務室から離れたところにある倉庫の方を見た。倉庫には綿花の梱包（こんぽう）が天井まで積まれていた。彼は怒りが込み上げてくるのを感じた。いつも怒ると頑なになる。彼は言った。

「自分で黒人たちを検査します。注意する点は心得ています。それに奴らが、どんな悪巧みを考えるのかわかっているつもりです。昔からギニアには詳しいんです。質（たち）の悪いニグロを買ったことなど一度もありません」

「それはわかっているよ、サーソ船長。君は、私が、意見を聴いている人が推薦してきた男だからね。適任者であることはわかっている。だが、同行させる男も君と同様にこの仕事の適任者だよ。彼は完璧な資格を持つ医師なんだ」

ケンプはここで一息ついた。そして、これが最も重要な資格だと言わんばかりに付け加えた。

「実は、彼は私の甥なんだ」

ケンプは急いで言い足した。サーソにとって愉快な話ではないことは理解していたからだ。

「彼は今すぐここへ来る。君と話し合うために呼んであるのだ。明日、ノーフォークに戻る。ノーフォークには、船の出発準備が整うまでいることになっている」

ケンプは少し間を置いて続けた。その声の調子はサーソに懇願するようだった。

「私はあらゆる手段を講じたい。この事業に役立つ手はすべて打っておきたいのだ」

サーソは何も言わずに、前方を見つめた。それがケンプの本音だとしても、サーソは、心を動かされた様子をまったく見せなかった。船主の親戚が同船するとは……。怒りが込み上げてきた。礼儀正しくする必要があると思うとなおさらだ。サーソは机の下で拳を握った。サーソにとってのストイシズムとは、もっぱら、このように湧き上がってくる暗い怒りの虫を爆発させずに収める我慢だ。近年は怒りの虫が湧き上がってくる傾向が特に強かった。彼の忍耐とは、そのときまで待つことだ。犠牲者が決まり、神が忍耐を解き放つのを認める合図をするときまでは待つのだ。長い人生で身に付けた賢明な習慣によって、この場は、怒りを包み隠そうとした。二義的問題では自分の本心を隠すのだ。

「多分、黒人に焼き印を押す際に医者が必要だと、お考えなのでしょう。医者は要りません。焼き印の押し方をよく知っている経験者は必要です。一等航海士ジェームズ・バートンは、以前、私と航海したこともあります。彼はその仕事に慣れています。必要なのは、手際よくさばくことのできる者です。特に女の黒人を相手にする場合はそうです。バートンはそれを芸術的にやってのけます。あの男を大いに推奨したいですね」

「いや、違うんだ。君は私を誤解しているようだな。あれこれ細かい問題を言っているんじゃない。私が関心があるのは、全般的な健康の問題だよ」

サーソが表情を変えることは決してなかった。歳月は彼の顔付きを大変厳しいものにしている。しかし今、船長の無表情な顔に驚きのようなものが浮かんだ。それはまるで、岩が長い歳月を経て風雨が刻んだ変化に初めて気づいたとでもいうようであった。

「健康ですか」

抑揚のない、しゃがれ声でケンプの言葉を繰り返した。「健康？」――その言い方はサーソの心の中に生まれた驚きと疑いを示すものだった。

「ほら、彼がやって来た」

ケンプは、ほっとしながら言った。ケンプの声はサーソの声とは違い、感情をそのまま映し出していた。それはサーソとの話し合いが気の重い厄介なものであることを表していた。

ケンプとサーソは、背の高い男が倉庫の端から、山積みされた綿花の梱包の間を歩いて来るのを見守った。男は、エプロンを掛け、手押し車に梱包を載せている二人の従業員に「今日は」と挨拶した。二人のいる事務室の入口をかがんで入る際には、山が低い田舎紳士風の帽子を取った。

「ここはあなたの帝国の中心ですね」と男はケンプに言った。

「帝国なんてとんでもない。ドクター・パリス、サーソ船長を紹介したい」

サーソは体を起こした。二人は軽く会釈を交わした。

「初めまして」

二人の声が重なり、一瞬、混じり合った。一人は深い響きのある声であり、もう一人は、しゃがれたぶっきらぼうで低くつぶやくような声だった。

「今、サーソ船長に、君が乗ってくれれば乗組員は大歓迎だろう、と話していたところだよ」

「私は乗るといっても添え物のようなものです」

パリスはサーソの方を向いてわずかにほほ笑んだ。しかし、サーソが、どう受け止めたのか、その表情からは、うかがい知ることはできなかった。

「歓迎していただけるかどうかは、また別の話でしょうが」

パリスは少し間を置いて同じ調子で付け加えた。彼はサーソの表情から、自分に愛想よくしようと努めている心の内が読み取れたような気がした。サーソの顔は幅が広く、れんが色だ。こめかみには高い隆起があり、がっしりして重々しい感じの顎とともに顔を要塞のように見せている。しかし、その顔は短いまつげの青い目を十分保護できていない。両目は怒りをむき出しにしていることがパリスにも見て取れた。それが、今の気分を表したものなのか、それとも、単に両目が飛び出しているため穏やかな目付きになれないだけなのか、パリスには判断しかねた。サーソはようやくパリスに口を開いた。

「乗船を歓迎します。それも皆……」

「お互いにどこまで折り合えるかによる、というわけですか」

このパリスの言葉にサーソは笑うつもりらしく眉を動かした。そして、ほんの一、二秒の間、両目が引っ込み穏やかな目付きになった。

「パリスさん、乗船するにはたった一つの方法しかありません。パリスさんはそれが誰のやり方かわかっているでしょう」

サーソのこの言葉はジョークとは程遠いものだった。しかし、サーソはジョークに近い気分で言ったのであって、ケンプは感謝の気持ちで受け止めた。

「さて諸君、一杯やろう。ここにブランデーを持って来た。請け合ってもいいが、このブランデーは君達の好みに合うと思う。それに上等のハバナも嫌いじゃないだろう。当然、スペイン人の手を借りずに持ち込まれた代物だ。だからといって品質が落ちるわけではない。こちらの方がずっといいと言う者もいるだろう。ほら、これだ。ちょっとやってみたまえ。乾杯。サーソ船長はアフリカ貿易のベテランだ。どれだけ航海したか、神のみぞ知る、だ。もう一度、君達の健康に乾杯」

ケンプは飲み、そして一息入れた。自分の話をサーソが確認してくれるのを待っているようだ。しかし、サーソは何も言わない。ケンプの目の前に座って、じっとしているだけだ。酒を注いだグラスは彼の日焼けした手の拳の中に包み込まれている。サーソが何度、三角貿易の航海に出たか、知っている者は誰もいない。二十回以上と言う者もいた。サーソ自身は語ったことはなかった。過去の航海について語らないのは、彼の個人的な信条の一部だ。彼ははるか昔のことだが、神が彼を何度助けてくれたか他人に言い触らすまいと心に決めていた。

サーソは十二歳のとき、キャビンボーイとしてブリストルの奴隷船に乗って海に出た。十八世紀も早い時期のことだった。三十六歳で初めて自分の船を持った。今や五十三歳。嵐、熱病、奴隷の反乱、フランスの私掠船の攻撃など、奴隷貿易のあらゆる障害を乗り越えてきた。彼は荷を満載して、何度も母港へ帰って来た。乗組員は死んだり、逃げたりする者がいて減ったが、航海は船主にたっぷりと利益をもたらした。彼自身はといえば、年を取るにつれて、一層ずんぐりした体型になり、顔も角張ってきた。その両目を奥に引っ込め、穏やかな目付きになりたい気持ちもなくはないのだが、まだその望みはかなえられていない。

パリスはそのような生き方の厳しさを十分理解してはいなかった。しかし、サーソには驚きを感じた。サーソの歯は見たところ、まだ、しっかりとしている。手足は少し柔軟さが失われたかもしれない。だが、紹介されるとき、立ち上がるために努力するといった姿はいっさい見せない。胃もきっと丈夫に違いない。ただ、気管支を痛めているようだ。目も体のほかの部分と同様、まだ悪くなったようには見えない。パリスはグラスを上げて言った。

「サーソ船長、航海の成功を祈って」

パリスはその薄い色の目で、ぶしつけなほどサーソを見つめた。何事にも警戒的なサーソは視線を外した。

奴はすでに俺を細かく観察している。見るからに船とは無縁な男だ。それに不格好だ――サーソはすぐにパリスの歩き方がわずかだが、ぎこちないことに気づいた。バランスを失うのを恐れるのか、小さな歩幅で歩いているのだ。この男はジェントルマンだ。それなのに奴隷船で働く契約をするなんて、何をやってきたのだろう。誰がこんなお膳立てをしたのか。サーソは自分に何かの力が不利に働いているのを感じた。自分の内なる声がこう言うのが聞こえた。「この男に話し掛けよ。相手の目の警戒心を失わせよ。相手を目下の者として扱え」

「パリスさん、以前、航海に出たことはないようだね」

「ありません」

「長い航海になるよ。君が海の生活に向いているかどうか、じっくり考える時間はある。こういうことには性格的に向く人と不向きな人がいるんでね」

「性格が向いているというわけじゃないですよ」

パリスは答えた。そして相手の目に突然興味を示す色が浮かぶのを見て、警戒する気持ちになった。

「ところで乗組員の募集はまだですか？」

パリスは調子を変えて聞いた。

「乗組員？　出発までにまだ数週間ある。あまり早くから乗組員を集めたりはしないものでね。特にギニアへ行く船はそうなんだ」

「あなたの判断に疑問をはさもうというのではありません」パリスは穏やかに言った。「しかし、いざというときに人手が不足して困ることになる恐れはありませんか？」

サーソの顔には笑いとも不快感ともつかない表情が浮かんだ。彼はケンプの方をちらっと見た。

「もちろん、我々はいつだってリヴァプール出港の夜には、人手が不足していないかどうか調べるさ。その上で見込みのありそうな若い奴を集める。心配はいらんよ」

「でも、奴隷船となると普通の船とは違うんじゃないですか。奴隷の管理、取り扱いのために多めの人数が要るのじゃないですか？」

「奴隷の管理だって？　いや、その通りだよ。それが問題だというのはよくわかるがね。で、そんなに早くから乗組員たちの頭数をそろえるとして、どうしたら出港時までその連中を抑えておけるかな？」

「そうですね」

パリスは考える振りをした。皮肉を言われたのだ。彼はサーソが叔父のケンプには笑いかけているのに気づいた。ずるいやり方だ。彼の心の中では誇りと卑下がいつもバランスが取れず不安定だった。自己卑下に陥っていたこの数日間は特にそれがひどかった。だが、ひそかに自分自身を軽蔑する気持ちを抱いていたとしても、敵意ある反応に直面すれば話は別だ。彼はすぐに相手の敵意をさらにあおり立ててやろうという衝動に駆られた。

「前払いで金を渡したらいいじゃないか」

彼はわざとぞんざいに言った。

「前金だと？　え？」

サーソはこわ張った表情でケンプを見た。こんな男を信用して乗船させるなんて大変間違った助言である、そのことをわかってほしいとでも言いたげに。

「連中を船に乗せて身柄を確保する前に金を払えと言うのかね。そりゃ、とんでもない間違いだよ、パリスさん。金を受け取ったら最後、連中は出発のときがきても決して姿を見せないよ。金も戻らない。アフリカ貿易の船に乗る契約をする連中なんて船乗りの中でも最低のくずだよ」

サーソは、まくし立てて一息ついた。そして、パリスを見つめた。サーソは、パリスの注意の質が微妙に変化するのを見て取った。感じ取ったと言った方がいいかもしれない。敵対する宿命にある二人は、互いに相手を知るものだ。もっとも、最初は相手の弱点など、ぼんやりとしかわからないものだが。サーソの表情や態度は少しも変わらなかった。しかし、話を続けるとき、話し方には半ば本能的な警戒心が感じられた。

「くずだ」サーソは繰り返した。「奴隷貿易に付きもののくずだよ。奴らの中には新米や間抜けも混じっている。ただ、今までとは別のことをやってみたいというだけのね。しかし、大抵の場合、食うに困るとか、何かから逃げ出したいという連中だよ」

「そう、金に困っているんですよ。金さえあれば、彼らはもっと割りのいい仕事を探そうとするでしょうね」

パリスは急いでこう言い足して、サーソが気色ばむのに気づいた。サーソの小さな目の関心の鋭さがもう一度パリスに警告を発したのだ。

ケンプが「甥は訓練のために行くんだ。それに経験を積むためにもね」ととりなした。

「航海に参加する名目としては立派です」サーソは軽く言った。「もちろん、普通の水夫の場合を申し上げているのですが」

「私もです。水夫たちの中に、悪い奴がいることは間違いないでしょう。でも、監獄の中のくず共といえども、私の考えでは、悔い改められないほど悪い連中ではありません。本当に悪い奴は、処罰を受けないままでいる連中の中にいるんですよ」

パリスは口をつぐんだ。少し頭の中が混乱している。サーソは監獄のことなど何も言っていない。パリスはそれに気づいた。頭に血がのぼり、顔が赤らむのを感じた。彼は抑えた声で言い足した。

「我々の中の何かが死に、ほかが生き延びられることがあるのです。だが、死ぬのが心であってはいけない」

「心?」

サーソの声は聞く者に不快に響き、抑揚がなかった。まるで相手を軽蔑しているように聞こえた。サーソはケンプを見た。その場の雰囲気を変えるため、とりなしてほしいというような表情だった。

「パリス君の頭の中は、心というか心臓でいっぱいなのだ」

ケンプはジョークを言って笑った。

「パリス君はつい昨晩（ゆうべ）、言ってたね。血液の循環に関するラテン語の論文を翻訳するので忙しい、と。二人とも、もう一杯どうかね。航海に出発する直前まで我々三人で会うことはもうないだろう。二人に乾杯。陛下の敵に破滅を。我々の事業が成功するように」

サーソとパリスはグラスを合わせ、飲み干した。その酒は敵意のこもったものだった。敵意はこの日、芽生えた。そして二人は互いに相手の敵意に気づいていた。

第七章

バルストロードは太い首で、目が飛び出していた。発作的にせき込むことが多く、卒中を起こしやすい体質だ。プロスペローの役を演じるとき、熱中するあまり興奮で顔を赤くしたり感情を高ぶらせたりして、演技仲間の中には不安を感じる者もいた。今、黄色い星の付いた魔法使いの帽子をかぶり、ガウンを着たバルストロードはまさに興奮している。仲間たちは、あの魔法使いの帽子は生徒に作らせたに違いないとささやき合っていた。

キャリバンは、ミランダに怪物の子供を産ませてやると言ってはしゃいだ笑いを振りまいていた。いつものようにプロスペローは、キャリバンがクスクス笑いの発作を不必要に長引かせているのが不満で、キャリバンの笑いが終わるまで待っていられるものか、という気になっていた。プロスペローのこうしたせっかちなところがいつも二人のけんかの元だ。キャリバン役の牧師補パーカーは、逆に、この笑いを十分に表現する時間が足りないと不満だった。笑いは、言葉にはなっていないが深い意味があり、プロスペローとの対話の上で極めて重要な要素である、というのがパーカーの持論だ。

「だからこそ重要なんだ」

仲間にこう力説するパーカーの金髪は緊張で逆立った。

だが、今度もバルストロードは感情を高ぶらせ、まったく同じ演技を繰り返した。そして、パーカーにアハハと笑い出す間を与えず叫んだ。

「汚らわしい奴隷め！」

そして早いペースで台詞を続けた。

お前には善い心のかけらもない。
あらゆる悪事をやってのける。
私はお前をかわいそうに思い、
ものが言えるよう
毎日、毎時間、苦労して、あれこれと教えてやった。
自分自身意味もわからず、獣のようにわめきちらす野蛮人のお前に、
私は思いを人に伝える言葉を与えた。
だが、お前のような下劣な性格は……

ここで一拍休む決まりだ。パーカーはその機会を見逃さなかった。

「だめだ。ちょっと待ってくれ。驚いたな。まただよ、バルストロード。君は我慢できない性格のようだね。私にもアハハと笑いを演じる時間が欲しいんだ」

パーカーの金髪は再びわずかに逆立った。いら立つ彼の顔色は蒼白だ。

「いいかい。キャリバンには台詞がないんだ。彼らはキャリバンに言葉を教えた。しかし、その彼に台詞がないのは、これは矛盾だよ」

「キャリバンは悪の野蛮人だよ」バルストロードは大声で言い返した。「彼は善意などまったく通じない男だ。僕は台詞の中でそう言ってるじゃないか。くそっ、台本のここにあるぞ。よく見ろよ」

「くそっとはなんだ。聖職にあるものとして、善のひとかけらもない人間がいるとは認めたくもないね。だから……」

「台詞がない、ですって？　パーカーさん。あなた、そうおっしゃったの？」

鋭く尋ねたのは、エアリエルの役を演じているエリザベス・ジェーン・エドワーズという少女だった。彼女は美しい声の持ち主だ。先週の日曜日、イラズマスは林の中から開けたところへ迷い出て、劇に加わるよう誘われたが、そのとき聞いた美しい声が彼女のものだった。

「この劇で最もすばらしい台詞のいくつかはキャリバンのじゃありませんか」

「ああ、それはまったくその通りですが、では、その台詞が一体、どんな場面で出てくるのか考えてみてください。それはキャリバンが酔ったときか、恐怖を感じたときか、あるいは苦痛を感じたときなんですよ。そうでしょ。ところが、彼は自分の立場を主張しなければならないときには台詞がないんですよ。言葉を奪われている」

パーカーは勝ち誇ったような表情をかすかに浮かべた。

「キャリバンは道化に過ぎないですよ」

難破船の水夫役の一人が言った。出演者たちはパーカーの議論にすっかりうんざりしていた。パーカーは、物知り顔で笑みを漏らした。

「キャリバンが道化に過ぎないのならば、プロスペローが彼に怒鳴り散らすのは一体、どうしてなんですか?」

「プロスペローは怒鳴り散らしたりはしていないよ」とバルストロードは言い返した。「そうした中傷は受け入れられないね。私は台詞の中でこう言うんだ——」

「それは私が言うべき台詞だと思うわ」

セーラ・ウォルパートが突然言い出した。牧師補も教師もほとんど同じように驚きと不快の表情で彼女の方を振り向いた。

「どの台詞?」

「『汚らわしい奴隷め!』で始まるところよ。あなたがつい先ほどしゃべった箇所よ。これはプロスペローではなくミランダの台詞だと思うの」

「それは私の台詞ですよ。台本ではそうなっています」

バルストロードは当惑しているようだ。同時に、怒りと感情の高ぶりが顔に出ている。

「そこは、プロスペローがしゃべった方がいいですよ」と牧師補も調子を合わせた。

「私がアハハと笑ったあとは、怒りがほとばしり出ることが必要です。そうじゃないと印象が弱くなりますね」

「ウォルパートさんもご自分の意見を述べるチャンスを与えられるべきだと思います」

イラズマスが自分でも驚くほどの大声で言った。

彼はそれまでほとんど何も言わなかった。出演者たちのグループの端に立ち、自分の台詞の暗記に苦しみ、時折、狭い湖の向こう岸の日の当たっている野原に目をやった。彼が恐れていたそのときが近づいていた。エアリエルが歌う最初の歌とともに彼は頭を上げ、音楽の聞こえる方向を目で探るようにしながら前に歩み出て、湖岸を回らなければならないのだ。この動作をうまく演じるのはとても難しい。彼は繰り返し台詞を暗唱していた。

「この音楽はどこから聞こえるのだろう？　天からか？　地の底からか？　もう聞こえない……」

彼は暗記はしたが、それだからといって演技が上達する気配はまったくなかった。彼の演技は惨めなほど下手だった。ここ数日、彼は練習に時間をさいたが、自分自身、役者の素質がまったくないことを悟っていた。何よりも空に向かって話すという行為がばかげたものにしか感じられないのだ。たとえ一時的にせよ、自分の台詞の番が遅れるならば彼は大喜びだった。その彼が発言した。

「セーラは理由もなく、その台詞が自分のものだなどという人じゃないですよ」

「ありがとう、イラズマス」とセーラ。

イラズマスはちらりとセーラを見た。いつものことだが、彼女の美しさには打ちのめされてしまう。セーラの落ち着き払った色白の顔に帽子の縁が優美な影をつくっている。彼女の顔が感情の動きにつれて紅潮したり色白に戻ったり、変化することに彼は気づいた。しかし、落ち着き払った磁器のような表情は変わらなかった。彼女は重大な決心をしたようにプロスペローを見つめた。淡い絹のようなまつげが広がった。

「つまり、それはミランダのことでしょ」と彼女は言った。

「私にはどうしてもあなたの言うことが理解できませんね。この台詞はキャリバンのことを言っているんですよ。ミランダじゃないですよ」

バルストロードは偉ぶって、脅すような口振りだ。

「ウォルパートさんは別に台詞のことを言っているんじゃないでしょう」

イラズマスは歯に衣を着せず言いきった。セーラの目の中に称讃の色が浮かぶのをひそかに期待していた。だからその言い方は鋭かった。

「彼女はキャリバンの笑いについて話しているんです」

この言葉で、セーラはイラズマスの方を向いてほほ笑んだ。そして、腹を立てて不機嫌な様子の魔法使いと再び向き合うため視線を移した。だが、彼女の次の言葉で、彼女が本当は助けなど必要としていないことがはっきりした。

「もちろん、そうよ。私が言ってるのはプロスペローとは何の関係もないことよ。だから、プロスペローがそんなにいら立つというのは変よね。いいこと。プロスペローじゃないのよ——」

セーラは少し間を置いた。そして、顔を赤くして、一層力を込めて続けた。

「キャリバンが『辱め』ようとしたのはプロスペローじゃないわ」

彼女はこう言ったあと突然、驚くほど大きく目を見開いて出演者の一人ひとりを見渡した。

「キャリバンは私に対する企みを思い浮かべて笑ったのよ。違うかしら」

少しの間、一同は押し黙った。彼女の言った「辱める」という言葉の意味を考えたからだろう。あるいは、彼女の率直な言い方に呑まれたのかもしれない。それに今では皆、彼女が何かをしかねないこともわかっていた。イラズマス・ケンプの方に歩み寄り、彼をその場でメンバーに加えたのは彼女ではなかったか——。それに彼女は独特の仕草をすることがあった。何かを強調するための変わった癖で、自分の話が山場にさしかかると、話し方が早くなり、頭を上げ、目を伏せ、微妙に、ほんの少しだが、周囲の人にわかる程度に、体を震わせた。その震えは何かを解き放ったときの鼓動のようであった。男たちが待ち受けているのは、その瞬間だ——イラズマスは嫉妬心をかき立てられながら、そのことに気づいた。今や皆がその場にいた。キャリバン、ヒポリト、アロンゾー、三人の水夫——。プロスペローだけは、うぬぼれが強いため、セーラの言葉に心を動かされなかった。

「子供を守るための発言は父親がするものです」とプロスペロー。「ミランダは若い娘らしく素直です。しかも、育ちがいいから、あんな言い方で会話に割り込むのは似合わないですね」

イラズマスは冷たく言い放った。

「バルストロードさん。もしあなたの言う通りにすれば、プロスペローだけが台詞をしゃべることになりますよね」

　バルストロードは真っ赤になって頬を膨らませた。

「あなたの言うことは、まったく不当です。ならばミランダが台詞を言えばいいでしょう。私の知ったことか。そのほかの台詞もすべて彼女が言えばいい。娘が船を難破させようと、いかに企んだかを話しているときに、父親が黙って座っていてもいいんです」

　こう言い終えるとバルストロードは大股で数歩離れ、怒りの感情の表れた背中を向けた。だが、セーラは情け容赦なく責め立てた。彼女は甲高い、しかし、よく通る声で言った。

「素直な娘、とおっしゃるけど、ミランダは父、プロスペローがファーディナンドを虐待するのを止めようとして父と対立するのよ」

「そうです」とイラズマスは言った。「第四幕の始まりのところで、ミランダは幽閉中のファーディナンドを訪ねる。これは父親の命令に逆らってのことですよ」

すばらしい即興の発言だった。イラズマスは、この劇の細かい箇所まで暗記していた。彼は少しでも演技がうまくなりたいと思い、毎晩、夜半まで練習していたのだ。

「そうですとも」

　議論に勝ったセーラの表情は輝いていた。しかし、少しばかり自省の色も浮かんでいた。もう、誰も異論をはさまなかった。バルストロードもセーラの言い分を受け入れた。リハーサルは再開された。

　間もなく、イラズマスはセーラの顔を間近から再び見つめている自分に気づいた。プロスペローがエアリエルに「自由にしてやるぞ」と言うのが聞こえた。イラズマスは、この言葉を合図にミランダとの出会いのため勢いよく前へ進み出た。その出方は背筋をぴんと伸ばして兵士のようだ。そしてすぐに、彼女の澄んだ両目に自分一人が孤立して映っていることに気づいた。

「すばらしいお方だ」とイラズマスは言った。だが、自分の思い通りにはならない、まるで別人がしゃべっているような口調だった。

「もし、あなたの姿が示すようにあなたが神であるならば、私はあなたをどのように崇めるべきか、教えていただけるとうれしいのですが」

　彼は彼女の肩越しに、その後方を絶望的な気持ちで見やった。その風景は、もう見慣れたものになっていた。湖の向こう側には緑地が続き、その先に門が一つある低い石垣が見える。さらにその先は牧場ののぼり斜面になっている。牧場にはエニシダの黄色い藪や微妙に赤みを帯び始めたサンザシの茂みなどがあちこちに点在していた。あの門の向こうの日の当たった大地にイラズマスの脱出の夢のすべてがあるのだ。二人で脱出する。二人で一緒にそこへ行き、さらに斜面をのぼる。そして、自分自身の言葉でセーラに告げるのだ。何度も繰り返し言うように決められたこのばかげた言葉ではなく……。イラズマスがファーディナンド役を引き受けてから、セーラと二人きりになるチャンスは一度もなかった。彼女と再び目が合った。セーラの心は乱れているように感じた。もっとも、イラズマスの心の乱れとは原因が違っているようではあったが。

「輝くような美しさは人間のものとは思われない」

　彼はしゃがれ声で早口に言った。イラズマスはファーディナンド役として一度ならず、すべてをやり直さなければならなかった。彼は出演者たちが、自分の演技についていろいろ感想を述べるのに対し、いら立ちを抑えようと努力した。同時に台詞を早くしゃべる癖を直そうと努めた。

　イラズマスが家路に就いたのは午後も遅くなってからだった。日射しはまだ、暖かい。道に沿った畑は背の伸びきらない若い小麦の緑に覆われ、空にはヒバリのさえずりが満ちている。イラズマスは練習の疲れを感じたが、気分は複雑だった。ここ数日、彼は練習から解放されるとほっとする一方で、練習の場を去り難く感じるという矛盾した気分だった。帰りの道すがらの慰めはもっぱら思い出の跡をたどれること。イラズマスは、自分にとって励ましとなる彼女の笑顔、彼女の言葉、彼女の視線を求めて、つい今し方過ぎ去った場面を一つ一つ、丹念に思い起こそうとした。励ましとなるものを思い出せないわけではない。しかし、セーラが劇に集中していたのでイラズマスはその励ましがファーディナンドのためか、あるいはイラズマス自身に向けられたものか、わからなかった。

彼は町に入った。スウィーティング街への入口周辺にあるれんがの焼き窯(がま)や小さな菜園の辺りをゆっくりと進んで行くと、通りが大勢の人々でふさがれている。殴り合いを見物するヤジ馬だ。二人の男が上半身裸でともに血を流してにらみ合っている。けんかだろうか、それとも、金(かね)を賭けて闘っているのだろうか。イラズマスは馬を止めて尋ねようともしないで、ヤジ馬を避け横丁に入った。数分後、彼は造船所に近い、狭く嫌な臭いのする路地と袋小路の迷路に迷い込んでしまった。

　この狭く風通しの悪い地区には、すでに夜の帳が下りようとしていた。路地は馬がようやく通り抜けられる程度の道幅しかなかった。一つの戸口から、だらしない格好をした女が彼に声を掛けた。ぼろをまとった子供が二人、馬と並んで走りながら彼の乗馬靴を引っ張り、哀れっぽい声を出して小銭をせびった。彼は左手に川があることはわかっていたので、川の方に進もうとした。しかし、ごみごみした場所で目指す方向に進むのは不可能だった。イラズマスは怖いとは思わなかったが、いら立ってきた。彼は剣を携えており、使い方も心得ていたし、すぐに恐怖心を抱く弱虫でもなかった。しかし、夜の闇は迫っていたし、この辺りに住むごろつき共とくれば、イラズマスの子牛のなめし革のブーツを奪うためには縛り首も覚悟する、という連中ばかりだ。イラズマスは、いくらかでも明るさの残っているうちに誰か心ある人を見つけ、道を尋ねようと心を決めた。

　そのとき彼は、苦痛に耐えかねて吐く息に似た耳障りな音を聞いた。彼は手綱を引いて馬の歩調を緩めた。狭い路地の入り口を数ヤード下ったところの壁に暗い塊(かたまり)のようなものがもたれているのが見えた。最初は躊躇(ちゅうちょ)した。前に、こんな悪ふざけについて聞いたことがあったからだ。しかし、イラズマスは聞き苦しい音に混じった苦痛のうめき声に耳をふさいで通り過ぎることはできなかった。彼がその場に立つと再び耳障りな、肺に物が詰まったような音が聞こえた。馬を降りると、また聞こえた。だが、彼の最初の足音で音はしなくなった。塊が壁にもたれてぴくっと動くのが見えた。それはまったく突然で、ほとんど暴力的と言ってもいい動きだった。そして、彼が近づくと塊は音を立てず、まったく動かなくなった。

艶のない髪が顔を隠していた。その顔に生々しくきらりと光る血がついている。イラズマスが上体を折ってよく見ると、その顔の片側に小さな歯でつけられた穴があった。男が力なく倒れている間にネズミに食われたのだ。そのときイラズマスが感じたのは驚きではなく、一種の戸惑いだった。彼の足音を最初に聞いたとき、男が物音を立てずに動かなくなったのはなぜか？

イラズマスは体をさらにかがめて男の目を見た。両目は大きく見開かれ、イラズマスをじっと見つめていた。あるいは、イラズマスの背中のうしろの夜の闇を見ていたのかもしれない。そして、その夜、訪れるはずの待ち望んだ終末を見ていたのかも。イラズマスは、その瞬間、自分が邪魔者であることを悟った。この男はイラズマスが立ち去るのを望んでいるのだ。男は人生最後の力を振り絞って、静かにしていたいのだ。体にさわられたり、動かされたりはしたくないのだ。男が壁に向かって後退り(あとずさ)したのは、見つからないように身を隠そうとしたのだ。死ぬことは罪悪だから、死ぬところを目撃されるのは嫌だというように、男はこの路地に逃げ込んだのだ。

長い間、着替えもしないままの男のぼろ着から、悪臭が漂った。それは古く冷たくなった泥や油、排泄物、体の熱などの入り交じった、吐き気がするような臭いだ。イラズマスは気分が悪くなった。彼は顔を背(そむ)け、馬のところに戻った。やがて彼は、人通りがあり、居酒屋や宿屋も並ぶ、照明の一段と明るい広い通りに出た。そのときはまだイラズマスは、迷い込んだ狭い場所で死にかけた男と出会ったことによって自分もまた、汚されたのだということに気づいていなかった。

世の中で自分自身のために作った足枷(あしかせ)ほど強いものはない。自分は馬で男のもとから走り去ったのだ。あるいは自分は思い違いをしていたのかもしれない。そういう思いが足枷となって、イラズマスは男との出会いについて誰にも話さなかった。だが、男との出会いの記憶が放つ毒気から逃れなかったし、逃れようともしなかった。この記憶はイラズマスの心の傷となってうずいた。そして、長い歳月のうちに、記憶を閉じ込めてきたイラズマスを腐敗させ、その記憶が流れ出して父ケンプの死と結び付き、あの船材の臭いにつながるのだった。

第八章

リヴァプール・マーチャント号の建造作業は続き、日に日に船台の上で形ができてきた。作業は定められたスケジュールに従って進められ、ケンプの夢は具体的な姿を現し始めた。夢の作品は、どれもそうなのだが、疑いの目で眺める世間に対して自己主張しなければならない。リヴァプール・マーチャント号もそうだった。次々と形ができていく過程で、何のために建造するのか、という当初の目的が見失われないよう努めなければならないのだ。時には、途中で、建造目的が一体何か、ほとんどわからないような姿になるからだ。実際、奴隷貿易のための船らしい姿に見えたのは、建造開始当初だった。それはまず、竜骨の木材が所定の場所に据えられ、追っ掛け継ぎで組み合わされる。こうして船の背骨が形成され、それに船首材、船尾材が接続されたころだった。そのころ、リヴァプール・マーチャント号はすでに、その完璧にダイナミックな姿を見せ、その建造目的をはっきりと示していた。しかし、設計図に従って縦の骨組みを取り付け、船体の形ができあがると、船は、しばらくの間、周囲を粗削りの厚板で囲まれ、不格好な姿になった。次に船体を横切る横梁と、縦の線に沿って大量の腰外板が取り付けられると、再び船らしい形に変わった。さらに船材にオークの木釘（きくぎ）と錬鉄製のボルトが通され、その先端は打ちつぶされ、船の各部分が固く結び付けられた。この段階で船は再び目的に沿ったそれらしい姿になった。芸術作品のように少しずつ姿を変え、できあがっていくのだ。

ウィリアム・ケンプは、そのすべての段階で造船所に姿を現した。彼は次第におしゃべりになった。三角帽をあみだにかぶり、高価だが地味な服を無頓着に着て、色黒の紅潮した顔を際立たせる短い鬘（かつら）を着け、造船所の人々をつかまえては得意そうに話し掛けた。船大工やその弟子、組み立て工、綱作り職人と、相手を選ばなかった。造船所に関係する人なら誰でもよかった。水漏れ防止のため、部材の継ぎ目に流し込むタールを熱していた少年にすら話し掛けるほどだった。

商売仲間といるときも、ケンプは目の前にあるチャンスを冗舌に語った。同様のチャンスを手にした例は、仲間との共通の知人にも少なくなく、その一人がジョナサン・ホーストマン老人だった。ホーストマン老人は最初、裏通りに獣脂商人として店を構え、リヴァプール港から出航した、ごく初期の一隻の奴隷船の株を三十分の一買った。そこから老人の財産形成が始まったことは、誰でも知っている。ホーストマン老人は、ごく最近死んだが、遺した財産は二十五万ポンド近かった。また、ワイアット家が奴隷千二百人の西インド諸島への輸送のため四隻の船を調達したのは、ホーストマン老人が死ぬ、つい三年ほど前のことだった。それ以後、ワイアット家の四隻の船は少なくとも六回は、アフリカと西インド諸島の間を定期的に往復した。

「ネッド・ワイアットさんにはつい先週お会いしました」とケンプ。「奴隷貿易は六回の航海でワイアット家にたっぷり利益をもたらしたんですよ。ワイアット家はその利益を元に、西インド諸島でラム酒と砂糖を積んだ船を一ダース仕入れたのです」

　身振り手振りを交えながら彼はワイアット家の財産が急速に築かれていったことを話した。

「そこで皆さんにお尋ねしたい。あのように利益を上げる方法がほかにありますかな」

　ケンプが冗舌にしゃべるのは迷信からでもあった。その話の大部分は魔除けの呪文としての他愛ないおしゃべりのようなものだった。そのころのケンプは別に絶望的になっていたわけではなかった。単に奴隷貿易の熱に浮かされておしゃべりになっていただけだった。のちに、彼について別の見方をする人は、彼のことがわかっていないだけだ。

　貧乏とはおさらばしたし、彼の成功は完璧だった。その人生は、自分自身で考えても奇跡だった。ケンプが裸足（はだし）のまま文無しで心細い思いをしながらリヴァプールへやって来たのは十二歳の時。成長して人夫の職を得るまで造船所沿いの地域で生活費を稼いだ。人夫として働き始めてからは稼ぎを貯金した。最初に貯（た）めた五ポンドで彼は、ヴァージニア植民地向けの干し草用熊手と大鎌の刃の委託販売事業の株を一株買った。この投資の利益でジャマイカの砂糖を買い、リヴァプール商品取引所で売却した。この取引で彼の資産は三倍に殖（ふ）えた。彼はさらに多くの資金を使って投機を繰り返して資産を殖やし、事業基盤は強固なものになった。そこで木綿取引に進出する。英国製サラサの市場は至るところで開設されていた。

　情熱に加え、運も味方し、ケンプは自分で思い描いていた夢以上に金持ちになった。ここから、自分の人生は奇跡的なツキに恵まれていると考えるようになった。この思い込みが、最後は彼を破滅に追い込むことになったと言えよう。奇跡に逆転は起こり得ない。不遇だったときに必要だった松葉杖を金持ちになって投げ捨てることはあっても、ワインが水に戻ることはないのだ。ケンプは穴の中からはい上がり身を興した。彼には、イエスにより生き返り、墓から出てきたベタニヤのラザロ〔新約聖書、ヨハネ福音書11〕が再び墓穴に戻ることがあり得ないのと同様、自分が再び穴の中に落ち込むとは考えられなかった。穴に落ちる不安はあったが、そんなことが起きるとは信じられなかった。だから彼は、自分の被った損失や戦時下の大陸封鎖、物価の下落、インド産綿布に対抗する染め上がりの速い赤い染料を開発するための出費がかさむことなどに対応できなかった。

　リヴァプール・マーチャント号は彼の奇跡の一部だった。一日一日、建造が進むのを見守り、不気味な肋材の船体が優美で目的に沿った姿に造られていくのを眺めるのは魅力的で、心の慰めになった。彼は、この船の建造以外にも事業を行っており、さまざまな取引に手を出していた。それは当時、ほとんどのリヴァプール商人が行っていたことだ。ウェールズの採石場では、彼の注文で黒色スレートを切り出す男たちが働いていた。カーライルからは彼の契約した石炭船がバーミンガムの溶鉱炉に石炭を運んでいた。遠く離れた植民地では人々が彼の輸出したやかんで湯を沸かしていた。しかし、多くの事業の中でも、この船の建造は特別で、彼自身、直接に采配を振るった。

　この時期は、イラズマスにとっても、いつもとは違っていた。イラズマスは父の様子に変化が起きていると感じていた。しかし、それは、自分自身の心の状態、つまり、ファーディナンド役をうまく演じられない焦燥感を反映して、感じるのかもしれなかった。彼の生活は極めて忙しく緊張していた。一つは仕事だ。彼の役割は、まだ、相対的に小さなものではあったが、ウォーリントンからマージー河の造船所まで雑多な製品をラバの行列で運ぶ仕事と、将来に備えてそのルート沿いに少しずつ土地を買い付ける仕事を主に任されていた。彼は将来、決して遠くない時期に、今のラバが通る小道が大型馬車の通る道に改修されるのは間違いない、と考えていた。

次に家での問題があった。母の愚痴を聞かされることと、父から事業について自信に満ちた話を聞かされることだ。アカデミーでのフェンシングの練習もある。夜には友人と町での付き合いがある。これは酒だ。酒の席はあまり好きではなかったし、自分が自分でなくなるような酔っ払ったときの感覚も嫌いだった。彼の演技が上達しない原因もやはり同じで、役に酔いしれ、別人になりきれない性格が原因だった。

だが、この時期、彼が生き甲斐を実感するのは演技をしているとき、つまり劇のリハーサルに参加しているときだった。湖畔、水辺の青白い砂、キャリバンの洞窟、プロスペローの岩屋――これらはイラズマスがリハーサルに耐えていた空間を構成する要素だ。彼は自分でも演技に向いていないと感じながら、毎週二回ずつリハーサルに参加したし、セーラが演じるミランダの笑顔が誰に向けられたものかわからないことに心の痛みを感じ、つらい思いをしたが、耐え忍んでいた。これらはすべて愛のためだった。

最初のころ、リハーサルが雨で一度か二度、室内で行われたことがあった。その後は天候が好く、暖かい快晴の日々が長く続いた。足取りは遅いが春が訪れようとしていた。湖畔から続く斜面に咲くサンザシの花の色は深みを帯び、庭園にある栗の木に柔らかい花の穂が付くのも春の訪れのしるしだった。このようにゆっくりと芽吹く季節になっていく中で、イラズマスにとって経験が重要な意味を持つようになった。それも、どういうわけか、一つ一つの経験よりも、いくつかの経験が互いに結び付いたものの方が、より重要だった。そしてそれらの経験がイラズマスの頭の中で奇妙な形に融合していった。すでにこのリハーサルの場で、イラズマスは出番の合図を待つ間に、彼の記憶を腐らせる毒々しい染みを思い出していた。それらは当時のさまざまな印象の中で彼の心に残ったものである。材木の臭いを嗅ぐ男、路地を走り回るネズミのなぶりものになっていた男、絶えず脳裏を去らない深い海の歌、今は亡き祖先の思い出、などだった。

　彼は時折、船の建造工事の進み具合を監督するため、父と一緒に造船所へ行った。そのうちの一回は五月末のころだった。その際、事故が起きた。そのときのことは長い間彼の記憶に残った。

　このころまでに骨組み作業は進んでいた。横梁は規定の位置へすべて固定された。前部斜檣（バウスプリット）を支えるオーク材も取り付けられた。また、縦材（もみ）のしなやかな帯板（おびいた）が肋材の外側に沿って釘付（くぎづ）けされていた。これは船体を縦に包み込むものだった。この日は、船首から船尾まで縦に延びる長い一枚板の厚板の最初の一枚を張っていた。イラズマスは河岸の斜面の上で父の横に立ち、船の曲線が自分から遠くなるにつれて膨らんでいるのを眺めていた。そして完成したときは、船は船尾から進水するんだな、などと考えていた。

　船の両側面の足場を支える木材が頭の真上で真っすぐにそそり立っている。イラズマスは見上げたが、目が痛くなり、砲門の先はほとんど見えなかった。空は日の光が溢れているが、煙が立ち込めている。河岸の土手の上の方で三人の男がはしけを裏返し、船底に付いた汚泥の塊を剝がして焼いている。つんと鼻を突く臭いがして、煙が垂れ込めている。青い煙は木が燃えて出たもので、黒い油分を含んだ煙ははしけの底に塗ったピッチが溶けて燃えて出てくる煙だ。そのすぐ近くに船台があり、組まれた足場の中に船が載っていた。まるで揺り篭の中で眠っているような姿だ。

「連中は外板の第一列を差し込んでいるんだ。板を次にどこに張るのか、きちんと決まっている。ほら、あそこに当てて木が並べてあるだろう」とケンプが言った。イラズマスは目を細め、きらきら輝く靄（もや）を通して当て木の薄い色の線を見ようとした。当て木の線は船の全長の三分の一は優にある長いものだ。厚板に蒸気を当てるための長い炉が船台の近くに置かれている。この炉でオーク材に蒸気を当て、自在に曲げられるように柔らかくした上で、船体の形に造るのだ。炉の中の銅製ボイラーからヒューという音が聞こえ、蒸気がのぼり、日が射して明るい靄の中に溶け込んでいた。

「ほら、サーソ船長だ」とケンプが言った。「工事を見に立ち寄ると言っていた。誰か連れて来たようだな」

　二人の男が船の向こう側からやって来た。船首の下にできた大きな陰を通り過ぎると、明るい場所へ出て来た。サーソ船長はイラズマスも以前会ったことがあるが、思慮深い男で肩幅が広い。もう一人はやせており、髪を短くうしろで結び、船乗りらしい歩き方をする粋な男だ。二人が陰から、船体と横梁置き場との間の日の当たるところに出て来たとき、突然、かすかな風で河の水面に波が立った。イラズマスはサーソと連れ立ってやって来た男が鋭い顔を上げ、犬のように辺りの匂いを嗅いでいるのに気づいた。サーソは短い黒のステッキを三角帽子の端まで上げて挨拶した。

「バートン君を連れて来ました。多分、前にお話ししたかと思います。今回の航海の一等航海士になってもらいます」

「初めまして」

　バートンは父と息子を順に見てお辞儀をした。そして恭しく二歩下がり、両手を両脇に置いて立った。彼の目は黒く、落ち着きがなかった。薄い唇は、ちょっとしたことにも愛想笑いを浮かべた。

　サーソは、しゃがれた抑揚のない声で言った。

「ケンプさん、実にいい船ですね。いい設計ですよ」

「君がそう言ってくれると、とてもうれしいね」

　ケンプのうれしそうな表情は喜んでいることをよく示していた。

「いい設計と言うのはその通りだよ。横梁の幅をゆったりとっているんだ」

「私は底の幅の狭い船は頼りにならないと考えています。どうだね、バートン君」とサーソ。

「そうですよ、船長。百パーセントその通りです」

「そう、そんなのは頼りにならない小娘と同じさ。実はサーソ船長、私としてはもう少し大きく設計すればよかったと悔やんでいるんだ。聞くところでは、ブリストルの船で六百人ものニグロを積み込めるのがあるそうだ」

「はい。でも、ギニア海岸でそんな大型の船が満杯になるまで奴隷を積み込むのに、どれくらいの日時が必要だとお思いですか？　出港準備が整うまでに奴隷の半分は赤痢や暑さで倒れてしまうでしょう。

ブリストルの連中が無駄に時を過ごしている間に我々はさっさと仕事を終えていますよ。必要なのは、そんな大型の船ではありません。信じてください、ケンプさん。約百二十トンほどの積み荷を積載するこの大きさの船こそ、お役に立つはずです。このリヴァプール・マーチャント号は甲板間に二百人の黒人を容易に積み込み、アフリカの海岸を三か月で離れることができます。そのとき私の言うことが間違っていないとおわかりいただけると思います」

「専門的知識のある者ならば、一目見ただけで船のことは見抜きますよ」突然、バートンが言った。彼の口調は早口で確信に満ち、滑らかだった。

「今、張り付け中の外板の条列の工事はきちんとやっていただきたいですね。いい船になるかどうかは、縦方向の厚板の張りで決まります」とサーソが言った。

「今までにすんだところはきちんとできている。サーソ船長、もっとこちらへ来たまえ。そして、よくごらん。継ぎ目はほとんど見えないだろう」

顔を紅潮させたケンプは船長を船の側面に案内した。そこには、はるか上での仕事のために設けられた作業台に通じる階段があった。職人たちのグループが階段の下で、炉から次の部材が運ばれて来るのを待ち受けていた。男たちは恭しく船主たちのために道を空けた。

イラズマスはすぐに父を追うことはせず、きらきらと輝き、少し波立った河の水を眺めた。目の前にある波止場では、男たちが機械を使って樽をはしけに下ろしている。流れの中ほどでは一人乗りの小船が一隻、うしろに二つの木の筏（いかだ）を引っ張ってピアーヘッドに向かっている。再び振り向くと、バートンがまだそばにいた。イラズマスは話し掛けざるを得なかった。

「あの重い厚板を、湾曲した表面にうまく張るのは、とても高度な技術がいるんでしょうね？」

バートンは相変わらず、まるで犬のように油断なく構え、船主の息子にうまく調子を合わせる方向を間違えることなく嗅ぎ分けようとするかのように首を伸ばした。そのとき、赤く高い絹の襟（えり）から首が少しはみ出し、首筋の横についた長さ四インチほどの青白いひだになった傷跡の上部がのぞいた。醜い傷跡は刃の曲線をそのまま見せていた。

「曲線は二方向につけられています」とバートンが言った。「だから、おっしゃるようにこの仕事はなかなかデリケートな技術のいる仕事です」

「どういうことですか?」

「つまり、船体のことです」

　バートンの声には突然、力がこもり、うれしそうに語り始めた。彼は日焼けした腕を上げ、手のひらを上にし、指を少し曲げた。

「まず、四つに切ったオレンジを考えてください。皮をばらばらにしないでむきます。その皮はすべて端が内側に曲がっている。同時に縦の線に沿って上から下まで曲線を描いている。船体も同じです。ありとあらゆる厚板は船体の縦の線、底の線に沿ってうまく組み合わせなければならないのです」

　バートンが言葉で説明する術を心得ていることは明らかだった。その説明は味があり、興味が尽きなかった。彼は比喩をうまく使うことができたのでうれしそうにほほ笑んだ。

「だから作業は難しいんです」とバートンは言った。

　ケンプとサーソが二人の方に戻って来た。四人の男が作業台にのぼり始めた。作業台は厚板二枚分の幅で、当て木に接してつり下げられていた。炉のそばにいた男たちは手にぼろを巻いていた。

「連中は次の部材を取り出そうとしてるんだ」ケンプは息子に説明した。「部材には、ずいぶん長い時間、そう八時間近くも蒸気が当てられているんだ。それをはめ込むのを見ようじゃないか」

　イラズマスは、巨大なオークの厚板が湯気を出しながら炉から取り出されるのを見た。長さは三十フィートはあるに違いない。両手にぼろを巻いた六人の男が腰をかがめた姿勢で船の横までの十二ヤードを運んで行った。そこでロープが掛けられ、上につり上げられた。男たちが未完成の甲板の横木の上で待っていたが、高い上に、靄(もや)がかかっていたので、はっきりとは見えなかった。厚板は作業台の高さまで引き上げられ、当て木の目印の付いたところに人の手で当てられ、大きな木槌で打ち込まれた。船体の曲線に合うように重い厚板を曲げようとするため、打つたびに耳障りな音がした。うまく曲がった厚板も冷めてくると強い力で元に戻ろうとするが、厚板にぴったり合う分厚い木片で押さえ付けられた。木片にはボルトが通され船の内側から固定された。

「ありがたいことにあの二人が気合いを入れて取り付けてくれている」

ケンプは我が意を得たりといった表情を浮かべた。

しかし、イラズマスは、木片が厚板とぴったりと合っていないことに気づいた。凸状の曲線が最も大きく曲がっている船体中央部に使われている木片は十分な長さではなく、ロープでボルトの頭に縛り付けなければならなかった。ケンプが言った二人の男は短いロープをしっかり握り、引っ張るため狭い作業台で背を反らせていた。ケンプは懐中時計を眺めながら「あの厚板は十五分とかからないうちに固定されるよ」と言った。

サーソがぎこちなく、くぐもった声でケンプに向かって何か答えようとした。と、そのとき、何かをねじり取るような音が船の横から聞こえた。続いて、奇妙に調子のいいビーンという音がした。それはまるで小さな歯車の響き渡る音のように聞こえた。イラズマスは、日の光の中を翼をきらめかせるようにして飛んで行く白い物体が目に入った。厚板が跳ね返り、仕事をしていた二人の男を跳ね飛ばしたのだ。一人は船体と作業台の間を滑り落ちて行き、うめき声を上げていたが見えなかった。もう一人の男の落ちる様子は彼もしっかり目で捕らえた。男は波止場側に投げ飛ばされ、体は粉々になり息が絶えた。

皆ショックでぼうぜんとなったが、それは一瞬で、すぐに我に返った仲間たちは二人のところへ駆け寄った。しかし、イラズマスは、ショックがいつまで経っても消えなかった。あとになって、イラズマスはそのときのことを思い出すと、ショックで頭が真っ白になったあの日の午後、あのぼんやりした光、ビーンという死の音が歳月を超えてよみがえるのだ。当時、彼はまだ若く、周囲の人々の表情を観察して、自分の表情をつくる参考にしようという意識が働いた。そこで、彼が見たものは何かの終わりでもなければ始まりでもなかった。彼が見た人々のうち、表情に変化が浮かんだのはサーソただ一人だった。彼の小さな目には、何か予期したことが、予期した通り発生したことに対する満足の色が浮かんでいた。

第九章

不具になった男と死んだ男、そしてあの男の目

——だが、イラズマスのリヴァプール・マーチャント号のさまざまな思い出は、この事故以降空白となり、船の進水一週間前のトラブルまで飛ぶ。このときは船首像を巡って問題が起きた。ケンプが気に入らない、と彫刻師のサミュエル・オーツに文句をつけ口論になったのだ。それは進水直前まで続いた。オーツは名の知れた彫刻師で、とりわけ彼の制作した船首像や船尾の彫像、肋材の上端の渦巻装飾は評判が高かった。彼は昔、船大工だったが、足場から落ちて足が不自由になり、少年時代に情熱を燃やした木彫りに再び目を向けるようになった。造船業が盛んになるにつれ、彼の新しい仕事は大いに繁盛した。そして、このころには、二人の専門職人と数人の徒弟を雇い入れ、仕事の細部に細かい注文をつける客にはいい顔をしないほど羽振りがよかった。

だが、ケンプも頑固だった。ケンプは船の象徴の重要さをよくわきまえていた。彼はどんな象徴がふさわしいのか、具体的なイメージを持っていた。舵には、鬘（かつら）をきちんと着け、羽飾りの付いた帽子をかぶった男の胸像がふさわしい。それは、新設されたばかりで、彼も出資者になっているアフリカ貿易商会社の象徴だ。次に船首像には商業の神として、二頭の小さなライオンを両脇に従えたデボンシャー公爵夫人像を据える、というのが彼の考えだった。ケンプはデボンシャー公爵夫人を一度見たことがあり、夫人をすばらしい人だと思った。一問着があったのはこの公爵夫人像だ。彫刻師のオーツが注文主であるケンプの意向を取り違えたのか、あるいは、ケンプが考えを変えたためなのか——イラズマスは父が意見を変えたのが原因だと思った。なにしろ、当時のケンプは頻繁に考えを変えたからだ。とにかく、彫刻師は何もかぶらない公爵夫人像を作った。ところがケンプは像に華麗な装飾品、例えば、冠とか宝飾を付けた方がいいと言い張った。

「公爵夫人像は我が国の富を生み出す事業のシンボルだからね。王冠は似合わないが、少なくとも小さな冠は必要だよ」

ケンプとオーツが向き合っていた工房で、イラズマスはオーツたちが取り組んでいる作品を見て、感嘆に近い気持ちを覚えた。同時に、工房の細長い部屋で、前方をじっと見つめる彫像群に取り囲まれ、塗料や木屑の臭い、油やニスのねばねばした混合物の臭い、さらには、オーツが松材を蒸留してテレビン油を作っている口の広い壺からのぼる泡立った樹脂の臭いが漂う中で、父が発散する気迫のようなものを感じた。

湿気を帯びた部屋の空気を通して、体の下の部分が明るい緑の葉で覆われた青白い裸のニンフ、ターバンを巻いたトルコ人、金箔を貼った二体の智天使、前足を上げうしろ足で踊り跳ねる一角獣が、言い合う二人を見下ろしていた。オーツは自分の作品の間で片足を引きずり、いら立たしそうな表情を浮かべていた。

「おわかりいただけると思いますが、ケンプさん。私はほかにも仕事を抱えているんです。もう一度、夫人像を最初から作り直すことはできません。それにご注文の期日に間に合わせることも無理です」

二人の頭上に明るい色で塗られた巨大な公爵夫人像があった。像は青い目を大きく見開いて作られており、どんな悪天候にも耐えられるように下地塗料が塗られ、その上にワックスが塗られ、輝いていた。公爵夫人の長い黄色の髪は背中に届いている。裾の部分がゆったりとした紺青色(ロイヤル・ブルー)のガウンを着ているが、白い肩はむき出しになっており、見事な真っ赤な両乳首、豊かで滑らかな胸のふくらみもあらわだ。両手は背中に回り、ドレスの折り目の中に隠れている。このため像は、晒(さら)し者にするため、あるいは生け贄(にえ)にするために縛られた囚われの巨人のようで、見る者に強烈な印象を与えた。

ケンプはイラズマスに情熱的な目を向けて言った。

「ありがたいことに像は立派な出来だ。しかし、私としては像に小さな冠をかぶせてやりたいのだ」

「最上の楡(にれ)の木で金色の小さな冠をお作りしましょう」

オーツはいら立たしそうに、しかし、半ばあきらめ顔で言った。

「私としては、像の額の上に冠を載せ、四分の一インチの枠を頭の周りに巡らせた上、にかわで接着します。ここで作っているにかわは決して剝がれることはありませんよ。別作りになりますが、問題はないと思います」

結局、このオーツの考え通りにすることで話は決まった。しかし、冠を巡りもめた結果、公爵夫人像の据え付けは工事のほとんど最後に回されることになった。造船所の船大工たちは、仕上げ直前にするさまざまな作業の合間をぬって像をつり上げ、船首に据え付けた。最後に、昇降口を仕上げ、後甲板の隔壁の上に回転砲を載せた。船食い虫対策として混合塗料が船底に塗られた。タールとピッチと硫黄のこの混合塗料は、プリマスにある王立造船所の漏水対策主任、ジョン・リーが最近、推奨しているものだった。

進水式はひっそりと挙行された。ケンプは華やかに進水式をやろうかとも考えた。しかし、結局、進水式に立ち会ったのは、ケンプ親子、数人の居合わせた人、造船所関係者だけだった。ケンプは、船渠脇にシャンパンを用意し、短いスピーチで船の完成のために働いた人々に感謝の気持ちを表した。列席者は大声を上げて拍手し、挨拶に敬意を表した。人々のケンプを敬愛する気持ちは変わらなかった。それは、ケンプが工事中に事故で死んだ作業員の未亡人や、体が不自由になった作業員の家族を手厚く見舞ったことを、誰もが知っていたからだ。

進水の準備は、どの船のときでも同じだが、粛々と行われた。足場はすべて取り除かれ、支柱も外された。リヴァプール・マーチャント号は船台の上で自由の身になった。その瞬間、どうしたらいいのかわからず、戸惑っているように見えたが、重量感を漂わせながら、グリースを塗った船台を前方に滑り降りて行った。竜骨を支えていた木材が船に引きずられて一緒に滑って行った。少しの間、船の滑り降りる姿がまぶしく見えた。喫水線の下はすべて白く塗られ、喫水線の上の真新しい厚板に塗られた樹脂が光っていた。主外部腰板と船名は粋な黒色で、鮮やかに浮き上がって見えた。船は水面に達したとき、それまでの優美な姿勢が崩れた。船尾が暗い水面に沈み、揺れながら進む船の周りには、ようやく船から離れた支柱の木材が浮かんだ。

船は船尾を前にして中流へと曳航され、そこでマストが取り付けられることになっていたが、ケンプが最後に見たのは、彼から遠ざかりながらも何かを訴えかけるような公爵夫人像だった。確かに自分の船が処女航海に出る前夜、ケンプは波止場に立ち、港に停泊しているその船のマストや円材を、靄の立ち込める水面の向こうに見るだろう。あるいは見えるような気がするだろう。しかし今やその船は、ほかの船と変わるところのない普通の形にできあがっていた。実際にケンプが最後に目にしたのは、戸惑いながら船台を滑り降りて行き、一瞬、不格好に揺れ動いた姿、何を訴えかけるような船首像の去り行く姿だった。それが最後で、その後、ケンプはリヴァプール・マーチャント号を二度と見ることはなかった。

第二部

第十章

マシュー・パリスは陸での最後の夜を波止場からさほど遠くないウォーター街の宿屋で過ごした。それに先立ってレッド・クロス街の叔父ケンプの家へ別れの挨拶に行った。そこでは、泊まっていくように親切に勧められたが、断った。その方が叔父にとっても自分にとっても気楽だったからだ。彼は一人になりたかった。叔父は将来の夢について熱心に語ったが、彼はそれ以上我慢して聞く気にはなれなかったし、そういう気持ちが顔に出てしまわないとも限らなかったからだ。

アフリカ航海の準備は、少なくとも物の面では、終わっていた。準備したのは、まず、ごくわずかな衣服。パリスはこれだけで十分だろうと考えた。次に薬箱、治療器具、包帯、その他の手当用品、それに大量の医薬品。どういう事態が起きるか想像もできないので、考えつくあらゆる医療用品を用意した。マスタードやユーカリ油も整えた。叔母がくれた漆塗りの箱には筆記用具を、木枠の付いたブリキ製の大きな箱には本を入れた。スペースに限りがあるので、持参する本は厳選した。ポープ、モーペルテュイ、ヒューム、ヴォルテールの四冊は、彼の蔵書のほとんどすべてを運び去った執行吏の手から守り通したものだ。五冊目はアストリー編『旅行者のための新アフリカ事情』だ。これはアフリカについて学ぼうとする者にとって必要な情報が山と盛り込まれていると聞いたため、叔父からもらった金(かね)を少し使って買い求めた本だ。このほか、この頑丈な造りの箱に、途中まで翻訳したが、まだ完成していないハーヴィー〔十七世紀英国の医学者〕の論文『心臓の鼓動と血液の循環について』の原稿を入れた。この翻訳は、監獄で叔父の尽力により独房に入ることができたとき、着手したものだった。

読書は習慣だ。だから船の上でも本を欠かすことはできない。ただ、ハーヴィーの論文は別だ。パリスは長い間、その持ち込みをためらった。それは矛盾だが、どうすべきか決しかねたのだ。奴隷船に乗り航海することは、これまでの人生を無にしたいという目的に最もかなうもので、それこそ自分が真に望んでいることだ。過去と縁の切れない自分の神経を麻痺させたい――彼はそう思った。だが、やはりハーヴィーの論文を置き去りにすることはできなかった。なぜだ。おのれに野心がまだあるのか。学問上、革命的と言えるこの偉大な論文を翻訳することで得られる栄誉が欲しい、というのか。自分を殺したい、自分の人生を暗闇の中に葬りたい、という思いが、時には暴力的な強い衝動として襲ってくるというのに、一方で、そのような希望を抱くというのはまったくの矛盾ではないか。そして、新しい問題について思いを巡らせようとするたびに、自分を待ち伏せていたように過去が不意に顔を出す。これはなぜだ。こうした問い掛けが刃のように胸を刺す。何とも寂しく悲しい。

ハーヴィー論文を置き去りにはできないもっと直接的な理由もあった。彼はそれも重視した。航海は少なくとも八か月はかかりそうだ。その間ずっと、診療に忙殺されるとは考えられない。手持ち無沙汰のときもあるだろう。八か月か――宿の二階の窓際に座り、外の道路の丸石に降る小雨を眺めながら彼はぼんやり考えた。多分、もっと長くなるだろう。一年かもしれない。サーソ船長に尋ねれば、きっと「状況次第だ」と言うに決まっている。新しい環境で、いろいろ体験すると自分の考え方が少しは変わるだろうか。いや、その可能性はとても薄いだろう。前途に何事が起きようと、自分は影響を受けることはあるまい。自分の生き方にこだわり続けるに違いない。自分は、二、三回手酷い打撃を受けただけで、今の生き方に極めて短い間にたどり着いたように思われる。

これまでの人生は、研究、診療、幸せな結婚生活といろいろあったが、まだ自分の生き方を確立しておらず、周りの影響を受けやすかった。当時の自分は、何かに向かって漂流している、別の言葉で表現すれば何かを追い求めている、と思っていた。だが、まったく突然、その流れが逆転した。自分は逆に、追われる立場になった。その結果、自分は今や、石のように頑なな人間に変わった。これで救われるのだろうか。何かを追い求める者は頑なな石にはならない。追われる者だけが変化を受け入れない生き方に変わるのだ。

午後遅くになって、パリスは筆記用具を取り出し机に向かい、ノリッジにいる研究仲間に手紙を書いた。彼はその友人に化石のコレクションを預けていた。それは唯一、彼に残された物であり、気掛かりな品だった。書き始めるまでの少しの間、ためらった。一行も書いてない便箋から目を離して、窓の外を斜めに降る細かい雨に見入った。すでにノリッジを出るとき、彼は友人に別れを告げて来た。手紙を書くのは孤独の慰めに過ぎない。書くのはやめよう、とも考えた。だが、何かにせかされたようにペンをとり、インクをつけ、書き始めた。

拝啓　この手紙を出港前夜に書いています。同時に私とルースに対するあなたの親切に対して、もう一度、もう一度、さようならを言います。お礼を言います。

書き始めたばかりなのにペンはここで止まった。書面がぼやけて見えたためだ。感謝の言葉を書き出した途端、妻を思い出して涙が溢れ、止まらなくなってしまった。ルースの思い出は悲しみに満ちている。涙を拭いた。喉を詰まらせながら、ペンを走らせた。

この航海でどんなことが待ち受けているのか、まったく予想はつきません。しかし、あなたにご心配をおかけするつもりはまったくありません。また、航海に出ることをあなたに自慢したい、などと考えているわけでもありません。帰って来たら自分がどうなるか、についてもまったく関心がありません。少なくとも今はそうです。航海で我が身に危険が迫れば、ほかの連中と一緒にあがくのでしょう。それが人間というものですから……。もし、私が航海から戻らないときは、保管していただいている化石のコレクションを、そのまま、手元に置いてお使いくださるようお願いいたします。あのコレクションは私の持ち物の中で唯一、価値ある物です。どんな事態になろうとコレクションはあなたにお使いいただきたいのです。そしてあなたの物とお考えいただいて結構です。

　私がノリッジに戻るとは考えにくいのですが、仮に戻ることがあっても、私はコレクションを見せていただきたい、などとは決して申しません。コレクションを見ると心の痛む過去を思い出すことになるだけだからです。化石の標本があなたの研究のお役に立てば幸いです。特に海の生物の標本は、海中での生息場所の変化を研究する手掛かりになると思います。この標本を利用しないと、その変化を推定することはできないと考えます。

　私は研究をあきらめました。研究は過去には私の人生の一部分でしたが、その人生はもう永久に終わりました。しかし、私の信念は今も変わりません。生物の世界においては私は一つの重要な法則しか認識することができません。それは、種の変化が段階的に進むので、それを追っていけば我々は常に種の原初形態にたどり着くことになる、というものです。この法則は人間についても適用できるに違いないと考えます。人間のような複雑な動物の場合、生命の仕組みも、一見、極めて複雑に映ります。しかし、人間も最も原初的な生物と同様、生命の仕組みは単純だと私は考えます。それには理由があります。自然発生のどの種も同じであった時期が、ある期間あったのです。そのことは旧約聖書の天地創造の説明と一致するかもしれません。しかし、長い時の流れの中で、大地や水が状況を変えるにつれて多様な変化が生じました。

　私は神の創造を否定し、無神論的な考え方を宣伝した、と非難を受けました。しかし、それは事実ではありません。ただ、固定不変の種があるとか、それが出現と消滅を繰り返すという考え方を信じ込ませようとする人々に同調することはできません。私の理性が許さないのです。

パリスは自分を軽蔑する気持ちが少しずつ強まってきた。突然、「敬具」と書いて文を終わらせた。便箋のインクを乾かしながら自分の度し難い虚栄心と愚かさに絶望する気分に落ち込んでいった。今になっても自分が志操堅固であったと自慢するとは……。破滅した人生の廃墟に立ち自分の信条を自慢するのは、牛馬の糞の山の上で時を告げる、うぬぼれの強い雄鶏と同じではないか。自分は理論的に導かれた事実を主張し、それを公表した。その代償は高いものについた。それにもかかわらず、今もなお、自分はそれを自慢しているのだ。自分に残った唯一の財産が干からびた骨と死んだカブト虫であるというのは、いかにも自分に似つかわしい。教会に扇動された暴徒が我が家を襲い、印刷機を壊し家具を道路に放り出した。だが、暴徒たちは、軽蔑すべきものを見分ける確かな本能から、書斎にあった化石のケースには手を触れなかったのだ。

もう一度、やり直すことができるならば、ルースとお腹にいた子供を取り戻すことができるのならば、ひれ伏して自分の説を取り消してもいい。ひざまずいてこれまですべて誤っていたと認めよう……。だが、それも糞の山の上で時を告げる類いだ。自分がすべて正しいと言い張ることができないのならば、すべて誤りであると認めてもいい。いい加減な妥協はしたくない。

自分を恥ずかしく思うあまり、パリスは手紙を破り捨てそうになった。しかし、自制した。この内容で良かったのだ。この手紙でチャールズは標本が自分の物となり、自分の物になれば扱いに一層気を配るだろう。自分の物になれば扱いに一層気を配るだろう。チャールズはそういう性格だ。チャールズは化石などの収集を続けるだろう。観察し、研究ノートを書きためていくだろう。しかし、その成果を公表して身の危険を招くようなことは、死ぬまでしない男だ。ヨーロッパには、チャールズのような研究者が大勢いる。彼らの世に埋もれた研究が一人の偉大な人物によって総合される日がいつかくるに違いない。そうなれば地球の推定年齢が大胆に発表され、生物がどのように変化してきたか明らかにされるだろう。

少し経って暗くなりかけたころ、彼は外出し、ピアーヘッドまで散歩した。雨はまだ降っていた。女がびしょ濡れのまま壁にもたれてジン臭い息を吐いている。一、二軒の酒場から明かりが漏れている。蹄鉄の店では、主人が背中を丸めて仕事をしているのが見えた。しかし、河岸に近い通りにはほとんど人通りがない。

パリスは雨の中にたたずみ、沖合を眺めた。停泊地に係留された船の明かりが湿った空気を通して点滅している。暗い水面に浮かんだリヴァプール・マーチャント号も、ほかの船とともにそこに係留されている。しばらくそこに立っている間に夜の帳が静かに下り、水面の向こうに見える点滅する明かりと、静かに降る雨だけの世界になった。と、潮の流れる音がした。帰巣が遅れた海鳥のけたたましく鳴く声が聞こえる。遠く埠頭に沿ったところにある酒場から聞こえる声が高くなったり低くなったりする。

パリスは、アフリカのことを考えよう、アフリカ人の生活を想像してみようとした。アフリカ人の生活はこの奴隷船により大きく変わるに違いない。自分の生活も奴隷船に乗ることで変わる。しかし、それ以上の大きな変化がアフリカ人の生活にもたらされるだろう。だが、アフリカはあまりにも遠い。今は雨が顔を濡らすことしか感じられない。しみじみ孤独だと思った。酒場のドアが開き二人の男が姿を現し、戸口に立ったまま話し込んでいる。開いたドアから漏れる黄色い光の中に雨が突然はっきり見えた。虫が飛び交うように降りしきる雨、雨の輝き……。突然、子供のころの夏を思い出した。夜、庭のランプの周りに集まる昆虫たち。沈み行く太陽の光の中、川面（かわも）を飛び交う虫たち。夏の日の暖かさの名残が感じられる中で高く飛び上がったり、低く飛んだりする。その動きは人間の息遣いに似て規則正しい。

酒場のドアが閉じた。戸口から漏れる光が見せた、虫の飛ぶような印象を与える雨が消えた。しかし、夏の昆虫の群れのイメージは、彼の失ったすべてに対する思い出と同様、彼の心の中に残った。彼はその場を去ろうとはせず、船の明かりを見守り続けた。このうちの一隻が彼を未来に連れて行くことになっている。だが、彼の思いは、過去にしか向いていなかった。

第十一章

リヴァプール・マーチャント号の自室でサーソ船長は椅子に座り、潮の干満につれて船がきしみ、ため息をつくのを聞いていた。良い船だ。サーソには、その良さがわかった。契約書に署名し、その上に血印が押された。彼は、少しの間、何も言わずに三人の男の顔を見比べた。三人は彼が船長室に来るように命じた者たちだった。バートンは昔からの顔見知りだ。バートンの反対側のランプのすぐ下に座っているのは二等航海士のシモンズ。バートンより若く、金髪で澄んだ青い目をしている。以前に折れた鼻はうまく直っていない。甲板長のヘインズは筋骨たくましく色黒。巻き毛の髪に油を塗っており、きらきら光る目は寄り目だ。サーソが口を開いた。

「よく聞くんだ。言っておくことは、ほんのわずかだ。よく覚えておけ。三人共、承知していると思うが、出港準備はほとんど終わった。もっとも塩漬け牛肉の積み込みはまだ足りないし、足枷もまだ積み終えていない。だが、それらも間もなく用意が終わるだろう。あとはただ海路の日和を待つばかりだ。出発までの間、水夫が船を離れることは禁止だ。だが、連中の扱いには注意しろ。酷い扱いはするな。食事は腹いっぱい食わせてやれ。それから出港までの間は、グロッグ〔ラム酒の水割り〕を一人一日当たり半パイントつけてやれ。それ以上はだめだ。けんか騒ぎになるからな。水夫には、できるだけ忙しい思いをさせるんだ。しかし、船が出港してブラックロックを過ぎるまでは、縄の鞭を使わないように注意しろ」

耳障りな声でささやくようなサーソの話が、ここで止まった。考え込んでいる様子だった。話の続きを始めたときには、話し方が変わっていた。陽気に話そうと努めているようだ。

「ほかの船では、時折あるケースだが、鞭から逃げるため、水夫が水中に飛び込み、泳いで逃げるようなことが起きては困る。飛び込んだ奴が浮かび上がって来なくても逃げ延びても、船にとっては損失だ」

そこでまた話を止めると、サーソは三人の目を一人ひとり、のぞき込んだ。それは昔からの癖だが、相手を当惑させた。そして太い人差し指を上に伸ばして言った。

「いいか皆。厄介なことを起こしたら自分で始末してもらう。言いたいことはそれだけだ。バートン君、ちょっと残ってくれ」

　ほかの二人が出て行くと、サーソもバートンもくつろいだ姿勢になった。一人は体をあまり動かさなくなり、もう一人は、逆に体を強く揺すった。バートンは座り直して顔を上げた。幅の狭い、用心深い顔だ。

「ご満足のいくいい船長室ですね。オークの壁といい、マホガニーのテーブルといい……」

「私の部屋のことなどどうでもいい。内装は見ればわかる。君の仕事じゃない」

「もちろんです、船長。ちょっと言ってみたかっただけですよ」

　バートンは気軽にユーモラスな口調で言った。これは賭けのようなものだ。バートンは船長の機嫌がいいと読んだときだけ打ち解けた調子で話し掛けるのだった。だが、非難するような船長の言葉を聞いてバートンは目を細くした。その目に浮かんだ打ち解けた色は消えた。

「君が自分の与えられた仕事をきちんとやれば、君の面倒は私が見る。永久に船の仕事におさらばすることもできる。君に与えられた仕事は何か、わかっているだろう。で、海上では船長の代理として大声で指示してくれ。奴隷海岸に着いたら私と一緒に川の上流に行ってほしい。そこで、私とともに砂金取引をやってもらう。取り分は取り決めに従う。この秘密取引は誰にも漏らすな。船内でも陸でもだ。約束だぞ。それだけだ」

「あなたは私のことをよくご存じのはずです。こんな取引を以前にもしましたね」

「ああ」

　サーソは厳しい表情でうなずいた。

「私は君をよく知っているつもりだ。さあ、ブランデーはどうかね。君も私のことを知っているだろう。君はギニア海岸についても詳しいな。もし、君が約束を守らなければ、プール通りには二度と戻れないぞ。カースル街のご婦人たちを拝むことも、もちろんできないだろう。あそこで楽しい思いをすることは無理だな」

　バートンは答えなかった。グラスのブランデーを少し口にして味わうように細い顎を動かした。

「すばらしいブランデーですね。一級品です」

「ブランデーのことなどどうでもいい。なれなれしくし過ぎだ、ばかめ。今回の航海は知っての通り、私の最後の航海になる。いつもの航海のように厳しくやるつもりだ。最後だからこそ、いつもよりさらにいい航海にしたい。君が立場を利用して私を裏切ったりしてみろ。このサーソは、海では、誰もえこひいきしたりしない。君は、そのことを思い知るぞ」

「わかりました、船長」

サーソは顔を上げた。

「船に強い力がかかっているようだ。係留索を引っ張っているんだ。私はいつものように船主の利益を守るよう努める。取引は、船主にとって最上の条件ですするつもりだ」

船長は顔を上げたまま続けた。その姿はまるで、船室の外に広がる夜の帳から何かを聞き出そうとしているようだった。ランプの灯りが船長の濃い眉毛を照らし出した。しかし、その目は陰になっていた。

「ケンプ氏は私を雇った。私はいつものように最善を尽くす。それが契約の条件だからな」

何かに気を取られている表情の船長を、バートンは内心、嫌悪の気持ちで見つめていたが、こう聞いた。

「船長、どんな契約ですか？」

「いいんだ。気にするな。私はきちんとやってきた。だから今、船長としてここにいられるのさ」

「確かに船主として立派ですよ、あの方は」

少し間を置いてバートンが言った。

「何にでも首を突っ込みます。あらゆる積み荷について、あの方が指示をしました。適切で、どの品も奴隷取引に必要ではありますが」

ケンプは、積み荷についても、ほかのことと同じように、きめ細かく指図し、サーソたちと相談してきた。出港前のこの数日間、船には食糧のほか、さまざまな品物が積み込まれた。売り物としては、マスケット銃、火打ち石、火薬、ビーズ、鉄棒、明るく色染めした綿布数反、タフタ織りと絹の梱、金モールの付いた三角帽子、各種ナイフ、銅のやかんとたらい、ブランデーとラム酒の樽、五百枚の鏡が積み込まれた。売り物ではない品物も運び込まれた。

鞭、親指締め、奴隷に押す鉄製の焼き印、相当な量の手枷、足枷、鎖、南京錠など。いずれも、しっかりした材質でよくできている。

「二等航海士に奴隷二人の専売特権を与えましたが、これも同様にケンプさんの指示なんですね。こんな、まるで慈善事業のような大盤振る舞いの契約なんて聞いたことありませんよ」とバートンが言った。

　サーソはブランデーをあおり、今度は頭を下げて考え込んだ。彼は、その場に他人がいても構わず、新しい問題に注意力を集中することができた。引き潮になり、停泊している船の状態が前とは変化したのが感じられた。灯火がかすかに弧を描いて方向を変えた。その光は、ニスの匂いが今も残るオークの壁を照らし、次にサーソの頭を照らし、さらにバートンの顔を照らし出した。バートンは突然、憤然として言った。

「気に入りません。船大工や砲手に何かを与えるというのはいいですよ。船に必要な連中ですからね。でも、ギニア航路での二等航海士の役割がどんなものか、ケンプさんはご存じない」

　サーソは頭を上げて、憂うつそうな目で相手を見つめた。

「その問題に口出しは無用。船がジャマイカに着くまでに、二等航海士がどうなっているか、船大工や砲手がどうなっているか、わかるものか。乗組員全員が無事にアフリカから帰ってきた船など、あるかね？」

「それに、医者が乗船しますよ。船主の甥というじゃないですか。それも航海に出たことのない人だ。一体、そんなお人が船で何をするんですか？」

　バートンは怒りが収まらないと言いたげな表情だ。

「ああ、何かあるんだ」とサーソ。「航海に出なければならない訳がな。その医者は信頼するに足ると思った人間には、その理由を話すだろう。バートン君、彼から聞き出してみてくれ。友達として心配だ、胸の内を聞かせてもらってもいいんだぜ、と持ちかけてみてはどうかな。できるだろう？」

「最善を尽くします、最善を。船長」

　バートンはブランデーの瓶をじっと見つめながら答えた。

「もう少し飲むがいい。そのあと、陸に行ってほしい」

「今夜ですか」

「そうだ。今夜だ」

サーソはいら立たしそうに言った。

「雨に濡れると体が溶けるとでも思っているのか。水夫募集のポスターを張り出してから三週間経ったが、集まったのは、今のところ、わずか二十二人だ。黒人たちを降ろし、帰路に就くときは、それでも構わないが、出港のときは二十五人以下では無理だ。ヘインズを連れて行くといい。彼は役に立ちそうな男だ。河岸通りで様子を見て来るんだな」

「もう一人連れて行っていいですか。様子が妙なときの用心です。リビーはどうです。眼帯をした男です。ヘインズとも親しく、二人で話しているところを見たことがあります」

「バートン君、驚いたな。奴隷船で平の水夫に人集めをさせようというのかね。フォンビー水路を過ぎる前に甲板中が血の海になるぞ。連中は仲間内でけんかするのではなく、高級船員を血祭りに上げようとするだろう。だめだ。君やヘインズが助けを必要とするときは、その場で、くず野郎共に金を払って助けてもらうことだ。陸に着いたとき、二人が分かれて行動した方がいいというのなら、そうすればいい。九時ごろには戻って来てくれ。船には責任者としてシモンズを残す。私も一緒に募集のポスターがどの程度効果を上げているのか見に行こう。仕事にかかりたまえ。君もヘインズも冷静にやってほしい。しくじったら君の責任だぞ。君が年長だからな、バートン君。船には水夫がもう少し要る。どうやって集めるかは君に任せる。私はそんなことに関心はない」

第十二章

その三十分後、船から半マイル離れたところにある怪しげな酒場に、ほろ酔い気分の水夫が一人で入ろうとしていた。酒場は波止場に近い、狭い道にあった。水夫の名はウィリアム・ブレア。

ブレアは陸に上がったときに着る一番上等な服を着込んでいた。八か月に及ぶ航海の給料を二時間前に受け取ったばかりだ。上陸後の二時間に歩いた距離はといえば水辺からわずか三百ヤード。それでもポケットに給料は、たっぷり残っていた。彼の気分はよく変わり、浮き浮きして陽気になるかと思えば猛々(たけだけ)しくなるという具合だった。

　店に入りテーブルの間を反り返って歩いていたとき、足につまずいた。それまでなかった足が突然出てきたのでつまずいたのだ。

「足を引っ込めな、坊や」

　ブレアはこう言ったが、他意はなかった。格好をつけようとしただけだ。ブレアは常に格好を気にする男だ。格好のよさを見せようとするあまり、人と争うことも少なくなかった。彼は小柄で敏捷だ。その上、怖いもの知らず。ブレアが声を掛けた男は何も言わなかった。しかし、足は引っ込めなかった。

　ブレアは立ったまま男を見下ろした。男は光る黒い瞳の寄り目で、口元を引き締めている。その顔は大部分、帽子の陰に隠れている。帽子は山の高い船乗り帽で、ニスを塗って磨かれていた。

　ブレアはカウンターに近づき、「やあ」と声を掛け、ジャケットの前を濡らした雨の滴を払い落とした。ジャケットはもみ皮の南京ジャケットだ。

「まだ、ぱらぱら降ってるよ。やんでほしいなあ」

　店主は太って頭が禿げている。エプロンは油で汚れており、無表情だ。目は茶色で、どんよりしている。

「いらっしゃい。お客さんはそう言うけど、小糠雨(こぬか)はお客を連れてくると言って、商売にはいいんですよ」

「この商売は何でもいい方に考えるんじゃないの？　雨もいい、晴れもいい、とかね。悪くは解釈しない。そうだろう？　おやじ。ジャマイカ・ラムの一番いいのを四分の一パイントもらいたいな。たっぷり注(つ)いでくれ」

「おい、スコットランド野郎」

　ブレアが金を払うため財布を取り出そうとしたとき、突然うしろから横柄な声がした。振り向いて声の主(ぬし)を確かめるまでもなかった。足を投げ出していたあの男だ。ブレアは別の男がカウンターのうしろのドアから出て行くのに気づいた。出て行った男はぼろの長いマントを着ていた。ブレアは男が去ったことに無関心を装った。うしろ姿を追ってきょろきょろするのはプライドが許さない。再び格好を気にし始めた。財布をしまうときも、ゆっくりしまった。慌てるのもプライドを傷つける。

「困ったものだ」

ブレアは嘆かわしそうに店主に大声で言った。周囲の者に自分の話が聞こえるように。

「大抵の人間には、常識というものがある。だが、常識がなく何も知らない連中もいるようだ。とんでもないことを言い触らすんだから」

ブレアは椅子がきしる音に聞き耳を立てた。彼のうしろで何か動く気配がした。しかし、何も聞こえなかった。彼はラムを飲み込んだ。喉と胸に熱さを感じる。飲みながら気分がよくなる気がして、また飲んだ。

「俺はサンダーランドの出だ」

ブレアは大声で言った。

「おやじ、もう一杯頼む。同じのでいいよ」

店主はうなずいた。彼の目はブレアの財布と中身、財布をしまったポケットに釘付けになっている。

「船から降りたばかりでしょ？」

「今日の午後、波止場に着いたんだ。カラカスから七十五日もかかったよ。船はブリッグのアルビヨン号で、船長はジョサイア・リグビーだ。とにかく、下船できてうれしいよ。一等航海士ときたら、冷酷で人間の仮面をかぶった化物野郎なんだ」

ブレアは、まるでけんかを吹っ掛けようとしているように店主をにらんだ。「陸であいつに出会ったらただじゃおかねえ」

ぼろのマントを着た男が再び姿を現した。数分後、若い女が二人、笑いながら酒場に入って来た。髪が雨に濡れている。二人は真っすぐカウンターにやって来た。

「ねえ、一杯おごってくれるんでしょ、あんた」

「いいよ、おごるよ」

ブレアは気前よく言った。

「ビリー・ブレアはご婦人に対してノーと言う男じゃない。だからと言って、一杯だけおごってすまそうとするけちくさい男とは違う、と買いかぶってもいけないよ」

「この人って楽しそうね」

声を掛けてきた女が言った。アイルランド訛りで薄い赤毛の美人だが、貧血気味だ。右の頬骨の上に殴られてできた黒いあざがある。

「あたし、口先のうまい男って好きよ。あんたなら、その辺にいる口汚い間抜けさんたちは目じゃないわね、船長さん。ジンをおごってちょうだい。あんたは？　ベシー。こちらはベシーよ。あたしはイヴ」

「ジンがいいわ」

ベシーも言った。

「ジンをご婦人たちに。俺にはラムをくれ」ブレアは注文した。「きっと……」彼は誰に言うともなくつぶやき、顔をつるりとなでた。

「あとでいいですよ」店主が言った。「注文のたびに払っていただかなくてもいいよ。この商売をやっていると、人の性格を見抜けるようになってね。どんな人が信用できるか、よくわかるんでね」

「そうよね。この辺りに気前のいい男なんて、そんなにいるもんじゃないよ」とイヴ。

「この辺りとは、どの辺りかな」

ブレアはいやらしい目付きで女を横目で見ると、自分の下腹部を指した。

イヴは「ホ、ホ、ホ……」と笑った。声は高いが陰気な笑いだ。

「さあね、わかんないわよ。わかるわけないでしょ、ビリーちゃん。あんたどこから来たの？」

「その生意気なちびはスコットランドから来たのさ」

ブレアが振り向くと、寄り目で黒い瞳の男と視線が合った。先ほどの男だ。相変わらず足を伸ばしたまま、薄笑いを浮かべて座っている。男は帽子を取っていた。油でテカテカ光るもじゃもじゃの巻き毛だ。意志の強そうな顔立ちで、肩幅が広く、足が太い。

「また、てめえか」ブレアが言った。右手をうしろに回し身構えた。「巻き毛の下司野郎」

「相手にするんじゃないよ、ビリーちゃん」

イブが体をブレアにぴたりと寄せながら言った。

「切り刻んでやる」

ブレアは挑み掛かるように言った。

「スコットランド人じゃない、と言ってやったのに」

「もう一杯どうだい？」

店主がとりなすように言った。

「これは私のおごりだよ。男におごるなんて、めったにないんだ。調理場からミートパイを持って来よう。上等のビーフだよ」

そして座っている男に声を掛けた。

「お前さん、言い掛かりをつけるのはやめてくれないかな。でなきゃ、とっとと出て行ってくれ」

　酒場は前より混んできた。ベシーという名の女はテーブルの方に行き、そこの連中に仲間入りしている。ブレアは気が収まった。ラムをあおり、皿に盛ったパイを食べた。やがてブレアは、室内をはっきり見ることができないほど酔っ払い、目のピントが合う範囲も著しく狭まった。イヴがブレアの正面に立ち、彼のボールを優しく握った。

「玉が一杯詰まっているだろう」ブレアはパイを口一杯に頬張りながら自慢した。「イングランドで一番だ」

　ブレアは、目が青く、栄養不良でほのかな青白さのイヴが気に入った。

「誰かひどい奴があんたを殴ったんだろう？」

　イヴの顔をひどく損なっている頬の傷跡を見ながらブレアは聞いた。イヴは前と同様、甲高い、辺りをはばからぬ笑い声を上げた。

「あちこち駆け回っているうちにぶつかったの」

「どこか二人きりになれるところはないかな？」

「あたしだけの愛の巣があるの、ビリーちゃん。でも、今夜はまず踊ろうよ。楽しみたいの、お願い。人は誰でもあした死ぬかもしれないのよ。ジミー、そうでしょ？」

　イヴは店主に話し掛けた。店主は彼女の情熱的な言葉の一つ一つに相槌を打った。

「おい、バイオリン弾きはどこだ？　サリヴァン、どこにいるんだ？」

　店主が叫んだ。ほかからもサリヴァンを呼ぶ声がする。踊りたいのが何人かいるのだ。バイオリン弾きは隅の暗がりにいた。テーブルに頭をのせ、居眠りしていた。起き上がるとバイオリンと弓をしっかり握り締め、よろよろとホールの中央に出て来た。背は高いが服はみすぼらしい。頬の無精髭（ぶしょうひげ）が光に当たってきらきらしている。髪は黒くもじゃもじゃで、緑色の両目はまぶしげだ。つい今し方、何か驚くものを見たのか、それをじっと追っているように見える。

「リール〔スコットランドやアイルランドの軽快な舞踏曲〕をやってくれ」

　誰かが叫んだ。

「飲まなきゃやらねえぞ。一曲だって弾かねえ」

　サリヴァンが答えた。

「飲ませてやれ」

「どこかで見た顔だな？　お前」

ブレアが言った。ブレアはカウンターに背をもたせ掛けて姿勢を整えると注意深く前に進み出て、バイオリン弾きの長い顔と物思いに沈んだ美しい目を間近から見つめた。

「どこかの船で一緒だったはずだが」ブレアは言った。「マイケル・サリヴァンじゃないか？　いつも誰かと言い争いをしていたな」

少しの間、ブレアは押し黙った。体がかすかに揺れ動いた。そして言った。

「マクタヴィシュ船長のセーラ号だ。五、六年前、モンテビデオから獣皮を積んで来た船さ。そうだろう、違うか？」

サリヴァンはしばらく何も言わなかった。気を落ち着かせようとしている様子だった。

「その船に乗っていたよ」サリヴァンはやっとそう言った。「否定はしないさ。言い争いはみんなお前が仕掛けた。俺じゃない。マクタヴィシュはいつも罰当たりな奴だった」

「船長は死んだ。酒の飲み過ぎだった」

バランスを保つために両足を踏ん張って立っているブレアは、得意そうに辺りを見回した。

「ビリー・ブレア様のように記憶力の確かな奴は多くはいないはずだ。酔っ払ってもしらふでも、ブレア様は刃物のように切れ味鋭いんだ。覚えているか。さあ、てめえ、ビリー・ブレア様を忘れたと言うのか」

「覚えているかもしれないし、忘れたかもな」とバイオリン弾きは言った。その表情が少し変わった。

「聞きな、ビリー。お前、踊りたいんじゃないだろう。ダンスなんて無駄だね。法王様もダンスは人間をあらゆる罪に導く、と言ってるじゃないか」

「どうして弾こうとしないんだ？」ブレアはバイオリン弾きの顔をよく見ようと目を細めた。「何をきょろきょろしてるんだ？」

「サリヴァン。仕事にかかれ。リールを弾きな」店主が叫んだ。「話ばかりしていて、一体どういうつもりなんだ」

「もう一杯欲しいのさ」ブレアが答えた。「船の友達は、どこで出会ってもビリー・ブレアの友達だ。握手しよう。そのあと、船に乗ったのかい」

「悪魔にくっついて行ったんだ。聞きな……」

だが、そのとき、イヴが再びブレアのそばに立っていた。そして二人の男がブレアとサリヴァンの間に立ちはだかった。一人はぼろのマントを着た男だ。

「話をやめねえか」

男は荒々しくサリヴァンに言った。

「弾いてよ、サリヴァンちゃん。リールをお願い」

イヴが言った。

ここでブレアの頭は混乱してしまい、そのあとのことは思い出せなかった。サリヴァンはそれ以上、話し掛けようとはしなかった。彼は「アイル・アウェイ・ノーモア」をきびきびと弾き、続けて「スウィート・ウィリアム」を弾いた。ダンスが始まった。狭い酒場の室内は踊る人々でごった返した。イヴは何度も笑った。そして、ブレアに体をぴたりと付けた。酔いと踊りで彼女の顔は上気して、ほんのり赤みがさした。しばらくして彼女は優しくほほ笑み、ごめんなさい、と言った。

「ちょっとトイレに行きたいの、ビリーちゃん。あんたがもう一杯作ってもらっている間に、戻ってくるわ」

だが、イヴは戻らなかった。それを潮にすべてが変わった。それも、突然で奇妙な具合に、だった。バイオリンが静かになった。酒場にいる人の数も減った。男だけが残っていた。店主は無愛想になり、客を軽蔑した目付きで見回している。ブレアは汗ばみ、エールを注文した。だが、エールはなかなか出て来ない。出て来たときには酸っぱく薄くなっていた。

ブレアは面白くない気分になった。突然、こんな不愉快な雰囲気になれば、ブレアより穏やかな人物でも平静でいられるわけがない。快楽とははかないもの。若さはうつろいやすい。死はすぐそこまで来ている——ということは誰しも頭では理解できる。だが、五分間という短い時間で、そのすべてを納得した上で受け入れられるかといえば、話は違ってくる。

「この小便みたいなエールはなんだ?」ブレアはいら立った。「樽を洗ったかすが入ってるじゃないか」

彼はジョッキの中のエールの残りを石の床にぶちまけた。

「それはまったくブタ野郎のすることだぜ」店主が

言った。「わしはあんたを見損なったようだ。勘定を払って、とっとと出て行ってくれ。付けの分が三シリング四ペンスだ」

「そんなの泥棒じゃねえか。この太っちょの木偶(でく)の坊(ぼう)め。俺がカウンターのそっちへ回ったら後悔するぞ」ブレアは言い返した。「サリヴァン、どこへ行った。友達よ、二人でここを出ようじゃないか。おごるよ、金はあるんだ」

だが、ブレアは、格好をつけてしゃべっていたその瞬間に、文無しになったことに気づいた。ポケットから財布が消えている。ショックだった。ブレアは店主の顔を見つめた。店主の顔には、してやったり、という自己満足の表情が意地悪く浮かんでいる。そのとき、ブレアは霊感を得たかのように、欺(あざむ)かれた者が瞬間的に、戦慄とともに感じる直感によって悟った。自分がこのパブに入って来たときから、この連中は役者のように、各々の役割を演じていたのだ、と。

「俺の財布を」とブレアは叫んだ。「あのアイルランドの淫売が財布を盗んだんだ。今ならまだ、捕まえられる。女が自分の部屋に隠す前に捕まえなければ……」

ブレアはカウンターを離れようとした。

「おい、だめだ。だめじゃないか」店主が叫んだ。「ドアを閉めろ。財布だって？　とんでもない。誰か財布を見た人がいますか。若い衆、この男を捕まえてくれ」

店主はカウンターを回って出て来た。二人の男がブレアの方へ寄って来る。一人ずつ両側からだ。ブレアはズボンのうしろポケットに手をやった。しかし、ナイフもなくなっていた。酔っ払っている上に財布を失ってぼうぜんとしていたので動きは鈍い。だが、最初の男にジョッキを投げつけた。ジョッキは男の歯にまともに当たった。さらに二歩前に出て店主の膝小僧に強烈なキックを見舞った。しかし、ブレアも頭の横に一発食らい、よろめいた。だが、体は本能的に動いたので次の一撃は避けることができた。逆に、殴り返そうとした。が、空振りして濡れた床の敷石の上で足が滑った。しかし、立ち直った。誰かの体が彼の方に倒れて来る。ブレアはその男に一発見舞った。ブレアの一撃を食わなくても男は床にはいつくばっただろう。ブレアは顔に、もう一発強いパンチを食らった。誰かがうしろから彼を羽交(はが)い締めにした。

「おい、ちび。どうだ、参ったか」

ブレアは血が口の中に入ってくるのがわかった。誰かがうしろでうなっている。男が一人、床に横たわっている。ブレアは涙が出て、ひどくかすんだ目で自分を痛めつけた男の笑っている顔を見た。男は片方の耳に金の環を付け、周りにココナッツ油の匂いを振りまいている。

「下司野郎」

ブレアはわめいた。彼は懸命に右腕を振りほどこうとした。目の前の男を殴りつけてやりたいと思った。男は笑みを浮かべたままブレアの腹に一撃を加えた。彼は息ができなかった。

「わかった」ブレアは話ができるようになってから言った。「参った。座らせてくれ」

「下司と言ったんだな?」

相手が物柔らかに尋ねた。男の両目は光っている。男は手の甲でブレアの鼻柱を横に殴りつけた。いつも慣れているように軽い調子で殴った。ブレアは涙が出て何も見えなくなってしまった。涙を拭いてよく見ると床の上に伸びている男はサリヴァンだ。サリヴァンの髪の毛に血がついている。誰かが「バイオリン弾きに水を掛けてやれ」と言った。

だが、ブレアは水を掛けるところを見ることはできなかった。小部屋に連れて行かれ、椅子に座らされた。先ほどの二人が彼の横に立っている。一人の男は唇が裂け、ひどい状態だ。ブレアはそれを見てうれしくなって言った。

「小銭稼ぎの悪党共め」

その彼の右目も半ばつぶれている。

「さて、と。ビリー君」色黒の男が言った。「我々はお互い、ちょっとした食い違いがあったようだ。君に話したいことがある。簡単だ。私はヘインズ。覚えておいてほしい。完成したばかりの立派な船がある。私はその船の甲板長だ。我々は今、見込みのありそうな若者を一人、二人、探している。君は見込みがありそうだ。我々の眼鏡(めがね)に狂いがなければ、君は小柄だがしっかりしている。自尊心も強そうだ。君はこの店に借りができた。だが、どうやって返すのかね。三シリング四ペンスをどこで手に入れるつもりかね、ビリー君?　船に乗る契約書にサインしたまえ。それですべて片付く。サインしないと店主が警官を呼ぶぞ。そうすれば罰金を取られることになる。君が酒場に入って来たとき、財布など持っていなかったと宣誓供述する手合いは大勢いる。店主が君が借金した上、暴力を振るったと証言するだろう。恨みを晴らそうと、そう証言するはずだ。君は店主が片輪（かたわ）になるほど痛めつけたからな」

ブレアは口の中の血をペッと床に吐いて、「それは悪かった」と言った。彼は自分がはめられたと知った。ヘインズが言っているのは、よくある筋書きだ。

「俺はとんでもないところへ入り込んだらしいな。あの泥棒たちは俺の財布を山分けしてるんだ。お前さんは俺の付けを払い、それを給料から差し引いてくれると言うのかい？　一体、それはどんな船かな？　どこへ行くのかね？　お前さんは甲板長と言っているが海軍じゃないな」

「それがどうしたと言うのかね」

「もし、その船が海軍じゃないとすれば」ブレアはゆっくりと話した。「ギニア行きの奴隷船だろう。普通の商船なら、こんなところへ人を集めに来たりはしないはずだぜ」

「それで、どっちを選ぶのかね、けんか好きのシャモ君。証言されたら、君は不利だ。それは絶対間違いない。金を払い終わるまで、監獄行きだ。どのくらい監獄にいなきゃならないのか見当がつくかな、シャモ君。監獄じゃたった一シリングが原因で死ぬ奴らもいるんだ。君は監獄に入ったことがあるかね？」

ブレアは甲板長の顔を見つめた。寄り目が興味津々で彼を見ている。ブレアは元来、残忍な性格ではなかった。ヘインズがこの状況を楽しんでいるな、と感じて彼は素直に驚いた。血まみれで、まだ頭はもうろうとしていた。しかし、彼にも自尊心というものがあった。彼は椅子に真っすぐに座った。体が倒れないように椅子の両脇をつかんだ。

「俺の名はブレアだ」と彼は言った。「ビリーと呼ぶのは仲間だけだ」

この酒場から程遠くないマウント街では、ダニエル・キャリーが雨の中を一軒の居酒屋に入った。彼は夜明けから働き続けの一日だった。羊の死体や魚の入った木枠を埠頭からストーン街にある市場の端まで運ぶ重労働だ。ポケットには九ペンスしかなく、ずぶ濡れで、おまけに腹が空いていた。それに、何とはなしに惨めな気分になっていた。いつものことだが、はしけの船頭と露店商人たちが勘定をごまかしたからだ。その上、もどかしいことに、彼自身どのようにしてごまかされたのか、いくら考えてもわからないのだ。人は誰でも、通常、子供のころに物事を具体的に考える習慣を卒業して抽象的に考えるようになる。だが、キャリーには、そのような思考の成長がなかった。キャリーは自分の正当な取り分がいくらなのか計算できない。いろいろとやってはみるものの戸惑うばかりで、数字はさっぱり頭に入らない。時には、相手に聞いてみたい気持ちに駆られる。しかし、相手にまくし立てられると理解できなかった。彼は惨めな思いで大きな拳（こぶし）を握り、じっと見つめるばかりだった。惨めなのは金（かね）の問題ではなく、不親切に扱われたり、ばかにされることだった。キャリーを手玉に取ろうと思えば単純なジョークを言うだけでいい。彼をだました男たちはそのことを知っていた。子供のように単純なキャリーはジョークであしらわれ、戸惑ったり心を和ませたりした。しかし、キャリーが興奮したり動揺しているときに不用意な言葉を掛けると、それはとんでもない結果を招く。

　キャリーは金があると、この居酒屋で食事をしたり、しばしば休んだりした。居酒屋では、裏庭にある鶏小屋のうしろの屋根付きの狭い小部屋でキャリーが睡眠をとることを認めていた。キャリーは皮帯（かわおび）、魚のぬめりのついたエプロン、背当てを外し、髪に掛かった雨の滴を振り落とした。彼はずんぐりして筋骨たくましい。首筋のほうが頭より太く、頭はアザラシのようにてっぺんが小さく鈍角になっている。絹のように細い茶色の髪が雨でなでつけられたのでアザラシに似た風貌は一層際立った。垂木の低い、閉めきった店内には濡れた衣服の臭いや、羊の血、魚油の臭いの混じった湯気が彼の体から立ちのぼった。店内には揚げた羊の肉や気の抜けたビールの臭いがすでに立ち込めており、空気はさらに濃厚になった。

　キャリーは給仕の少女に羊の肉の薄いスープを注文した。この店で出る料理はそれだけだった。少女はケイトという名で十四歳だった。片足が短かった。料理が来るまでの間、キャリーは、今夜、このあとの楽しみとして何をしようかな、と考えた。楽しみに金が要ることは彼にもわかっていた。彼は指を折って計算してみた。まず、羊の肉の薄いスープを飲む。次に店の隅にある職人の作ったケーキ類から糖蜜のかかったタルトを選んで食べる。彼は甘い物が好きだ。そしてケイトと裏庭の小部屋に行く。ケイトは二ペンスで来ることになっている。それでも明日、パンケーキを食べる金は十分残る――。

考えながらよだれが出た。そして勃起した。そのとき、男が一人やって来て彼のテーブルに座った。男は背がやや高く、筋張った体で鋭い目付きだ。髪をうしろで結び、青いピージャケットを着て裾の広いズボンをはいている。

「湿っぽい夜だ。まだ降り続いているね」と男が言った。

キャリーは微笑を返した。しかし、何も言わなかった。彼は見知らぬ人に対してはいつも内気だった。あとの楽しみへの期待を膨らませていたときに出てきた唾がねばねばして口の中でクモの巣のようになった。その目は、遠い昔の楽しかったことを思い出しているかのように――それがなぜ、楽しいのかは忘れてしまったが――いつも変わらない輝きを帯びていた。顔色は透明で青白く、女もうらやむほどだ。肌には染み一つない。

「俺も濡れた」

キャリーは答えた。

「ああ、そうかね」男は壁に掛かっているキャリーの皮帯、皮の厚い背当てに目をやりながら快活に言った。「担ぎ人夫をしてるのかな？」

羊の肉のスープが来た。キャリーは音を立ててスープを飲んだ。

「市場で働いてる」

スープを飲みながら言った。

「ずいぶん腹が減るだろうね。こんなひどい日には少なくとも二シリングはもらうのかな？」

キャリーは身構えて男を見つめた。先ほど感じたフラストレーションや惨めな思いが再び頭をもたげてきた。だが、キャリーは自分が惨めだからといってうそはつかなかった。

「もらうのは九ペンスだ」

「なんだって？　一日中、馬のように背負子を背負って汗を流して九ペンスかね。耳を疑うよ」

「俺は馬じゃない」

キャリーは言った。

「それはまったくひどい。けしからん話じゃないか」

男は店内を見回しながら、驚いたというように頭を振った。男はキャリーのことを聞き出そうとするようにキャリーの目をのぞき込み、鼻をクンクンさせて言った。「本当にぞっとするな」

キャリーはスープの皿にスプーンを置いた。

「俺が馬だと言うのか」

「もちろん人間さ。しかも強くて立派でハンサムだ。女たちが君を追い回しているな。賭けてもいいぜ。女たちは君を追いかけて行列をつくっているだろう」

「ケイトは俺が好きなんだ」

「そうだとも。君のことを好きにならない女がいるかな。私も君が気に入った。ほら、これ、やるかい？」

見知らぬ男は上着の大きな脇ポケットから瓶を取り出した。

「一気に飲んでいいよ。これよりいいブランデーがあったら教えてほしいね」

キャリーはブランデーを飲んだ。アルコールが体中に回った。そのとき、キャリーは思った。この人は、俺のためを思ってくれているのだ、と。

「いいブランデーだ」

キャリーは言った。男もブランデーを飲み、舌を鳴らした。

「神々の飲むうまい酒だ。もう少し飲んだらどうだい。結構。それで君の名は何というのかな？」

「ダンル」

キャリーは恥ずかしそうに言った。

「教えてくれ、ダンル。君のような男がわずか数ペンスのために荷物を担ぎ、奴隷のようにこき使われている。なぜかな？　君は馬じゃない。なのに連中は君の背中に鞍を付け、馬のように働かせているんだ。わかるかな、私の言うことが」

「ケイトは俺と裏庭に行くと約束したんだ」

キャリーは言った。彼は、この新しく友達になった見知らぬ男に、担ぎ人夫の仕事しかできない男と見られるのが嫌だった。

「そう、彼女はついて来るだろうな。君は立派な一物を彼女に見せるんだろう。そうじゃないかね」

キャリーは一瞬、インスピレーションが湧いた。そして「馬のような、だろ？」と言った。キャリーは相手がそれを聞いて笑ったのを見てうれしくなり、自分も笑い出した。

「それはいいや。で、ちょっと聞いてほしいんだ。私は新しい立派な船の航海士だ。船はアフリカに行く。君を好きになった。力を貸してあげよう。そこでひらめいたんだ。君が船に雇ってもらえるよう私の力で船長に頼んであげよう。こんなことは誰にでもするわけじゃない。我々は友達だからだ。そうだろう？」

キャリーはにっこり笑った。その唇は子供のように羊の肉の脂で光っていた。

「そうだな」と答えた。

男はブランデーの瓶を前に押し出し、「もう一口どうだい」と言った。

「アフリカだ。君にとってチャンスが待ち受けているところだ。太陽、黄金の砂浜、飲み放題のヤシ酒、果物のいっぱい実った木々。いくらでも採っていい。アフリカはこの世の天国だよ。太鼓判を押してもいいな。それに女たち。ほんとにみだらな女たちだ」

男は大げさな身振りで指にキスした。キャリーは、そのキスの音がとてもいい、と思った。男は言った。

「黒いビーナスだ。君の望みを何でもかなえてくれる。アフリカの女たちはみだらでセクシーだ。食べ物のせいだよ。すべて香辛料が入っているからね。アフリカの気候のせいもある。みだらなのは生まれつきなんだ」

「黒いビーナスか」

キャリーは男の言葉をそっと繰り返しつぶやいた。その言葉が彼にとって何か意味を持っているわけではない。しかし、発音してみると、それは強烈に扇情的な響きで、彼の耳には音楽のように聞こえた。キャリーはまた、瓶からブランデーを飲んだ。そして言った。

「女たちは何をするのかなあ？」

「まあ、聞きな。私の体験から確かなことを話してあげよう。黒いビーナスのあそこの筋肉はすばらしく発達しているんだ。だからファックするときは膣を締めつけてくる。女たちは小さいときからそうするように訓練されているんだ」

男は息をついだ。そしてブランデーを飲んでいるキャリーにどんな変化が表れるか見守って、話を続けた。

「ダンル。君が女を自分で試してみたいと思うならできるんだ。どうだ、私と行かないか。月に二十五シリングあげよう。もちろん、食事付きだよ。皮帯はその壁に立て掛けたまま置いて行けばいい。私と一緒に行こう。それで君は、一人前の男として独立できるんだ。背負子を付けてはい回らなくてもいいんだぞ」

「馬のようにではなく、だね」キャリーは、このジョークで新しい友達がもう一度、笑ってくれればいいと思った。「おれは二本足。四本足じゃない」

友達は立ち上がった。

「じゃあ行くとしよう。君はもう、あのひどい連中の雑役をする必要はないんだ」

キャリーも立ち上がった。彼は感激し興奮していた。そして叫んだ。

「ひどい奴らだ。つまらない袋運びは、連中が自分でやりゃあいいんだ」

友達が言った。

「もう君は羊の腸を運ばなくてもいいんだ。連中は誰かにそれをやらせるさ」

「誰かがやるさ」

キャリーは繰り返した。キャリーはまだ笑っていた。だが、脳裏にかすかに不安の影がよぎった。

「ついておいで。大丈夫だよ」

しかし、キャリーの表情から陽気さが消えた。そして不安そうになり、「だめだ。今は行けない」と言った。友達をがっかりさせるのは残念だ。だが、突然、キャリーはケイトのこと、糖蜜をかけたタルトのことを思い出したのだ。

バートンは、彼なりに敏感な男だった。今、キャリーの顔色が変わったことに気づいた。彼はキャリーの肩に手を回して言った。

「ダンル、じゃあ、こうしよう。我々の船は、河の流れに乗り出したばかりだ。一度行って船を見てみないか。そのとき気に入らなければここへ戻ってくればいいいんだ。一時間もかからないよ」

ディーキンは金（かね）になる——ジェーン・ブリットーは しばらく前からそう考えていた。彼を「売る」ことまでは考えなかった。ところがディーキンが出て行くと言い出したとき、ディーキンを売るというアイディアがひらめいた。それは、彼女自身も思いがけないことだった。

ジェーンは住まいとなっている地下の穴蔵で、夫のブリットーとディーキンの帰りを待ちわびていた。彼女は洗濯の蒸気が立ち込める室内にぼんやりと立っていた。彼女の耳には赤ん坊のあえぐような泣き声が聞こえていた。飲ませるものがないし、何かを買う金もなかった。二人が戻る足音が聞こえたとき、彼女は喉（のど）に怒りがつかみ掛かるような感覚を覚えた。

上の通りで二人のブーツのきしる音がした。それからコツコツと階段を降りる音が聞こえた。二人がドアから入って来た。天井の低い室内は、その話し声が響き、二人の体で狭くなったように感じられた。ジェーンの怒りが湧いてきたのは、恐らく二人が室内に入って来たことがきっかけだった。室内には、ジェーンが守りたいと感じる大切な物は特にない。部屋はじめじめしており、壁には洗濯物のしわ伸ばし機と、たらいがもたせ掛けてあった。ベーコンの腐った臭いと獣脂の臭い、それに病気の赤ん坊の臭いが漂っていた。部屋の隅のマットレスの上では二人の子供が取っ組み合いを演じていた。何とも惨めな世界だ。それだけにジェーンは誰にも入らせたくなかった。二人の男を見たとき、ジェーンは体がこわ張るのを感じた。男たちは雨に濡れており、アルコールの臭いがする。ブリットーの方は楽しそうで、ディーキンはいつものことだがまじめくさっている——ここまではどうにか我慢できた。

「何か食べる物はないかい」ブリットーは部屋に入るなり言った。「俺もジムも腹がぺこぺこだ。そうだよな、相棒」

ブリットーはがっしりして、頑固な性格だった。歯が悪く、落ち着いた目をしていたが、血がのぼって顔が赤くなりやすかった。ジェーンは、ブリットーが帰って来るといきなり腹ぺこだと言い出すのは仕事にあぶれたしるしであることを知っていた。二人は波止場に臨時雇いの仕事を探しに行っての帰りだった。

「俺もジムも腹ぺこだ」「俺とジムはいい飲み仲間

だよな」ジェーンが突然、甲高い声でブリットーの言い方をまねて二人を驚かせた。彼女は、この遠回しの皮肉をもっと言ってやろうかと思ったが、腹立たしさの方が強かった。声が高くなり金切り声になった。

「誇りってものがあるの？　男でしょ？　残りの金はどうしたのよ」

ブリットーの顔から笑みが消えた。彼は一瞬、戸惑いの色を浮かべたが、それは怒りに変わった。

「何がどうしたと？　何の話だ？」

「うちに持って帰る金よ。あんたが女房のために買って来ると言ってた一ペニー分のジンはどうしたのよ？」

「仕事にありつけなかったんだ」

ブリットーは不機嫌に言った。彼は横で黙っているディーキンに助けを求めるように目を向けた。しかし、ディーキンの日焼けした顔、まじめだが向こう見ずな性格が表れた目は素知らぬ振りをしている。

「ジムの顔を見ても無駄よ。子供たちの顔を見たらどうなの」

ジェーンは部屋の隅のマットレスの方を乱暴に指差した。その身振りを見て驚いたのか、それとも、げんこつが飛んでくるとでも思ったのか、顔の青ざめた小さな男の子と女の子があえぎ、泣き出した。

「このあばずれめ、ごてごて言うな。お前にくれてやる物など何もない」

ありのままを話さなければならないことに腹が立ったブリットーは声を張り上げ、女房の方に二歩詰め寄った。

「うるさい、このあま！　黙れ」

「このばか」

ジェーンは言い返しながら、気色ばむと同時に怖さを感じた。ブリットーは人前でも女房を殴りかねない男だった。

「じゃあ、どこで飲んだのよ。酒の臭いがしないとでも思ってんの？」

「俺たちは町へ行ってたんだ」

ディーキンが間に入った。軽い、感情を表さない声だった。

「俺たちは町のお偉いさんの馬の口取りをしたんだ。お偉いさんは俺たちに三ペンスくれたんで、それで飲んだんだ」彼はここで一息ついたあと、同じ口調で言った。「俺はあした、朝早くここから出て行く」

ディーキンはこう言って、自分自身驚いた。彼はただ、夫婦げんかをやめさせようと、間に入っただけなのだ。彼は人生の岐路での大きな決断をいつもこんなふうに下してきたのだ。事実や自明な事柄をあっさり認め従う――それが彼の流儀だった。

「デヴォン――そこがこれから行くところだ」と言い足した。

「まあ、それは初耳よ」ジェーンは答えた。「二週間以上、ここにいたわね」

ディーキンが泊まるようになってからのある日、ジェーンは一人で酒を飲んでいた。午後になってディーキンが戻って来た。二人はディーキンの粗末なわら布団に入り、愛情もなく交わった。彼女は彼の引き締まった体にしがみつき、その狭い背中の鞭の痕(あと)を手ざわりで感じ取った。

「じゃあ、あんたはあたしに何の挨拶もなしに出ていくのね？」

ジェーンは、また腹が立ってきた。怒りは、今度はディーキンのすっきりした生き方に向けられた。気まぐれに、そしてその生き方のようにすっきりと、今ディーキンは出て行き、そして消え去る。そうだ、金もディーキンと一緒に消え去るんだ。ジェーンは突然、そう考えた。ディーキンがいなくなった瞬間から、自分たち一家にとって彼の値打ちは永遠に失われるのだ。

「好きにさせてやれ」ブリットーが言った。「ジムは好きなときに出て行く権利がある」

ジェーンは、ブリットーが何も気づいていないと感じた。

「権利だって？　あんたたちが船乗り仲間だといって、あたしに何の関係があるのよ。いいわ。ジムは海軍の艦(ふね)から脱走したのよ。あんたがここにいていいと言ったんでしょ。あんたは好意のつもりかもしれないけど、あたしには余分な仕事が増えたのよ」

ジェーンは話しているうちに、その企みが膨らんできた。ディーキンは三ポンド程度の値打ちはある。それだけあれば一日二ペンスで少女を雇い、子供たちの面倒を見させることができる。自分は挽肉機と肉屋から屑肉を買い、ソーセージを作り町で売る。ソーセージは儲かる。その金で赤ん坊の病気を治してやれるかもしれない。

「シープウォッシュという小さな村だよ、これから行くのは」ディーキンが言った。

「あんたがどこへ行くかなんて誰も聞いてやしないよ」

「そうだが、話しておきたいんだ」彼は穏やかに言った。「俺はそこで生まれた。いいかい？　だが、十二のときに逃げ出し、それから、そこには戻っていないんだ」

「昔からずっと逃げ回ってたんでしょ？」

ジェーンは手厳しかった。彼女はちょっと言いよどみ、ディーキンの落ち着き払った淡い眉毛の顔、常に相手の背後を見つめているように見える青い目をじっと見た。この男を売り飛ばしてやろう。このアイディアが突然、新たな希望のように浮かび、怒りとともに大きく花開いた。怒りが突き上げなければ、このアイディアはしぼんでしまうかもしれない。

「びた一文持って来なかったんだから」ジェーンは怒鳴った。「二人とも川へ行って魚でも捕って来なよ。こっちは洗濯物のしわ伸ばしの仕事でへとへとなんだから。近所の連中ときたら、あたしのことを路地裏の尻軽女って噂してるよ。男が二人もいるからさ。金は本当に全部、使っちまったんだね？　それでも男なの？　二人とも」

ブリットーが、また、ジェーンに詰め寄った。うるさいのか、それとも怖いのか、ベッドの上の女の子の泣き声が大きくなった。ジェーンはきっとなってうしろに下がりながら、コンロの上に置いてある柄の長い鍋をうしろ手で探り、「近寄らないで」と言った。

「子供が病気なのよ。もう泣く気力もないわ」武器になる物を手探りしながら、突然、彼女は身を震わせて泣き出した。「知らないわ、もう知らないから。少しでもジンを持って帰ってくれればよかったのに」

ブリットーは部屋の隅のベビー・ベッドに行き、子供を見た。赤ん坊はひどく顔色が悪い。しわだらけの顔はまぶたが赤く腫れ、顎に吐いた物が光っている。赤ん坊はブリットーを見た。感情のないまじめくさったような顔で、両手を胸のところで小さな殻のないカニのように曲げている。しばらくしてブリットーは振り向き、どうにもならないというように、ぎこちなく両手を上げた。そんなブリットーは、ジェーンが見慣れている、いつもの頑固で、自分の甲斐性のなさを恥じている男だ。ジェーンは夫に哀れみのようなものを感じた。働こうと一日中努力して、空しく帰ってきたのだ。

「悪い物を食べたらしいの」とジェーンは言った。「何も受け付けないの」

だが、そのとき、自分が何を考えているのかを言うことはできなかった。言えば夫は止めるからだ。自分を殴るに違いない。それに、そんなことをすれば夫のプライドを傷つけることになる。予想できない行動に出るかもしれない。彼女はブリットーが自分を置き去りにして家出することを恐れた。だから言わないでおこう。金は隠せばいい。適当に出所をごまかしてもいい。何とでも口実を設けることはできる。

「また、出掛けるの？」

二人を見比べながら言った。

「俺は出掛けない」とディーキンは言った。「荷物をまとめなくては……。あしたの朝、早く出発したい。別に多い荷物じゃないが」と、弱々しい笑みを浮かべながら言い足した。

「ピカレル亭のうしろで闘鶏をやってるんだ」とブリットーが言った。「俺はその二羽の訓練を手伝ったことがある。持ち主が俺のためにいくらか賭けてくれるかもしれないな」

ブリットーは、出掛けたいが、ジェーンが家にいてほしいと言うならいてもいい、と遠回しに言っているのだ。ジェーンにはそれがわかった。赤ん坊の様子を見て彼の気持ちが少し変わったのだ。

「それは何時からなの？」

「十時だ。俺の鶏（とり）が最初に出るんだ」

「行ってらっしゃい。いくらか稼げるかもしれないじゃないの？」

彼女がこう言うとブリットーは歯を見せてにっこり笑った。ジェーンの口調が変わったので安心したのだ。

「ツキが変わるかもしれないな」

「あたしは洗濯物の注文を何とか取ってくるわ。コンロのところにベーコンとポテトが少しあるわよ。温めるといいわ」

ジェーンはボンネットをかぶり、ショールを肩に掛け、足早に出て行った。ディーキンの方は見ようともしなかった。

ポスターにはベル亭という宿屋の名が書かれていた。宿屋まで一マイルあったが、雨はやみ、月がこうこうと輝いていた。宿屋に着くとジェーンは二階に上がった。二人の男が机のところにいた。

「奴隷船の水夫を募集してるってのは、こちらさん?」

「そうです。お嬢さん、間違いないですよ」

彼女に返事したのは鋭い顔付きの男で、笑みを浮かべているが、その目には警戒するような色が浮かんでいる。人の心をのぞき込もうとするようだ。

「船の名はリヴァプール・マーチャント号でね。すてきな新造船です。乗った人は誰もが自慢したくなる船ですよ。ただし、ご婦人はだめです。この特別航海にお連れすることはできません」

「バートン君、もっとゆっくり説明した方がいいのでは」

もう一人の男が抑揚のない調子で言った。しゃがれ声だ。その男は灰色の鬘を着け、真鍮のボタンが付いた堅くこちこちの青い上着を着ている。三角帽子が男の前の机の上に置いてある。

「あんた船長さん?」とジェーンは尋ねた。「あんたたちが探している男の居場所を知っているわ。場所を教えるよ。あんたたちがその男を捕まえれば、その男は船に乗るしかないんだ。そいつは海軍を脱走したんだ」

「本当かね。その男はあんたにひどい仕打ちをしたのかな。男の居場所を教えてくれれば我々が連れ出してあげよう」

「そこへ案内するよ。居場所を教えるわ。今、そいつは独りでいる。いくらくれるんだい」

「船乗りとして優秀かな。水夫が務まるかな。健康に問題はないかね。いくつだね、その男は」

男はしゃがれ声で立て続けに聞いた。ジェーンは答えに詰まった。男の青い目が露骨にこちらを見つめている。角張って黒ずんだ赤ら顔の中で、両目は小さく見えた。その目は彼女に対して少しも親切心を示していない。

「二十五歳ぐらいかしら。知らないよ。これまで船に乗ったり降りたりの生活だったんだ。三ポンド欲しいね」

「男をうまく捕まえて、そいつの五体が満足な状態なら二ポンドあげよう。これが相場だ。我々も相場だけは払う」

「どうだい。男は手も足も大丈夫なんだろうね？」

もう一人がくちばしをはさんだ。

「三ポンドよ」

鬘を着けた男がため息をついて厳しく言った。

「バートン君、ご婦人に説明してやれ」

「ねえさん、あんたは相場を知らないと思う。手足がちゃんとそろっていて、弁が立ち、どう生きるべきかについて、あんたと考え方が違う男、しかも立派な体を持つ男を手に入れるには屈強な男が三人必要だ。そういう屈強な男たちを探して来なきゃならないし、報酬も払わなきゃならない。その報酬は男の給料から出るんだ。そのあと、あんたに払えるのは二ポンドが限度だ。それでだめなら帰るんだね」

ジェーンはディーキンのことを思い出したくなかった。しかし、ディーキンのどこかあきらめたような顔がジェーンの心に浮かんだ。ジェーンは自分の指で触れたディーキンの背中の傷を思い出した。それでも決心は揺るがなかった。だが、ここまで冷静に振る舞ってきたジェーンもついに心の動揺は隠せなくなった。涙が溢れ、手足が震えるのが止まらなくなっているのを感じ、無性にジンを飲みたくなった。むせび泣きながら言った。

「畜生、てめえら二人ともあいつほどの値打ちはないんだ。ポンド〔一ポンドは二十シリング〕でなくギニー〔一ギニーは二十一シリング〕にしてよ、お願いだから。あいつと引き換えに二ギニー欲しいんだ」

ディーキンは、わずかな荷物をまとめ、ひもを掛けると、わら布団の上に横になった。わら布団は地下室の端の壁際の狭いところにある。壁から顔に湿気が伝わってくる。泣き疲れた赤ん坊が時々息を詰まらせるのが聞こえる。ベッドに寝ている子供たちは静かにしている。多分、眠っているのだろう。ディーキンは明日のことを考え始めた。金もない。当てもない。どんな具合に明日という日が過ぎていくのか。まったく見通しは立たない。計画を立ててみるといっても中身は空想でしかない。静かな通りを歩いて行く。町の郊外の濁った水たまりや、れんがを焼く窯（かま）、ごみ捨て場に夜明けがゆっくり訪れる。次に広い野原に出る。明るい空間を進む。太陽が昇り野原は輝きに満ち溢れている。その中をどこまでも歩く。何物にも妨げられることなくまったく自由だ。だが、何かを待ち受ける気持ちはある。彼はそれが何かわかっていた。安全なところへたどり着きたいという逃亡者のかなわざる望み。それがかなえられるときがくるのを待っている。

十四年間、家に帰ったことはなかった。母がまだ生きているかどうか、知る由もない。しかし、ディーキンは今、それを知りたいと思った。母は恐ろしい思いをしながらも、精一杯彼をかばおうとしてくれた。父は生きていようと死んでいようとどうでもいい。彼は捨てた故郷の風景を覚えている。その風景は子供の絵本のように単純な色が塗られ、明るい。そしてなだらかに起伏する緑の丘、みずみずしく茂った草、赤い土、キンポウゲの中に膝まで埋もれて草を食むまだら模様の牛……。この風景にとげのように刺さっているのが谷間に建つ石造りの農家だ。その小さな暗い物置小屋に父はディーキンを閉じ込めた。仕事を怠けたときや出来が悪かったときには、父は彼を殴ったあと閉じ込めたのだ。一所懸命努力しても、父は決まって殴った。いくら謝っても暗い小屋での監禁のお仕置きを逃れられなかった。お仕置きは一時間か二時間で許されるときもあったが、一晩中暗い中で過ごさなければならないときもあった。それは鞭(むち)で打たれる痛さを忘れるほどの恐ろしさだった。

どんな形の小屋だったかは思い出せない。小屋の中の暗さと彼が逃げ出した日の朝、外に出たときに感じた豊かな光だけが記憶に残っている。明け方、彼は小屋の中で短い鉄の棒を見つけた。その鉄棒を使って戸の蝶番(ちょうつがい)をねじ切った。暗い闇を暴力的に征服したこと、金属の手ざわり、戸の木を割ったときのうれしさと不安、光の啓示を今日まで決して忘れることはない。谷の上方の野原で羊がせき込むように鳴き、遠くでほえる犬の声がこだまのように聞こえる。冷たい朝の光。半時も経たないうちに彼は谷の上部を走る道路にたどり着いた。そして馬車にブリストルまで乗せて行ってくれるように頼んだのだ。

以来、ディーキンはたびたび逃げ出すようになった。あの夜明けの光の輝きはいつもついてきてくれた。今、そのことを思い出していた。と、そのとき、階段を降りる足音が聞こえた。

第十三章

　昏睡から覚めたビリー・ブレアは、自分がはしけのような平底の老朽船の悪臭が漂う暗い船倉に倒れていることに気づいた。船は水深が深いところに停泊し、錨を下ろしたまま揺れている。顔の血が乾いてごわごわしている。右目が痛くてずきずきする。遠くないどこかで誰かが泣きながら鼻を詰まらせているのが聞こえる。「あの声は誰だろう」とブレアはつぶやいた。上の甲板の板のすき間からかすかな明かりが入っている。甲板で何かが動く音が聞こえた。

「おーい、そこにグロッグがないかあ？　喉がからからなんだ」

　ブレアは叫んだ。誰かが甲板の板に顔を近づけて声を掛けてきた。

「水があるだろう？」

「水なんて何の役にも立たねえよ、兄貴。喉に火がついているんだ」

　ブレアは一息入れ、何を言おうかと考えた。

「くそったれがここに閉じ込めやがったんだ」

　彼の声には物悲しい響きがあった。一呼吸か二呼吸、間を置いて昇降口のふたが上げられた。ざんばら髪の男が上からブレアを見下ろした。

「頭を引っ込めな。俺は全員が乗船するまでの間、お前たちを見張るように言われているんだ。言われたことはきちんとやる。別に足枷をはめるつもりはない。お前も逃げ出そうなんて気を起こさねえことだな」

「こりゃまた、親切なご仁だ。俺はただ、グロッグがないか聞いてるだけさ」

　一瞬の沈黙ののち、うれしいことに瓶が一本つり下げられた。瓶は首の周りをひもで縛ってある。

「ありがてえ。連中はいろいろと俺を脅してくれたが、そのことには目をつぶろう。で、お前さんの名は？」

「キャヴァナだ」男が答えた。「ここにもう一人いる。ヒューズだ」

「俺はビリー・ブレアだ」

　彼は瓶から一口飲んだ。アルコールが喉をかっかとさせながら通っていった。

「ふう、こいつはいいや」

ブレアは一息ついた。昇降口のふたが閉じて、彼は再び暗闇の中に取り残された。近くから物憂げな声が聞こえた。

「俺にも少しくれないか、ビリー。頼むよ」

「何だって?」

「俺だ。マイケル・サリヴァンだ」

「サリヴァン? こん畜生。どうしてまた、こんなところに?」

「お前と同じさ。連中に殴り倒され、気を失っちまった。そのあと、この船まで運ばれ、この臭い穴蔵に投げ込まれた、というわけさ」

一瞬、声がやんだ。続いて一層悲しそうに言った。

「俺は、連中にこんな目にあわされるわけなんかまったくないんだが」

「今、泣いていたのはてめえか?」

「いや、俺じゃねえ。俺はただ、寝転んでいただけさ。どうして災難に巻き込まれたのか、あれこれ考えてな」

「まあ、自業自得ってえところだな。このグロッグは飲ませてやろう。これはお情けのもらい物だ。こんな場合でなければ、てめえと飲もうなんて考えやしねえぜ。何しろ、てめえは落ちぶれて売春宿でバイオリンを弾いてたんだろう。その上、気の毒な船乗りの若造を売るのを手伝ったんだからな」

ブレアは黒い影が船倉の暗がりの中で起き上がるのがわかった。そして青白い顔を何とか見分けることができた。ブレアはグロッグの瓶を差し出した。サリヴァンがそれを受け取り、ゆっくり飲むのが見えた。

「あれは自慢できることじゃないぜ、マイケル。一口飲んで落ち着いたんじゃないかい? 瓶を返してくれ」ブレアが言った。

「お前があの酒場に現れるまで、俺はうしろめたいことなど何もしていなかったぞ」とサリヴァンが強く言い返した。

「じゃあ、俺がとんでもない間違いをしでかした、とでも言いたいのか?」

「お前は、あそこに来なければならなかったんだろう? 俺はたまたま、あそこにいた、というだけさ。悪魔みたいな奴が仕組んで、お前を陥れたというわけだ。俺がバイオリンを弾くのはあそこだけじゃない。それに、そうした場所がすべて売春宿で、いかがわしい場所というわけでもないからな。自分の周りにいる人間が悪党だとわかっていれば、知り合いを見掛けても話し掛けたりはしないさ。知らない振りをしているぜ。ところが俺はそうしなかった。ばかみたいだな。俺には食い物も酒も寝る場所もバイオリンを弾くところもあった。そこへお前が来た。ほらを吹きながらな。俺にはすぐわかった。お前はいつもほらを吹いてたことを覚えていたからだ。ちっとも変わってないな。俺はお前に知らせようと精一杯やってみたんだ。だが、お前は酔っ払い過ぎて、俺の目配せにまったく気づかなかったじゃないか。おまけにあのけんかに俺まで巻き込まれて足払いされ、挙げ句の果ては、ここにぶち込まれちまった。まったくばかだね、俺も」

ブレアは少し考えてから言った。

「そうか。そういうことだったのか。よくわかったよ。お前はやっぱり達だったんだ。ビリー・ブレアは達の情を決して忘れはしない。お前を許すよ。もう一杯、ひっかけるとしようじゃないか」

「許してくれるのかい？　そいつはいいや」

「喉が渇いている男はここにもいるぞ」

静かな声が二人の前方の闇の中から聞こえた。肘で起き上がりながら、ブレアは前方の闇を透かして見た。舳先の狭くなっているところに男が一人、背筋を伸ばして座っているのが見分けられる。

「お前は誰だ？」

「名前はディーキンだ。俺もお前さんたちと同様、無理やりここへ連れ込まれたんだ」

「奴にもグロッグを回してやろう」ブレアがあきらめたように言った。「さっき鼻をぐすぐすいわせてたのはお前さんかい？」

「違う。俺の横にもう一人いる」

この言葉が合図であったかのように、また、すすり泣きが始まった。ディーキンは一瞬、ためらったが、手を伸ばして横にいる男の肩に触れた。男は船のへりに体を押し付け、横になっていた。

「静かに。何という名前だ、お前？」ディーキンが尋ねた。

「ダンル・キャリー」その声は涙で消されそうだった。「こんなところにいるのは嫌だよう」

「何だい何だい」サリバンがさも驚いたといわんばかりに言った。そして叫んだ。

「おーい、上にいる連中！　この男はここにいるのが嫌だと言ってるぞ。船長に会わせてやれないかな」

　今度は別の声が答えた。最初の声より厳しく荒々しい声だった。

「黙れ、くそったれ。もうラムはないぞ。静かにしねえか。船底の汚水をぶっかけるぞ」

　ディーキンは、しばらく、キャリーの肩に手を置いたままにしていた。キャリーが押し殺したような声ですすり泣くのを聞いて、心を揺り動かされたようだった。ディーキンは人が苦痛に泣き叫ぶのを聞いたことがある。また、彼自身、大砲のそばに立っていたとき、甲板に死体が転がり、血が流れるのを見て、疲れ果てて泣いたこともあった。しかし、大人が、こんなに惨めそうにすすり泣くのを聞いたことはない。初めてだ。自分も今、絶望の淵に立っている。キャリーのすすり泣きを聞くと、過去の自分が泣いているように思えてならない。遠い昔の暗い夜に自分が泣いた声を今、聞いているような、そして、慰めとなる相手を見つけたような気がした。

「ダンル、元気を出しな」とその肩をたたいた。「男じゃないか。朝まで待つしかないじゃないか」

「ああ、そうだとも」とブレアが言った。「悲しんでいたって仕方がないぜ。俺は酒を少々飲み、ミートパイを一皿食った。あの売女が俺の財布を掏り取って姿を消す前にな。それにしても、あの女とは寝たかったなあ」ブレアは物欲しそうな口振りだ。

「そんなことすりゃ、もっと痛めつけられるぜ」とサリヴァンが言った。「奴らは店主に金を払った。その金はすべて、俺たちの給料から取り立てるんだ。多分、俺たち一人につき二ギニーだろう」

「あの太っちょのオカマ野郎の店主に、神がきっと会わせてくれるさ。でなけりゃ、航海から帰ったとき、こっちから探し出して、八つ裂きにしてくれるぜ。さあ、お前たち、ラムをこっちに回してくれ」とブレア。

「俺の前で神の名を出すんじゃねえ。俺は何年も前に神を信じるなんてやめたんだ。今度こそ、神を永久に見捨てるつもりだ。神は俺を奴隷船に送り込んだ。船乗り仲間のために立ち上がったっていうのに」

「ああ、それはその通りだ」ブレアは憂うつな気分になってきた。「送り込まれるのはアフリカ行きの船だ」と吐き捨てるように言った。「それに、見な。酒はもうないぜ。そいつらが全部飲んじまったんだ」

長い沈黙があった。ブレアはサリヴァンが眠り込んだのではないかとさえ思った。すると、暗闇の中で悲しそうな声がした。

「バイオリンが壊れてなければいいんだが。連中が壊したりしたら訴えてやる。絶対に、だ」

「訴えるって？　気は確かなのか。あいつらはお前をここへ投げ込んだんだぜ。その上、ギニア海岸に送り込み、疫病がはびこる川をのぼったり下ったりして奴隷狩りをさせようとしてるんだ。そんなときに、たかがバイオリンのことで告訴だと騒ぎ立てるんだからな」

「お前は法律のことなど何も知っちゃいない。バイオリンは俺の財産だ。俺にとっては特別なんだ」

上では、昇降口の後方に作られた、半ば壊れかけた小屋の中でヒューズが座っていた。横でキャヴァナが眠っている。ヒューズは下から聞こえる声と静寂に耳を傾けていた。ヒューズにとってはどちらも同じだった。雨がやみ、今、空は晴れ上がっている。風が強まり、南西に向きが変わっている。老朽船が繋がれているブイを洗う波の音が強くなっているのが聞こえる。風がこの方向に吹いている限り、船が出航して河口を出ることはないだろう。

ヒューズは肩にマントを掛け、寒さに背を丸めて座っていた。キャヴァナが傍らで大いびきをかいている。ヒューズはキャヴァナの近くにいるのが嫌だった。だが、この船で風を避けるには、ここ以外にない。ヒューズは他人があまり近くにいると窮屈に感じ、時には暴れたくなった。だから彼は船の上では天候が最悪のとき以外、水夫部屋に降りて寝たりしなかった。それに彼は窮地に追い込まれた連中を監視する仕事など好きではなかった。恨まれて洋上に出たとき仕事がやりにくくなる。しかし、彼はその仕事を命じられていたし、怠けて鞭打ちの罰を受けるのも真っ平だった。だから彼は眠らなかった。下の男たちは逃げ出そうと決心したら昇降口を開けたり、船べりの板張りの腐ったところを壊したりして水に飛び込み泳いで逃げることもできる。

ヒューズは再び航海に出る日が待ち遠しかった。四十三歳になったヒューズにとって、陸上の生活はまるで勝手が違い、異邦人になったような気がする。薄汚い海岸通りで求めるつかの間の激しい快楽。それがこの二十五年間に彼が陸で覚えたことのすべてだった。金が無くなれば陸にいる理由はない。文無しの上、飲み過ぎと女遊びで頭がくらくらしていたヒューズは、出会った最初の船と契約した。大西洋航路の船であればどれでもよかった。今度、契約したのは奴隷船だが、苦にはならなかった。奴隷船には以前にも乗ったことがある。

ヒューズは今、その船の方を眺めている。船は停泊地に錨を下ろしている。彼はその船の甲板の灯りを見分けることができた。灯りは霧の立ち込める中に柔らかく溶け込んでいる。船は自分が吐き出す息がつくり出す霧に包まれているのだ。船は造られたばかりで、木材は呼吸している。ヒューズは木材が呼吸することは十分よく知っている。寒い夜には、新しい木材からいつも蒸気が出るのだ。だが、別の見方もできる。リヴァプール・マーチャント号は外洋に出たいとあえいでいるのだ——ヒューズは、そう信じて疑わなかった。

第十四章

翌日の夜になって、風向きがわずかに西と南の間で変わった。やせて骨張った砲手ジョンソンと、船の後方の下甲板で積み荷を点検していたサーソは、停泊中の船が風と潮によって動く様子から、風向きが変化したことを敏感に察知した。船が動くと体のバランスが変化する。それを音楽のリズムの変化を感じるときのように感じ取ったのだ。もっともサーソはそんなことを表情に出さなかったし、声の調子も変わらなかった。

「船長、向かい風になりました」

砲手は意を決して船長に伝えた。だが、船長の小さな目ににらみ返された。

「意見を求めるときは私の方から聞く」

「はい、船長」

ジョンソンはのちに船首楼で仲間に、この短いやり取りを脚色を交えながら話した。それはゴシップ、強がり、中傷、間接的な悪口などが織り上げる織物の最初の撚(よ)り糸に相当するもので、時間とともに織り上げられ、乗組員の間にささやき声で伝わっていく。この種の情報は口から口へ伝えられるもので文字になるわけではない。当然、信頼のおける情報ではあり得ない。船が港に着き、乗組員が下船して別れてしまえば、あっけなく忘れ去られてしまう類いのものだ。

「虎のように襲い掛かって来たんだ、本当だよ。それも俺が先に話し掛けたというだけでさ。間違いない。船長は規律にやかましくやろうとしてるんだ。あれは、誰が船長かしっかり教え込む、というだけじゃないね。かんかんだったぜ。その場で縛り上げて、たっぷり鞭打ちしてやるぞ、と考えているんじゃないか、と思ったよ」

　真夜中を少し過ぎたころ、リヴァプール・マーチャント号は綱をほどき、ピアーヘッドを出港した。上げ潮なので中檣帆(トップスル)を揚げ、水先案内船の綱に引っ張られてゆっくりと河口に向かった。引き潮のとき、船はブラックロックに停泊した。そこで二隻の小さなブリッグ船やダブリン行きのデンマークのスクーナーとともに風向きが変わるのを待つことになった。

　ここで二日間、待たなければならなかった。水先案内船が火薬、パン、牛のばら肉などの補給品を積んでリヴァプールからやって来た。それらの船積みの監督に当たったのはシモンズで、サーソはそれを見守った。船は積み荷で一杯になり、積み方に工夫が必要になった。積み方が適切でないと外洋で舵を取ることが困難になるからだ。

　補給品の積み込みや、その積み方の調整以外にも仕事は多く、乗組員は忙しかった。バートンは、常に後甲板から呼び立てる船長のしゃがれ声に注意しながら、船首斜檣(ジブブーム)の索具の巻き揚げを監督し、ロングボートに帆を取り付ける作業も見守った。水夫たちは、ロープなどを作るため撚り糸を編んだり、古いロープを利用して甲板用のモップを作っていた。キャリーは、慣れればこうした仕事をきっと好きになるだろうと励まされたが、すぐには覚えられなかったので単純作業から始めることになった。最初は、古いロープをほどき、船体の継ぎ目に詰めて水漏れを防ぐ槇肌(まいはだ)を作る作業だった。ぼろ服を着て震えている十四歳の家出少年、チャーリーと一緒だった。

片目の大男でロンドン出身のリビーは、これまでに数度、奴隷船に乗ったことがあるベテランで、特別の任務を与えられた。それは「九尾の猫鞭」〔英海軍などで体罰に使われた鞭〕を作る仕事だ。リビーはかつて七十四門のフリゲート艦の掌帆長だったから、この仕事にはうってつけだった。彼は乗組員全員からよく見える主甲板に座り、鞭を作った。サーソは、こうして乗組員の前で九尾の猫鞭を作らせることを長い間の習慣としてきた。作業はまず縄を編み、鞭に縄を一本一本付けていき、全部で九本付ける。その一本一本に四個の結び目を付ける。乗組員は自分の仕事をしながらそれを見守る。サーソはそれが乗組員の心理に与える影響は大きい、と固く信じていた。出発のときから乗組員は、サーソのこの航海に懸ける決意が並々ならぬものであることを知らされるのだ。

　パリスはこのところ、心配事はなかったし、船酔いがないため胃の調子もよく気分がすっきりしていた。読書をしたり、日誌の最初のページをつけたり、甲板を散歩したりして過ごした。日誌は航海中、書き続けようと心に決めていた。甲板では、リビーが恐ろしい鞭を作る作業を終始見守る羽目になった。しかも間近で見なければならなかった。また病室に当てられた小部屋が喫水線より低く、悪臭を放つだけでなく、ロープ、滑車装置、予備の帆布でふさがれていることに気づいていたので、この問題でサーソに掛け合おうと二度、話し掛けてみた。しかし、サーソは不機嫌で取り合わなかった。それでもパリスはサーソの機嫌のいいときを見計らって、真っ先にこの問題を持ち出してみようと心に決めた。

　ブラックロックでの三日目の早朝、時計が午前四時を少し回ったとき、当直のシモンズは風が追い風に変わったことを顔に感じた。指示された通りシモンズは直ちにサーソ船長を起こした。船長は満潮で水位が最も高くなるときを待ち、錨を揚げるように命じた。

　パリスは甲板長へインズの泣き叫びに似た大声で起こされた。すぐ身支度して、甲板に駆け上がった。夜明けの甲板は混乱し大騒ぎで、パリスには聞き分けられない命令が乱れ飛び、水夫たちもパリスには理解できない動きを見せていた。サーソは後甲板に立ったまま身動きもせず、大混乱の中で唯一人、不動の姿勢を見せていた。パリスは次に、水夫たちが手分けして四角い巨大な主帆（メーンスル）をほどいたり広げたりして働いている方に目を向けた。巻き揚げ機の方角からは錨を巻き揚げようとしている男たちが長く奇妙に悲しげな声を上げるのが聞こえる。そして数分後、船は進み始めた。それは船首に当たって砕ける波の音でわかるし、夜明けの湿ったそよ風を受けて船体が傾いたり、大きなうねりを受けて横揺れすることでもわかった。

　その日の午前中にリヴァプール・マーチャント号はアイリッシュ海に入り、外洋に解き放たれた。リヴァプール・マーチャント号はメーンスルを揚げ、南東からの追い風を受けて走った。水先案内船のロープが取り外され、連結綱も解かれた。外洋の風と潮の流れの中で船は、船体がきしる音を立てるのを除けば、完成以来初めて束縛するものが何もない自由の身になったのだ。

第三部

第十五章

　イラズマスは湖畔に立っていた。彼にとって楽しみと不安が交錯する場面を迎えている。その成否は、ほとんど彼の演技力にかかっている。最近のイラズマスは、ファーディナンド役を人前で演じるときと一人で演じるときを比べると、気持ちの上で大きなギャップがあり、しかも、そのギャップがますます大きくなることに悩んでいた。台詞（せりふ）は暗記している。一人のときの台詞は完璧だ。しかし、セーラがそばにいると舌がもつれ、喉がからからになる。臆病だからではない。元来、彼は臆病な性格ではない。チャンスがあれば、自分の言葉で愛を打ち明ける勇気もある。それなのに、とんでもないほどうろたえてしまうのだ。彼女の近くにいられるのはうれしいが、二人とも役になりきって、別の人間の振りをしなければならないからだ。

　それでも彼は努力した。寝室の鏡の前で練習するときは、体も両手も滑らかに、優美に動かせるし、目のくらむような美しさに対して、まぶしそうにほほ笑むことすらできる。それなのにリハーサルとなると、湖の岸辺を不器用にしか動けない。まるで操り人形だ。しかし、彼は希望を捨てなかった。辛抱すれば、このギャップは埋められるはずだ。この孤独な努力が実を結ぶ日は必ずくる——と。情熱的で粘り強い性格の持ち主のイラズマスは、この望みにすべてを託していた。

　ただ、これまでのところ、彼の望みがかなえられそうな気配はなかった。一方、彼は練習に夢中で気づかなかったのだが、その演技は、一緒に練習している仲間に微妙な影響を与え、皆が困惑し、やる気を失っていた。ミランダ役のセーラの演技がきらめきを失ったのも、彼の演技の不器用さが感染したものだった。それにイラズマスが自分を見つめる視線を恐れる気持ちもあった。この恋人役の二人の不安そうな、落ち着かない様子が周りの仲間にも影を落とした。劇の出演者の間にはすでに、対立と緊張が生まれていて、それを一層、悪化させた。プロスペロー役のバルストロードは、相変わらずの軽率な威張り散らすスタイルで、皆の憤激を買っていた。エドワーズ嬢は歌は上手だが、エアリエル役としては人を小ばかにし過ぎるところがよくないと批判されている。とりわけ、プロスペローに話し掛けるときには、その傾向が目立つ。彼女はバルストロードが嫌いで、それが態度に出てしまうのだ。また、キャリバンの役柄についてのパーカー牧師補の解釈に対しては、ほとんど全員が疑問を感じていた。

練習は第三幕の終わりの場面に近づいていた。チャールズの友人がヒポリトを演じている。ヒポリトの独白は最後の数行に達した。この世に女という生き物が存在することを知ったヒポリトは、この独白の中で、俺はできるだけ多くの女をものにするぞ、と宣言する。ヒポリトは、プロスペローによって魔法の島に独り監禁されるが、それまで女というものを見たことがない男だ。チャールズの友人は、そんなヒポリトの無邪気でエロチックな部分と、にやけた部分を巧みに結び合わせて、かなり上手に演じていた。イラズマスは、これまで誰かに羨望の念を抱いたり、何かをうらやましいと思ったりしたことはなかったが、独白の最後の言葉とともに出口の方に歩み去るヒポリトの自信たっぷりな演技を見て、初めてうらやましいと感じた。

プロスペローは悪賢い男だということがはっきりした。

奴は俺を脅して女から遠ざけ、
この貴重な生き物を独り占めしようとするのだから……。

この場面でファーディナンドは、プロスペローとミランダが登場する前に、直ちに自分の岩屋に身を隠さなければならない。そのことはイラズマスにもわかっていた。だが、少しの間、ためらった。そして湖の対岸の緑地に目をやり、オークの新芽の黄色や栗の木の花の堅く白い房を眺めた。それらは光沢のない若葉の表面に映えて一層生き生きとしている。その向こうの壁には門があり、丘がのぼり坂になっている。その上を鷹が一羽旋回している……。

「ケンプ君、早くもぐり込むんだ」バルストロードには劇を主導しようとする性癖があった。しかも、それをわざとふざけた調子で言うのだ。周りの人々は、バルストロードのこうした癖を、うんざりという表情で眺めていた。「君のほら穴に、ね」彼は作り笑いして、こう付け加えた。

イラズマスは前に進み出て、背の低い舞台装置の中に頭を突っ込んだ。その舞台装置は水辺から数ヤードのところに、布地と木片で作られていた。頭を入れるとき、彼はバルストロードの方をちらりと見たが、その目には軽蔑の色が浮かんでいた。彼は中に少し入って座った。そこはプロスペローとミランダからは見ることができなかった。二人が湖畔に登場した。プロスペローが自分の台詞の最初の部分を言うのが聞こえる。それはバルストロード流の大げさな言い方だった。

お前の訴えにはあいつへの情がこもっている。
お前は私を説き伏せた。
この岩屋に奴は横たわっている。行って奴に会うがよい――。

イラズマスはこの台詞が終わるのを待った。それから十二まで数え、大きく息を吸ってしゃべり始めた。

「心から愛する人のもとで囚われの身であることは、二重の意味で囚われの身であることだ」

最初の一行は、彼にとっても大して負担ではない。これは独り言であり、岩屋に一人でいるときに言う言葉だからだ。彼の言い回しは朗々としたところさえある。この部分は、彼のすべての台詞の中で最も真実に近い。つまり、今の彼の心境に最も近い表現なのだ。ファーディナンドが囚われの身であることは、イラズマスの置かれた今の状況とよく似通っている。イラズマスはこの劇に囚われた身だった。彼の生来の高慢さからすれば、リハーサルはいらいらすることばかりだ。パーカーやバルストロードの恩着せがましさに従わなければならないのは苦痛だ。嫉妬にも苦しまなければならない。それもこれもすべて、セーラへの愛のためだ。自分の代わりに誰かがファーディナンドの役を務める、自分以外の誰かが、ミランダの恋人役を務めるチャンスを手にする──イラズマスはそんなことを認めることができなかった。

今度は彼女の声が聞こえた。「どこにいるの？」と探している。中にいるうちは安心して台詞が言える岩屋から、イラズマスは彼女の呼び掛けに答えた。「その声はいとしいあなたですか？　それとも、夢を見ているのだろうか？」

それが本物のミランダの声だと知って、彼は岩屋からはい出て来ざるを得なかった。今日の彼女は桃色のラクダ織りのドレスを着ている。ドレスは前開きで、芯を入れた同色のペチコートがのぞくようになっている。肩にはレースのスカーフを掛けている。レースを通して肌が輝いているのが見える。髪はうしろで結んでいるが、全体にゆったりとうしろに流し、耳にかかっている。

「ああ、すばらしい天の創造物よ。あなたはお父様より十倍も優しい。お父様は残酷なのに……」

彼は彼女との間の距離を詰め、その手を取り、その目を見つめなければならない場面にきた。

「こうしてあなたを見つめ、手に触れることを許されている今、私は自由の身になりたいとは思わない」

この場面になると彼は、いつも自分の弱さを感じてしまうのだ。ここをセーラがどう受け止めているのか、彼には自信がなかった。しかし、最近、彼女の目に困惑の色が浮かぶことに気づいていた。ここでのやり取りは重大な意味を含んでいる。しかも、それをいつも大勢の人々が見ている前で演じるのだ。彼にとって、これまで経験したことのない問題だ。演技では愛を公然と告白するが、本当の自分の心は隠す。だから奇妙な緊張感がある。その上、役柄での感情表現を現実の感情が後追いするのだ。そして舞台の約束事として学んだ通りに動いているうちにすべてが不安に感じられてしまう。そこで互いに相手をまじまじと見つめ合うことにより安心感のようなものを取り戻すのだ。互いに視線をからませ合い、手を固く握り合い、吐く息が交じり合う。そのようにしてファーディナンドもミランダも与えられた役を演じた。役を演じている間、イラズマスもセーラも、ともにいろいろな思いを抱いていた。

だが、二人は、その思いについて、言葉を交わしていなかった。今まで話し合う機会がなかったからだ。これまでのところ、イラズマスはセーラと一度に数分以上は、完全に二人だけになる機会を持てなかった。それとは対照的に、イラズマスはこの数週間、チャールズ・ウォルパートとはよく会っていた。それはこれまでの十年に二人が会った回数を上回るほどだ。彼がチャールズに特に強く引かれた、というわけではない。だが、チャールズはセーラの兄だ。二人は同じ親から生まれ、二人の血管に流れている血液は同じだ。とてもそのようには見えないが、彼女が両親から受け継いだものの中には、兄チャールズも受け継いでいるものがあるはずだ。もっともチャールズは父親似で黒い目と秀でた鼻が特徴だが……。

とにかく、イラズマスがセーラに最も近づくことができるのはチャールズとの交遊を通してだった。だから彼はチャールズと馬の遠乗りもしたし、本当は嫌だったけれども、チャールズから雌のスパニエル犬をもらい受けたし、チャールズやその友人の若い人たちと外で食事もしたのだ。

あまりないことだが、偶然にセーラと二人だけになったり、仕組んで二人だけになったときのイラズマスは、むしろ戸惑った。二人だけでいられる時間が短過ぎるし、彼女を驚かせたりしないで自分の想いを正確に表現する言葉で話し掛けることができないからだ。そうした場合、セーラは助け船を出してくれなかった。イラズマスは、セーラが彼の気持ちをわかってくれていることは間違いないと思っていた。しかし、それが彼女の性分なのかどうか、彼にはよくわからないのだが、舞台を離れて本来の自分に戻ったときのセーラは、ミランダを演じているときのようには、彼の感情に対して素直に反応してくれなかった。彼は、彼一人に向けられた彼女の笑顔、彼女の言葉など、どんなことでも、できる限り集めた。その中にはある晩、彼女が彼にちらりと向けた視線もあった。その日、イラズマスはウォルパート家で夕食を共にした。セーラはクラヴィコードを弾き、皆の前で歌った。その間、父のウォルパートは眠くなって重たげなまぶたをかろうじて開けて座り、母のウォルパート夫人はいつ仕上がるともわからない刺繍を続けていた。ともあれ、これまでは、これですべてだった。

今日、リハーサルの途中にウォルパート邸から軽食が運ばれて来た。運んで来たのは老僕アンドルーと盆を持った二人の台所の下女、カード台を持った少年馬丁だ。紅茶、ワイン、ケーキがカード台の上に並べられた。イラズマスはセーラの方に近寄ろうとした。彼女は一人だ。そのとき、パーカーがイラズマスの前に立ちはだかった。牧師補は顔色が青白く、燃えるような目付きだ。他人に助言しようとするときは、いつもこうだ。この日、パーカーは聖職者用の一番上等の服装をしていた。靴下は黒い絹、スーツは黒いブロード、ネックバンドには染み一つない。洗礼を施して帰って来たばかりだった。牧師が数週間にわたって教区を離れて遠出しているためで、パーカーは仕事を多く抱えていた。

「ケンプさん、お気に障らなければよろしいのですが」とパーカーは言った。「私、考えるのですが、もっとも、これは私一人の意見ではないと思いますが、皆に代わって申しますと、あなたは岩屋から出て来るときの格好が勇まし過ぎるのですね。まるでラッパを聞いて飛び出して来る兵士のような様子ですよ。心の中で大事に思っている人の呼ぶ声を聞いて出て来る場面の姿ではありません。肩の力を抜いてください」

こう言ってパーカーは、手本を示そうとするかのように、狭い肩を繰り返しすくめた。

「こう言っても気を悪くなさらないと思うのですが。私もキャリバン役を演じるときはいつも、野蛮人のような、くねくねした動きをするように努力しているんです」

イラズマスは自分の行動に対して見当違いで不当な助言を聞くのは大嫌いな性分だった。そして今、セーラと二人だけになれるというのに、そのチャンスを台無しにしてしまう、いらぬおせっかいは特に不愉快だ。セーラはベンチに座り、トリンキュローとヒポリトを両脇に従えている。

「おっしゃる通りかもしれませんね」イラズマスは

冷たく言った。「私もあなたにご注意申し上げてよろしいですか。あなたのキャリバン解釈の問題点についてですが。第二幕でトリンキュローがキャリバンのあなたにワインを強く勧め、あなたがトリンキュローを神と思う場面です。あなたは酔っ払いの化け物を演じているのですが、観客の側からすれば、どうもぴんときませんね。納得させられるところがないのです。あえて言えば、聖餐式を執り行っている姿を想像させる演技ですよ」

パーカーの顔面は真っ赤になった。頭の周りで逆立った髪が聖像の後光のようにきらきら光った。

「その解釈はまったくの誤りです」とパーカーは言い返した。「キャリバンは酔っ払ってはいませんよ。彼は気が高ぶっているのです。キャリバンは自分で言っているじゃないですか、もらったのは天国の飲み物だと。この飲み物がキャリバンの詩的な才能を呼び覚ましたのですよ。キャリバンの新しい主人は彼に自由を与えようとした。また、キャリバンに物事を広く見る目を与えようとした。そして、キャリバンの眼前に新しい世界が開けたのです。あとは背負っている重荷を下ろすだけでいいのですよ。そして……」

ここで自分の発言は周りの人々の関心を直ちに集めて当然、といつも考える教師のバルストロードがパーカーを遮った。

「パーカー君、どう思うかね」

バルストロードは手にワインのグラスを持ち、ケーキを口に入れたまま、二人の方に近づいて来た。

「あの台詞は、まったくプロスペローらしくないよ。少なくとも、私の解釈では、ね。プロスペローは誤りを犯すことのない、まったく無謬の人なのだよ。私が言っているのは、今終わった場面についてだがね。プロスペローがミランダにファーディナンドのところへ行かせる場面だ。ここでプロスペローがミランダに、ヒポリトの弁護をするように、と言うのはとんでもない間違いだ。そんなことをすれば、ファーディナンドの嫉妬をかき立てるだけで、二人の間で決闘になるかもしれないよ。プロスペローが……」

イラズマスが見ると、セーラはベンチから立ち上がり、スカートの乱れを正していた。もう座り直す気はなさそうだ。少しだけならセーラを引き止め、二人だけの時間をつくることができるかもしれない。

「我々は難しい問題を目一杯抱えているように思います。台本の手直しをしない限り前へ進めないでしょうね」

　イラズマスはバルストロードに向かって言った。セーラが彼らの方に歩いて来た。彼女は兄のチャールズとエドワーズ嬢の会話に加わわろうとしている。チャールズとエドワーズ嬢は、もっと先の湖畔に並んで立っていた。イラズマスは失礼と言って、パーカーとバルストロードのもとを離れた。湖水と林の外れの木々の間を歩いて来るセーラとうまく顔を合わせることができるようにタイミングを計ってのことだった。二人は立ち止まった。周囲数ヤード内には二人のほか、誰もいなかった。イラズマスは最初、しばらくの間、何も言わずにぎこちなく立っていた。彼は何を言うか考えていたわけではなかった。次に、彼は、まったくばかげているのだが、ファーディナンドの台詞を言おうとした。

「こうしてあなたを見つめていると……」

　ミランダはここで、しばらく彼の視線を受け止めてくれるのだが、セーラはそうではなかった。


「二人の場面はどうでしたか？　少しはよくなったかな？」とイラズマスは尋ねた。

「そうね。今度は前よりよくなっていました」

　イラズマスはためらった。セーラはまだ彼から目をそらしたままだった。彼は潔く本当のことを言おうと考えた。

「よくなっていませんよ。私の責任です。私は演技ができないのです。いつも自分のことを考えてしまうのです」

　この言葉にセーラがほほ笑んだ。

「それで、例えば、バルストロードさんは、演技のとき、自分のことは考えない方だとおっしゃるのですか？」

「いや、そうは言いません。ただ、バルストロードさんは、自分の役柄と自分を一体にして考えます。私の場合は、ファーディナンドのような幸運が自分にも訪れるとは、どうしても信じられないのです」

「幸運ですって？」

「そうです。ミランダがファーディナンドを愛する……。ミランダも彼の愛に応える。ファーディナンドは誰もそばにいないときにミランダに話し掛けることができる」

彼は再び黙った。自分の言葉で感情が高ぶり、頭が混乱したからだ。彼は慌てて乱暴に言い足した。

「そんな状態は私にとっても歓迎です。恋の虜になるなんて」

イラズマスはセーラが透き通るような白い手を首に持っていき、小さなロケットに触れるのを見た。それはセーラが自分を守る身振りに見えたし、不安を感じた仕草にも見えた。しかし、彼女の目はイラズマスをしっかり見据えていた。

「お屋敷にお邪魔してよろしいですか？」とイラズマスは尋ねたが、そのとき、自分の顔から血の気が引くのを感じた。彼が青ざめるのとは逆に、セーラの顔は紅潮した。

「兄と弟はいつも……」

「いや、お邪魔するのは、あなたにお会いするためです」

今度はセーラが彼を驚かせた。彼女は心からおかしそうにほほ笑んだのだ。

「二人の場面の練習ですか？」

「よろしければ」

もともとイラズマスにはユーモアのセンスはほとんどなかった。まして、この状況のどこを探してもユーモアを感じられなかった。だが、セーラはユーモラスなところを見つけたのだ。彼女は自分とは異なった感性の持ち主かもしれない。そう考えたとき、イラズマスは、自分が描いていた非の打ちどころのない女性というセーラ像とは別の面を彼女に見出した気がした。彼がこれまでに付き合ったほかの女たちは相手の男に調子を合わせた。後日、彼は、このような瞬間においてさえ、セーラの心を占め、頭から離れなかったのは劇のことだった、ということを思い出すことになる。彼女には自己を抑制する意志堅固なところがある。彼は今、初めてそのことに思い至った。彼女の透き通る肌に映し出される血の動き。それは彼女の心の動揺を示したが、彼女はすばやくそれを抑えた。彼を見つめる彼女の表情は完璧さと優美な落ち着きを取り戻していた。その青い目は彼を見つめた。憶する色もない。彼はとてもかなわないな、と思った。セーラが自分を見ている——彼は突然、そのことを意識した。その瞬間、彼は体の中で何かが震えるのを感じた。

「よろしいでしょうか？」

彼は聞いた。

「両親に話してみませんと」

まるで、両親に特別の許しを得なければなりません、とでもいうような言い方で、ほとんど子供じみていた。

「もちろん、ご両親に相談してください」と彼は答えたが、呼吸を整えるのに苦労した。彼女がどう思っているのか見当もつかない。自分自身動揺してしまい、彼女の反応を見落としてしまったからだ。

「で、あなたのお考えは？」彼は尋ねたが、言葉を続けるのをためらった。

すべてが、彼とともに彼女の答えを待ち受けた。空も、湖のかすかなきらめきも、二人を取り巻く季節の移り変わりを感じさせるあらゆる兆しも――それらは夏の訪れを感じさせるもので、輝くドームのように茂った栗の木、花を付けた丈の長い草の中に半ば埋もれて林の端に生えているシモツケソウ、五月の麝香（じゃこう）のような香りの分泌――すべてが彼の質問を包み、沈黙を続ける彼女を固唾（かたず）を呑んで見守った。そして彼は、彼女のこの沈黙が同意を、少なくとも自分を喜ばせる答えを暗示している、と受け止めた。彼はもう少し彼女に聞いてみたかった。

しかし、イラズマスが気づかないうちに皆のいるところへやって来たチャールズが、このとき、演説を始めた。イラズマスはしばらくの間、心が落ち着かず、チャールズの話の内容を理解するまでに時間がかかった。もちろん彼も、チャールズが演説で取り上げている問題が重大であることは認識していた。チャールズが話すと、どんな問題も深刻に聞こえるというきらいはあるが……。チャールズは二十一歳にしてすでに父ウォルパートの癖である、重々しい、考えながらの話し方を身につけていた。この生まれつきとも言える、もったいぶった話し方は、彼がステファノー役を演ずるときには効果的だった。つまり、酔っ払いの水夫ステファノーが公爵のような威厳を見せるとコミカルな味が出てくるのだ。

チャールズはこう切り出した――。このリハーサルの進展具合に皆が不満を持っている。自分もそうだが、皆が、この劇は方向性を見失ってしまった、と感じている。劇をどうもっていくのか。言い争いになっているとまでは言わないが、とにかく、皆の考えがあまりにも食い違い過ぎる。意見の対立がはなはだしい。この調子では実際に上演するところまでもっていくのは不可能ではないか。これは自分一人の見方ではない。自分としては責任を感じている。この劇の上演は、何よりも、父の六十歳の誕生日の祝いとしてセーラと自分が企画したものだ。そして二人は主催者の立場だ。こうした状況を総合して、自分は自分の責任でロンドンのいとこの知人を招待して、こちらに来てもらうことにした。数日間、客として滞在してもらい、リハーサルに助言してもらう。この案に皆さんも同意してくれると思う。この企画を救おうとして努力しているのだ。このままでは劇は混乱するだけで、空中分解するか、上演立ち消えになってしまうだろう。

「彼はロンドンの人です」チャールズはできる限り重々しく言った。「彼なら大丈夫と折り紙付きです。いとこが言うには、彼は根っからの演劇の申し子だということです。脚本も書くし、劇評もする。我々の練習ぶりを見てもらい、助言を受けるには最適の人です。こういう有能な人は、当然、あちこちから引っ張りだこで忙しい身ですが、我々のために時間を割(さ)いてくれました。こちらへ来ると言っておられます。一週間以内に着くでしょう」

　要するに、この劇は舞台監督を迎えることになったのだ。

第十六章

リヴァプール・マーチャント号が出港して三日経った。船はアングルシー島を迂回して通過しようとしていた。天候が悪化した。雲が厚くなり、南東の方向からスコールが来た。夜の間にスコールは激しさを増し、翌日の午前中には風が強まった。最初は荒天用小縦帆(トライスル)とトップスルを畳み、やがて前部縦帆(フォアスル)まで縛り付けなければならなかった。ボートも甲板の排水口にロープで結び付けられた。船はメーンスルだけで荒れ狂う高波の中を進んだ。

　パリスにとっては苦難のときだった。船酔いしそうな予感がしたので、ショウガの根を粉末にした船酔い予防薬を飲み、外の空気を吸うため甲板に上がった。索具の間を風が悲鳴を上げながら吹き抜ける。甲板が傾くと、慣れないので足元がおぼつかない。

周りでは水夫たちがトップスルを畳もうと慌ただしく立ち働いている。パリスは頭がくらくらした。ショウガ根の粉末を飲んだにもかかわらず、にわかに気分が悪くなった。暗闇の中で舷縁につかまり、風下に向けて派手に吐いた。吐き気が少し収まったところで船室に戻ったが、隅の狭い寝台でパリスは転げ回り、船がきしむのに合わせてうめき声を上げた。暗闇の中で何度も吐き気に襲われ、震えながら苦しんだ。こんな苦しさは初めての経験だ。この苦しみの中では何も感じられない。何も考えられない。ただ、苦しみに耐える力が自分にあることに少しばかり驚いた。胃の中がまったく空になったあとも、吐きたかった。が、吐く物が出て来ない。しばらく惨めな気持ちで、のたうち回った。最後に口から苦い物がうっすらと出て来た。それはまるで、体内の腐敗した物質でできた凝乳のようで、まさしく体内で分離した物質の味がした。

　船室の上で時鐘の音が時折、間隔を置いて聞こえる。そして夢か現つかはっきりしないが、ほとんど物音がしない、まるで凪ぎのような時間が訪れる。速い雨足が甲板をたたく音が聞こえ、滑車がキーキー音を立てる。命令を怒鳴って伝える声、ロープを操る水夫たちのしゃがれた妙に歌うような声が聞こえる。やがてそれらの音はすべて、船の舳先にぶち当たる荒い逆波の強烈な衝撃と、帆が風を受けて膨らみ逆帆になったときに立てる爆発音の中に呑み込まれてしまった。パリスが吐き気に苦しんでいるとき、その気分をさらにひどくしたのは辺りに充満する悪臭だった。部屋の下の船倉の底にたまった汚水の臭いだ。船が揺れるたびに船倉がかき回され、まるで船の排泄物のように臭う。処女航海の船にしては息が臭かった。

　煉獄のような苦しみは一晩中続いた。朝になった。パリスは体がふらふらしたが、症状は軽くなり、腹の中がすっきりした気分だ。そして猛烈に空腹を感じたので甲板に上がった。空はすっかり晴れ上がっている。外の光が不思議なほど新鮮に感じられる。まるで、この世の最初の光を見る思いだ。海はまだ、三角波が立ち、波は白いしわのように見える。だが、空は穏やかで小鳥の胸のように柔らかだ。メーンマストの上の方にある横木に二人の男が登っている。その真下で大勢の男たちがヤードを引き揚げるため、ロープを引っ張っている。後甲板ではサーソ船長が舵手を、すぐうしろに従えて立っていた。

パリスはサーソに「おはようございます」と挨拶したが、返事はない。そのまま、パリスは厨房へ行った。厨房にはコックのモーガンがいた。モーガンは長い柄杓で、深く口の狭い鉄製の大鍋をかき回している。

「それは何かね？」

パリスは尋ねた。モーガンはくわえていた短い汚れたパイプを口から外した。

「ラブスカウスですよ、先生。ここではそう呼んでいます」

モーガンの顔は汗で光っていた。いつもそうだ。キャラコ地のエプロンを掛けているが、両手を拭くため油で汚れている。頭にはウール製の濃い赤色のみすぼらしい縁無し帽子がのっている。この帽子が船でのモーガンのトレードマークだ。彼がこの帽子を取ったところを見た者はいない。

「ラブスカウスって何かな？」

「中身に何を入れるかで異なりますがね」

木で鼻をくくったような返事だ。すぐにパリスは気づいた。この男は自分を嫌っている、自分の質問を何か裏があるに違いないと警戒しているのだ、と。

「そうじゃない。本当に知らないのだ。それには何か入っているのかな？」

「入っているのは、塩漬けの牛肉、じゃがいも、タマネギです」

「たばこを吸って構わないんだよ。ラブスカウスはまだできあがっていないんだろう？」

「まだですよ。あのいまいましい悪天候のあとですからね。今、火の勢いが強くなったところでして。料理は夕食のとき、八点鐘でみんなに出します」モーガンは黙った。彼はまだ、パリスの目を見ようとしない。「朝食のバーグーが残っていますよ」やっとこう言った。

「バーグー？　それは何かな？」

「オートミールを煮ただけのものですよ、先生。砂糖をちょっぴり入れてね」

「それがいいな。丼鉢にたっぷり入れてくれないか。濃くしてね」

「わかりました。ボーイに下へ運ばせましょう」

「いやいや。長くは待てないんだ。ここで今、食べたいな」

「ここでとおっしゃるんですか？　この厨房で？」

モーガンはあきれたという表情で、思わずパリスを見つめた。そして、パリスの白い顔に笑みがこぼれるのを見た。

「そうだよ。それもできるだけ早くね」

パリスは言った。

舵のそばの定位置からサーソ船長は、パリスが先ほど甲板に現れたのを見ていた。疲れているため、その目には不機嫌な色が浮かんだ。サーソは、しけになりそうな雲行きに変わってからというもの、船が嵐の洗礼に見舞われている間中、ほとんど眠っていなかった。それはパリスが耐えた苦難にも匹敵する苦痛だった。もっとも、サーソの場合は肉体的な苦痛というよりは精神的な苦痛だが――。彼は新しい船が試練に勇敢に立ち向かい、よくやったと思った。帆を風に対して詰め開きにして進んだら船の索は引っ張られ切れてしまうだろう。嵐を避けようとすれば迂回しなければならない。それは日程の遅れを意味する。何とか船を予定通りに進めたいサーソにとって、これは大変なジレンマだった。サーソは風のうなる暗闇の中に立ち、後甲板の手すりに両手でしっかりつかまり、次々に命令を下した。バートンがそれを水夫たちに伝えるのを聞き、そして人間の声と風の声が混じり合うのを聞いた。短い仮眠から起き出したとき、北の空に走るように現れたオーロラのかすかな光を見たような気がした。それは深紅と金色でちらりと見えたかと思うとすぐに消えてしまう、はかないものだった。この辺りの緯度でオーロラを見たという報告はまだない。今年、一番早くオーロラを見たことになる。サーソにはオーロラが一つの兆候であるとわかっていたので、メーンマストの周りにロープを巻かせ、トップゲルン・マスト〔下から三番目のマスト〕を下げさせた。

案の定この朝、風は凪ぎ、そして西向きに変わっていた。海も穏やかになった。マストと下のヤードは再び高く引き揚げられた。正午までに船は西向きの風に助けられてかなり進んだ。しかし、天候はなお、リヴァプール・マーチャント号をもてあそんだ。岬を二マイル迂回し航路を外れると、ささやくほどの静けさが訪れた。船は道草を食い、弱い太陽の光の下で帆を干した。再び風が吹き始めた。だが、今度は航海には逆風で南西からの風だった。ゆっくり南下していくうちに日が落ち、低い波頭が水平線まで続く海上に暗闇が訪れた。

次の朝、サーソは風の吹き方がつむじ曲がりなことに癇癪を起こしていた。そこへ甲板長のヘインズがやって来て不満を訴えた。水夫の一人が彼に殴り掛かったと言うのだ。

「そいつはジェイムズ・ウィルソンです。奴が自分に手を上げたことはほかの者も見ています。自分以外にもそれを証言できる者はいます」とヘインズ。

「その通りならほかの者の証言は必要ない」

そう言ってサーソは、目の前に立っているヘインズを見つめて考えた。ヘインズは目を光らせ、口を憎らしげにとんがらせている。サーソは言った。

「君の証言が間違っているという証拠を見るまでは君を信用しよう」

これはうそだった。サーソは誰も信用していなかった。とりわけ自分が疑われる前に証人がいるなどと言ってくる手合いはなおさらだった。甲板長の顔には残忍さがあった。サーソは、これまであらゆるタイプの顔を見てきた。今ではそれを見誤ることはない。だが、甲板長が残忍に見えるのは必ずしも悪いことではない。乗組員たちが甲板長を恐ろしい男と思ったら仕事にもっと真剣に取り組むだろう。長い航海はまだ始まったばかりだ。高級船員の権威は保たれなければならない。サーソは残酷なやり方は嫌いだが、同時に、同情とか人情とかも船の上ではすべて無用と割りきっていた。サーソは、自分は残忍な男ではない、単に現実的で、必要に応じて行動するだけの人間だと考えていた。今、行動するときがやってきたのだ。

――奴を見下せ。奴の不満は無視しろ。何より肝心なのは、奴に同情しているように見られないことだ――

サーソは二歩前に出て後甲板の手すりのところでヘインズに背を向けて立った。そしてしばらくの間、黙って甲板を見下ろした。バートンが捕まえて来た間抜けな新米水夫が甲板の中央で足を組み座っている。周りには屑のロープが山積みされ、新米はロープをほぐし、糸を取り出し、それを結び合わせている。精神を集中して仕事をしており、口を開けている。シモンズの言うには、彼は、ヤードの上など高いところでは使いものにならないが、ロープを引っ張らせたら二人力だ。新米水夫の向こうでは、水夫たちが前檣(フォアマスト)の縦支檣索(ステイ)を張り直すため、滑車装置の準備をしている。固定された索具の一部が嵐で緩んでしまったからだ。サーソは、黒い眼帯をした体の大きなリビー、やせこけた少年、小柄なタインサイド出身の男――この男が器用で仕事を巧みにこなしていることは、サーソも認めていた――の三人を見分けることができた。タインサイド出身の男の南京ジャケットの前には血がついている。

「奴の名前は何と言ったかな、あの小柄な男」

サーソはヘインズに背を向けたまま尋ねた。

「ロープの緩みを引き締めている男ですかい？　小生意気なちびですよ」

「名前を聞いているのだ。性格じゃない」

「名はウィリアム・ブレアです、船長」

「その横の気の弱そうな男、いつも空を眺めて何かを探しているように見えるあの背の高い男は？」

「あれはマイケル・サリヴァンです、船長。バイオリン弾きの」

「そうか。あの男のバイオリンの腕はニグロを積んだときに役に立つだろう。奴の服は今にもずり落ちそうだ。私の船でぼろを着た男の姿は見たくない。服にはノミやシラミがいるに違いない。航海の終わりには、船に害虫も増えるだろう。だが、今からそんなことでは困る。少なくとも初めは清潔にしようじゃないか」

「わかりました、船長」

「あいつ一人じゃないだろう。同じような姿をした男をほかにも見たぞ。あの薄汚いちびのスコットランド野郎……」

「マックギャンです、船長」

「時間があるときに連中を船首に連れて行け。裸にし、水で体を洗わせ、衣服は燃やしてしまえ。そして、船倉にある服を着せてやれ。服の代金は給料から差し引く」

「わかりました、船長」

「前へ、こっちへ来い」と言いながら、サーソは少しうしろを向いた。

「ウィルソンの件だが、私の記憶が間違いでなければ、あの男はできる男じゃないかな。水夫だろう？」

「そうです、船長」

「何があったんだ?」

「今朝早くのことでした。風が順風に変わったときで、皆はトップゲルンスル〔トップゲル・マストに付ける帆〕を巻き揚げていました。しっかり仕事をするためには全員が気合いを入れてやらなきゃいけません。それが船長のご指示ですから。連中は仕事に身を入れていないように見えたんです。そこで私は連中に気合いを入れました。ごく普通のやり方で。ところが奴が態度を変え、私に刃向かって来たんです」

「つまり、連中をてきぱきと働かせるため籐の鞭で打った、ということか」

「そうです。その通りです、船長」

「一回か、それとも、それ以上か?」

「こっちに一鞭、そっちに一鞭です」

サーソは、ヘインズがかすかに笑みを漏らしたのを見逃さなかった。甲板長に対して次第に敵意さえ抱くようになった。

「ほかの者にも同様に鞭打ったのか?」

「よく覚えておりません、船長」

サーソは甲板長の顔をまじまじと見つめた。甲板長は平然としており、その黒目はエネルギッシュに輝いている。

「覚えていないだと? 数を数えられないのか? 数え方を覚えた方がいいぞ。ウィルソンは相手が君だと承知の上で手を振り上げたのか?」

「そうです」とヘインズ。その口調には少し冷酷で傲慢なところがあった。

「もちろん、ウィルソンは相手が私であることを十分承知でした」

サーソは少し長く考え込んだ。その男、ウィルソンは罰せられるべきだ。それは確かだ。この件では一日足枷をはめさせるのが罰としてはいいところだろう。だが、それだけでいいのか? サーソは嵐が最もひどかった夜のうちに見た兆候を思い出していた。ちぎれ雲の合間にのぞいた深紅のかすかな光だ。そして今は、そのときとは逆方向の風向きであり、凪ぎだ。出港して八日経った。それにもかかわらず、まだ、アイルランドのダンガーヴァン高地を通過していない。横帆船が狭い水路に入ると……。もし天候が悪化すれば、この水路に八日、ないしは、それ以上閉じ込められることになりかねない。何かが船の進むのを邪魔している。妨害している……。

「その男を甲板に連れて来させて、足枷をはめろ」サーソは甲板長に命じた。「見せしめにその男を懲(こ)らしめる」

「わかりました、船長。ありがとうございます」

「くそったれ。お前の礼など聞きたくもない」

　サーソは甲板長に目を向けた。ヘインズは頭を少し引っ込め、黒い目を一層大きく見開いた。

「ヘインズ、よく聞け。あまりなれなれしくするな。私を甘く見過ぎるとしくじるぞ。君は鞭を使ったが、それは間違いだ。すぐに、思い知ることになるぞ。鞭を使うときは数を数えることだ。部下の使い方は、追い立てるのも一つのやり方だが、船の上で憎しみが生まれる。それは避けたい。手の打ちようがなくなってしまうかもしれないぞ。さあ、行くんだ。仕事に戻れ」

　ビリー・ブレアは左舷で、縦支檣索(ステイ)を張るための滑車装置を引っ張りながら、やせこけたヨークシャー男のウィルソンが甲板に連れて来られ、重い足枷をはめられるのを見ていた。

「神のご加護を」ブレアは祈った。「船はまだセント・ジョージズ海峡を過ぎていないというのに、連中はもう、おっぱじめるんだな。かわいそうに。あの若いの、何をしたというんだ？」

　サリヴァンの遠くを見つめるような美しい目は段索の網目を通してウィルソンを見ていた。そして言った。

「奴が何をしたのかって？　この船に乗ったこと自体が、そもそも間違いなんだよ」

「ばかな。頭がおかしいんじゃないか」ブレアはいら立たしそうに言った。「船に乗る前に、その船がいい船だとか悪い船とか、どうしてわかるんだ？」

「少しでも法律の知識があれば、知らなかった、というのは言い訳にならないことはわかっているはずさ。甲板長は鞭使いだし、航海士は卑劣、船長は悪魔、向こう一年は地獄の日々だというのに、それでも、あの若いのが何をしたんだ、とほざくのか？」

「お前の話は筋が通っていないぜ」ブレアは少し考えてから言った。「連中があの若いのに足枷をはめたのは、何か理由があるはずだが……」

「理由があるはずだって？」サリヴァンは言い返した。「やれやれ。早く夕飯の時間にならないかな。

俺の両手はロープでひどい状態になっちまった。最近は使い物にならん。確かに俺が悪いんだ。他人のことなど、おせっかいをやいたりしなければよかった。お前の味方などするんじゃなかったな」

「つまらん考えはやめるんだな」とブレア。

リビーがそばを通り掛かった。両腕に索具の擦れ止め用の布を山と抱えている。「お前、すてきな新品の服がもらえるそうだぞ」とサリヴァンに話し掛け、黄色い歯を見せてにやりと笑った。それは親しさとは程遠い笑いだった。

「何だって？　俺にはお前の言うことがさっぱりわからんぞ」とサリヴァンが答えた。

「さっさと消えちまえ。めっかち野郎」ブレアはけいんか腰だ。二人ともリビーを信用していなかった。リビーはヘインズと親しいという噂があった。「人の話を盗み聞きしやがって」

リビーは言い返そうとした。そのとき、二等航海士のシモンズがそばに来た。

「ばか話ばかりしてるんじゃないぞ」とシモンズ。

「おい、リビー、その擦れ止め布を持って、さっさと船尾に行くんだ。もう足枷をはめられた男がそこにいるだろう。お前も足枷をはめられたいか？」

「あいつを追っ払ってくれてありがとう、航海士殿。あいつは俺たちの仕事を邪魔しようと、うろついていたんだ」

サリヴァンはシモンズに礼を言い、歯の欠けた口で親しみを込めてほほ笑んだ。

「いいんだ。仕事を続けるんだ」

そのすぐあと、八点鐘が鳴った。だが、皆が夕食に下へ降りる前に甲板長の笛が響いた。そして甲板長が「全員、甲板に集合」と叫ぶ声が長く尾を引いて聞こえた。バートンの命令で当直に当たっていた数人が慌てふためいて上がって来た。バートン自身は後甲板でサーソの一、二歩うしろに立った。シモンズは下の甲板に水夫たちと一緒にいた。ヘインズは深呼吸して頭をうしろに傾けた。

「全員、処罰に注目！」

彼は声を張り上げた。それはまるで空と空に住む者にまで号令しているようだ。乗組員が当直割りに従って左舷と右舷にそれぞれ分かれて手すりを背に整列した。

サーソはバートンの方を振り向いた。

「全員集まったか？」

「船医がまだ、来ておりません、船長」

サーソの厳しい下顎の骨が、一層突き出て見えた。

彼は少し間を置いて言った。

「ヘインズ、パリスさんをできるだけ早くここへ連れて来てくれ」

その間、誰も口をきかなかった。手すりに整列して待つ乗組員は物音さえ立てなかった。足枷をはめられ、乗組員たちの間に座らされた男も陰うつな顔をして、周囲に目をやることもなく頭を垂れ、何も言わなかった。風がまたやみ、西からかすかにそよぐだけ。船首に当たる波もなかった。船はその位置でいたずらに時を過ごすだけとなった。トップゲルンに帆が張られているが、風がないため、舵を効かせるのに必要な最低速度さえ望めない。

その静けさの中にパリスが現れた。階段から後甲板に昇り、バートンの隣に立った。パリスは、説明を受けなくても何が起きるのかを理解した。いくらかの経験と本能的な感覚で、皆が静まり返ったこの集まりが仲間の鞭打たれるのに立ち会うためのものであることを悟った。

「パリスさん、君に立ち会ってもらえてよかった」

サーソは皮肉を込めた意地の悪い言い方をした。

そしてバートンに命じた。

「その男の足枷を外せ。格子板を用意しろ」

足枷を外したのはヘインズで、リビーが手伝った。ウィルソンは体がこわ張ったようにぎこちなく立ち上がった。ヒューズとデイヴィスという樽職人の二人が、昇降口のふたに用いられている木製の格子板を引きずって来た。格子板は真っすぐに立てられ、風下の舷門のそばの舷胸壁に結び付けられた。

「準備ができました、船長」

デイヴィスが言った。

「バートン君、その男に、何か申し開きすることがないか聞いてくれ」

ウィルソンにはサーソの言葉がすでに聞こえていた。バートンがウィルソンに伝え終わる前に、ウィルソンは頭を上げ、後甲板の者たちをしっかりと見上げた。ウィルソンは骨太で力が強そうだが、顔は青白く大変やせており、元気のない目をしている。

「申し開きは何もありません」とウィルソンが言った。

「そうか。私が手を休めたときがお前の救いになるということだ。くくり付けろ」

サーソは容赦なく言った。

ヘインズとリビーがウィルソンを押さえ付け、動けないようにしていた。しかし、強く押さえ付けているわけではなかった。二人はウィルソンのシャツを脱がせようとした。だが、ウィルソンは自分で勢いよくまくり上げ、頭から脱ぎ、それを足元に落とした。そして自分で舷門のところまで進み、手首を格子板に縛ってくれ、と言うように両手を上げた。彼の首と両腕はよく日焼けしていたが、背中は白く、昔、鞭打たれたときの傷跡がはっきりと残っていた。

「くくり付けました、船長」

ヘインズが報告した。

ディーキンは当直仲間とともに処罰を見守るため右舷に立っていた。処罰の準備が進むにつれ、自分自身のかつての恐怖と苦痛の思い出がよみがえり、それらが入り交じって、いつものように吐き気を覚えた。格子板にくくり付けられる屈辱を拒む意志を見せることがウィルソンの見栄であることがディーキンにはわかった。だが、それは悲しい見栄だ。鞭打たれれば、人はいつも相手の足元にひざまずくことになるのだ。

ディーキンも、これまでたびたび鞭打たれたことがあった。そして、人が鞭打たれるのも見てきた。彼の記憶ではずっと前からそうだった。だから彼は知っていた。このヨークシャー出身の男は、頭を上げ、落ち着き払った態度をとっているため余分に打たれることになるだろう。それは船長が男を憎んでいるためではない。鞭打ちの罰の目的は、人を屈服させることなのだ。奴隷船では、鞭を振るうのは甲板長でも航海士でもない。そのように規律を緩めたら船内の不満が高まり、重大な結果を招くことになりかねない。船では、甲板長や航海士のような高級船員が水夫と肩を並べてグリースの桶に手を入れて仕事をすることもよくある。そんなとき、何が起きても不思議ではない。もちろん、表面上はただの事故ということになってしまうのだが。あるいは、船の肋材の陰でナイフで切りつけられ、船べり越しに海に投げ込まれるかもしれない。頭のある奴なら誰も口を割らない――。だから、鞭を使うのは船長の仕事だ。

サーソは演説を始めた。しゃがれ声で、いつもと変わらぬ調子だ。ディーキンは、一つ一つの言葉の意味に注意を払うのでなく、全体としてサーソの言いたいことを汲み取った。これまでもいくつもの船で同じような場面に演説があり、ディーキンはそれを聞かされてきた。ウィルソンは船長が任命した高級船員の一人に手を上げた。これは船長に刃向かったことを意味する。自分、すなわちサーソはそんなことは許さない。皆はまだ、自分をよく知らないが、必ず知るようになるはずだ。もし逆らえば、悪魔の化身のようになるかもしれない。もし、自分のやり方に従うなら、優しい慈父のようにもなろう。ここで皆に言う。命令をきちんと実行しなかったり、規律を乱すようなことをすれば、どんな目にあうのか、よく見ておくように。きちんと頭に入れておくように……。

サーソは上着とチョッキを脱ぎ、貴人に従う従者のように前に進み出たバートンに渡した。ヘインズは体罰用の九尾の猫鞭の入れてある赤い羅紗の袋をほどいた。パリスはすでに、何が起きても動揺の色は見せまい、と心の準備をしていた。パリスの目には、サーソが儀式のように上着とチョッキを脱ぐ姿に、恐怖をともなった優美さがあるように映った。もっとも、サーソの胸の厚い体型と、大きくて四角い赤銅色の顔は優美な仕草とは不釣り合いのものであったが……。その優美さは、謁見の儀に臨む前に請願者を階下に待たせて従者を従え、更衣室で着替える権力者の姿のようでもあった。

サーソはヘインズから鞭を受け取り、階段を降りた。そしてウィルソンとの間合いを計り、二歩踏み出して、力一杯鞭を振るった。鞭に付いている九本の縄のヒューッという音と体に当たった一撃のピシャリという音が聞こえた。鞭が当たった瞬間、その力でウィルソンの体から息が漏れ、大きく深くあえいだ。パリスはウィルソンが悲鳴を上げまいとして首筋の腱が浮き上がるのを見た。最初の一撃で背中に傷口が開いた。血が滴り落ち、鞭の縄の結び目が傷つけたところをはっきり示した。サーソはいささかもひるむことなく残忍に、そして恐るべきエネルギーでウィルソンを一撃、また一撃と打った。目を見開いたサーソの顔は真っ赤で、腫れているように見えた。ウィルソンは、まだ悲鳴を上げなかった。

しかし、格子板にしがみつくようにしてのたうち回った。背中は首から腰まで血の海だった。鞭の一振りごとに血しぶきが甲板の上に飛び散った。十回目からは毎回、サーソは鞭を打つのを休まなければならなかった。鞭に付けられた九本の縄に血や肉片がこびりつき、指で取り除かなければならなかったからだ。十四回目を打たれたとき、意地を張ってきたウィルソンもついに力尽きた。両膝が折れ、両手首を格子板に縛られたまま、つり下げられたような形になった。

「神様！」ウィルソンは、だみ声で叫んだ。「助けて、神様！」

「おい」サーソは鞭の血を振り払いながら言った。サーソのシャツの胸や肩は血しぶきを浴びていた。顔には汗が玉になって光っている。彼の胸は激しく上下した。「歌を歌っているのかな。どうだ。神様の名を唱えるよりサーソ様の名を呼んだ方がいいのじゃないかな。サーソ様はすぐそばにいるぞ」

この瞬間をサーソは待っていた。ウィルソンは度胸のいいならず者だ。だが、サーソはウィルソンが屈服するに違いないと考えていたのだ。サーソはなおも打ち続け、十八回を数えた。そして甲板長に鞭を投げ渡した。

「次に使うときのために鞭を洗っておいてくれ。分際をわきまえない愚か者のためにな」

サーソはそう言い捨てて、乗組員たちが見守る中を重い足取りで階段を上がった。

「バートン君、あの男をほどいてやれ。乗組員たちに仕事に戻るように伝えろ。それから、モーガンに私の船室まで湯をすぐ持って来るように言ってくれ」

両手首が自由になったウィルソンの体は、そのまま甲板に崩れ落ちた。目は瞬きもせず、顔は黒ずんで鬱血（うっけつ）していた。パリスは、ウィルソンが二人の男に半ば促され、半ば助けられて下に行くのを見守った。そして厭（いと）わしさと憤（いきどお）りを抑え、静めるために、しばらく、その場に立ち尽くした。パリスはサーソに、こんな残虐行為は反対だと直言しようと思い立った。かわいそうにウィルソンは情状酌量されることなく傷を負わされ、自尊心を保つことさえもできなかったのだ。パリスは前へ進み出て、サーソと正面から向き合った。

「失礼します、サーソ船長。少しお話ししたいのですが……」

サーソと目が合った。サーソの目は、一瞬の間、虚脱状態に陥っているように見えた。それは何かを全力で行ったり、激情に駆られたりしたあとに襲われる虚脱感のようなものだった。

「今は困る」

サーソは答えた。

「船長、お願いするのはこれで三回目です。私にも聞いていただく権利があります」

「権利だと。それはどういうことかね」サーソは早口に言った。「君はこの私の船の甲板で権利について交渉したいと言うのか？」

パリスは、サーソの目に相手をにらみつけようとするエネルギーがよみがえるのを見て、強い軽蔑の念を覚えた。その気持ちがあまりにも強くなったので、パリスは注意し、意識して自分を抑えなければならなかった。彼は両手を背中で握り締めた。

「そうです。船長。私の権利についてお話ししたいのです」

パリスは再び強く言った。彼はゆっくりとサーソに目を向けた。そして、サーソの表情に変化が表れるのに気づいた。むき出しの敵意が顔をのぞかせているのだ。

「お話ししたいのは船内の病室のことです。この問題はいまだに解決していません。前にお願いしたのですが。今、明らかに病室を必要とするケースが出てきました」

「病室？」サーソはこう言って、少しの間、そよとも動かないトップスルをにらみつけるように眺めた。「気は確かか、パリスさん。病室が今、なぜ必要だと言うのかね？　誰も病人などいないよ」

「私はあの男の背中の手当てをしたいのです」パリスは主張した。「傷口はきちんと手当てをしないと化膿する恐れがあります」

「ウィルソンのことかね？　おやおや」サーソは乱暴に言った。「君の言うことときたら、笑ったらいいのか、泣いたらいいのか。これまでにもウィルソンのような男を何百人も見てきたよ。皆、塩を塗り込むだけで十分だ」

パリスは言いよどんだ。叔父の名を出したくはなかった。しかし、どうしてもサーソに勝たなければならない。それは自分のためだけではない。パリスは言った。

「あなたがそうおっしゃるのでは仕方がありません。ケンプさんは私に病室を使うように配慮してくださったのですよ。ケンプさんがそうおっしゃったのをあなたも聞いたはずではありませんか」

サーソは右手を強く握り締め、拳が白くなった。それを見てパリスは、顔を突き出し手を両脇に置いた。自分にそんなところがあるとは思ってもみなかったが、相手の態度を見て、暴力で対抗する衝動に駆られたらしい。後日、それは相手の狂気が自分にも伝染したのだ、と考えるのだが。

「私は、病室を使えるよう片付けていただきたいのです、船長。どうぞよろしくお願いします」

「そうだね。いずれ君が、叔父上のことを持ち出すだろうと予想はしていたよ」

サーソはもっと言おうとしているように見えた。しかし、突然、その表情が変わった。彼は頭を上げた。

「ほら、聞こえるかね?」

「何が聞こえるのですか?」

「風の音だよ。決まっているじゃないか」

パリスは今度は前より心を集中して耳を澄ました。索具の鳴る音が聞こえた。索具がそこにあることをパリスは、それまでまったく気づかないでいた。一瞬ののち、彼はそよ風が顔をなでるのを感じた。そして帆が膨らみ始めると続けざまに音がさざ波のように聞こえた。

「病室がそれほど重要だと言うのならば用意しよう」

サーソは軽蔑するように言った。サーソは、風が強くなってきたこと、風につれて船が激しく揺れ出したことを感じ取っていた。風は前より強くなっている。ロープの間を吹き抜けながら歌を歌っている。音調が高く整えられ調和している。歌はロープの間から鎖へ、さらに、すべての木材の間へと次々に移っていく。しかも、風は西から吹いているのだ。

「ほら、答えが出た」サーソはそう言って顔を背けた。「我々は風を吹かせた」

「それはどういう意味ですか?」

答えは返ってこなかった。サーソの顔は緊張が緩み、疲れが浮かんでいた。サーソは舷門付近の床を見下ろしていた。そこには、まだ、ウィルソンの血が光っていた。

第十七章

イラズマスは父親がくつろいだ気分になる機会を待っていた。最近、ケンプがそのような姿を見せることはめったになかった。イラズマスはある晩の夕食後を選んだ。ケンプは、自分で書斎と呼んでいるオークの羽目板を張った私室で、小さな縁無し帽をかぶり、部屋着を着てパイプをゆったりとくゆらせ、くつろいでいた。

「お父さん、少し時間をいただけませんか？」

ケンプは、すぐには返事をせずに、息子が頭を反らし、肩をいからせ、軍隊式のポーズで問い掛けるのを見つめていた。イラズマスがまだ子供のころ、同じような姿勢で立っていたときのことを思い出した。そして思いがけないことだが、ケンプ自身、今、心配事を抱えているというのに、この頑固な息子に哀れみを覚えるのだ。この息子にとって人生は常に、自らに課す厳しい試練の連続だ。イラズマスはこんな姿勢で私の破滅の知らせを聞くのだろうか？　もっとも、その時がくればの話だが……。

「いいとも、イラズマス。何だい？」

「セーラ・ウォルパートに結婚を申し込みたいのです」

ケンプの顔を真っすぐに見てイラズマスが言った。

「結婚をセーラのお父上に申し入れたいのです」

ここまで言ってイラズマスは少し言いよどんだ。

「私が彼女に申し込んでも反対なさらないでしょうね？　お父さん」

「ウォルパートの娘だって？」

ケンプはあっけにとられた。彼はイラズマスが服装にますます気を遣うようになっていることに気づいていた。イラズマスは髪を整えたり、タイを結ぶのに時間を長くかけるようになった。以前から服装の好みにうるさく、自分の容貌をいつも気にしていた。ちょうど、おしゃれに関心のある年頃でもある。ケンプはイラズマスがウォルパート家をたびたび訪問することにも気がついていた。しかし、それは劇の練習という名目があった。それに、ウォルパート家にはイラズマスと同年輩の青年もいる。

「それは知らなかった。このところ忙しかったからな。それにお前はそれを隠していた。いつもそうなのだから……。日ごろは私のところへ相談に来ないね。来るときは、自分で決めてから来るのだから」

その言葉には非難めいたところがあった。しかし、それは自分に対して言い聞かせているのだった。気がつかなかった自分がいけないのだ。ケンプはすぐに後悔した。そして言った。

「そうだな。それがお前の流儀だね」

「いけなかったでしょうか？」

「いや、いけないと言っているのではない。お前と私は性格が違うから、流儀も違うのだ。私は、まず、立ち止まって相手を見る。それから周囲の状況を見渡し、そのあと、自分の方向を決める。だが、この件は、準備が早いピッチで進んでいるようだね。私が反対しようと思ってもできないだろう。もし反対すれば大きなショックを与えるだろうからね」

こう言ってケンプは息子を見たが、イラズマスはうれしそうな表情をまったく見せなかった。イラズマスは肩をいからせたままの姿勢で立っていた。

「こちらへ来なさい。私の隣へ掛けなさい。お前は目的に向かって一直線に進む性格だ。それは悪いことではないが、結婚するには若過ぎるよ。相手もまだ十八歳にもなってはいないのだろう？」

「まだ十八歳になっていません」

「それは若いね」

ケンプはゆっくり言った。声の調子が少し変わった。最初の驚きが消え、その意味をもう少し考えよう、という様子だ。真っすぐな眉で、ひどくまじめな表情のイラズマスを間近に見つめているうちに、その思いは一層強くなった。

「しかし、お母さんは結婚したとき、まだ十七歳だったな」

そして少し考えたあと、言い足した。

「仕事の面で手助けしてやるのは難しいぞ」

「その必要はありません」

イラズマスは言った。父との会話は予想したようには進まなかった。彼は父が自分の考えをあっさり認めてくれたことに驚いた。父が仕事を軽くはしないぞと言うことは予期していたが。

「結婚は両家にとって好都合だと思います。急速に発展しているこの町で両家が手を結べば、強力な勢力が生まれることになります」

ケンプは、これを聞いてうなずいた。両家が手を結ぶという考えが自分にも今、浮かんだとでもいうように……。

「それはそうだ。この結び付きは両家にとって利益になる」

彼は自分を見ている息子の目を努めて見ようとした。それは自分の目とそっくりだった。

「だが、そのために結婚すると言うのかい？」

「私の望みは彼女です」

ケンプはしばらくの間、うつむいたまま何も言わなかった。そして顔を上げたが、その顔は突然老け込んだように見えた。

「いいだろう」

ケンプは言った。

イラズマスはセーラの父、ウォルパートに会うにはどのような機会がよいか、また、その際には、どのような態度をとるべきか、どのような服装がふさわしいかを考えて、さらに一週間が過ぎた。イラズマスにはわかっていた。必要なのは勇気ではなく、――十分、勇気はあるつもりだ――謙虚さだ。自分の望みを述べ、許しを求め、頭を下げることだ、と。だが、なかなか頭を下げる決心がつかなかった。イラズマスは相手がウォルパートでなくても同様に考えただろう。父のケンプに対してさえ、彼はある程度までそのような心構えが必要だと感じていたのだ。

今のイラズマスは、セーラを愛しているからといって幸せを感じているわけではなかった。むしろ、一人の少女を愛してしまったために彼は悩みの種を抱えることになった。そして何事にも敏感になり、ちょっとしたことで、時には、空気の変化にさえも自分の心が傷つくようになっているように感じた。彼の心は感覚的に受ける印象からも打撃を受けた。それは大事なものを失う、あるいは奪われるような感覚と奇妙に似ていた。何事にも傷つきやすくなったイラズマスは、若葉が萌え出づるすばらしい季節の変わり目も、まるで自分を痛めつけようとしている人間のような気持ちで迎えるのだった。夏の訪れを示す季節のさまざまな兆しをこのような特別な思いで観察するのは初めてのことだ。イラズマスは、河岸で荷物を揚げるのを見守ったり、ケンプ家の倉庫の裏の資材置き場で、使用人たちが綿布の梱を量り、帳簿に記録するのを監督しながら、対岸のウォラシーの農園でカッコーが鳴くのを聞いていた。カッコーの鳴き声は時には物悲しく聞こえることもあるし、希望が膨らむように聞こえることもあった。湖のそばの森には、ブルーベルの花が咲き、トネリコが冬枯れの姿からまるで一晩で芽吹いたように見え、赤みがかった羽毛のような花が垂れ下がっていた。

　ウォルパート家訪問の夕べ、イラズマスは特に念入りに服装を整えた。完璧な服装をすれば求婚のときの気恥ずかしさも少しは紛れるかもしれない。彼は黒っぽいサテンの袖の短い服を選んだ。リネンのシャツのひだの付いた袖口を見せるためだ。それに白のチョッキと、最新流行のつま先のとがった黒い靴を選び出した。髪には薄く粉を刷き、うしろで黒いリボンを結んだ。その上、いつも使っている短剣の代わりに、柄に銀の彫刻をした一番良い剣を帯びた。

「ウォルパートさん、私はお嬢さんを愛しています」

　イラズマスは椅子に体を硬くして座り言った。それは、まるで他人がしゃべっているようだった。

「お嬢さんと結婚したいのです」

　ほとんど怒っているように聞こえた。だが、目の前に座っているウォルパートは沈黙したままだ。その大きな顔には何の変化も起こらず、鋭く用心深い茶色の目から反応を読み取ることはできない。

「そうかね」

　リヴァプール商人は、ようやく口を開いた。彼は仕事から帰ったばかりだった。服装も外出時のもので、裾のゆったりした綿の夏の上着に、もみ皮のチョッキを着て、両耳にかかるカールのある旧式の鬘を着けていた。

「で、セーラはどう言っているのかね？」

「私との結婚に反対してはいないと思います」

「それは、君たち二人の間で結婚についての了解ができている、という意味かね？」

　ウォルパートの質問は慎重で意地の悪いものだった。イラズマスの性急な申し入れを聞いて、ウォルパートはのらりくらりとした返事をしたくなった。それは何事も交渉と心得る商人としての長い間の習慣からくるものだったが、同時に、イラズマスの性急な態度に対して敵意のようなものをかき立てられたからだった。

「私が聞いているのは、君たちがそれについて話し合ったかどうかということだが」

ウォルパートはいくぶん詰問するように尋ねた。

「いいえ、話し合ったわけではありません。しかし、お嬢さんの態度は私に希望を持たせてくれました」

ウォルパートは少し考えた。ウォルパートは粘液質の性格の人間のような態度をとっているが、元来は鋭敏で、激しい性格で、とりわけ身近な問題についてはその性格がよく表れた。娘は自分にとって人生の喜びの源である。自分は娘を宝物のように大切に思ってきた。目の前にいる若い男の態度には臆した様子がない。自分に対して個人的に敬意を払うといったところもない。娘の最初の求婚者として現れた男は疑いもなく苦しんでいる。だが、それは愛のためであると同時に、自らの傲慢さによって苦しんでいるように見受けられる。ウォルパートはイラズマスを幼いころからよく知っており、時折、会っていた。今、黒い目の若者を目の当たりにして驚きを感じないではいられなかった。同時に、この若者が彼にとって恐るべき存在に成長したことを認めないわけにはいかなかった。

「イラズマス君、君は今、いくつかね？」とウォルパートは聞いた。

「この十二月で二十二歳になります」

「このことについて、もちろん、お父上と話し合ったんだろうね？」

「はい。話し合いました」

ウォルパートは思わずほほ笑んだ。イラズマスはケンプ家の一人息子だ。ケンプの、息子に懸ける期待の大きいことをウォルパートは知っていた。

「で、お父上は何とおっしゃったのかね？　君の言うことを話半分に聞いておられたのでは？」

「同意してもらえました」

「ああ、そうだろうね」

ウォルパートはまだ笑っている。

「反対されるはずはないね。しかし、同意するといっても、きっと、遠い先のことならば、ということだろう。当分の間は、お父上は君をまだ、手元に置きたいとお考えのはずだよ」

「いいえ、違います。父は結婚の時期についても何の条件も付けませんでした」

　イラズマスは自分の家族を大いに誇りに思っている。今、父の返事を思い返すと、それを聞いて自分が安堵したことを別にすれば、父の仕方なく同意してやるという気持ち、少なくともウォルパート家はこの話を喜ぶべきだという恩着せがましさが、そこに込められていたように思った。ところがイラズマスの返事を聞くとすぐに、ウォルパートの肉付きのよい顔からにこやかさが消えた。やがて、イラズマスは自分に向けられた相手の目が自分を値踏みするような、冷ややかなものに変わったことに気づいた。それは悪意のこもったとは言えないまでも、完全には信頼を置いていない相手に向けられた目だった。

「それは、お父上が今すぐ結婚してよい、とおっしゃっておられる、という意味かね？」

　ウォルパートは物静かな言い方で尋ねた。

「そうです。そういうことです」

　イラズマスはいくぶん、ぞんざいに答えた。ウォルパートはしばらく考える様子を見せた。そして言った。

「よく聞いてほしいのだが、イラズマス君。娘はまだ十八歳になっていない。結婚の約束をするには若過ぎる。君が娘にどのように話してくれても構わん。娘も思った通りに言うだろう。私はその場に立ち会うつもりはない。だから、何ら付け加えるべきこともない。しかし、私としては、少なくとも当分の間、二人が特別の約束をするのを認めるつもりはない。今後も君が今までと同様、一人の友人として、ほかの人たちと一緒の席で娘に会うことは構わない。数か月経てば、娘は十八歳になる。そのとき、改めて君の申し入れを考えることにしよう」

　話し合いを終えて立ち上がろうとしたとき、ウォルパートはイラズマスの目の中に燃え上がる炎を見た。それはライバルをにらみつけるような目だった。

「ここで話し合ったことや私の考えを、君は受け入れてくれるね？」

　ウォルパートも思わず厳しい口調で言った。

「もちろん、娘にも話しておこう」

　ウォルパートは、イラズマスに話した通り、娘に優しく伝えた。それを聞いて娘は安心したような印象を受けた。その晩、ウォルパートは妻にも話した。そして妻がしばらく前から薄々気づいていたことを知った。ウォルパート夫人は夫が考えてもみないようなやり方で娘の心の内を聞き出していた。その若者の娘に寄せる思いが極めて強いものであることは疑問の余地がない。

「あの人はセーラから一時も目を離していられない様子よ」

ウォルパート夫人は静かに言った。

「セーラの動きはどんなことでも見逃さないぞ、というように見つめるの」

夫人は柔和な目で、刺繍を膝にのせ、頭をぴったり包むレースで作った頭巾で髪をくるんでいる。表面は、その若者の娘を見つめる強い視線などまるで関心がないといった様子だが、夫人はそれがどんなものか夫に巧みに伝えた。——ケンプ家の若者の想いは目を見ればわかります。火のような情熱が目に映し出されているわ。彼がハンサムな若者であることは誰しも認めるところだけれど、振る舞いのぎこちなさが目立ってしまうの。もちろんセーラは、若者がハンサムだと認めているし、その振る舞いがぎこちない点にも気づいています。近ごろは荒々しさが流行りのようだけど……。

「最近流行りの荒々しい振る舞い程度ということなら、手に負えなくなることはないだろう」

ウォルパートは冷淡に言った。

「で、セーラは？　セーラはどんな目であの男を見ているのかな？」

「若い娘がいつも誰かに見つめられていれば感じやすくなるはずよ。セーラは彼を強く意識するようになっています」

夫人は、こう言って夫から目をそらしたまま、しばらくの間黙った。そして、こう言った。

「セーラはあの若者を恐れていると思うの。それを言うとセーラは笑うけど……」

「恐れているって？　セーラは精神的には強い子だよ」

ウォルパートは少し考えて、さらに言い足した。

「もし、セーラがあの男を怖いと思うなら、あの男に愛情を感じるはずがないじゃないか」

夫人は、わかってないのね、とでも言いたげに哀れむような目をウォルパートに向けた。ウォルパートは、いつものことだが、気分を害して言った。

「どうして今まで、私にこのことを話さなかったんだ。私が知らされるのはいつも最後になってからじゃないか。きっと、アンドルー爺(じい)やの方が私よりいろいろと知っているだろう。奥方と娘が共謀して旦那には何も知らせない。ご立派なやり方だよ」

そういうウォルパート自身、この問題で自分が打った次の手については夫人にもセーラにも、そしてほかの誰にも知らせなかった。ウォルパートは一人つぶやいた。私は、心の問題には鈍感なのかもしれない。そうでないと自分では思っているのだが……。しかし、ことビジネスの問題ではウォルパートは決して鈍感ではなかった。ケンプが簡単に結婚に同意したことをイラズマスから聞いたとき疑念を抱いたのだ。次の日の午後、ウォルパートは一人の男を訪ねた。男の名はパートリッジ。数年前に使ったことがあった。取引先の信用状況という細心の注意を要する問題について調査を依頼したのだが、パートリッジの調査は完璧で、その思慮深い判断が印象に残っていた。

パートリッジは自分を事務弁護士と呼んでいた。彼はライムキルン通りの建物の二階に、狭い事務所を持っていた。その部屋は取り散らかっており、近くの皮なめし工場から煙霧が流れ込んでいた。もっとも、彼は、ここで仕事をすることはほとんどなかった。戸籍登記所、会計事務所、謄本閲覧室、事務員や倉庫業者、商社の下っ端事務員たちがよく出入りする宿屋、居酒屋などがいつもの仕事場だった。彼は頬がこけて顎が突き出し、目付きが鋭く、骨張った体付きで、着古した黒の服を着て、ヤギの毛で作った昔風の髪の乱れた鬘を着けていた。彼のこうした外的印象は彼の名、パートリッジ〔ヤマウズラ〕が連想させるものとは大きく異なるものだった。

ウォルパートは言った。

「覚えておいてほしい。くれぐれも慎重にやることだ。それも、我々二人の間の話というだけでなく、ケンプ氏関係の筋にも配慮が必要だ。雑音が出たり、どこからか疑いを持たれたりしないように注意してほしい。人はすぐ、火のないところに煙は立たずと疑ってかかるからな。ケンプ氏とは古くからの知り合いで、私が一目も二目も置く人物だ。私が知りたいのは、彼の現在の経営状況についての事実だ」

「ご要望に沿うことができると思います。ご心配には及びません」

パートリッジはうなずき、小さな汚れた窓から下の皮なめし工場の構内にちらりと目をやった。それはまるで、証人があの悪臭を放つ獣皮の中にいる、と言っているようでもあった。

「このジョシュア・パートリッジは思慮分別と慎重さの塊です。慎重なところが売り物です。そして思慮分別で有名というわけです」

「思慮分別で有名だって？」

「別に変だとは思いませんが……。もちろん、私を高く買い、結構な手数料を支払ってくださる方々の評価ですがね。こうした評価がなければ一日といえど仕事を続けることはできません。要するに」こう言って突然、パートリッジ独特の率直さで付け加えた。「すぐにごみの山行きです」

パートリッジは一息入れ、耳垢を取った。

「手数料は、すでに取り決めた通り、前金として五〇パーセントいただきます。それとは別に、調査期間中一日につき十シリングいただきたいのです。これは調査を進める上で必要な経費のすべてをカバーする金額です」

ウォルパートには支払う用意があった。しかし、支払う際に一応、交渉してみる、というのが長年の習慣だ。

「前回、私が君に依頼したとき支払った金額を覚えているが、ずいぶん値上がりしたものだね、パートリッジ君」

「ウォルパートさん。今はのぼり坂の時代ですからね。国中が好景気に湧いています。そして我々の要求がヨーロッパ中に通る時代です。その結果、あらゆるものの費用が毎日のように上がっています。贈り物も報酬も、そのほかあらゆる金がからむことも例外ではありません。多くの人々がますます金持ちになる。一方で、大多数の人々はますます貧しくなる。しかし、それでも、金持ちも貧乏人も、先行き収入が増えるのではないかと期待している。今はそういう時代です」

事務弁護士は顎を動かして貧相な笑いを浮かべた。そして、はじけるように言った。

「要するに、人を抱き込むための金がかさむんですよ」

第十八章

リヴァプール・マーチャント号は日に日に南に進んだ。すべての帆を揚げ、追い風に乗って船は大きくうねる海面を規則正しく上下した。時折、水平線上に別の船が短時間、遠く離れた鏡に息を吹き掛けてできる染みのように現れるが、大抵は大海原にただ独り、世界で唯一の貿易船のように感じられた。しかし実のところ、この船は、ヨーロッパ中で進取の気性に富み、先見の明のある者たちによって送り出された巨大船団のうちの一隻にすぎなかった。船団は世界がこれまで経験したことのない大掛かりな投機事業にかかわり、歴史の流れを変え、予想だにしなかった規模の死と退廃と利益をもたらした。

　リヴァプール・マーチャント号は、栄養を運ぶこの血流の中の小さな血球の一つにたとえることもできた。しかし、このたとえは、乗組員たちにすぐには理解できるものではなかった。乗組員たちにとって船は日常の仕事をこなす一つの世界であり、聞き慣れた音に取り囲まれた小宇宙だ。小半時ごとの点鐘、大声で伝えられる号令、甲板を洗う波の音、波の揺れで木材がきしむ音が聞こえる世界だ。またそれほどはっきりしたものではないが、同じく何らかの力が乗組員たちに作用した。あらゆる共同体におけるように、彼らは互いに共感や反感を抱くようになった。

　出港して十四日経ち、乗組員たちは気象の変化に気づき始めていた。ヒューズは高いマストの先端で帆を緩めるために待機していたとき、それを感じた。彼はマストに登り、肋材より上に一人でいるときが一番幸せだった。夜の甲板の隅を別にすれば、ここだけは自分の周りに誰もいない。船の揺れに体を合わせながら空を見上げ、両手を使って段索を裸足で一歩一歩、一人でいられる場所を求めて登った。大方の水夫は、いざとなればマストでも仕事はできる。とりわけブレア、ウィルソン、リビー、ディーキンは熟練した水夫だ。だが、マストでの仕事となると、ヒューズにかなう者はいなかった。ヒューズのマストを登るスピードの早さとバランスの取り方はずば抜けていた。彼は甲板からマストに取り付けられた横木にすばやく移動した。彼の年齢の半分の若者より身のこなしが軽やかだ。そして、嵐や強風が体をもてあそぶ闇の中、あるいは、船が狂った馬のように暴れ、彼を投げ飛ばそうとするようなときでも、怖じ気づくことなく、しっかりと立ち、帆を巧みに操った。

この朝、ヒューズは日射しを浴びながらヤードの転桁索に寄り掛かり、気まぐれな風と水面を伝わってくる南の香りを楽しんでいた。空気に何か芳香が混じり始めたのだ。船は右側に傾いた。そのとき、ヒューズはイルカが船のそばを泳いでいるのを見た。イルカは船の真下の水面近くにいた。陽光がイルカの姿を浮かび上がらせた。イルカはすばやい動きで姿を現したり、深く水に潜ったりする。色は濃い灰色だったり、銀色に変わったり、青に見えたりする。身を翻(ひるがえ)すたびに色が変わった。かすかに光って見えたかと思うと日の光の中に姿を消した。

ヒューズは若いころから他人が自分の周りに近づき過ぎると落ち着かない気分になった。場所を奪い合ってヒステリーになり、相手をひどく傷つけたことさえあった。だが、この日は天気が好く、重なり合って雲のように見える帆の上方で、船を追うイルカが跳ね上がって虹を描くのを一人で見ていた。だから気分は最高で幸せそのものだった。

一方、パリスは後甲板をゆっくり歩きながら緯度が下がってきたことを実感していた。空が穏やかになり、海のうねりに、時に、真珠のようなきらめきが見えるようになった。生まれて初めて飛び魚を見た。そのことを日誌に書き留めた。その日、観察したことや受けた印象を毎日、日誌に書いていた。それが心の慰めになるとは思ってもみなかったことだった。それに、いいアイディアを思いついた。ルースに話し掛ける形式で書くのだ。彼女に自分の考えを語る。問題を二人で考える。そしてルースの判断を聞くのだ。二人で暮らしていた当時、パリスはいつもルースの意見を喜んで聞いた。

パリスはハーヴィーの翻訳も続けた。それは心の支えになっていた。船が南下して行く日々の単調な生活の中では、それは自分が何かを選んで仕事をするという感覚を与えてくれたし、自分が独立した人間であると実感できる仕事でもあった。同時に、受け身の生活を送っている怠惰な自分を、毎日毎晩責め続ける強迫観念から救うものだった。パリスは自分が船と同様に、あるいは海と同様にと言ってもいいのだが、外部の力に支配されていると自覚していた。海の一つ一つの動きは外部の力によって決定されている。その怒りや静けさも同様に外の力に素直に従ったものだ。海や海が浸食する岸辺を支配する巨大な力さえも何かに従っているのだ。パリスはそのことが、同一平面上に同心円を描いて続く迷路のようだと思った。迷路は平らになった螺旋（らせん）のように互いにつながっている。自分自身は迷路上のどこかに存在する小さな点に過ぎない。迷路の上方、または外側のどこかに調和の原則というものがある。それはアレグザンダー・ポープ〔十八世紀英国の詩人〕がその著『人間論』の中で雄弁に述べているものだ。

すべての不調和は、人間の理解を超えた大きな調和である。

小さな悪もすべて、普遍的な善の一部である。

神による調和を信奉する連中が小さな悪を行ってパリスの希望をすべて抹殺し、彼の人生を破滅させた。そして今、迷路の別のところにルースが見たことのない飛び魚がいる。

飛び魚は、私の観察によれば、体長約十八インチで、ツバメの尾のように二つに分かれた尾がある。左右の尾の長さは同じではない。翼が二つ付いているが、翼と呼ぶのはまったく不適切と言わざるを得ない。これは胸のひれが飛行する目的に適するように発達したものだと私は考える（なぜ、このように発達したのかは大きな謎だ）。私が見たところでは、飛び魚は翼を上下に動かすと言うよりは、むしろ水面上を滑空するようだ。

飛び魚は水中でスピードをつけ、水面に達すると、まだ、水中にある尾びれの部分ですばやく水をたたく。それで飛び魚が空中に飛び上がる弾みがつく。いったん浮揚すれば飛び魚は何回も連続して滑空を続けることができる。水中に沈むと、そのたびに尾びれで水をたたき、再び飛び上がるのだ。

飛び魚という生物は、まさに滑空するという目的に最もかなった姿をしていると言える。飛び魚の姿形は観察しやすいが、なぜ飛ぶのか、という目的となると、まだ、謎の部分が多い。そもそも、なぜ飛び魚だけが海の魚の中で飛行のための機能が備わっているのか。魚には空を飛びたいという願望があるのだろうか？　我らが善良なる船長さんに聞いてみたいところだ。もっとも、そんなことをすれば、彼はこちらを猛烈に軽蔑するだろうが、それが顔に表れるのを自制しようと葛藤する船長も見たいものだ。それはともかく、もし、願望が進化を促す決定的要因だとすれば、大きな翼を持つワシは、小さなミソサザイより優れた鳥であるということになる……私は、次のような疑問を抱くことは理にかなっていると思う。即ち、飛び魚が胸びれを傷つけたとき、胸びれは再生するのだろうか、と。我々はトカゲの尾が再生できることを知っている。それからレオミュール〔十八世紀フランスの科学者〕は多くの有力な反論にもめげることなく、ザリガニがハサミを再生できることを証明した。これらの事実は、生物の世界では、種（しゅ）の発生時から姿形が固定されており、その秩序に変化は起こり得ないという議論を覆（くつがえ）す有力な論拠となるものだ。ザリガニがハサミを再生できるのならば、なぜ鳥は翼を再生できないのだろう。もし、トカゲの尾の再生機能がトカゲが「創造」されたときに与えられたとすれば、なぜほかの生物も「創造」時に再生機能が与えられなかったのか。

　パリスはここでペンを休めた。船室のドアが開いており、彼の座っているところから平底船（パント）の艇尾が見える。平底船は船の中央のメーンマストのすぐ前につり上げられ、帆桁（ブーム）の上に載っている。船室から見ると、平底船とブームでつくる空間がビーカーの形に見える。船の舳先が浮いたり沈んだり上下動するのにともなって、そのビーカーの中身が満たされたり空になったりする。その動きは正確で規則正しかった。中身の液体は薄いコバルト色だが、彼の頭の中では、最初はそれが海の色とはまったく結び付かなかった。ビーカーにコバルト色の液体が静かに満たされていく動きをしばらく眺めているうちに、パリスは学生時代のことを思い出した。汚れた長いベンチに友人たちと座り、リトマス試験紙を使って酸のテストをしていた。彼はガラスの容器を持ち上げ、染料が容器の中で拡散していくのを眺めていた。今、それを思い出すと心が痛む。そうした日々は彼が没落する前だった。今日とそのころとの間には彼の人生の破滅があるのだ。赤い色が容器の中で一面に拡がっていく。きれいだな、と彼は思った……。

ウィルソンが体罰を受ける光景の記憶が突然よみがえった。ウィルソンの背中を血が流れる。甲板に血が模様を描き始める。体罰を行うサーソの表情……。いつものように自衛本能が働く前にパリスは確信した。自分はウィルソンと同心円迷路の別の場所ではなく、同じ場所にいるのだと。

「私の背中、私の血、鎖に繋がれて陰うつそうな私、助けを求める私……」

パリスは何かおぞましい誘惑から逃れようとでもするかのように、この連想から離れようとした。そして急いで日誌を閉じてしまい込み、ハーヴィーの論文を取り出し、翻訳のページを開いた。それは精神的に有害な連想に対する解毒剤となるものだった。

平易で、しかも綿密な議論を展開しているラテン語のテキストをしばらく読み進むうちに、パリスはそれまでの連想を忘れることができた。パリスは冒頭から魅了されるとともにショックを受けた。この論文はガレノス〔二世紀ギリシャの医学者〕以来、誰もが信じて疑わなかった定説を突き崩し、血液についての学問に新たな道を切り開く運命にある。それにもかかわらず、中世以来不変の学問的論争の厳格な形式にのっとって表現されている。これは極めて逆説的ではないか。

パリスは第八章まで訳を進めていた。この章でハーヴィーは彼の有名な仮説を打ち出した論拠を示している。パリスは前に読んだところを思い起こすため、第三段落の最初の箇所に目をやった。ここに医学の歴史に最も深い影響を与えた記述の一つがある。その驚異的な仮説に改めて感嘆した。夢に挑んできた人がたまたま真実に到達したように、それはほとんど偶然の発見なのだ。

「私は（血液が）いわば循環とも言うべき運動をしているのではないか、と考え始めた……」

ドアにマックギャンが現れたため、パリスは翻訳の手を休めた。マックギャンはこわ張った表情を崩さない小柄なスコットランド人で、出港直後に船長の命令によりホースで水を掛けられ、シラミ駆除を受けた男だ。そのとき支給された作業着は彼には大き過ぎた。ズックの仕事着はぶかぶかだし、ズボンもだぶだぶで膝までまくり上げている。

「先生、ちょっと失礼します」

マックギャンはパリスに挨拶してウールの縁無し帽を取った。頭髪は短く刈り込んである。

「小便するとき、またずきずきして、すごく痛いんです」

「前に説明したじゃないか。だから、もうわかっているはずだが……」

そうは言ったものの、パリスは人が来たことを喜んだ。診療の仕事はかなり暇だ。彼はウィルソンの背中の傷を治療してきた。また、ブライスという男の歯を一本抜いてやった。ブライスは陸に上がっていたとき、けんかして歯が折れ、その後化膿したからだ。コックのモーガンが火傷したときにも手当てした。そしてマックギャンには淋病治療のため水銀療法を施してきた。航海に出て二週間以上になるが、大した治療の回数ではない。

「君はもう最悪の事態は脱したのだ。性病による硬性下疳にもなっていない。健康状態も心配はない」

説明を聞いてマックギャンはパリスを見上げた。その目は淡い灰色で眉毛が薄茶色だ。警戒する色も表れている。彼は病気が性病だからといって他人に臆する様子はまったく見せなかった。性病は彼の抱えるさまざまな難問の一つ、小さな術策の一つに過ぎないからだ。

「ひどく痛いんです」

彼はもう一度言った。

「それはそうだろうな。それはいわば愛の痛みというやつだよ、そうだろう？　しかし、もう大丈夫だ」

マックギャンは、すぐには引き下がろうとしない。帽子を手に持ち、目を伏せ、その場に立ったままだ。まるで医者から言葉の贈り物をもらって持ち帰りたい、と言って待っているようだ。いや、それよりもっとはっきりした何かが欲しいのだ。パリスはそう感じた。パリスは最近、乗組員たちの表情に以前より敏感になっていた。今、目の前にいるマックギャンの顔には、何とか生き延びたいという必死の思いが表れている。ソバカスのいっぱいある小さな顔で、口をすぼめ、見かけは抜け目なさそうだが、航海途上に起こり得る、あらゆる不運と虐待に耐えてきた男だ。マックギャンの人生はすべて出たとこ勝負の繰り返しで、あらゆる機会にほんの少しでも利益を得ようとする人生だったように見える。

「君が何をしてほしいのか、私にはわからないな」とパリス。「君の体は仕事に十分、耐えることができる。今、悪いとすれば、尿道の粘液を分泌するところが少し炎症を起こしているだけだ」

マックギャンは船医に敬意を表して目を伏せたまままだが、この説明に納得したようだ。彼は言った。

「何てこった。炎症まで起こしているなんて、本当ですか？　どこですか？」

サリヴァンや口数の少ないウィルソンとともに、平底船を降ろして海流を調べようとしていたビリー・ブレアも変化を、つまり遠くから運ばれてくる香りのエッセンスを感じ取っていた。彼は団子鼻を上に向け、見えない陸地の匂いを嗅いだ。

「船は南に来ている。もうすぐカナリア諸島だろう。パイナップルや香辛料の匂いがする。俺の鼻は誰よりも鋭いんだ。アフリカの女たちの匂いさえしているぞ。女たちがあそこのふさふさした毛につけたヤシ油の匂いもするなあ」

ブレアは、水浴びを強制されたことにむくれてふさぎ込んでいるサリヴァンの気持ちを紛らせようと、冗談めかして言ったのだ。海に出て二週間も経てば、卑猥な冗談は気分転換になる。だが、このときは違った。気晴らしにならなかったのだ。

「何言ってるんだ」とバイオリン弾きは憤慨して言った。「お前がどう思うか知らないが、大の男をいきなり引っ張って行って裸にし、頭から水を浴びせる。おまけに服を燃やしてしまう。そして絶対欲しくないような服をよこす。その上、髪を短く刈り上げてしまい傷がつき血も出た。これ、すべてこっちの同意なしだぜ。それでも平気か？」

サリヴァンはここまでしゃべると一息入れた。そして平底船の舳先からブレアをまじまじと見つめた。髪が短く刈り上げられたため、サリヴァンの骨張った長い顔、濃い眉毛、ぼんやりした緑の目が、一層際立って見える。

「あれは人間の自由を冒涜するものだぞ。この船の全員に関係する問題だ」

「いや、全員に関係するとは言えないだろう。全員にノミがたかっているわけじゃない。俺は関係ないよ。お前はどうだい」

ブレアはサリヴァンに言い返し、ウィルソンに聞いた。ウィルソンは暗い表情でしばらく考えてから、自分の考えだが、と断って、ノミよりもっとひどい問題もあるじゃないか、と言った。

「それはそうだ。もちろんだ」ブレアはいらいらして言った。「毛ジラミ、ネズミ、破傷風と問題はあるさ。だが、俺の言いたいのは、そういうことじゃないんだ。サリヴァンのあの服はおんぼろで使える代物じゃなかった。体からずり落ちそうだったじゃないか。そうじゃないと言えるか？　相棒」

「あの上着は修理すりゃ使えたんだ。かわいこちゃんがちょっと縫ってくれるだけでよかったんだ。それからもう一つの問題は上着に付いてた六つの真鍮のボタン。あれは新品同様だ。今、どこにあるかなあ？　ヘインズに一度、聞いてみよう。いつ聞くのがいいか、考えてるんだ。連中は新しい服の代金を払えと言う。俺は欲しいなんて一言も言わなかったのに安物を押しつけてさ、その分三シリングふんだくるんだから……」とサリヴァンが答えた。

「ふーん。だが、奴らがふんだくるのは、お前より俺からの方が多いんだぜ」とブレアが言った。

「連中はお前からも俺からも給料二か月分を取り上げようとしているんだ。俺たちの募集費用がそれだけかかったからだとさ」とサリヴァン。

「それはそうだ。だがな、くそったれ共は俺からお前より八シリングも余分に取り上げるつもりだ。俺は熟練水夫として契約し、お前は普通水夫の契約だ。月に四シリング俺の方が給料が多い。だから俺はお前より八シリング余分に損をするんだ」

「それも問題だな。俺は傷つくぜ。何でお前が俺より四シリング多くもらうんだ？　俺もお前も同じ一人前の水夫だ。そうだろう？　しかも、俺には音楽の才能がある」

「ばか言え」ブレアは平底船の舷縁を手でたたきながら言った。「サリヴァンよ。昔、とんまがいたのは覚えているが、お前のように何でも物事を悪い方に考える奴は知らないぜ。俺より八シリング損が少なかったと喜ぶべきじゃないのか」

「俺もお前と同じだけ損してるんだ。連中は俺からもお前からも同じだけ取り上げるんだぜ」とサリヴァンが言った。

「ちょっと待った」ブレアは語気を荒げた。しかし、困惑の色が表情に浮かんだ。

「俺の方がお前より八シリング多くとられるというのに、どうして二人とも同じということになるんだ？」

サリヴァンは辛抱強く繰り返した。

「八シリングというのはお前の頭の中で計算した損じゃないか、ビリー。あの悪党連中の計算は別なんだ。俺もお前も二か月分は、ただ働きになるんだ。しかも、野蛮な黒人たちの間で命がけで仕事するんだぜ」

ここまで言ったとき、サリヴァンは自分が何を言おうとしていたのか忘れてしまったようだった。サリヴァンは前方を見つめていた。そこには二、三人が巻き揚げ機を背に、座って錨綱の作業をしていた。その中にはリビーの姿もあった。作業は船長の命令だった。サーソはウィンドワード海岸に長期間投錨することを考えており、その際、錨綱が錨鎖孔の中で擦れるのを防ぐため、撚り糸を錨綱に巻くように命じたのだ。

「話を続けろよ」ブレアはいら立たしげに言った。「話は最後まで言えよ。ぼんやりしてるんじゃないぜ」

「最後まで話したぞ。二か月経っても、お前も俺もびた一文入らないんだ。つまり、連中は俺からもお前からも全部取り上げるんだ。それにしてもあいつはどうして知ってたんだろう？」

「あいつって？」

「あそこにいる悪党よ。リビーだ。あいつは俺が新しい服をもらう、とか言った。あいつは連中が俺の服を取り上げようとしていたのを知っていたんだ」

「そんなこととちっとも不思議じゃないよ。リビーはヘインズの腰巾着だからな」

ブレアはちょっと考えてから言った。

「あいつらは昔からの仲間なのさ」ウィルソンが口をはさんだ。「二人ともギニア航路の船で一緒だったんだ」

いつも不機嫌で陰気な顔のウィルソンは、腕力で復讐する考えが突然ひらめいて、顔を輝かせた。

「ヘインズの野郎。あいつは今度ばかりは、間違いをやらかした。この航海が終わったら、あいつを真っすぐに立って歩けないようにしてやるぜ。俺は誓ったんだ」

自分が噂されているとも知らず、リビーは自分流の冗談を言ってご機嫌だった。彼の一番好きなジョークは、誰かを生け贄に祭り上げ、その男をあざ笑い、惨めな気持ちに追い込むといった類いのものだ。リビーはタプリーという男とキャビンボーイのチャーリーとともに三人で錨環から上方の錨綱に撚り糸を巻く作業をしていた。錨綱が擦れて切れるのを防ぐためだ。三人がそれぞれ錨綱の一部を手に持ち、古い撚り糸を錨綱にしっかりと巻き付けている。

キャリーが応援に駆り出されてきた。キャリーは組み継ぎするために置いてあった係留用の太い大綱に目をとめた。太い大綱と錨綱では太さが二インチ違うのだが、早く上手に仕事ができるようになりたいと意気込んでいるキャリーは気がつかなかった。キャリーはすぐに仕事に取り掛かり、頭を下げ精神を集中した。

チャーリーが間違いに気づき教えようとした。だが、リビーがチャーリーをすばやい身振りで押しとどめた。タプリーにはウインクして合図した。リビーはキャリーの作業が少し進むのを待って言った。

「あいつ、仕事がはかどっているようじゃないか」

リビーはタプリーとチャーリーに歯を見せてにやっと笑った。リビーはごろつき特有の直感で、タプリーもチャーリーも自分を怖がっていることを知っていた。

「おいダンル、連中はお前を一人前の水夫に育てようとしてるんだ」

キャリーは頭を上げようともせず、ただ、ほほ笑んだ。口をわずかに開け、丸いピンクの舌を少し出して仕事に神経を集中させていた。口の隅にたまった唾がよだれとなって流れ、顎にカタツムリがはった痕のような銀色の筋がついている。鼻からは鼻水が垂れ光っている。キャリーからにじみ出たものは、すべて魔法をかけられたように輝いている。しかも清純さがある。汗の玉は真珠のようだ。口には出さないが、キャリーは仕事に誇りを持っていた。彼は三人のやり方をまねて大綱に撚り糸を巻き付けている。タコのできた大きな手で、タールを塗った撚り糸用の糸をほどけないようにしっかりと握り、もつれたり巻き残しを作らないように確かめながら作業していた。膝の上には重く太い麻の大綱を置いている。

「お前はせんずりをかくのもうまいが、錨綱を扱わせても上手じゃないか」とリビーがからかった。

「おい、こいつを見たことがあるか」リビーは今度はチャーリーに声を掛けた。「こいつは毎晩、船首へ行ってせんずりをかいていやがる。時計仕掛けのようにきちんと毎晩だ。お前もせんずりに夢中で気がつかなかったんだろう。おい、お前に話してるんだぞ」

　チャーリーはそばかすだらけで栄養不良の顔をリビーに向けた。

「そう、その通りです」

「せんずりに夢中だったんだろう？　そうだな？」

「そうです」

　リビーはチャーリーを少しの間、じっと見つめた。リビーの見えない方の目のまぶたが少し開き、哀れみとも憎しみともつかないあいまいな光を放った。そして言った。

「無駄遣いとはかわいそうに」

「何を無駄遣いだって？」

　ディーキンが裸足で物音を立てずに近づいた。

「こっちにも錨綱をくれないか」と言いながら、ディーキンはキャリーとタプリーの間に入り込んだ。

「ヘインズが手伝えと言うんだ。お前はどういうつもりでそんなことをしているんだ？」

　ディーキンはキャリーに尋ねた。

「ダンルは錨綱の仕事をしているんだ。上手だぜ。大したものだ」

　リビーがからかってウインクした。見えない方の目は、その瞬間、見える方の目の代役を務めた。

「こいつは集中して仕事しているから邪魔しない方がいいぞ」

　ディーキンが静かに言った。

「ダンル。ちょっとこっちを向きな。わかるかな。お前が今、仕事しているのは係留用の大綱だ。錨綱じゃない。それをやっても時間の無駄だ。もし誰かが来てとがめたりすれば面倒なことになるぞ。そこで大綱を巻くように言ったのは誰なんだ？」

「そこの誰かだ」キャリーは三人の方を指した。「ここでやれ、と言ったんだ」

「こんな薄のろ相手に、俺たちが何か言うわけないじゃないか」リビーが言った。「何で口出しするんだ?」

「それをほどきな」ディーキンはキャリーに言った。

「終わったらこっちへ来な。錨綱の填め巻きを教えてやるよ。巻き付けるやり方もだ」

「ほどくのは嫌だ。せっかくきちんとやったんだからら」とキャリー。

「確かにきちんとできている。だが、お前が巻いたのは間違った大綱だ。それに擦れ止めはいらないんだ」

キャリーは膝の上の大綱を見て考えた。そして頭を上げて、歯を見せて笑っているリビーを見た。その目は疑いの気持が湧いてきたことを示していた。

「お前たちも注意してやればいいのに」ディーキンはタプリーとチャーリーに言った。リビーの方は見なかった。「船の上では皆、協力し合うことが必要だ。どの船でもそれは同じだぜ」

「おや、おや。お説教というわけか」リビーは冗談めかして言ったが、不機嫌になった。この冗談に誰も反応しなかったので、リビーは自分の威信が傷つけられたように感じた。「お前は協力しないじゃないか。逃げるだけじゃないか」

ディーキンは表情を変えることなくリビーを見つめた。リビーがこう言うのは、誰かが、あのことを話してしまったんだ……。

「俺がお前から逃げる、だって?」とディーキン。「なりが大きいからといって怖くはないぞ。キンタマをぶら下げていることに変わりはないだろう」

「くそったれ。船から放り出すぞ」とリビー。

キャリーの目に狂暴さが表れた。自分に助け船を出してくれたディーキンをリビーが脅すようなことを言ったからだ。

「何てことを言うんだ。そんなことしたら承知しないぞ」とキャリーが言った。リビーが脅かすような身振りをするより早く、キャリーは驚くほどの機敏さで座った姿勢から中腰になった。左手は体重を支えるため甲板につけ、右手は拳をつくり、背中に回した。

ディーキンは体をぐっと前に倒してその肩を抑え、

拳を振り上げそうなキャリーを押しとどめた。
「ここでけんかを始めたら鞭で打たれるぞ」とディーキンは言った。キャリーの肩に掛けた手は離さなかった。しばらくしてキャリーの腕の力が抜けるのがわかった。「こいつのために鞭打ちの罰を受けるなんてばかばかしいぜ」ディーキンは一層、冷静に言った。

激高していたキャリーだが、ディーキンが肩に手を置いたのはわかった。この感触をキャリーは覚えていた。ディーキンだ。暗い船倉に放り込まれていたとき、自分に声を掛け、肩に手を置いて慰めてくれたディーキンだ。

「ディーキンはくそったれなんかじゃない」とキャリー。

船に乗った最初の日からキャリーは寂しさと悲しさを感じていた。バートンは悪い奴だった。船に乗った途端、キャリーを口汚くののしり、足蹴にした。アフリカの夢、情熱的でセクシーな女たちは、今ではどこかへ消えてしまった。夜になると思い出すのは、あの居酒屋のびっこのケイトのことだった。キャリーは甲板の人気（ひとけ）のない隅にこっそり行き、暗闇の中で自慰にふけり、一人で泣いた。今、彼はディーキンを見上げながらほほ笑んだ。彼の目の下の滑らかな肌は怒りで赤くなった名残で素朴な輝きを見せていた。キャリーは言った。

「ディーキンは俺の友達だ」

第十九章

魔女の息子め、立ち去れ。
薪を取って来い。急げ。
仕事はほかにもある。肩をすくめるのか？
邪（よこしま）な奴め。
私の命令を無視したり、渋々やるようなら、
けいれんを起こさせ、痛めつけてやるぞ——

「だめですねえ、プロスペロー。いやはや。失礼ですが、一言（ひとこと）ご注意申し上げた方がいいでしょう」
舞台監督の男は習慣になっているけだるそうな言い方で注意した。台詞を急ぎ過ぎる魔法使いのプロスペロー役のバルストロードには注意の効果は十分で、台詞を止めたが、言いかけた言葉を口の中に飲

み込んだため口は膨れ、口元には泡が少しついている。天候が雨に変わったため、出演者たちはウォルパート邸の書斎でリハーサルをしていた。

「あなたは急ぎ過ぎですよ。キャリバンが肩をすくめるための間を十分に与えることが必要です。その間を与えずにキャリバンに肩をすくめるのか、と詰問したり、けいれんを起こさせるぞと脅しても、うまくいくはずがありませんよ」

彼の名はヘンリー・アダムズ。チャールズ・ウォルパートが皆の前で、この人なら間違いない、と推薦したように、ロンドンの演劇界では名が通っている男だ。血色が悪いのと足のすねの長いのが特徴だ。美しい目をしているが、歯並びが悪い。身のこなしは当世風でしまりがない。

「バルストロード君、私が言った通りじゃないか」牧師補のパーカーが言う。「君に考えてほしいと言ってきたのはそのことだよ。肩をすくめる演技をするためには間が必要なんだ」

パーカーはこのところリハーサルのストレスで顔色がさえない。彼の細い金髪はいつものように逆立っている。

「その点に関してはですねえ」とアダムズが口をはさんだ。「差し支えなければ申し上げておきたいのですが、あなたの肩のすくめ方は化け物らしくないですね。あなたはぴーんと立っています。だから、キャリバンが威張った憎らしい化け物に見えてしまいます」

「先生、私はまさにそう考えて演じようとしているのです」パーカーは興奮して反論した。「キャリバンは誇り高く、反抗心の強い性格だと理解しているのですが」

「牧師先生。キャリバンの性格をどう解釈するか。その答えは一つしかありません」アダムズは平然と言った。「それは、私の解釈に従うことです。私が舞台監督を引き受けている以上、自分の解釈でやるというのが私の流儀です。キャリバンには、もっと卑屈に肩をすくめてほしいのです。こんなふうにね」

アダムズは少し腰をかがめ、体を半ば曲げ、そしてもだえ苦しむ仕草をした。その動作は彼のやせた膝から上を使ってのものだった。

「心持ち体を曲がりくねらせて、やってみてください」と言って、アダムズはため息をついた。そして、「もう一度、お願いします」とパーカーを促した。

イラズマスは大きな出窓の端に一人で立って、このアダムズの演技指導を、好奇心と嫌悪の入り交じった思いで眺めていた。男が今、自分の声で話しているかと思うと、次の瞬間には別人の声で話してみせる。そしてパントマイムをしたり、見慣れないジェスチャーをしたりと忙しい。まるで品がなく鼻持ちならない。彼が新しい監督を疎(うと)ましく感じるのは、ほかにもいくつか理由がある。上着の仕立てが派手過ぎる。ズボンが細過ぎる。頬に紅(べに)を差し化粧をしている。吹き出物を黒く塗って付けぼくろにしている。けだるそうな物腰だ。田舎者の集まりの中で都会人は自分一人といった気取りを見せる。袖口のレースが清潔とは言い難い。だが、これらは些細なことだ。通常の場合なら、せいぜいイラズマスの新監督に対する軽蔑の念をあおる程度の要因でしかない。イラズマスの怒りをかき立てるのは、アダムズの両手の奔放な動きだ。

アダムズは頭のてっぺんからつま先まで根っからの演劇人だ、とチャールズ・ウォルパートは言った。アダムズは両手と指で女性出演者の体によくさわる。それもしょっちゅうだ。とりわけ、ミランダの体に触れることが多い。少なくともイラズマスには、そう見える。その上、ミランダが監督の手や指の動きに少しも怒った素振りを見せないのが特に不愉快だ。

ミランダは今、そこにいる。タフタ織りの淡いブルーのドレスを着たセーラは美しい。しかし、彼女はイラズマスを見ようとしない。出番を待っているのだ。

「ここで退場ですよ、プロスペローもキャリバンも。さあ、さあ、下がってください。パーカーさん、傍白で言うところは演技過剰にならないようにお願いしますよ。キャリバンは怖じ気づいていますから、もっと縮み上がってください。ここで姉妹の場面を迎えます。ドリンダ、こちらへどうぞ。そちらの若い方、申し訳ありませんが、少しの間、出窓から離れてください。姉と妹は船のことを話しながら、そちらから外を眺めなければならないのです。結構ですよ。さて、ドリンダ……」

ドリンダを演じているのは近くに住む地主の娘だ。彼女はどちらかといえばあか抜けしない顔立ちだが、血色が良く、演技の興奮で顔に一層赤みがさしている。

「あっ、お姉様！」ドリンダが叫んだ。そして衣擦れの音をさせながらミランダの方に歩み寄り、「私は何を見たのかしら？」と言った。

「何をそんなに興奮しているの？」とミランダ。

イラズマスは、ミランダがドリンダに尋ねる甘い声に心が引かれた。ドリンダは気持ちを落ち着かせ、出窓に向かってポーズをとったあと、深呼吸して台詞を言い始めた。

私があそこの岩から海に目を向けると、ヒューッと風が吹いてきて、私の顔を荒々しくなでました。

波がうなり声を上げていました。最初、波と波が戦争を始めたのかと思ったほどでした。

でも私は確かにちらっと見たのです。

大きく立派な生き物を……

ミランダは一呼吸、二呼吸置いて短く台詞を言う。これはミランダが一番嫌いな台詞だ。いつも言いにくそうにしているのをイラズマスは知っている。

「おやおや、それは船のことかしら？」

ドリンダが元気よく情景描写を言ったあとなので、この台詞はいつも平板に聞こえる。

「では、生き物じゃないのかしら？」ドリンダは目をより大きく見開いた。「生きているように見えたけど……」

「だめ、だめ。お二人ともだめですなあ」アダムズは二人の間に気取って入り、言った。

「まるで寝言を言っているように聞こえてしまいます。私が間違っていれば笑ってくださって構いませんよ。ここのところをあなた方はもっと熱を入れて演じないと茫然自失の状態から自分を取り戻すことができません。バルストロードさんは台詞があまりにも早口過ぎるし、あなた方は堂々とし過ぎています」

アダムズはドリンダの腕を取り、部屋の中央に再び連れ戻した。

「ドリンダは台詞を言うとき、海をうっとりと眺めていなければいけません。ドリンダは船を見たことがないのです。だから、船と言われても理解できないのです。彼女は驚いてぼうぜんとなります。『生き物』という言葉を聞いたらミランダは三つ数えてください。一、二、三。そして振り向く。そうです」

　ここでアダムズはミランダの腰に手を回し、彼女を半回転させた。

「あなたは船を知っています。プロスペローが教えたからです。これはあなたが妹に対して優越感を味わう瞬間です。滑稽ですがね、そうでしょう？　ドリンダが大げさに情景を描写したのを受けて、あなたが滑稽な結論を言う。こう考えなければ、その台詞が生きません。だから、喜劇的な側面を強調してください」

　イラズマスは段々怒りが込み上げてきた。アダムズは両手をミランダの腰のくびれに置いたままだ。それも、ミランダを正しい位置に立たせたあと、相当長い間だ。その上、アダムズは両手をわずかだが上下させてミランダの腰をさするようにしている。彼女は夢中になって聞いているように見えるが、頬の赤みが増しているのは、かすかにそれを意識していることを示している。

　アダムズは出演者全員に向けて話を続けた。

「もちろん、二人は男性についても話し合っているのです。ミランダもドリンダもプロスペローを除いて男性を見たことがありません。キャリバンは男性として扱われていません。下等生物の扱いです」

「その点については異論があります」と牧師補が横槍を入れた。

「お望みなら、お好きなだけ議論なさって結構ですよ。この劇の意図に沿って考えてみましょう。この二人の美人は、それまで、男性を見たことがないのです。男性と戯れたことも恋の甘さに酔いしれたこともありません。これが今日に残るダヴェナントの作品のすばらしさで斬新なところです。ダヴェナントはシェイクスピアの原作に注目しました。この原作自体は今日、専門家の間では、平凡な作品というのが一般的な評価ですが、ダヴェナントは非凡な作品に高めました。彼はミランダに妹をつくり、ファーディナンドの相棒としてヒポリトを配したのです。一組のカップルではなく、二組のカップルを生み出してこの劇の喜劇的な側面を強調しました。そして二組のカップルを組み合わせることにより、この劇は複雑な、あらゆるタイプの嫉妬を描き出すことにも成功しているのです」

「そうですね。あらゆるタイプの嫉妬を描き出すことに確かに成功しています」バルストロードはアダムズの言葉を繰り返してうなずいた。彼は、この舞台監督に取り入ろうとしてアダムズの言葉を復唱するようになっていた。「二の二倍は四ですからね。二組のカップルが喜劇性を二倍にしていると言えます」

「いやはや」とアダムズ。「ベルモント夫人がミランダの役を奇跡のようにすばらしく演じるのを見たことがあります。あの振り向き方、スカートがくるっと回る様子、それに観衆を見るちゃめっ気のある目……。ミランダとドリンダは無邪気ですが、その役柄から想像される以上にいろいろと知っています。この作品では二重の意味を持っていることが多いのです。すべて極めて逆説的なんですね。この作品はまさに時代を映したものです。からかいもあるし、繊細で、しかも洗練されています。ベルモント夫人は間もなく私の小品に出演することになっています」

アダムズは劇の両義性を説明しながらミランダの目をじっと見つめた。熱に浮かされたような状態にあるイラズマスの目には、少なくとも、そのように映った。そしてアダムズは、間もなくファーディナンドの演技の批評にかかった。この批評は、イラズマスにとって屈辱的で心を傷つけられるものだった。アダムズは言った。

「さて、あなたは聞こえてくる美しい歌声に魅せられる、という役どころです。うっとりする、あるいは戸惑っている役どころと言ってもいいでしょう。ただ、お若いの、肉切り斧でぶちのめされたような表情ではいけません」

アダムズはファーディナンド役をこなす上での一般的な注意を言ったのであって、イラズマスの演技の欠点を特に言い立てたわけではなかった。それだけにイラズマスは不愉快な思いだだが、返す言葉がなかった。その言葉に意地の悪さがあり、数人がそれを聞いて笑った。おべっか使いのバルストロードは特に大きな声で笑った。ミランダは笑わず、困った顔をした。イラズマスは笑われるよりもっと悪いと落胆した。そのあと、アダムズはミランダの腰のくびれたところ、スカートの腰当ての上の優雅なくぼみに腕を回し、彼女の耳のすぐそばで彼女に話し掛けたのだ。そして少なくとも十五秒間、そのままにしていた。イラズマスから見れば、何の理由もなく、であった。イラズマスは屈辱の思いに心が傷つき、嫉妬に駆られ激怒した。

アダムズを追い出し、練習をめちゃめちゃにしてやろうとイラズマスが心に決めたのは、この瞬間だった。イラズマスも最初は、こうした考えをはっきり抱いていたわけではなかった。だが、事態は一刻の猶予も許されない、とすぐに判断した。イラズマスは、今の自分は、役を降ろされるまでの仮の時間を費やしているのに過ぎないと思った。監督は、最初から、自分のファーディナンド役をまったくのミスキャストだとみなしているのだ。一方、自分としては、今やアダムズがセーラに下心を持っていると考えるようになった。こうした事情を総合すれば、自分がファーディナンド役を外され、誰か別の男が代役として劇に参加し、ミランダの目を見つめ、愛を告白する役を演ずるようになることは火を見るより明らかで、もはや時間の問題に思われる。代役には恐らく、アダムズがなる……。

それは耐え難いことだ。そう考えただけでイラズマスは逆上し、思わず拳を握り締めた。イラズマスはほかの出演者たちに協力してもらうように打診してみようかとも考えた。皆に反乱を起こすよう扇動する。しかし、直ちに賛成してもらえるかどうか、イラズマスは自信はなかった。彼がプライドを捨て、出演者たちを説得し、支持を求めようとしても時間がない。自分一人でやるしかない。

ここまで考えたとき、思い浮かんだのは、ミランダがアダムズに親切で優しいことと、それを見て感じた苦痛だった。季節は六月が過ぎ七月に入った。リヴァプールの郊外の開けた農地では、丈の伸びた小麦の色が深みを帯び生き生きとして見える。この好い季節にイラズマスはあれこれ考えて苦しんでいた。あの気取ったうぬぼれ屋がミランダに近寄って、彼女のすぐそばで酒臭い息を吐き掛けながら巧みに取り入ろうとし、その性悪な手をミランダの肩に置いているというのに、なぜ、彼女は不快感を示さないのか。彼女の表情に何の陰りもできないのはどうしてなのか……。

　ついにイラズマスは、自分自身に義務を負わせるとともに計画を成功させるため、自分の考えをまとめて、もったいぶった「誓約」の形にした。彼は、子供のころから、人は困難な仕事に挑戦すると誓えば、目標を達成することができる、との信念を持っていた。家に帰り、自分の部屋の静けさの中で、彼ははっきりと声に出して誓いを立てた。あの監督に思い知らせてやる。たとえ、これで劇がぶち壊しになるとしても……。彼が日ごろ、親しんでいる神聖な品々——銀製の闘鶏用蹴爪（けづめ）一対、キリストが山上の説教で八番目の幸福を説く姿を描いた額入りの刺繍（これは母が青と白の糸で作ってくれたものだ）、父が贈り物にくれた銀製の決闘用ピストル、デイジーの絵柄の揃いの洗面器と水差しなど——が無言で誓いを聞いていた。これで、あとはどう作戦を立てるかだけだ。イラズマスはそう考えた。

第二十章

　七月初め、リヴァプール・マーチャント号は靄（もや）のかかった暑い天候の中を進んでいた。夜には雨が少し降り、北からの小さなうねりもある。七月二日の夜明け、サーソは船の航路のぶれを測った。そして、羅針盤の誤差の大きいことに驚いた。この辺りの海域では、半ポイント〔一ポイントは航海で水平方位を三十二等分した一つ〕以上のぶれは起きないのが普通だ。ところが、どうも変だ。船はグランド・カナリーズ島の東を通るコースを進んでいるのではないかと考え始めた。出港してから、まだ日も浅く、天気の好い日が続いている。それなのに自分の計算と大きくずれている。信じ難いことが起きている、とサーソは思った。

　航海は、ある程度、不確実さをともなうのは避け難い。それはサーソもわかっている。この当時、航海は危険の多い仕事だった。緯度については、正午の太陽の高さを測れば、かなり正確にわかる。しかし、経度を知るには羅針盤と測程儀に頼るしかなかった。羅針盤で方向を測り、測程儀で船の速力と航行距離を測るのだ。ところが当時の測程儀は船尾に取り付けられた小さな板に過ぎず、とても正確な器具とは言えなかった。そのため、船が風下に流されるのと海流の影響を考え合わせ、測定値を修正しなければならない。しかも、その結果は、狂うことがたびたびだった。だから船長が海上で自分の船の位置を正確に把握していることは稀だった。しかし今回は、誤差はいつもと比べてもあまりにも大き過ぎた。

こうなってはサーソも、島影は見ていないが、リヴァプール・マーチャント号がマデイラ諸島とポルト・サント島の間を通過したと判断するしかなかった。しかし、そうだとすれば、計算より五十リーグ〔約二百四十キロメートル〕程度、東を進んでいることになる。船が計算とずれたコースを走っていると知って、サーソは心がかき乱され、沈み、暗い気分になった。彼は船室に一人閉じこもり、ブランデーのボトルを空け、船をこんなに遠くへ押し流した海流の意地の悪さを呪った。そして、この海流がどこから来たのか、海流がこんな意地悪をするのは、船の上で何か間違いをしでかしたからなのか、と考え込んだ。

「今日も一人、鞭打ちの体罰が行われた」

パリスは体罰を見た数時間後、日誌に書き綴った。

鞭打ちの罰を受けたのは、甲板長のヘインズの警告に背いて寝具を汚したからだ。ヘインズは私の見るところでは水夫たちに憎まれているようだ。鞭打たれた男の名はトマス・トルーだ。彼は我らのベテラン船長に十二回打たれた。トルーはウィルソンとは違い、最初から大声を上げた。十二回目が終わったとき、トルーは助けなしでは立っていられなかった。残酷な罰を受けたからといって水夫の不潔な習慣が改まるかどうかは疑問だ。寝具を汚す習慣は体に染み付いたもので根が深く、心の奥底の病を示す兆候かもしれない。実際、この問題は何ともおぞましく、考えることすらはばかられるように思われる。いずれにしても、私は船の高級船員の一人という立場もあり、誰とも率直に話し合えないのだ。トルーの裂傷の治療のため、できる限りのことはした。また、最近、キャヴァナという水夫を診察した。彼のまぶたが炎症を起こしているからで、性病が原因ではないかと思う。

トルーから話を聞いた。彼は若いころ、リヴァプールへやって来た。北ウェールズの石切り場で十歳のときから働いていたが、もっと待遇のよい職を探して、リヴァプールへ来たと言う。

リヴァプールで有り金を使い果たし、居酒屋の主人に付けにしてもらったが、あとにその男から、奴隷船で働く契約書にサインしないと裁判所に訴え出るぞ、と脅された。さらにその居酒屋の主人を相続人に指定し、航海中に自分が死んだ場合、受け取るべき給料は相続人に譲るよう遺言状に書けと迫られ、それに従った。そのときから数回、彼は奴隷船に乗った。しかし、彼は、ギニア航路の船は給料が高くても選びたくないと言う。ギニア航路の船は普通の船に比べ、給料を月に二シリング高くして人を集めているようだが、過酷な労働条件や病気の多いギニア海岸のさまざまな危険などを考えると二シリング多くても割りに合わないように思われる。しかし、それでもギニア航路の船に乗る者がいる。それしか選択の余地がなく、赤貧洗うが如し、というのが実情だからだ。彼らは皆、できることなら明日にでも船から足を洗って陸に上がりたいと考えていると思う。

　ただ、ヒューズは多分、例外だろう。彼は大変な人間嫌いで、マストに登り、一人で索具の間にいるときが一番、幸せそうだ。ヒューズもまた、以前、奴隷船に乗っていた。少なくとも私には、そう見える。ギニア航路の船に乗った経験のある者と今回初めての者では醸(かも)し出す雰囲気に違いがあるように思われる。それはどんなに熟練した水夫の場合でも変わらないのだ。では、どんな違いか、と問われても説明は難しい。

　過去に奴隷船の経験のある者も今回初めての者も、皆、荒くれ者であり、向こう見ずであるところは変わりがない。それにもかかわらず違いはあると思う。そして、それがこの洋上の共同体の体質を決定する要因の一つであることは疑いがないように思われる。

　ここではいつも一人でいる者がいる。ヒューズのほかエヴァンズという男もそうだ。エヴァンズは決して人と話をしない。しかし、大部分の者は何らかの形で互いに手を結んでいる。強い者は子分を持つ。子分の下にも子分がいる。それはまるで、宇宙を支配している、と言われている生物界の秩序のように「存在の連鎖」になっている。ヘインズはリビーを子分とし、リビーはタプリーという男を従えている。タプリーは見るからに不愉快な悪党面だ。そのタプリーがかわいそうなキャビンボーイのチャーリーを顎で使っている。この序列の頂点に立っているのがサーソ船長だ。船長はバートンを自分の代弁者、メッセンジャーとして使っている。そのサーソは一人の、いわば乗客を乗せており、その命に従って動いている。その乗客の姿はサーソ自身を除けば誰も見たことはない。その乗客は風や海流を支配する自然の神からのメッセージを伝える聖なる使いと言っていい。私は、我々の船長が、宇宙を自分に対してシグナルを発信する体系であると解釈していると、ますます確信するようになった。これはベツレヘム精神病院で一生を終える人によく見られるケースだ。しかし、サーソは自分の船という支配する世界を持っている。

　彼には自分が裁き、処罰することができる部下がいる。彼には物事を自分の狂信的意志に従わせ、その姿を変えさせる力がある。もしこのようなうさ晴らしがなければ、どれほど多くの行政官や判事がベツレヘム精神病院で、泡を吹く哀れな狂人として終わることになるだろうか。だから、人間が権力を握れば世界を強制的に従わせようとするのは多分、自然なことなのだろう。

　いずれにせよ、我々は世界についてはほとんど何も知らない。我々はその証拠を読み取ることには慣れていない。その表面しかとらえていない。それならば夢の世界に生きている我々としては、サーソのように自分自身が解釈者になり、狂気を利用しない手はないだろう。

パリスはここでペンを休め、一息入れた。船の上という野放図な人間共同体にも体系がないかとか、統一した原則がないかとか考えるのは恐らく、間違いだろう。尊敬するモーペルテュイ〔十八世紀フランスの数学・天文学者〕の言葉が頭に浮かんだ。

「人間は解明すべき現象の特質を理解していない場合にのみ、自己満足のため体系を組み立てるものだ……」

体系立てて考えることが誤りだとすれば、残るのは、断片的な現象、つまり、男のまなざしにのぞく心の内、青白い肌に流れる血、甲板に滴り落ちる血の滴——などだ。だが、それは急速にあいまいになっしまう。そうであれば、なぜ私は、自分のものでもない苦痛を背追い込めという激しい叫びに動揺して、観察することをやめ、考え込むのか。自分自身、抱えきれないほどの苦悩を抱えているというのに……。「私の血、私の苦痛……」という言葉が強迫観念のように再び頭をよぎった。そして寝具を汚して体罰を受けたトルー、人なつっこく話し掛ける目やにがついたキャヴァナの顔が浮かぶ。

パリスは立ち上がった。考え事から逃れたい気分だった。狭苦しい自室を出て階段を昇った。後甲板の手すりが見え、舵手の黒い姿がその向こう側にあり、空には星がちらちらと輝いている。船は波を切って進んでいる。肋材が絶え間なく音を立てている。この雰囲気に浸っていると、いつものように非現実的な感覚がよみがえってくる。——自分が見知らぬ男たちの間をさまよっている。自分自身の目的と言えるものを持たずに、である。だが、現実には、彼らは見知らぬ男たちではない。自分と同様、この船の囚人なのだ。囚人仲間は、見知らぬ男たちとは言えない。しかし、囚われの身であるということを除けば、互いに相手のことは何も知らない——それが監獄で彼が学んだ教訓の一つだ。

そのまま立っていると、八点鐘を聞いた。当直の交代の合図だ。階段を昇り、甲板に出たとき、パリスは一人の人影が上の後甲板から階段を降りて来るのを見た。バートンのような気がした。人影は階段を降りて下に消えた。船首楼に二、三人が立って低い声で話しているのが見えた。当直が終わったのだろう。船長室の隣の小さな特別室に顔を出す時間だった。パリスは、この部屋で、都合がつけばサーソやバートンとともに夕食をとる習慣だ。

二人はすでにテーブルに着いていた。パリスは二人が身構えているような印象を受けた。船に乗って数週間の経験による勘だ。一人はずんぐりとして、恐ろしいほど身動きもしない。顔色は濃いれんが色で、その目はもっと穴の奥に入り込めないのに腹を立てているように見える。もう一人は、態度が卑屈で、注意深く、陽気なところもあるが、辺りを嗅ぎ回るかのように小さな顔を上げる癖がある。

「やあ、先生。今日は忙しかったんじゃないかね」

とサーソ。

パリスはバートンがにやりとするのを見逃さなかった。バートンは笑ったとき、鋭い上歯を少しのぞかせた。パリスの毎日はあまり忙しいものではない。二人はいつも、それを皮肉るのだ。しかし、今日の挨拶は、少し趣きが違う。自分が鞭打たれた男を手当てしたことへの当てこすりが込められている、とパリスは感じた。

「自分の職務を果たしただけですよ」

「そうかね。もっと仕事が増えるかもしれんな」

パリスはすぐには返事をしなかった。ちょうどそこへ厨房から盆を運んでチャーリーが部屋に入って来たため、パリスはサーソに返事をしなくてすんだ。

この日、コックのモーガンは船に運び込んだ若い雌鶏を一羽殺し、いつもの鶏料理と同様、タマネギとブラック・ペッパーで煮込んだ。雌鶏は大皿の上に油をぎらぎらさせながら置かれている。皿にはマッシュポテトとカブをつぶしたものが添えられ、グレーヴィーソースを入れた器が付いている。油の浮いたグレーヴィーソースはモーガンの独特の味付けがされている。チャーリーは、モーガンにあとでスープを少し分けてやろう、と言われていたせいか、かしこまって給仕をしていた。が、サーソが「早くしろ」としかったため、突然おびえてしまい、盆をガタンといわせて置き、グレーヴィーソースを少しこぼした。バートンがののしり、鞭で打つぞと脅した。

「まあ、まあ。この子は生まれつき頭が弱いんだ。許してやれ」

サーソが言った。パリスが驚くほどの優しさだった。

「バートン君、チキンを切り分けて配ってくれ」

「どうしてまた、今日はこんなごちそうを?」

パリスがくだらない質問と冷笑されるのを恐れずに尋ねた。このときまでに、サーソの気分がどんなものか見当がつき、ほとんど上機嫌であることを感じ取っていたからだ。もっとも、サーソの小さな目は油断なく辺りを見渡していた。それはまるで船の状況が満足できる状態になっていないことの原因を探っているように映った。

「何か祝い事でもあるのですか?」

パリスは続けて聞いた。バートンは雌鶏の料理を驚くほど上手に切り分けて二人に配ったあと、肉とマッシュポテトを頬張り、さらにフォークで次の分を口に放り込もうとしていた。彼は手際よく食べる大食漢だ。サーソがしゃがれた声で一本調子に言った。

「バートン君、現況を説明してあげなさい」

バートンはいかにも残念そうにフォークをゆっくり置いた。

「ここで夕食をとるのは、差し当たり、これが最後になります。少なくともニグロを一杯積み込み、ジャマイカに向かうまでの話ですが。明日、ここにサンプルを上げ、並べることにしています」

「サンプル？」

パリスはその意味が理解できなかった。

「ここに船倉の品を出して来るのですよ」

バートンは口に食べ物を入れたまま答えた。パリスがまだ考えているうちに、バートンは、また食べ始めていた。

「パリスさん。船はアフリカに近づいてるんだよ」

とサーソが説明した。

「あと十日程度でシエラレオネが見えてくるだろう。この部屋は商品陳列所になるんだ。船の商店といったところだね。売り物の奴隷を連れて船にやって来る商人たちに、我々が運んで来た商品の特選品を見てもらうわけだよ。その際、連中が商品をよく見ることができるように舞台装置が必要だ。ニグロ商人との取引は、連中の目に訴えるのが一番でね。連中のことはよく知っている。君が生まれる前から奴隷の取引をやってきたからね」

「連中は光ったり、きらきらする品に目を奪われるんです」

バートンが手の甲で口をぬぐうため一休みしながら言った。

「それに明るい色が好きです。宝石とかきらびやかな物も好きですね。連中に何かを説明するのはまったくの無駄ですよ。辛抱強くないですからね。こちらの言うことなど聞きませんよ。説明など聞いても、思い浮かべることもできません」

「それは彼らがこちらを信用していないからではないですか？」とパリスが問い返した。そのとき、バートンが突然にやっとするのに気づいて驚いた。

「連中がこちらを信用していないだって？」サーソが言った。彼は今まで、そんなことを考えたこともなかったようだ。「私はギニア海岸では有名なんだよ」サーソは少し間を置いて言った。

「船長、もちろんですとも」とバートンが口をはさんだ。そしてパリスに向かって言った。

「だから船長はお考えになったのですよ。ここで食事をするのは今夜が最後になる。当分の間はね。だから一羽つぶしてもいいだろうと。とてもいいお考えです」

　サーソは顔をゆっくりバートンの方に向けた。

「私の考えをあれこれ言うのは君の職分ではない、バートン君。いいにしろ悪いにしろ、私の判断は君の理解を超えているんだ」

「わかりました、船長」

　バートンは答えながら視線をそらした。彼のいつもの用心深いやり方だ。彼はそのまま口をつぐんだ。しかし、船長にたしなめられて気落ちしたわけではないようだ。

「そうすると彼らが船に来るのですね？」パリスが尋ねた。「あの奴隷商人たちのことですよ……。こちらから港へ入って行かないのですか？」

　パリスはすぐに、またしても二人が軽蔑した目で自分を見るきっかけを与えてしまったことに気づいた。サーソはバートンと二人で、誰かをばかにすることが好きなのだ。サーソは、椅子からこわ張った体を乗り出し、バートンを見て相槌を求めるように目くばせして言った。

「港だって？　あの海岸にかね？　君の地図にそんなものがあるのかね？」

「ほー、そいつはいいや。アフリカの立派な港ですか。見たいものですな」

　バートンが船長にへつらうように言った。

「こっちからロングボートで寄せ波を乗り越えて行くことはある。河口付近での取引にはね。しかし、この辺りの海域では海岸に近づくことはできないのだよ。いいかね、パリスさん。我々は、アフリカの話をしているんだ。アフリカのウィンドワード海岸のことなのだ」とサーソが言った。

「なるほど。私はアフリカの海岸について、しっかりした知識を持っているわけではありません。それは認めます」

パリスはこう言って二人の顔を交互に見た。二人はアフリカについての知識によって結び付いていた。だが、パリスは二人の間の了解はそれよりはるか以前からついていることを感じ取った。二人は、この航海の前からの知り合いであると叔父が言っていた。バートンを一等航海士に推薦したのはサーソだった。二人を結び付ける何かがあったのだ。それは友情とは程遠いものだ。二人は何か秘密を共有しているように見える。

「船長、あなたはバートン君と以前、一緒に航海したことがあるそうですね？」

パリスは疑問を口にした。サーソの顔から満足そうな表情が消え、突然、しかめっ面に変わった。

「一緒に航海したか、だって？」

サーソは目の前に座っているパリスを見た。相変わらず大きく、少し不格好な体付きだ。深くしわの刻まれた顔は日焼けして、目の淡い色と対照的だ。その両目は自分をしっかり見つめている。自分の不機嫌な顔からそらそうとしない。自分の船で、いささか生意気な、いささか憎しみのこもった目に見つめられているのだ。そしてバートンがうなずくのを見て激怒し、その思いをバートンの方にぶつけた。

「ばかな。君はこの私に抗（あらが）う意見に同調するのか？私は誰かと一緒に航海したことなどないぞ」

サーソは再びパリスを見た。そして少し穏やかに繰り返した。

「船長は誰とも一緒に航海することはない。バートン君は以前の航海でも私の一等航海士を務めた。私の下で働いたという意味では、君の言うのは間違いではないのだが。パリスさん、まだ、いろいろ学ぶことはあるよ」

「わかっております、船長。私は全力を尽くしております」

「奴隷たちが船に積み込まれたとき、君も多くのことがもっとよく理解できるだろう。今はきっと、奴隷貿易に従事する我々をさげすみ、自分のほうが道徳的に勝っていると考えているだろう。君は奴隷貿易で利益を稼ぐ仕事を軽蔑する一人じゃないかな？しかし、私の言うことを心に留めておくといいだろう。船に乗っているほかの連中と同じように君も手に鞭を持ち、ベルトにピストルを突っ込むようにきっとなるよ。間違いなく、檻（おり）に入れた奴隷の見張りは、すぐに檻の外にいる自分の立場を理解するものだからね」

「そんなものですかね」

パリスは反射的に言い返した。相手の言葉を深く考えることもしなかった。プライドが言わせたのだ。それにむやみに反発したい気分だった。

「大変なご明察と申し上げましょう。檻に入れられた者たちの気持ちも檻の外の人間の気持ちもよくわかっておられる。私にも、それは少しはわかります。檻の内も外も見たことがありますからね。しかし、内と外の人間の違いをあなたのようにはっきりと示すことは私にはできません」

「内も外も見た、と言うのかね？」

サーソの声は何の感情も表していなかった。いつものように抑揚のないしゃがれ声だった。しかし、その目は船医の顔に釘付けになった。そして言った。

「それはどういう意味かね？」

パリスは自分を抑えた。それは警戒心からではなく、敵意からだった。彼はしばらく何も言わなかった。そして穏やかに言った。

「見張りもまた、結局は囚われ人なのだ、と考える者も多いですよ。いくら鞭やピストルを持っていても、です」

サーソは唇をへの字に結び、ぷいと横を向いた。パリスのこの言葉に答える必要はないと考えていることは明らかだ。それでも気持ちが収まったサーソは、このあと、黙々と食事を続けた。そしてバートンも慎みからか、それとも彼の性格なのか、船長に倣って一言もしゃべらずに食事を続けた。もっとも、彼は時々パリスの方を見ており、パリスもその視線を感じた。

パリスは立ち上がり、二人に「お休みなさい」と挨拶して、ようやく解放された気分になった。意外なことに、バートンが一緒に立ち上がり、部屋を出た。甲板に出た二人は、しばらくの間、船尾に立っていた。東の方のぼんやりした渦巻状の雲の中に月が見えた。

バートンは立ち去り難い様子だ。彼はポケットから柄の短い陶製のパイプを取り出した。「いい天気ですな」バートンは、暗い海を照らす月のかすかな影を見て、うなずきながら言った。「低い月の周りに焦げたような雲の輪ができると、いつも次の日はいい天気になるんですよ。難しいことは知りませんが、経験ではそうなんですね」

「そう。明日もそうなるといいね」とパリスは答えた。そしてしばらくの間、二人とも黙ったままでいたが、バートンが同情するような口調で言った。

「あの船長はまったく始末に負えない人ですな。今夜の言い方は何ですか。あれは脅しですよ。あなたが何かきっかけになることを言ったわけでもないのにね。私も船長には何度も脅されました。私と違ってあなたは学問がある人だ。きっと人一倍つらいでしょうな」

「いや、大して気にしていません」

パリスは冷やかに言った。バートンのへつらうような調子には用心しなければいけない。この一等航海士はずるい男だ。それに感情に動かされるような男でもない。要注意だ。

「船長は、最初、とてもご機嫌でした。私の質問の何かが気に入らなかったのだと思いますね」

バートンは、しばらくの間、月の影を目で追いながら黙ってパイプを吹かした。月の影は一層広がり、明るくなっていた。

「船長が気に入らなかったのは、あなたの質問じゃないですね。あなたが船長を正面から見つめたからですよ。サーソ船長は見つめられることが嫌いな質で、自分を高みに置き、人を見下す人です。おわかりですね。しかし、そのことで船長が不愉快になったのは、この船の現在の航行状況とも関係があるんですなあ。船長は、船の航路が計算より大幅に東にぶれてしまったことにいら立っているんです。風は追い風だし、天候にも恵まれている。それなのに航路が東に偏ったのは、海流を支配する悪魔の仕業に違いない、と船長は考えているんです。その偏りは船がセント・ヴィンセント岬と同緯度の地点を過ぎてから、一日につき二十海里は下らないと考えられます。だから船長は慌てているんです。いいですか、パリスさん。あなたや私は、もっと広い視野から物を眺めています。雨が降ろうと晴れようと、それがどうした、とね」

バートンは顔を上げ、ほほ笑んだ。月は今、雲から出てくっきりと姿を現した。その白さは薄れ、輝きを増している。月の光が一等航海士の顔に降り注いでいる。「海流って何です？　水の、ある状態をいうのに過ぎません。この世の中のあらゆるものと同じで、水のつかの間の姿なのです。この世の中では、すべてが仮の姿です。歯の痛みも女の愛も一時的なものです。ところが、船長はすべての事柄を自分に結び付けてしまう。船は今、西にテネリフェ島〔カナリア諸島の一つ〕を見ることができます。だから、船の位置が確認されたんです」

「しかし、それは変ですね。我々は天体の動きを観測し、惑星の移動するコースを海図に書くこともできます。それなのに、短い距離を行く船の動きを海図に書ききれないとはね」

「それはその通りです」

バートンは手すり越しに唾を吐き、一見、愉快そうに笑った。

「そんなふうには考えてもみませんでした。それがウイットというやつですな。さすがに学問した人は違う。ところで、あなたは人生の何たるかを学ぶ学校にも行ったんでしょ？　あなたは檻の内と外を見たと言いましたね？」

パリスは少しの間、何も言わず、海を見つめていた。アフリカの海岸が、この船の東のどこかにある。月の昇っている方向だ。月の光がつくり出した広い道に沿って船が進んでいる、そんな気もする。帆が白く見える。メーンマストの横木に一人で座っている黒い人影が見える。パリスは、それをヒューズではないかと思った。そこに座っていることがよくあるからだ。横に立って返事を待つ男の気配を感じた。バートンが聞きたいことは、褒め言葉の裏に巧みに隠されていた。バートンは人の弱点を嗅ぎ出し、心のわだかまりを探り出すことに長(た)けた男だ。同時に、人間は嫌いな相手にでも打ち明け話をすることがあること、また、ある種のタイプの人間は相手に不信感を抱いている場合でも、隠すことは相手に対する恐怖心や羞恥心の表れと考えて、あえて本心を明かすことがあることを知っている男だ。

「あなたがそう言ったのですよ」

バートンは、穏やかに返事を促した。

「ええ。医者というものは、ご承知のように、いろんな人の人生を見知る職業ですからね」

パリスは、バートンがこの返事を聞いて、まるで緊張から解放されたように、ほっと肩で息をして力を抜くのがわかった。

バートンは一瞬の間を置いて、声の調子を変えて言った。

「そうですか。それでも船長の言ったことは正しいですよ」

「どうしてですか?」

「乗組員を結束させるには恐怖以上に有効なものはないんです。特に、奴隷船では恐怖以外にはありません。商品が反乱を起こす可能性がある——これが奴隷貿易の最大の問題点です。我々は甲板と甲板の間に鎖で繋がれた二百人以上のニグロを積み込むんです。ニグロは全員が、チャンスさえあれば、脳天を打ち割ってやろうと狙っていますよ。それに対して、我々の方は二十人です。たった二十人が甲板に出て警備し、ニグロに食事を与え、体を洗わせ、運動させるんです。パリスさん、その怖さといったら……。学問をした人がどう変わるか見物(みもの)ですな。恐怖を感じると、学問のある人も、最低のくず野郎と同じレベルにきっと落ちますよ。自分の名前も書くことのできないようなくず野郎と同じレベルにね」

バートンのパイプは火が消えていた。妙に気取った格好で、チョッキのポケットから銀の指抜きを取り出し小指に付け、パイプの火の残りを火皿に押し付けて消した。彼の最後の口調はパリスに敵意を持っていることをうかがわせた。多分、パリスに誘いをかけて弱みを聞き出そうとしたが、うまくいかず、落胆したためだろう。しかし、彼はパリスの心の中をのぞき込もうとするように、また、顔を上げ、パリスを見た。他人の心の内をのぞき込もうとするのは彼の癖と言ってもいい。だが、自分は好意で話しているのだ、と見せかけようというのか、表情は優しかった。彼が指抜きをポケットに戻そうとしたとき、月光できらりと光った。

「あなたがどう思っていようが、そうなったら、あなたも自分の立場が、どちらの側か、はっきり自覚することになると思いますよ。あなたも我々と同様、恐怖におびえる側なんです」

バートンは自分の言葉にうなずき、もう一度、笑顔をつくった。そして下へ降りようとうしろを振り向いた。

「排泄物の臭いがするんですな。あなたもその臭いを経験しますよ。二百人もの黒人たちが恐怖のあまり糞を垂れるんです」

パリスはバートンより数分間長く甲板にいて、船室に引き上げた。心が乱れてなかなか寝つけなかった。最近数週間、自分がかなり感じやすくなっており、他人の様子や言葉などにすぐに影響を受けてしまうようになっている、と思った。彼は一層、身を入れて周囲に注意を向けるようになった。意識してそうしているというよりは、そうせずにはいられないのだ。最近、サーソとはますます対立することが多くなっているような気がする。知り合って間もないのに対立は深刻だ。二人は互いに、相手を遠い祖先のころからいがみ合ってきた敵の子孫とみなしているようなところがある。そして今、甲板でバートンが言った言葉が彼を憂うつにした。バートンの言葉には道義心というものがないと感じた。バートンは下劣で陰険な性格をさらけ出した。まるで人間の弱点の臭いを嗅ぎつけるハゲタカだ。一方で、自分は、他人から受ける印象に傷つきやすく、他人の存在を強く意識し過ぎる弱点がある。こんな弱点を持つとは、一人前の男としてはほとんど失格だと思った。パリスはこの弱さを船上で孤立しているせいにした。これまでの人生において、当然と考えてきたものをすべて捨て去ったので、当然のように働いてきた自己防衛本能も消え去ったのかもしれないと考えた。

今、パリスは『心臓の動きについて』を読むと心が慰められる。このラテン語のテキストは、最近の彼に魔術のような影響を及ぼしている。彼は以前、ハーヴィーが第八章の終わりで、人体の諸器官のうち心臓が優越的な役割を果たしていることを述べ、心臓を「礼讃」している箇所を正しく評価しようと努めた。

太陽が世界の心臓と呼ばれるのにふさわしいように、心臓はミクロの宇宙の太陽、生命の根源と呼ばれるのがふさわしい。心臓の役割が貴重なのは血液の流れを促し、血液が腐敗するのを完全に防いでいる点にある……。

パリスは考えた。この類推（アナロジー）はハーヴィーの独創ではない。心臓を人体の太陽にたとえるのは古代からある考え方で、最初はアリストテレスだ。だが、初めて静脈と動脈の違いを説明しようとし、血液が大動脈を通って人体の各部分に運ばれる仕組みを説き明かそうとする場合、少なくとも、この比喩を借用しても構わないだろう。もちろん、この比喩を使わなかった偉大な人物もいる。パリスはベッドの支度をしながらニュートンのことを考えた。ニュートンは無知の告白の中で、自分を未知の大海の岸辺で小石で遊ぶ少年にたとえている。

そして「ニュートンと少年」の連想からパリスは突然、飛躍して、従弟のイラズマスのことを思い出した。八歳のイラズマスが自然を自分の意志に従わせようと一人で闘っていたときの姿が頭に浮かんだのだ。そのときの記憶は、まず、広く開けた光景の中によみがえった。人影のない浜辺、灰色の海、小さな子供の何かに没頭している姿――。次は、夢の中で時々経験するのだが、パリスは突然、急降下するようにイラズマスに近づき、彼の白い顔、血のにじんだ指を見たのだ。ニュートンが、人間の限界を自覚し、自分は何も知らないと告白することと、イラズマスのイメージの間には共通するものは何もない。イラズマスは世界を征服したいと考えていた。パリスは、ほんの少し前に、バートンがサーソについて語ったことを思い出した。「船長はすべての事柄を自分に結び付けて考える」。あのじっと見つめる少年は船長と違って、支配する世界を持っていなかった。自分の描く世界像に従わせる船も乗組員もいなかった。

多分、次から次へといろいろな考えが浮かぶからだろう。船が揺り篭のように心地好く揺れているにもかかわらず、目がさえ、眠気がなかなか襲ってこない。パリスは横になったまま、暗闇を見つめた。闇は深く、自分が狭い船室にいるという感覚すら失われた。頭上の甲板が、暗い空の広がりとそこに軌道を描いて見える惑星のように遠く感じられる。空の広がりも惑星の動きも皆、理に従って動いている――パリスはそう感じた。血液が入り込み、そして送り出される心臓の動きのように、天地の理に従って動いている。自然は怒り狂うときでさえも常に抑制が働いている。人間も同じだ。母親の体内にいるときから束縛されている。死は体内の熱の欠如によってもたらされる腐敗である、とハーヴィーは書いている。生と死の間で人間の体は一定の回数、熱を帯びるのだ。ルースの体はあまりにも早く熱を失った結果、腐敗した。母親に熱を与えていたのは、まだ生まれていない子供だった、という思いに、パリスは再び苦しめられた。

監獄では自分も体熱の欠如に苦しんだ。パリスは思い出していた。あの石の床、むき出しの壁……。これだけ期間が経つと、パリスはノリッジ監獄を、地獄に至る下り階段のような何層もの平土間（ひらどま）の形で思い出すのだった。一番下の階、監獄の最底辺には無一文で、何かを得る手段を持たない連中がいる。パリスはこの最底辺の階に一週間いた。神の創造について扇動的な見解を印刷物で発表したと言って怒った聖職者が、処罰としてパリスを自分が権利を持つ監獄に収監することを命じたのだ。そこでは、男も女も湿気の多い地下牢に押し込められ、跳ねぶたから投げ込まれる残飯をネズミと奪い合い、不潔なぼろ布の山、腐ったわらの束の上で暖かさを求めて体を寄せ合っていた。また、精神異常者がうろついたり、女が子供を産んだり、飢えで死んだり、熱に冒されて死ぬ者が出たりした。

これら一番下の階の人々は監獄に何の利益ももたらさない。比較的高い階にいるのは食事や独房の費用を自分で支払う力がある者だ。パリスが入っていたのも独房で、叔父のケンプが身元引受人として金（かね）を払い、監獄から出してくれるまでそこで寝起きした。週に二シリングを払うと、物を書くペンや紙が与えられたし、囚人の共同監房への出入りも許された。共同監房には新聞が置いてあり、寒い日には火も入った。しかし、悪臭からだけは逃れようがなかった。それに囚人仲間の暴力からも逃れられなかった。そこには泥棒や売春婦のヒモのほか、借金を返せなくなり放り込まれた者もいた。身分の高い金持ちの囚人もいた。彼らは不愉快な囚人仲間と一緒にいる必要はなく、主教の賓客としての待遇を受け、贅沢なほどの暮らしを送っていた。

パリスはノリッジ監獄で、地獄とはどんなところかを学んだ。同時に監獄の仕組みは、ハーヴィーが血液の循環について考えたのと同様に、すべて絶対的な法則に従っており、その見事な例であることを知った。それに監獄では、どんなところでも金が支配しているのを見た。地下牢の貧乏人から上の階の独房に収監されている金持ちの放蕩者まで同じで、「地獄の沙汰も金次第」。独房代はすべて主教の懐に入る。主教は監獄の収益の権利を買い取るため千ポンド払った。そして投資からできるだけ利益を上げようと心に決めた。この時代、個人が利殖を図ることは本質的に有徳の行いとみなされていた。それは個人の利殖増大が共同体、社会の富と福祉の増大につながると考えられていたからだ。実際、この利殖について、当時の理論家は一般に「富の創造」と説明していた。利殖の恩恵が共同体に行き渡るといっても、監獄にいては、実感できなかった。監獄は特殊な環境だし、それに死亡率が極めて高かったからだ。

下級の看守たちは主教をまねて熱心に儲け仕事をした。アルコールの販売、売春婦の手配、面会人からの法外な手数料の徴収がそれだった。面会といえば、ルースにとってそれは厳しい体験だった。彼女は妊娠初期で、吐き気がすることがたびたびだった。それだけに監獄の悪臭は体にこたえた。ルースは面会時には、酢を染み込ませたハンカチを持ち、時々、それを鼻孔に当てた。彼は最後の面会のときのルースの顔を覚えている。彼女は怒り、苦しんでいた。彼女は看守詰め所で、売春婦かもしれない、という口実のもとに身体検査され、下品な女たちに侮辱され、その上、スカーフを奪われたからだ。パリスはルースに勇気を出すようにと励まし、自分はすぐ釈放される、と伝えたのだ。

暗闇の中で、大きく目を見開いたパリスは、ルースの苦しみの表情が自分への非難に変わるのを見た。それを見るのは怖かった。パリスは、非難するルースの顔から逃れるための場を探し、一人の顔に救いを見出した。ディーヴァーという名の、借金で首が回らなくなり投獄された若者の顔だ。滑稽な顔付きで、ものにおびえたような表情をしていた。ディーヴァーは椅子の脚の間に頭を突っ込まされていた。彼は共同監房の囚人たちに心付けすることができなかったためこんな仕打ちを受けたのだ。心付けは、新入りが同房の囚人たちに行うもので、囚人たちは、それで酒を買っていた。囚人たちは、悲惨で屈辱的な環境に置かれているにもかかわらず、自分たちを監獄に入れた連中の形式、習慣をまねた。証人は正式のやり方で宣誓したし、弁護人はそれぞれの立場から弁護した。無骨な体付きのこそ泥が、判事の鬘に似せて結び目を作ったタオルを頭に載せ、厳かに刑を宣告する――。パリスはディーヴァーの顔を思い浮かべた。自分を非難するようなルースの顔から逃れるためだ。ディーヴァーは自分を恥ずかしく思う気持ちと恐怖におののく気持ちの入り交じった表情で、自分を責め立てる連中を椅子の檻から見つめている。責め立てるのも囚人たちだ……。

パリスは眠れないまま、横になっていた。思い出してもつらくならないような過去を探そうとした。頭上の甲板は月の光を浴びたままだ。船はすべての帆を張り、潮に乗ってゆっくり進んでいる。気温が上がり暖かくなってきたので、水夫たちの中には甲板で眠る者も出てきた。キャリーは船の中央で毛布にくるまって体を丸めて眠っていた。恐ろしい夢に脅かされ、眠ったままうなり声を上げた。キャリーはついに起き上がり、月明かりの甲板の先を、怖そうにじっと眺めた。顔は冷や汗で濡れている。彼はディーキンを揺すった。ディーキンはシッと言ってキャリーを静かにさせようとした。だが、キャリーはまだ悪夢に苦しんでいたので、ディーキンの言うことがはっきりとは聞こえなかった。

「どうしたんだ?」とディーキンが尋ねた。「眠った方がいいぞ。少し休ませてくれよ。さあ、毛布を掛けるんだ」

「口から出て来たんだ」とキャリーが言った。彼は震えている。「どんどん出て来て止まらねえんだ」

「何だって?　何言ってんだ?」

「この白い虫が口から出て来るんだ」

「どんな虫だって?」

「アフリカの虫で長く白い奴だ。水を飲むとき、一緒にそいつを飲んでいるんだ。飲むときは、見えない。小さ過ぎるからだ。そいつは胃の中で大きくなる。胃はその卵でいっぱいになる。それが卵を水の中に生み付けるために口から出て来るんだ。どこからでも出て来る。鼻からも出て来るかもしれねえ。へそから出て来てもおかしくねえ」

「そんなこと誰から聞いたんだ?」

「あの連中だ」

キャリーは決して名前を言わなかった。彼は甲板の上をぐるりと見回した。

「そいつは俺たちが水辺に行くのがわかるんだ」キャリーは驚いたように言った。少し落ち着いたようだ。「目から出て来たのがあったんだ。だから、あいつは片目なんだ。耳から出て来る奴もあるかもしれないなあ。それに……」

「もっと小さい声で話しな」ディーキンが言った。

「少しは分別というものがなきゃなあ。ダンルよ、皆、お前をびっくりさせてやろうと作り話してるんだ。これから行くところでは溜まり水は飲んじゃいけないよ。俺のそばにいろ。虫は寄って来ないよ」

ディーキンはしばらくの間、甲板の向こう側を黙って眺めていた。それからおもむろに言った。

「ダンル、チャンスをつかまえたら二人で一緒に逃げよう。この船とおさらばするんだ」

ディーキンは、それまで逃亡を企てるとき、誰かを誘ったことはなかった。リビーとけんかした日から、逃げなければおしまいだ、と考えるようになった。どんな船にも信用できない乗組員は必ずいるものだ。この船が海軍の艦船と出会えば、ヘインズかリビーか、それともほかの誰かが、賞金目当てに俺を海軍に引き渡そうとするだろう。そうでなければ帰路の賃金支払いを節約するため、サーソが西インド諸島で俺を海軍に引き渡すかもしれない。船は西インド諸島で黒人たちを降ろしてしまえば、あとは、こんなに大勢の乗組員はいらない。ジャマイカ島のキングストン港には海軍のフリゲート艦が錨を下ろしているだろう。とにかく、ぐずぐずしてはいられない。海軍の規則では、逃亡した者は罰として鞭で二百回打たれる。そんなに打たれたら死んでしまうに決まっている。船がアフリカの海岸に着いたとき、チャンスを狙おう。

「チャンスがあれば、アフリカに無事着くことができれば、俺とお前は逃げるんだ。しかし、このことは誰にもしゃべるな」

「それは尻から出て来るかもしれないよ」キャリーが言った。キャリーの恐怖心は薄らいだ。だが、虫の怖い話はやめようとはしなかった。「鼻から出て来るかもしれない」月の光の中で目を丸く見開いてつぶやいた。

「その話はおしまいにしよう。いいかい。二人で逃げよう。チャンスを待つんだ。ほかの連中にしゃべっちゃいけないぞ」

「黒いビーナスと楽しいことができるかなあ？」

「もし、べらべらしゃべったら何も彼もだめになっちまうぞ。そして鞭打ちだ。聞いてるのか？　ダンル」

　ディーキンはいつものように逃げきる自信はある。しかし、今回は、キャリーと一緒だ。海岸には木々の間に暗闇があるはずだ。捜索がすむまで、そこに潜んでいよう。やがて幕が開くだろう。そして二人は開けた明るいところに進んで行く……。

「ダンル、俺が面倒見てやるからな。でも、しゃべったらおしまいだぞ。鞭打ちだぞ」

「しゃべらないよ。でも、そこで何をするのかなあ？」しばらく、それはどういうことか、と考えてキャリーが尋ねた。

「何をするかって？　商売するのさ。自分たちで始めるんだ」

　本当のところはどうでもいいのだ。幕を開けて、開けたところに進み出て、空間を手に入れたい――ディーキンは、ただ、そう考えていただけだ。彼は、目を丸くして驚いているキャリーにささやいた。アフリカでは象牙やアフリカ白檀（びゃくだん）、砂金など、いろいろ商売ができる。金（かね）ができたらシエラレオネから新大陸のジョージアかカロライナへ行くんだ……。

　ディーキンは小声で話し続けた。キャリーにはそれが子守歌に聞こえ、また、眠った。そのささやく声は、一時、船の生活の一部となった。甲板では影が揺れ、ブームがゆっくりときしむ音を立てている。帆布やロープがかすかな物音を立てている。こうした物音を聞きながら、サーソは、常につきまとう悪魔からもつかの間、解放されて船室で眠っていた。

　いつもマストの上にいるヒューズは毛布に体をくるんでフォアマストのトップマスト〔下から二番目のマスト〕に張ったステイスルの中で眠っている。トマス・トルーは船首楼につったハンモックで傷を負った背中をかばいうつぶせになって寝ている。サリヴァンは平底船の下でうとうとしていたが、当直の二等航海士が探し出し蹴って起こした。前方の見張りを命じられていたウィルソンは、むっつりした顔でかすかに光る水平線を見守りながら、船倉にあるラム酒の樽の口をこっそり開けるにはどうしたらいいか、考えている。下甲板の暗闇ではエヴァンズとジョンソンが鉢合わせした。

　月は今、中天にかかり明るく、船の帆は、まるで野ざらしにされた骨のように白い。月光は帆の高いピラミッドを通して甲板を照らし、甲板が海のように見える。月光で段索や横支檣索がきらきら光り、海草のようになびいている。船が波で上下に揺れるにともない、溢れんばかりの月の光が船上の至るところでちらちらしている。本物の海は途切れることなく、水平線まで光り輝いている。リヴァプール・マーチャント号は、あたかも最も深く眠り込んでいる人の寝息のように規則正しく、月光に照らされてできた自分の影に船首から突っ込む。潜ったかと思えば、船首を上げ、また、突っ込む。それはまるで、自分の影を求めているようで際限がない。湾曲した船首の手すり、ふっくらした舳先の両側面、デヴォンシャー侯爵夫人の豊満な胸像も船の影を求め、寄り添おうと繰り返すが、いつまでも思いを遂げることはできないのだ。

第四部

第二十一章

イラズマスが立っているところから、ウォルパート家の地所の先の、のぼり勾配になって広がる畑が見える。その日は靄で空気が少し膨らんでいるように感じられた。この湿った空気の中ではすべての色が濃く見える。遠くにある小麦畑は一様なヒスイ色で、小道に沿ったブナの生け垣は柔らかいエメラルド色だ。この小道に間もなく舞台監督のアダムズが現れるはずだ。どこか近くでズアオアトリが鳴いている。ここでアダムズを待ち伏せしているイラズマスは少し眠気を感じていた。

誰の人生にも時折起きることだが、いくつかの条件が重なり合ったり、環境・状況・性格が一致したりすると、その人物の固有の性格が浮き彫りにされることがある。すなわち、第三者の目にその人の特徴がくっきり見えてくるのだ。本人はまったくそれに気づかない。その人物像はやがて時を経て固定される。あるいは、古い物語の中に生き続けることになる。そうした例は枚挙にいとまがない。暗がりに座ってパラダイスのことを語り続ける盲目のムラート、マシュー・パリスに月光に照らされた甲板の上で恐怖が果たす役割を説きながら、チョッキのポケットから指抜きを取り出した一等航海士のバートンなどはその例だ。そしてここで待ち伏せするイラズマスの姿もまた、その例と言えるだろう。イラズマスは背の高いブナの生け垣の間にある小道の入り口近くに立ち、ライバルを待っていた。もっとも、彼が勝手に恋のライバルと決めつけ、自分の心を苦しめているだけなのだが。この日の静けさの中で頭がぼんやりとしているが、嫉妬に狂い、その場を動かずに長い間待っている。いつまでも、いつまでもそこで待ち続けている。

すでにイラズマスはアダムズがウォルパート家の方にのぼって行くのを見守っていた。アダムズのいつもの言い回しを借りると、つかの間の休息をとるためだ。ウォルパート家の書斎の隣の小部屋には彼のためにマデイラ産のワインとビスケットが用意されている。アダムズは同じ道を帰るに違いない。アルコールが入って、多分、行きよりははるかに目障りな、だらしのない格好で帰って来るのだろう、とイラズマスは想像した。一対一で対決するしかない。イラズマスは腹をくくっていた。策を弄している余裕はない。アダムズが自分を役から降ろそうと画策していることは確かだ。誰か別の男をファーディナンド役に就けようとしている。そして自分の恋を横取りしようとしている。それなら対決しようじゃないか。相手を殺しても構わない……。そこでイラズマスは我に返った。そして、決心が強まったような気がした。舞台監督を血祭りに上げるという思いつきは目新しいものではない。彼が立てた誓いは、相手に血を流させることを暗黙のうちに含んでいたのだ。

イラズマスは、淡青色の上着を着たアダムズがテラスの階段を降り、その下の芝生を横切って生け垣の列の中に消えるのを見た。彼はそれまで待ち伏せていたところでもうしばらく待ったあと、数歩、前に出て小道の端に立った。アダムズが近づいて来た。彼の上着の銀ボタンに太陽の光が当たってきらきら反射している。アダムズは三十ヤードと離れていないところまで来た。もう、互いに相手を避けることは不可能だ。どちらか一方が突然、きびすを返し、反対方向に去らなければ。

顔を合わせることが避けられないと悟ったアダムズの表情はさえなかった。アダムズが近づくのを見守り、声を掛けるときを待つ息詰まるような緊張感の中で、イラズマスは小道の白い小石や刈り込まれた緑の生け垣が整然としているように感じ、めまいがしそうだった。

「先生、よろしければ、少しお話ししたいのですが」

アダムズがこちらを見た。黒いその目には横柄さと疲れが浮かんでいた。イラズマスが、仕事をまったく離れたときのアダムズの顔を見るのは、恐らく、これが初めてだ。リハーサルの場以外で言葉を交わすのもこれが最初だ。

「結構ですよ。どうぞ。ただ、ご存じのように皆さんがお待ちなので……」とアダムズが答えた。

「お時間はとらせません」

イラズマスは息を整えようとして少しの間、黙った。会ったとき、何から話そうか、といろいろ考えを巡らしていたため、しばらくの間、相手の嫌いな点を忘れていたが、狭いところでアダムズの顔を間近に眺めて一瞬のうちに思い出した。その両目、付けぼくろに仕立てた吹き出物、バラ油の匂い、今飲んで来たワインの匂い――突然、思い出した大嫌いな相手の特徴。その一つ一つがアダムズの色好み、人を裏切る卑劣さ、罪深さを示している、とイラズマスは確信した。

「それで話は何です?」アダムズはいらいらして尋ねた。そこは生け垣に囲まれて暑かった。「あなたは台詞(せりふ)の練習をしていた方がよろしいのでは? まだまだ、上手になった、とは言えませんね」

「台詞の練習は終わりました」イラズマスは少し微笑を浮かべて答えた。「もう完璧ですよ」

イラズマスは声がかすかに震えそうになったが抑えた。アダムズは気づかなかった。イラズマスが声を強めたことにもまったく気づかなかった。アダムズは、自分の仕事に直接結び付く場合でない限り、他人のことにあまり関心を示さない。その上、今はワインを飲んだため、注意力がいくぶん散漫になっている。アダムズは、イラズマスが不自然なほど背筋を伸ばし態度が硬く、目を据えて視線をそらさないことに気づいていた。もっとも、イラズマスのこうした態度はアダムズも見慣れていて驚かない。ファーディナンド役を務めるこの若者の特徴だ。全般的にぎこちなく、監督の目で見て俳優としての素質を欠いているのだ。

「それは結構。それを言いたくてここで待っていてくれたのですか? でもね、やらなければいけないのは、台詞の暗記だけじゃないですよ。舞台の上でのあなたの動き全体を直していかなければ……。ボディ・ランゲージの問題もあります。ここだけの話ですが、あなたほど下手なへぼ役者は見たことがありませんなあ。動きがまったく自分のものになっていない。確かに、これまで下手な役者を何人か見てきました。上手、下手というのは練習で決まる問題じゃありません。キースさんという俳優がいます。現在、クイーンズ・シアターに出演していて、私の小品にも最近出演してくれた人です。彼はブルゴーニュ・ワインを一杯やらないと演技できない人ですが、その演技ときたら完璧ですよ。完璧ね。それからベラミー夫人ですが……。夫人はいつも神経質に体中を震わせていました。しかし、舞台に立つと、その瞬間から氷のように冷静に演じる。もう亡くなりましたがね。演劇界にとって大きな損失です。ところで、あなたは服装のセンスもいいし、顔立ちも立派ですが、演技はまるで木偶の坊というか……。歩き方は優雅さがまったくないし、手の置き方も知らない。その上、どちらを向いて演技したらいいかもわかっていない。この芝居をやめようと考えたことはないのですか？」

「ファーディナンドを演ずるとき手をどこに置いたらいいのか、私は残念ながら知りません。しかし、イラズマス・ケンプとしては、手をどこへ置くべきか、十分心得ています。もしあなたが、自分の手を何とかなさらないならば、どうすべきか、イラズマス・ケンプがお教えしてもいいですよ」

イラズマスは意を決して言い返した。自分ではなかなかうまく逆襲できたと思った。屈辱的なアダムズの批評を聞いてイラズマスは怒りを感じたが、うまく逆襲したことで少し収まった。

「なんですって？」

一瞬、アダムズは驚きであぜんとした顔をした。しかし、すぐに体を真っすぐにして言った。

「おやおや、ずいぶん、無作法ですね。粗野なダフニス〔ギリシャ神話に登場する美男の牧人〕を起こしてしまったかな」

イラズマスはダフニスが何を意味するのか理解できなかった。怒りがまた、込み上げてきた。

「女性たちに対する無礼な手の動きを止めないならば、あなたは、誰を起こしてしまったのか、思い知ることになりますよ。私が思い知らせてあげましょう」

アダムズは、このとき初めてイラズマスと正面で向き合った。それまでは相手を軽視して面と向かってイラズマスを見ていなかったのだ。顔が青ざめたが、声はしっかりしていた。

「あなたが関心を持っているのは女性たち、じゃないでしょう」

アダムズは少し間を置いて続けた。

「きれいな方ですね、ウォルパート君の妹さんでしょう。彼女があなたにそう言ってくれ、と頼んだのですか？　そうじゃないでしょう。あなた方は婚約しているんですか？　それも違う。婚約していないのであれば、彼女自身が自分で私にやめるようはっきり言うべきじゃないですかね。彼女は私に何も言いませんでした」

アダムズはここで過ちを犯した。にやりと笑ってさらに一言付け加えたのだ。

「それどころか、まったく逆の態度でしたよ」

イラズマスは一歩前に出て、手を剣の柄に置いた。

「おい、薄汚いめかし屋の居候野郎。いいか、二度と彼女に手を触れるな。触れたら、この剣で斬り捨てるぞ」

喉はからからに乾き、自分の声が遠くに聞こえ、まるで他人がしゃべっているような気がした。

アダムズが慌ててうしろに下がった。青ざめた肌に頬紅のまだら模様ができた。

「私を殺すと言うのか？」

アダムズが問い返した。

「リハーサルで私の手が彼女に触れたといって殺すと言うのか？　リハーサルで体にさわったからといって別に何の意味もないぞ。私はまったく意識せずにやったことだ。第一、覚えてもいない。彼女も、私以上に意識していないぞ。そんなこと疑問の余地もない。君は狂っている。近寄るな。私は剣を持っていない」

「ウォルパート邸に一振りある。ここで待っている」

「立会人なしで決闘するというのか。殺人罪で告発されるぞ。君は正気じゃない。そこをどきなさい。私は行く」

「そちらの返事を待っているぞ」

イラズマスはそう言ったが、結局、道を空け、アダムズを行かせた。そして脚の細いアダムズの興奮した姿が遠ざかり見えなくなるまで見守った。どきどきしていたイラズマスの心臓はゆっくりと平静に戻った。しかし、心の平静さは取り戻せなかった。アダムズの出方はイラズマスの予想とは違った。それはイラズマスがその行動をとがめたのに対して、アダムズがいささかも罪の意識を見せなかったとか、言い訳もしなかった、ということではない。アダムズのような道楽者の場合、それは特に驚くほどのことではない。そうではなくて、アダムズはイラズマスの態度に面食らい、憤慨すると同時に驚いていたのだ。もちろん、あの男は俳優でもある。自分の心を隠すのが巧みではあるが……。

息子のイラズマスが、誰の目にも確たる根拠がないと映る理由で、殺すぞと舞台監督を脅していたころ、父ケンプの経営状況についての報告書を、ウォルパートはリヴァプールの河岸にある自分の事務所で細かく検討していた。報告書はあの事務弁護士のパートリッジが精力的に調べ上げたものだった。

「時間と金。調査は、結局、この二つで決まるんですよ」

やせこけて骨張った、目付きの鋭い事務弁護士は、手数料の差額を受け取りながら言っていた。

「海の男たちに重要なのは風と潮。商人には時間と金です。中でも時間が一番貴重ですな。この人は金持ちです。ただし、債権者が返済を待ってくれている間は、ということですがね」

パートリッジが細かいデータを多く集め、地べたをはいずり回るようにして調べて明らかにしたケンプの経営実態は驚くべきものだった。その内容の多くに意外性があるわけではない。ケンプは、ウォルパートも綿取引を通じて知っている連中と組んだ事業で、莫大な損失を被っていた。これは近年、繰り返されたフランスとの戦争による経済混乱で発生したものだ。休戦が成立したとき、ケンプはほかの商人たちと同様、またも、資金を借り入れて原綿を大量に輸入した。綿価格が高騰すると予想して買い込んだのだが、価格高騰はまだ実現していない。一部は短期の支払手形の決済のため損を出して売却したが、大部分はケンプの倉庫に眠ったままだ。これまで取引し、取引相手としては大きな比重を占めるマンチェスターの綿花仲買人たちは、ケンプから原綿を購入したあと、二、三日で製造業社に転売するが、その手数料率は低い。だから、先行きの値上がりを見越して市場価格より高くケンプから買い取る余裕はない。この行き詰まりの中で、ケンプは目を綿プリントに転じ、バーフィールド・ブラザーズという繊維会社とパートナーシップを組み、事業を始めた。パートリッジがランカスターで集めた情報では、しばらくの間は、この事業も順調だったという。しかし、東インド会社の大型船がインド産のサラサを大量に輸入しており、アフリカ、南アメリカ貿易に占めるその比重は日ごとに大きくなっている。パートリッジが慨嘆して言った。

「これは外国製品の不公正競争ですよ。国を愛する者は皆、憤慨しています。このいまいましいインド製綿製品は染色技術が優れている上、市場に出荷される価格が安いんですよ」

ケンプはウォーリントンの染色工場にも出資しているようだ。この工場は染色工程を早く処理する技術を開発しようとしている。

「ケンプ氏の経営は手を広げ過ぎており、危険過ぎるほどだ。だが、ケンプ氏は個人資産があるかもしれない。それにより現在の苦境をしのいで、大方の予想する綿市況の回復を待つことは可能かもしれない。（現在までの調査は、個人資産は対象外である。しかし、ご要望により調査を実施する用意あり。ただし、別途料金が必要）」

これがパートリッジの調査の全般的な結論だった。報告書はなめくじの、のたくったような字で書かれ、その言い回しはパートリッジの言葉通り、慎重だった。

ウォルパートは、この部分を読み、考え込んだ。これを読む限り、ケンプの経営状況について懸念する必要はほとんどない、と考えられる。ケンプが原綿・綿製品の市況が回復するときまで持ちこたえることができれば、経営は大きく改善するだろう。今、国内産業を保護するためインド産綿花・綿製品に輸入関税を賦課する法案作りが進行している。強力な反対勢力があり、法案成立は遅れるかもしれない。だが、いずれ、法案は議会を通過するだろう。ニューカースル公〔トマス・ペラム＝ホールズ、十八世紀英国の政治家〕が法案に賛成しており、下院で議員の愛国心に訴える手段をとるだろう。輸入関税賦課でインド産綿花・綿製品の安値販売が止まれば、国内業者は莫大な利益を手に入れることになる。ケンプは当座の資金繰りは苦しいかもしれない。彼は期間十八か月の約束手形を切ってリヴァプール・マーチャント号を建造し、航海に必要な品物を調達した。資金はウォーリントンとプレストンの商社から借り入れている。その総額は約一万二千ポンドにのぼる、というのがパートリッジの推計だ。だが、これは通常の商法で、特に奴隷貿易では借入金で船を建造したり、品物を調達するのが一般的だ。銀行さえも、高利が稼げるため奴隷商人に対する融資に積極的だ。

この種の投資は、何事にも慎重なウォルパートには、魅力的とは映らなかった。ウォルパート自身、貨物輸送のため、時折、西インド諸島からの帰り船を利用することはあったが、奴隷貿易はリスクが大き過ぎる。だが、奴隷を大勢積み込んだ航海の利益は莫大な額にのぼる。ケンプは、一万二千ポンドを取り戻し、さらに同程度の純利益を得ようとして手を打ったのだ。しかも一年以内に、利益を上げようというのだ。

ウォルパートは、ケンプとの付き合いが二十年以上になるというのに、ケンプのことをほとんど知らないことに気づいた。ケンプは付き合っていて楽しい男だ。酒が好きだし、どこから見ても抜け目がない。顔立ちは立派で、その顔はいつも上気したように紅潮している。習慣のように何事にも熱心な素振りを見せるが、派手で短気なところが欠点との見方も一部にある。そして極端なところとか、極端に走る傾向がある。彼の息子のイラズマスの場合、その傾向が父のケンプ以上に著しい。狂信的と言えるほどの性格だ。ウォルパートは、この若者がセーラへの愛と結婚への意思を打ち明けたときのことを覚えていた。この若者は自分の意思をはっきり伝えさえすれば、それがかなうと考えていたのだ。そして結婚申し込みをすげなく断られたときの若者の炎のような瞳を思い出した。その目は、高慢さを物語っており、他人を理解する分別はあまり認められなかった。だが、他人を理解する力は商取引の中で育つだろう。ビジネスは人間の本性を学ぶには最良の学校なのだ。ウォルパートは、そう考えた。イラズマスは義理の息子としては、そんなに悪くないだろう。もっとも、結婚話が実現すると仮定しての話だが……。イラズマスは精力的だし、決断力もある。そのどちらも、自分の息子チャールズを上回っている。

チャールズは礼儀正しいし、その場にふさわしい振る舞いをする常識もあるが、決断力は弱い。チャールズには頑固なところがある。しかし、これは決断力とは別だ。ウォルパートはため息をついた。チャールズは、あの舞台監督の問題では、自分の意見を変えようとしないだろう。あの舞台監督ときたら、酔ってワイン貯蔵室に入り込み、女中たちを悩ましたり、毎日の夕食時には演劇の話を冗舌にしゃべったりで、自分としてもうんざりしている。あの男を追い出すためなら多少の犠牲を払ってもいいのだが——ウォルパートはそう思った。だが、ウォルパートは自分自身で、多く発言することができない立場だ。というのも、すべては来月に迫っている自分の六十歳の誕生日を記念する行事の一つとして計画されたものだからだ。

第二十二章

リヴァプール・マーチャント号はブランコ岬の緯度を過ぎ、ヴェルデ岬諸島に向け南西方向に着実に進んでいた。空気がけだるさを感じさせるようになってきたのにつれて、黒人たちの受け入れ準備が忙しくなった。乗組員たちは、長期の投錨に備えて太い係留用大綱を組み継ぎしたり、ロングボートのロープを補強したりする仕事を命じられた。甲板と甲板の間に空間を作るため船倉がかき回され、ごった返している。下甲板の採光と換気のため、昇降口のふたになっている格子板を持ち上げる作業も行われた。担当は大工のバーバーで、バーバーはブレアとサリヴァンに手伝わせた。このころになると、ブレアとサリヴァンは二人一組で仕事を割り当てられることが多くなっていた。

「おい」とサリヴァンがブレアに声を掛けた。ブレアは右舷の方で格子板を持ち上げようとしてかがんでいた。

「善行はろうそくに火を灯す——死んだお袋がよく言ってたよ。神はそのろうそくの輝きをよく見ておられる、とね」

「てめえは、この船に押し込まれてからは、神とおさらばしたんじゃなかったかな?」ブレアがからかった。「そっちの端を少し持ち上げてくれ。思いっきり力を入れてな。それに何のことだい、善行というのは？」

「こうして昇降口を持ち上げれば、下甲板の異教徒の黒人たちに光と空気を送り込み、光と空気の通りをよくしてやることになるじゃないか。俺たちが今、作業しているおかげで、連中の一部は生き延びて砂糖きびを刈って暮らせるようになる。そうじゃないですかい、バーバーさん？」とサリヴァン。

大工のバーバーは、手が長くずんぐりした体形で気難しい男だ。

「サリヴァン、無駄口が多過ぎるぞ。おしゃべり野郎が海で出世するなら、お前は今ごろ、こんな水夫なんかやってないで、海軍提督ってところだな。この格子板をすっぽり外すんだ。俺がかんなを掛けてやるからな」とバーバー。

「サリヴァン、とにかく、てめえは間違ってるぜ」ブレアが言った。「俺たちはいつものように言われた通りするんだ。格子板を下ろして下の奴らを暗闇の中に閉じ込めろ、と言われたら、その通りにするだろうよ」

格子板を持ち上げたサリヴァンはその重さに歯を食いしばりながら明るい空を見上げた。彼の頭髪は刈り上げられ短くされたが、再び伸びていた。太い、もつれた黒髪は緩やかに逆立っている。顎の長い顔は日焼けしており、その目は見失ったばかりの幻を追っているかのようで、以前にもまして物思いにふけっているようでもある。そのサリヴァンが言った。

「そりゃ、いけないよ。間違ってる。いつものやり方じゃないぜ。そんなことしなきゃならない法律もないし、理由もないじゃないか。とてつもなく悪いことだ。悪魔が喜ぶだろうよ」

論理も何もないめちゃくちゃなサリヴァンの話を聞いてブレアは困惑し、いつものように怒りが込み上げてきた。ブレアは格子板を持ち上げ、できるだけ腹立ちを隠そうとしながら言った。

「てめえと話していると、なぜか、いつも相手は返事に詰まって立ち往生しちまうじゃないか」

「返事に詰まるのはお前のせいだ、ビリー。俺は人を追い込んで立ち往生させたことなどないぜ」

「まあ、聞けよ」

ブレアはしゃがみ込み、手すり越しにペッと唾を吐いた。

「この格子板を持ち上げることが善い行いだと言う

なら、そもそもニグロたちを下の甲板に押し込めるのはどういうことになるんだ。奴らのいた森には光も空気もたっぷりあるんだぜ」

「これはビジネスなんだ。まったく別の角度から考えなきゃ」とサリヴァンが言った。

ブレアは頭に血がのぼるのを感じた。「ちょっと待った」

「二人とも何も知らないんだなあ」大工が言った。「これまで、奴隷船に乗ったことなんかないんだろう？」

サリヴァンは作り笑いをして言った。

「ありませんよ、バーバーさん。俺たち二人とも奴隷船の経験はないが、仕事を覚えようと必死です。そうだろう、ビリー？　俺はこの前、話をしたところですよ。相手は確かダンル・キャリーです。ダンルはご存じでしょう？　ほら、あそこで今、撚り糸をほぐしている奴ですよ。ダンルは仕事がのろいように見えるかもしれませんが、仕事を覚えようという意欲がある男です。俺に奴隷貿易のことを二、三、尋ねて来ましてね。だから俺は高級船員に聞いたらいいだろう、ジャック・バーバーさんに聞きな、と教えたんです。奴隷貿易の裏も表も知っている人に聞くのがいいとね」

バーバーは、陰気な顔をしてしばらくの間、サリヴァンを見つめ、そして言った。

「二人ともこの格子板の下に詰め込まれるのはニグロの男だと思っているのか？　これはニグロの女の部屋用の格子板だ。男用じゃないぜ。奴隷船では、ニグロの男は舳先（へさき）の方の部屋に入れる。子供は船の中央に、女は艫（とも）の方へ入れるんだ」

「そんなことちっとも知りませんでした」

サリヴァンが答えた。

ビリー・ブレアは深くしゃがんだまま、ほてった額に赤い木綿のネッカチーフを当てた。そして甲板中央部の方に目をやった。そこではキャリーとマックギャンが一緒に働いていた。キャリーは舷門階段に寄り掛かって座り、アザラシのように上方が平らな頭を下げ、大きな手で撚り糸を驚くほどの早さでほどき、一心不乱に編み糸を取り出している。上半身は腰まで裸だ。その頑丈な胴は肌が滑らかで、赤茶色に日焼けしている。やせて骨と皮ばかりのマックギャンは糸を撚ってロープを作るため、手動のウインチを回している。その向こうでは医者のパリスが甲板の風上側を散歩している。サーソとバートンは後甲板で話し合っている。マックギャンの手動ウインチが立てるガタガタという乾いた音が船中に響く。それが聞こえる音のすべてだ。

ブレアは、黒人女のことを想像した。サリヴァンとの言い争いでかっとなったが、それも収まった。

「ニグロの男と女が離されて別々に積み込まれる、とは考えもしなかった。じゃあ女共は、ここの下に入るってわけですね？」とブレア。

「ああ、その通りだ。体がくっつき合うほどに詰め込めば、百人は入るだろう」

「おやおや、女の黒いまんこが百も並ぶとは、すごい眺めだぜ」とブレア。

イタチ顔のタプリーが、熱いピッチの入ったバケツを下げて通り掛かり、二人の会話を聞きつけて立ち止まった。そしてにやりとして言った。

「誰も見てないときに、こっそり下に降りて行って、せんずりかくんだろう」

「バケツを持ってとっとと向こうへ行っちまえ」

バーバーは冷たく言って親指をぐいと突き出した。バーバーは誰もあまり好きではなかったが、中でもタプリーは最も嫌いなタイプだった。バーバーはブレアに言った。

「なあ、ニグロの女を何とかしたいと思ったら、一人になったところを捕まえるんだな。甲板で捕まえるか、連中が運動するため甲板に上がっているとき、奴隷部屋で一人を捕まえるか、だ。下に行くときには、必ず鞭を持って行くんだな。連中は時々、興奮して金切り声を上げる。特に、天気が荒れたときはひどいんだ。連中はお前さんを押し倒し、キンタマを噛みちぎっちまうぞ」

「やはり女は口説くのが一番だな」サリヴァンが口をはさんだ。

「女のことはよく知ってるよ。女はデリケートなのさ。女とうまくやるには、ちょっぴり親切にしてやればいいのさ」

散歩のため、二十歩ずつの往復を繰り返していたパリスは、戻るとき、タプリーがバケツを持って立ち止まり、むかつくような笑い顔を見せているのに気づいた。嫌な奴だ、タプリーという男は。何を笑っているのだ？　まるで自己というものがない。道義という点では原始的な虫けらに等しい。目がなく暗闇に棲(す)んでいる虫だ。この船の男たちの多くは何らかの形で精神的に傷ついているように思う。だから生活環境に応じて、時には獣のように残虐になったり、無分別になったりする。彼らは心の中の何かが失われたのだ。彼らは何か恐怖に見舞われ、その結果、感覚が麻痺しているのだ。だが、タプリーは違う。何かに傷ついて、そのうさを発散させているとか、心の中の何かが奪われたという男ではない。奴の心は徹底してねじ曲がっており、悪魔のような仕業を良心の呵責(かしゃく)なしにやってのける。少なくとも自分の目にはタプリーがそのような男に映る。

　だが、他人の性格をそのように判断する権利が自分にあるのだろうか？　そして仮にそのような権利が自分にあるとしての話だが、自分が相手の本当の姿を見極めていると、言いきっていいのだろうか？あるいは、言葉も交わしたことのない相手の性格をそのように判断して、誤りを犯すことはないだろうか？　理性的に考えれば、こうした判断が正しいとそのまま受け入れることはできない。しかし、自分は、それが間違っていないことを知っているのだ。

パリスは自分の認識について、根拠はないが、また、誰も認めてくれないかもしれないが、間違っていないと改めて確信した。

　パリスは手すりのところに立ち止まり、東の、まだ目には見えないアフリカの海岸の方を眺めた。アフリカの陸地が見えたときには、乗組員たちは再び、生存ぎりぎりの生活に戻るのだ。今、ここでは周りを水平線に囲まれ、誰もが、自分が世界の中心にいると考えている。しかし、一日も早く見たいと思っている大陸は流浪の終わりを意味し、アフリカに着けば、彼らは再び単なる根無し草の生活に戻るのだ。あらゆる希望の中心にこのパラドックスがある、とパリスは思い至った。それは、今、甲板の手すりにもたれて思い悩んでいる自分自身もそうだし、この船に乗り組んでいる乗組員たちも同じだ。人によってアフリカに寄せる思いに違いはあるが、このパラドックスは変わらないのだ。

　水平線上の点は遠いが、すべての点が同じ遠さに見えるとは限らない。裸眼で見てもそれは同じだ。パリスはこの数日連続して、水平線上の一つの点が、ほかのすべての点と比べて常に遠く見えることに気づいた。太陽の位置や空に散っている光線の状況、雲の量の変化などの影響で水平線上の一点が常に遠くに見えるのだ。

これが無限という概念なのだろうか？　パリスは手すりにつかまり、体が船の揺れに合わせて動くのを感じながら、水平線をぐるりと見渡し、その遠い点を見て、やや唐突にこんな疑問を感じた。単なる感覚的印象でこんな疑問を抱くものだろうか？　人間の本有的な概念を否定するジョン・ロックなら、単なる感覚的印象の所産だ、と言っただろう。だが、この船上で哲学に慰めを求めるのは容易でないことは、パリスにもわかっていた。ロックは、「喜びは公正さの報酬である」と言った。だが、リビーに明るい表情を与えている感情をどう説明したらいいのか？　甲板長のヘインズの両目に輝きをもたらしている感情を何と呼んだらいいのか？

船の中央でウインチを巻き上げるガタガタという音が聞こえる。熱せられたピッチの臭いが船上を覆っている。シモンズが怒鳴るように好天用の帆を巻き揚げるように命令している。パリスは水平線上に最も遠い点を見つけ、両目でじっと眺めた。雲に隠れ、空の低い位置にある太陽の光線が光の柱と回廊とアーチ形天井を作り、無限の概念にバロック様式の装飾を施している。だが、無限は確かにそこにある。さまざまな不純物がその深みで浮遊し、そして消え去る……。

翌日、奴隷部屋が仕切られ、船首の隔壁で作業が始まった。特別室には、すでに船倉から雑多な品物が運び込まれ、積み上げられている。

メーンマストのトップゲルンスルに新しい帆が取り付けられ、古い帆は降ろすとすぐに樹脂と油が塗られ、後甲板の天幕として利用されることになった。船上の取引はその後甲板で行われることになっている。砲手のジョンソンは回転砲の弾薬筒を作る作業を始めた。アルコールの大樽二樽の栓が抜かれた。これは現地の奴隷商人たちを懐柔するための手段だ。

「連中は大酒飲みでしてね、いつも足元がおぼつかないんです」とバートンがパリスにささやいた。彼独特の癖で相手をじっと見つめながら言った。「きっと酒がすぎて、骨の髄まで溶けちまったんでしょうな。それと樽の栓抜きをしたあとは、水夫たちを酒樽に近づかせないように見張っていないといけません。鞭打ちだぞ、と脅しても飲もうとするのですな。匂いがするだけで近寄って来るんです。連中を女に近づかせないようにするのが難しいのと同じですよ、パリスさん。それが人間というものじゃありませんかね」

この時点でもサーソは船の正確な位置がわからなかった。テネリフェ島の高地を見たあと陸地がまったく見えないからだ。一七五二年の夏には、船の位置する経度を正確に知る航海技術はまだ開発されていなかった。海は深海を示す濃い色のままで、サーソは船が計算上のコースを大きく外れていないはずだと希望を捨てていなかった。サーソの計算では船は少なくともセント・アン岬の北西五十リーグの辺りにいるはずだ。ただ、サーソには不安もあった。セント・アン岬の沖合の浅瀬だ。ギニア貿易に携わるすべての船乗りたちがこの浅瀬を恐れていた。サーソは以前の航海の際、この浅瀬で船を引き込もうとする強い潮の流れに出会った。そこでは過去にも多くの船が浅瀬に引き込まれ、坐礁したり、何日も何週間も気まぐれな風にもてあそばれたことがあった。サーソは三十尋〔約五十四メートル〕の水深のところで海底を探った。測鉛には粒の粗い赤土と貝殻の破片が付いてきた。これは、航路がサーソが予想していたより大幅に東に偏っており、海岸に近いことを示している。その上、悪いことに、空は西の方にかけて雲が厚くなっている。サーソは直ちに針路を変えるように命令した。

見張り台で当直を務めていたマスト登りの名人、ヒューズは命令が大声で伝えられるのを聞いた。同時に、船が、風の強い海域へ近づくにつれて船首から船尾まで全身を震わせるのを感じた。上空では西の方に鰯雲が広がり、水平線に近い、低いところでは、嵐をつくり出す黒い雲の層ができている。しかし、まだ、太陽は姿を消してはおらず、海の上に横たわっているように見えた。ヒューズはカモメを見守っていた。カモメはこの日、朝早く船の姿を見つけたのだ。カモメの群れは右舷に沿って飛んでいた。早朝に比べると少し減ったが、それでもなおかなりの数のカモメが残っていた。ヒューズはこのカモメを見て、これから軽いスコール以上の強い雨になることはないだろうと考えた。ヒューズはカモメの数を数えようとした。しかし、カモメが上昇したり下降したりと飛行ダンスを繰り返し、互いにその位置を変えるため数えきれなくなってしまった。少なくとも三十羽はいる。まったく鳴き声を上げない。悪天候が近づくと海の鳥は鳴き声を上げなくなるものだ。ヒューズは、そのほかにもいろいろと知っていた。海鳥の動きを長い間、間近に観察し続けてきたからだ。人間以外なら鳥でも動物でも観察することが好きだ。鳥がどのようにして風に乗るのかとか、沈み行く太陽が鳥の胸にどんなすばらしい輝きを映し出すのか、という点についても彼は知っていた。カモメが舞う下で海は深く切り裂かれたように見えた。風が立ってきた。ヒューズは鳥から東の水平線の方向に視線を移した。水平線は青く、くっきりと見えた。そのとき、ヒューズは陸の影をとらえた。かすかにしか見えず、ぎざぎざの形をしているが、間違いない。ヒューズは手を丸め、口に当て暗くなりかけた空に向かって叫んだ。

「陸だ、陸が見えるぞ」

舵輪の前に立っていたサーソは、高いところから聞こえる叫び声を聞いた。甲板長のヘインズが長く言葉を延ばしながら嘆き悲しんでいるように聞こえる口振りで応答した。

「どーちーらーのー方ー角ーだーあー？」

サーソは見張りが答えるのを待たず、双眼鏡を取り上げた。「おおよそ左舷の方角だ」という返事が返ってきたとき、サーソはすでに陸の影を見つけていた。陸の影は刻々位置がずれ、すぐに消えたりするが、雲や海の形ではない。鋸（のこぎり）のように深く刻み込まれた不規則なぎざぎざがつながって見える。小さな波が船を上下に揺さぶったためサーソは陸の影を見失った。だが、サーソはシャーブロ川の向こうにある山々が見えたと確信した。涼しい風が吹いてきた。スコールの前触れだ。そのほっとする一瞬、サーソは自分の内なる相談役に感謝を捧げた。船の航路は東に偏り過ぎたが、船を浅瀬に乗り上げさせ坐礁させようとする悪魔に打ち勝つことができた、との思いからだった。

第二十三章

その日は風が出てきて、雨の匂いが近づいていた。

風は湖面にさざ波を立て、しおれたサンザシの花は風に舞い上がり嵐のようになった。『魔法の島』の出演者たちが書斎に集まった。暖炉には火がくべられている。

「これで全員が集まったわけですね」

チャールズが話の口火を切った。いつものように重々しい態度、口調は変わっていないが、困惑している様子がありありとうかがえる。

「と言っても、パーカーさんは別です。パーカーさんは教区に用がありまして……。牧師が戻ったようですね。そしてもちろん、アダムズ氏は出席していません」

ここでせき払いをし、続けた。

「私は遠回しに言うことはしません。アダムズ氏はここを去ると言って我々を困らせています。即座に引き払うと言うのです。彼の指導法に対して不満をぶつけた人がいるようです。彼は詳しいことは言いませんでしたが、その人の名を挙げました。皆さんにその人の名を隠す理由はありませんね。イラズマス・ケンプ君です」

数人がイラズマスの方をちらりと見た。イラズマスは真っすぐ前を向いている。彼は少し顔をしかめたが、すぐに平然とした表情に戻った。

「何てことだ」

すぐにバルストロードが顔を赤くして言った。怒りが込み上げてきたのを隠せないのだ。

「それはとんでもないこと。暴挙ですよ。ケンプ君は、我々を代表して何と言ったんですか。差し出がましいですね」

「アダムズ氏はケンプ君に待ち伏せされたようです。ケンプ君、あなたはそうする前に、ここにいる誰かに相談しましたか？」とチャールズ。

「いや、相談はしませんよ」

イラズマスは少し間を置いて答えた。皆の前であれこれ問いただされ、答えなければならないのは心外で、自分を抑えなければならなかったからだ。

「ほかの人には関係ありませんからね。それに私がアダムズさんに話したのは、劇の指導についての苦情ではありません。劇の指導に不満を言ったというのはうそです。私が話したのは個人的な問題です。アダムズさんがあなたに問題を持ち込むなんてお門違いですよ」

「私に苦情を言うのがお門違いだって?」

チャールズは当惑して一瞬、押し黙った。次に声を大きくして言った。

「アダムズ氏は我が家の客です。私の招待で滞在しているのです。その客が失礼な目にあったのですよ。ほかに誰に訴えよ、と言うのですか?　ケンプ君、これだけは言っておきます。私の見るところでは、あなたの振る舞いは異様です。もちろん、あなたがどう考えようと、それは勝手ですがね」

このとき、初めてイラズマスはチャールズの方に目を向けた。大勢の面前でなじられたことでイラズマスは憤然とし、顔を真っ赤にして相手を見据えた。イラズマスは考えた。相手はセーラの兄だ。けんかなどは論外だ。だが、同時に思った。自分はウォルパート家の父子から屈辱を受けたのだ。セーラと結婚したら彼女を彼らから守り通してみせる。そう考えると楽しかった。たまらない楽しさだ。ただ、その楽しさがどんなものか吟味しようと考え込むことはなかった。一瞬、彼の目はセーラをとらえた。セーラは窓の窪みで光線を背にして立っている。セーラはイラズマスをじっと見ている。表情はいつものように落ち着いており、少しも変わった様子はない。

チャールズが言った。

「私は全体の状況についてかなり失望しています。この劇の上演を皆が最初に思いついたことを今は残念に思っています。ジョナサン・リグビーさんは足を折ったとき身を引きました。賢明でした。私自身も、もう二度と劇には参加しないと誓います」

「私もやめようと思います」と言ったのはヒポリト役を演じている若い男だ。「ずいぶん、時間を浪費しましたね。はっきり言って私はアダムズさんが好きではありません。アダムズさんの指導で劇がはかどったとも思いません。あの人は我々を小ばかにしています。アダムズさんがやめるならどうぞという気持ちです」

「私もよ」

ドリンダ役の少女が突然頭を上げて言った。誰も予想しなかった発言だ。多分、アダムズに見くびられ、軽んじられていることを思い出したのだろう。

「さて、皆さん」チャールズが不本意な表情で言った。「問題の核心に迫りたいと思います。アダムズ氏は、自分を選ぶか、イラズマス君を選ぶのか決めてほしい、と我々に言っています。明日朝、イラズマス君が劇を降り、リハーサルに出席するのをやめるか、それともアダムズ氏がウォーリントンでの仕事を引き受けるか、ということです」

少しの間、皆が押し黙っていた。その中でイラズマスが発言した。

「私としてはアダムズさんに無理やり劇を降ろされたくありません。私がやめることに皆さんが賛成するというのであれば、劇から降ります」

これがイラズマスの唯一の手持ちカードだった。しかし、それは強力な切り札だ。イラズマスは、自分を劇から追い出すことで劇が救われるとしても、セーラが自分の追放に賛成するとは考えなかった。その上、イラズマスにとって有利な点もないわけではない。アダムズを嫌う出演者がイラズマスに付くだろうし、イラズマス追放の企みが混乱を引き起こし、それとともに劇上演そのものがつぶれてしまうことも考えられるからだ。

イラズマスは仲間に軽く頭を下げて部屋を去り、屋敷の中を通り抜けてテラスに出た。その階段を降り、湖に向かいながら木々の梢を渡る風を聞いた。空にはちぎれ雲が飛んでいた。木々の間に入ると立ち止まり、そこまで走って来たように深呼吸した。大勢の面前で辱めを受けたこと、それでも自分を抑え続けたことの反動だった。すべてセーラのためにこのような目にあったのだ。あの言葉が不意に思い浮かんだ。

「セーラと結婚したら……」

頭上の木々を渡る風を再び感じた。見上げると木々の枝が揺れ、ミヤマガラスが空に飛び立つのが見えた。

戦いというものは、双方の力が均衡しているときは、しばしば偶然が勝敗を分けることがある。イラズマスは知らなかったが、彼は勝利目前だったのだ。

牧師館の応接室で、牧師補のパーカーは教区牧師、エドワード・マンセル師の前に座っていた。椅子は安楽椅子でもなければ背の真っすぐの椅子でもなく、両方の特徴を少しずつ継ぎ合わせたようなもので座り心地が好いとは言えなかった。パーカーは開き窓の外を眺めた。庭園のイチイの枝が風に揺さぶられ、木らしくなくなり、まるで風にもてあそばれる黒い羽毛のように見える。それを見ながらパーカーは『魔法の島』のキャリバン役が揺さぶられ、自分の手から永遠に飛び去って行くのを予感していた。

「私たちは危険な、緊迫した時代に生きているのです」マンセル師が言った。「教会にとっても重大な時期なのですよ」

マンセル師はたくましい丸みのある体付きで、正面から相手を見つめる癖があった。その額は広く色白で、赤褐色の髪は豊かで師の自慢だ。黒いブロードの牧師服は最上の品質で、襟の雪のような純白はパーカーにとって驚きだった。マンセル師は言った。

「こういう時期だから聖職者は、評判にかかわるあらゆる問題について特別に用心深くなければいけません。私は重要な要件で出掛けました。あなたに教区を預けたのですが、帰って来てびっくりしました。あなたが、公開の席で、無骨な野蛮人の役を演じる準備を進めていたからです。しかもその野蛮人は好色で酔っ払いではありませんか。それに何と言ったらよいか……」

パーカーは熱心に体を乗り出し、赤らんだ両手を挙げた。パーカーの綿毛のようにふわふわした淡い色の髪は、毛根にエネルギーをかき立てるような何かがあり、その作用でいつも興奮したように逆立っていた。彼は言った。

「先生、どうか聞いてください。劇への参加の動機はよかったと自負しております。私はキャリバンを本性が堕落しているのではなく、他人によって堕落させられた者として演じようとしてきました。キャリバンは最初、不当にもプロスペローに服従させられました。そして、そのあと、船乗りの悪い見本のような連中によって堕落させられたのです。強いアルコールの害を訴えることは私の演技の中心のテーマの一つであります。強いアルコールのもたらす害悪は、今日、イングランド全土において最大の問題です」

マンセル師はため息をつき、非難するように唇をすぼめた。しかし、肘掛けのない細長い椅子に座って苦悩の色を浮かべるパーカーにほほ笑みかけて言った。

「野蛮人は高貴である。聖書の助けを借りなくても、純粋な理性の光に導かれて道徳的生活を送ることができる。その野蛮人を堕落させるのが我々キリスト教徒で、キリスト教徒が野蛮人に邪悪さを与え堕落させるのだ、と。この考え方は、神学から見て正しいとは言えません。パーカーさん、あなたが過激な思想にかぶれたのは残念です。あなたの考え方では、キャリバンには魂がある。キャリバンは、その魂によって神の救済のメッセージを受け取ることが可能である――こういうことになりますね？」

「はい、大筋は、そういうことです」

「そうした考えは教会会議の解釈を超えるものです。野蛮人の洗礼については、まだ、議論中で結論は出ていません」

パーカーは興奮して主張した。

「先生、現在、論議をリードしているのは奴隷商人の取り巻き連中です。奴隷商人たちは否定的な見解でして……」

パーカーははっと思い出した。うっかりしていたが、マンセル師の一族は、西インド諸島貿易の会社の株式を所有しているのだ。しまったと思いながら、パーカーはまるでそうするように強制されたかのように両手を膝の間にはさんで握り締めた。

「先生、我々クリスチャンも野蛮人も皆、父なる神の御子(みこ)ではありませんか」

パーカーは、さらにマンセル師に迫った。

「それはその通りです」

マンセル師は、しばらく何も言わなかった。どうするか思案していたのだ。できることならパーカーの気持ちを踏みにじりたくない。パーカーは概して言えば、申し分のない助手だ。パーカーに財産はないし、頼れる縁戚もいない。だから自分に頼らざるを得ない。それに勤勉で情熱を持って自分の仕事に取り組んでいる。自分に課せられた任務はすべて果たす心構えでいる。意を決してマンセル師は言った。

「しかしながら、その考えを許すわけにはいきません。あなたが修行に励んできた結果が、こうなったのは私としてはとても残念です。パーカー君。黙示録は一つしかありません。自分の判断を基準に、永遠の真理を量ろうとする者は、ルシファー〔天から堕(お)ちた高慢な大天使〕と同じ運命をたどることになります」

この瞬間、窓から見えるイチイの木の羽毛が悲しそうにうなずいていた。それはパーカーの舞台出演のチャンスに別れを告げているように見える――。

パーカーには、この窓から見える風景が堕天使ルシファーとは遠く離れた世界に感じられた。だが、この日の午後はいつもと違っていた。パーカーは椅子に座り、なおも両膝で両手をはさんだままの姿でいたが、心の中に反抗の精神が芽生えていた。この広い空の下には、どこかに、聖職者がキャリバンを演じることのできる場所がある、いや、きっとあるに違いない。マンセル師を説得すれば、事態を打開できるかもしれない。最後の望みをつないでパーカーは言った。

「私はキャリバンの原罪を否定するものではありません」

しかし、マンセル師は形の良い手を挙げてパーカーの発言を押しとどめた。

「パーカー君、もうやめにしましょう。十分、議論はしました」

マンセル師は掛け時計を見て、すでにティータイムが過ぎていることに気づいた。

「率直に言わなければならないようですね。私はあなたが劇に出演することを認めるわけにはいきません。今日、直ちに降りてほしいのです」

「先生、キャリバンが出演しないと劇も、我々がこれまで注ぎ込んできたものもすべて台無しになってしまいます」

牧師補の色白の、どちらかと言えば馬面の顔に失望の色がはっきり浮かんだ。そして牧師補は、手足がけいれんのように震えるのを抑えようとしているように見えた。この男にはヒステリックなところがあるのではないだろうか――マンセル師は、ふと、疑問を抱いた。この男は感受性が強く、しかもそれをコントロールできないのではないか。パーカーは教会では出世しないだろう。マンセル師は紅茶と、書斎の暖炉に火を入れることを思い出した。パーカーが帰ったらすぐにベルを鳴らし、紅茶を持って来させよう。

「パーカー君、天は落ちるに任せなさい。劇はつぶれるに任せなさい。教義を守ることが一番重要です」

イラズマスは湖のほとりで一休みした。風が湖水上を強く吹き抜け対岸のヤナギを揺り動かした。彼はここへ一人で来たことはなかった。この湖面の広がり、湖畔の砂の渚もよく見たことはなかったような気がする。ここは恋わずらいのファーディナンドにとっての試練の場でしかなかった。今、ここに来て、そのわびしい風景と見捨てられた仮設小屋の雰囲気に驚いた。キャリバンの洞窟の天幕は風でめくれ上がり、プロスペローの岩屋を囲っている布は絶え間なくざわざわ音を立てている。まるでハトが羽ばたく音のようだ。イラズマスは湖を回り、壁の門に向かって歩き始めた。あの門は、劇に束縛されていたとき、つまりエアリエルの歌に心引かれる振りをして登場するため待っていたとき、あこがれの目で眺めたものだ。今、台詞の短い一節が思い浮かんだ。

「岸辺に腰を下ろして、王である父上の船の難破を悲しんで泣いていたら……」

振り返って湖の向こう岸を眺めると、セーラが友人のミス・エドワーズと二人で岸辺に近づいて来た。セーラはイラズマスに待っているように、と合図した。二人はそろって近づき、約二十ヤード手前まで来た。そこでミス・エドワーズは少しうしろに下がり、セーラ一人が彼の方に歩いて来た。セーラは服の上に濃い色のマントを羽織り、フェルトの帽子をかぶっている。その上にスカーフをかぶせ、顎の下で結んでいる。近づいたセーラは目に怒りの色を浮かべ、小さなふっくらとした唇を固く結んでいるのが見えた。

「イラズマス・ケンプさん、少しお話ししたいのですが」

イラズマスはうなずいて言った。

「あの門を出て散歩しましょう。よろしければ、あの丘の斜面を少しのぼってみませんか」

それは夢の中で強い衝動に突き動かされて話しているような気持ちだった。

「どこでも結構ですわ。どうでもいいことですもの」

セーラの声は震えていた。それが怒りによる震えであることは彼にも理解できた。だが、セーラの姿があまりに優雅なので、それが怒りによるものか、苦悩によるものか、わからないほどだった。

二人はしばらくの間、何も言わず黙って歩いた。門の向こう側は牧草地だった。牧草地は畝が作られ、のぼり斜面で、地平線上にあるみすぼらしいブナの老木の並木まで続いていた。二人は小道に沿って進んだ。ミス・エドワーズは礼儀正しく少し離れたところをついて来た。丘の上の方に来たとき、風がうなって二人に吹きつけた。服が引っ張られ、見開いた目も引きずられるようだった。セーラは自分の言葉が風に遮られないようにするため、心ならずもイラズマスの方に顔を向けなければならなかった。

「本当のことを言っていただきたいのです。あなたがアダムズさんと話したのは、私のことなんでしょ？　チャールズはそのような口振りだったわよ」

イラズマスは性格的にユーモアの言えない男だ。恐ろしく深刻な問題を話し合っているとき、気分をリラックスさせるようなユーモアを言えないのだ。彼は風に向かって自分の一途な気持ちを叫ぶように言った。

「私はあなたを守ったのです」

「私を守った、ですって？」

セーラは絶句した。そしてイラズマスを真正面から見た。彼女は帽子をスカーフで縛っている。つばは左右両側とも下に折れて曲がり、彼女の細い卵形の顔を縁取りしている。その顔が真っ赤になっている。両目は困惑して溢れ出た涙がきらきら光っている。そして叫んだ。

「ご親切なこと！」怒りと皮肉が入り交じった複雑な思いをにじませている。

「よく考えてほしいわ。私、襲われた覚えなんかないわ。ねえ、何から私を守った、とおっしゃるの？誰が私を傷つけたというの？　それに……それに……」

彼女はしばらくの間、黙っていた。ミス・エドワーズが立っている下の方を眺めていたが、無力感に押しつぶされたような姿だった。そして言った。

「誰もあなたに頼んだりしていないわ」

こう言ったとき、セーラの喉が動くのをイラズマスは見逃さなかった。彼女は心の優しい人だ。こんなに強い不快感を示すことには耐えられそうにない繊細な人だ。そんな不愉快な思いをしないようセーラを守ってあげよう。自分も注意しなくては、と彼は思った。だが、セーラが不愉快になった原因が自分にあると思い至らないのがイラズマスだ。「結婚したら……」彼はまたも、この言葉をそっと思い浮かべた。それはまるでリフレインのように浮かんだ。

「誰があなたに私を守るように頼んだのかしら？」

セーラがもう一度、気を取り直して強い調子で責めた。

「どうしてそんなことをなさったの？　あなたは劇を台無しにしてしまったわ。今となってはもう練習を続けられないわ。あなたは最初から、この劇をつぶすつもりだったに違いないと思うわ。自分が光輝く存在になれないからなんでしょ？」

ここまで一気にしゃべって一息入れた。イラズマスをもっと傷つける言葉を探しているようだ。

「あなたはとんでもない下手な役者だわ。私はあなたにファーディナンド役を頼んだことを心の底から後悔しているのよ」

「私は劇のことなど、どうでもいいんです。私は、ただ、あなたのためにだけ、リハーサルを我慢していたのですよ」

これを聞いてセーラは支離滅裂なことを叫んで、ぷいと顔をそらし再び坂をのぼり始めた。イラズマスはセーラの横を歩いて彼女に従った。二人が歩いて来た小道は急に曲がり、二つの低い丘の間にある窪みに入り込んだ。そこは、風がまったくないところだった。二人は風がないことに驚いて立ち止まった。

「私のことをアダムズさんに話すなんて、あなたにそんな権利はないわ。兄もいるのよ。兄は、うるさいほど私のことにくちばしをはさむのよ。たとえ、私たちが婚約したとしても、あなたには何の権利もないわ。まして、私に何も言わずにそうするなんて……」

強い言葉とは逆に、口調の激しさはいくらか消えた。周りを丘に囲まれた窪地に入ってセーラの怒りも和らいだのか。

「あなたが前もって私に話してくださらなかったのは、多分、私が何もないのよ、と言うと察したからじゃないかしら？　あなたは私たちのリハーサルを台無しにするのが狙いだったんだわ」

セーラの話し方は低い声に変わっていた。彼女はイラズマスを見ると、両目を大きく見開いた。その目には、ほとんど畏怖に近い気持ちが浮かんでいた。そして繰り返して言った。

「あなたは劇を台無しにするのが狙いだったんでしょ？」

「彼はあなたに対して好き勝手にしていました。しかも、度が過ぎます。彼には節度というものがありません」

セーラがどんなに責め立ててもイラズマスは耳をふさいでいた。しかし、この点だけは違った。彼はセーラに、自分が年長であり、彼女より知恵があること、彼女が相手に何を許すべきかについて、より適切に判断する力があることをわかってほしいと思った。その上、セーラに自分の過ちを悟ってほしいという強い気持ちもある。もし、彼女が過ちを認めてくれるならば、自分は正しかったことになる。彼女の言葉で傷ついた自分の心が癒やされるのだ。

「好き勝手に？　節度がないですって？」

セーラの声がとげとげしくなった。「それを誰が判断する権利があるというの？　それに私が自分自身について不注意だとあなたはおっしゃるの？」

イラズマスはたじろいだ。セーラは顎を突き出し、目を少し細めた。イラズマスは、セーラがこんなに強情でけんか腰でものを言うとは信じられなかった。

「そうじゃないんです。ただ、あなたは純真無垢の人だ。あんな男に……」

「あの人には何の問題もありませんでした」

セーラは簡潔に言った。このセーラの言葉はイラズマスを驚かすに十分だった。イラズマスが、はっきりと口には出さなかったけれども、セーラをたしなめた核心の問題に対して、セーラは大胆に、しかも断固として自分の考えを言いきったのだ。彼は、二人で歩いて見つけた静かな場所に立ち、セーラを見つめてぼうぜんとした。

「アダムズさんは完璧に礼儀正しかったですわ」とセーラ。「あの人は時々、私のミランダ役の演技を褒めてくれました」

彼女の口調が変化した。どこか挑発的な、こちらを怒らせせようとさえするところがある。イラズマスは再び迫った。

「リハーサル指導と関係づけてしか、何事も考えられないのですか？」

本気なのか、あるいは、その振りをしているだけなのか、セーラは驚いたように目を見開いた。

「でも、あなたが言うようなことはすべてリハーサル指導のときに起きているのではないかしら？」

イラズマスは網に捕らえられたような感じに襲われた。

「もっと大きく全体的に眺める必要があります」

イラズマスは、こう言ったものの、それをわかりやすく詳しく説明する言葉がにわかには思い浮かばなかった。彼は彼女から目をそらし、どう話したものかと思案した。そのとき、彼女が言った。

「いいえ、アダムズさんはとても感じのいい人だと思います。彼はハンサムだし、ロンドンでは演劇界の人たちの間で有名です」

「有名といっても居候としてだったり、気取り屋としてでしょう。間違いないですよ」

イラズマスは嫉妬心をかき立てられ、我を忘れてすぐに言い返した。

「そういう点では、ロンドンだけでなくどこでも、彼は有名になるでしょう」

彼は、ここで一息ついた。セーラがアダムズを持ち上げるのは、ただ、イラズマスを傷つけるためであることはイラズマスにもわかっていた。彼は逆に、もっと痛烈にセーラを責めた。

「彼はあなたにさわったのですよ」

周囲に人のいないところでは強過ぎるほどの感情がこもった言葉だった。そのことは彼女も意識していることが彼にもわかった。彼女の表情にその意識がすぐに浮かび出た。ここまでの道すがら、強風が荒々しく吹きつけたため、二人は少し離れたまま歩いて来た。ところが今は、魔法をかけられたように風がやみ、天から静けさが降ってきたようになったため、二人の上に二人は近づいた。室内で二人だけになったとしても、これほどまでには近づかないだろうと思われるほど接近した。室内では互いにあちらこちらと歩き回ったり、室内のいろいろな物を見たり、窓の外の別の世界に目をやったりする。だが、ここでは一つしか世界がないのだ。広いとも言えるが狭いとも言える。この世界に二人は閉じ込められた形になり、辺りを見回して眺めたりする物もない。できることは、ただ、事実をもっと明らかにすることだけだ。すべての動きと音が遠いものになった。地平線上の木々が、風に激しく揺れるのも、風の中に突っ込むように飛ぶタゲリのひどく取り乱したような鳴き声も遠くなってしまった。静けさが一層深くなった。その中に二人は立っていた。

「戻らなければ……」

セーラが言った。イラズマスに対する怒りが彼女をこんなに遠くまで連れて来てしまったのだ。しかし、その怒りはもう消えた。彼女はいつもすぐに怒りが収まってしまう性格だ。だが、今は新たな不安が彼女を襲った。イラズマスの目の中にたぎる情熱を読み取ったのだ。同時に彼女は、イラズマスの彼女に対する強い想いに対して哀れみのような気持ちを抱いた。彼は今、セーラの目の前で彼のすべてをさらけ出していた。その意志がぐらついたり、ひるんだりすることは決してなかった。そして自制することもなかった。彼女はイラズマスの肉体的なすばらしさを意識した。同時に、彼の自分を求める欲望の強さに圧倒された。彼女は、これらを彼の長所とは認めていなかった。しかし、彼を責め立てているうちにそれを強く意識するようになっていた。自分のイラズマスに対する想いが溢れ出すのを抑えようとして、また、言い逃れしたいという本能から彼女は言った。それはほとんど相手に対する哀れみのような言葉だった。

「もちろん、私はアダムズさんがあなたの演技に対して高い評価を与えていないことは知っています。でも、エリザベスもアダムズさんは厳し過ぎとよく言っているし、パーカーさんもそう言っていました」

「これは驚いた」イラズマスは乱暴に言った。「彼が何と言おうと私は気にしません。そんなことで私が彼を殺すと思いますか？」

イラズマスは突然、セーラをいとおしむ想いが高まり、喉が痛くなった。彼は、自分が強い立場にいることに気づいており、その立場で見ると、セーラが今は怒りも消え、言い逃れしようとしていることがわかった。

「彼はあなたにさわったのですよ」イラズマスは言った。「彼はあなたにさわった。しかも私にはそうすることが許されていない。それが理由です」

それが不当だと思うからこそイラズマスは、思いきって言ったのだ。彼は声を震わせていた。

「それ以上に、私にはそうする権利があります。私はあなたを愛しています。私はあなたのことを考えずにはいられません」

彼はセーラの方にぎこちなく歩み寄った。

「あなたは私の命です」

彼は、セーラに対する想いの強さと愛をはっきりと告白したことで、半ば盲目になっていた。セーラは少しうしろに下がった。しかし、そこで立ち止まった。イラズマスの言葉に頬を染めたが、やがてその赤みが消え、むしろ前より青ざめた。彼女の息遣いが早くなった。しかし、彼女の目は彼に釘付けになっている。

「エリザベスが……」とセーラが言った。「エリザベスが私たちを見ているわ」

「誰が見ていようと気になりません」

イラズマスが近づくのを見てセーラは何か言おうとした。彼を止めようとする言葉ではない。「エリザベスが……」と言いかけたとき、セーラは強く抱かれ激しいキスに唇をふさがれた。セーラもキスを返した。短いが心のこもったキスだった。セーラは抱かれたとき、体の中で何かが奇妙に躍動するのを感じた。しばらくの間、自分が倒れそうな感じがした。イラズマスが手を離したら崩れ落ちてしまいそうだった。しかし、セーラは両手で相手を押し返し、体を離した。

しばらくの間、二人とも何も言わなかった。イラズマスの激しい息遣いがセーラにもわかった。彼はセーラから視線を外して、遠くの自分たちが来た道に目をやった。彼がリハーサルに耐えてきた湖のほとりは、この場所からは見えない。しかし、緑地の一部と横に長いウォルパート邸の上部が見えた。それは信じられないほど遠くに見えた。彼は唇にセーラのキスの温かみがまだ残っているのを感じた。

「戻った方がいいでしょう」

彼はセーラをじっと見つめたが、笑顔は見せなかった。

今度はセーラがすぐには戻りたくないような様子だった。セーラが言った。

「見て、あそこにいる羊たちを。羊たちは風に当たらない場所を見つけたのね」

二人がいるところから少し上の、わずかに離れた丘の間の窪地で、砂色をした羊の群れが固まって草を食べていた。二人を包んでいるのと同じ静けさが羊の群れを包み、羊の毛は風がないのでまったく動いていない。その数ヤード先では強い風が草をなぎ倒すように吹いている。

「羊の群れも風のこないところを見つけたのね」

セーラはこの瞬間を生涯忘れないだろうと感じた。

「私たちと同じね」

セーラがこう言ったときイラズマスと視線が合った。今度は長く見つめ合った。

「結婚すると約束してください」とイラズマスが言った。「約束を」その厳しい口調は、セーラに懇願するというより要求しているように聞こえた。「結婚してくれないのならば、私は死んでしまいます」

「私たちは父が言ったことを守らなければ……」

セーラの顔は、まだ青ざめていた。しかし、彼女はほほ笑んでいる。それはこれまで彼が見たことがないものだった。それは希望を与える笑みと言ってもいいし、新たな大胆さに満ち溢れた表情とも言える。そのいずれなのか、彼は決めかねた。

「私たちは私が十八歳になるまで待たなければならないわ」と彼女が言った。

第二十四章

リヴァプール・マーチャント号は繰り返し襲ってくる激しいスコールを突いて海岸へ次第に近づいて行った。それはまるで、恋人にすげなく断られても断られても、その魅力に引き寄せられて言い寄る男の姿に似ている。時折、はるか遠くにシエラレオネの山々の頂きがのぞく。しかし、すぐに、東の方に続々と湧いてくる巻雲の低い層の中に消えてしまう。

その三日後、天気が上がり、船は水深十一尋の海面に投錨した。翌日、明け方、船は再び錨を揚げた。これまで激しい風に悩まされてきたが、今度は、風がないのが問題だ。十分な風がないため引き潮に勝てない。帆をすべて張り、何とか進もうと苦しんだ。いら立ったサーソは、ついに雑用艇（ヨール）を降ろすよう命じ、船を引っ張らせて潮を横切ることにした。

午後遅く、海風が吹き始め、この風に乗って船は潮を乗り越え、その夜、水深九尋の位置に投錨した。そこはシエラレオネのバナナ諸島のすぐ南で、浅瀬の風下に当たり、海岸で波が砕ける音が絶え間なく聞こえるほど岸辺に近かった。当時の商船としては最も海岸に接近したと言える。

翌朝早く、パリスは初めて甲板でアフリカをはっきりと眺めた。ずっと前方の泡立つ波の、そのまた先に低い森林の地平線がある。薄い緑色で切れ目なく続く。どこがどこなのか見分けがつかないほど変化に乏しい風景が広がる。見渡したところ山はない。シャーブロ島の木々の生い茂った崖のうしろに隠れて見えないのだ。空は日の出の名残で薄紅色に染まっている。まるで遠くの大火の炎で赤らんだみたいだ。船が目指して来た黒人たちが住む大陸は緑の壁のうしろに隠れている。

海岸線に白い斑点が揺らめいている。きっと海鳥だろう。パリスは海岸が一本の線ではないことに気づいた。色や光で帯になっている。帯は互いに作用し合っている。海水は水深が浅くなるにつれて色が薄くなっていく。波が砕けて発生する霧、海岸の湿気、海岸と森林が重なるところに立ち込める緑色の薄い靄などが相互に影響を与えて変化を生み出しているのだ。色と光の帯は隣り合い、その縁は互いに混じり合っている。だが、それぞれの帯は極めてはっきり分かれている。パリスには、この風景を見知っているようなぼんやりした感覚、記憶のようなものがあった。

少し経ってからパリスは、自分が感じたことをありのまま記録に残そうとして日誌に次のように書いた。彼は当時、強迫観念に取りつかれたように習慣として日誌をつけていた。

ある場所に到着すると、そこの風景がどのようなものであっても、いつも同じような印象を受けるものだ。多分、それは単に、到着したという事実からくるのだろう。今度も、これを「到着」と呼ぶならば、そうである。印象はいつもと似ているのだ。「到着」という言葉には幸せな響きがある。それによって人は自分を取り戻し、善きにつけ悪しきにつけ、人間社会に戻ることになる。もっとも、我々の船は、ほかの船と同様、独自の社会がある。だが、我々の社会は、この陸地の人々にとっては歓迎されない存在であるように思われる。我々は、数日間、強いスコールに見舞われた。そして今、恐ろしい波が立っている。波は船が海岸にさらに接近しようとするのを妨げている。その先には森林があり、これも行く手を阻むバリケードのようだ。

その間にも、船では準備が進み、まるで結婚式が行われるように皆が船内をきれいにしている。ブームがマストに縛り付けられた。甲板の片付けも進み、何度も、ごしごしと水洗いしている。船の大砲がすべて甲板に引き出された。サーソは礼砲を一斉に打たせ、我々の到着を陸地に知らせる考えのようだ。後甲板では乗組員たちが天幕を張っている。ほかの乗組員たちは雑用艇の支度に忙しそうだ。バートンによれば、雑用艇、いやロングボートはここでの仕事に欠くことのできない重要な役割を担うことになるという。ここではリヴァプール・マーチャント号は陸地近くまで接近することはできないからだ。乗組員たちがロングボートに帆柱と帆を取り付けた。その舳先に砲手が回転砲を据え付けることになっている。ロングボートは船底が平らで高さがあり、荒波を乗り越えて食料品など貯蔵品を運ぶこともできる。だが、その主要な用途は、奴隷を集めるため海岸を巡航し、川の下流にある小さな交易所まで行くことだ。

皆が忙しく働いている中で、二人だけ何もしないでいる者がいて目立つ。一人は大男で片目のリビー、もう一人は小男でブレアという名だ。ブレアは感じの良い男だが、ほら吹きで、激しやすい性格だ。二人は昨日から船長の命令で足枷をはめられて甲板にいる。船上で殴り合いのけんかをした罰だ。二人とも顔にそのときの痕がある。最近、船内では、乗組員たちの間に緊張感が高まっているように見受けられる。この緊張感は奴隷受け入れの準備が進むにつれて高まってきたようだ。奴隷が船に積み込まれる日が近づいたと実感し始めたのだろうか？　それとも、長期間、洋上で生活し、陸地が近づいたため、緊張しているだけなのだろうか？　乗組員たちは互いにいがみ合い、激しく言い争い、時には殴り合いも起きている。この二人は今、罰として一緒にいるように命令され、巻き揚げ機を背に座っている。それはきっと極めて……

ここまで書いたとき、パリスは、突然、船の大砲のとどろく音を聞いた。号砲の残響音が消えるのを待たずに立ち上がり、日誌を閉じて、甲板に上がった。船長の姿も、一等航海士のバートンの姿もなかった。甲板にいた乗組員で大砲の音に関心を示した者はいないようだ。青い煙が甲板上に渦巻状にたなびき、硫黄の焦げたつんとする臭いが鼻を突く。サリヴァンとキャヴァナの二人は今も後甲板で天幕の準備作業を続けている。ディーキンとキャリーが船首の右舷でモップを絞っている。二人が固い友情で結ばれていることはパリスも気づいていた。今では二人はいつも一緒に仕事をしている。体が大きく無邪気な感じのキャリーは、小さなディーキンのあとについて回り、まるで大きな影のようだ。その顔には時折、気恥ずかしげな、そして間の抜けた笑みが浮かぶ。パリスは二人の方に近づいて行った。

「とても大きな音だったが、向こうは気づいたかな?」

パリスは何の変化も見せない地平線に向かってうなずきながら、二人に話し掛けた。キャリーは表情も姿勢も少しも変えなかった。だが、ディーキンは体を真っすぐに伸ばし、気を付けの姿勢だが緊張している様子はないことにパリスは気づいた。ディーキンは袖無しシャツと裾(すそ)の広い南京木綿のズボンしか身に付けていない。その体は細いが筋骨たくましく、怒り肩でひどく日焼けしている。

「あれが何かの合図とすれば、我々が着いたことを知らせる合図じゃないかな? そうだと思うが……」

パリスは尋ねるように聞いた。パリスは航海のほとんど最初から海のことや船での日課、貿易の手続きなど、何も知らないことを逆に利用して、水夫たちが自分に気軽に声を掛けるように仕向けてきた。それによって船での身分の違いを水夫たちに乗り越えさせようとした。身分が違うから信用できない、といった空気があったからだ。

「そうです」とディーキンが答えた。「はい、連中は我々が来たことをすでに知っています。そして大砲の音で連中は我々の方の取引の準備が整ったことを知るわけです」

ディーキンの口調は抑揚がなく、どちらかと言えば単調だ。それは心の内の思いを押し殺して話しているようで、パリスは奇異な感じを受けた。最近、パリスは水夫たちと話すとき、すぐに鋭い直感がひとりでに働いた。今、ディーキンのやや深くくぼんだ青い目が、落ち着いて真っすぐに、こちらを見つめている。その目に傲慢さや生意気なところはない。

ただ、決然とした意志を映し出しているように見える。まるで何か秘密を伝えたいように、長い間、心の中に隠してきた独自の信念を伝えたいと訴えるように。

「取引というのは奴隷取引のことかな？」

パリスは言葉遣いに気を配ることもなく、ほとんど当てずっぽうに言った。その言い方には、相手にあまりに近づきすぎた、少し距離を置いた方がいい、という意識が働いていた。パリスはキャリーの方を見た。キャリーは視線を落とし、丸めた舌で口の周りをゆっくりなめていた。

「奴隷取引以外の合図ではない、と言うのだね？」

「はい。ここにはいろんな船がやって来ます。取引もアフリカ白檀、コショウ、ヤシ油、象牙とさまざまです。奴隷船が象牙を持ち帰ることもあります。もっと南に下った海岸から砂金を持ち帰る船もあります。しかし、大抵の場合、砂金はチャンスがあれば、ニグロを買うのに使われます。今、アフリカ貿易と言えば奴隷貿易のことです。アフリカ貿易に定期的に従事している者は、そう言っています」

「それで君は奴隷取引の経験はないのかね？　しかし、君は以前、ギニア航路の船に乗ったことがあるんじゃないかな？　奴隷船に乗るのは初めてじゃないだろう？」

「はい、一度、経験しました」

「それでどう思ったかね？」

パリスは、こう言ってすぐに後悔した。何とばかな質問か、と相手は受け止めただろう。こんな失敗をしてしまった理由を説明するのは難しい。自分では、わかっているつもりだが複雑なのだ。大砲が発射されたとき、試練のときが間もなく訪れるという切迫感を感じたこと、明らかに好感の持てる男――パリスはディーキンを感じが良いと思った――に対する興味、などが入り交じって、そのようなことを聞いてしまったのだ。

「どう思ったか、ですか？」

ディーキンはパリスの質問に対して不思議そうに問い返した。変な質問だと思ったからだ。ディーキンの人生は、魚を釣ろうとしても容易に釣り上げることのできない水たまりのようなものだった。彼の人生のことを気軽に聞き出そうとするとは、高級船員でもうっかりしないことなのに……。ディーキンは自分に話し掛けている相手の目と視線が合った。船医の顔は強い意志を秘めた眉が特徴的だ。額にしわが深く刻まれ、その筋が口の端まで伸びている。両目は奇妙な色だ。銀色に見える。日焼けした肌と対照的だ。それにディーキンは、自分自身の動作が滑らかで、動きも早いのに比べ、船医の動作、姿勢がぎこちないことに、会ったときから気づいていた。船医は袖の長い白シャツを着て黒い半ズボンをはいて立っている。しかし、その姿にリラックスしたところがなかった。ディーキンは落ち着いて言った。

「まだ、若かったころ、最初に乗った船が奴隷船でした。船がカラバルに碇泊していたときですが、乗組員が全員、酔っ払ったころ合いを見計らってニグロたちが蜂起したのです。奴らは一等航海士と見張り二人の頭をたたき割りました。我々は奴らを下の船倉に追い込むまでに二十三人殺さなければならなかったんです。奴らは船をほとんど乗っとらんばかりでしたからね」

ディーキンは、しばらく黙った。そして相棒の方を振り向いて言った。

「ダンルは、これまで船に乗ったことがありません」

「彼はよくやっているね」とパリスは言った。パリスはキャリーがロープの作業をしているとき、全身を打ち込んで仕事をしているのを見ていた。キャリーは、自分が突然、二人の話題の中心になったのでうろたえた。この人は自分が何か話すのを期待しているようだ。尊敬するディーキンも同じらしい。

「俺は市場で働いていた」キャリーは言った。「荷物運びだ。背負子を背中に付けて仕事をするんだ」

キャリーは、はしゃいだ様子で笑顔を見せた。

「奴隷に対しては感情を交えないで考えた方がいいですよ。でなきゃ、やっていけません」

ディーキンはパリスの質問に、まだ、こだわっていた。

「そんな仕事を好きになれると思っている者はいませんよ」

ディーキンは、こう付け加えたが、それは半分、自分に言い聞かせているようでもあった。

「それでも君は、とにかく乗ったんだ、この船に」とパリス。

「そうです。この船に乗ったんです。ダンルも私も仕事があります。二人ともロングボートの手伝いをするように言われているんです。ほら、向こうは大砲の音が聞こえたようです」

　ディーキンは陸の方を指して言った。輝く波と森の壁の間のはっきりしないところに、薄い色の羽毛のような煙が立ちのぼっているのがパリスにも見えた。煙はゆっくりとのぼり、真っすぐになり、青とミルク色が混じったような靄の中に溶け込んでいる。

「あれが向こうの合図なんだな、そうだね？」

　パリスは波しぶきに隠れた大陸から靄の中に立ちのぼる細い煙をうっとりと眺めた。それをたいた人間の姿は、はっきりとはわからない。まるでそこから蒸気が噴き出しているようにさえ感じられる。その辺りは、波しぶきで大気がぼんやりとしている。

　甲板長のヘインズが足早に三人の方にやって来た。

「ここで何してるんだ？」ヘインズはディーキンとキャリーに怒鳴りつけた。「モップを二、三本絞るだけで何時間かかっているんだ？　このくそったれ！　船尾へ行ってボートの準備を手伝うように言われたはずだ」

「私が引き留めて話していたんだ」とパリスがすばやく間に入って言った。パリスは、ヘインズが突然、こちらにやって来て、自分の方を見向きもせずに、二人を怒鳴りつけたことを無礼だと考えたからだ。

「聞いているのか、ヘインズ？　二人にここにいるように言ったのは私だ」

　ヘインズは寄り目を光らせてパリスを見た。ふさふさした巻き毛につけた油の嫌な臭いがかすかにした。ヘインズはキャラコで作った袖無しチョッキを着ている。彼が手の端で軽く舷縁（げんえん）をたたくとき、肩と腕の筋肉がスムーズに動いた。ヘインズには、いつも憎しみというエネルギーがある。ヘインズは人を侮辱し、打ちのめすことでエネルギーをたくわえている、とさえ思われる。

「話をするというのは下の船倉にいるときで、甲板で働いている者のすることじゃないですぜ、先生。まだ、やらなければならない仕事があるんですよ。向こうが送ってきた煙の合図から判断すると、客はすぐ来るんです」

「それは知っている。私は、ただ、この二人が行くのが遅れたのは私のせいだ、と言ってるだけだ」

　うなずきもしないでヘインズは後方に戻って行っ

た。中央部ではロングボートがフォアマストとメーンマストの間につり上げられていた。キャヴァナとサリヴァンがボートの板のすき間にほぐした古いロープを詰め込み、指と短いのみで編み糸をしっかりと打ち固めている。二人のうしろでウィルソンが木槌と大釘でそれをさらに固めている。マックギャンが小さな鉄火鉢の番をしていた。鉄火鉢は、蒸気を立てているピッチの入った大釜と並んで甲板に置かれている。鉄火鉢の上の空気は熱せられて陽炎のように揺れ動いている。木槌を打つ鈍い、一本調子の音が船内にこだましている。

ヘインズの目が光っていることを意識して皆、黙々と作業を続けた。しかし、数分後、ヘインズはサーソに呼ばれて行った。サーソは相手の合図の煙とライバルの奴隷船が周辺に見えないことから判断して、ここに非常用大錨を下ろしてしばらく停泊することに決めたのだ。

甲板長が背を向け立ち去ると、すぐにサリヴァンが背をぴんと伸ばした。

「マックギャンが一番いい役だなあ」

サリヴァンは別に悪意で言ったわけではなかった。「俺の指先はこのロープで使い物にならなくなっちまったぞ。指が切り株みたいになっちまったらバイオリンは弾けやしない。あいつらを訴えてやる。俺から生活の道を奪うんだからな。マックギャンはいいよ。あそこに座っているだけでいいんだから。火を見ているだけなんて楽な仕事だな。悪魔の手先はよく知ってるぜ」

マックギャンは鉄火鉢の横に座ったまま、にやりとして歯を見せた。ひどい歯並びだ。しかし、サリヴァンに同情を示す素振りはまったく見せなかった。

「このくそったれめ、さっさと仕事に戻るんだ」

マックギャンは、ヘインズの人を脅す言い方をまねて言った。

「誰が悪魔の手先なんだ?」とキャヴァナが尋ねた。「あの怒鳴ってばかりいるヘインズのことか?」

「俺は悪魔のことを言ったんだ。悪魔は火かき棒と火ばしさえあればいいんだ」とサリヴァン。

「俺は必ず、あのヘインズの野郎の手足をへし折ってやる」とウィルソンが言った。

「そんなにいつまでも恨んでいても仕方がないぜ」とサリヴァン。「ヘインズがお前さんを鞭で打ったことは覚えている。しかし、くよくよ考えてると命を縮めるぜ。俺がお前さんならいつまでも恨んでたりはしないよ。連中は俺の気持ちに構わずに服を剝ぎ取ったが、そんなことで毎日、くよくよしたりはしないさ。ただ、ヘインズは俺の上着の真鍮のボタンを六個とっちまった。あれは俺の財産だ。俺が言っているのはそのことさ。鞭で打たれても日が経てば傷は治る。だが、あの真鍮のボタンは金目のものだ。これはお前さんの問題とはまったく別に考えなくちゃなあ。近いうちにヘインズのところへ行って、言ってやるんだ。あのボタンをどうした？　とね。俺はその時期をうかがってるんだ」

マックギャンが立ち上がって陸を見た。

「あの煙は、見たところ奥地から上がっている。奴らはあそこに奴隷を集めているぜ。間違いないよ。船長は、多分、ボートを出して川をのぼるつもりだろう。しかし、できることならボートには乗らないで船にいた方がいいぜ。向こうはえらく暑いよ。凪がないんだ」

海岸の煙を最初に発見したのはヒューズだった。ヒューズはそれをシモンズに報告した。シモンズはその知らせを持って特別室へ行った。そこではサーソとバートンが取引する商品を点検していた。サーソは表情を変えずに、ただ、うなずいた。そしてしゃがれた、しかし、よく通る声で言った。

「メーンマストの見張り台に誰かを登らせてくれ。ヒューズがいい。よく見張るように言え。向こうが舟で海岸を出発するときを知りたい。それから足枷をはめた二人、ブレアとリビーをすぐに放してやれ。アフリカの族長たちが船に乗り込んで来たとき、甲板に足枷をはめられた水夫たちが座っているのはよくない。相手に悪い印象を与える。現地人たちは法手続きとか罪にふさわしい処罰とかを理解しない。連中は、すべてが気まぐれに行われている、と受け止める。自分たちとちょうど同じやり方だ、とな。私は連中をよく知っているんだ、シモンズ」

「わかりました、船長」

「それからブレアとリビーに伝えてくれ。罰が軽くなって運がいいぞ、とな。上陸してから殴り合って血を流すのは勝手だ。だが、この船でもう一度、殴り合ったら二人の背中の皮をひっぱがしてやる」

「わかりました、船長」

「あのちびは、すばしっこい奴です。リビーに一、二発、パンチをまともに食らわせています」

　シモンズが立ち去ると、すぐにバートンがそう言った。

「どうしてそんなことを言うのだ？」サーソは振り向いてバートンに厳しく言った。

「それがどうしたと言うんだ？　連中は間もなくこの船にやって来る。今、我々は絶好のタイミングをつかんでいるんだ。陸地の方にも、うしろの沖合にもライバルの船は一隻もない。こんな状態はいつまでも続くものじゃない。向こうは檻（おり）の中に最上級の奴隷を集めているに違いない。私はそうにらんでいる。だから取引はできるだけ迅速に、てきぱきと進めなきゃならんのだ。だが、バートン君、よく覚えておいてほしい。私は余分な金を出すつもりはないんだ」

「よくわかります、船長」

「相場よりびた一文、高く払うつもりはないぞ」

　バートンは明るい色の織物の梱包やぴかぴか光る鍋、やかんなどの並んだ間から、警戒心の強い、やせこけた顔をのぞかせた。船長は最近、冗舌になっている。バートンは、サーソの無表情な顔、相手を露骨に眺める青い目をちらっと見た。心の中ではいつもサーソを嫌な奴と思っており、その思いがバートンの目に表れている。バートンは勘が鋭い。サーソが余分な金は出さない、と言ったのは、この部屋にいない誰かに約束しているのだ、という印象を受けた。

「船長、相場より余分に払うのはいけません」

　バートンは穏やかに相槌を打った。

　サーソは言った。

「私は連中の手口をよく知っている。ごまかされたりはしない。この辺りの海や黒人の質について私以上に詳しい者はいないのだ。連中は悪党だ。だが、私には歯が立たないだろう、今までと同様にな。ソール・サーソ様はいつも一歩先回りしているのだ。それは連中にもわかるだろう。私はこれまで船主の意向を軽視したことは一度もなかった。この最後の航海でも、その気持ちは変わっていない。船主は、この船に自分の甥を乗せた。私のことをスパイさせるためにな。だが、私は今までと同様、船主のために最善を尽くす。これは過酷な商売だ。がっかりすることもあるだろう。神経の細い人間なら失望して、やる気をなくすことだってあるかもしれないな」

　サーソはここで黙った。放心したように目の前に飾られているビーズの首飾りを見つめたままだ。

「私の知っている限りでも、心を押しつぶされた連中がいましたよ、船長」

　少し間を置いてバートンが言った。

「しかし、我々の持って来た品物は一級品ばかりですからねえ。つむじ曲がりで悪意に満ちた奴でも喜びそうな品がそろっています。もちろん、船長もご存じのように、中には、どんなすばらしい品物でも喜ばない難しい相手もいるでしょうが……」

「私が何を知っているかは、君の知るところじゃない」

　サーソは自分を奮い立たせるように言った。

「君は君の仕事をきちんとやれ。私は私で自分のことはきちんとする。私は今、君と話をしているが、ただそれだけのことだ、バートン君。君とは、前に約束したように一緒に砂金の仕事をする。だが、君と私の特別の関係はそこまでだ」

「わかりました、船長」


　サーソが再びうつむいて物思いにふけるのを見て、バートンの顔に自然に冷淡な笑みが浮かんだ。

　二人は、しばらくの間、花綱が飾り付けられ、取り散らかった「船上商店」の中で、黙ったまま立っていた。「船上商店」には驚くほどさまざまな品物が展示されている。黄色いビーズの首飾り、糸で結んだ銅の帯金（おびがね）、巻きたばこ、マスケット銃を入れた箱、真鍮のたらい、銅の壺、鉄棒、リネンのハンカチ、白目のジョッキ、絹のルーマール、明るい赤と濃い青のバフタ、インド・サラサ、格子模様の綿布、船乗り用のナイフや短剣、金のレースで飾った帽子――などだ。

　昇降口から通り掛かったパリスは、特別室のドアが開いているのに気づき、中をのぞいてみた。そして二人が、「宝物の洞穴」の中の、けばけばしい色どりやぴかぴか光る品物に囲まれて何も言わずに立っているのが見えた。パリスは即座に、二人もほかの商品と同じ陳列品みたいだ、と思った。しかし、それはほんの一瞬の印象だった。サーソが頭を上げパリスを見ていつもの皮肉っぽい調子で言った。

「やあ、先生じゃないか」

パリスは、すぐにはいつもの会話の調子には戻れなかった。本人が気づいているかどうかわからないが、この瞬間、サーソの姿が、いつもとは違っていたからだ。がっしりした体格と灰色がかった後頭部は同じだが、ここでは帽子をかぶっていない。布の光沢、金属の弱い光、光を反射しているナイフの刃や鏡、ビーズなどに囲まれて、サーソは気が散って、しばらく注意力が働かなくなっている。そんな姿はかっぷくがよく腰の低い金物屋あるいは呉服屋といったところだ。エプロンを掛けたら似合いそうだな、とパリスは思った。そのとき、サーソが頭を動かした。光がサーソの四角いこめかみと顎に当たった。さらに追い詰められたような、怒り狂ったような目にも光が当たった。パリスの空想した印象が消えた。パリスは、挨拶を返そうとした。そのとき、上の方で鋭い泣き叫ぶような声がした。

「よし、連中がやって来た」とサーソが言った。「バートン君、栓を抜いたブランデーを後甲板の天幕の下に運び込んでおいてほしい。それから回転砲に火薬を詰めたか確認するようにジョンソンに伝えろ。小火器は厳重に保管しておけ。君とシモンズ、ヘインズはピストルを持つんだ」

「わかりました、船長」

バートンはすでに部屋の外に出て、昇降口の方へ行く構えだった。

「先生、君のことだが」とサーソ。「私と一緒に甲板に上がってほしい。帽子をかぶった方がいいだろう。連中は帽子に強い印象を受ける。奴らは無帽の者には敬意を表さないのでね」

サーソ自身は三角帽をかぶった。帽子の影になって彼の両目はさらに奥へ引っ込んで見えた。口の端に笑みのようなものを浮かべて言った。

「パリスさん、ようやく仕事ができたようだね」

パリスは船室へ帽子を取りに戻った。彼には山の低い黒い帽子しかなかった。これはケンプ家を訪問したとき、かぶって行った帽子だ。この帽子により従弟のイラズマスは、なぜだかわからないが、自分に対して敵意をかき立てたのだ。とにかくこれ以外に堂々とした帽子などはないので、それをかぶり急いで甲板に駆け上がった。

甲板は、しばらくの間、いつもと同じで変わった様子はないように思われた。太陽が暑く照りつけている。船にとって歓迎すべき北からの貿易風が吹いている。遠くで雷が鳴る音が聞こえる。相変わらずウィルソンが木槌を打つ音が聞こえる。熱せられたピッチの臭いとピッチから立ちのぼる黒い蒸気のような煙が辺りに漂っている。後甲板でサーソから数ヤード離れてパリスが立っていると、ヘインズがマックギャンに命令するのが聞こえた。大釜を移動させ、火鉢はその位置で火を燃やし続け、火を絶やさないように、というのだ。

海岸の方も、最初、何も変わったことは起きていないように見えた。水深が次第に浅くなり、水の色が少しずつ薄くなっている。波が海岸に向け突き進み、海岸で砕け散り、渦巻いている。遠くで水しぶきが高く上がり、虹ができている。それは甲板より高く、マスト上部の横木の高さに達するように見えた。その向こうにベールに覆われた森がある。

波が目にまぶしい。だが、目を見開いてよく見ると、ようやくカヌーの黒い影が見えた。カヌーは目の高さに上がって来る。まるで瓶を振ったとき、底から浮き上がってくる沈澱物のようだ。カヌーは、しばらくの間、リヴァプール・マーチャント号に向かって斜めの針路をとって波頭を進んで来た。ラッパのような楽器が鳴り響く音と太鼓をパタパタと速くたたく音が聞こえる。あるいはパリスには、そう聞こえたような気がした。するとカヌーは波の谷間に突っ込んだ。そしてその姿が視界からまったく消えてしまった。そこまでカヌーが来ていることなど、まるでうそのようだ。今、見たカヌーは幻影だったのか？　目を見開いたことで起きた錯覚だろうか？それとも光のいたずらか？

このように夢を見ているような、あるいは幻覚にとらわれたような思いでいるとき、突然、パリスは疑問が解けた。自分には、この海岸のことを何も知らず、不安を感じる場所にもかかわらず、ある程度、見慣れた景色であるような錯覚を抱いたのはなぜか？　最初に海岸を見たとき、どこか遠い記憶につながる景色のようだと思ったのはなぜなのか？――その理由がわかったからだ。この海岸の色と光の帯が似ているのだ。それはパリスがノーフォークで過ごした少年時代の思い出につながっていた。ボートを漕いで魚釣りをしていて干潮になったとき、岸の方を眺めた。浅瀬の色の薄い縞模様、波の絶え間なく騒ぐ様子、その先に見える半ば乾いた砂の薄い金色の筋、その間に広がるかすかに光って見える濡れた砂――それらが次々に層を成し、その層が重なり合ったり、くっきり分かれたりしていた。パリスは、まるで鳥の羽毛のようだ、と思った。翼の羽毛のように重なり合っていたのだ。

パリスは郷愁を感じた。心が安まるところに行きたいと、たまらなく思った。カヌーが波間に見えなくなった間のわずかな一瞬、パリスは急いで逃げ出したい気持ちにとらわれた。だが、それは、今の瞬間の束縛された状態や、必ずくると予感している試練のときから逃げ出したいというだけではなかった。そのとき、彼が思い出していたのは青春時代、ルースに求婚していたころの光景だった。新婚のころ、妻のルースとともにその海岸を何度も訪れた。そのルースに起こった出来事からも逃げ出したかったのだ。その出来事は彼にかかわりがあり、彼の人生を破滅に追い込んだものだった。うまく説明できないのだが、それらは、今、自分が甲板に立って待ち受けていることとつながりがあるように思われるのだ。パリスの心の片隅では、祈りの言葉が生まれていた。彼の意思とは無関係に一つまた一つと、まるで蒸留によって生み出される滴のように言葉ができあがっていた。

「これでもう、お許しください。これ以上は、勘弁してください。あのようなことが起こる以前に、私を戻してください。あのようなことが起こり得るとは……」

だが、パリスはもはや、そのような「以前」などないことはわかっていた。

カヌーが波頭に乗り、再び姿を現した。今度は前より近くなり、はっきりとよく見える。舷側をリヴァプール・マーチャント号に見せている。カヌーは大勢の人間の頭で凸凹（でこぼこ）しているようだ。カヌーが再び急に下がる前に、パリスは気づいた。この人間の頭の凸凹（おうとつ）は行列のように並んでいて、帯状装飾のようなイメージを作っており、しかも、全員が儀式のための重い荷物を担いでいるように見えるため、その印象が一層強められている、と。カヌーの舳先には、山の高い帽子をかぶった男が背を伸ばして座っている。行列のように並んだ頭の一つがチューブのような物を持ち上げ、まるで何かを飲もうとするような動作をした。ラッパが再び海上に鳴り響いた。

　リヴァプール・マーチャント号の船上では、長いカヌーが波の荒い海を驚くほど巧みに乗りきって進んで来るのを皆が見守った。波の静かなところでは、カヌーはさらに早い。リヴァプール・マーチャント号を目掛けて真っすぐに進んで来る。ほどなく、カヌーは船に横付けになった。

　舳先にいる帽子をかぶった男が立ち上がり、バランスを取るためリヴァプール・マーチャント号の舷(げん)梯(てい)をつかんだ。男は背が高く、でっぷり太っている。肌は乾いた粘土色だ。帽子は金のレースで飾った三角帽で、リネンのパンツをはき、短剣を下げ、羽毛で作った首飾りを付けている。男は横に、マスケット銃で武装した数人の手下を従えている。手下の一人は膝の間に太鼓をはさみ、もう一人は首に小さなラッパを下げている。リーダーも手下も皆が歯をむき出しにして笑っている。

　パリスは下をのぞいて長いカヌーの中ほどに縛られている人影を見た。あの頭の行列は、この奴隷たちだったのだ。十人いる。男が五人、少年が二人、大人の女が二人、少女が一人だ。全員、まったくの裸で黙って座っている。皆、うしろ手に縛られ、首枷で繋がれ、頭を真っすぐ伸ばすように強いられている。遠くから見たとき、頭の行列が奇妙に儀式のように並んで見えたのは、そのせいだった。奴隷たちはカヌーを漕いで来た男たちより肌が明るい色だ。カヌーを漕いで来た連中は漆黒の肌色で眉毛が太い。そして胸と腕の筋肉がすばらしく発達している。それはパリスが見たこともないほどだ。漕ぎ手たちは長い櫂(かい)にもたれて休んでいる。だが、息遣いが激しいのがわかる。

　パリスは、大工のバーバーが近くに立っているのに気づいた。そしてバーバーが奴隷船のベテランであることを思い出した。

「カヌーを漕いで来た連中は、あの奴隷たちとは違う民族のようだね」とパリス。

　バーバーは待つ間を利用してパイプに火をつけていた。

「ええ、奴らはクル族ですよ。クル族は海岸に住んでいます。小舟を操って荒波を乗り越えるとなったら連中の右に出る者はいないでしょうね。奴隷たちは奥地の連中ですね」

だろうか?」

「クル族自身、奴隷に売られたりすることはないの

「クル族が?」

バーバーはパイプをくわえたまま苦笑した。バーバーがこの質問をばかげている、と感じていることは明らかだ。

「誰が櫂を漕ぐんですか? あの奴隷たちは漕げませんよ。連中は多分、これまで海を見たことさえないでしょう」とバーバー。

「海を見たことがない?」

こう言って、パリスは舷側の下をもう一度のぞいた。

「しかし、そうだとすると……」

カヌーに立っていた男は、まだ、狭い舷梯を手でつかんでいた。パリスは、その男が混血ではないか、と思った。男は空いている方の手で軍隊の敬礼のような仕草をした。そしてうれしそうな顔で見上げて叫んだ。

「リッバープール、万歳! キャップン・サーソー! ハーロー! 私覚えているか? キング・ヘンリー・クックだ。覚えているか?」

「あれは太っちょのならず者、イエロー・ヘンリーだ」サーソがバートンに言った。サーソは下に向かって叫んだ。「女の一人は乳房が垂れ下がっているじゃないか。ここから見えるぞ。あんたを覚えているよ。元気だな。上がってこい。歓迎だよ」

イエロー・ヘンリーはまだ、うれしそうにしている。だが、彼は、すぐには上がって来ようとはしない。

「最高の奴隷十人だ」

ヘンリーは叫んだ。その言葉とともに太鼓手が太鼓を何度も打ち鳴らした。ラッパ手がラッパを上に向け、耳をつんざくような調子で何度も短く吹き鳴らした。その間、ヘンリーは帽子を手に笑みを浮かべている。だが、依然、舷梯を上がる気配を見せない。

サーソは、この音楽に感謝するようにうなずいた。そして言った。

「そっちの奴隷を見せてくれ。あんたは私がどういう人間か知っているだろう。サーソのことは知っているはずだ。サーソはパンヤールはしないぞ」

「パンヤールって何だ?」とパリスはバーバーに尋

ねた。

「誘拐、つまり人をさらって奴隷に売り飛ばすことです」

「しかし、この船はそれをしているのだろう?」

「いや、違います。我々は奴隷を買うのです。中には大陸の奥地に入り込み、奴隷を捕まえて来る船長もいます。しかし、これは奴隷仲買人の利益を奪うことになります。船長の中には奴隷仲買人を捕らえて奴隷として売り飛ばす者さえいます。だからあの連中はにこにこしてみせるのです。自分が売り飛ばされるのが怖いんです」

縛られていた奴隷たちは綱を解かれ、引き綱が取り外された。そして一人ずつ舷梯を昇らされた。パリスは、それをじっと見守った。ヘンリーの手下共は、全員、にこにこしたままだ。彼らは短剣で奴隷たちを小突き、早く上がるようせき立てる。パリスが見たところ少女はとても若い。まだ、思春期を迎えたばかりの年頃だ。小さな乳房は上に盛り上がっている。恥毛は薄い。声は出さないが目に涙を浮かべている。そのほかの奴隷たちも表情がこわ張り、何の意思も読み取れない。多分、疲れているからだろう、とパリスは想像した。甲板に連れて来られた奴隷たちは恐怖で白目をむいている。パリスは最後までためらったが、舷梯の降り口付近から離れた。

最後に乗船して来たのはリーダーのイエロー・ヘンリー自身だった。彼が船に乗り移ると、これまで以上に長いファンファーレが鳴り渡った。ヘンリーはサーソと握手した。まだ、笑みを浮かべているが、舷梯を上がってきたので息遣いが荒くなっている。その手下共は、マスケット銃を軽く握り締め、ヘンリーの両脇を固めている。手下の身なりは雑多だ。全員、弾薬帯を身に付けており、一人、二人はヘンリーの三角帽に比べると立派とは言えない三角帽を見せびらかすようにかぶっている。一人は灰色の鬘をかぶっているが、その髪は乱れている。もう一人はレースのショールを掛けている。全員が周りを見回し落ち着かない様子だ。

「ああ、バートーン」ヘンリーが言った。「元気そうだ」

「元気だよ」バートンはその細面を上げ、にやりとした。

「あんたは名前をよく覚えているんだなあ。こちらはパリスさんで我々の船医だ」

「やあ、パリー！　いい帽子だ」

ヘンリーは強いラム酒の臭いがする。だが、足元はふらついているようには見えない。金のレースの付いた三角帽には水しぶきが掛かっている。水しぶきは、そのまばらな灰色の胸毛や、下品に膨れ上がった腹にも掛かっている。ヘンリーは奴隷には関心がない振りをしている。奴隷たちは甲板の手すりを背に、ヘンリーのうしろに縮こまっている。その周りを鞭を手にしたリヴァプール・マーチャント号の乗組員たちが取り巻いている。ヘンリーの手下はヘンリーの周りに半円形をつくった。

「あんたリッバープールか？」ヘンリーがパリスに尋ねた。

「ノーフォーク」

「ノーファックか、ホホー」ヘンリーは手下の方をちらりと見た。

「今はファックはだめ。ビジネスよ」

どっと下品な笑い声が上がった。乗組員たちの中にも一緒になって調子を合わせる者がいる。

「ファックはあとで、だな」ヘンリーは調子に乗って言った。「ブリストールはだめね」

しばらくして彼は言い足した。「ブリストール船は贈り物しない」

ヘンリーは一歩前に出た。かすかに軽蔑の気持ちをにじませ、船べり越しに唾を吐いて言った。

「あんたクル族に贈り物（ダッシー）持って来たか？」

「あいつと一発やりたいな」

パリスは誰かがうしろで言うのを聞いた。振り向くとタプリーとマックギャンがいた。どちらが言ったのか、わからないが、パリスはタプリーだと見当をつけた。二人とも満足そうに奴隷の少女を眺めている。少女は甲板に連れて来られてから同じ姿勢のままだ。頭を低く垂れている。太陽の光が密に生えた頭髪の根元できらきらしている。そして両肩を前に丸め、手首を交錯させて恥部を隠し、凍りついたような表情でしとやかに立っている。それはパリスにとって驚きだった。少女は、そして男を含めほかの奴隷たちも皆、腰から下は布を着けて覆う習慣があるのだ。

「贈り物については品物を見てから話し合おう」

サーソが、おどけたような調子で言った。

「この天幕の下に腰を下ろそうじゃないか。奴隷を見せてもらうよ。その間、一杯、どうだい」

「ブランデーを」

ヘンリーはサーソのやり方を受け入れたのだ。ヘンリーはビヤ樽のような体でもったいをつけて座った。そして左右に視線を向け、手下の護衛を指して言った。

「こっちの面々も一杯やりたい」

「パリスさん」

サーソが重々しく言った。その言い方は、慇懃（いんぎん）だが、意地の悪さがにじんでいた。

「あちらで、この連中の連れて来た奴隷を調べてほしいのだが」

そしてバートンに言った。

「君もドクターと一緒に調べてくれ」

「わかりました、船長」

バートンは酒樽に視線を向けたまま答えた。彼は明らかに未練がましい様子だったが、それでも奴隷たちが固まっている場所にパリスと行った。バートンはベルトにピストルを下げ、手には幅広の革ひもが付いた編み皮の鞭を持っている。

「まず、見るべきは歯と目です。連中はどんなインチキを企んでいるか、わかりませんよ」

バートンは不機嫌に言った。パリスはバートンが奴隷仲買人たちを念頭に置いて言っているのに違いない、と考えた。奴隷たちは、とてもインチキなどできそうにない。できるのは、ただ、耐え忍ぶことだけのように見える。パリスは自分に言い聞かせた。これから行おうとしていることは医学上の検査なのだ、自分がこれまで行ってきた患者の診察と本質的に異なるところはないのだ、と。しかし、それでも、パリスは、自分は検査に関して全面的な責任を負わされているのではないのだとか、自分は強制されているから仕方なくするのだとか、あるいは、これはすでに定められた運命に従って儀式を行っているだけなのだ、という意識から逃れられなかった。

そのまま、パリスは奴隷の一団の端に立っている背の高い黒人に近づいた。そして手首を握り、少し前へ出るよう促そうとした。なぜ、この男から始めようとしたのかは、彼も説明できなかった。その黒人はパリスとバートンが近づくと目を上げた。ほかの黒人とは違うところがあった。パリスは、その黒人が船べりの上がり口でためらい、ヘンリーの手下に短剣の平らな部分で数回打たれるのを見た。そして、今また、しりごみしているのだ。パリスは腕ずくで引っ張り出そうとした。これを見てリビーがののしりながら前に出て、鞭で黒人の脇腹を打った。黒人はその一撃であえぎ、びくっとして頭を振った。だが、一言も発しなかった。リビーは、さらに鞭打ちを繰り返そうとした。パリスが左手を挙げ、それを制した。

黒人は、今度は逆らわず前に進み出た。パリスは、その胸と肩に斜めに鞭でできた数本の傷跡があることに気づいた。以前に鞭打たれたときのもので、傷跡には血がこびりついている。肩から手の指の先まで絶え間なく震えている。それはまるでかすかな空気の揺らぎの中で漂う木の葉のようだ。またも、まるで逃避のように、パリスの脳裏にある記憶がよみがえった。海岸で疲れ果てた一羽のツバメを見つけた。パリスは両手で抱いて温めてやった。体温が戻るにつれてツバメに恐怖心も戻り、脈がどきどきと強く打つのがわかった。やがて震えが全身に広がり、全身が一つの震えとなった。しかし、その震えは恐怖のためだけではなかったはずだ、とパリスは思った。ツバメの心に生きることへの不屈の希望が生まれ、それも震えの原因だったはずだ。

パリスは今度も同じように強迫観念とともに黒人の目を見た。夢の中で何かを追い求めているような、あるいは使命を遂行しているような気持ちだった。黒人は暗い、どういうわけか感情のない目付きでこちらを見ている。その目は、パリスの目と同じ高さにあり、骨太の眼窩の中に浅く収まっているが、うかがい知ることができないところがある。パリスは、凝視する目に一瞬ひるんだ。だが、その目はパリスを見ていなかったし、何を見ているのか、わからなかった。甲板が広々としていることに驚き、皆の前に連れ出されたことで何も見えなくなっていたのだ。パリスは帽子の内側に汗がたまるのを感じた。正午の空は太陽のぎらぎらする光が、辺りを包み込むように照りつけている。パリスは自分が残酷な人間である振りをしないと検査を続けることに耐えられなかったので、少し歯ぎしりして残忍な人間の振りをした上で、その黒人の下顎を手でつかみ、無理やり口を開けさせた。口の中はからからに乾いて唾液も出ていない。だが、舌と歯に悪いところはまったくなく、歯も完全にそろっている。

「口の中はいいですな。連中は木の皮を嚙んでいるようです」

バートンがパリスの耳元で小声で言った。バートンが横で腹心の助手のようにさまざまな助言や事例をささやくのを聞きながら、パリスは黒人の眼球を調べ、耳の穴をのぞき込んだ。次に胸をつついて心音を聞いた。さらに首筋の腺をさわった。そして体の表面を調べた。病気の痕が残っていないかどうか確認するためだが、鞭の痕と二の腕に強く縛られたときにできた挫傷の痕があるだけだった。この黒人は海岸からリヴァプール・マーチャント号に運ばれて来るはるか以前から、極めて強く縛られていたのだ。

「パリスさん、ペニスを忘れないでくださいよ。快感の場ですよ」バートンが言った。

「リビー、両腕を押さえ付けろ。殴り掛かってくるかもしれないぞ。でかいペニスだ。どうだい」

黒人は割礼を受けていた。パリスは亀頭をよく見るため、たるんだ皮を引っ張った。そのとき、パリスは黒人がかすかに絶えず震えていることに再び気づいた。パリスは黒人の足を開かせた。股の付け根に梅毒の症状がないかを診るためだ。何もなかった。パリスは体を起こして立ち上がりながら、黒人の喉元が不規則に動くのを見逃さなかった。ショックなのか、それとも恐怖からなのか——。黒人は突然あえぎ、大きくを息をした。その目は何も見ていなかった。

「この男の健康状態は良好だ」

パリスは言った。少しめまいがした。急に立ち上がったからだろう、とパリスは思った。鼻孔に甘過ぎるほどの麝香の匂いがした。

「尻を調べましょう」バートンが言った。

「こいつをひざまずかせろ。ディーキン、いいか、頭を下げさせるんだ。おい、お前、キャリー。奴の首筋を押さえ付けろ。ばか、何やってんだ。頭を甲板に付けさせるんだ。けつを上げるようにしてな。それでいい。パリスさん、連中のトリックをよく知っておいた方がいいですぜ。私はね、仲買人の悪党共が、赤痢に罹っていた奴隷を売ろうとして尻の穴にコルクを詰めて下痢を抑えさせた例を知っていますよ。とても信じられないようなことを悪党連中はするんです」

「そうだろうね」

パリスは答えながら、検査は自分の手から離れたように思えた。パリスは、甲板の上で石のように体を丸めたままにしている黒人の背中の向こうの海を見やった。そして遠くの寄せ波の砕け散る荒々しい風景を、その向こうに広がる森の壁を見た。この人たちは、あの森の壁の向こうのどこか、多分、はるか遠くの内陸部からやって来たのだろう。そうか、この人たちは、「森の人」たちだ。その思いが、パリスの心の中に一本の矢のように突き刺さった。こうしたことは、最近よく起きることで、できることなら避けたい認識だが。——木々の間を折れ曲がって射し込む太陽の光、川岸、村々の空き地。それらは常に森に覆われている。森が覆うのは、村の近くだったり、村全体だったり……。それとは対照的に、今、目の前に広がっているのは恐ろしいほどの広い海と空……。

「奴を跳ね回らせてみないといけません」

バートンが機嫌よく言った。彼はいつもの冗舌な癖が戻っていた。ラムを飲ませてもらえず、がっかりしていたが、それも忘れて元気を取り戻したようだ。

「奴の手足が完全かどうか確かめてみましょう」とバートン。

「パリスさん、うしろに下がってください。鞭が届かないところまでお願いします。ちょっとばかりこん畜生が飛び跳ねるのを見ましょう。こいつらは怠け者ですからね。おい、この野郎。こんなふうにだ」

バートンは飛んだり跳ねたり、足を蹴って横に飛んだりした。

「今のようにだ。わかったか? 俺と同じことをするんだ。ジャンプを、くそったれ。おい、キャヴァナ、その鞭で奴の目を覚まさせてやれ」

黒人は鞭で打たれるとあえぎ、数秒後、甲高い声で叫んだ。それは苦痛を受けることへの恐怖というより絶望の叫びに聞こえた。

「これからダンスさせようってのに、こいつは歌を歌ってくれる」リビーは子分のタプリーの方に目を向け、歯を見せて笑った。

「そうだ、その調子だ」

バートンは手をたたいた。黒人はぎこちなく両足を蹴り出し、両腕を動かし始めている。パリスは再び、自分の認識に何かが突き刺さるように感じた。そして黒人の両目に涙がいっぱいたまるのを見た。

「船長、いい奴隷がいました。取引を始めてもいいと思います」

バートンは天幕の下で、リーダーのヘンリーとともに座っていたサーソの前に行き報告した。

「男の奴隷で体付きは最高です。年は三十歳ぐらいで梅毒にも赤痢にも罹っていません。完全にきれいな体です」

「では、その男から始めよう」とサーソが言った。

「パリスさんに伝えてくれ。年を取っている方の女は検査は必要がない、と。あの乳房の垂れている女だ。あの女は買うつもりはない。お前さん、サーソの取引を知っているだろう」

サーソはイエロー・ヘンリーに声を掛けた。

「お互いに、多分、五、六回は取引してるよな。一体、どうしてあの腹まで乳房が垂れ下がった女をここへ連れて来たんだ？　お前さん、俺があの女を買いそうもないことは十分わかっているはずだぜ」

イエロー・ヘンリーの顔から笑いが消え、しばらく経つと不機嫌で猛々しい表情に変わった。

「あの女、立派、立派な奴隷よ」ヘンリーが言った。「五十バー〔「バー」はシエラレオネ一帯で使われていた通貨単位〕の値打ちはある。あの女、娘と一緒に捕らえた。あの娘の母親だ」

「それが俺にどんな関係があるんだ？」サーソが言った。

「あの女は連れて行く価値がない。乳房の垂れた女に金を払う奴なんていないぜ。あの女は要らない。連れ帰ってくれ。少女はもらおう。どこも悪いところがなければの話だが」

「あの子はいいよ、とてもいい」

イエロー・ヘンリーは、ゲップし、再び笑みを浮かべた。「もう一杯、注いでくれ」グラスを差し出しながら言った。

「あの娘のおまんこ、いいよ。調べるといい。まだ、生娘。誰もやってない。前に手を当てている。中の鳥を逃がさないように押さえているみたいだ。鳥が中に入ってる」

ヘンリーは、いかにもごろつきらしく、充血した目をぎらぎらさせて言った。ヘンリーの軽口を聞いて、手下のラッパ吹きが大声で笑った。そして調子を合わせてラッパを吹こうとするようにラッパを少し持ち上げた。だが、ラッパ吹きは少し考えてから笑いながら言った。

「ひぇー。鳥が中に入るんだ」

サーソはこの軽口に笑わなかった。そして言った。

「さあ、下へ行って品物をざっと見ようじゃないか。いい品物をどっさり持って来たぞ。もちろん、誰か連れて来ていいぞ。しかし、その連中はドアの外で待ってもらう。中は広くないんだ。君もついて来た方がいい」サーソはシモンズに言った。

「バートン、君はここにドクターとともに残ってもらいたい。ヘインズ、君はブランデーのそばに立っていてくれ」

サーソとヘンリーは、かなりの時間、下の特別室にいた。その間、パリスは奴隷たちの検査を進めた。脇には常にバートンがいた。男の奴隷五人のうちの最後の一人は、耳たぶに硬い塊があった。それは凝血しており、妙に痛風患者の関節の表面にできる結晶に似ていた。また、股の付け根には腫瘍のような腫れ物があった。それは表面が破れ、ゴムのような汁が流れ出ていた。

「これが見えるかな、バートン君」パリスが言った。「ごらん。腫れ物の端がとても硬くなっているよ。潰瘍の周りに縁のようなものができている」

パリスは興味をそそられて、一瞬、自分がどこにいて、何をしているのかを忘れてしまった。

「この傷は噴火口のようになっている。このことをどこかで読んだことがある」

パリスは黒人の腕と足を注意深くさわってみた。背が低くずんぐりした黒人は疲れきった様子で、おとなしくパリスがさわるのに任せている。さわってみてよくわかったのだが、皮膚の表面近くに小さな腫瘍のような瘤がいくつもある。パリスは、この瘤の周りの黒い肌の下が赤くなっていることをはっきり見た。

「土を食ってるんだろう？　そうだな？」バートンはうんざりした表情だ。「こいつらは土を食べる習慣があるんです」

パリスは、ついに帽子を取った。頭にそよ風が当たり、生き返る思いだ。

「この男が何を食べたかは関係がないのだ」

パリスは、きっぱりと言った。

「この男はイチゴ腫〔熱帯地方の伝染性皮膚病〕に罹っている。こんなケースは、私は初めてだ。しかし、ヤコブス・ボンティウス〔十七世紀オランダの医師〕の本で読んだことを思い出したよ。ボンティウスは、黒人の疾病について書いた本で、この結節のラズベリー色の色合いと潰瘍のところにできた硬い骨のような縁について正確に記している」

パリスは、ここで突然、話をやめた。今や、自分の声が自分の耳によそよそしく響くようになった。その声は時には遠く、時にはしつこく聞こえた。まるで反響のいい部屋で自分が暗唱するのを聞いている感じだ。彼はちらっと足元の帽子を見た。突然、パリスは荒々しい衝動に駆られた。なぜ、そうしたのか、自分でも説明ができないのだが、帽子を拾い上げ、そのつばを持ち、輪投げで輪を投げるときのように力一杯帽子を海に放り投げた。目の前にいる病気の黒人もあっけにとられている。帽子は滑るように船べりを越え、長い優美な曲線を描いて海面に飛んで行った。

「残念なことに」パリスは、息遣いが早くなったが、動揺の色は見せず、再び話を始めた。

「ボンティウスの論文には、いくつか混乱したところがある。例えば、イチゴ腫の丘疹と梅毒の吹き出物を同一の単語で表現している。しかし、吹き出物と言っても、イチゴ腫が伝染するのは性交による場合ばかりでなく、患者と直接、接触すれば伝染することが、今日ではわかっている……」

ふと周りを見回して、パリスは皆が自分をじっと見つめているのに気づいた。奴隷たちさえ、目を上げ、彼の帽子が鳥のように滑らかに飛んで行くのを眺めていたのだ。バートンも特に関心を持ったようでパリスを見つめていた。

「私は、この男を観察のため手元に置きたいと思う」とパリスが言った。

「手元に置いて観察する？」バートンは聞き返した。「いい帽子だったのに。甲板から放り投げたのはなぜです？　パリスさん」

「正直なところ、なぜやったんだか、自分でもわからないんだ」とパリス。

パリスの目と病気の黒人の目が合った。黒人の目は濁っており、かすかに恐怖のようなものが、その中に浮かんで見えた。

「あれは私の物だ。どうしようと誰にも文句は言われないはずだ」

パリスは重々しく言った。彼は再び、大気の暑さに取り囲まれたと感じた。バートンが顔を上げた。いつものように人の心をのぞき込み、臭いを嗅ぎ分けようとするような、ひょうきんなところが表情に表れていた。

「ま、よろしいでしょう」しばらくしてバートンは言った。

「この奴隷が梅毒に罹っていようと、何か別の病気に罹っていようと、とにかく、我々は、この奴隷を連れて行くわけにはいきません。船がキングストンに到着するまでには積み荷の奴隷に残らず伝染してしまいます。それから、この中の少年の一人は、まだ、小さ過ぎます。せいぜい九歳か十歳です。船長は、あまり幼い奴隷は買いません。余分な手間がかかるからです。それに途中で死んでしまうことも多いですし。だから残りは女二人です」

女の奴隷の検査も方法は男奴隷と同じだ。ただ、女奴隷の場合は、性器を調べやすくするため、あお向けに寝かされ、両足を広げさせられた。周りで見物している乗組員たちの間では、男奴隷の検査のときに比べ、はるかに下品でみだらな言葉が飛び交った。もっとも、何も言わずに見守っている者もいたし、中には、一人か二人だが、落ち着かない様子で——それを奴隷に対する同情から、とは認めないかもしれないが——目立たないように顔を背けようとする者もいた。

女は豊かな胸をしている。筋肉が発達した尻は高く、細いすらりとした足をしている。甲板に押さえ付けられると、ただ、顔を横に向け、腕で目隠しするだけで、ひどい検査にじっと耐えていた。

少女は声を発したが、周りにいる男たちには意味がわからず、カモメの鳴き声と同じにしか聞こえなかった。パリスの指が体を押さえると思わず知らず体を硬くした。少女が両腕で体を隠そうとして検査ができないから、その両腕は押さえ付けられていた。しかし、少女が、苦悩の抵抗を見せたのは、ほんの一瞬だけだった。やがて少女は抵抗をあきらめた。虚脱状態になった少女は体を甲板の上で横たえたまま動かなくなった。しかし、両目を見開き、じっと空を見つめていた。

「この娘は体も立派です」バートンは指で少女の小さな乳首に軽く触れながら言った。いつもの残忍な性格が顔をのぞかせている。

「小さいけれど情熱的なあばずれになるでしょうな、この航海を乗り越えたらの話ですが。ほかの女たちと同じようにね。しかし、私としては、年を取っている女の方とやりたいですな。私は成熟した女が好みでして。成熟した女はいろいろ楽しませてくれますからね。といっても、この航海では大した楽しみがあるわけではありません。私も鞭で背中を打たれるようなまねはしませんよ。サーソ船長は女奴隷の問題には厳しくて、手出しは無用。でなければ鞭打ちの罰です。この船には女奴隷の扱いについて一つの道徳的基準がありまして、それを守らせるんです」

パリスはその点についてもっと詳しく知ろうとしたが、その前に、サーソ本人がイエロー・ヘンリーをともなって下から甲板へ上がって来た。二人は再び天幕の下に座った。雑多な服装をしたヘンリーの手下共が再び、ヘンリーの周りに集まって来た。

「客人たちにもっとブランデーを注いでやれ」サーソが元気よく言った。パリスは、こんなに陽気なサーソの姿は今まで見たことがなかった。

「モーガン」

サーソが叫んだ。

「くそったれ。ぐずぐずするな。さっさと注いで回れ。バートン君、こっちへ来て私の隣にいてくれ。ヘインズ、向こうへ行って火を見てこい。買ったらすぐに焼き印を押したいんだ」

「船長、買えない奴隷が三人います」バートンが言った。

「一人は女、一人は少年です。少年は、まだ、幼過ぎます。もう一人は男で、この男については船長がもっとお手すきの折にドクターが詳しくお話しするでしょう。しかし、この男は梅毒に罹っている、と私は思います」

「三人を船から降ろせ。舷側から降りてもらおう。何てことだ、あんた」

サーソはヘンリーの方を振り向いて言った。

「あんた、サーソが梅毒持ちを買うと思うか？」

ヘンリーは、今度は前より真剣そうに見える。しかし、アルコールのせいで、目を少し細くしている。「緑のバフタ持っていないか?」とヘンリー。「とても残念だ。あんた青はある。赤も持っている。緑ない」

ヘンリーは悲しそうに頭を左右に振った。

「緑欲しい。緑のバフタ商売になる。あんたスレタもない。いけないよ、キャップン・サーソ。絹のスレタ、人気高い」

サーソはうなずいた。このムラートがまず、文句をつけた上で取引交渉に入ることはサーソも予想していた。相手が持っていない物が一番欲しい、という言い方は、連中のいつもの手だ。サーソは、ヘンリーが軽蔑するようなぞんざいな目付きをしながら鍋や、やかんや金縁の鏡をちらりと見たのを見逃さなかった。ヘンリーが本当に欲しい物はこれだ。バフタやインド・サラサではない。そして、多分、マスケット銃も欲しいのだろう。武器がなければ奴隷狩りはできない。

「あそこにいるあの背の高い男。あれから話を始めよう。あの男に五十五バー出す」とサーソ。

ヘンリーの幅広の大きな顔は今、大汗をかき、樹脂を塗ったように見える。その顔が、信じられない、という表情で元気がなくなった。ヘンリーは濃いバター色の大きな手のひらを自分の平らな鼻に押し付け、一層平らにしようとでもするようなポーズを見せた。

「あれは最高の奴隷。性格も一級よ」とヘンリー。ショックから少し立ち直ったところで言った。

「彼はマンディンゴ族。この辺の海岸ではどこでも、最高級の男の奴隷は六十二バーよ」

「いいかい、それでは高過ぎる。そんなことお互いわかっているじゃないか。五十七バー以上は出せない」サーソが言った。

「あんた一バーをどう決めているか?　一バーで何をくれるつもりか?」

「一バーで火薬二ポンドだ。房飾り一ポンドも一バーだ。銀一オンスも一バー」

「贈り物付け加えて欲しい」

「奴隷一人につき白目のジョッキを六個付けよう」

「ジョッキはいらない」

イエロー・ヘンリーは不機嫌に言った。

「そっちのジョッキはごみ。取っ手ない」

ヘンリーの気分は段々険悪になってきたようだ。

「贈り物に真鍮のやかん二個欲しい」

突然、ヘンリーが前に進み出た。目をぎょろぎょろさせて片手を短剣の柄にかけている。

「あの男、向こうへ引っ込めろ」ヘンリーが叫んだ。

「一体、何をやってるんだ?」サーソがきっとなって振り向いた。

「ヘインズ、何をぼやぼやしているんだ。皆をうしろに下がらせろ」

キャリーがへまをして交渉の場に近づき過ぎてしまったのだ。キャリーは、何をしているのか、もっと近くで見たかったのか、それとも女たちのすぐそばまで行ってみたいと思ったのか。

「離れていろ、この間抜け」

ヘインズがどやしつけた。ヘインズは船長に突然、しかられてうろたえたのだろう。キャリーの頬を手の甲で打った。

「奴らに銃を撃たせたいのか?」ヘインズは言った。

パリスは舷縁にもたれ、深く息を吸い込んだ。そしてまるで遠く離れたところから物を見るようにキャリーの困惑したような、どちらかといえばおびえたような表情を眺めた。パリスは、自分が偶然にもその場に居合わせた傍観者のような、その交渉の成り行きからは遠い存在であるような感じを抱いた。そして船の向こうに広がる空間と世界に心引かれるのを感じた。同時にパリスは、自分の体を強く意識した。喉が渇き、肺が呼吸するのを、そして両の手を意識した。両の手には女奴隷の体の温もりと膝の形の感触が、まだ残っているようだ。そして、女奴隷が検査に身を任せたとき彼が感じた肉欲と歓喜のうずきも手の中に残っているような気がする。もっとも心の底ではそれを認めているわけではないのだが……。

パリスは、しばらくして、交渉の行方を追うのをやめた。あまりにも複雑だったからだ。彼は最初、奴隷の値段を何バーにするかが、交渉のすべてだと思っていた。だが、それは実際には、交渉のほんの始まりに過ぎなかった。一バーは、さまざまな商品の一定量の対価にしか過ぎないようだ。それはブランデー半ガロンでもいいし、散弾一袋でもいいのだ。あるいは火打ち石二ダースとか、サラサのある長さでもいいのだ。交渉は相手から小さな譲歩を引き出し、値切るのが狙いだ。そのために、サーソとヘンリーは互いに立派な帽子をかぶって向き合い、相手をおだてたり、怒鳴ったり、大喜びする振りをしたり、驚いたり、相手を信用しない振りをするのだ。

サーソは結局、まずパリスが最初に検査した背の高い黒人を買うことにした。引き換えにサーソが相手に渡したのは、真鍮のやかん六個、子安貝二柱、銀のレースの縁飾りの付いた三角帽四個、鏡二十五枚、一アンカー入りのブランデー一樽だった。それにヘンリーの好意に感謝してサーソは特別の贈り物として、折り畳みナイフ六個と羽毛飾り付き帽子を添えた。交渉が決まり、品物が甲板に運び上げられるとすぐに、その奴隷は船の中央部に連れて行かれた。そこでは交渉中、焼き印を押すための鉄棒が火鉢で熱せられていた。

パリスは強い意志の力のようなものの働きで、連れて行かれる奴隷の姿を目で追った。奴隷は乗組員たちに押さえ付けられ、パリスのところからはその姿が見えなくなってしまった。それでも二等航海士のシモンズが落ち着いて鉄棒を火鉢から取り出し、持ち上げ、赤熱の先端に唾を吐き掛けるのが見えた。同時に、パリスはほんの一瞬だが、向こうにある雑用艇の白い船体を背景に焼き印の燃えるような赤々とした角張ったデザインを視線にとらえた。それは「K」の文字であった。シモンズが精神を集中しようとしているのが、その顔に表れていた。正確に押すことが重要だということをよく承知しているからだ。突然、パリスは学生時代、解剖を手伝っていたときを思い出した。パリスは、今も、ほんの一瞬ではあるが、学生時代の思い出に逃げ込めば現実から逃れられるように思えた。熱心な学生仲間がランプの下のテーブルの周りに集まり、どこか秘密めいた手付きで死体に正確にメスをふるう。今、ここに集まった面々も、内心の苦悩をうかがわせる表情を浮かべており、遠い昔、解剖を初めて学ぶ学生たちの緊張した面持ちを思い出させる。パリスはブレアを見た。けんかの傷跡が残るその顔は堅苦しく顎を引き、見つめている。背の高い、もじゃもじゃの髪のバイオリン弾きのサリヴァンの面持ちも同様に硬い。

ブレアやサリヴァンを見てパリスは一瞬、想像にふけった。だが、血の気のない死体ではなく、生きた人間から叫び声が上がった。喉から絞り出すような澄んだ声が下から聞こえ、パリスは我に返った。黒人を押さえ付けている乗組員たちの顔に緊張の色が浮かんでいる。バーバーはチャーリーを手伝わせて足鎖を持ち、前に出た。肉の焼ける臭いが辺りに漂っている。叔父が初めて奴隷を持ったのだ――パリスは、そう思った。か細い泣き声がなおも聞こえるが、そのとき、大きな声でヘンリーが話すのが聞こえた。その声は怒っているというより悲しげに聞こえる。

「どうしてあんた緑のバフタ持ってない？　どうしてあんたのジョッキ取っ手がない？」

二人目の黒人についての交渉が始まったのだ。

「そんな話聞きたくないな」サーソは無関心を装ってうしろに寄り掛かった。

「また、真鍮の鍋(パン)を二個、贈り物に欲しいのか？」

「ここの連中ソースパンいらない。あんたのソースパン、くずだと言ってる」

生きた人間に焼き印を押すことと死体を解剖することの違いは、もちろん、「死」によってもたらされるのだ。――パリスは授業内容を復唱するように注意深く独り言を口にした。死んでしまえば、他人が思い通りに死体を扱う。解剖に供せられる死体は男の場合も女の場合もある。それらは貧困のうちに死んだ人の遺体であったり、貧乏人の墓から盗み出された死体であったり、絞首台から降ろされた罪人の死体であったりする。いずれも、自分の遺体の処置について何の発言もできない人々だ。では、それらの人々は生きているとき発言はできるのか？　パリスはその場に立ったまま考えていた。パリスの心の中では、生きているときと死んだときの違いがはっきりしなくなってきた。生きているときも死んだときも実際には大して変わりがないじゃないのか？

パリスが見上げると、フォアマストの横木にヒューズがいるのが見えた。ヒューズのうしろでは海鳥が輪を描いて舞っている。高いところから下を眺めると、この奴隷取引の光景はどんなふうに見えるのだろうか？　奴隷取引に明るくない人間がそれを見たとき、どんな意味を見出すだろうか？　焦げた肉の臭いからは遠く離れ過ぎている。顔をゆがめる人を見ても、それが笑い出す前触れなのか、単にまぶしいだけなのか、見当はつかないだろう。叫び声も上の方に行くと、か細くなり風の音にかき消されてしまうだろう。取引の間中、後甲板に次第に積み上げられていく品物の数々……輝くやかんや鍋、カットグラスのビーズ、乱雑に置かれた派手な色彩の布……。横木の上からそれらを眺めていると、それらが何なのか、前もって知っていなければ、訳がわからないだろう。叔父のケンプの事務所からこの取引を見たらどうか？　取引の謎めいたところは消えてしまい、元帳に奴隷登録と記入されるだけなのか。

西の空に白い雲が高い層をなしている。太陽が雲間から銀の矢を放っている。パリスは少しでもいいから風に当たろうと風上舷の手すりを背に立っていた。黒人の少年は三十五バーで買われた。これで男の奴隷の交渉は終わりだ。少年は乗組員たちに強く押さえ付けられると泣き始めた。そして焼き印が押される間中、繰り返し、金切り声を上げた。終わると少年はいつまでも泣きじゃくっていた。子供心に深い悲しみと絶望を感じたのだろう。パリスはそれを見ても船室に戻る決心がつかなかったが、マスケット銃を巡るやり取りを聞いているうちに、下に降りる気になった。

「我々はマスケット銃もある。バーミンガム製だぞ」

「マスキットか、ハハハ……」

ヘンリーは顔を上げた。陽気な振りをしているが、その顔はゆがんでいる。

「あんたのマスキット知ってるよ」

ヘンリーが言った。周りの手下共が笑い声を上げ、ウォーという合唱になった。

女奴隷の取引の途中で、サーソは乗組員にマスケット銃の箱、二箱を後甲板に運び上げるように命じて箱の一つを開けた。油を差し、手入れが行き届いていることを見せるためだった。サーソは、これを見ればヘンリーも心を動かすだろうと思ったのだ。サーソはヘンリーが、それまで火器について一言も触れないので内心驚いていた。ムラートの権威は手下共に与える報酬によって保たれている。手下への報酬の多寡は海岸を訪れる奴隷船に供給する奴隷の数に左右される。ヘンリーが、大陸の奥地で小さな戦争をいくつも仕掛け、その混乱に乗じて手下を侵入させ捕虜を捕まえ、奴隷として奴隷船に供給していることはサーソも知っていた。奴隷売買は儲けが大きい。だが、ライバルも多い。サーソはヘンリーのライバルを何人も知っている。ヘンリーは自分の目的のために一人でも多くの人手を集められれば、それだけ地位は安泰になる。しかし、人手を集めるためにはマスケット銃を与えることを約束しなければならない……。

「これを見ろ」サーソはマスケット銃の箱を指して言った。

「一級のマスケット銃だぞ。バーミンガム製だ。ここを見ろ。ケースにそう印刷されてるだろう」

サーソは箱のふたに型紙で黒く書かれた文字を指した。

ヘンリーはため息をつき、目をぎょろぎょろさせた。軽蔑のまなざしだ。彼はサーソの指す方向に目を向けようともしなかった。もっとも、ヘンリーに字が読めるかどうか、怪しいものだ。

「皆、前と同じ。同じ。バーミンガだめ。くずよ。マスキットよくない」

ヘンリーは突然、怒り、どう猛な表情に変わった。

「俺たちオランダ・マスキット買う」とヘンリー。

「オランダのマスケット銃?」サーソは明らかに憤慨した様子だ。

「イギリスの職人仕事は世界一だ」

サーソは冷静になろうとしたが、ヘンリーの言葉に侮辱された思いで顔色が変わり、声が怒りに震えた。

ヘンリーはしばらく考え込んでいるようだった。口を突き出し、鼻孔を膨らませている。その顔付きはどう猛だが、どこかユーモラスでもあり、顔はぎらぎら光っている。脇にいる手下共も一言も言わず、静かにしている。

「バーミンガ、指奪った」

ついにヘンリーは言った。ヘンリーがそれをジョークのように言おうとしていることは明らかで、口をとがらせ、空に向かってプッと吹いた。そしてすばやく目を瞬き、自分の息のあとを追うかのように手を振った。

「指よ、サヨナラ」とヘンリー。

手下共から笑い声が起きた。ヘンリーは肩を落とし、悲しそうな素振りを見せ、振り向いて手下に言った。

「こっちにバーミンガ・マスキット見せな」

手下二人が輝くような笑顔でその右手を挙げた。二人とも人差し指がなかった。一人は親指の第一関節から先もなかった。それを見てヘンリーの手下たちからオーという喚声が上がった。ヘンリー自身、笑いの発作に襲われたようだ。彼が顔を上げたとき両目に涙が溢れていた。そして言った。

「どうして笑う？　どうして大きな声で叫ぶ？　彼らラッキーだ。まだ、両腕ある」

パリスは、歯を見せてにやにやしている連中の顔から指のない手に視線を移した。突然、パリスはうだるように暑い、と感じた。まるで雲が風を止めているようだ。吐き気がした。長い間、疑わしかった病気がついに発病したような気分だ。ヘンリーの言葉で、その場の雰囲気がほぐれたときを選んで、パリスは主甲板に降りた。焼き印を押され、足鎖をはめられた奴隷たちが一か所に集められていた。そこを通りパリスは船室に入った。

船室でパリスは水で顔と首と両手を洗った。この水はチャーリーが毎日、運んで来る決まりだった。パリスは水の臭いを嗅がないように努めた。水は長い間、大樽に詰めてあったためひどい臭いがした。しかし、幸いにも冷たかった。吐き気も収まった。パリスは心身を正常に戻すには、ある程度、気分転換が必要と判断した。そこで、いつものようにハーヴィーを開き、急いでページを繰った。彼の目は、血液量に基づく有名な推論の箇所にとまった。その推論は生理学の歴史で最初のケースとなる主張だった。

「心臓は三十分間に千回以上鼓動する。場合にもよるが、人によっては二千、三千、四千回も鼓動することがある。もし、鼓動の回数が増えれば、三十分間に、より多量の血液の流れが生じ、全身の血液量より多い大量の血液が心臓を通って動脈に流れ込む事態が生じる可能性がある……」

しかし、今日ばかりはハーヴィーを読んでも慰めにはならなかった。ハーヴィーは、あまりにも厳密で論理的だ。それは、今、上の甲板で進行している事態とあまりにもよく似ている。サーソとヘンリーのやり取りも量に基づいている。そして細部を厳密に駆け引きしている。だが、今の自分にとって必要なのは、多分、もっと人間的な、もっと情熱的な言葉なのだろう。パリスはアレグザンダー・ポープの書物を広げ、目に入ったところから読み始めた。

恐らく人間は始めて呼吸した瞬間に、
待ち受ける死の定めを受け取るのだ。
いずれは人間を征服する病気の萌芽が、
人間の成長とともに成長し、人間の力とともに
力を増す。
精神の病気である人の心を支配している情熱が、
人間の体に宿るのも、それと同じことだ。

この詩は美しい。しかし、今、心が動揺しているパリスには、整い過ぎているように感じられる。韻の優雅な工夫も類推形の正確なバランスも整然とし過ぎている。パリスはポープを投げ出し、トマス・アストリー編の『旅行者のための新アフリカ事情』を読み始めた。

ゾウはドラゴンに対する戦いを続けている。ドラゴンはゾウの血を求めている。なぜならゾウの血はとても冷たいからだ。だから、ドラゴンはゾウが通り過ぎるのを待ち伏せし、ゾウのうしろ足に尾を巻き付ける（ドラゴンの尾は非常に長い）。そしてゾウの歩みを止め、ドラゴンは頭をゾウの胴に突っ込みゾウの呼吸を止める。ゾウは気を失っていき、血をいっぱい吸い込んだドラゴンの上に倒れ、その体の重みでドラゴンを砕く。

パリスは、雑音にも気を散らすことなく集中して読み続けた。その間も、叫び声が続いていた。女奴隷が焼き印を押されているのだ。ヘンリーが交渉を終えて帰る際の長々とした耳障りなファンファーレが鳴る間もパリスは読み続けた。やがて波が船を洗う音しか聞こえない静かなときがしばらく続いた。『新アフリカ事情』にはギニアの住民のことが書かれていた。

「住民は獣のような生活を送っている。神も信じなければ、法律も宗教も国家も存在しない。太陽の熱に焼かれ苦しみながら生活している。だから多くの地方で人々は太陽が昇るのを呪わしく思ったりするほどだ」

シバの女王がエルサレムにユダヤの王、賢者ソロ

モンを尋ね、教えを請うたこと、プレスター・ジョンの伝説〔中世ヨーロッパで東方に王国を建てたと伝えられるキリスト教徒の伝説〕、アフリカ奥地の人々のこと、姿だけは人間の男に似ているサテュロス〔ギリシャ神話の山野の精、半獣半人〕のこと、洞穴に住みヘビの肉を食べて生きている穴居生活者のこと、頭がなく目と口が胸についているブレーミン人のこと……。

　見張りの交代の折、チャーリーが来てドアをノックした。そして船長が後甲板に来てほしいと言っている、と伝言を伝えた。パリスが主甲板に上がるとすばらしい日没だった。雲が黒い灰となって、その中で火が盛大に燃えているように見える。サーソはすでに後甲板にいた。前部手すりに立ち、うしろにバートンとシモンズが控えている。乗組員たちは後甲板の下に集まっている。パリスは階段を昇り、バートンの数ヤードうしろに立った。奴隷は甲板中央部に座らされている。男の奴隷は鎖に繋がれているが、女と少女は繋がれていない。乗組員たちが下に集まったところでサーソが直接、皆に向かって話し始めた。いつものようにしゃがれ声で、ほとんど抑揚のない話し方だ。

「皆、初めて奴隷を船に迎えた。奴隷船に乗った経験のある者は知っているだろうが、本当の仕事はこれから始まる。全員、今までは休暇をとっていたようなものだ。これからは給料に見合う働きをしてもらう。ニグロは高価な商品だ。買い入れた奴隷は全員、最上の健康状態を保たせて運んで行く。キングストンで最高の値段がつくように管理するのだ。そのためには万全の手立てを講じる。奴隷たちが甲板にいるときは、監視の目を離すな。船べりを越えて海に飛び込む者が出たり、そのほか、間違いが起きないように監視してほしい。見張りに立った者は居眠りするな。居眠りが見つかったときは、初めてでも鞭打ち十二回の罰を覚悟する必要がある。二回目はその倍だ」

「私はニグロを傷つけることを許さない」とサーソは言った。奴隷たちが傷つけられた場合を想像しただけでサーソは怒りが込み上げ、目の前の手すりを拳が白くなるほど強く握り締めた。

「誓って言うが、ニグロを傷つけようとする者は、自分も必ず傷つくことになる。その者には、この世に生まれなければよかった、と後悔するほどの厳しい罰を科す。ニグロを移動させたり、ニグロに命令を守らせるために短い鞭を使うことを全員に許可する。しかし、目や口を鞭で打ったり、切ったりすることは許さない」

パリスは緊張を少しほぐそうと海を眺めた。先ほどまでの燃えるようなすばらしい日没の風景は、強烈さが和らぎ、黒ずんだ金色の輝きが支配する風景に変わっていた。東の空は雲もなく、一様に明るい紫とバラ色の交じり合った色に染まっている。そして暗くなっていく森の線の上、地平線の上空で色は淡くなり、冷たい青の夜空が続いている。大波はやむことなく逆巻き、砕け散り、音を立てている。その水しぶきは高くのぼったとき、血に染まったような色の鈍い輝きを見せ、そして薄暮の中に見えなくなる。

「もう一つ言っておく」サーソが言った。

「女奴隷と通じることは、どのような事情があったとしても私はいっさい認めない。私は私の船で汚らわしいことをすることは許さない。女奴隷と寝たとわかった場合は、まず、鞭打ちにする。次に甲板に張り付ける。私は明日、奥地の連中の言葉に通じた人間を船に連れて来るつもりだ。だから汚らわしいことをしたら必ずわかる。我々は今後、数日間、ロングボートで海岸に行き、取引を行う。海岸で皆が何をしようと、それは皆の勝手だ。だが、これだけは言っておく。私は自分の商品を傷つけたくはない。それにこの船を汚らわしいことがはびこる悪の巣窟にしたくはない。処女の娘はジャマイカでは十ギニーは高く売れる。今、ここで十ギニーを払う者はいるか？　いたら前に出ろ」

下の甲板は皆、沈黙した。サーソは顔を上げ、暗くなりかけた空を眺めた。

「私は昔、誓いを立てた。皆の多くがまだ生まれる前のことだが……。だからこそ、ここで私が皆に話をしていられるのだ。私は生きている限り、この船を汚らわしいことの起きない船にしておきたい」

第五部

第二十五章

アダムズは去って行った。劇のリハーサルは空中分解した。イラズマスにとって気分のいい日々だった。晴れてウォルパート家への出入りも許された。彼のハンサムで苦み走った顔立ちと寡黙な態度、セーラに示す恋心の強さを見て、セーラの母はイラズマスを義理の息子として受け入れる方に気持ちが傾いた。そして父のウォルパートさえも、心を和らげたとまでは言えないにしても厳めしい態度を解いた。だが、ウォルパートは、この若者が娘と恋仲になったからといって、若者を好きにはなれなかった。むしろ逆だった。それにウォルパートは意志が強く、所有欲も強い男であるだけに、自分と同じような性格の他人を見ると、我慢がならなかった。また、ウォルパートは時折、自分に対してさえ客観的な見方をする取り柄があったが、このいずれ義理の息子となる若者はその長所が見られなかったことも気に入らなかった。ウォルパートは娘のすべてに対して鋭く感覚を働かせているが、この若者が屋敷を訪問するとセーラが重苦しい気分になり、暗い表情で、その輝きがわずかながらも失われることに気づいた。しかし、セーラはそれでもイラズマスと一緒にいたいという素振りを見せ、彼のもとに走り寄るのだ。セーラがイラズマスと結婚したいと願っていることは、ウォルパートの目にも明らかだ。こうなるとウォルパートもセーラにだめだ、とは言えない。これまでもセーラが何かを欲しいと言って来たときには、ウォルパートは、自分でできることなら、いつでもそれをかなえてやった。

イラズマスの正式の立場には何の変化もなかったが、今や彼はウォルパート家を訪問し、セーラと散歩し、話し合うことが公然と認められた。いつもは誰かが慎ましく二人に同行したが、時には、ほんの短時間ではあるが二人きりになれることもあった。同行するのは、大抵はセーラの母の又従姉妹で、ウォルパート邸に同居しているミス・パーディだった。

イラズマスは、自分がウォルパート家で特別な立場にあるという意識を強く持つようになった。それとともに彼はウォルパート家で伸び伸びと振る舞った。彼は多弁になり、将来、つまり二人の未来について、あるいは結婚したときのことについて自信たっぷりに語った。リヴァプールの将来像についても大胆に自分の考えを述べた。二人の未来にとってリヴァプールの将来像は密接に結び付いている、と彼は考えていた。イラズマスは目を輝かせて「交通・輸送の問題が……」と口癖のように語った。それが彼の愛の語らいであり、セーラに対する約束の言葉だった。彼の働く目的、彼女に捧げるもののすべてが、この言葉で表されていた。

「交通・輸送こそ、大きな未来が開けている分野です。大量の資金がリヴァプールに流れ込んでいます。その金額は日ごとに増え続けています。最上の投資先は埠頭地帯を拡張し、新しい運河を開削し、道路を改修することです。そうすることにより内陸部からの輸送路が整備されます」

彼が交通・運輸問題に熱心なのは必ずしも純粋な動機によるものとばかりとは言えなかった。父ケンプの指示で、リヴァプールに入る道路に沿った土地を大量に買い集めていたからだ。イラズマスが望むような形で開発が進めば、その資産価値は劇的に膨らむはずだ。だが、それだけでもなかった。彼の生来の理想主義的な考え方もあった。それは物質的進歩に対する確信によるものだった。彼はリヴァプールが美しい繁栄の都市に生まれ変わろうとしていると考えていた。リヴァプールはロンドンより巨大なイングランド最大の港になり、大西洋貿易を一手に引き受けることになるだろう。ランカシャーの繊維工業の富はすべてリヴァプール経由で流れ込むことになるだろう。イラズマスはウォルパートが石炭とチェシャー州の岩塩鉱床に投資していることを知っていた。ケンプ家の事業である海運業、輸入業とウォルパート家の事業が結び付けば、ビジネス上、強力な組み合わせが誕生する。

イラズマスが描いた未来像は堅牢な大理石の宮殿であり、セーラはその宮殿の女王だ。ただし、その中に封じ込められ、確実に彼一人のものである。だが、現在については、彼は、このような確信に満ちた姿を描くことはできなかった。現在の自分には、奇妙にも、無数の穴が開いているのだ。封じ込められずにあらゆるものが自分から四方八方に流れ出てしまう。セーラは愛情を彼一人にではなく、万遍なく注ぐ。彼女は家族を愛しているだけでなく、友達にも使用人にもペットにさえも愛情を注ぐ。際限がない。だからイラズマスは自分の知らないセーラの知人などと一緒になったりすると、決して心が休まることがなかった。彼は以前にもまして風采に気を配るようになったし、服装選びに苦心するようになった。セーラの知り合いはイラズマスを見て、立派な顔をしていると皆が言った。しかし、同時に無愛想で、あまりにも高慢だという評判も立った。

セーラの癖の一つがイラズマスをひどく悩ませた。それは『魔法の島』のリハーサルの際、最初に気づいた点で、彼は結婚したら夫としての立場からそれをやめるように彼女に言おうと心に決めていた。その癖というのはこうだ。セーラは話をするとき、相手に理解しやすく語るのが実に巧みなのだ。それを何と呼んだらいいのか、イラズマスにはわからないが、とにかく皆の注目を集めることがうまい。人が集まったところで話をしているときなど、セーラはわざと単語と単語の間隔を開けて、小さなクライマックスをいくつもつくり、人々の関心を引きつけるのだ。彼女の話し方は、例えば――。

「皆、とっても、がっかりでしたわ」

「私は、イチゴが、本当に大好きなの」

彼女はこう言って顔を上げ少しほほ笑み、ほんの一瞬目を閉じる。そのとき、軽い痛みが体を走り抜けるように、あるいは、軽い気持ちのいい発作に見舞われたように体を震わせる。彼女を取り巻いている人々、とりわけ男たちは――と、イラズマスの目に映るのだが――そのクライマックスの瞬間をわくわくした気持ちで待ち、次にその言葉に心を打たれ彼女の虜(とりこ)になってしまうのだ。

確かに、そんな彼女はチャーミングだ。しかし、同時に、見苦しくもある、とイラズマスは思った。未婚のうちは許されるだろう。特に、甘やかされて育った女性――イラズマスは、セーラが甘やかされ過ぎている、と最近、時折、感じるのだ――の場合は仕方がないかもしれない。しかし、妻となったら許されない。妻は夫の尊厳を守る立場にあるからだ。イラズマスは今すぐにでも、そのことをセーラに話しておきたかった。だが、話すのをためらってきた。彼女が自分の真意を正しく理解しないかもしれない、と恐れたのに加え、彼女が強情で、他人の意見に耳を傾けることを好まないところがあるからだった。だが、結婚したら自分の考えをはっきり伝えようと決心した。イラズマスはこのような小さな問題にも心を配った。そして小さな心配りは将来への大きな野望と分かち難く結び付いていた。

将来についてはイラズマスも展望を描きやすい。嫌なことは目をつぶったまま考えるからだ。だが、現在のこととなると、なかなか自分の思い通りにはいかなかった。そこでイラズマスは、セーラから自分と会うまでの人生についていろいろ聞き出し、セーラとの関係を自分の思う方向に持っていきたいと考え苦労したが、いつも聞きたいことを聞き出せなかった。逆に、彼女の方から進んで話してくれることもあった。しかし、その話は、どれも、彼の手に余るものばかりだった。教理問答の際に着て行ったドレスのこと、ペットのパグ犬のこと、母とチェスターに旅行したこと――といった話題で、彼の想像力が働きそうにないことばかりだったし、彼女の体験と自分を一体化するのも容易ではなかった。そこで彼女の過去、自分とは別に歩んできた人生、彼が現れる前のセーラを思い浮かべてみようとした。だが、これはなかなか困難でつらいことだった。それはミランダ役のセーラのためにファーディナンドになりきろうとする努力に似ており、実際、そんなに違いはなかった。

彼は、セーラの思い出を勝手に自分のものにすればいい、と考えた。彼女の過去の体験を聞き、セーラに代わって自分なりの角度から解釈し直すのだ。これは楽しかった。

八月初めのある朝のこと。二人は一緒に馬の遠乗りをする準備をしていた。イラズマスは客間の隣の小部屋でセーラを待っていた。壁に掛けてある絵に目がとまった。絵は精巧な渦巻き模様の金メッキをした額縁に収まっている。かなり古い時代の風景画で、当時流行(はや)りの服装をした身分の高い男たちと貴婦人たちが描かれていた。男たちは皆ハンサムで誇り高く、貴婦人たちはほっそりして優雅だ。男たちと貴婦人たちは召使を従え、脚の長い立派な猟犬を連れて果樹園を散歩している。果樹園には色の濃い葉の間に果物がなっているのが見える。足元の芝生には白い花が点々と咲き乱れている。イラズマスは、しばらくの間、この絵をじっと眺めた。絵の醸(かも)し出すのどかな喜びに心を打たれたからだ。明らかに古い絵画だ。厚く塗られた顔料が黒ずみ、上塗りがあちこち剝げている。だが、散歩するお洒落な人々の顔の部分の光沢はまだ残っている。皆は尊厳に満ち、魅力的だ。目には見えないが、神の祝福が、奇妙に丸く刈り込まれた木々を通して人々の上に降り注いでいるようだ。

　セーラが部屋に入って来た。深い緑色の女性用乗馬服を着けている。イラズマスはセーラに絵の由来を尋ねた。

「これはお母様のお里から来た物だと思うわ。そう聞いたの」

「詳しいことは知らないのですか？」

　彼は笑って尋ねた。彼女がはっきり知らないというのは意外な気がする。自分は家の中のすべての物の由来を詳しく知っているからだ。

「覚えている限り、ずっとここにあったのよ」

　その口振りは弁解するようなところがある。

「いつもここにあったのよ」

「誰が描いたのか知りませんか？」

「さあ、見当がつかないわね。それって変かしら？」

「画家の名がはっきりすれば、この絵の価値も上がるでしょう」

　イラズマスはやや大きな声で気取って言った。自分の知っている範囲のことなので自信があった。

「絵の価値ですって？」

　セーラは少し驚いて眉をつり上げた。そして一瞬の間を置いて言った。

「画家の名前を聞いたかもしれないけれど、忘れたわ。外国人で昔の人じゃなかったかしら。題も知らないわ。もちろん、画家がつけた題のことだけど。でも、この絵が何を描いたのかはわかるわよ」

　最後をセーラははっきり言った。そして輝くようなほほ笑みを浮かべた。イラズマスは、そのことに気づいた。彼女は絶対的な自信を持って言った。

「これは、楽園の人々の絵だわ」

　ほんの一瞬、彼女は瞬きし、身震いした。イラズマスは、しばらくの間、セーラの言葉を真剣に考えた。そして再び、絵を眺めた。しかし、前よりも鋭い目付きで、注意して慎重に見入った。

「楽園ですって？」彼は詳しく見たあと、つぶやいた。「楽園に召使がいるものですかねえ？　こちらの人々は召使じゃないですか？」

「そうじゃないわ」セーラはすばやく、そして切迫した口調で言った。ここで一言（ひとこと）、言っておかなければ重大な誤解を招く恐れがある、とでも言うように。

「違います。人は誰でも自分の生活をもとに楽園を思い浮かべるのじゃないかしら。召使を使っている人は、楽園でも召使がいることを当然のように考えると思うわ。私は生まれたときからこの絵を見てきたのよ。子供のころ、いつもこの絵をとてもすばらしいと思ったの。人々の表情がすてきでしょ？　楽園にいるのよ。人々がどんなに神の祝福を受けているのかおわかりでしょ？　この絵の人たちはすべてを思いのままにできるの」

　セーラは雄弁に話した。切迫した話し方のままで、訴えるような、子供が言い張るようなところさえあった。

　イラズマスは絵を眺めたのと同様、慎重に彼女を見た。イラズマスの顔には、彼女がこれまで見たことのない表情が浮かんでいた。相手を哀れむようでもあり、同時に見下すようでもあった。

「犬も楽園にいるのですか？　立派な服も楽園のものですか？　あれは猟犬ですよ。わかるでしょう？　楽園の人も狩りに出掛けるのかな？」

　彼を見つめるセーラに困惑の色が浮かんだ。

「もう、お話ししたではありませんか。人はそれぞれの流儀で物事を見るのではないかしら？　この世で美しい衣服を着けることが幸せであり、ゆったりとした生活を送ることが幸福であると考えるなら楽園でもきっと同じだろう、と考えるのではありませんか？」

「もう、話したですって?」イラズマスはまだほほ笑みを浮かべていた。しかし、その目は細くなり、不快な気持ちが表れていた。

「あなたは、自分もこの絵の中の貴婦人の一人だと考えているのではありませんか? そうでしょう? だからあなたはこの絵が大変気に入っているのでしょう。あなたにとって楽園は着飾り、役を演じるところ。舞台と同じですね。『魔法の島』のようなものでしょう」

「そんなこと少しも考えていないわ。まったく逆よ」とセーラはイラズマスを見ながら言った。その目はイラズマスの目よりも細く、一層不愉快そうだった。

「この絵の人々は私とは別の世界にいる、といつも思っていたわ。だから……」

「いや、違うでしょう。あなたは自分がこう思った、と頭の中で考えたことを言っているんだ。しかし、それは事実ではない。子供は物語を創作します。あなたは、いつも、これを単に人々が庭園を散歩しているところを描いた絵と見てきたはずです。しかし、あなたはこの絵に物語をつくった。そうでしょう? 私はあなたのことをあなた以上によくわかるのですよ」

イラズマスは機嫌が直った。セーラを理解する力が働いたからだ。彼は絵を指した。

「この人たちは、庭園をただ散歩しているだけです。絵をありのままに見てはいかがですか。私の言っていることが間違っていないことにあなたも気づきますよ」

彼女を振り向いてイラズマスは驚いた。彼を見ているセーラの青い目に反抗心が表れていたからだ。

「あらあら、ずいぶん長い間、私は間違っていたんだわ」

セーラの口振りには怒りと嫌味があった。セーラが相手に口論を吹っ掛ける前触れだ。

「いいこと。ある晴れた日の朝、イラズマス・ケンプさんがもったいをつけて私に指図するのよね。意見は、こう言いなさい、とね。もちろん、その意見というのはイラズマスさんの考えそのままなんだから……。そして、イラズマスさんの指図がなければ私は間違ったままでいることになるのかしら。つまり、私は知らないうちにイラズマスさんと同じ意見を言ってきたんだわ」

　彼女は最初、ゆっくりと話し始めたが、やがて声が震えてきた。

「あなたは私のことなど、ちっともわかっていないわよ。ありのままの私を見ようともしない。それなのにあなたは私が、こんな女だ、という言い方をするんだから……。でも、それは私とはまったく違う人よ。あなたは私が自分というものを持つことが嫌なのね。あなたに何かを与えることができる私なのに、あなたは、そんな私は必要じゃないのね。あなたは本当は絵に興味がないんでしょ？」

「私が絵に興味がない、と言うのですか？」

　イラズマスは、ゆっくり問い返した。セーラの言うことが理解できなかった。イラズマスはセーラのことをよく知っている、と言っただけなのにセーラが反発したため驚いた。心が傷つけられた思いだった。これではまるで彼の愛を拒絶する、と言っているのに等しいではないか。

「セーラ、よく考えなさい。自分の言っていることをよく考えなさい。昔の絵について一緒に話すこともできないのですか？」

　イラズマスは体を真っすぐ伸ばし、彼女を見つめた。セーラの目は相手をなじるようで暗い。

「こんなつまらないことで言い争うなんて……。大きな問題で助け合うことなどできないじゃないですか？」

　彼は核心を突いたつもりだった。セーラに答えてほしいと思った。だが、セーラは何も言わなかった。彼女は顔を背けたままだ。これでは遠乗りも楽しいものになるかどうか怪しい。やめることもできる。しかし、そこへミス・パーディが乗馬服を着て、支度を整えて現れた。彼女は「いいお日和ですね。楽しそうでわくわくします」と言った。その場の雰囲気に気づいたとしても、そんなことはおくびにも出さなかった。

　その日は、薄曇りで日射しが弱かった。三人は黙ったまま、カラスノエンドウ、キンポウゲ、クローバーの茂った草地を通って進んだ。先頭にセーラ、次がイラズマスだった。イラズマスは心の葛藤と闘っていた。セーラと並んで進むことは自尊心が許さない。だが、セーラを愛しているのであまり離れてうしろからついて行くことにも耐えられない。ミス・パーディは、脚は短いが丈夫な雌馬に乗り、二人のはるかうしろを進んで来た。

気持ちの落ち込んでいたイラズマスは、セーラに対する腹立たしい思いで、より惨めになった。イラズマスは思った。セーラは強情な上、筋が通らないことを言い張っている。自分が意見を言うのも許されないのか？　自分の意見がセーラに誤って受け止められたからといって、それが自分の責任であるはずはない。自分の本当の価値をセーラが理解できないのは、セーラが悪いのだ。セーラとあの絵について話したのは、別に下心があったわけではない。純粋に、ただ、本当のことを知りたかっただけなのだ。そこのところをセーラにわかってほしい。セーラは、まるで子供のように甘えているのだ。ところが自分はセーラを大人として扱い、彼女に敬意を払ってきたつもりだ。だから不愉快なのだ。

イラズマスは、馬上で気持ちを整理していた。セーラに対する態度を別の角度から考えてみた場合、それは自分を責めることにならざるを得ない。それはわかっている。それに、自分は深く自省する性格ではない。自分の望みはよく理解している。セーラとの結婚と金持ちになることだ。だから、あの絵を見て意見を言ったのだ。それだけのことだ。自分から進んで、あるいは他人から強制されて自分の理性的意志の深層を探ろうとすると、底知れぬ不安、恐怖に近い気持ちを抱いてしまう。大切なのは自省ではなく、何を達成するかだ。イラズマスは幼いときから自分の願いを自分の部屋の高い祭壇で祈り、神に、必ず達成しますと誓いを立ててきた。これもそう信じてきたからだ。

道は曲がってのぼり坂になった。雑木林の木立ちを抜けると、開けた田園に出た。約三十分進み、乗馬道が低い尾根を迂曲するところへ来たとき、セーラが鞍の上で肩越しにちらりとイラズマスを見た。それから馬をトロットで走らせた。イラズマスもすぐに追った。セーラがついて来るようにと合図したのがわかったからだ。セーラは尾根から離れた小道で馬を止め、横に向けていた。彼女はイラズマスを見ている。イラズマスはセーラが二人で何か企みをするときに見せるような笑みを浮かべているのを見てうれしくなった。二人は示し合わせたようにトロットで駆けて来たので、ほんの一、二分だがミス・

パーディの目の届かないところに来たのだ。

彼はすぐに潔く認めた。自分よりセーラの方が心が広い、セーラは二人のためにわざわざこの機会をつくり出したのだ、と。同時に彼は、二人が仲直りするには笑顔だけでも十分だが、口付けがあればもっといい、ということに気づいた。彼は馬を前に進めた。二頭の馬が接近し、互いに熱くなった横腹をこすり合わせた。鞍の上で二人はともに前かがみになり、心のこもった口付けを交わした。唇のほかには触れ合うことができないため、口付けは熱烈だった。

それまでの数週間に、二人は何度も口付けを交わした。しかし、この瞬間は周囲に誰もいない。それだけに愛情が再び高ぶり、互いに相手を許した。イラズマスは、しばし、いつも望んでいた二人だけで封じ込められる、という夢がかなえられたような気がした。天と地が水晶の薄い膜の泡を作っている。その中に光が射し込む。セーラとイラズマスは捕らえられてそこに封じ込められる。時の流れが停止する。

イラズマスはセーラから体を離した。二人を包んでいた光まばゆいカプセルの膜は溶けてしまった。そして彼は再び空気の肌ざわり、色彩の世界、付き添い役のミス・パーディの目、多分、少し非難するような目を感じた。それは彼にとってほとんどショックだった。

「ごめんなさい。あなたに嫌な思いをさせたわ。そんなつもりで言ったんじゃなかったの」

セーラはイラズマスに低い声で早口に言った。

誰もが経験することだが、恋愛はいつも同じ状態が続くわけではない。熱が上がったり、冷めたりと常に形が変わる。傷ついても、その傷は愛の中に取り込まれてしまう。だが、取り込まれた傷は、物語を構成するさまざまな要素と同じように、その一要素となり、しかも、その恋愛の中に常に形を残し、その意味の一部となるのだ。セーラは元気のいい女性だ。軽蔑されたり不当な扱いを受けると、その対象が自分自身の場合でも、また、自分が可愛がっている動物であっても、すぐに腹を立てる。だが、セーラの怒りは決して長く続いたり、あとを引いたりはしない。人を恨むことなどセーラにはできないのだ。しかし、セーラはいつも周りから親切にされ、それに慣れている。家の中では特にそうだ。だから、絵の意味を説明したとき、イラズマスが浮かべた不快そうな表情を決して忘れないだろう。また、その朝、自分が受けた冷酷な仕打ちを忘れることもないだろう。

イラズマスは、ミス・パーディが二人に追いつく前に、セーラに「この世で何よりもあなたを愛しています」と告げた。だが、頭の片隅に彼女の謝りの言葉が引っ掛かっていた。不快に思ったのだ。そのときは漠然と受け止めただけだった。しかし、この引っ掛りは、イラズマスの将来に対する決意という「均整のとれた庭園」に根を下ろすことは避けられなかった。セーラが自分に許しを求めたのは正しい。しかし、セーラが自分を傷つけたことを謝ったのは誤りだ。そんなことは取るに足りないことだ。それに、気分を害されたというのは問題の核心ではない。問題は原則だ。彼女はごめんなさい、と言ったけれども、どちらが悪かったのか、という重要な点は、それで解決したわけではない。彼女は絵のことで、自分が間違っていると認めるべきだ。いつか自分の方から、この問題を蒸し返すときがあるだろう、とイラズマスは思った。だが、今がそのタイミングでないことは明らかだ。セーラはあの絵が気に入っている。結婚したときには、多分あの絵を嫁入り道具の一つとして持って来るに違いない……。

チャールズ・ウォルパートとは、最近、たびたび仲違いした。『魔法の島』のリハーサルが突然、中止になってからというもの、二人の間には、ある種の冷たさがあった。チャールズは、この大失敗が主としてイラズマスのせいだ、と非難し、キャリバンが出演不能になったことさえも、イラズマスの責任だとひそかに考えていた。不運な牧師補が、ずっと以前に、出演不能になった本当の理由を仲間に説明したのだが。その上、チャールズはイラズマスがウォルパート邸内で、ウォルパート家の客を待ち伏せするという非礼を働いたことも許せなかった。二人の若者の間には、性格の違いもあった。性格が違えば、いずれ何かにつけて衝突するのは、避けられなかっただろう。チャールズは父ウォルパートから巨体と重々しい話し方を受け継いだ。しかし、父の商才は受け継いではいなかった。チャールズは、勤勉で良心的な若者だが、優柔不断で、それを尊大な物腰で覆い隠そうとした。そしてその態度は日ごとに尊大になっていった。一方、イラズマスは、セーラへの愛に加え、野心という二つの情熱に燃えていた。熱心に取り組んでいるリヴァプールの未来像については、伝説上の古代トロイの塔のある街よりすばらしい塔の並ぶ街並みを夢に描いていた。また、融資にも携わり、有利な複利での金利設定にもかかわっていた。そんなイラズマスにとって、チャールズの長たらしい話や慎重過ぎる考え方、法律万能主義は、次第に我慢のできないものになっていった。

　ある日の午後のこと。イラズマスはセーラ、ウォルパート夫人と三人で午後の紅茶を飲んでいた。そこへチャールズが帰って来た。裁判所からの帰りで、かなり不機嫌だった。そして皆の前で、訴訟の進み方への不満を延々と語り始めた。この訴訟は、ウォルパート家も関係しており、ウォルパートはチャールズを責任者として当たらせていた。イラズマスは、議会で、道路の損傷を抑えるための条例ができたことは知っていた。条例は、荷馬車に繋ぐ馬の数と車輪に付けるタイヤの幅を制限する内容だった。ウォルパート家は訴訟で荷馬車一台当たりの積載許容量の規制を求めていた。だが、チャールズによれば、訴訟はとんでもない長い時間がかかっているのだ。

「法廷では、馬の数とか、車輪とか、延々と議論を続けているんだ。ところが積載量の問題に取りかかろうとしないんだよ。最高に腹立たしいな、まったく」とチャールズ。

　最近、彼は巻き毛の鬘を着け始めたので、ますます父ウォルパートに似てきた。まだ、乗馬用のブーツを履いたままだった。お茶の時間に間に合うように急いだのと、母や妹に、「大変ね。ご苦労様」とねぎらいの言葉を掛けてほしくて急いで部屋へ入って来たからだ。その場にイラズマスがいるのを見てチャールズは嫌な気がした。チャールズは気難しい顔をして椅子に深く腰掛け、両足を前に投げ出し、両の親指をチョッキのポケットに引っ掛けていた。イラズマスは、これから長々と退屈な話が始まる前触れだな、と思った。

「いいかい、積載量の規制ができれば、我々は形勢を逆転させられるんだ。そんなに大量に荷物を積めば、馬の頭数を制限するなんてナンセンスだ。馬の頭数を増やさなければ馬の心臓が破裂するだけだ、と言い返せるからね。この点を乗り越えられれば、荷馬車の車輪に関する規制についても改めさせられるだろう。だが、弁護士連中はだらだらと議論するだけで結論を出さない。それなのに途方もなく高い報酬をふんだくるんだから……」

イラズマスはチャールズが目の前で足を投げ出し、場所をふさいでいるというだけで反発を感じた。その上、荷馬車についての退屈な、とらえどころのない話をいつまでも続けている……。

「法廷で論争しても時間の無駄ですね」とイラズマスが言った。

「あと半年かけても得られるものといえば、車輪の幅を一インチか二インチ広げることぐらいでしょうか。それがどれだけ役に立つのか、私にはどうしても理解できませんね。車輪の幅を広げたからといって、輸送コストを大幅に引き下げることはできないでしょう。輸送量も大して増えませんよ。そして道路は今のままの状態が続くわけです。雨が降らない日には道路に轍（わだち）ができるし、雨が降れば川のように泥が道路を流れて行きます。問題は道路ですよ。荷馬車の車輪じゃない、と思いますね」

イラズマスのこの発言、批判は、チャールズにはいら立たしかった。チャールズは、これまでかなりの期間、この問題にかかわってきたし、とりわけ、自分のよく知っている分野なのだから、意見を聞いてもらう資格があると考えた。チャールズは言った。

「機も熟さないうちに一気に事を運ぼうとするのは間違いですよ。イラズマス君、あえて申し上げれば、あなたは、いつもそういう間違いを犯している。石炭がそこにあるのですよ、炭田に。石炭が今、すぐに必要なのです。それには今ある道路を使って輸送するしかないじゃないですか。あなたはユートピアを求めている。そのユートピアが実現するのを待ち続けて、三十マイル先に石炭を積み上げたままにしておいたら、我が家の製塩事業がどうなるか、おわかりですか？」

「私はユートピアの話をしているのではありません」イラズマスの目がきらりと光った。

「私は誰でも知っている事実を言っているだけです。リヴァプールとプレスコットの間の道路は砕石を敷いた有料道路になりました。その料金は維持費に使われています。有料道路の完成で南西部からリヴァプールへの石炭輸送は著しく改善されたじゃありませんか。今では、有料道路はセント・ヘレンズまで延長されました。近い将来は……」

「息子が言っているのは時間のことですよ」

興奮していたイラズマスは、この穏やかな女性の声がどこからきたのか、しばらくの間、わからなかった。まるで天井近くのどこかから耳に降り注ぐ感じだ。そしてそれがウォルパート夫人だと気づいてイラズマスは驚いた。室内用帽子を深くかぶり、肩にレースのショールを掛けたウォルパート夫人が体を前に乗り出している。夫人がイラズマスの発言を遮ったのだ。夫人は続けた。

「その道路は二十五年以上も前に有料道路になったのですよ。まだ、あなたが生まれる前だったわねえ、イラズマスさん。私は当時のことをよく覚えています。あれは私たちが結婚した年でしたから。あなたはいろいろと有料道路のいいことをおっしゃったけど、セント・ヘレンズへ道路を延長するだけで、これだけの歳月がかかったのよ。あなたは主人が、これから道路が改修されるまでの二十年間、何もせず、ロンドンで自分が反対する法律がつくられても、ただ黙って座って眺めていなければならない、などとお考えじゃないでしょうね？」

イラズマスはすぐに返事ができなかった。驚きのあまり口をあんぐりさせるだけだった。今まで、男がビジネスの問題を論じているときに、女が口出しするなどということは聞いたこともなかった。例えば、自分の母がそんなことをするとは想像もできないのだ。ウォルパートは家庭内でそれを許しているのだろう。イラズマスは驚きを感じると同時に軽蔑の念を抱いた。ウォルパートはビジネスのことで夫人と相談することさえあるのではないか？　夫人の発言は、夫の仕事を深く理解していることを示していた。道理でセーラは、すぐ自分の意見を言う癖があるのだ。目の前に手本があるのだから。彼は真っすぐ前を見て、ようやく返事をした。

「いいえ、とんでもありません。石炭をリヴァプールへ、どのような方法で運搬なさるのかは、すべてご主人のお決めになる問題です」

イラズマスは夫人に意見されたのは失敗だったと、その後長い間、心が痛み、自尊心を打ちのめされた感じを受けた。悪いことにチャールズが自己満足の表情を浮かべるのを見てしまった。自分が正しかったんだという、その顔を見ると余計に落ち込んだ。だが、イラズマスは、自宅にいるとき、あるいはウォルパート家訪問の往復の馬に乗っているとき、さらには家業で忙しくしているときのように一人になり、へ理屈を並べるような相手から解放されると心が弾んだ。未来には栄光への機会が開けている。それとともにそこでは自分とセーラのための場所が確かにあるのだという確信があったからだ。

石炭がリヴァプール発展の鍵を握っている——その点では、ウォルパートは正しい。今やリヴァプールの町の人口は二万人を超えた。そしてさらに、急速に増えている。それにともない石炭需要が増大している。チェシャー州では、海水を煮たり、岩塩を精製したりして塩を作る製塩事業が、かつてないほどの大量の石炭を求めている。また、至るところで新しい産業が生まれているが、それらの産業もすべて石炭が必要だ。金属加工、ガラス製造、製糖などの産業がそれだ。しかも、製品はすべてリヴァプール港で船積みされるのだ。

仮に道路事情が改善されても、荷馬車が需要に見合うほどの石炭を輸送することができないことは明らかだ、とイラズマスは思った。石炭輸送は水上運送でなければ間に合わない。マージー河はすでにマンチェスターまで、小さな船なら航行可能になっている。はしけはストックポートとリヴァプールの間を定期的に往復している。マージー河の水運事業を実現不可能な夢とあざ笑う人たちも多かった。しかし、河底を浚渫(しゅんせつ)し、水路を真っすぐに改修することにより夢は現実となった。土木技術の偉大な成果である。技術者たちはマージー河を作り直したも同然だ。この改修工事を通じて取得した技術は人工水路の開削に応用されるだろう。それは必然で、それほど遠くない将来に実現し、運河はわずかなコストで莫大な量の貨物輸送を可能にしよう。このように予測してイラズマスは体中にエネルギーが溢れるのを感じた。イラズマスの想像力は、父王の船の難破を嘆くファーディナンド役を演じていたとき、あるいはセーラが子供のときの空想に固執するのを見つめていたときには、働く余地がまったくなかった。しかし、自分のはしけで一年に数十万トンの石炭を輸送することを思い描くとき、想像力が溢れんばかりに湧いてくるのだった。未来は炭田と運河にある――イラズマスは、そう信じて疑わなかった。石炭と水運を支配する者こそ、新しい時代のリヴァプールの支配者だ。その名が天下にとどろき、権力を握り、夢に見た富をもしのぐ財力を持つのだ。

イラズマスは、この夏の数週間、幸せな気持ちだった。それは自分にとっての黄金時代になるはずだった、と彼はのちに回想している。その当時の彼は、自室にいても、街の通りを歩いているときでも、あるいは仕事に就いているときでも、希望と将来への明るい期待をいっぱいに感じ取っていた。仕事の面では、イラズマスは父の会社の沿岸輸送事業全般とウォーリントン、マンチェスターへの原綿輸送事業の責任者になっていた。そしてその仕事の責任を果たすのにとどまらず、彼は会計事務や商法を学ぶことにも熱心だった。

彼と同様、季節も希望に溢れているように見えた。生け垣やリヴァプールの街の郊外の荒れ地は緑が滴るように濃くなっている。湿地帯にはサギが舞い降り、牛が草を食んでいる。また、浮浪者たちが、れんがを作る焼き窯の間の背の高い草の下にねぐらを作っている。ヤナギランが咲き、ナナカマドの実が色づき始めている。牧草地では大鎌で草が刈られ、刈り取られた牧草は長い列にして置いてあり、色が少し黒ずんでいる。丘の斜面や小麦畑の端ではキアオジ〔小さい鳴き鳥〕がどもるように鳴いており、その声がこだましている。物憂げに鳴くその声は、最後の部分が長く尾を引くように聞こえる。キアオジが鳴きやむと、刈り株がパチパチと音を立てるのが聞こえる。刈り株は熱く、少しむっとするような甘い匂いを発散している。夏は頂点に達し、気づかない程度に夏のエネルギーが弱くなり始めていた。この真夏のエネルギーがいつから衰え始めたのかは誰にもわからない。同様にウィリアム・ケンプがいつから事態が絶望的なことを自ら認め、それとともに死の誘惑に取とりつかれたのか、誰にもわからない。

第二十六章

パリスは船室で日誌の上に身をかがめ、うだるような暑さと全身に広がる疲労感と闘っていた。ある意味では、この不快感が、その日の分の書き込みを終えようとするのに役立った。その苦痛は書き込む言葉とともに、彼がいつもルースに捧げている手遅れの愛のあかしだった。日誌の内容は、たとえ些細であったり月並みであっても、亡き妻との霊的な交感の絆となっていた。彼はつらいことも漏らさず書き記した。船上で耐えていることすべてを書くことが、ルースに対する愛と悔恨の想いを形にして、彼女に捧げることになるのではないかと感じたからだ。

取引の上での我々の特権的な立場は長く続かなかった。ここに錨を下ろしてから十日になるが、今朝起きると二隻の船が沖合にいた。フランス船とエドガー号という名のブリストルの奴隷船だ。サーソはエドガー号の船長とは面識がある。マクドナルドという男だ。

フランス船を見るとすぐ、船長は不機嫌になった。フランス人は高値をつけることで有名らしい。というのも彼らはフランスの植民地で売るよりもニグロを、我々がイギリスの植民地で売るよりも高く売ることができるからだ。だから彼らはイギリス人の取引を台無しにする。こう話しながらサーソは握り拳に力を入れ、不機嫌そうな顔を紅潮させた。そして以前、私が話した彼の妙に無防備な目で、甲板をぐるりと見回した。それはまるで格子板に押さえ付けて怒りを爆発させることができるフランス人が身近にいないかと探すような目付きだった。彼は激しい怒りを、自分の意思に対する障害にぶつかったときのために、特にそれが取引における損失にかかわるときのためにいつも取っておく。これについてはたびたび書いてきた。しかし、一つの国民全体を中傷するのは妙な話だ。サーソはカトリック教や臆病さや未熟な操船術などを挙げてフランス人を何分間も切れ日なくののしった。それが何を意味するのか私にはわからない。実際は、彼らの方がイギリス人よりもニグロ一人当たり儲けが五ポンドいいというだけなのに、どうしてこんなに不機嫌になるのだろうか。

サーソは取引上の損得の計算はできるかもしれないが、大局観を欠き、また他人がどのようなものの見方をしているかを想像することもできないように見える。バートンは少なくとも自分が悪党であることを自覚している。その意味ではサーソより悪党だと思う。バートンにはサーソより人を見抜く目があり、ある種のユーモアさえ持っている。これは、マスケット銃の一件でもわかった。マスケット銃、いや、銃による指の切断が、何か特別な恐怖を伴って私の頭からしばらく離れなかった。恐らく男たちが滑稽な仕草で、これ見よがしに傷跡を見せたせいだろう。それで、あえて船長に直接――最近では互いに話をすることもあまりないが――彼らに欠陥のある銃を売ったのは本当なのかと聞いてみた。サーソは猛然と否定したが、本当は、取引上の立場を不利にするようなことを認めるわけにはいかないからだろう。しかし、あとでバートンが、辺りを見回しながらくすくす笑って、イギリスの奴隷船は長年、製造元から安い値段で買った劣悪品を積み荷の商品に混ぜている、武器だけでなく金物や織物もそうだ、と教えてくれた。「奴らは俺たちをだまし、俺たちは奴らをだます。そうやって世界や地球は回っているんです」とバートンは言う。多分そうかもしれない。だが、地球を最初にその方向へ向けてスピンをかけたのは、アフリカ人ではなく、我々だ。そう考えざるを得ない。

ここに滞在している間にさらに十七人の奴隷を手に入れ、合計で二十四人となった。うち八人が女だ。何人かは焼き印で火傷し炎症を起こしたが、できる限りの手当てをした。焼き印は男と女で押される箇所が違う。男たちは胸部に、女たちは臀部にだ。今のところ彼らは主に甲板に張られた天幕の下に管理されている。

タプリーは今朝、甲板で唾を吐いて罰を受けた。藤の鞭で十二回打たれた。ここにやって来て鞭で打たれたのは彼が二人目だ。最初はキャリーで、黒人女の一人を捕まえようとしたらしいが、女は叫び声を上げげた。危害を与えていないことがわかったので、キャリーは九尾の猫鞭打ちによる重罰を免れた。そもそも彼が何か危害を加えようとしたのかどうか疑わしい。彼はふだん自分の夢の中にいるのだ。女の叫び声で彼は肝をつぶし、甲板に頭から倒れ、気絶してしまった。サーソはキャリーを立ち上がらせ、格好の見せしめとして、その場で藤の鞭で打たせた。キャリーは頭の切り口からまだ血を流していた。意識はもうろうとしていたが、激しく抵抗したので四人がかりで彼を押さえ付けた。ニグロたちが自分たちを捕まえた者がこのように扱われるのを見て、どう思ったか知る手立てはない。サーソが水夫たちを脅した通訳はまだ現れていない。

シモンズは、見張りに立った早朝に月食があったと教えてくれた。午前四時少し前に影が月の表面に掛かり始め、五時までには完全に暗くなり、水平線近くにあった月は間もなく霞の中に消えたという。皆既月食は今まで一度しか見たことがなかったので、今回見逃したのは残念だ。

サーソ船長は今、船にいない。バートンに指揮権を与え、しっかり監視し、船に連れて来られる奴隷のうち見込みのある者は買い、また、フランス船の行動をできる限り見張るよう命じて、ボートでエドガー号に出掛けて行った。マクドナルド船長は海岸に沿って東に戻り、そこでの取引状況をつかもうとしているようだ。ありがたいことに、サーソは私について来るよう言わなかった。船長が出発してから間もなくヘインズの指揮のもと、水夫たちの一行が水樽とさまざまな刃物を持って雑用艇で岸に向かった。刃物を何に使うのかはわからない。説明を受けていないことがいろいろある。秘密にしておくというよりも、私に知識がないから説明しても仕方がないということなのだろう。いっそ、こういった状況に身を委ね、現在のこの世界——偶然迷い込み、日ごとますます痛ましいものになっているように見えるこの世界——について問うことをやめたほうが気が楽かもしれない。将来の自分について深く考えるのを、いや、気にかけるのをやめたようにである。多分それだけが必要なのだ。意思の力によって好奇心を捨てれば、ひんやりした夕暮れどきにそぞろ歩く神からこそこそ逃れる必要もあるまい。

しかしこれは自分でもわかっているのだが、生きていながら死ぬことだ。パリスは自己放棄に対する反発から急に日誌を閉じて甲板に上がった。天気はどんよりとしてひどく暑く、雲が鳥の群れのように遠くの岬から南へ空全体に暗く広がっていた。風は静まっていたが、波は河口の砂州付近で高くなっている。パリスはしぶきが輝くのを見、波の砕ける音が低くとどろくのを聞いた。途切れなく広がる青い海面の彼方に見える砕け波のこの激しさは、長い間温められてきた、何か報復心のようなものがひそかに解き放たれたことを物語るようにパリスには思われた。奴隷を満載して風上に停泊中のエドガー号から、吐き気を催す悪臭が海面を渡って漂ってくる。

振り返って下の甲板中央部を見ると、天幕の下にはニグロたちが固まっていた。影が体に模様をつくっている。天幕は絶えずわずかながらはためき、男たちの鎖にきらきらと光を注ぐ。女たちには恥部を覆うため腰に巻くようキャラコが与えられていた。この四角い白布は、帆布から漏れてくる強い光に映えて強烈な白さを保っている。ジョンソンとリビーが銃と鞭で武装して見張りに立っている。

パリスの前方では、ヒューズがブームにまたがって支索ロープ用の滑車を修理している。その頭と肩は空を背に浮かび上がってはっきり見える。下の甲板ではキャヴァナが前にこまごました物を広げ、あぐらをかいて座っていた。

パリスは前に進み、右舷の手すり近くに立った。キャヴァナはパリスが近づくのをちらっと見上げたが、視線を再び仕事に戻し、船医がすぐ近くにいることに気づいている様子を見せなかった。目の炎症を治療して以来、二人が言葉を交わすことはあまりなかった。

「何の仕事をしているんだね？」パリスはしばらくして聞いた。

「滑車に新しい軸を入れてるんです」キャヴァナの声は驚くほど滑らかに響いた。しばらく間を置いて付け足した。「軸がすり減って緩くなったんです。もともとぴったり合ってませんでしたが」

こんなに長くしゃべったのはキャヴァナにとってずいぶん久しぶりのことだった。うだるような天気の中、雲がどんよりと広がってゆく空の下で、今朝はいつもの癪の種がしばらくの間でも消え、彼はくつろいだ気分になっていた。サーソはエドガー号へ出掛け、ヘインズは雑用船で一行を引き連れて陸に上がり、バートンは下のどこかで船舶用品にかかりきりだった。また、キャヴァナは自分の好みを口にするような男ではなかったが、この数週間のうちにパリスに好感を持つようになっていた。船主の血縁だということで、当初はパリスのことをけむたく思っていたのだ。それは船首楼の水夫部屋の大方の見方とキャヴァナも同じだった。しかしパリスは誰にでも公平に話し掛けて、サーソ側の誘拐周旋役ではないことは容易に理解できた。鞭で裂かれたウィルソンの背中の治療を巡って、いかに彼が船長に屈しなかったかを、皆は忘れてはいなかった。ほかにも事情があった。船は一つの公共の場である。リヴァプール・マーチャント号の全長は百フィート足らずだ。皆が自分の言動をどの程度まで観察しているのかを知ったら、パリスは驚いただろう。

キャヴァナは船医がもっと聞こうとすることがあるのか、様子を見るためにもうしばらく黙っていた。彼は自分がこの会話を終わらせたがっていないことに気づいた。「最近は十分に硬い木が使われていないんです。軸には緑心木か鉄樹を使わなければいけないんですが」とキャヴァナは言った。

「なるほど」

パリスは相手の声に、かなり抑えられてはいるものの、ウェールズ訛りを聞き取った。彼はちょっと視線を上げ、ヒューズが相変わらずブームにまたがっているのを見た。その裸足は、バウスプリットの上のサドルの滑らかな突起物に掛けられていた。彼の背後ではすでに空が暗くなり、雨を予告する静けさがすべてを包んでいた。

「では、軸はかなり磨耗するんだね?」とパリスは聞いた。

キャヴァナは船医の顔をしばらく見つめた。相手が心から真剣に聞こうとしているのがわかると、「はい、軸は」と彼はようやく答えた。いつにない親しみの情が湧いてきた。すべき仕事、説明すべき仕事を持っていることが急にうれしくなった。その機会を与えてくれたことに対して、この一見ぼんやりとした男に感謝のようなものを感じた。「軸は」と彼は熱を込めて言った。「できるだけ硬くなくてはいけないし、ぴったり合わなければいけない。というのも、滑車の枠の中にある輪が軸で回転するからです。穴が真ん中に開けられますが、滑車製造職人は軸の円周の十分の一だけ短く開けるように気を配らなければいけないんです」

パリスは、これについてすべて理解できたというわけではなかったが、重々しくうなずいた。「ああ」と彼は言った。「木材の選び方が最も重要だということはよくわかる」

「私はいろんな種類の滑車を知っています」とキャヴァナは言った。「海軍御用達の滑車製造所で見習いをしていました。プリマスの造船所で三年間働いていたんです」しばらく間を置いて彼はそう言い足した――この言葉でどのような好意が自分に示されたのかパリスにはわからなかったが。

「そうかね？　でも海に出るためにそこをやめたのかね？」

「そう、海に心が引かれたんです」

キャヴァナは再び視線を落とし、仕事に戻った。彼が先ほどより素っ気なく言ったので、パリスは初め、自分の質問が相手の過去を詮索するようなものだったからなのだろうと考えたが、そのとき、バートンがすでに甲板に現れて、メーンマストの右舷で空気の匂いを嗅いでいるのが見えた。キャヴァナはその方向に顔を向けていたので、先にバートンを見たのだ。彼がこれ以上話そうとしないことはパリスにはわかっていたが、機会を失ったことが残念に思われた。

パリスはその場を離れてバートンが立っているところに行った。バートンはパリスに挨拶をしてヒューズとキャヴァナに鋭い視線を向けたが、キャヴァナはすでに下を向いて、仕事に取り掛かっていた。

「間もなく雨です。上陸した者たちはずぶ濡れになるでしょう」

「何をしに行ったんだね？　水樽が見えたが、雑艇には刃物もあったね」

「そうです。バリカド用の仕切り棒を伐り出しに行ったんです」

パリスがこれを理解できなかったのを見て、バートンは彼独特の透かし見るような、妙に善意ぶった笑みを浮かべた。気の利いた言い回しを使う機会ほど彼が好きなものはなかった。

「バリカドとは」とバートンは言った。「後甲板の最前部を杭ですっかり仕切る柵のことです。そんな物を何に使うのかと聞かれるでしょう。だが、パリスさん。奴隷を満載すると、その数は二百以上になることを心に留めておかなければいけません。奴らは夜間、船倉に入れられるんですが、天気のいい昼間は甲板に上がって来て、外の空気を吸ったり、体を動かすことが許されます。連中をぴんぴんさせておきたければ甲板に上げなければなりません。サーソ船長は朝、いつも奴らを三十分ほど踊らせるんです。これで大抵うまくいくんです。ここで黒い顔が集まって、自分たちの言葉で静かに話をするとしたらどうでしょう。奴らが何を話しているのかわからないし、ひそひそ話をやめさせることもできません。奴らはふさぎ込んで意気消沈しているんで、一見そうは思われないでしょうが、ずるい悪魔なんです。奴らの頭のうちの一つを開いてみれば、そこにはこの船の見取り図が印刷されていますよ。奴らは先生が思いもよらないこまごましたことをすべて知っています。鍵がどこにしまってあるか。銃が納められた箱がどこにあるのか。足枷を壊す大釘をどこで手に入れるのか。奴らは知っているんです。陸地が見えている間は特に危険です」

　バートンは大げさな身振りで陸を指差した。

「あそこにあるんです。奴らの目の前に。奴らは好機を待ち、後甲板に向かって突進します。もう自棄（やけ）くそになっているから、止めるのは容易じゃありません。ですから我々は柵を作って、そこから二基の回転砲の砲口を出しておくんです。その効果を考えてみてください、パリスさん。あそこで連中が害虫のように何かを企む。それでこんな柵ができるというわけです」

　バートンは再び話を中断し、両手を広げてバリケードの幅と、それを突破することがいかに不可能かを示した。彼は白イタチのような目をぐるっと回し、黒人が自分たちの計画に対する障害に直面したときの仰天ぶりを身振りで表そうとした。「奴らは砲口が突き出ているのを見るんですよ。その効果を考えてみてください。頭にこびりついて離れませんよ」バートンは自分の頭を軽くたたいてパリスに目配せしてみせた。パリスはこの航海士がなかなかの芸人であることに今更ながら気づいた。しばらく降りそうな気配だった雨がようやく降り出した。最初はゆっくりと、重い雨滴が甲板や奴隷の天幕用に張られた帆布に当たり、一つ一つはっきり音を立て始めた。

　雨は上陸した一行の上にも落ち始めた。彼らは河口に沿った沼沢地のマングローブの茂みの中で、弓なりになった根の間をよろめきながら、時には膝まで塩泥に漬かり、呪いの言葉を吐きながら、刃物で幹の下部をたたき伐って働いていた。雨で目の前にある物以外、何も見えなくなった。音も雨音以外、何も聞こえなくなった。雨は、マングローブの葉の上に絶えず大きな音を立てて落ちたが、肥厚した葉は下に滴をほとんど垂らさなかった。一分と経たないうちに男たちはずぶ濡れになり、服が体にまといついた。ヘインズの監視のもとで彼らは休むことなく働き続けた。その姿は完全に水に囲まれ、ほとんど水中に没しているようだった。空からの洪水は、枝をねじるときに上から落ちてくるしぶきと区別がつかなかった。

　土砂降りは、何かの合図があったかのように突然止まった。器がゆっくりと満たされるように、海から波が奇妙なことに、ためらいがちに彼らのところに戻ってきた。雨がやんだことを祝うように、どこか近くでハトが元気に鳴くのが、次には雨水を滴らせる遠くの木々の間でひっそりとした鳴き声がするのがしばらく聞こえた。ますます暑くなってきた。太陽は隠れていたが、鉛色の空の膜の下へ毒のようなエネルギーを持って広がり、すべてをくぐり抜けて届き、ついには全体が太陽に覆われ青黒くなった。むかつくような暑さの中で働き続けるうちに汗が雨の滴に代わり、その場の誰もが、空が病毒に冒されているように感じていた。

　地面から、木々の葉から、ずぶ濡れの服から湯気が立った。汗で体はひりひり痛み、沼沢地の吸血性の昆虫が再び宙に飛び立ち、血の味つけ用に汗まで吸った。いろいろな花の甘く濃厚な匂いが漂い、深いぬかるみやマングローブの落葉でできた塩分を含む泥から、朽ちた臭いが立ちのぼってきた。

「聖マリア様。神様の御母堂様」

　泥の中を滑りながら進み、蚊につきまとわれ、斧を振って倒そうと、木の幹をつかみ、サリヴァンがうめいた。

「そんなたわごとを言うのはずいぶん前にやめたと思ってたよ」とビリー・ブレアは自分の首や団子鼻のけんかっ早そうな小さな顔、赤いハンカチの鉢巻きの下の濡れて怒った顔を手でぴしゃぴしゃとたたきながら言った。「まあ、好きなお題目を唱えればいいさ。だが、お前が信用できないことがわかってきたよ、サリヴァン」ビリーは森羅万象の不可解な性質に加えて、信仰に関するサリヴァンの一貫性のなさに、仕事のつらさと同じくらいの怒りを覚えていた。

「こんなことをするために俺は生まれてきたんじゃない」

口の周りの鼻汁と汗を拭き取るために手を休めたサリヴァンは、おびただしい小さい傷から出た血の染みを手の甲につけたまま言った。

「そうとも」とビリーはあざけって言った。「誘拐周旋の飲み屋でバイオリンを弾くためだよな」

「あんたは耳障りだ。あっちへ行ってくれ」サリヴァンはいつになく怒りをあらわにして言った。

もしマックギャンがこの瞬間に自分の思いつきを口に出さなかったら、二人はけんかを始めていただろう。マックギャンの人生はつまらぬ策を練ることに費やされてきた。このときは、どうしたら息をつく暇が手に入るかと懸命に考えていたのだ。

「えーと、大体のところ」とマックギャンは言った。「俺たちはこれでもまだ船乗りだろう？」

日光と雨と塩分の多い食事のため、マックギャンの顔の皮膚は剥がれそうだった。剥がれた皮膚の一部が眉と頬から垂れていた。この継ぎはぎのように荒れた顔の真ん中にある薄いまつげの青い目が、抜け目なさそうに辺りを見渡していた。

「いつも自分よりついてない奴が誰かいるものさ」と彼は言った。「俺たちは自由だ。船に捕らえられている黒ん坊と違って好きなように動き回れる」

「やってみなよ、相棒」とウィルソンが言った。汚れた白い鉢巻きの下の細い目があざ笑っていた。びしょ濡れのシャツの下からはがっしりした肩甲骨が浮き出ている。

「俺の言おうとしていることがわからなかったんだな」とマックギャンは言った。「俺は自由について話してるんだ。俺が話してるのは……」

「仕事を続けるんだ、スコットランドのちび野郎」驚かして脅そうと、わざと静かに近づいたヘインズが真うしろから怒気を含んださやき声で言った。「働かないための言い訳を考えてたんだろう。働きながら歌を歌わせてやろうか。どんな歌かわかってるだろう?」

枝を払って作った杭の山が、係留された雑用艇の上手にある小石の河原の空き地に着々とできていった。昼下がりには十分な杭がそろった。杭を艇に積んでいると藪イノシシが一頭、マングローブの林から急に空き地に飛び出して来た。ヘインズはそれに向けて発砲したが、イノシシは傷を負ったと思わせる金切り声も上げずに逃げ去った。しかしその発砲は別の収穫をもたらした。二十分も経たないうちに上流から何人かの用心深そうな黒人がカヌーで到着した。彼らは刃の根元に白い羽根が付いた太い柄の短槍で武装していた。ヒョウタンの中にヤシ酒を入れて持って来たのだが、喉頭音を発しながら身振りでそれを売ろうという申し出だった。

緊迫した交渉が行われたが、水夫たちは不利だった。というのも目の前の酒への欲求を押さえ付けることはとてもできなかったからだ。ヘインズの金（きん）の耳環と手斧が取引の対象にならないとなると、黒人たちはビリーのハンカチとディーキンの銅の指輪にだけ興味を感じたようだ。ウィルソンもキャリーもサリヴァンも売れるような物は何一つ持っていなかった。結局、取引をまとめたのはヘインズだった。彼はチョッキのポケットに手を突っ込んで、真鍮のボタンを一つ取り出した。「さあ、これをおまけにつけてやろう」とヘインズは言った。黒人たちがその申し出に応じたのは、多分、彼の声と態度の中の何かが、そして今、白人全員を包んでいる沈黙の中の何かが彼らに訴えるところがあったからだろう。

「そのボタンを見せてくれ」とサリヴァンが言ったが遅かった。すでにボタンは黒人の手の中にあった。取り戻そうとすれば厄介な誤解を生みかねなかった。

「俺のボタンだったのに」とサリヴァンは甲板長に言った。「あのボタンは俺の上着から取ったものだ」

「何を言ってんだ」ヘインズは気にもとめずに言った。彼の目はヤシ酒に釘付けになっている。「そこをどくんだ。さあ、みんな。山分けだ。岸に酒を運ぶんだ」

こうしてヘインズは人付き合いのよさを装い、酒宴の主催者として見えるように努め、見せかけの権威を保とうとした。生まれながらの指導者ならば、これを容易にやってのけ、しかもヘインズより愛されただろう。彼は実のところまったく愛されず、自分でもそれがわかっていた。そして今、酔いたさから軽率なことをしでかそうとしていた。

黒人たちは別れの挨拶もせず、再び川上に向かって櫂をぴったりそろえて漕ぎ、堂々と去って行った。ヒョウタンが車座になった男たちの間を回り始めた。ヤシ酒は濁っていて、やや甘かったが、それでも少し発酵していて強かった。男たちは朝から何も口にしていなかった。三十分ほどの間に全員が和気あいあいとなっていた。酒が回し飲みされた。やがて涼しくなり、彼らは長時間にわたる労苦のあとの解放感に、そしてまた、ゆっくり体全体に回り始めた酔いの心地好さに感謝した。

しかしサリヴァンはふさぎ込んでいた。もともと陽気な性格で、酒が入ると特にそうだったが、今度ばかりは押し黙って座っていた。世間と反りが合わず、自分に対する不正を暴力を持ってしか解消できないウィルソンのように執念深いわけではない。人生は幾度となくサリヴァンに打撃を与えた。放浪と物乞い、それに時折海上での生活が入る。それがほぼ記憶をたどれる限り彼が置かれてきた境遇であり、一度ならず牢獄の内側も見た。しかし彼は楽観的な精神に恵まれていた。それはあまり役に立たなかっただろうが、彼を人間の最も悲しい宿命、言わば「自分の過ちから学ぶこと」から救っていた。サリヴァンは不正だけでなく過ちさえも長くは覚えていられなかった。しかし盗まれた上に屈辱的な扱いを受けたのでは我慢にもほどがあった。確かに自分のボタンだ、と言える物をヘインズがうまく利用したのを見てひどく憤慨したのだ。

三つ目のヒョウタンが回り始めるころには酔いが皆に進んでいた。話題は金と金で買えるものに移っていた。ウィルソンは金で何でも買えるという意見だった。「もし金が十分あれば」とウィルソンは言った。「世の中で買えないものは何もない。何だって人間だって買うことができるんだ」彼の深くくぼんだ目がきらりと光り、車座の面々を見回した。彼の声にはけんかを売るような調子があった。「俺は世の中をよく知ってるんだ」

「誰もそうじゃないとは言ってないぜ」誰かが挑み掛かる態度を少しでも見せると、いつも闘志をかき立てられるブレアが言った。彼は、そのヨークシャー生まれの大男に目の焦点を合わせようと瞬きしながらけんかっ早い小さな顔を前に突き出した。「ほえ立ててもどうにかなるってわけでもあるまい、なあ、相棒。このビリー・ブレア様はここにいる誰より世間ってものを知ってんだ。そんなこと、議論の余地なしだ。必要な金は十分あって、宮殿に住み、かしずく召使たちがいるような連中はどうだい？　皇太子とかカンタベリー大主教とか。ジョージ国王がお前の金に関心を持つとでも言うのか？　え？」

ウィルソンは頭を下げ、唇をなめながら考え込んだ。「王様に主教様だって？」彼はゆっくり募ってくるいら立ちをあらわにして言った。「連中とどういうかかわりがあるっていうんだ？」

「誰も自分の欲しいものを全部手に入れることはできないさ」ディーキンは酒を飲んでも変わらない、いつもの抑揚がなく、感情を出さない声で言った。「いつも何か手に入らないものはあるんだ。それを見つけることができればの話だが。何か小さいものかもしれない」

「何か小さいもの」キャリーは友達の言葉を口ごもって繰り返した。彼は目を見開いて落ち着きなくきょろきょろさせながら締まりない笑みを浮かべた。どんなものなんだろうと彼は思った。自分でも見つけられるかもしれないもの、色のついた石とか鳥の羽根とか……。

ウィルソンは頭を上げてビリーをにらみつけた。「ジョージ国王を持ち出して何が言いたいんだ？」とウィルソンは言った。「いつもそうやって頭のいいところを見せようってんだろう？」疑念が顔に表れた。「お前が何を企んでいるのかお見通しさ。俺を罠に掛けて国王の悪口を言わせようってんだろ」

「こら、無駄口をやめんか」とヘインズが言った。「お前たちがしゃべっていることはみんなずっと昔から聖書に書いてあるんだ」まぶたが重くなってはいたが、ヘインズは口論している者たちを威厳を持ってにらんだ。「すでに持っている者は必ずさらに多くを手に入れようとしなければならない」とヘインズは言った。「手に入れば入るほど、さらに多くが与えられる。そう福音書に書いてあるんだ」彼はそこで言葉を止め、黒ずんだ不精髭に手をやり、ウィルソンとブレアにちらっと目をやった。「お前たち、これの意味するところはだな、すでに持っているもの以上のものを手に入れようとするのが、誰もが果たすべき勤めだということだ。二シリング持っていたら、それを四シリングにするよう努め、そしてそれをまた……」甲板長は話の筋を失い、ここでまた言葉を止めた。「それには際限がないんだ」と彼は付け加えた。「そしてその努力の跡を見せるものがあればあるほど、花婿は初夜にやって来て満足してくれる。俺は聖書で育ったんだ」とヘインズは突然、口を苦々しくゆがめて言った。

ヘインズは黙っているべきだった。彼の規律とは残虐さにほかならなかったので、この話は誰からも支持を得るはずはなかった。

「その花婿ってやらとは誰だ？」急に激しい口調でビリーが言った。

「俺たちは仲間同士で話をしていたんだよな、ビリー」とウィルソンは言った。「こいつはどうしてくちばしを入れてくるんだ？　このばかは俺に鞭打ちを食らわせたんだぜ」ウィルソンは初めて会ったかのようにヘインズを見た。「顎でもへし折られたいのか？」

しかし最初に立ち上がったのはサリヴァンだった。「だから俺のボタンを盗んだのか？」彼は体をわずかに左右に揺らしながら聞いた。「てめえが読んだのは悪魔の本だ。うまくやったな。たとえ話に出てくる連中よりもうまくやったよ。じょきじょき切ってボタンを六つ作ったんだからな、ヘインズ。花婿とやらは、さぞかしてめえに満足するだろうよ。喜んで地獄に連れてってくれるぜ」

甲板長はしばらく何も言わずに座っていた。それから急に立ち上がり、よろめいたが、すぐに体勢を立て直して言った。

「このいまいましいアイルランドの垢擦り野郎め。てめえ、このウィリアム・ヘインズ様を盗人呼ばわりする気か？」

サリヴァンは拳を握って構えたが、今度はビリーが立ち上がり、割って入った。サリヴァンにとってヘインズが相手では、とてもかなわないことはビリーにはわかっていた。また自分もヘインズに勝てる見込みはそれほどないとは思っていたが、そんな素振りは少しも見せなかった。

「さあ、かかってこい」とビリーは言った。半ば裸で、アルコールが入り、興奮しているため顔は赤黒くなっている。「この前のときには俺がうしろ手に縛られていたよな。忘れてないだろうな、この下司野郎？」

しかし実際に甲板長に挑み掛かったのはウィルソンだった。まだ視界がぼんやりしていたビリーは、ひょろ長いヨークシャー男にいつの間にか突き飛ばされていた。ウィルソンはどちら側から掛かってきたのかわからなかったが、ビリーを肩で脇に押しのけ、そのまま何も言わずにヘインズに激しく殴り掛かった。男たちは二人が争う場を空けるために慌てて退いた。

最初の一発でヘインズはよろめいたが、大した痛手は受けなかった。酒が動作を鈍らせてはいたが、生来の機敏さですばやくバランスを取り戻した。突進して来るウィルソンの頭に強烈な左パンチを食らわせ、地面に大の字にはわせた。

ウィルソンは意識をはっきりさせるために、すぐ頭を振って片膝を立てた。彼は、ヘインズのように生まれつきの運動神経の持ち主ではなく、不器用な男だったが、癇癪持ちで、長年の間にかなりのけんか騒ぎの経験は積んでいた。酒が回っていても抜け目なさのようなものがまだ働いていた。彼はゆっくり立ち上がり、両手を垂らし、頭を垂れたまま立っていた。

相手がこのように無防備な間にダメージを与えようという残忍な衝動がヘインズの気を緩めた。彼は左、右とウィルソンを殴りつけた。ウィルソンはうしろに下がって、この二つのパンチをもろに食わないようにしたが、それでも二番目のパンチで唇を切った。それから、ヘインズがバランスを崩しているすきにすぐ体勢を立て直して、ヘインズの両目に左ジャブを食らわせ、相手が下がったところで続けざまに肩から入るストレート・ブローを加えた。ストレート・ブローは顎にまともに命中した。ヘインズはよろめいて小石につまずき、どさりと倒れた。彼はどうにか、また立ち上がったが戦意を失っていた。受けたパンチと転倒が酔いに加わって、二人の手足を鉛のように重くした。さらに数分間、二人は顔を血だらけにしてよろめきながらも腕を振り回していた。時にパンチを加え、時にバランスを取るために互いにしがみついたが、それは調子っ外れのぎこちない踊りにも似ていた。左目が見えなくなった甲板長は、相手の振り回したパンチで頬骨をひどく打たれてよろめいた。ウィルソンはこれに追い打ちをかけようと再びパンチを出したが外してよろめき、息を切らしてばったり倒れた。ウィルソンが起き上がるまでにずいぶん時間がかかった。立ち上がっても二人は互いに接近せず、数歩、間を置いて立ち、荒々しく息を弾ませ、困惑したようににらみ合っていた。

そのまま無言の同意のうちに殴り合いは放棄された。しかし反目は別だ。どちらも握手を申し出なかった。成り行きを見守っていた男たちは、このころには興味を失っていた。マックギャンはすでに寝込んでいたが、間もなくほかの者も砂利の上に大の字になって大いびきをかいて寝入ってしまった。

再び目を覚まして、肌寒くなった空気にぶつぶつ言うころになって、ようやくディーキンとキャリーが呼び声に答えず、姿をくらましたのに気づいた。二つの斧とヘインズの銃もなくなっていた。

ディーキンとキャリーは四分の一マイルほど上流の茂みにうずくまって、遠くで彼らの名を呼ぶ声を聞いていた。キャリーはヤシ酒のせいでずっと気分が悪く、まだ回復していなかった。隠れたままで呼び声に答えないでいるのは寂しいと思った。そこに座って、わずかな物音も立てないよう心に決めていることを、友達のディーキンに見せようとして口を固く結んでいると、キャリーには通りの子供たちの叫び声が、仲間外れにして彼の名をばかにして呼ぶ声が、途方に暮れた痛ましい記憶がよみがえってくるのだった。子供たちは彼から流れるように走り去り、見えないところに再び集まる。いつもだ。ただ自分の名をばかにして繰り返し呼ぶ、遠ざかっていく声を残しながら……。しかし今度の呼び声は違っていた。自分を求める、自分を仲間に入れようとする呼び声だった。その声もついに消え、静けさが二人を包むのが感じられた。彼はちらっとディーキンを見た。ディーキンはキャリーも近くの物も見ていなかった。その目は川向こうのどこか遠くの地点を見据えていた。それからディーキンは、キャリーのまなざしに気づいてほほ笑みながら低い声で言った。

「心配するな、ダンル。面倒を見てやるから大丈夫だ」

第二十七章

サーソ船長は午後遅くエドガー号から上機嫌で戻って来た。マクドナルド船長から取引は海岸のもっと東側、とりわけカヴァリ川付近が活発であるという情報を得たのだ。サーソは独自に商売をするつもりでいた。それを知っているのはバートンだけだった。リヴァプール・マーチャント号の持ち主であるウィリアム・ケンプが所属しているアフリカ貿易商会社は、海岸に立つ荒廃した古い要塞を改装していた。その要塞は以前、王立アフリカ会社が所有していたものだった。アフリカ貿易商会社は新しい大砲を据え付けて駐屯軍を強化し、奴隷用の牢を拡張していた。マクドナルド船長は、会社がカヴァリ川の商人たちや奥地の族長たちと上々の関係を築いているると言った。二か月の間に二百二十三人の奴隷を買い付けた。しかも今のところ、わずか十六人しか死んでいない。うち三人は自殺だ。あとは、米とヤムイモを積み込んで西インド諸島に発つばかりだ。こうマクドナルドから聞いてサーソは安心した。

もしこの励みとなる情報がなかったら、船に戻った雑用艇の一行、とりわけヘインズはサーソから大目玉を食らっただろう。ヘインズは憔悴し傷だらけ。左目はつぶれかけて黒あざができ、シャツは血に染まっていた。銃と弾薬帯と二本の斧を失っただけでなく、一行のうち二人が行方不明のまま戻ったのである。自分がへまをしでかしたことは承知していた。鞭で打たれるだろう、それが当然だと思っていた。今までそれよりもずっと軽い罪で鞭打ちが行われてきたのだ。結局、ヘインズはサーソにこっぴどくののしられ、顔を殴られ、一晩手足に枷をはめられた。銃と弾薬の代価は給料から差し引かれた。

だが、これはほんの見せしめのためだった。サーソは甲板長にも水夫にも大して期待していなかった。酒が手に入れば人事不省になるまで飲む。機会があれば逃亡しようとする。それはわかっていた。二人の水夫を失ったことで怒りはしたが、彼らを捕らえる見込みは十分あった。それに、たとえ捕まえることができなくても二人分の給料が浮くことになる。奴隷が満載される段になって初めて水夫が全員必要になる。マウント岬に着いたら新たに水夫を雇い入れることができる。サーソはそう確信していた。

翌朝、サーソは雑用艇に三日分の食糧を積み込ませ、パリスとシモンズ、それに六人の水夫を従えて海岸に向かった。シャーブロ川沿いの最も有力な奴隷商人は白人と黒人の混血のタッカーという男で、彼が奴隷を用意していると言ってきたのだ。タッカーの命令で四人の部下が河口まで下って来て屋敷まで川を案内するという。海水が渦巻いては打ち寄せ、濁った白いまだら模様をつくっている砂州から川を少しのぼった土手のヤシの木陰で、四人は軽量のカヌーに乗って待機していた。

この辺りの川幅は広く流れは速かった。オールを握る水夫たちは案内人たちを見失わないように必死だった。案内人たちは軽量のカヌーで驚くほど機敏に流れに抗して進んで行く。一人が舳先(へさき)に、一人が艫(とも)に立ち、そろって前かがみになり柄の長い櫂に体重を乗せて漕いでいた。

砂州に打ち寄せる波の音は河口を離れるにつれ遠くはなったが、それでも彼らを追いかけてきた。艇は、両岸のマングローブの艶々した葉の厚い壁に包み込まれた。パリスは息が詰まるような暑さや、針を持つさまざまな昆虫の熱烈な歓迎から気を紛らそうとした。近いうちに日誌にとどめようと考え、異様な場所から出ているマングローブのむき出しの根が、幹からアーチ状に伸びて、地上数フィートの高さに奇妙な支柱と控え壁を形作っている様子を注意深く観察することにした。

「タッカーはこの辺りでは大物でね」とサーソは言った。「川の両岸にいる連中は皆、奴の持ち物なんだ」今朝のサーソは商売と旧い知人との再会を前に、この上なく上機嫌だった。パリスはサーソが暑苦しい服を着込んで汗をかいているのに気づいた。晴れ着に身を包み、モールの付いた三角帽をかぶり、袖にレースをあしらった青と銀の上着を着ている。

「この川の上流ではどこでもタッカーがいなければ商売は成り立たないんだ。パリスさん、奴は大した成功者だよ。七十を過ぎるというのに髪も歯もしっかりしている。そればかりか古代リディアのクロイソス王のように大金持ちなんだ。しかも裸一貫で財産を築き上げたのだから、専門職の訓練を受ける機会に恵まれた君のような人間とは違う。今、彼が持っているものはすべて、自分で働いて手に入れなければならなかったんだ。私も同じだよ。君にも誰にもそれを隠そうとは思わん」サーソは身を乗り出して低くしゃがれた声でつぶやいた。「私は銀の皿に遺産を受け取ったわけじゃない。両親は私が四歳になる前にこの世にはいなかった」

「そうでしたか」パリスは、表情を変えないれんが色のサーソの顔を見た。告白を終えたその小さな青い目は、再び逃げ場を求めながらも見出せないでいる様子だった。パリスは船長が自分を軽蔑しているからこそ、この打ち明け話をしたのだと承知しつつも心を打たれた。いずれにしても、それはサーソの初めての打ち明け話なのだった。「すると親戚に育てられたのですか」パリスは遠慮がちに聞いてみた。船長はあらゆる質問の背後に意図を嗅ぎつけようとするのを知っていたからである。

「私は教区で育てられたんだ」サーソの表情は険しくなった。「私にとって海が父であり母だった。いやそれ以上のものだ」彼は黙り込み、以前見せたように急に暗澹とした放心状態に陥って、じっと前を見つめていた。

川幅は狭くなってきた。川岸が近づくにつれ、パリスには頭上のマングローブの小さな白い花の間で蜜蜂の群れがきらきら霞状になって飛んでいるが見え、また根元の泥から塩気を帯びた臭いが立ちのぼってくるのに気づいた。木々の間から、どこからともなく声が聞こえた。岸に繋がれた筏(いかだ)の浮桟橋では女たちがしゃがんで洗濯をしている。

「そう」とサーソは言った。「タッカーは混血かもしれないが、あなどれない男でね」サーソは沈黙していたときがなかったかのように再び話し出した。すでに小さな汗の粒が額から噴き出していたが、これほどの体格の男には奇妙なほど繊細な仕草で、袖から出したキャンブリック地のハンカチで汗をぬぐった。「時には檻(おり)に最上級の奴隷を五十人も用意していることがある。もっとも我々のように文明的な社会から来ると、異議を唱えたくなるような習慣も彼にはある。例えば、彼の妻は一人じゃない――七、八人はいるだろう。姦淫(かんいん)と大差がないと思われるかもしれないが、それがここでの慣習なんだ。タッカーは私がどう思っているのか知っているが、私はそれを仕事に持ち込まないようにしている。加えてそれには十分かつ実際的な理由があってね。それを理解するにはこの土地を熟知していなければならない。奴は血縁の者と婚姻による親戚だけでも百人以上の男たちを上流での襲撃に使うことができる。それに自分の奴隷や盟約を結んでいる者を合わせれば……。奴は連中が困っているときに貸しをつくっておく。みんな奴には借りがある。借りを返すために自分が奴隷として売られることがあることも承知している。だからタッカーの機嫌を損なわないように気を配っているんだ。人を押さえ付けておくやり方として恐怖に勝るものはない。いや、無一文でこの海岸にやって来たことを思えば、タッカーは実によくやっている」

川は低い灌木の岸の間を緩やかに曲がっていた。この辺りでは両側の木々が伐り払われていた。案内人たちは手すりのある木の桟橋で待っていた。そこでは一艘の舟が籐篭に入ったプランタン〔バナナの一種〕を下ろしていた。背後の土手には洗濯物が何本ものひもに掛けられている。タッカー本人が、桟橋から上がる木の階段の上で待っていた。彼は上背のあるがっしりした体格の家長だ。薄い褐色の肌で、刈り込んだ見事な白髪をしている。訪問者たちを落ち着いて威厳のある態度で迎え、低い小屋に囲まれた四角い敷地を案内した。そこでは女たちが日陰に座って食事の用意をし、子供たちが鶏と陣取り合戦をしていた。

屋敷は立派で広々としていた。木造二階建てで切妻と広く開いたベランダがある。サーソは建物に近づきながら、あたかもこれが無一文からはい上がった男の所有物であることをパリスに思い出させようとするかのように目配せした。中に入るとサーソは持参したフランス産ブランデー一箱と、銀をはめ込んだ二丁の銃を贈り物としてタッカーに渡した。

水夫たちはタッカーの部下に委ねられ、屋敷の裏手で食事をとるように案内されて行った。サーソ、パリス、シモンズはその場で、まだ十一時にもなっていなかったが、食卓に招かれた。タッカーの菜園で採れたグリーンサラダ、パパイヤと一緒に煮込んだイノシシの肉、ヤシ油のソースとトウガラシをからめた米飯、これらすべてが見事な器に盛られてフランス産ワインとともに振る舞われた。ワインのせいで気の大きくなったシモンズがその品質の高さを褒めると、タッカーは低い独特の英語で、二週間前に奴隷と象牙の代金の一部としてワイン二十四箱を手に入れたと説明した。それもフランス船からではなく二十門艦のアメリカ船からだ。ナンタケット島の私掠船がどうして良質のフランス産ワインを手に入れたのかは尋ねない方がいいとタッカーは笑いを抑えて言った。ほかには大したニュースはない。イエロー・ヘンリー・クックという名の悪党が奥地でごたごたを起こし、取引の縄張りを荒らしたが、すでに片がついたと思うと彼は言った。パリスはサーソがその方法についてタッカーに聞こうとするのをこらえていることに気づいた。

それから菜園だが――ナタウリを作っているし、ヨーロッパ産ジャガイモの一種も試しに植えている。レモンの木もすでに植えているので、のちほどぜひ見てほしい。

食事の終わりにブランデーが出て、ようやく取引に話が移った。現在のところ、タッカーは艦に六人しか奴隷を用意していなかった。タッカーは言った。全員男で最上級であることは保証する。二、三日もすればもっと手に入る予定だ。長男が指揮する大軍を上流に送った。もしサーソ船長がタッカーを信用してくれるなら、間もなく多くの奴隷が到着する。

サーソはたとえこれに不満であっても顔には出さなかった。タッカーに逆らったり、彼を怒らせたりしてはならなかった。では、ご好意に甘えて恐縮ですが、一晩泊まらせていただいて取引をすませたあと、明日発つことにいたしましょう、とサーソは言った。それまでには奴隷狩りの一団も戻って来られましょう。そうなれば、船医と二等航海士が上流に行って、イギリス人仲買人オーエンの手持ちの奴隷を見て来る時間もできます。

パリスにはこれが前もって計画された予定なのかどうかわからなかった。三十分後にタッカーのカヌーの一艘にシモンズと乗り込んだとき、パリスには事前に知らされていなかったことへの驚きと憤りのようなものがまだ残っていた。カヌーの低い筵（むしろ）の屋根の下には、二人の漕ぎ手と護衛用にタッカーの召使二人が同乗していた。もう一艘は帰りの奴隷運搬用のカヌーで、パリスたちのカヌーの前を進んだ。

川に薄い靄がかかり、辺りはぼんやりして見えた。前を行くカヌーは靄でほとんど隠れていた。パリスは舳先に立つ男の姿をどうにか見分けることができた。オールに体重を乗せて身を前方に投げ出すと、むき出しの肩が光り、長い水かきが水に入ってきらめいた。しかし、カヌー自体の形は見えなくなっていた。身を前方に投げ出す黒人の姿は、まるで頭上の神に向かって規則正しくお辞儀をしようとして、宙に浮いているように見えた。何の気配もない空は薄い黄銅色をして暑かった。水際にいる一羽のサギを通り過がりに見た。丸まって羽を乱したその姿は葦(あし)が群生するノーフォークの入り江の境界で見た灰色のサギに驚くほどよく似ていた。しかし、そのサギを除けば、渦を巻く暗く黄色い川になじみのある物はなかった。泳ぎ回るワニの顎が、靄がかった日光を浴びて光るのが見えた。水路が内陸に入り込み、海辺の外気が薄れるにつれて森が両岸に立ちはだかり、パリスは体から汗が噴き出すのを感じた。カヌーが描く波紋の向こうの水際は暗く鏡のように滑らかだった。この静かな水際に沿って、マングローブの根と、水面(みなも)に映るその影がつくる淡い完璧な楕円が続いていた。川のこの流域では大気は静止しているので、実物と影に継ぎ目がなく区別がつかなかった。パリスは我知らず目を凝らし継ぎ目を探そうとして、時たま逆流が水面を揺らして影の部分を震わせるのを待ち構えていた。

逆流による影の部分の震えは熱病による震えのようだ。疾病が目に見える存在として水面に横たわり、自分たちは立ちのぼる疫病の中を進んでいるようにパリスには思われた。熱病が流れの中でおののき、マングローブの花の間でつぶやき、水面を昆虫とともに上がったり下がったりしている。自分のまなざしも熱を帯びて狂ってしまったようだ。ある瞬間にはぼんやりし、次の瞬間には奇妙に集中する。

川が迂回して小さな浮き桟橋に着くとパリスはほっとした。そこにはすでに先に着いたカヌーが繋がれ、護衛の男たちがオーエンと一緒に立って待っていた。オーエンは麦わら帽をかぶり、しわくちゃの綿のスーツを着て、やせて青白い顔をしていた。桟橋の厚板にパリスたちが上がる間もなく、オーエンは熱に浮かされたような熱心さで話し始めた。

「ようこそいらっしゃいました。私の手の者が、あなた方がこちらに向かっているという知らせを持って来たんです。うだるような暑さですな。商売はいかがですか？　いつもの物ですか？」

「おかげで、まだ奴隷になっちゃいません」とシモンズは言った。「私のことを覚えていらっしゃいますかね。ジャック・シモンズです。四年前にはアラベラ号の乗組員でした。あなたはちょうど入植されたばかりでしたね。こちらは船医のマシュー・パリスさんです」

「初めまして」奴隷仲買人の手は乾いていて熱かった。「四年前というのはこの商売では大昔のことで」と彼はぞんざいな早口で言った。穏やかで生気のない茶色い目がパリスに向けられ、白い顔が笑みを浮かべようとするように見えた。「三年以内に財産をつくるか抜け出すかするつもりだったが」とオーエンは言った。「相変わらずこの臭い川のほとりにいてね」


彼の息は強いラムの臭いがする。まぶたが赤く腫れており、顔が青白いだけにそれは一層目立った。ヤシの葉とココナッツの繊維の屑が桟橋の上の土手に散乱している。あちこちで小さなカニの死骸が悲哀と腐敗の臭いを放っている。上空は今、すべての色を失っている。三人の男はしばらく押し黙ったまま何となく川べりに立っていた。まるで自分たちのものではない何らかの意志が、まだ十分把握できない何か別の意志が介入して、為す術もなく立ち尽くしているかのように……。

「サーソ船長がよろしくと言っていました」とパリスはようやく言った。「本人は来られません。タッカー氏のところに滞在しています」


これを聞いてオーエンは我に返った。「タッカーは大した男です」と彼は言った。「カヌーに何か盗まれそうな物があるなら、誰か見張りにつけておいた方がいい。ここの連中は泥棒なんだ、一人残らず。奴らには私有財産の観念がない。まったく、これっぽっちもない。公然と盗むんじゃなくて来世のためにこそ泥を働くんですよ。そのいい例ですが」と彼は桟橋から土手をのぼりながら先ほどの熱を帯びた声で続けた。「そのせいでごらんの通り少々雑然としていますが、今朝も今朝、倉庫が荒らされて、少なくとも五十バーに相当する商品が盗まれていたのがわかり驚いていたところです。五十バーというと最高の奴隷一人分の値にもなります。ラム酒とたばこやそのほかの商品が盗まれたんですが、犯人を見つける手掛かりはほとんどありません。マンディンゴ族の司祭を連れて来れば別ですがね。それを試しにやってみたこともあります。とはいえ、キリスト教徒が異教徒のまじないを信じることはできません。でもこの川で商売をしている間に、彼らが一度ならず奇妙なことをするのを見てきました。しかも、今日も今日、従者たちが藪から三人の男の遺体を運んで来たんです。彼らはブルム族で、そのうちの一人の哀れなボスはばらばらに切断されていました。奴はこの辺りでは名の知れた人物なので、ブルム族の司祭たちが取りに来るまではここに置いておかなければならないんです。奴らはもう臭くなってきていますが、どうしようもありません。こういうことについては、ここの連中はやかましいんです」

オーエンの家は目の前の高台に建っていた。柱の骨組みに泥れんがを積んで水しっくいを塗った低い四角の建物で、傾斜した草葺き屋根が載っていた。板塀が家の周りを囲んでいる。塀の陰には二人の男が傍らに槍を置き眠っていた。何頭かの雌鳥が地面をかいてほこりを立てていた。

「スス族の者たちです」とオーエンは眠っている男たちを顎で指して言った。「彼らは奥地からやって来たんです。大きな川――彼らが言うには、この川の二十倍の大きさだということですが、連中は何でも大げさに言います――から二十日かかって歩いて来たと言うんです。奴隷たちを連れて来たんです。全部で十二人。しかし女の一人は死にかかっていて、自分で立っていることさえできないんです。信じられないでしょうが、連中はその女も買えと言う。理由はというと、わざわざここまで連れて来たんだから、いくらかでも値がつくはずだというわけです。商売とは何なのか連中にはまったくわかっていないんだ。だめならば、その埋め合わせにいつもより多くの心付けが欲しいと言う。彼らはいつも楽天的で子供のようなんだ」

オーエンは雌牛のような穏やかな目をしていた。喉のくぼみで小さな脈が一つ神経質そうに打った。パリスはオーエンのまなざしが理解と同意を求めているのを見抜いた。

「どうして我々は子供が楽天的だと考えるのでしょうね」とパリスは言った。「私が子供のときには楽天的だったとは言えませんね。むしろ逆です。未来の大部分は不安でした」

今だってそうだ、とパリスは思った。オーエンの黒人たちを間もなく検査しなければならないことを考えて、彼は再び子供のころの不安を覚えた。

「え？」オーエンはしばらくの間、記憶を必死に取り戻そうとしているように見えた。「ええ、そう」と彼は言った。「多分あなたが正しいんでしょうね。それはともかく、私が死にそうなニグロを買うような男に見えますか？　俺は昨日生まれたんじゃないと言ってやりました。ティモシー・オーエンを負かすには裸の野蛮人一人じゃ足りないぞとね。結局、九人買いました。男六人、女三人です。うしろの収容小屋に入れておきました。さっそく検査しますか？　それとも中に入って一杯やりますか？」

「まず仕事が先ですね」とパリスは言った。「そうだろう、シモンズ？」

航海士は見るからに不満そうだった。しかしすぐ「ええ、すませてしまいましょう」と言った。

「ラムは逃げ出しはしませんからご安心ください」とオーエンは言った。「銃を持って行ってください。私は捕らえられたニグロに近づくときにはいつもピストルに弾を込めておいて、援護射撃する者を連れて行きます。この連中を連れて行った方がいいでしょう」

オーエンは眠っている男たちのところに行き、軽く蹴り、男たちが起き上がるとついて来るように身振りで合図した。

板塀を迂回し家の裏手に回ると、森が一エーカーほど伐り開かれていた。繋がれたヤギが髭を彼らの方に上げた。青い綿のスカートをはいた太った女がひもに洗濯物を掛けていた。彼らが通り過ぎても見向きもしなかった。収容小屋は森の端に建っていた。近づくと棟木に止まっていたハゲワシが肉垂の付いた頭を上げて、彼らを見つめ、憤然として飛び去った。垂木の格子細工とイグサの筵のすき間から小屋の中にいる黒人たちの姿がパリスには見えた。

「一度はここに、菜園を作ろうとずいぶん頑張ったんですがね」とオーエンが熱心であるが心ここにあらずという様子で早口に言った。彼は地面の小さな一画を指差した。そこはほかの部分と同様、何も生えておらず、石で境界が示されていた。「スイカとカボチャとギニア・エンドウ豆を植えました。それにサラダ菜。サラダ菜が採れるのを私がどんなに待ち望んだことかご想像できないでしょうが、この風土では血にとてもいいんです。でも、あのいまいましいカニ共が川から上がって来て、たった一晩で食い尽くしてしまいましてね。朝起きてみたらごらんの通り何も残っていない。カニを防ぐために柵を作るなんて思いもよらないことでした。実は、柵があったにはあったんですが、あの悪魔たちにはかないません。奴らは地面の下を来たんですから。二度とやってみようという気にはなれません。今ではカニを見るたびに殺しているんです」

排泄物と木のくすぶる臭いが小屋から漂ってきた。「もっと大きな獣を警戒していましたからね」とオーエンは言った。「何かが地中をやって来るなんて思いもしませんでした。さあ、着きました。この上等な奴隷たちを見れば、わざわざここまで旅をされた甲斐があったことがわかりますよ。ここから、どうぞ」

小屋の中は強烈に暑かった。奴隷用の料理に使われた火がまだくすぶっている。煙がひどく、パリスは目に刺すような痛みを感じた。彼は毒気のこもった内部をのぞき込んだ。九人の奴隷全員が、男女とも小屋の中心に渡された長い一本の鉄棒に枷をはめられている。皆、丸裸だった。一人、二人は見上げたものの、ほとんどの者は前方をにらみつけたままだった。排泄物の臭いはさらに強烈になり、すえた金属の臭いやアフリカ人の体臭と混ざっている。パリスはこの臭いが牢に囚われたときの臭いと同じだと感じ始めていた。吐き気に襲われ、「外で検査しましょう」と彼は言った。

槍を持った二人の男が監視する中、黒人たちは一人ずつ枷を外され、小屋の外に連れ出されて、強い日光に目を瞬いた。パリスは、黒人たちの体を診て、打診し、触診するという一連の検査を進めた。この検査も今ではすっかり慣れた。歯と歯茎、まぶたと眼球の間の鬱血状態、鼻孔という順に、いつも顔から始めた。習慣がこの仕事への嫌悪感を薄めた。しかし、一方で、矛盾したことだが、捕らえられた者たちが人間であることを強く意識するようにもなっていた。黒人に対する共感と冷静な観察が奇妙に入り交じって、アフリカ人の肌色の模様、黒い部分とさほど黒くない部分を識別し始めた。

この黒人たちは一様に恐怖におののいているわけではなかった。すでに一週間もここに監禁されて、恐怖は無気力な惨めさのようなものへと変わっていた。枷が外されると、まだ鎖に繋がれているように重そうに動き、ぼーっと命ぜられるがままに蹴ったり、飛び上がったりした。そのうち三人は、長い四肢、幅広の肩、強力な筋肉を備えた腕と胸という見事な体格をしていた。しかし彼らもほかの者たち同様、悪夢を見ているような茫然自失の状態で、まったく抵抗しなかった。二番目に検査した女は甲状腺肥大が見られた。確かめるために首の両側を軽く押さえ、検査に時間をかけた。

「何かまずいことでもあるんですか？」とシモンズが言った。彼は小さく口笛を吹きながら、時たま単に習慣から奴隷たちを蹴って――というのも彼らはまったく無抵抗だったから――いつもの冷淡な態度でパリスの検査を見守っていた。

「リンパ腺がかなり肥大している」とパリスは言った。

「ちょっと見てみましょう。ほら、顔を上げて」シモンズはふざけるように手の甲で女の顎を軽くたたいた。「そう」とシモンズはしばらくして言った。「ああ、そうだ」シモンズはオーエンを見た。「この女は買えませんね。ニグロの昏睡病、連中が眠り病と呼んでいるものに罹（かか）っています。前にもこんなふうに膨れているのを見たことがある。この女は死んでいるのと同じです」

「私が見たときにはどこも悪くはなかった」とオーエンは言った。「この女にはいい値をつけたんだ」

「そうかもしれませんが」とシモンズは冷ややかに言った。「こいつは、あんたにも誰にも一文の価値にもならない。首に球ができると必ず死ぬんです」

女は生気のない目で前方を見つめ、相変わらず無表情だった。こめかみがかすかに脈打っている。口をわずかに開き、めくれ上がった唇は暗いラベンダー色で、腫れたように膨らんでいる。自分を捕らえた者たちが、どうして自分にこれほど時間をかけているのか不思議に思っているのかもしれないが、女はそれを表情には出していない。その目は疲労と忍耐以外、何も映していなかった。

「ちょっと待ってくれ」オーエンは前に出て、しばらく女の首の両側に指を当て、それからためらいがちに笑みを浮かべながら向き直った。「これは何でもないさ。信じてくれ」と彼は言った。「熱による炎症で、すぐになくなる」

「残念だが」とパリスは言った。「シモンズが正しいと思います。腺腫瘍です。しかもかなり大きい。間違いない。はっきり指に触れた。すでに血が悪化している。この病気がどうして起こるのかわからないが、患者はたいてい死んでしまう。ここにこぶがある。脊椎の近くです」

パリスはその箇所を示すためにまた女の首をさわり、それから首と両肩全体に指をぐるっと回した。皮膚は滑らかで弾力があった。「ここだ」とパリスは言った。「首のうしろです。残念ですが、この女を買うわけにはいきません」

「オーエンさん、あんた一杯食わされたようですね」とシモンズは言った。牛のようにのっそりとした、いつもの表情が輝いた。「裸だろうとそうじゃなかろうと」とシモンズは露骨にパリスに目配せして言い足した。だが、パリスには、このような瞬間に悪ふざけを言うとは、無神経の極みのように思われた。

オーエンは視線をパリスの顔から女の顔に移した。厳めしさと平静を保とうとするようにパリスの診断にうなずいていたが、シモンズの言葉を聞いて、目を見開き、喉をひきつらせて唾を飲み込んだ。「こん畜生」とオーエンは言った。「こんなところでどうやったら暮らしていけるんだ？　この連中ときたら……」彼は無表情のスス族の男たちを指差した。彼らは長い槍を地面に置き、締まりのない気を付けの姿勢をして待機していた。「誰も信用できないんだ。何でも自分でやらなければならない……。信用して奴隷を買う。見落とすこともあるかもしれない。いつもっていうわけには……。確かに連中がやって来たときに少しは酒が入っていたさ。ひどい熱病にやられて、しゃんとするにはラム酒が必要だったんだ。実際、まだ治っちゃいないんだ。ここではまったくの一人ぼっちさ。誰もいないんだ……」

この最後の言葉は、オーエンが自分を哀れんで、寂寥（せきりょう）とした気分になり始めていることを表していたが、病気の奴隷に目がとまると、にわかに怒りが再燃した。周りの者たちを驚かせるほど乱暴に帽子を脱いで目の前の地面に思いきりたたきつけた。大股で一歩、女の方に進み、激怒した顔を近づけた。

「何ていう目付きで見てるんだ」とオーエンは叫んだ。「いいか、お前を養ってなんかやらないぞ。俺が慈善事業でもやってると思ってるのか?」

女はひどく驚いていた。警戒心から緊張して何かを見つめるような表情が浮かんだ。低く途切れ途切れの声がわずかに口から漏れた。それは懇願の言葉かもしれなかった。女は自分の顔の間近に迫った白い顔に表れている不可解な怒りにしりごみし、逃げ道を探そうとするように自分の両側をすばやく見た。そして、取り乱した様子で小屋の上のどんよりした空を見上げた。

「おい、聞いているのか?」オーエンは怒り狂って女の腕をつかみ、相手の注意を強引に引こうとするように自分の方に引っ張った。「食い物はもう一口もやらないぞ」彼は叫んだ。「出ていくがいい」

オーエンは病気と激情のために力が出ず、思うように女を引きずり回すことができなかった。どうにか女を振り回し乱暴に突き放すと、女は森の縁に向かってよろよろと数歩進んだ。このような形で解放されたためか、女は立ち止まり、信じられないといったようにしばらくじっと立っていた。首を上げ再び空を見た。足首は枷ですれて血が出ていた。パリスは、ふと、女が美しいと思った。それは自分でも驚きだった。希望を持ったためか、あるいは恐怖のためか、女が唾を飲み込むのが見えた。それから女は振り向きもせず、軽やかに速い足取りで再び歩き出し、森の闇に消えて行った。

短い沈黙があった。それからオーエンは自分の帽子に気づいたようだった。彼は帽子を取り上げ、大げさな身振りで頭に載せた。「私が決然として処理したことを認めていただけるでしょう」とオーエンは言った。両手が震えていたが、しばらくして上着のポケットに両手を突っ込んだ。「シモンズさん、一人前の男がだまされるとは滑稽だと思うでしょうね」とオーエンは言った。「さて、あなたのジョークを台無しにするようですが、スス族の連中だってあの女を売るときには女の状態がわかっていなかったんですよ」

シモンズは、自分がどう考えているにせよ、このオーエンの言い分に同意するだけの礼儀は持っていた。パリスは、病気の女と、森の暗い逃げ場に踏み込んで行った女の軽い足取りが、まだ気にかかっていたが、再び検査を始めた。残りの奴隷たちには何も問題が見当たらなかったので、シモンズに取引を任せた。取引はかなり速やかに進んだ。バーでの購入価格をいくらにするかだけが問題だったからだ。オーエンが一日か二日のうちにリヴァプール・マーチャント号に出向いて、手強いサーソと交渉し、商品を選ぶことになった。

話が決まり、奴隷たちが小屋に戻されると、三人は家に戻った。三人はラム酒を手にベランダに出た。オーエンは二人に一晩滞在するよう熱心に勧めた。しかし、シモンズは川を下って戻りたいと言った。今夜のうちに奴隷を運ばなければならないというのがその理由だったが、実際は、オーエンやパリスと一緒では居心地が悪いし、場所も寂しく感じられたからだった。水夫仲間はタッカーのところにいたし、そこには酒もたっぷりある。女もいるだろう。

オーエンはパリスの方を向いた。あなたは泊まっていきませんか？　明日早く出ればいい。時間は十分ある。「ここの生活は単調でして」と仲買人は言った。「めったに同類に会えないんです」

パリスは相手に同類として見られたいのかどうか自分でも確かではなかった。だが、控えめな表現に表れている哀感と、穏やかで絶望的なまなざしに説き伏せられた。そこで、シモンズはオーエンが用意する護衛たちとその晩のうちに奴隷を運び、パリスは翌朝まで残ることになった。

航海士はすぐに発つ用意を始めた。酒をもっと飲みたいという気持ちはあったが、ボートに奴隷を積んで暗闇の川を下る怖さが勝った。黒人たちは二人ずつ足枷をはめられ、うしろ手に縛られ、オーエンのロングボートの中央部に押し込まれた。重武装のシモンズがスス族の槍持ち二人を従えて船尾につき、ボートは岸を離れた。オーエンとパリスはボートが見えなくなるまで見送り、それから家の方にのぼって行った。洗濯物をひもに掛けていた女が、今度は家の横の差掛け小屋にいた。低い腰掛けに座り、股を広げ、木の糸巻きに綿糸をぐるぐる巻いている。陰の中で真っ黒に見え、肌は石炭のように青く光っていた。その色は最初の奴隷たちを運んで来たクルー族の男たちのことをパリスに思い出させた。女は二人の男が近づいて来るのを無表情に眺めていた。顔は幅が広く頬骨は平らで額が狭い。大きな口をむっつりと閉じていた。

「こちらは私の友人だ。今晩ここに泊まる」とオーエンが言った。「二人分の鶏と米飯を用意してくれ。わかったか？」彼はすばやい身振りでパリスと自分を指差し、食べる仕草をした。「あの女を信用してはいませんよ」と彼はパリスに不機嫌そうに言った。「さあ、ここからどうぞ」

家屋は平屋で、各々の部屋が狭いベランダに通じていた。オーエンは明らかに自分の居間と思われる部屋にパリスを案内した。イグサの敷物が地面に直接敷かれていた。竹のテーブルの周りには擦り切れた赤いビロードのヨーロッパ式寝椅子と椅子がいくつかあった。「お座りください」とオーエンは言った。「あいつがラムを持って来ます。私の習慣をもう心得ているんです」

こう言う間もなく女がグラスと酒を持って入って来て、低いテーブルの上に置いた。女は背が高く太っている。綿のスカートが尻のところで張って膝上で切れている。わずかに黒い毛の生えた、太く形の良い足が見えている。酒瓶とグラスを置くと女はオーエンを横柄にちょっと見て、滑らかな甲高い声で何か言うと体を揺すって出て行った。

「このところ態度が大きくなってきたんです」オーエンは苦笑を浮かべて言い訳するように言った。「あいつは近々追い出すつもりです。あいつは自分の家族も連れ込んで、みんな私に面倒を見てもらおうとしている。父親、母親、母方の祖母、二人の姉妹それにあいつがいとこだと言い張る男もです。ここに取引にやって来る男たちと寝ていると考えられる理由もあります。その上、倉庫に押し入って商品を盗んだのはあいつの親戚ではないかとにらんでます。その真相究明にはマンディンゴ族の司祭を呼ぶつもりです。パリスさん、今は大変な時期です。あちこちでよくないことが起きています。マノ川ではポッター船長が奴隷たちに首を切られたとか。船は岸に上げられ、二等航海士も船医も全員、むごい殺され方をしたんです。その奴隷たちも全員、再び原住民に捕らえられ、ほかの船に売られたと聞いています。反乱が成功したにもかかわらず、奴隷たちは元の境遇に逆戻りというわけです。この川沿いでも最近事情は悪化しています。ボートの行き来が危険になっています。というのもエンゲルデュ船長が川をのぼってくるなり、王にここでの習慣――贈り物と我々は呼んでいますが、それを贈ること――を拒んだからです。それで王と川沿いで商売をしているすべての白人との間に大きな問題が持ち上がりましてね。さあ、パリスさん、もっとどうですか。あまりお飲みになっていませんよ」

「私は十分です」とパリスは言った。「気になさらないでください。自分で注ぎますから」

パリスは仲買人が自分のグラスにたっぷり注ぐのを見守っていた。陽光は薄れ、粗い壁に影が長く伸びていた。静寂の中で、かすかなパタパタという音が絶え間なく聞こえてくるように思われた。それは遠くで打ち鳴らされる太鼓のような音だ。それとも波の音が海からここまで聞こえてくるのだろうか。オーエンはこうやっていつも晩を過ごすのだ。ラム酒、薄れ行く陽光、強いヤシ油の匂い、そして、この風景――敷地内の焼き固められた粘土の地面とそこから川に向かって傾斜する土地……。

「私にとって今度が初めての航海です」とパリスは言った。「この商売についてはまったくの新米で、どういうふうに取引が行われるのかすべてわかっているわけではありません。あなたはシモンズとバーの価値で合意しましたが、それは船に連れて来られる奴隷たちの取引値段と同じですね」

「私は、船に奴隷を連れて行く連中と同じ値段で商売をしています。自分の費用で奴隷を収容しておくんですから、それが公平というものじゃないですか。バーには二つのレートがあります。奥地でのレートと船でのレートです。船でのバーは奥地のものより二割高になります。現在の値段は、状態のいい男奴隷の場合、ヴァイ族やここにいるスス族の行商人は奥地レートの二十バーで買います。ここに連れて来られると我々は三十五か四十バーで買います。同じ奴隷が船上やこの収容小屋で売られる時には、船上レートの六十五バーとなりますが、それは奥地の八十バー以上に相当します。そんなわけで四十バー注ぎ込んで八十バーを手にし、その差額を商品で支払ってもらうんです」

辺りは暗さを増し、オーエンはテーブルのオイル・ランプに火を灯すために立ち上がった。パリスは彼の手がもう震えていないことに気づいた。ラム酒が彼を落ち着かせたのだ。芯がきちんと切りそろえられていないためか、ランプは床の粗織りの敷物と壁の上に揺らめく光を投げかけた。オーエンが椅子に深く座ると、眉と目は陰に隠れた。

「一バーの価値を決める仕事を続けていると、ずいぶん鍛えられますよ」と仲買人は言った。「絶えず取引の情勢に目を配っていなければなりません。一バーの価値は奴隷の供給に応じて上がったり下がったりしますからね、パリスさん。多大な損失を被ることだってあるんです。この海岸で多くの男たちが破産するのを見てきました。立派な人たちが、私のような商人が、いいですか、奴隷の値が変動することを忘れてしまうからです」

オーエンが身を乗り出すとランプの光が顔を照らした。両目を瞬いている。焦点を合わせようとするかのように顔をわずかにしかめるのをパリスは見た。

「例を挙げれば、奥地の一バーは」とオーエンはゆっくり朗読するように言った。「今日六十フリントであっても二日後には六十五フリントになっているかもしれません。青のバフタが、今、こうあなたに話している時に十バーするとしましょう。明日は？　誰にもわかりません。こんなことに付き合っていては頭が参ってしまいますね」

「それでも」とパリスは言った。「もし私の理解が正しければ、あなたはかなりの利益を得ているんでしょう」

「そうです。そのはずです。ただし、ここの連中の常軌を逸した習慣のせいで全部持っていかれなければの話ですが。儲けは王たちやここで養ってやっている連中への出費で飛んでいってしまいます。その額は大きく、納得できるものじゃありません。例えば、シャーブロには三人の王がいて、ほかのさほど権力を持たない王たちとともに国を分割しています。その誰もが白人からの贈り物を期待しているのです。だから最初の訪問で二十バーかかり、あとでシャロップ〔小型ボート〕やロングボートで来ると、そのたびに十ないし十二バーかかります。確かに私は持ちこたえてはいますが、一年前と比べて在庫はちっとも増えてはいないんです」

オーエンは再びグラスを満たすために一息ついた。動作は先ほどよりゆっくりと、また慎重になっている。再び口を開くと、その口調は一転して、もっと親しみを込めたものになった。「最近イングランドから来られたんでしょう。うらやましいですな。きっと帰るのが待ち遠しいでしょうね」

「いいえ。実のところ、生きている間に再びイングランドの地を踏むことができなくてもいいと思っているんです」

パリスの声は、いつも太く低く響いたが、このときは自分でも驚くほど感情があらわになっていた。この質問、オーエンの推測はそれ自体もっともなものだったが、パリスの意表を突いたのだ。

しかし仲買人はラム酒のせいで誇張した表現を使うようになっており、また自分の恵まれない境遇に心を奪われていたので、それにはほとんど気づかなかった。「あなたには驚かされますな」とオーエンは言っただけだった。「イングランドで暮らすことがどんなことなのか考えると、この荒野で必ず経験するあらゆる不便から解放された自由な生活の楽しみが、会話の喜びが……。何しろここの住民たちは獣とさほど変わらないですからね。あらゆる芸術も科学も知らない。信仰の慰めもない。健全な法律もない……」

「信仰の慰めですって？」パリスは思わず早口に言った。仲買人より酒の量はかなり少なかったが、それでも酒のせいで寛容になるよりは辛辣になっていた。その上、オーエンが使った言い回しは彼にとって忌まわしいものだった。

「イングランドに健全な法律があると本当にお考えですか？」とパリスは言った。「私はイギリスの仲間が、あなたがここの住民たちに対して使われる言葉そのままに言い表されるのを聞いたことがあります。彼らを投獄するのに躍起になっている者たちによってです。我々の善良なる船長も、自分の水夫たちのことを言うのに、それほど違わない言葉を使います」

オーエンは返答しようとするように見えたが、急に表情を変えた。「さあ、あいつが来ました。ようやく食事を持って来ました。おい、ずいぶん時間がかかったな」

女は静かに入って来た。女の動く姿がランプの光を受けて部屋に屈折する影を投げかけた。テーブルに皿を置き、背筋を伸ばし、しばらくじっと立っていたが、オーエンを直接見てはいなかった。

「お前がどこにいたのか俺が知らないとでも思っているのか？」とオーエンが言った。「何も理解できない振りをするんです」とパリスに言い足した。

「俺はマンディンゴの司祭を呼びに行く」と彼は大声で言った。「司祭が泥棒を捕まえる。明日だ。聞いているのか？」

女は何の関心も示さずオーエンをちらっと見た。そして振り返り、ゆっくりと出て行った。「あいつは身内の者たちと何か企んでいるんです。しかし、これで少しは考え直すでしょう。さあ、召し上がってください。他人行儀はやめましょう」

パリスはゆでた鶏肉と米飯、ヤシ油と刻んだトウガラシのソースを自分の皿に取った。黒い小さなハエが部屋に入り込んでいた。パリスは時折、シャツの上から刺されるのを感じた。顔を上げるとオーエンの目が大きく見開かれ、落ち着きなく自分に注がれている。

「マンディンゴ族には物を見つけ出す方法があるんです」と仲買人は言った。「ここに来た当初は信じませんでしたが、しかし、この目で見たんですよ……。アルコーン族によると、彼らはバーバリーかどこかのムーア人たちから教えを受けてマホメットの法典に服しているということです。で、その法典が巡礼者たちによって、ここにもたらされたんですな。彼らが超人的な力を振るうなどとキリスト教徒の私が信じるなんて、正気じゃないとお考えかもしれません。でも、彼らがたった二、三本の羽根と一握りの砂だけで、未来の秘密や人が誰にも話したことのないことを言い当てるのを私は見ました。彼らは悪霊か使い魔の魔力を持っていると私は信じています。その魔力は大いなる敵から与えられたもので、その力で無知なブルム族の者たちを大いなる敵のところに引っ張って行くんです。きっとそうに違いありません」

飲んだラム酒、揺らめく光、オーエンの支離滅裂な話が混じり合って、パリスは頭が混乱した。一瞬、仲買人が奥地にいる誰か強大で悪意に満ちた奴隷商人のことを言っているように思われた。

「大いなる敵というのは誰ですか」とパリスは言った。「上流にいるんですか？」

「私はサタンのことを言っているんです」オーエン

は暗澹とした顔で前を見ていた。彼は不機嫌になっていた。ほとんど何も食べないまま、皿を脇にやり、酒瓶に再び手を伸ばした。「サタンのせいでここの無知な恥知らず共はだまされているんだ」

「この辺りに住んでいるのはブルム族ですよね？　あの女……家政婦はブルム族ですか？」

「いいえ、クル族です」

「クル族はもっと黒いんじゃないですか？　イエロー・ヘンリーとその仲間はブルムでしょう。もちろん彼は混血ですが。でも……」

「ヘンリー・クックをご存じでしたか？」

「彼が私たちの船に最初の奴隷を連れて来たんです」

「彼はもう一人も連れて来ないでしょう」

オーエンは白く細長い両手でハエをぴしゃりとたたき、それから手のひらについた痕を幻覚にとらわれたように熱心に探した。

「なぜですか？　どういうことですか？」

しかし仲買人は、また陰うつそうな顔付きに戻って何も答えなかった。彼は頭を垂れたまま、しばらく長い間何もしゃべらなかった。パリスはオーエンが寝込んでしまったのだろうと思い始めた。そのとき、オーエンが話し始めた。それは、真理の核心に到達しようとして自分のぼやけた五感と闘っている男のようなぼんやりした、しかし根気強い話し方だった。

「いいや」と彼は言った。「いろんな信仰があるかもしれませんが、ここのブルム族にとってはポッラの男しかありません」

「誰ですか？」

「長い間、いや、多分ブルム族の創生からずっと伝わっている不可解な話があるんです。ポッラ、あるいはポッラの男たちの名で伝わっている話です。ブルム族の男たちのある者は幼児期に、司祭から背中と肩に三、四列の小さな印を付けられるんです。彼らはこの印のない者たちを相手にしません。印のある者のうちの一人が悪魔、すなわちポッラを演じます。彼は声の届くどこか手近なところに隠れていて、司祭たちが叫ぶと藪の中で恐ろしい金切り声で答えるんです。女だろうと白人の男だろうと、ポッラでない者がそれを聞くと、どこにいてもすぐさま自分の家に飛んで帰って、すべての窓や戸を閉めてしまいます。外で捕まると八つ裂きにされるんです」

　オーエンは顔を上げ、憂いを帯びた視線をパリスに注いだ。「私も実際に連中の声を聞いたんです。金切り声を。ここまで届くんです。もっとも、ポッラはまだここまでは来ていないのですが」オーエンは皮肉な笑みを浮かべようとしたが、目付きは変わらなかった。「もちろん、まったくのナンセンスです。野蛮人しかその存在を信じる者はいません。えせ悪魔とその一味はそのあとで町にやって来るんです。そして葦の茎を通してしゃべるんです。やって来た理由を告げ、酒と食べ物を要求します。それから歌ったり踊ったりしながら立ち去り、また静けさが戻るというわけです。みんなペテンです。誰だって家の中からのぞこうとする好奇心さえあれば、それが仮装しただただの男に過ぎないのがわかるんですから」

「誰でもその程度の好奇心はきっと持っているでしょうね」とパリスは言った。「怖くて外が見られないか、それとも――こちらの方が大いにあり得ると思うんですが――ちょうど我々と同じように、秩序のために仮装を受け入れているのでしょう。あなたは連中がペテン師だとおっしゃるが、イングランドのことを考えてみてください。イングランドはポッラの男たちにとって天国も同然です。教会、学界、議会はそういった者たちで溢れています」

　ここでパリスはいくぶん気がとがめて口ごもった。オーエンの目は悲しげに潤(うる)んでいる。オーエンはただ自分の孤独を、闇への恐怖を打ち明けたかっただけなのだ。しかし、酔いが少し回って、恥辱の記憶が熱くよみがえって来たパリスに、傲慢な自己主張というかつての悪癖が再び頭をもたげてきた。「この制度の方がずっとうまくいっていますね」とパリスは言った。「制度によっては、国の平安にとって重大な結果をもたらすことになります。私がリヴァプールを発つしばらく前に、船乗りの一団が売春宿を襲いました。仲間の一人がそこで金を巻き上げられたというんです。ほかの者たちもその襲撃に加わりました。夜警はおろおろするばかりで、ついに民兵の一連隊が呼ばれ、騒擾(そうじょう)取締法が発動されることになったのです。その場で二人の水夫と通行人一人が殺され、娼婦の一人が不具になり、ようやく秩序が戻ったというわけです」パリスはそこで話をいったん切って、苦々しげにいびつな笑みを浮かべた。彼は優れた英知をひけらかすことで傲慢になり、この瞬間、実に嫌な話し相手になっていた。「それがここで起こっていたら、藪から叫ぶだけですべてが解決したでしょう」

「あなたは本国での出来事とこの未開の地での出来事を比べていらっしゃるのですか？　あなたはいつも自分の方が優れていると考えるような方とお見受けします」オーエンは顔を上げてパリスをじっと見つめた。怒りからよそよそしくなり、話が明晰になっていた。「あなたはここでの生活が一体どんなものか何もわかっていないんだ。この毒気を放つ川沿いでの生活が」

しばらく二人は押し黙っていた。パリスは肩を丸め、身を守るかのように、大きなごつごつした手を両膝にはさんで座っていた。それから相手の男の顔を真っすぐ見つめた。「あなたのおっしゃる通りです」とパリスは言った。「先ほどのような言い方をして申し訳ありません」

相手を押さえ付けようとする欲望や、妥協しようとしない頑なな態度、これが欠点であるとすれば、昔から克服できずにきた彼の欠点だった。しかし、最近では、とりわけルースの死後、パリスはすぐにそれを後悔するようになっていた。今、ただ議論のために相手を傷つけてしまったことに対する悲しみのような気持ちを抱いたのだ。議論によって主張され得る類いの真理は、今の彼にはすべての魅力も輝きも失われてしまった。注目を集め、相手を支配しようとする、あの昔の衝動——真理を求めようとする欲望よりもさらに過去の衝動——の一側面にしか思われなかった。目の前の泥酔した男は確かに真理を表していた。パリスは仲買人が置かれている隷属状態がどのようなものなのかを軽く見過ぎていた。自分の置かれている状況に耐えるためにオーエンはその状況を嫌悪する必要があった。残酷な商売に携わるこの男を冷酷に見下すべきではない。この男はそれだけの価値をいまだに持っている。そのことは、パリスにとって一つの真理というより一つの神秘に思われた。彼は仲買人に問い掛けずにはいられなかった。

「どうして出ないんですか？」とパリスは静かに言った。「どうしてここを離れないんですか？」

「出るですって？」オーエンは笑いながら聞いた。「どこへ？　私は全財産をここに投資して失ったんです。一文無しで国に帰るわけにはいきません。放蕩息子は快く迎えてもらえませんからね。いや、私はここに、北緯七度、故郷から三千マイルのところに囚われの身となっていると言った方がいいでしょう」彼は再びちょっと笑って口の周りを注意深くなめた。「商売が上向きになるのを待っているんです」と彼は低い声で言った。「ポッラの男に捕まる前にそうなってくれればいいんですが。そうでしょう、パリスさん？」

その前にオーエンは熱病とラム酒にやられるだろうとパリスはひそかに思った。しかし仲買人の顔におどけた表情がかすかに表れたのを見て彼はほっとした。

「イングランドでは私自身がポッラの男のようなものでした」

自分で何を言おうとしているのかわからないまま、パリスはオーエンをこのまま明るい気分にさせておきたいと思ってそう言った。これが効を奏した。仲買人の気分はちょうど一巡して、今度はさえなく笑うようになっていた。顔にしわが刻まれたこのひょろ長い客が、待ち伏せしたり金切り声を立てたりするのを想像すると大いに笑うことができた。そして、陽気な気分と友好関係が戻ったところで二人は床に就くために別れた。オーエンはおぼつかない足取りで、クル族の女がすでに何時間も寝ている自分の寝室に退がり、パリスは蚊帳の張られた天蓋付き寝台と、ベランダに出る戸のある家屋の端の小さな客室に向かった。

パリスは酒を飲んだにもかかわらず、その客室で長い間眠らずに横になっていた。病気の奴隷女と、川からはい上がってくる貪欲な泥色のカニについて、この人身売買から派生する異常な問題について考えていた。奴隷を捕らえることと従弟のイラズマス・ケンプがネクタイを新しく買ったり、叔父が晩餐会を催すこととがどのような形で結び付いているのか、ビジネスの上での複雑な連鎖を理解しようとして模索していると、波か太鼓が遠くでパタパタと音を立てているのがまた聞こえるような気がした。時たま夜鳥が鳴いた。夜中に一度ぼそぼそ言う声とそのあと、うめき声が聞こえてきたように思われた。それは、情事の声かもしれなかった。それとも悪夢を見てうなされたのか。ついに彼は心の安まることのない眠りについたが、夜が明けるとすぐに、膀胱を空にする必要から目を覚ました。

服を着てベランダに出ると、そこから最も近い家屋の横に出た。空気はひんやりとしていたが、風はそよとも吹いていなかった。薄靄が家の敷地と背後の藪にかかっていた。女が座って糸を巻いていた差掛け小屋には、明るい色の毛布を掛けて眠っている人影がいくつかあった。

パリスは家屋の裏を通ったが、靄が一部かかって静まり返っている奴隷の収容小屋に近づき過ぎるのを避けた。それから空き地の端にある低い小屋の裏側の壁に向かって放尿した。放尿と同時にわずかに焼けるような快感があったが、彼は何も気がつかなかった。しかしズボンのボタンをはめて戻ろうとすると、獣が腐敗している臭いに気づいた。まったく間違いようのない、冷たく湿っぽい臭いだった。それは最初考えたように森から漂ってきたのではなく、目の前の小屋の中からきたのだ。ちょっと躊躇したが、ひび割れた厚板のすき間からのぞくために顔を近づけた。さっと見回して彼は後退りした。血まみれになって目をかっと見開いた三人の裸体が目に入ったのだ。一人はほかの二人より体が大きく、あお向けになっていた。眼球をえぐり取られた眼窩は血だらけだったが、見覚えのある大づくりの目鼻立ちをしていた。妙に柔らかく滑らかに見える、乾いた粘土色の膨れた腹には家畜の焼き印のように赤い染みがついていた。早朝にもかかわらず、すでにハエが彼らを見つけていた。羽が紗のようにきらきら光っているのが見える。投げ出された手には親指がなかった。両手を上げ歯を見せて笑っていた男たちを思い出した……。死体の身元がわかったためだろうか、その悪臭は一層濃密になり吐き気を催させるものとなった。パリスは追われるようにして空き地を横切って戻った。収容小屋からかすかに羽ばたく音が聞こえたように思った。見上げると棟木の上で首を埋めて眠る二羽のハゲワシが見えた。

朝食時にパリスは自分が見たものについてオーエンに一言も話さなかった。オーエンはこの朝、具合が悪そうで無口だったが、大事に取っておいたコーヒーを客に振る舞った。パリスは心から感謝した。

クル族の女はどこにも姿が見えなかった。

「それでは」漕ぎ手の一人が桟橋の杭を裸足で蹴って、カヌーが川の中ほどに進み始めるとパリスは言った。「マンディンゴの司祭が真相を解明してくれるよう祈っています」これだけがオーエンに向かって言葉にできる唯一の希望だった。川が曲がり始めるとあとを振り返った。仲買人はまだそこにいた。ヤシの葉とカニの死骸が積まれた川岸に小さくぽつりと立って、パリスが視界から消えるのを見ていた。最後の瞬間、オーエンは帽子を取って一度振った。それからカヌーが曲がりきるとオーエンは突然消えた。木の繁茂した岸が再び辺りを支配し、すべての痕跡(こんせき)を隠した。ひっかいた跡のようなちっぽけな住まい――悲惨さの中心、家屋、囲い地、サラダと洗練された作法へのオーエンの渇望、鼻を刺す臭いを放つ収容小屋で枷をはめられた奴隷たち――そういったものの存在を暗示するものは跡形もなく消えてしまった。

ここでは川だけが唯一の現実だ。川は交易を結び付ける。奴隷たちは恐らく、何百マイルもの上流から連れて来られる。川は彼らを、うなりを上げるその河口へ、寄せ波という恐ろしい苦難の待ち受けるところへ、広大な空のもとへ、彼らを待つ船へと運ぶ。川が海に出るこの海岸ではどこでも同じだ。アフリカの川は奴隷商人たちをその懐に受け入れるのだ……。

軽量で長いカヌーはかなりの速度が出た。漕ぎ手の男たちはさおに体重を掛けるとき、決まって叫び声を上げげた。舟が蛇行する川の中ほどを進むために、自分たちの接近を警告しようとしているのかもしれなかった。しかし、パリスのために舟を漕ぐ男たちは収容小屋で見た男たちに、色も顔立ちも似ていた。このころになってパリスはそういったことに気づき始めていた。それだけに彼らの荒々しい叫び声は、鎖に繋がれ、ぼうぜんとなって自分の身の不運を嘆くこともできない人々を悲しむ叫びのように聞こえた。

第二十八章

パリスがタッカーの屋敷まで川を下って来ると、雑用艇が出発の準備をすませて、サーソ船長が乗り込むのを待っていた。奴隷は手足を縛られて男女の別なく船の中央に横たえられていた。少し離れたところには、華奢な体付きのアフリカ人が座っていた。袖無しのシャツとズボン下姿でほほ笑んでいる。シモンズによると、男は新しく雇われた通訳で、タッカーの子分だった。パリスはシモンズの顔色がさえないのに気づいた。航海士のまぶたは厚ぼったく、わずかでも動くと頭に痛みを感じるようだった。

サーソは、重々しく笑みを浮かべ、堂々としているタッカーと並んで桟橋に降りて来た。二人は今後の取引を確約し合って、別れの挨拶を交わした。その後、雑用艇は桟橋を離れた。風が出て、河口付近では波が荒く、浅瀬を乗りきるために西向きに帆を広く開いて進まざるを得なかった。

本船に戻ると、大工のバーバーが四人の水夫に手伝わせて、後甲板の最前部に杭でバリケードを作っていた。甲板の左右両端まで水平に渡した一インチの厚さの板に柱を垂直に縛り付け、出入口を階段の上に設けていた。右舷側はすでに完成していた。ジョンソンとリビーは砲門から回転砲を外し、その砲口を柵の間から奴隷たちのいる下の甲板に向けていた。

サーソが甲板に上がるとすぐに甲板長のヘインズがやって来て、黒人の一人が反抗的だと報告した。威張り散らす者が必ずしも小心者とは限らない。確かにヘインズは小心者ではなかった。ただ、雇われの身として彼は上からの承認が必要であり、あの失態以来、面目を回復しようとして以前にもまして職務に忠実だった。

「モーガンから報告を受けました」とヘインズが言うのをパリスは聞いた。「今朝、自分でも調べて確認しています」

サーソは甲板長と一緒に数歩離れたのでパリスには話の内容は聞き取れなかった。ヘインズは奇妙な目をしているとパリスは思った。ヘインズの目には不断のきらめきがある。それは気分とか感情と無関係に見える。パリスは疲れを感じていた。前夜は、あまりよく眠れなかった。同時に、どういうわけか、喪失感というかショックのようなものがあって、妙に気分が落ち込んでいた。

「そいつを船尾に連れて来い」とサーソが突然しゃがれた残忍な声で言うのが聞こえた。「それに通訳もだ」

　手すりを背にして立っていたパリスは、男の奴隷が一人、キャヴァナとサリヴァンの手で仲間から鎖を外され、彼らの方に連れて来られるのを見ていた。背が高く、しなやかな手足をしていたが、足取りはかなり重かった。体が弱っているせいだろうとパリスは思った。顔は幅が広く骨が太い。目は深くくぼんでいる。やせ衰えて胸郭と胸骨の線がはっきりと浮き出ている。左側の胸、心臓より上の辺りに赤く腫れた焼き印のKの文字があった。

「この数日間こんな調子らしいんです」とヘインズは言った。「でもモーガンのばかが何も言わないことに決め込んだんです。ウィルソンもブレアも同じです。奴らの仕事は連中に豆とヤムイモをやることだってえのに」

「モーガンは今、何か食べる物を用意しているのか？」

「奴隷用の米を料理してます」

「少し持って来るように言うんだ」サーソはうなだれて立っている黒人の方を向いて言った。「さあ、この犬畜生。悪い手本を見せてくれたな。私が食べることを教えてやろうじゃないか」サーソは怒りに駆られて周囲をにらんだ。「一体通訳はどこにいるんだ？」

「ここにおります、船長」通訳はずっとサーソのそばにいたが、背が低く船長の目に入らなかったのだ。

「ジミーはここにいる」と彼は言った。その笑みはあきれるほどで、顔全体で笑っている。目はほとんど閉じており、青白い歯茎の一列をむき出していた。

「これはウォロフ族の男。機嫌が悪い人たち。私ウォロフ語しゃべらない。バンバラ語でやってみる」

「こう言ってやれ」とサーソは言った。「これから米飯をやる。もし食べなければ下に連れて行って暗闇で親指締め（スクルーズ）をかけてやるぞ、と」

「スクルーズ？」この難問に直面してジミーの笑みが少し消えた。

「親指締めだ、このばかめ」サーソの機嫌はますます悪くなった。彼は親指をねじで締め付ける身振りをした。

「完璧にわかるよ」

　ジミーはしばらく滑らかな抑揚のある言語で話し掛けた。奴隷は返事もしないし、話し掛けられていることに気づいている素振りも見せないで、頭を垂れたままだった。

エプロンを掛けたモーガンが慌てふためいて調理室から米飯を運んで来た。丸々と太って、いつものようにひどく汗をかいている。米飯が口の前に突き出されると、奴隷は何も言わずに顔を背けた。この反抗的な態度を見て、どうにか保たれていたサーソの自制心は切れてしまった。サーソが奴隷の低頭部を横から強く打ち据えると奴隷は甲板に倒れた。奴隷は目を開けていたが、動かずに伸びていた。

サーソは奴隷を見下ろしたまま、しばらく立っていた。それから感情の変化をほとんど見せないしゃがれてきしるような声で言った。

「ヘインズ、こいつを下に連れて行け。親指締めをしてやるんだ。両指にだ。それから暗闇の中に一人にしておけ。あとでもう一度食わせてみて、肝に銘じたかどうか試してやろうじゃないか」

奴隷が立ち上がらせられるのを待たずに、パリスは急にその場を離れようとした。階段に向かって数歩進むとサーソの声が彼を呼び止めた。パリスは振り返り、数歩先の船長と向かい合った。

「パリスさん。乗組員は高級船員も含めて、船長から許可を得るのがしきたりになっている。黙って退がることはできん。許可するまでここにいてくれ」

パリスは大勢の見ている前で叱責を受けて血が顔に流れ込むのを感じた。成り行きを見守っている者たち、まだ甲板に伸びているニグロ、背後の甲板中央部の奴隷たちのグループを意識した。みんなが自分を待っている、自分に何かを期待しているように思われた。呼吸を整えるために少し間を置くと、いつもより太く低い声でこう言った。

「船長、この船の乗組員全員と同様、あなたの命令に従わなければならないことは承知していますが、私は医師であり、自分の職務を真剣に考えています。この船の全員のために私はここにいると考えているのです。親指をつぶすことがこの男に物を食べさせる最良の方法とはどうしても考えられません。説得してみることも可能ではないでしょうか」

「説得だって?」

侮辱に満ちた言葉が、しゃがれたしまりのない声で返ってきた。数歩離れたところにいたバートンは忍び笑いをし、乗組員の間にもにやにや笑う顔が広がった。

サーソの駆け引きの才はあなどり難かった。このときも彼はその才を発揮した。「説得だって？」ともう一度そう言ってから、信じられないといった身振りをしてみせた。

この「説得」という言葉を自分が使ったことによって、船長から罵倒を浴びずにすんだことにパリスはのちに気づくことになる。サーソの怒りは爆発寸前だった。しかも法律がサーソの権限を支えていた。しかし、それをさらに主張する必要はなかった。様子をうかがっている暴力に慣れた水夫たちの目には、船医が弱さ――性格の弱さではなく現実把握における弱さ――を露呈したも同然だった。慇懃な態度をとる方が効果的だ。サーソにはそれがわかっていたからこそ、機嫌を直す余裕があった。

「パリスさん、すでに三十六人の奴隷が船上にいるんだ。この海岸を離れるときには神のご加護があれば二百人以上になるだろう。しかも乗組員は二十五人といったところだ。にもかかわらず、君は説得うんぬんと言う。もう少し分別のある男と思っていたが」

これに対してパリスには返答のしようがなかった。すでに乗組員たちの信望を失っていたとしても気にならなかった。彼らの代表にも指導者にもなるつもりもない。他人のために抗議するなど断じてしないというのが、零落の身になって初めて立てた誓いの一つだった。

強情な奴隷が下に連れて行かれる間、パリスはその場に残っていた。サーソは親指締めの指示を甲板長に「あまり締め上げ過ぎないように」と繰り返して付け加えた。これがすむと自分の船室に同行するよう船医に求めてパリスを驚かせた。

「座ってくれ」とサーソは言った。「ポートワインを一杯どうかね？」

「いただきます」

パリスは船長がテーブルの上の戸棚からデカンタとグラスを取り出すのを見守っていた。パリスは警戒していた。利益を確保しようとする決意が外に表れるときにはサーソがどのような行動に出るのか予測できた。だが、そうでないときには、精神が完全に正常であるとは言えない者のように、心のおもむくままに他人の意表を突く行動に出るからだ……。

「君の健康を祈って乾杯」
サーソは嫌悪感を押し殺して目の前にいる男を、その風采の細部を、不格好な体格、やつれた顔、自分を前にしてもひるまない淡い目を、またしてもじっと見つめた。サーソには、この男が永遠に抱え込むことを運命づけられた船の在庫品のように思われた。最後の航海になってこんな厄介者を背負い込む羽目になるとは、一体自分はどんな間違いを犯したのか。私的な取引を間近に控えた自分とバートンにとって、それがどんな点で問題になるのか。マスケット銃を売って手に入れる砂金と、この航海から上がる利益の分け前、それに今までの蓄えを合わせれば、退職後は十分、快適に暮らせるはずだ。しかし一方でサーソは常々、自分の仕事を、船主に忠誠を尽くし、彼らに利益を上げさせ満足させることであると考えてきた。しかもこの男は今回の船主の甥だ。その上、つまらぬ話を持ち帰り、事実を歪曲し、自分の評判に傷をつけるかもしれぬ愚か者だ。

こういったことを考える背景には、もっと深刻な、今も自分では認めたくない理由があった。パリスにはサーソが危険に思う特質があるのだ。サーソは本能的に、また経験的に海の本質と同様、力関係の本質を理解していた。たった今、サーソはパリスが自分のやり方に干渉する力を持っていると感じた。パリスは自分がめったにしないことをするように強いた。つまり、水夫たちに迎合するように振る舞わせたのだ。

「君の先ほどの言動については大目に見よう」とサーソは言った。「君が海上の習慣に関しては無知であるという理由からだ。この船と乗組員全員は私の支配下にある。医師であろうとキャビンボーイであろうと、許可を得ずに船長のもとから退くことは誰一人できない。そのことを今後覚えておいてもらいたい。さらに何人も船長が下した判断に対して異議を唱えることは許されない。これもよく覚えておいてもらいたい。さて、食べるのを拒んでいる奴隷のことだが、奴がそうするのは、我々の裏をかいて自分が我々の手に負えないと思わせたいというひねくれた考えからなのだ。パリスさん、あの連中には邪悪で意固地な魂が宿っているのだ。奴らのことはよく知っている。連中が我慢すれば、奴隷船も楽しい船になる。しかし、彼らのずる賢く強情な振る舞いによって、困った事態にもなる。いいかね、ここのところを注意してもらいたいのだが、もしわずかでも我々の苦労を台無しにすることがわかれば、こういったことはほかの連中にも広がるんだ。連中は我々を絶えず観察している。一人が食べるのを拒むと、あっという間に全員が食べようとしなくなる。ほとんどの者は鞭を一つ食わせればすぐにまた食べ始める。しかしながら、頑固な者もいる。もし今、食べずに体が弱ってしまえば、西インド諸島への航海の途中で確実に死ぬ。それにこのことを覚えておいてもらいたい。キングストンの市場で我々は最高の奴隷なら値段をつり上げることができるかもしれん。しかし、船上で奴隷が一人死ぬごとに我々は得べかりし利益を失うことになるんだ。キングストンでは現在、最上級の男奴隷一人当たりの値段は現金五十ポンドになっている」

この狭い空間の中で船長の声は小さくなり、しゃがれたつぶやき、ささやきも同然になった。サーソはここで深く座り直してポートワインを少し飲んだ。それから注意深くグラスを置き、四角い篭のような眉の下からパリスを見据えた。

「五十ポンドだよ、パリスさん。ちょっとした金額だ。イングランドでは五十ポンドもあれば一年間は不自由なく暮らせる。もし連中が病死や自然死でもしたらそれが丸損になる。保険がおりるのは反乱や暴動で死んだときだけだ。そのときでさえ半額にもならない。いいかね、我々は連中を生かしておかなければならないのだ。それがわからない者は愚か者だ。それだけのことだ」

サーソにしては長い話だった。熱が入って、日焼けした顔が紅潮している。それはまた、こうして説明しなければならなくなったことに対する憤りのせいかもしれないとパリスは思った。サーソがどうして説明しなければならないと感じたのかパリスにはわからなかった。明らかなのは、サーソが世界をある一つの支配的原則に還元し、それに合わせるために自分の道徳の枠組みをねじ曲げたということだった。サーソが時折見せるこわ張った身振りは、このねじ曲げる過程の身体的徴候に違いないと彼は気まぐれに想像した。

その一方で、パリスは何と返答したものかと困惑していた。黙っている方が安全で得策だろう。船長が理解を求めようとしていること、多分、同情さえ求めているのだということには気づいていた。しかし、パリスは黙っていることができなかった。議論を放棄する際に相手を勝利に酔わせたままにしておくことが、いかにつらいことであるかを忘れていた。こうして躊躇している間にも船長の目が満足そうに細くなり、テーブルの上に置かれた手がゆっくり握り締められるのが見えた。

「私の心の内をお話できると思います」とついにパリスは言った。それは、二人が初めて会ったときから、サーソが不愉快に感じていたあの激しく食い下がるような態度だ。「あなたが私にそうしてくださいましたから。いずれにしても我々の話を聞いている者は誰もおりませんが。私はあの男の顔を見ました。顔付きを細かく観察しました。あの男が食べようとしないのは、我々の邪魔をしたり面倒をかけようというわけではなく、死ぬ決心をしているからなのです」

「君はそれが同じだということがわからんのか。そんな愚か者なのか？」

「同じですって？　どうして同じだとおっしゃるんですか？」

パリスは驚いて船長の顔を見た。引き付けを起こしかねないような怒りで、四角い顎が歯を食いしばっている。この質問でサーソの堪忍袋の緒が切れてしまったのだ。サーソは身を乗り出し、嫌悪感をあらわにして言った。

「これでわかった。君はどのような権威も受け入れようとしない、いわゆる過激派の一人だな。何についても異議を申し立てる。いつも自分の方がものを知っていると考える。いいかね、よく聞きたまえ。あの黒人には明日朝もう一度食べるよう強制する。もし奴が拒めば全員の前で皮膚が剝がれ落ちるまでへインズに鞭で打たせる。食べることに同意するか、死ぬまで鞭打ちをやめさせはしない。今までそうしてきたし、今後もそれを変えるつもりはない」

ここで一息つくと、サーソはパリスが恐れも見せずにまじまじと自分を見つめているのに気づいた。それは憎々しいほど自分の心を見通そうとするかのようなまなざしだ。パリスの存在は強固で耐え難い。自分の怒りを無力にするような力を振るい、自分から説明し、相手の改心や理解を求めるよう強いてくる。サーソはこめかみに激しく脈打つのを感じた。

「この説教師めが。聖職者になればよかったんだ」とサーソは言った。「奴が思い通りに死ぬことは許さん。自分の身の処し方は自由だと信じることを認めさせるわけにはいかん。それが理解できなければ君は何も理解していないんだ。もし奴が死ぬとすれば、それは我々の手にかかって苦しみながら死ななければならないのだ。ほかの奴隷たちが堕落しないようにだ」

パリスは立ち上がった。サーソの言葉に対する怒りとサーソが見せた敵意への反発から、パリスは自分の中に激しい感情が湧き上がり、内心が震えているのを感じた。両手をうしろにさっと回して、「おっしゃることはわかりました」と彼はかすれた声で言った。「お許しをいただければ退室――」

この瞬間、二人が互いを見据えていると、「舟が見える」という叫び声が甲板から聞こえた。サーソはすぐ帽子をつかみ、パリスにはそれ以上何も言わず、船室から重い足取りで出て行った。パリスもあとに続いた。二人は甲板に立って、中央部にヤシの葉で葺いた屋根がある狭い丸木舟が近づいてくるのを見た。

「バートン、あれは河川用の舟だ」とサーソはいつもの口調で言った。

「はい、船長」

サーソは望遠鏡を上げて言った。「スス族のようだが。日除けの下に誰かいる。白人だ」と、しばらくして言い足した。丸木舟が近くまで来て舷側を見せ停まると、ようやく誰かわかった。日除けの陰にいるのは、腕をうしろで縛られ、汚れた綿のズボン下しか身に付けていないキャリーだ。

「すると」サーソは残忍そうに言った。「我々の鳥が一羽ねぐらに戻って来たわけだ。連中は奥地の部族だ。通訳が必要だな」

「ここに控えております、船長」

「何がおかしいんだ？」

「何もおかしくない、船長。彼らの中にはマリンケ語を話す者がいるかもしれない」

「乗船を歓迎すると言ってやれ」とサーソは言った。

「上がって来てもいいと言え」

ジミーは震えるように変化する甲高い言語で丸木舟の男たちに叫んだ。彼は重々しい返答に耳を傾けた。

「上がって来ないと言っている」

「一体どうして来ないんだ？」

「船には上がりたくないと言っている。彼らは礼儀正しい人々で言おうとしないが、私の見るところでは奴隷にされること恐れている」

「私を信用しろ、と言ってやれ。私はこの海岸ではよく知られた男だ。自由なアフリカ人を連れ去りはしない。奴らに贈り物、大瓶のブランデーをやろう。逃亡白人を捕まえてくれて満足していると言ってやれ」

サーソは悪意のこもった目付きで、ヤシ葺きの屋根の陰で頭を垂れ、落胆を絵に描いたようなキャリーを見下ろした。彼の上腕部はねじったヤシのひもでうしろ手にきつく締め上げられており、首の筋と肩の強力な筋肉はそれに耐えようと張り詰めている。

ジミーは、捕獲に対するサーソの深い満足感を伝えようとして、丸木舟の漕ぎ手に向かって、左手で胸を丸くこすり、右手を半ば伸ばして通訳した。

「彼らはあなたを信用し、信じると言っている」

「よし。物わかりのいい連中だ」サーソは満足そうに見下ろした。「どうして奴らは動かないんだ？」

しばらくしてサーソは我慢しきれずに言った。

「彼らは上がって来ない。今はあなたを信じるが、上がって来る間にあなたは考えを変えるかもしれない。誰も未来の自分の考えを保証できないように、あなたが考えを変えないことをあなたは保証できないと言っている」この難しい文をどうにかしまいまで言うことができてほっとしたジミーは、再び我を忘れてにっこり笑った。「だから上がって来ない」とジミーは言った。「そういうこと」

「何てこった」とサーソは激高して言った。「奴をこの手で捕えたら、この分も懲らしめてやる。奴隷たちを降ろして帰国するところだったら岸に置き去りにしてやるところだが。ブランデーを下ろすと連中に言ってやれ。舷梯を昇れるように奴のひもを緩めるだけでいいからと」

ジミーが再び話すと、丸木舟の前部にいる男が、返礼として、重々しく強調した身振りで政治家のような長いスピーチを始めた。

「失礼ですが、船長」まだ船長の信頼回復と汚名挽回を狙っているヘインズが言った。「あの物乞い連中の一人を撃ってやりましょう。あの訳のわからんことをしゃべっている奴なんかどうです。簡単に当たります。そうすりゃ連中は思い直すでしょう」明らかに自分の考えの美しい単純さにうっとりして、ちょっと思案した。「それともみんな撃っちまいましょうか?」とヘインズは言った。

「この間抜け」サーソはヘインズの方をきっと向いて言った。「海岸全体を敵に回す気か?　そんなことをしたら誰が船まで取引に来ると思う?」

「彼らは申し出に満足していない」とジミーは告げた。

「よし、それならたばこをやってもいい」

「失礼ながら」緊張しきってジミーは再びほほ笑んだ。「彼らはブランデーに加えてたばこも欲しがっている。それが白人を捕らえたことへの贈り物だと言っている。それに奴隷分の十バーも欲しいと言っている」

「何だと?」サーソの眉が寄った。しばらくの間、今にも怒りを爆発させようとするかに見えた。しかし別の表情が顔に表れた。何かあきらめたような、ほとんどユーモラスと言っていいような表情だった。

彼は脇をちらっと見やって、根負けしたというようにうなずいた。「よし」と彼はつぶやいた。「奴らもなかなかの商人だな。我々の大砲の真下にいながら身代金を要求する。捕らえた報酬とあいつの値を分けておいて、その両方に対して支払わせようとするとは……。言う通りにすると言ってやれ。ただしバーについては押し問答をするつもりはない。青いビーズの頭飾り十個とあいつとを引き換えだ。嫌ならやめるがいい。それにあいつは奴隷ではなくイギリス人の水夫だと言ってやれ」

丸木舟の男たちはこの申し出を満足のゆくものとして受け入れた。彼らは、少なくともこの瞬間は、バーの定義の問題よりもビーズとブランデーに関心があった。品物が舷側から下ろされた。キャリーはひもを解かれ、舷梯まで引き上げられると、しびれた両腕を使ってゆっくり上がって来た。丸木舟は船から離れると全速力で岸に向かって行った。舟の上の四人の男は命がけでオールを漕いでいた。

キャリーは甲板まで昇りきらないうちにジョンソンとヘインズに捕らえられた。何の抵抗も見せなかった。疲労、罪悪感、これから受ける罰への恐怖、これらが合わさって抵抗する気力を奪っていた。喉はからからに乾き、多くのかすり傷と切り傷から血を流していた。予備のシャツと半ズボンが与えられた。それから足枷をはめられて主甲板前方部に座らされ、一等航海士の監視のもとに置かれた。昼間の仕事が終わり、ほぼ全員が甲板に出る午後の当直終了時。それが、サーソが決まって見せしめの刑罰を行う時刻だった。この時間にウィルソンが、トマス・トルーが、そしてエヴァンズが鞭打たれた。そして今度はキャリーの番だ。縛り付けられる間、彼はやめてくれとは懇願しなかったが、鼻をすすって泣いていた。最初の数撃でものすごい叫び声を上げ始めた。ひもが解かれるとまだ意識があり、自分を励まそうとするかのように奇妙な音を喉から出していた。しかし、助けなしには立ち上がることもできなかったし、支えなしには立っていることもできなかった。今までは介抱する権利を得るためにパリスはサーソと闘ってきたが、今度はもう許可を得る必要がないと思った。心を痛めていたが相変わらず罰当たりなことを言うブレアに手伝わせて、キャリーを病室に運んだ。そしてその重くてぐったりした体をベッドの上にうつぶせに寝かせ、背中から多量の血を拭き取り、裂け口からの出血を止めるために、できるだけの手当てを始めた。

水を塗って拭き取っても、うなじから腰にかけて鞭のこぶが作った傷口から、血が花びらが開くように流れ出て、破れた皮膚をひらひらさせていた。乗組員たちの前で罰を受けている間、卑屈なほどずっと泣き叫んでいたキャリーだが、驚くほどの回復力を持った体質が救いとなり、今度は毅然と振る舞った。彼は毛布に顔を埋めていた。しばらくすると、口ごもってむせぶような声が漏れた。

「何かを言おうとしているんだ」とブレアが言った。パリスはブレアに残るように頼んでいたのだ。ブレアはパリスが渡す血に浸かった消毒綿を入れるたらいを持って立っていた。「黙っていた方がいいんじゃないですか?」と心配そうに聞いた。

パリスはちらっとブレアを見た。ブレアの顔は青ざめ、鼻柱には染みが現れて目が異様に突き出ていた。ブレアはこのような様子で最初の奴隷たちが焼き印を押されるのを見ていたことを、パリスはふと思い出した。ブレアは虚勢を張るところはあるが、それを別にすれば冷淡な男ではない。怒りを爆発させていないときには、思いやりさえある男なのだ。「しゃべってもいいんだよ、しゃべりたいんなら」とパリスは穏やかに言った。「何を言っているかわかるかね？　この男は雄牛のような強靱な体をしている」こう言ってキャリーが以前一度だけ話し掛けてきたときのことを思い出した。「鞍を付けるんだ」そう言って、はにかみながらうれしそうにしていた。あのときは、彼の友達でもあり保護者でもある男が脇に立っていた。

「おい、何を言っているんだ？」ブレアは耳の悪い男に話し掛けるように前かがみになって大きな声で話し掛けた。「こいつはあまり頭がよくないんでさあ」とブレアはパリスにこっそり言った。

キャリーは顔を毛布に押し付けたままだった。

「ディーキンが行っちまった」意識にかかった赤い靄が薄れゆく中で、キャリーははっきりとした声でつぶやいた。「俺は一緒に行かなかった」ここ数日のすべての出来事が頭の中でどうしようもなく混乱しており、心細さを軸にぐるぐる回っていた。果てしなく続くサバンナを迷ってうろつき、静けさに正気を失い、喉の渇きに苦しめられ、ついに原住民に押さえ付けられると殴られ、いたぶられる――これは彼を捕らえる際に仲間が傷を負わされたことに対する報復だった――これらはどれも、ディーキンに置き去りにされたことを巡る悪夢に過ぎなかった。言葉が口から次々に出てきた。「必ず戻ってくる。音がした……。怖かった。ディーキンは一人で行っちまった。ダンルと呼んでいた。俺を呼んでいた……」

聞いている二人にはこれのすべてがわかったわけではなかった。キャリーの顔は毛布に埋まり、鞭打ちによる痛みで声は喉で詰まった。しかし、しばらくすると声の質そのものが変わってしまっていることに二人は気づいた。それは弱ってあえぐ音だった。

「おい、ぐずぐず泣くんじゃねえ」とブレアが言った。そして彼にもまた、ある記憶がよみがえってきた。廃船の暗闇の中で痛みで目を覚ますと、ネズミの音とすすり泣く声が……。「ぐずぐず泣くな。どうにもならないんだから」とブレアは言った。

パリスは横の男の声の調子が変わったのを聞き取り、ちらっと見て目をそらした。ブレアは目に涙を浮かべていた。パリスも同情から目の奥にちくちく刺すような痛みを感じた。

　自分を見守る者たちの言葉と同情にも、背中に掛けられた水の感触にも気づかず、キャリーは毛布に顔を埋めて、友達の裏切りに涙を流していた。

　ディーキンは辺りが静かなのに気づいて振り返り、キャリーの名を呼んだ。返事が戻ってこないと、すぐに、相棒が遠くにではなく、茂みのどこかに隠れてうずくまっているのがわかった。この瞬間、世界は静まり返っており、耳をこらせば恐怖におびえたキャリーの鼓動さえ聞こえるように思われた。しかし、今はキャリーを探し出したくはなかった。

「戻るんだ、ダンル」と彼は呼んだ。「川に引き返して下流に行くんだ」

　その声は、どこか高いところにいた鳥たちを驚かせた。一斉に翼が羽ばたくのが聞こえた。ほかには答えるものはなかった。しばらく待ってから再び歩き出した。少し耳を澄ましたが、キャリーはもうついて来ないと見て取った。静けさがそのまま彼を包み、足音を吸い込んだ。

　最初、ディーキンは川に沿って北に向かった。しかし、沼地が多く、足を取られやすかった。込み入ったマングローブの根の間をつまずきながら進んだ。彼は広々とした場所に出たかった。逃げることへの情熱はすべて広々とした土地に向けられていた。大空との共謀が必要だったのだ。

　夕方になると西に向かい、川からなだらかにのぼっている土地へ、もっと木の少ない、帯状の灌木が点在している土地へと入って行った。こちらの方が歩きやすく、日が暮れるまでに数マイル進むことができた。銃と一緒にベルトに下げたブリキの水筒から水を飲んだ。もう半分も残っていなかった。一日中シャツの内側にくるんで入れておいた堅パンと塩漬けの豚肉を少し食べた。パンは汗で湿っていた。

　翌日の午後遅くに最後の水を飲んだ。途切れ途切れの林と背の高い草の茂みが広がる土地にいた。空は彼の上に広がっていた。鷹（タカ）のかすかな影が地面の上を旋回していた。静寂が強まっていく中で、ディーキンは独り言を、時には大声で言った。やがて村に着く。家々から人々が出てくる。交易場を開くんだ。ヤシ酒、ライムジュース、ココナッツミルク。

眠るんじゃない。奴らはお前を売るぞ。砂金、オウムの羽根、チーク材だって商える……。

そんなことは信じていなかった。村の家々の形も人々の顔付きも想像できなかった。それとともに、交易の計画すべてが、この何もない土地を移動してここに来るための口実に過ぎなかったのだということを認め始めた。喉の渇きが募るにつれて食べ物のことを忘れた。自分の声はもう聞こえず、杖を持った父が問い詰めた。お前はどこに向かっている？　ジャマイカに着いたらどうなるかわかっているだろう？　また海軍に連れ戻されたらお前はどうなるんだ？

過ちを避けるための答えなどなかった。どのような答えも父の怒りをそらすことはできないだろう。何を言っても鞭打たれ、暗い小屋に閉じ込められる。別の質問に答えることで罰を逃れようとして、サーソは報奨金をもらうとディーキンは言った。サーソは俺を売って五ギニー手に入れる。しかしこの答えは間違いで、父の顔は暗くなり膨れてきた。それは空を覆って破裂し、ディーキンは口と、椀の形にした手で雨をできるだけ受け止めて飲んだ。

それは彼が自由になってから四日目のことだった。雨がやむと黄褐色の長い葉がさらさらと音を立て、太陽が再び現れ、地面は湯気を立てた。歩みは遅くなり少しよろよろしてはいたが、雨で体が冷えて頭ははっきりしていた。だが、自分がどこに行こうとしているのか、目的地はどこなのかわからなくなっていた。そして、そのようなものはなかったのだということに思い当たった。すべての拘束から自由になることが自分の目的だったのだ……。しかし、それもまた違う。かつての秘められた愛を思い出す独身者のように、辛抱強く最初の逃亡の細かな内容を、闇の中の鉄格子の感触を、恐怖を、木が割れたときの喜びを思い出し始めた。外に踏み出したときのほの暗い夜明けの光。熱帯の光に、あの光ほど目をくらますようなものはなかった。あのとき見た空ほど広大な空は海上にもなかった。あの光、あの広がりが自分の目指したもの、目的地だったのだ。自分は再びそれを見出すことはなかった。それ以来の自分は迫り来る壁の間を、低く垂れ込める空の下をずっと走り続けてきたのだ。

彼は湿った服のまま眠り、目が覚めると熱があった。日の出とともに再び移動を始めたが、歩みはかなり遅くなっていた。歩調の感覚を失い始め、歩幅が短くなり、十分、足を上げることができず、しばしばつまずき、時には倒れ込んだ。倒れるたびに立ち上がるまで時間がかかるようになった。

日の出後間もなく、赤くきらめく草の先と、火の球を付けた広い葉の低木が生えている広々としたサバンナを横切っていると、自分を取り囲もうとする人々の姿が黒い炎のように動いているのが見えた。一人が何度もつつくような奇妙な動きを見せて、指し示すか合図をしている。太陽が何かの上にきらめいていた。

彼は周りをぐるりと囲まれた。これが人間や獣、特に危害を加えるかもしれないものを捕らえるやり方であることをディーキンは知っていた。四方を包囲されると逃げる者にとっては終わりだ。威嚇して追い払ってやる。振り上げられた槍がきらりと光り彼の目をとらえた。銃と水筒と皮ベルトが欲しいんだろう。俺を縛り上げたいんだろう……。彼の視覚は混乱していた。ベルトからもたついて銃を抜き出し、太陽の閃光に向けて発砲した。耳をつんざくような音だった。このあと、別の音が続くなどとは想像もできなかった。実際、ディーキンには何も聞こえなかった。彼はもう一つの閃光を見た。太陽の光とは別のもので速かった。しかし、音は何も聞こえなかった。槍が胸骨の下に命中し、体をほぼ貫いた。彼は両膝を落とし、しばらくそのままの姿勢で槍の柄を何か大切な物のように握っていた。そして彼の目指した空の光が一瞬、両目に溢れた。空は燃えるように見えた。それから空が閉じて真っ暗になった。

第二十九章

乗組員たちは誰一人、ディーキンの行方を知らなかった。彼は公式に死亡記録がない者たちの仲間入りをした。海軍省では永久脱艦兵のままだった。サーソの乗組員名簿には「逃亡」と記され、これがディーキンの墓碑銘となった。パリスは少しずつ間隔が開いてきた日誌に、無事を祈るとだけ書いた。このころには、パリスにとってディーキンの失踪は影が薄くなっていた。公式記録に残る死者が出たからだ。

二等航海士のジャック・シモンズはもう我々のところにはいない。昨日、この世を去った。タッカーの屋敷から戻るとすぐに熱病のあらゆる症状が彼に表れていることに私は気づいた。翌日、彼は再び使いに出されたが、雑用艇で戻って来ると、助けなしには本船に上がることができず、頭痛と手足の衰弱をひどく訴えた。その日の夕方、熱が上がると、私は彼を病室に運ばせ、手足を水に浸けて冷やし、大量に持ち込んでおいた粉末状のキナ皮を投与して熱を和らげようとした。しかし、夜間も熱は上がり続ける一方だった。あのような苦悶を見たことがない。けいれんに近かった。翌日の早朝、鼻と歯茎と目の縁から少量の出血が始まった。額と脇の下にも血痕が認められた。このように出血してから二時間も経たないうちに熱が急にひけ、代わりに肌が冷たくじっとりと湿り、哀れにも顔には死相が表れた。彼は自分の給料を妻が必ず受け取れるようにと頼んだので、私はそうすると約束した。彼が結婚しているとは知らなかった。午後三時に胆汁で黒ずんだ血を多量に吐き始め、しばらくして窒息し息絶えた。私は彼を救うことも苦痛を和らげてやることさえもできずにまったく無力で、ただ見守るばかりだった。サーソが葬儀を執り行い、遺体は海に委ねられた。

これは「黒吐病」と呼ばれている疾病に違いない。本によれば、外地に勤務中の兵士たちがしばしばこの病気に罹るということだ。私がオーエンの家に残り、彼がタッカーの屋敷にいた仲間に合流したあの晩に感染した可能性がある。いや、恐らくそうではないかと思う。彼はそこで痛飲し、戸外のどこかで現地の女と寝たのだろう。そしてそのまま、沼地から発生する不純な臭気の中で寝込んでしまったのだろう。あの沼地は日中ずっと太陽の熱の作用を受け、夜間には毒を発散させるのだ。

パリスはしばらく書く手を休め、シモンズの熱の激しさに気づいた瞬間から自分がとった行動について思い返した。自分の船室に戻って、酢に浸したかなりの量のパンを注意して食べた。胃が空になっているときには体の吸収力が最も高くなるので病人を診てはならない。戸棚に取り付けられた小さな鏡で自分の顔を見た。深くしわが入った額、鼻孔から口の端にかけて走る数本の線。両端が下がっている太い眉毛。少しばかり犬に似ている。その下の淡い目は悲しげでもあり鋭くも見える。あか抜けしておらず骨張ってはいるが、醜くはない顔。そのときわかった。死にたくない男、死を恐れて酢に浸したパンを飲み込んでいる男の顔であると。恥辱と喪失と悲嘆に見舞われたにもかかわらず、自分はまだこの世にしがみついているのだ。

シモンズのところに戻る前に、同じ酢に浸したリント布で鼻孔をふさいだ。シモンズの死後、樟脳入りのアルコールでうがいをした。そう、船上での職務を遂行するために。しかし、それが二次的な理由であることは自分でわかっていた。今、覚えているのは口の中で溶けて行くパンのことだ。生きたいという望みのすべてがその酸味の中に込められていた……。閉じられた告解室にも似たこの船室で一人そのことを考えているうちに、自分は裏切り者だと思った。誰を裏切り、あるいは何を裏切っているのか自分でもわからないのだが。

奴隷の数は着実に増えている。タッカーは約束通り、二十二人の男と八人の女の一団を送ってきた。彼らは全員、内陸でタッカーが扇動して引き起こした戦闘で部下たちが捕らえて来た者たちだ。襲撃中にタッカーは息子の一人を失った。そのためタッカーは取引の際、極めて高圧的で容赦のない態度に出た。彼は成人男子について七十バーを要求し、交易品についても同額の品を渡すよう迫ったのでサーソは卒倒しそうになった。もっとも、こうした法外な要求は、船長から敬意を受けられるはずのものに思われる。損失に対して自分できちんと埋め合わせをすることが結局は本物の商人たる者のしるしなのだから。

「俺たちにとって運がよかったのは、奴が失った息子が一人だけだったということです」とバートンが狐のように凝視するあの目付きで私に言った。「さもなきゃサラサをみんな持っていかれたことでしょう」

タッカーの突き付けた値をどうしても受け入れないわけにはいかなかった。彼がこの川の交易の大半を支配しているからだ。彼の不興を買えば奴隷の供給はかなり減らされることになる。彼の邪魔になる者がどういうことになるのか、私はその一端をオーエンの小屋で見た。

奴隷たちはしけのときを除いてまだ甲板に出されているが、その数は七十を超えた。航海に出れば船倉に収容しなければならないだろう。このためバーバーは上下の甲板の間に平甲板を取り付けている。奴隷船の大工は稼ぎがいいのももっともだ。昇降口の仕上げと取り付け、バリケードの組み立て、そして今は船倉内の区分けに気を配らなければならない。これは甲板の下の空間を分けて男、子供、女用に別々の部屋を作るため、平甲板と仕切りを取り付ける作業だ。そもそも船倉の高さは五フィート足らずで、平甲板がそれを二分するから、ニグロたちがどうやって背を伸ばして座る空間を確保するのか、想像もつかない。

サーソは一部の黒人たちがふさぎこんで無気力になり始めたのを見て取り、「奴隷を踊らせる」惨めな儀式を始めた。バートンによれば、これは奴隷商人の古くからの慣習らしい。朝食のあと、サリヴァンが呼び出され、バイオリンでリールを弾くと、枷をはめられていない女たちが甲板で踊る。男たちも枷をはめられたまま――手足が腫れた男たちにとっては拷問だが――できるだけ高くジャンプする。いったん決めたら何でも徹底的にやるサーソは例外を設けなかったので、水夫たちが鞭を打って促す中、男の奴隷はくるぶしの皮がむけ出血するまでジャンプし続けるよう強いられた。水夫の中には残忍な者もいて、この運動を見るからに楽しんでいる。リビー、タプリー、ウィルソンは鞭を打ちながらにやにや笑い、ニグロたちに哀れなおどけた仕草をさせて大笑いしていた。奴隷たちは歌を歌うことも強制される。時には自分たちで、声が震えるような歌を歌うこともある。通訳のジミーによれば、察しがつく通り、歌の内容は悲しみに溢れたものだ。彼らのゆっくりした動作とこの悲しげな歌は、サリヴァンのバイオリンの演奏の早いテンポと滑稽なほど合わない。しかし、サリヴァンは少しも気にかけていないようだ。彼がバイオリンを愛しているのは明らかで、きっとアイルランドの田舎の結婚式で弾くときと同じように上機嫌で弾いているのだろう。

しばらくジミーと話をして過ごした。彼はとても愛想がよく率直だ。きっと感受性も豊かに違いない。あの笑みの下には多くのことが隠されている。本当に面白がって笑っているのではなく、神経質な性質のせいなのだろう。イギリス駐屯軍の保護のもとで、この海岸のパルマス岬にある、地元の子供たちのための学校で教師になることを望んでいる。イギリスまで我々について行って、英語の知識を向上させることができるような仕事を見つけたいと言う。

ジミーは奴隷を捕らえる者たちの仲介者として働くことで、奴隷にされた仲間を裏切っていると感じているとしても、彼はそのような素振りを少しも見せない。彼らを自分の仲間だと感じていないのかもしれない。みんな黒い顔をしているので、互いに親近感を持っているのではないかと思いがちだが、我々も同じように白い肌をしているからといって、どんな白人にも親近感を持つことがあるだろうか？　イギリス人がオランダ人やフランス人に対して親愛の情や忠誠心を示すのを見たことがない。ジミーは自分の歳を知らない。多分、三十ぐらいだろう。彼はハウサ族の出身で、アシャンティ族によって奴隷になった両親とともに、子供のころ海岸地方に連れて来られたと教えてくれた。

奴隷たちも結束しているわけではない。彼らは絶えず口論をしたり、いがみ合いをしたりしている。昨日シモンズが死んでから間もなく、奴隷の一人が別の奴隷の顔面に自分の飯を投げつけるのを見た。彼らは異なる部族で異なった言語をしゃべり、別々のルートで奴隷船に連れて来られたのだ。これもまたジミーが教えてくれた。ある者は戦争捕虜で、ある者はすでに奴隷で召使として働いていたのが、借金の返済や婚礼の持参金捻出のために今回主人に売り飛ばされたのだ。またある者は、故イエロー・ヘンリーのような地元の奴隷商人に捕らえられた。しかし、この不運な人々がどのように異なったルートでリヴァプール・マーチャント号の甲板に連れて来られたとしても、いったん同じ状況に置かれて特異な——

ここで彼はチャーリーに書くことを中断させられた。ドアをノックして、黒人の一人が死にそうだと告げに来たのだ。「飯を食おうとしない奴です」チャーリーは、やせこけた顔いっぱいに驚きを浮かべて言った。

しかし、甲板に上がると、その黒人と二人きりになる機会はなかった。すでに船長が報告を受けて、後甲板の階段の上でヘインズと話していた。いつもの落ち着いた態度と変化のない口調のせいで、サーソがどのような感情を抱いているのか初めははっきりしなかった。しかし近づくと、船長が恐ろしい目付きで口を固く結んでいるのが見えた。パリスはあたかも気乗りのしない殴り合いに引き出されたような奇妙な無力感に襲われた。

「必ず食わせてやる」とサーソは言った。「死ぬ前に一匙でも食わせてやる。レンチとじょうごを用意しろ、ヘインズ」

「はい、船長」

「レンチですって？」

パリスには何のことかわからなかった。何かの前兆のように、ヘインズの顔に満足そうな表情がよぎったのが見えた。

「奴を連れて来てここに寝かせろ」サーソはパリスの方を向いて言った。「そうだとも。あの仮病の男が最後には自分の飯を食うのをごらんにいれよう」

黒人は二人の水夫に両脇を支えられ、頭を垂れてやって来た。後甲板から見下ろしていたパリスには、男の背中の鞭の痕が、両親指の赤い血のりが見えた。同時にヘインズが持って来る物が見えた。それは初め大きなコンパスに見えたが、それから刻み目が入った二叉と幅広のねじが目に入った。「それは口内鏡（スペクルム・オリス）じゃないか」とパリスが言うと、ヘインズの顔にパリスの知識をかすかにあざ笑うような表情が、あるいはパリスを嘲笑する口実が見つかることへの期待感が表れた。「ああ、そうですか、先生」

とへインズは言った。「我々は開口器（ゴブ・レンチ）と呼んでいます」

「しかし、それを使ったら口が壊れてしまう」とパリスが言うと、甲板長の顔に冷笑が広がるのが見えた。パリスはかつてその器具が開口障害の患者の口を無理やり開けるのに使われるのを見たことがあった。そして下手（へた）に当てれば歯が割れ歯茎が裂かれるのを知っていた。

「この男の価値を下げることになります」パリスは商売の話を持ち込むことでサーソを説得しようとした。それが愚かな主張であることは自分でもわかっていた。どのみち男は瀕死の状態だった。「この男が食べるよう私にやらせてください」とパリスは言った。「許可をいただければ、やってみたいのですが」

「まだ説得して食べさせようというのかね」サーソはしばらく考え込んでから、ついに「よろしい」と言った。「数分だけ与えよう。奴が食べるようになるのなら、どのようにして食べさせようとも構わない。だが時間の無駄だろう」

パリスは後甲板から主甲板に降りた。黒人を抱えていたタプリーとマックギャンはその重さに耐えかねて、舷門階段に男をもたれ掛けさせていた。パリスは男の顔をのぞき込もうと身をかがめた。

「何を食べさせましょうか?」この声にパリスは鋭く目を向けた。含みのある声だった。見上げると、それは人間嫌いの見張りのヒューズだった。これまで一言も話し掛けられたことはなかった。ヒューズは陰うつそうではあるが、親しみがなくはないまなざしを一心にパリスに向けている。

「前と同じように米飯にしよう」とパリスは言った。

「少し持って来てもらえないだろうか?」

「厨房に即席プディングが残っている」とキャヴァナが言った。「見たから知ってるんだ」

「俺も見た」

いつも腹を空かしているキャビンボーイのチャーリーが力を込めて言った。

「こいつらは干しエンドウを布袋の中で煮た物が好物なんだ」とサリヴァンが言った。「黒人はみんなその料理に目がないんだ」

「畜生」とブレアがかっとなって言った。「豆の代わりにお前のキンタマでも入ってるんじゃねえか。

お前が言おうとしているのは――」

「それを用意するには時間がかかり過ぎる」とパリスは言った。「即席プディングもオートミールで作るから、この男の口に合わないだろう」

パリスは物事の不可思議さに心打たれて水夫たちの顔を見た。男は故郷から連れて来られ、拷問を受け瀕死の状態にある。恐らくもう手遅れだろう。これに手を貸した男たちが今、彼の食欲をどうにかして引き出そうとしている。パリスは後甲板のサーソを意識していた。サーソは表向き、成り行きを傍観してはいるが、皆の話す一言一言を聞くことができる。彼らが示しているのは黒人への関心か、それとも自分への支持なのか？　この疑問が不意に湧いて、パリスは喜びとためらいが入り交じった感情に襲われた。では自分はどうなんだ？　どちらが大切なんだ？　この男の命か、それとも自分が正しいことを立証することか？　この疑問が再び自分の中で頭をもたげるとは思ってもみなかった。もうすんだこと、永久に片付いたこととばかり思っていた。パリスは答えを見つけようとするかのように黒人を見下ろした。男の親指は血で覆われていたが、その理由はわからなかった。やがて親指締めのせいで爪の間から出血したのだということに思い当たった……。

「いや、米飯を試してみよう」とパリスは深く響く声でもう一度言った。

「ああ来た。ありがとう、チャーリー」とパリスは、米飯の入った皿と木製のスプーンを持って駆け足でやって来た少年に言った。「通訳はどこだ？」

ジミーが前に出た。「私の言うこと、この男が理解できるかどうか」とジミーは言った。「多分マリンケ語がわかるかもしれない」

パリスは男に近づいて隣にしゃがみ込んだ。男は階段を背に、半ば座り半ば横たわっていた。「この米飯を食べるように言ってくれ」とパリスは言った。彼は突然無力感と愚かしさに襲われた。どうやってこの男に食べるよう説得できるというのか？「生きていてほしいんだと言ってくれ」と、パリスはもどかしそうにジミーに言った。

ジミーはしゃがんで男の耳に口を近づけて話し掛けた。

「賭けようじゃないか」マックギャンが言った。「十対一でどうだ？　五シリングに六ペンスで、俺は先生が奴に一口も食わせられねえ方に賭ける」

「一ペニーに一シリングで奴が少しでも口の中に入れる方に賭ける」とウィルソンが言った。

「口の中にだって?」リビーが言った。「それはわけないさ。そんなことでマックギャンは賭けようってんじゃないんだ。奴の口はもう開いているからな。賭けに勝つには奴が飲みこまなきゃだめだ」

　黒人は聞こえている素振りも見せなかった。目は何も見ず、頭は妙な角度で垂れたままだ。「この男は死にかかっている」とジミーは言った。「この男は終わりだ。混合語（ピジン）を試してみる」彼は再び男の耳元に口を持っていった。「このはくじんのおとこ、いしゃが、おまえ、たべろという、おまえたべて、のめば、すべてだいじょうぶという」

　パリスはスプーンに米飯をすくったが、皿に戻した。スプーンが大き過ぎるのがわかったからだ。親指と人差し指と中指でべとつく米飯をいくらかつまみ、それを男に差し出した。パリスは見守る者たちが押し黙っているのに気づいた。女奴隷の何人かは水夫の輪に入っていた。彼の周りには人の輪ができて、空気の流れを遮っていた。捕らわれた者たちの臭いが、目の前の男から、白人と黒人の見物人から、天幕の下に一塊（ひとかたまり）となっている奴隷たちの体から漂ってきた。

「食べろ」とパリスは言った。「食べてほしいんだ」

　広く平たい頬骨をした顔には死期が近づいていることを表す表情以外、何も読み取ることができなかった。男の視線は細長い両足の間の床板にじっと注がれたままだった。口は開いたままで海綿のような楕円形になっているが、その中にはだらりとした青白い舌が見える。そこにしゃがんで、指でまとめたべたつく米飯を差し出していると、自分はこの男と二人だけに、まったく二人きりになっているように思えた。青白い空が彼らをぐいとつかみ、二人だけの場所に、どこか隠れた場所に押し込んだのだ。二人のうちどちらが傲慢なのか、自分かそれともこの瀕死の男なのか、パリスにはわからなかった。

「食べるんだ」とパリスは厳しく言った。さらに手を伸ばして米飯を男の唇の中に入れた。力のない口の柔らかさを感じたが、妨げとなっている上下の歯の間に米飯を押し込んだ。パリスは再び皿に指を入れ、新たに米飯を丸めた。男の口は少しも動かず、唇は緩く開いたままだった。しかし再びパリスが身を乗り出すと、男の目が初めてパリスを見て、その場にいるパリスの存在を即座に認めた。パリスはその目に死への願望を見て取り、それが自分にもなじみのものであることを思い出した。しかし苦痛の重荷が取り除かれることを望むその同じ目の中に、自分には鏡に映してパンが口の中で溶ける間に見たもの――生きたいという抑え難く根強い希望、救われたいという訴え――があった。その瞬間、パリスは、ほんの失意からこの船に乗り込んだことで自分が恐ろしいことをしでかしてしまったことを思い知った。

「食べろ」とパリスはもう一度言った。男の目が輝き、口が中に入った物をまとめようとして動くのが見えた。顔を突き出そうとした。黒人はわずかに体を起こし、妙に辛抱強くえぎとともに口が開き、中身を吐き出した。ほとんどうめきにも近いあは温かい米飯と唾が顔に当たるのを感じ、黒人の頭が階段を背にのけぞり、目が上を向くのを見た。

ヘインズは鞭を振り上げかけて一歩前に出た。

「こいつでもう一度試してみよう」とヘインズは言った。「吐き方を教えてやる」

パリスは立ち上がった。「この男から離れろ。下がるんだ」とパリスは言った。それでもヘインズの顔はどうしてもやるんだと言っていた。パリスは自分にも理解できない衝動にかられて一歩踏み出し、ヘインズを激しく突き飛ばした。その腕力は、恐らくは、とりわけパリス本人にとって思いがけないものだった。大男のヘインズは両足に根が生えたようにしっかりと立っていたが、よろめいて後退した。

パリスはハンカチを取り出してゆっくり顔を拭いた。

「この男が生きていたときでさえ、鞭打ちの効果は大してなかったじゃないか」

パリスは後甲板の船長と航海士に聞こえるように大声で言うと、甲板の向こうの天幕の下で枷をはめられている奴隷たちを見た。彼らはいつも通りパリスの目を避けたが、一人の長身で体格のいい男は違った。それはパリスが最初に検査した男だった。この男はこれといった表情も見せずにじっとパリスを見つめていた。目が合ったとき、パリスも目をそらさなかった。それはめったにないことだった。

第三十章

死んだ奴隷はすぐに海へ投げ込まれた。続いてその二日後、女奴隷が一人死んだ。割り当てられた分の食事を抵抗せずに口にしていたが、しばらく無気力状態にあった。早朝、何の症状も見せずに甲板で死んでいるのが見つかった。それからキャビンボーイのチャーリーが、シモンズのときと同じ症状で苦しみ始めた。熱が上がるにつれて、船上のハンマーの音や騒々しい音が高まった。水夫たちが砲手ジョンソンの監督によりメーンマストの前部とその前方の甲板の一部を鉛板で覆っていた。船の中央部に炉をしつらえることになったが、その保護のためだった。今では、乗船している人数分に、備え付けの鉄釜では煮炊きが間に合わないほどになっていた。誰もその姓を知らないチャーリーは十四年の間、殴られることと飢えのほかはほとんど何も経験しないまま、ぶるぶる震えて嘔吐しながら死んでいった。それらの激しい爆音が自分の体内のものなのか外のものなのか、チャーリーにはわからないままだった。

パリスにはどちらの死因についても見当がつかなかった。チャーリーはシモンズの近くで寝ていたわけではない。タッカーの屋敷にも出掛けなかったから、川からのぼる毒気にさらされたわけでもない。水夫の中には性的な関係を持っている者たちがいることをパリスは知っていた。疫病に罹ったシモンズがキャビンボーイを犯し、感染させた可能性はあった。パリスは、こういった疑問、そしてそれについての自分の無知からの逃げ場を、過去の思い出に、そして日々続く奴隷の取引に注意を払うことに求めた。

黒人の、あのひるまぬまなざしが再び自分に向けられることはなかったが、それに続く数日間、パリスは悩んだ。実際、黒人たちの誰かから見つめられたのは初めてだった。それが敵意のこもった視線なのか、それとも何かを認めた視線なのか決めかねた。「まるでそれは」と彼は日記に書いた。「目の生命が、私に米飯と唾を吐き掛けて死んだ男から、もう一人の男に乗り移ったようだった……」

もちろん気のせいだとパリスは思った。揺り篭のような船の揺れにもかかわらず、寝つくことができず、狭苦しい自分の船室で遅くまで目を覚まして座っていた。彼は自分が変わったと感じた。暴力への衝動の虜になったように、迷信のような空想の虜になってしまったのだ。

このところ、雷と変わりやすい風をともなったうっとうしい天候が続いている。奴隷たちは大抵、昇降口の下に閉じ込められている。バーバーは平甲板と仕切りの取り付けを終えた。昨日からタプリーは足枷をはめられて巻き揚げ機に寄り掛かっている。彼は黒人女の一人を誘惑して下に連れて行き、甲板に出ていない仲間たちの目の前で獣のように女を抱いたらしい。強姦ではない。みんなもそれは認めている。だから鞭打ちは免れるかもしれない。ドブネズミのようにずる賢い奴だ。

夜明けに商人たちが何艘かのカヌーでやって来て横付けした。何かできることはないかと聞いてきた。サーソ船長は彼らに交易品を先渡しして、奴隷と米を買って来るように言って岸に送り返した。一艘が二時間も経たないうちに男一人と少女二人を連れて戻ってきた。これで八十三人だ。沖合にはフランス船と、最近到着したデンマーク船のほかに、コーバーン船長のロンドン船アストリド号が停泊している。サーソは、アストリド号が象牙と交換するために八人の奴隷を乗せていると聞いて、午前の中ごろにボートでアストリド号に向かった。間もなく、怒っているときにはいつも見せるように、きつく口を結び、目を見開いて戻って来た。コーバーンの出してきた、奴隷一人当たり六十バーぐらいの条件では買えないということらしい。バートンによれば十分な背丈の奴隷は三人だけで、残りの五人のうち二人は三フィート六インチ以下だった。「今じゃ小人でも六十バーとはね」とバートンは言って笑った。もっとも、サーソには聞こえないようにしてだが。バートンは相変わらず情報を流してくれる。懇意だからというわけではない。彼は誰に対しても、そんな感情など持っていないだろう。もしかすると叔父のせいで私の機嫌をとろうと考えているのかもしれないが、船長へのいつもの追従の埋め合わせに、サーソを軽蔑した口調で話すのをきっと楽しんでいるのだろう。

取引が低調になっている。地元の商人は船にめったに奴隷を売りに連れて来なくなっているし、ボートで内陸に入る取引は値が張り、不安定だ。それで、誰かが奴隷を持って来ればサーソは買わざるを得なくなってきている。もし断れば、別の奴隷を手に入れる機会を失うことになるかもしれないと恐れているからだ。一方、フランス船は成人の男一人に八十バー払っているという噂だ。「奴らは俺たちを破滅させようとしているんです」とバートンは言った。「俺たち」とは誰のことを言っているのかわからない。すでにこの船の一部の者たちにとって、破滅は絶対的なものになってしまった。取引が落ち込んでいる以上、間もなく我々はここを離れて、海岸に沿って東に進むことになるだろう。

奴隷を二人失ったが、ほかにも数人がひどく無気力になって衰弱しているようだ。鞭で打たなければ動こうともしない。病気に罹っているとは言えないのだが。捕らわれの身になったショックから立ち直れないのかもしれない……。

天候が荒れ模様になると、海岸は弱って飛べなくなったツバメではためくことがあった。パリスが近づくと黒人たちは逃げる力もなく身を丸める。両手で触れるとあの海岸でのツバメと同じように鼓動している。あのとき、一羽を取り上げ、両手で包んだり上着の中に入れて温めたりして、生気づかせ飛べるようにした。手を離すと、時には飛び去る前に感謝を込めて彼の上を一回りすることもあった。子供だったパリスはそう信じていた。そしてその思いは大人になって学んだ学問上の信念より長く続いた。

女の死体を見つけたのはウィルソンだった。彼は皆が話を聞きたくなるような時刻、つまり、夜間の見張りに入る前の黄昏(たそがれ)時で、ほとんどの水夫たちがまだ甲板に出ているときに、その話をした。

船長が後甲板の風上側をいつものように十二歩ずつ行きつ戻りつしていた。バートンは風下に一人立ち、ジョンソンは風上側の舷門のランプのそばで上着のほころびを繕っている。ヘインズはロープの巻き具合を点検し終えて厨房でモーガンとパイプをふかしている。見張りについている者のうち、ヒューズとトルーは船の中央部で奴隷たちを監視している。残りの者たちは船首楼で横になりパイプをふかしながら話をしている。船上でゆっくりくつろげるひとき、考え事をしたりほら話のできるひとときだった。

「あの女は舷門の真下にもぐり込んでいたんだ」とウィルソンが言った。「階段のうしろの壁に向かってな。猫の入るすき間もないところにだ。パン樽の間にもぐり込んでいたんだ」

その朝、ウィルソンは仕事が始まって間もなくキャリーと一緒に甲板を洗うように命じられたが、樽の間の狭いスペースに女が膝を丸めて横たわっているのを、夜明けの光の中で見つけた。

「傷跡一つなかった」とウィルソンは言った。「きっと気分でも悪くなって、そこにもぐり込んだんだろう」

この発見についてウィルソンが誰にも話していないことがあった。彼は女が寝ていると思ったのだ。女の背は彼の方に向き、腰巻きが無造作に尻までまくれ、尻の左上には焼き印がのぞいていた。キャリーは甲板の反対側にいる。近くには誰もいない。樽をどかせながら情欲で息が半ば止まりそうになった。運がいい、と彼は思った。女は目を覚ましていない。眠くて十分抵抗できないうちにうしろから押さえ込もうというのが彼の魂胆だった。女に体を押し当てるように腰を下ろし口を手で押さえると体が冷たくなっていた。死体に体を押し付けていたのだ。「サメの餌だったのさ」彼は憤然として言った。ウィルソンは侮辱を受けたことを忘れない男だが、この死は、彼の欲望から逃れるための欺瞞であり、彼に対する侮辱のように思われた。顔をゆっくり左右に振ると、船首楼のランプの光が彼の黒っぽい無精髭を照らした。「それだけのことさ。サメの餌だったんだ」

「俺は見なかった」とキャリーは言った。「俺は反対側にいたんだ。見たけれど、見つけたのは俺じゃない。ウィルソンがこっちへ来てみろよと叫んだんだ」女を見つけたのが自分で、自分も話すことがあったらよかったのにとキャリーは思った。

「暗がりじゃ自分のまらも見つけられなかったろう

よ」とリビーが言った。死んだクラゲのような目が、淡く冷ややかに光った。「どこにいるかわからなくなって黒ん坊に連れ戻されたんだろ」

めったにないうまい文句がキャリーの口から出た。「俺には目が二つある。だから片目のあんたより何でも見つけるチャンスはあるんだ」

リビーへのこの思わぬしっぺ返しにブレアはくすくす笑った。「そうとも、お前には二倍のチャンスがあるんだ」とブレアは言った。ブレアが自分のジョークを笑って、励ましてくれたことで、キャリーはのちのちまでもブレアに好意を抱くようになった。

「うつ病で奴らは死ぬんだ」とバーバーはパイプを口にくわえたまま言った。「何度も見てきたよ。奴らは死にたがるんだ。それが疫病神みたいに船に取りつく。いつものように二人ずつ船倉に入れるだろう。奴らはいつもと変わりなく見かけはそっくりだ。ところが翌朝、死んだ男と生きている男が一緒の鎖に繋がれているのが見つかる。そのときになって初めて二人の違いに気づくんだ」

「一人が死ぬと、ほかの連中もあとに続く」サリヴァンは夢を見ている途中で邪魔されたかのように辺りをすばやく見回して言った。「シモンズが始まりだった。神様、彼の霊を休ませ給え。死神は港を離れるすべての船に乗り込む。いったん奴を解き放つと、もう二度と押さえ込めなくなる」

「すると、そいつだけがこの船で好き勝手なことができるってことか」とウィルソンが言った。「船長は別だが」

「確かに呪いが船に取りつくことがある」とデイヴィスが言った。「俺がビビー船長のブラック・プリンス号に乗ったのは一七四四年だった。ガンビアで商売をしていたんだが、この船長ときたら手に負えない男だった。今の船長は奴に比べりゃ聖人さ。毎日理由をつけては水夫たちを鞭打っていた。黒人女がロープほぐし針を黒人男に渡したという理由で、奴が自分でその女を汚水桶に突っ込んで溺死させるのを見た。そうさ、奴は悪魔だった。海岸の原住民に武器弾薬を渡して奴隷を捕らえて来るよう部隊をつくらせた。その代わりに八人の男を人質として船にとったんだ」

「そりゃまた、どういうことなんだ?」とブレアが聞いた。

「奴らは族長の身内か奴隷で、自分たちから志願したんだ。一定の期間に奴隷か武器代に相当する商品が用意できなければ、人質を代わりに取り上げるという取り決めだった。期間は三日だったが、ビビーは期限まで待たず、順風に乗じて錨を揚げ人質を連れて逃げ出したんだ。その結果、報復として別の船が、モリー号という船だったが、ただリヴァプール船だという理由で原住民に襲われた。モリー号は奴隷船じゃなかった。蜜蠟とコショウの貿易船だった。船長以下、航海士と五人の乗組員が捕らわれて木に縛り付けられ、喉を切られた。イギリス軍はこの非道に対して黒人たちを懲らしめるため、ゴレー島から小隊と大砲一門を装備したスループ船を派遣していきなり村を焼き、村人何人かを殺したが、戦闘中イギリス兵士も一人死んだ。そもそもビビー船長が取り決めを破ったんだから、この流血事件はすべてビビーに責任があるわけだ。もっとも船が出たときから呪いがかかっていたがね。ビビーは西インド諸島に向かう中間航路で、人質のうち一人を除く七人を含めて三分の二のニグロを赤痢で失った。だから、こうして奴はしっぺ返しを受けたんだ」

「しっぺ返しを受けたって？」とブレアは言った。「それからビビーはどうなったんだ？」

「間もなく引退した。それまでに蓄えていたんだ。奴の独身の娘と暮らすためにケントに行った。ビビーはケント出身だったんだ」

「俺はめくらになる病気が船で広まったのを見たことがある」とウィルソンが言った。「目の周りの皮膚が膨らんで目にかぶさるんだ。朝、目が覚めると、外が見えないってわけさ。ニグロが船に持ち込んで乗組員の間に広まるんだ。みんな、船長も誰も彼もめくらになった船に乗ったことがある。ギニア湾にいたときに広まって、バルバドスに向かうはずだったんだが、サン・トメ島に引き返さざるを得なくなった。ビリー・フォックスという甲板長と一分ほど話していたら、こう言うんだ。『畜生。手を貸してくれ、目が見えなくなっちまった』とね」

「それで、そいつは治ったのかい？」目を丸くして話に聞き入っていたキャリーは、そうなったら眠れなくなってしまうと思って聞いた。

「よくなったかって？　よくなる見込みなんてなかったさ。ビリーは女に目がなかった。サン・トメ島に戻ると女郎屋に出掛けて行って階段を踏み外して首の骨を折っちまった。船にはカナリアもいたが、そいつもめくらになった。目が見えなくなると鳴き始めたんだ。それまではうんともすんともいわなかったのに」

　これには皆、押し黙っていた。ウィルソンは何をしでかすかわからない男だ。その話を信じないような素振りを見せて彼を挑発しようなどとは誰も思わなかった。しばらくしてリビーが、自分の意見だと断ってこう言った。アフリカ人は息を止めて自殺できるんだ。そうじゃないと、奴隷たちに飯を食わせているのに、傷も病気の症状も見せずに死んでしまう奴がいることの説明がつかない、と。

「自分で息を止めているだけで死ぬことなんかできないさ」論理的でなかったり矛盾した話を聞くといつも困惑して怒り出すブレアがその兆候を見せながら言った。「息を止めれば気絶して倒れるだろ。気絶して倒れれば、また息をし始めるさ。信じられないならば自分でやってみろよ」

「俺にやれったって無理さ」リビーは笑って手すり越しに唾を吐いた。「だって俺はイギリス人だからな」

「イギリス人だったら無理さ」とタプリー。「ここの黒人だけができるんだ。俺たちより獣に近いからな」

「もし、お前より獣に近ければ、奴らはまったく大した生き物だぜ」とブレア。「俺はバーバーの言うことに賛成だな。うつ病が奴らを殺すんだ」

「俺だってこの船に乗っているとうつ病で死んじまいそうだ」とサリヴァン。「毎朝奴らのためにバイオリンを弾いているが、奴らの鎖の音でバイオリンの調べがかき消されちまうんだ。船長に一言（ひとこと）言ってやるつもりだ」

「てめえが船長に言うことといったら『はい、船長』だけだろ」とブレア。

「お前、俺のボタンのことでも同じことを言ったが、俺はヘインズに向かって言ってやったじゃないか」

「確かに。だが、そのボタンを今持っているのは誰だ？　それにサーソに抗議するのは別問題さ。ちょっとでも船長の顔色を読み違えてみろ。足枷をはめられて飯も満足に食わせてもらえなくなるぜ」

「こっちの言っていることが正しければ、いつでも聞き届けてもらえるものさ」とサリヴァンは言った。

「サリヴァン。てめえときたら、本当に無駄口ばかりたたいているな」とマックギャン。「金を賭けるんだったら、少しは本気にしてやるよ。一シリング賭けないか？　俺の一シリングは、てめえにはサーソに言い出す勇気なんてないと言ってるがね」

「スコットランド人ときたら本当に疑い深いんだからな」とサリヴァン。「俺の一シリングは、俺が船長にきっぱりと言うと言ってらあ。ビリー、立会人になってくれ」

第三十一章

奴隷の数が大幅に増え、監禁時には下甲板が不衛生になっていった。パリスの仕事は、平甲板がよく洗われているか、甲板の間の空間の空気が煙で消毒されているかどうかを点検することだった。海岸の黒人たちとの関係は悪化していた。フランス人の雑用艇がリトル・バッサで座礁すると原住民によって打ち壊されて略奪され、乗組員が虐待された。その知らせにサーソは狼狽した。この襲撃の成功が、次の襲撃を招く恐れがあるからだった。

「ここの悪党共は悪い例なら何でもまねようとするが」とサーソはバートンに言った。「行儀のいい手本を見せるとそれが悪魔の仕業でもあるかのように避けようとする。奴らは生来、あらゆるいたずらと悪事をしようとする連中だ」船のボートを失うことを考えるとサーソは気が気ではなかった。ウィンドワード海岸ではどこもスループ型帆船のような船なしには取引ができなかった。「連中と二十年間取引をしていても」とサーソは言った。「誰か別の白人が奴らに危害を加えると、連中は我々みんなが同類で黒だと信じようとする」

「船長、奴らはそこのところが間違っています」とバートンが言った。「黒いのは奴らですからねえ」

サーソはいかにも不愉快そうに一等航海士をにらんだ。彼はジョークが持つエネルギーを自分の手に負えないものに感じて、ことのほか嫌っていた。

「バートン。私は軽口は好きじゃない」とサーソは言った。「君は私がどう思っているか知っていながら、いつもその調子だ。注意するよう忠告する」

「はい、船長」

「我々は間もなく海岸を回って会社の要塞に向かう。以前やったように、我々はその上流で内密に砂金を買う。今回の航海は我々が一緒に行う最後のものだ。それからは君がどのような道を歩もうとも私には関係がない。だが、私の船で航海士を務める間は私の気分を損なうことはやめてほしい。私はここの畜生共の気まぐれと、どんな悪例もまねようとする態度について述べていたのだ」

それから雑用艇が上流での六日間の取引を終えて、八人の奴隷、四十ポンド近くもある象牙一本、二百キロ分のアフリカ白檀を乗せて戻って来た。しかし、ジョンソンは熱病で震えて腰が半ば麻痺し、トルーはオールが漕げない状態になっていた。

これでサーソの心が決まった。すでに乗組員二人が死に、一人が逃亡した。これ以上乗組員が欠けたら、雑用艇に人員を配したまま同時にニグロを監視することはできない。したがって岬のこちら側では奴隷を海岸から運び出すのは無理だ。翌朝、サーソは水と米を海岸に取りに行かせた。これで米の備蓄は千ポンド以上になった。それからヤムイモ、プランタン、ヤシ油と交換するために、ヘインズと水夫四人に百二十フィートの端切れを持って行かせたが、ヤムイモなどの補給品が船に届いたのはその翌日になってからだった。砂州の外側の波が高く、ヘインズが漕ぎ出すのをためらったのだ。戻って来ると、彼らは発育のいい十四歳ほどの少年奴隷を連れて来た。これで奴隷の総数は九十七人となり、うち三十人が女だった。

その日のうちに帆を解き、風に当てた。予備の帆を甲板に運び上げ、修理した。ネズミによる被害が見つかった。イングランドから連れて来た猫が三匹とも死に、海岸で猫を見つけることができなかったために、ネズミが繁殖し船内を走り回っているのだ。ジョンソンの容体が悪かったので、バートンが指揮して小火器を発射し、再び弾丸を装填した。日が暮れると奴隷たちを船倉に入れ昇降口を閉めた。船が海岸を離れるときに奴隷を甲板に上げたままにしておくと、男であろうと女であろうと深刻な事態を引き起こしかねないことをサーソは経験から知っていた。

「前に見たことがある」その晩、サーソはバートンとパリスに言った。二人は出発の前夜、一緒に夕食をとるようサーソから招きを受けていた。「船が海に出るのを見ると奴らは自暴自棄になる。時には鎖を付けたまま舷側から身を投げることもある。枷をはめたままだと、いったん海に落ちたらじき死んでしまう。それはわかるだろう。ボートを下ろす前に水面から消えてしまう。奴らは我々に一杯食わせたうれしさから叫んだり笑ったりする。自殺者に対しては保険金が出ないから所有者にとっては大きな損失なんだ」

三人は食後のブランデーを飲みながら座っていた。サーソは今夕、いつになくくつろいでいた。この海岸での取引が終わり、船荷の半分は購入をすませていたからだ。船医の報告を聞いてからは、水夫が手薄であることにそれほど気をもまなくなっていた。確かにジョンソンはまだ衰弱していて、頭と手足に激痛を訴えてはいるものの、トルーの熱は下がっていた。二人とも痛飲し、海岸の原住民の小屋で寝ていたのだ。パリスの意見では、地面から上がる有毒なガスにさらされ、一時的な沼沢熱に罹ったのだ。

「水夫たちが船を降りて宿泊しなければならないときには」とパリスは言った。「そばで弱い煙が立ちのぼる程度のたき火をする必要があります。それで夜気の毒性を弱めることができるのですが」

「なるほど。甲板間の空気を清浄するために船でやっているのと同じですね」とバートンは言った。

サーソは視線を航海士から船医に移した。自分の意見を初めに聞くこともせずに、部下が勝手に相手の意見に同意することなど彼には許せなかった。

「パリスさん。君の言うことはその通りかもしれないが」とサーソは言った。「水夫たちに規律とか自己管理を求めても無駄だ。たとえ自分のためになる忠告でも耳を貸さん。海での重労働、陸での放蕩、そして早死に。これがほとんどの連中がたどる道だ」

サーソはパリスをじっと見つめたまま、しばらく口をつぐんでいた。言葉と同様、沈黙によって相手が自分に押し付けてくる倫理的な拘束をいつものように苦々しく感じていたのだ。「パリスさん、我々は現実の世界に生きているのだ。天候に我々の針路を合わせなければならないのだよ」

「私の申し上げている方策も十分実際的だと思いますが」とパリスは穏やかに言った。

サーソは先の丸い人差し指を上げて、自分の頭の横をゆっくりたたいた。「それは頭の中のことでだ。連中の場合は、まず、きちんと考えられるように教育しなければならん。動物を相手にするときには説得ではなく恐怖によって教え込むんだ」

この言葉にはパリスへのあてこすりがあった。サーソはそれが効果的だったことを見抜いた。パリスの顔はすでに若々しさを失っていたが、自分の感情を隠せなかった。彼は目の表情が変わり、口の端が動くのを感じた。

「説得すると顔に口一杯の飯を吐き掛けられますよ」とバートンは主人の攻撃を徹底させる従僕のような本能を見せて言った。

パリスはわずかに笑ったが、心臓の鼓動が速くなっているのが自分でわかっていた。「バートン。すると、君は私が顔に飯を受けたのは、恐怖によるやり方の勝利だったと思っているのか？　それはあの出来事に対する奇妙な解釈だ」

「ニグロに関して言えば」サーソは表情を変えずに言った。彼は自分がしゃべったあと、誰かが話しても、よくそれを無視した。「我々は奴隷が死ぬことで大いに損害を被っている。奴らの死は、ひとえに奴らが自分たちの状況についてくよくよ考え過ぎることからきているのだ。いい状態で市場に出すには奴らの考え方を変えなければならない。かなり前になるが、まだ船長として駆け出しのころ、ある航海で私は、ベニン湾で取引をしてイボ族の奴隷を積んだことがあった。今ではイボ族は買わん。連中は信用できないという評判があって、ウィンドワード海岸のニグロほどの値がつかないからだ。とはいうものの、イボ族を専門にやっている船長も知っている。デルタ地域でのイボ族の取引は整然と行われていて、奴隷たちの供給は十分あるし、海岸での待ち時間も、待っている間にニグロたちにやる食料も減らせるからだ。あのときは海に出て一週間と経たないうちにイボ族の奴隷たちが慢性のうつ病に罹り始めた。鞭で打っても食べさせることができず、ばたばたと死に始めたのだ。通訳を介して、奴らは死ぬことで自分の国に戻れると信じていることがわかった。そこで私はどうしたと思うかね？」

サーソはそこで言葉を切って、ブランデーを少し飲んだ。「私が奴らを説得したと思うか？」とサーソは言った。このとき船室の扉を軽くたたく音がしたが、話が山場に入っていたのでサーソは意に介さなかった。「私がどうしたか話そう。奴隷たちを甲板に上げて、全員の目の前で、厨房から持ってきた肉切り包丁で死んだ者たちの首を切り落としたんだ。戸をたたく奴は一体誰だ？　バートン、入るように言え。そうだ。私はそうしたんだ。どうしてかわかるかね？」

バートンの呼び掛けに答えて扉が開くと、ぼさぼさ髪のサリヴァンが、気違いじみた目付きで戸口に立っていた。彼はちょうど、船長が結びの言葉を話しているときに来合わせたのだ。

「もし国に戻るつもりなら首無しで帰らなければならないんだ、ということをはっきりわからせるためにそうしたんだ。その日以来、問題はなくなった。ここで何をしているんだ？」

「申し訳ありませんが」サリヴァンは最初に船長をちょっと見ただけで目を伏せたままにしていた。前もって話す内容を用意しておいたので、早口ではあったが口ごもることなくこう言った。「奴隷たちは鎖に繋がれていて、私のバイオリンの音に合わせて手足を自由に動かすことができませんし、鎖をガチャガチャさせるので調べもかき消されてしまいます。三十組以上の奴隷が手首と足首を繋がれて、いっぺんに飛び上がるんですから。鎖の音はバイオリンの音を完全に消してしまうんです」サリヴァンはここで言葉を止めて少し視線を上げ、再び下げた。もう一つ重要なことを思い出したのだ。「それに、絶えず奴隷たちの数が増えています。自分が奏でている調べも聞こえなくなるし、自分が弾いているはずの曲も忘れてしまいます」

サーソは顔をしかめて一等航海士の方を向き、「この男は何を話しているんだ？」と言った。「酔っ払っているのか？」下っ端の乗組員に直接話し掛けないのが、いつもサーソが見せる脅しの手だった。

「何を言っているんだ？」とバートンが問いただした。「よくもぬけぬけとバイオリンのくだらない話をしに来たもんだ。高級船員に話を通す必要があるのを知らないのか？」

サリヴァンは最初は強い恐怖心によるためらいから戸口に長い間立っていた。しかし、彼にはよくあることだが、熱を込めて正当な主張をしているうちにその恐怖心が弱まっていた。

「お願いですが、鎖を取り外すことができないものかと考えていたんです」

「鎖を外すだと？」

「バイオリンを弾いている間だけです」とサリヴァンが言った。

　サーソは顔をひどくしかめたので眉が寄った。しばらく、サーソは何も言わなかった。それから口が奇妙にゆがんで大きく伸びた。それはけいれんを起こしているようにも見えた。くしゃみをしようとするかのように顔を上げると、喉の奥からしゃがれてむせるような音が立て続けに出てきた。しばらくの間、三人は驚きのあまり黙ったまま見守っていた。このような徴候をサーソが見せたことがなかったので、何が起こったのか見当がつかなかったのだ。やがてサーソは大きなハンカチを出して目をぬぐった。

「なんと、これは傑作だ」とサーソは言った。「しばらくこんな傑作な話は聞いたことがなかった。奴の言ったことを聞いたか、バートン？　このへぼバイオリン弾きは、鎖の音がバイオリンの音の邪魔になるから鎖を取ってくれだとさ」

「きっと気が触れたんでしょう」とバートンは無表情なまま言った。

　サーソはまだ目に涙を浮かべたままパリスの方を向いた。「ここにも君と同じ類いの男がいる。こいつもまた現実の世界がどんなものなのかわかっていないんだ」

　パリスは黙ったままバイオリン弾きをしばらく見ていた。それから笑わずに言った。

「サリヴァンが嫌でなければ、私は彼と同類に見られても構いません」

　サリヴァンはきちんと振る舞うことに気を取られていて、船医の目を見る余裕はなかった。が、この思いやりのある言葉には胸を打たれた。彼は誰にも、ブレアにさえこの言葉を伝えなかった。それ以外については、あとで船首楼ですべて、かなり潤色し劇的効果を加えて語った。

「俺は堂々と主張したんだ。理由も挙げた。奴らが断ったことについては驚いちゃいない。サーソはヒキガエルほども音楽がわかってないんだ。『もしそうなら』と奴らに言ってやった。『バイオリン弾きを雇わなければよかったじゃないか』とね。そう言って俺はきびすを返したんだ……」

水夫仲間がからかいながらも関心を示す中で、サリヴァンの意気は揚がった。彼は生来、陽気だった。そしてマックギャンの賭けた一シリングを手に入れることができると確信した。しかし、うなだれて立ち、サーソの恐ろしい笑い声がまだ耳元に残っているときに船医の口から出てきた、予期もしなければ願ってもいなかった「同類」という言葉が彼の記憶の中でずっと輝き続けることになる。

真夜中過ぎに最初の陸風（りくふう）が川を下り始めると、サーソは帆を揚げるように命じ、全員に錨を揚げる準備をさせた。午前二時に錨を揚げて海に出た。このときまでに沖合にも風が出ていた。リヴァプール・マーチャント号は闇の中をできる限り静かに南東に針路をとり始めた。しかし深海のうねりを受けると船の動きのリズムが変わった。臭く狭苦しい船倉の闇の中の奴隷たちは、家に帰る希望が完全についえたことを悟り、悲しみと絶望に満ちた叫び声を上げ始めた。その叫び声は海面を渡って海路のほかの船にも届いた。それらの船の船倉にいる奴隷たちがそれを聞きつけると絶叫と悲鳴で応え、海岸沿いの村々で目を覚ましたまま横になっている者や、夜明け前に起きて一人で漁に出る漁師たちには、夜がひととき悲嘆のこだまでとどろいているように聞こえた。

第六部

第三十二章

これといって波乱のない平穏無事な航海だった。ただ、一人の黒人が爪で首の静脈を切って自殺を図った。パリスは傷の手当てをしながら、ジミーから、この男はいわれもなく呪術の罪で有罪となり、罰金を払うために売られたのだと聞いた。「金をつくるためにはとてもうまいやり方ね」とジミーは言った。「男は何も持っていない。だから彼売られる」

　リヴァプール・マーチャント号はパルマス岬を回り、要塞が見える海域、深さ十一尋のところに、船体を川と平行にして錨を下ろした。船は三発の礼砲で迎えられ、サーソは同数の答砲を撃った。

　午後になって十二本のオールを備えた会社の小型帆船(ピニス)が一艘やって来た。パリスはそれを漕いでいるのが、彼らがあとにしてきた穀物海岸のクル族の漕ぎ手ほどがっしりとはしていないが、しなやかな体付きをした男たちであることに気づいた。サーソはバートンに船の指揮を任せ、パリスとその帆船に乗って海岸に向かった。海上から見ると、町は原住民の小屋が緑の枝葉の網目の中に、低く雑然と集まってできているようだった。その左方、川岸の上の岩石でごつごつした高台に、白亜の要塞が建っていた。要塞はその石造りの塔と狭間(はざま)を備えた高い城壁と調和して日射しの中で揺らめき、劇的かつ威圧的に見えた。胸壁からユニオンジャックと、青と白の旗が翻(ひるがえ)っていた。その旗は会社の社旗だとサーソがパリスに説明した。

　漕ぎ手たちは激しい発作を起こしているような磯

波を驚くほど巧みに乗り越えて、サーソとパリスを岸まで運んだ。二人は波打ち際から坂を上がり、細い釣り舟の横を通り過ぎた。その舳先は高く湾曲しており、先端に房の付いた物神の包みが結び付けられていた。わずかな風もなく暑い。強い日射しがパリスの目を痛めた。漁網が竿に干してあり、網に引っ掛かった魚の鱗の破片がきらきら反射していた。

会社の黒人たちに護衛されて、沼地の多い平坦な場所を通り過ぎた。裸の子供たちが走る。ハエが群れをなして飛び上がる。ガチョウやアヒルが泥水の中を歩き回っている。川岸から死んだカニの悪臭と、繊維を腐らせるために砂に半ば埋められたココナッツの悪臭が漂ってくる。

要塞の壁がまばゆいばかりの強烈な白さを放って前方に立ちはだかった。むさくるしい、仮の生命のあかし――悪臭漂う雑然とした海岸、今にも崩れそうな町、至るところに見られる、自然の力との一時的な協調のあかし――のただ中にあって、この壮大な記念碑的建造物はひどく場違いなもののようにパリスには思われた。狭間を備えた城壁は、こういった醜悪な物、つかの間の生命のすべてを拒絶し、恒久の原則を主張していた。絶えず上げるべき利益が、守るべき利権があるのだ。アフリカの肥沃な内陸部で、その最大の資源たる子供たちが無限に増殖され、無限に連れれて来られて、この城壁の下の浜辺で売られるのだろう。

要塞が建つ岩の絶壁に近づき、要塞まであと数百ヤードほどのところに来ると道はますます急勾配になった。やがて扶壁がつくる、くっきりとして黒々とした陰の中に入った。パリスは暑さと日射しから逃れることができ、ほっとした。重厚な門扉が開いていた。門の両脇に一人ずつ兵士が見張りに立っている。休めの姿勢をとっていた兵士は、完全な気を付けの姿勢ではなかったが、背筋を真っすぐにした。彼らの上着は濃い陰の中で暗赤色に見える。

サーソとパリスは、白と黒と交互に塗り替えられたばかりの石段を上がって総督の部屋に案内された。階段を上がりきったところに防御のための真鍮の小型砲が二基据えられていた。背後の壁には十字に交差させた槍が立て掛けてある。通路を進むと狭いホールに出たが、そこにもやはり武器が掛かっていた。そしてようやく総督の応接室のドアにたどり着いた。

総督はそこで二人を迎えた。血の気のない唇、鷲鼻の端正な顔立ちの総督は、物憂げにつぶやくように話した。シャツの首と袖は緻密に編んだレースのひだで飾っており、耳の上で巻き毛になっている短い灰色の鬘をかぶっている。

「サーソ船長、パリスさん」と彼はできるだけ唇を動かさないようにして挨拶した。「お会いできてうれしく思います。船長、確かこれまでに、あなたとは取引をしたことがありませんでしたね」

「はい」

鬘をかぶり、三角帽を脇に抱え、黒羅紗の礼服を着込んだサーソは、低いテーブルと革張りの椅子が備えられた羽目板張りの部屋の中で、居心地悪そうに見えた。パリスは、叔父が立ち会ったリヴァプールでの二人の初めての出会いを思い出した。あのときもサーソは、まるで嘲笑されたときのように目を見開いて怒ったような目付きをしていた。この船長は限られた水の中でしか泳げない魚なのだ……。

「チャールズ・ゴードンさんとは取引したことがあります」と、サーソはしゃがれた声でためらいがちに言った。その言葉は、意に反して話さずにはいられない秘密がそうさせたかのように、喉の奥から絞り出されたように聞こえた。打ち明けようとする強い気持ちがなければとても押し出せないとでもいうように。実際、サーソの口から出てきた言葉は如才ないものとは言い難かった。「この数年の間に三人の総督が交代するのを見てきました。二人は以前の王立アフリカ会社の古い特許状による総督で、もう一人は新しい会社が引き継いでからです」

「よほど経験豊かな方とお見受けします」と総督はほとんど血の気のない唇を動かして言ったが、それは笑みにも似ていた。

「どうぞ、お掛けください。船長、ポートワインはいかがですか？」

「ありがとうございます。いただきます」

「パリスさんは？」

「レモン水か何かを少々いただければ」

「ポートワインはお好きではありませんか？」

「この暑さではどうも」

パリスの口調には愛想がなかった。謙虚さを学んできたとはいえ、相手が恩着せがましい態度で出てくると、相変わらず我慢ができなかった。

「ごもっとも」と総督は言った。「分別のある方でいらっしゃる。船長殿は経験を積んでおられるから、ポートワインは平気でしょう。しかし私も昼間は飲まないことにしています。大麦を煎じたものを用意していますが、それでよろしいでしょうか」

「ありがとうございます」

「船長、ポートワインをどうぞ。お二人のご健康を祝して乾杯！　申し訳ありませんが、私はご一緒できません。午後のこの時刻か少しあとで、弱いリンゴ酒にクリームと蜂蜜を入れたシラバブを飲むことにしています。これがなかなか効くんです。どう思われますか？」

「どう思うかですか？」パリスは自分がじっと見つめられているのに気づいた。総督の口調は何気なかったが、注がれている視線には疑いようもなく鋭い関心が示されていた。

「健康によく、滋養にもなると思います」

「そうおっしゃってくださってうれしいですね。自分で作っています。以前、愚かな当番兵に正しい分量で作るよう教え込むのに何か月もかかりましてね。しかも、どれほど辛抱強く教えなければならなかったことか。ところが、ようやくどうにか作れるようになったと思ったら、兵隊たちの間で流行っていた熱病にやられて死にました。別の者にまた初めから教え込まなければならないことを考えるとやりきれず、自分で作っています」

ここで総督は話をいったんやめて、下を向いて、しばらく考え込んでいる様子だった。「そうです」と彼は静かに言った。「これが結構効くんです」

そのときパリスには叫び声が聞こえてきたような気がした。どこからかはわからなかったが、外部からのようだった。

「船長、あなたが取引されたチャールズ・ゴードンは、私の前任者でした」パリスは総督が上品な物憂い口調でこう言うのを聞いた。「ゴードンは発疹チフスで死にました。この隣の部屋で死んだのです。ゴードンの前任者は我々が立っているこの部屋で、血管破裂により死にました。しかし、二人の死因が何であろうと、結局はともに同じ理由で死んだのです」

「ほお、それは何だったのでしょう？」サーソは関心を示した。

「二人が死んだのは適切な健康管理を自ら怠ったからです。食事が鍵を握っているのです。パリスさん、医師としてそう思われませんか？」

「わかりません。このような気候ではほかにも要因があります。確かにおっしゃるとおり、食事は重要です」

叫び声は下のどこからか上がってきていた。パリスは窓の方をちらっと見た。強い日射しを遮るためにカーテンが引かれていた。彼はここに来るまでにのぼって来た踊り場のない階段のことを考えた。要塞の塁壁に沿って部屋が配置されているに違いない。午後の日射しに向かって……。

「そう、申し訳ない」と総督が言った。彼はパリスが注意をそらしたのに気がついていた。「海兵隊の兵卒が鞭で打たれているのです。こんなときを選んでするとは。中庭からここまで声が上がってくるのです。もっとも――」

「いいえ、謝られるには及びません」とパリスは思わず言った。「我々の耳の方が、彼の背中より苦痛から早く回復しますから」

この衝動的な言葉に総督の眉がぴくりと上がった。しかし、総督が口を開いたとき、その表情は冷ややかな落ち着きを取り戻していた。

「実は鞭打ちを命じたのは私です」と総督は言った。「男は酒を手に入れるために、私の書斎から嗅ぎたばこ入れを盗み出して売ったのです。男が犯人であることは十分立証されました。そこで鞭打ち百回を命じました。そのたばこ入れは私が特に大切にしていた物でした。私にとって感傷的な意味合いを持っていました。ある婦人からのプレゼントだったと言えば、私の気持ちをお察っしいただけるでしょう」

どう答えてよいものかパリスは思いつかなかった。何らかの返答を期待されているのは明らかだった。恐らく総督は繊細な感情をサーソが理解できないものと考えて、自分に話し掛けたのだ。しかし、この沈黙がぎこちなく続くのを救ったのはサーソだった。この窃盗と鞭打ちの話に大して興味も示さずに、サーソはしばらくこの部屋を隅々まで見ていた。そしてこう言った。

「私がこの前ここに伺う栄誉に浴したあと、部屋を改装されたのですね？　それに上がって来るとき、門の木製部分と鉄製部分が新しくなっていました」

「そうです。おっしゃる通りです、船長」と総督は言った。「修繕を大規模に行いました。工事は私の前任者のときに着手されたのですが、長らく完成しませんでした。会社が王立アフリカ会社から要塞を引き継いだとき——ご存じの通り王立アフリカ会社はすでに解散しておりますが——荒れ放題で、崩壊している箇所もありました。そこで、修復にはかなりの支出を要すると考えたわけです。その判断は正しかったと思っています。この要塞はこの地での我々の存在を目に見える形で誇示するためのものですからね。威圧するような造りでなければなりません。会社の力と富ばかりでなく、我が国全体の力と富がこの要塞によって判断されます。『汝らは彼らをその建造物によって知るであろう』と聖書にある通りです。交易における競争はこの海岸の至るところで熾烈になっています。我々はすでに名声を得ていますが、それに甘んじてはいられません。会社は自らのイメージを重視し、大変気を遣っています」

総督はこれだけ話すと、エネルギーを使い果たしてしまったように椅子の背にもたれた。袖から四角いキャンブリック地のハンカチを出してこめかみと唇の端に押し当てた。ラベンダーの香りが部屋のよどんだ空気の中に広がった。叫び声はすでにやんでいたが、鞭の規則的な音だけは続いている。

「職人をここまで連れて来なければなりませんでした」と総督はしばらくしてため息混じりに言った。「内部の羽目板用のオーク材は輸入しなければなりませんでした。またここの無能な連中に石材を運ばせることがいかに困難だったか、ご想像いただきたい。彼らはどのような類いの労働も嫌うのです。ですから我々のここでの苦労はいにしえのファラオよりも大変なものでした。さて、そろそろシラバブを作る時間です。お許しを得て、我々の仲買人の一人、ソーンダズ氏にお引き合わせいたしましょう。奴隷をお見せするため彼が下までお連れします。そのあと、しばらくおくつろぎください。ソーンダズが部屋にご案内します。夕食のとき、またお目にかかりましょう」

総督は目の前のテーブルの上に置かれた小さい真鍮の呼び鈴を鳴らした。白い上着に半ズボンのアフリカ人がすぐに現れた。総督はソーンダズ氏を連れて来るよう命じた。三人は黙ったままソーンダズが来るのをしばらく待っていた。その間、サーソは大きな息遣いをし、総督は身動き一つしないでいるため、パリスは落ち着かない気分だった。下の中庭からはもう何も聞こえてこなかったが、どこかもっと遠くから、かすかに規則的な鎚の音が聞こえてくるようだった。総督は、鼻と口を押さえていたハンカチを取ると、パリスに、水で割った蒸留酒が病気の予防にどれほど効果があるのかと尋ねた。

「ここの会社の医者は、伝染病の予防には赤ワイン一杯にレモン半分の汁と少量の砂糖を混ぜたものがよく効くと勧めてくれたのですが」と総督は言った。「一か月前にその医者が熱病で死んでしまったので、どうもその予防法が信用できなくなってしまいましてね」

パリスが何と答えたものかと考えていると、ドアをノックする音が聞こえて、ソーンダズが入って来た。ソーンダズは若く、三十を越えていないようだったが、目がくぼみ、やつれた顔をしていた。ソーンダズに案内されて二人は一階に戻り、そこから要塞の裏手、海とは反対側とパリスには思われる方角に石の床の通路を進んだ。しかし曲がりくねった回廊を歩いているうちにパリスは方向感覚を失ってしまった。

進むにつれ、パリスは漠然とした恐怖を感じ始めた。それは、夢の中の迷宮で通路を曲がるたびに何か耐え難いものに出くわしそうな不安感から、その前に何とか目を覚まそうともがくような恐怖だった。

途中で何かに出会うかもしれない。しかし、それが何かわからなかった。誰も自分が受けた傷をきちんと記憶しているわけではない。自分ではその傷を癒やし、ショックを和らげたつもりでいる。だが、実は、檻の中にそれを閉じ込めたに過ぎず、その檻も強固ではない。それは格子の中で合図を待っている。どんなに長く待っていようと、飛び出してきて必ず的を捕らえる。二十年も経ってから、忘れたと思っていた恐怖に不意に襲われることがある。それは以前に劣らず鮮烈で生々しい。しかも、合図に気づく前に飛び掛かられることが多い。湿った石の臭い、前方のどこからか漂ってくる堕落の臭いの中で、この場所で迷ってしまったのではないかという恐怖に襲われながら、パリスは思い至った。自分の頭脳の明晰さを鼻にかけ、そのために身を滅ぼしておきながら、自分自身を欺(あざむ)いてきたのではないか。おのれの絶望ゆえにこの世の悲惨さが増したと考えたのではないか。このおぞましいエゴイズムを自己犠牲と呼び、それを死んだ女に愛のあかしとして捧げたのではないか、と。死者は弔(とむら)ってやることしかできない。愛は生きている者たちのためにあるのだ。急にそう思うと恐怖は消えた。

　最後の角を曲がると、独房のように並んだ奴隷用の牢に出た。前が鉄格子で残りの三面が石壁になっている。奥の壁には鉄格子のはまった窓が高い位置にあり、そこから午後の日射しが真っすぐ筋状に落ちている。やはりパリスの思った通りだった。彼らは要塞の背後に来ていて、外側の城壁に向かっていたのだ。牢のうちの三部屋が使用されているが、そのうちの二部屋には二人一組で手錠をかけられた男たちが、一部屋には枷をはめられていない女たちと少女たちが入れられている。日射しも彼らとともにそこに閉じ込められていた。明るい光の中を、細かなほこりが、薄く透き通った羽虫と一緒に浮遊している。奴隷たちの体は光を受けてまだら状になり、土の床を覆うわらは金色に輝いている。排泄物と踏みつぶされたわらの臭いは、この溢れるような暖かい日射しから放出されているようだ。壁の斜間(はすま)の格子を通して鎚の音が今度はもっと近くから聞こえてきた。待ちきれないように一度に二回振り下ろされる、木材を鎚で打つ音だ。それから女の一人が前に出て、光線の中で格子に体を押し付けて立っているのが見えた。女は真っすぐパリスを見つめている。目は光っているが、顔は陰になっている。日射しが女の背後の窓から射し込んで、顔と頭は炎で縁取られているかのようだ。裸だったが、ほっそりとしていることと真っすぐな肩をしていることしかわからなかった。パリスには彼女の静謐(せいひつ)さがふと神聖なものに思われ、その静謐さと体を縁取る陽炎(かげろう)が、彼女をじろじろと眺めることを許さないかのようだった。パリスはじっと見つめたが、彼女は視線をそらさなかった。パリスはだしぬけに動いたときのように、一瞬軽いめまいを覚えた。

「全部で三十六人います」とソーンダズが言った。「内陸部から間もなくもう一団が到着します」

　この強い光の中で見ると、仲買人は最初に思ったよりも若かった。最近、熱病に罹ってずいぶん弱っているということだが、二十歳そこそこだろう。パリスは尋ねた。

「先ほどから聞こえているあの鎚の音は何ですか？」

「このところ発疹チフスが駐屯軍で流行っています」とソーンダズが言った。「昨日から死者がまた二人出ました。大工が棺（ひつぎ）を作っています。幸いなことに、奴隷たちにはまだ及んでいません」

「仕事に入りましょう」とサーソが言った。「その件についてはもう十分聞きました」応接室で総督に謁見したときの圧迫感から解放され、自分の本領が発揮できる場所に来て、檻に入れられた奴隷たちとその取引の交渉を前に、サーソは本来の自分に戻っていた。「あそこにいる連中はウィカ族ではないな」とサーソは長身でたくましい体格の黒人の一群を指差して言った。「パリスさん、あの顔が見えるかね？　手足を見てみなさい。我々を見返すあの目付きはどうだ。ソーンダズさん、連中はコリマンテ族のニグロです。どうして連中が西海岸にいるんですか？」

「訳があるんです」とソーンダズはちょっと困った顔をして言った。

「きっとそうでしょう」

「彼らはエルミナ帰りのオランダの奴隷船から連れて来られたんです」

「連れて来られた？　それはどういうことですか？　オランダ船へ積み込みが終わったあとで、連中は降ろされ連れて来られたということですか？」

「積み込みは終わっていませんでした。まだ取引をしていたんです。黄金海岸のニグロを二十人ほどと象牙と砂金を積み込んでいました。キング・ジョージ・タウンで船が原住民に襲われたんです。詳しいことは知りません。当時、船には頑強な体の乗組員は四、五人もいなかったのだと思います。ほかの者は赤痢で寝込んでいたり、取引のために川の上流に行っていたのでしょう。黒人たちは夜、ボートでやって来て船に乗り込み、甲板の乗組員を制圧して奴隷たちを連れ去ったんです」

「で、ここに連れて来たというわけですか」とサーソは意味ありげに言った。

「そうです。つまり、彼らはここにたどり着いたというわけです。お話ししているように私は詳しいことは知らないのです」

「多分、あなたのおっしゃる通りでしょう。まあ、私は立ち入って詮索するつもりはありません。この商売では商品を所有する者が第一順位の所有権を持つわけですから。しかも、連中は立派な体格をしている」とサーソは言ってから「もっとも強情なのが玉に瑕だが」とすぐに付け加えた。「恐ろしく自尊心が強い。どのような好条件が出されてもコリマンテ族のニグロを買おうとしない者もいる。厄介な連中ですからね。しかしながら、当方の医師がざっと目を通して問題がなければ、私は取引しましょう。シャーブロでは一人五十八バーで取引をしてきましたが、議論を省くために黄金海岸の黒人は六十バーにしましょう」

「ここでは七十五バーです」とソーンダズは言った。「どこの出身であっても最高の男奴隷の値は。女は六十八バーです」

パリスは船長の顔に憤怒の表情が表れるのをこれまで幾度となく見てきた。だが、今回はそれらをはるかに上回るものだった。

「七十五バーだって？」

耳障りな小声だが、信じ難いといった調子だった。サーソは体をこわ張らせてパリスの方を向いた。たとえ気が合わない相手でも、ここではただ一人の味方なのだ。

「パリスさん、聞いたかね？　七十五バーと言ったら、イギリスの金に換算すると二十五ギニーにもなる。ここでの値がこんなに高いとは信じられん。ゴードンさんがここで総督をしていたときには、シャーブロの値とそれほど差はなかったのに。ゴードンさんは海岸での一般的な相場での売値を固く守ってくれた」

「この件については私にではなく、総督にお話しください」ソーンダズはやつれてはいたが、急にとても若く見え、しかも明らかに不幸そうだった。「誰にも権限がないんです。私は仲買人として派遣されて来ましたが、犬ほどの権限もありません。まるで犬と同じですよ。惨めで単調な生活です。総督に聞かれるのがよろしいでしょう」

「もちろんそうしますとも」サーソは険しい顔をして言った。「行こう、パリスさん。今のところ、ここでは何もすることはない」

しかし夕食時にサーソが総督と話をする機会はなかった。サーソの席は総督から離れていた。駐屯軍司令官のドンレヴィ少佐とイーガーという名の会社の収入役の下座で、もう一方の隣には芸術家として紹介されたデルブランという若い男が座っていた。パリスはソーサの向かいに座り、隣には二人の無口なスウェーデン人がいたが、サーソは彼らの名を聞き取れなかった。女は一人もいなかった。

　サーソが顎の下にナプキンを折り込み、スープにスプーンを突っ込んだとき、カラバンダ師として紹介された、白い襟付きの黒い牧師服を着た長身の黒人が立ち上がった。そして静かに目を閉じ、よく響く声で吟唱した。

「おお、いと慈悲深き父なる神よ、この格別の恵み深き賜物（たまもの）につつましき感謝を捧げますとともに、神の栄光と私共への慰めのため、主イエス・キリストを通して私共の土地が、いや増す実りをもたらすよう、相変わらぬお慈悲を私共に注がれますようお願い申し上げます。アーメン」

　カラバンダ師は皆がアーメンとつぶやく中、着席し、厳（おごそ）かな態度で自分のスープに取り掛かった。

「あなたの英語は非常にすばらしい、カラバンダさん」とパリスはテーブル越しに言った。「実に立派です」

　牧師はパリスの世辞に笑みを浮かべた。牧師の頬の上の小さな傷跡――儀礼上の傷かもしれないとパリスは思った――が、その笑みと一緒に伸びた。彼はがっしりとした筋肉質で、牧師服が腕と肩のところで張っていた。目は真っ黒で光沢があり、顔の肌は健康に輝いている。

「私は何年もイングランドで過ごしました」と牧師は言った。「人生の大半をです。あちらの神学校に通いました」

「パリスさん、この男は家門の誉れです」と総督は、息を引き取ろうとしている者のような口調で言った。「節制と正しい指導のもとでアフリカ人がどのような能力を発揮できるか。彼はその生きた見本です」

「そうとも、畜生。それが商売の鍵だ」とドンレヴィ少佐は大声で言った。彼は酔っ払っていた。ここに来る前からずいぶん酒が入っていたのだ。パリスはテーブル越しにデルブランの視線をとらえて、わずかにほほ笑むと、若者は親愛の情とユーモアを込めた笑みを返した。それにはいくぶん皮肉も込められていたが、彼は無頓着にそれを隠そうとしていないように見えた。

「あなたのお国の方々が私に言葉を教えてくれました」と牧師は言った。「実に大いなる贈り物でした。それは神の御名を讃え、どの国にもまして神の法が重んじられるあの国を讃えることに役立っています。私は昼夜を欠かさず讃えております。船長、言葉とは何という大いなる贈り物でしょうか。言葉。神の御言葉。神は仰せられました。『光あれ』と。そう仰せられたのです」

どういう訳か牧師はサーソを聞き手に選んでいた。大きな四角い檻のような船長の顔は少しも感情を表さなかったが、その目は可能な限り奥まで引っ込んでいた。

「船長、私は妻にこう言っているのです。私が聞こえるところでお前の下品な言葉をしゃべらないようにと」と牧師は言った。「子供たちにも許しません。子供たちは英語しか話しません」

カラバンダ師のまなざしを振り払うようにしてサーソは、顔を今にも自分のロースト・ダックとスイートポテトの皿に突っ込みそうな少佐に話し掛けた。

「ここの要塞はずいぶん昔から建っていますね」

少佐は酔っ払った顔を突然上げた。制服の堅いブロケード織りのおかげでどうにか椅子に納まっているといった様子だ。「何世紀も前からです」と少佐は言った。「ポルトガル人がこの要塞を築き、百年間維持しました。それをオランダ人が奪取し、それから我々がオランダ人から奪いました。次にデンマーク人が奪おうとしましたが、もちろん彼らには勝ち目はありませんでした」少佐は注意深く自分のワインに手を伸ばした。「その間フランス人もどこかに入って来るはずですが。正確にはどこに入るのか思い出せません」彼はぼんやりとした視線をテーブルの上に落とした。「フランス人なんかくそ食らえ」と少佐はグラスを上げて言った。

テーブルの上座では総督がまだ牧師を讃えていたが、それはまるで歌うような調子だった。「彼は祖国で福音を説くために戻って来たのです。彼の父親はピーチー・カラバンダ族長で、この一帯では非常に尊敬されている人物です」

「そうです」と牧師は言った。「私は祖国に帰って来ました。子供のころ、この辺りを走り回っていました。父は奴隷を売るためにここにやって来たときに、私も連れて来たのです。前の会社のころです。私はこの偉大な記念碑的建造物を、この大きな白い要塞をいつも見上げていました。父はここを『偉大な白人の王』の家だと話していました」カラバンダは思い出しながら笑みを浮かべ首を振った。「私がこのテーブルに、英国国教会の正式な牧師として座る日がくるとは夢にも思いませんでした」

「だから、ここは彼の家でもあるのです」と総督は言いながらナプキンを取り上げ、汚れを取ろうとするように青白い唇を軽くたたいた。「イギリスの国旗が立てられているところには彼の家があるのです」

「奴隷たちに洗礼を施して回らなければいいが」とサーソはパリスに聞こえるように耳障りな声でつぶやいた。「奴らを思い上がらせることになる。ニグロにも救済される魂があると説く。それがずっと厄介の元になるんだ、ニグロにとっても所有者にとっても」

牧師の耳は極めて鋭く、サーソの言葉の一部を聞き取ったかもしれない。彼は再びほほ笑んで言った。

「私はここの駐屯軍と、私の自由な兄弟のために牧師として仕えています。自由の身でない者たちがいることは牧師を務める上で役に立ちます。人間の心は権力を持つ者の神を受け入れるようにつくられています。我々はそれを人間の本性として受け入れなければならないのです。そしてその本性は神から我々人間に与えられたものです。神自らが、権力を持つ者への敬意を我々にお授けになったのです。奴隷を所有する者の神と奴隷となった者の神のいずれかを選ばなければならないとすれば、当然前者を選ぶでしょう。すべての歴史はそう教えてくれます」

「私は歴史をそのようには理解していません」とデルブランはごく自然に言ったが、顔からは笑みが消えていた。「キリストは不幸な者や権力を持たない者にも、その中の一人として語り掛けた。そうでしょう？　キリスト教は奴隷たちにも広まっていると、これまで理解していましたが」

カラバンダ師は身を乗り出した。パリスは牧師の鼻孔がわずかに広がるのを見た。

「穴蔵でぺちゃくちゃしゃべっている、ぼろズボンをはいた連中」と彼はさげすむように言った。「信仰を広めたのは、ほかでもないローマ帝国の支配者、我らが総督閣下のような属州の総督や、我らが善き少佐のような駐屯軍の士官、収入役や管理官――」

「失礼ですが」スカンジナビア人の一人が思いがけず急に元気を取り戻していた。ナイフとフォークを置き、焦点の定まらない大きな目で牧師を見た。

「私たちには今、新しい合い言葉があります。それに新しい使命もあります。私たちの今の使命とはアフリカから学ぶことなのです」

　彼の仲間がうなずいた。「失礼ですが、あなた方のご努力は方向が間違っています。霊はアフリカからヨーロッパへと流れているのであって、それを受けるためには私たち自身が心を開かなければなりません。西洋の教会は腐敗しています。神が最後の審判を下されたのです。今こそ第四の教会の時です。私たちは洗礼者、新しきバプテスマのヨハネなのです。神の天の都を築くために先立って行くのです」

「霊を受けるために心を開くですと？」カラバンダの顔に大きな笑みが広がった。「天の都ですと？」と彼は言った。「あの藪の中に？　私が噴き出してしまったらお許しください。ホーホー。私が英国国教会から聖職者に任命され、大いに自問したのち三十九箇条〔十六世紀制定の英国国教会の教義で、聖職に就く者は任命式の際、これに同意を表明しなければならない〕に同意したのは、この地に戻って、泥小屋で暮らし、解し難い言葉を話す者たちから流れ出る霊を受けるためだったとおっしゃるのですか？」

　二人のスウェーデン人のうち初めに口を開いた伝道者が、信仰を確信している者の穏やかな口調で、アフリカにおける神の計画について再び話し始めた。新しいエルサレムは異教徒の間に創建されることを神が約束したこと、異教徒のうち最も霊的であるがゆえ、奥地のアフリカ人が選ばれたこと……。

　この話に紛れてデルブランがパリスの方に身を乗り出して小声で言った。「僕にはどちらの方が頭がおかしいのかわかりませんが、あなたはおわかりですか？　このベツレヘム精神病院に何しに来られたのですか？」

「私が船医であることはすでにお聞きになっておられると思いますが」とパリスはやや冷淡に言った。デルブランは生まれが良く教養もある男であることは明らかだった。だが、田舎育ちで井の中の蛙のようなところがあるパリスは用心深い話し方に慣れており、相手の礼節を欠いた話し掛けに少しいら立ちを覚えていた。自尊心から自分への軽蔑がそれに込められているのではと疑ったからだ。しかし、相手の表情にはユーモアと親しみがあり、その茶色の目は、彼が関心を持って聞こうとしていることを物語っていた。

「ええ、もちろん知っています」とデルブランはじれったそうに言った。のちにパリスは知ることになるのだが、デルブランは感情をすぐに顔に出した。「それでは説明になりません。あなたが船医に見えないからこそお聞きしたのです」

デルブランの自信に満ちたものの言い方には、極端な若々しさ、無邪気とも言えるものがあり、突然、パリスはそれを面白いと思った。パリスの表情からよそよそしさが消えた。多くの熱狂的な人々と同様、しばしば意図しないで相手を面白がらせるデルブランは、向かいの席の辛抱強そうな長い顔が妙に魅力のある笑みを浮かべるのを見た。

「一見して船医らしくなるには時間がありませんでした」とパリスは言った。「そうなるには時間がかかりますよね？　私はこれが最初の航海なのです」

「ああ、そういうことだったんですか」

話の糸口をつかみ損ねてがっかりしたような口振りに、パリスはまた、ほほ笑んだ。

「では、あなたはここで何をされているのですか？」パリスは相手の単刀直入な質問の仕方をそのまま借りて尋ねた。「芸術家と伺っていますが」

「そうもったいをつけていいものかわかりません」とデルブランは言った。「肖像画を描くのは得意ですが、まあ、自分ではそう思っていたのですが」デルブランの表情が曇った。一瞬考え込むように見えた。そして半ば独り言のように言った。「今、思いついたのですが……。あなたの船長は私を客として乗船させてくれるでしょうか？」

パリスが答える前に、総督が立ち上がっていた。それは、テーブルのほかの者たち全員も起立して、総督が部屋を出るまでそのままの姿勢でいることを促す合図だった。少佐は椅子の背に体を完全にあずけ、食事中一言もしゃべらなかった収入役も明らかに泥酔していた。

「パリスさん」とデルブランはすばやく言った。

「互いに長い知り合いといった関係ではないことを承知していますが、助言をいただきたいことがあります。今晩はここに泊まられるのでしょう。よろしければ……。かなり上等なブランデーが私の部屋にあるんです」

　パリスはちょっと迷った。自分の部屋に戻って一人になりたいと思っていたのだ。しかしデルブランの口調には何か訴えるところがあり、今、自分を見つめる澄んだまなざしにもそれが表れていた。「よろしいでしょう」とパリスは言った。「しかし、私に用事がもうないかどうか、まず船長に確認しなければなりません」

　サーソは総督に、食事のあとで三十分ほど時間を割いてほしいと頼んでいたので、パリスが願い出るとすぐに認めた。しかし、それは実に礼を欠いた認め方だった。このところパリスの存在はサーソにとって日増しに目障りなものになっていた。しかしながら、パリスが退席するとき、サーソは、広い肩をしたぶざまな船医のうしろ姿を、歩調を変えるか、前方に飛び出そうとするかのように——実際そうはしないのだが——小股に歩く癖を、ほっとするというよりはいら立たしい気持ちで見つめていた。あの男は初めから何の役にも立たなかった。厄介と心痛の種に過ぎなかった……。

　サーソは総督が執務室として使っている上階の小部屋に通された。淡青色の部屋着に着替え、黒の室内帽をかぶった総督は、サーソにブランデーを勧めたが、自分は薄い液体をすすっていた。「カミツレ茶です」と彼は物憂い声で言った。「消化を助けるすばらしい薬です。毎晩寝る前にぬるいのを一杯飲むんです。ぬるいのをですよ。熱過ぎるのはいけません。もしお試しになりたければ、の話ですが」

　その晩は寒くなかったが、暖炉では小さな火が燃えていた。自分が使用する部屋はすべて暖炉の火をたかせていると総督は説明した。「敷石から絶えず発生するひどい湿気を除去するためです。さて、どういったことでお役に立てましょうか？　ソーンダズによると、奴隷をごらんになったが、留保すべき点があると」

「留保」この言葉がやっとのことでサーソの口から出てきた。憤りがなければ喉から絞り出すことができなかったかのように。「閣下、お申し出の値では奴隷は買えません。それでは船主の利益が出ません」

「船長、よろしいですか」総督は相変わらず平然として言った。しかし目付きは鋭くなっていた。「それでもあなたには利益があるのはおわかりでしょう。私たちが個人的な取引をしているのなら、もちろん低い値をつけることもできます。しかし、会社がこの要塞を維持するために莫大な費用をかけていることをお忘れにならないでください。ここには事務員、仲買人、技術者といった者たちが駐在しています。彼らに給料を払わなければなりません。牧師もいます。会社の常駐職員もいます。それに百騎兵中隊の駐屯軍もいます。その食費も会社が負担しているのです。さらに、あなたは一ペニーも払うことなく、この要塞の奴隷収容施設を利用できることも思い起こしていただきたい。会社は商品の補給所の役目を果たしているのです。奴隷をここに集め、あなた方をお待ちしています。あなた方には奥地の健康に悪い沼地に入り込む苦労も危険もない。さらに会社は地元の族長たちや取引上のすべての仲介者との関係に気を配り、また良好な関係を保つために金を使います。しかしこういったことを思い起こしていただくまでもないでしょう、船長。あなたはベテランでいらっしゃるから」

「ええ、確かに。もちろん会社がいろいろ費用をかけていることは存じています。しかしながら閣下の前任者の時代にも事情は同じだったはずです。ゴードンさんは粗利益を一人当たり五バーに押さえていました。奥地での値はよく知っています。二十バー以上も払っていらっしゃるとすれば驚かざるを得ません。閣下の前任者は――」

「私の前任者のゴードン氏はここで死にました」総督はふだんの冷淡な、落ち着いた表情だったが、その声は大きくなっていた。「彼は丘の上の墓地に眠っています。墓石の名前は酔っ払った石工が乱暴に彫ったものです。酒とここの風土にやられたのですが、それでも十八か月持ちました。サーソ船長、自分のことを語るのは私の流儀ではありませんが、今晩は多分、何か特別な機会なのでしょう。私がここに赴任してから今日がちょうど一年目なのです」しばらく総督は頭を上げて黙っていた。「また鎚の音が聞こえる」と彼は言った。「連中は夜通し作業をしている」

「明かりは十分ですね」とサーソは何の感情も出さずに言った。「今夜は満月です」

　総督は唇を固く結んだ。唇の色が失せたので、口の輪郭を示すのは唇の端だけだった。再び顔にハンカチを押し当てた。明らかに癖となっている身振りだ。「ちょうど一年目でしてね」と総督は言った。「血行が悪くなったことと一時的なめまいや下痢を別にすれば、以前と変わりなく健康です。よろしいですか、私は会社の重役であるこの職に就くために全財産を注ぎ込みました。このようなポストを巡る競争が今日（こんにち）厳しくなっているのはご存じだろうと思います。私は幾月もロンドンでつてを得るために画策しました。資金繰りのためにユダヤ人たちのもとに足を運び、言われるがままの利息を払わなければなりませんでした。時間の許すうちに投資分を回収するとともに、利益を得なければならないのです。ここの気候はヨーロッパ人の体をむしばみます。フランスとの戦争はいつ始まってもおかしくありません。フランスの私掠船が沖に停泊し、我々の取引の邪魔をしているのです。私の言おうとしていることをご理解していただけるでしょう。船長、時間の問題なのです」

「ごもっともですが」とサーソは言った。「どのみち、我々、皆にとって時間の問題です。もっと望ましい値のためには待たなければならないということになれば、すでに買った奴隷の一部が死ぬかもしれません。これは私が責任を負うことになります」サーソは値引きを期待できそうにないと感じた。一歩も引こうとしない意志に会うと彼にはそれがわかった。今、この病人のような男にそれを見たのだ。しかし長年の経験からサーソは、交渉してみるのもまったく無駄ではないことも知っていた。もし粘れば何らかの譲歩を引き出せるかもしれない。「私たちが相対（あいたい）で取引をすると差し支えることはありますか？」とサーソは尋ねた。

　総督はにこりとしたが、あまりうれしそうではなかった。「船長、ここでは会社の定めにより勝手に取引はできないことになっています。しかもその規定の拘束は広い範囲に及びます。インディアン・メイド号がどうなったか、お聞き及びですね？　非常に悲しい事件でした。上流でひそかに取引しようとして原住民に襲撃され二人が死に、ロングボートを失ったのです。手の打ちようがありませんでした」

「コリマンテ族のニグロを積んだオランダ船がどうなったかは聞いていています」

サーソは相手をじっと見つめたが、その表情にわずかの変化も読み取れなかった。

「ここの原住民たちは非常に忠実です」と総督は再び平然として言った。「会社を自分たちの父親とみなしているのです」

この点に関してサーソは疑問を抱いたかもしれない。だが、サーソはそれを顔に出さなかった。しばらくしてサーソは言った。

「とにかく取引しようとするなら、閣下の条件を呑まざるを得ないようですな」

「船長、そうお考えくださるならうれしいですね。奴隷をお好きなように選んでいただいて結構です。それはお約束します」

こうして二人は合意に達したが、サーソはいわば名を捨てて実利を得た。サーソはこの間ずっと執拗かつ狡猾にそれを求めていた。現在牢にいる奴隷のうち適格な者を買うことを条件に、サーソが私用で奥地に入るために、八人の武装した兵士と二艘のカヌーを会社持ちで一週間使うことに総督は同意したのだ。

一方、デルブランは、自分が求める助言がどのようなものなのか、まだパリスに明らかにしていなかった。とはいうものの、二人ともそれまでにブランデーをかなり飲んで、互いに打ち解けていた。画家は四角い部屋を一室丸ごと使っていたが、その部屋は元は守衛室として使われていたようで、総督の部屋と同じ高さの塁壁上にあり、海とは反対の東に面していた。

その夜は暖かく、デルブランの部屋の窓は開いていた。窓には虫の侵入を防ぐために目の細かい網が張ってあった。「どこに行くにもあの網を持って行くんです」と若者は言った。「ベッドがなくても構わないんですが、網なしではどうもね」

月の光がデルブランの高い評価を確認するように、この重宝な網を通り抜けて輝き、網糸を銀色に染めていた。先ほどまで雲間に見え隠れしていた月が中空高く姿を現し、穏やかに光を放っている。開き窓の下の床には月光の白い溜まりができていた。グラスを手に行ったり来たりするデルブランの影が、そのたびにそこを横切った。きちんと整理された絵具や絵筆壺が壁際の低い架台テーブルの上に載っていた。部屋の中央には、キャンバスが一枚、イーゼルに立て掛けてあった。キャンバスは四角い白布で覆われ、月光がその一端を照らしている。

「ここの月光はずいぶん明るいですね」とパリスは言った。「これだったら窓辺で十分、本が読める。波の音が聞こえますが、前に海があるわけではないでしょう?」

「そう、部屋は海岸と平行に東向きになっています。風下にあって、日中はひどく暑くなります。最上の部屋は海からのそよ風が入ってくる部屋です。我らが総督閣下の部屋のように」デルブランは話しながら、覆いの掛かったキャンバスを困った様子でちらっと見た。「ご想像通り」と彼はいくらか乱れた明るい茶色のふさふさした髪に指を通して言い足した。

「布の下は総督でしょう?」とパリスはイーゼルに向かって顎をしゃくった。

「そう、総督です」とデルブランは言った。しかし絵の覆いを取ろうとはしなかった。「もっとブランデーをどうぞ」とデルブランは言った。

「いただきます」グラスに酒が注がれるのを待っているうちに、パリスは突然、存在の驚異に打たれた。そして言った。「静かですね。波の音しか聞こえない。しばらく何が違うのかわからなかったのですが、あれです。鎚の音がやんだ」

「何ですって? とんでもない。また始まりますよ。棺の準備をしておかなければならないんです。この天候では遺体は長く持ちませんからね。連中は先週、ほとんどずっとかかりきりでした。実際、僕がずっと――」何か考えが浮かんだかのように話を止めた。「それがその理由ではないでしょうか?」とデルブランは言った。

「何のことですか?」

「肖像画を見ていただければわかります。でも、お見せする前にもう一杯飲まないと。いずれにしても、泣く者がいれば笑う者がいるもの。カラバンダ師は葬儀で大忙しなのですが、それで会社から報酬を得ているんです」デルブランの困ったような表情が急にほほ笑みに変わった。「妙な奴です。自由な身分の同胞へ説教するときのあの男の気取った態度といったらないですよ。自由な身分の同胞は否応なしにあの男の説教を聴かなければならないんです。皆、会社に借金をしています。会社は付けで酒などの商品を売っているのです。会社は明日にでも付けを回収するために彼らを売ることができます。皆もそれを知っているんです」

「タッカーのようですね」とパリスは言った。

「誰ですか?」

「シャーブロ川流域の混血の商人です。私たちはタッカーのところに寄って来ました。彼は商売の大組織を持っていてあの一帯の支配者です。前貸しをして、人々が彼を恐れるように仕向け、皆を支配しています」

「よくあることですね」とデルブランは言った。「アフリカに限ったことではありません。もちろんここでは偽善の陰に隠れることのない分、純粋な形で見ることができます。貨幣の神聖化を」

デルブランはまた髪に指を通した。彼の目は薄茶色で虹彩が大きく、眼孔はかなり浅かった。広くくっきりとした額とその目のせいで、顔全体が誠実そうに見えた。それはむき出しになっていて、隠し事がない点で相手を当惑させるような誠実さだった。そしてそれは、彼の紳士的でさりげない態度とは合わなかった。彼はわずかにほほ笑んではいたが、幸福そうではなく、むしろ苦々しい表情だった。

「誰もが知っていることですが、貨幣は神聖です」とデルブランは言った。「だから必ず貨幣に対する渇望があり、手に入れるために用いる手段があるのです。いったん借金をすると、人は生身の金、歩く投資対象に変わります。金を貸した者は相手をどのようにもできます。死ぬまで働かせることもできるし売ることもできます。そうしたからといって残酷だとか強欲だと非難されることはありません。投資を回収したいと考えているだけであり、資金を回収することは神聖な義務だというわけです。だからといって、ソーンダズの話では、ニグロの方が白人よりひどく困窮しているというわけでもないようです。ソーンダズはここの仲買人の一人です」

「ええ、午後会いました。奴隷を見せるため案内してくれました。健康がすぐれないようですね」

「ここから出ないと死ぬでしょう。健康が回復するチャンスがあるうちに出られるならば出たいと思っているんでしょうが、それができないんです。鎖にしっかり繋がれているように会社にがんじがらめにされています。年収七十五ポンドというのはロンドンのレドンホール街では悪くない収入だと考えるかもしれません。しかし、ここに来て初めて、それがクラックラで支払われることを知るんです」

「何ですか、それは？」

「疑似通貨の一種で、会社の店でしか通用しません。しかも会社の価格ですからね。ソーンダズにできることといえば、何とか生き延びていくためにキャンキー〔醗酵させないトウモロコシパン〕とヤシ油と小魚を買うことぐらいです。そのほかの生活必需品は付けで買わなければならない。この要塞の者も皆、同じで、白いニグロも同然です。今まで訪れた交易用の要塞も事情は同じです。それで儲けるのは会社の高級幹部だけです」

　デルブランは何気なく覆いの掛けられたイーゼルの肖像画を再びちらっと見た。

「彼らがもし長生きすればということですが。死はカラバンダの商売にも、僕の商売にも儲けになる。あるいは少なくとも死に対する恐怖は好都合です。自分の肖像を描かせようという気にさせるのは死の影以外にありません。でもパリスさん、肖像画を描かせる者がなぜ金を払うかというと、それは生き延びることを望んでいるからなんです。これを見てください」

　デルブランはグラスを飲み干し、イーゼルに歩み寄った。一瞬躊躇したが、ついに覆いを取り払った。

「これは！」とパリスは叫んだ。ここまでは予期していないものだった。「何ということをしたんですか？」

　その肖像画は見事な出来映えだった。尊大な高い鼻柱と物憂いまぶたを画家は完璧にとらえていた。しかし、まなざしは硬直し、血の気の失せた口は貪欲さを見せて凍り付き、顔全体は落ち着き払って、こわ張っていた。パリスを見つめているのは、死者の顔にほかならなかった。

「これで僕の言おうとしていることがおわかりいただけるでしょう」デルブランは議論の中で自分が肝心だと考えるところを主張しようとするように言った。「死に対する恐怖に絶えずおののきながら生きている男、いつも薬を服用し脈を測る男。僕は総督をしゃれこうべとして描いた。この二日の間でそうなったんです。肖像画は完成した、あるいはそのように僕には思えた。総督もモデルとして座るのを終えていた。ただ僕としては最後の仕上げをするつもりだったんです。肌の色調を高め、表情に気高さを与えるといった、いつものやり方です。それからどうしてこうなったのか自分でもわかりませんが、ここに一筆、そこに一筆、口の線、目付きと筆を入れるうちにこの顔が現れたのです。これを描き変える気にはなれません。これが彼の真の姿です。あるいは、それ以上のものです。もちろん総督は気に入らないでしょうね」

「そう」とパリスは認めた。「気に入らないでしょうね」夕食時のワインと今飲んでいるブランデー、波のように部屋に寄せる月光と影、そして月光を浴び打ちひしがれた守銭奴のまなざしのせいで、パリスはわずかにめまいを覚えた。「まったく気に入らないでしょう」

「そして気に入らなければ」とデルブランは気が滅入るような論法を続けた。「受け取らないでしょう。もし受け取らなければ、金を払おうとはしないでしょう。でも問題はそのことじゃないんです。僕も当座は金に困りません。そうではなく問題は、総督がその気になれば、僕をはなはだ不愉快な状況に追い込めることなんです。きっとそうしようとするでしょう」デルブランは肖像画を指差した。「この顔を見るだけでわかります。言い掛かりをつけて僕を牢に入れるかもしれません。ここは本国からは遠く離れています。それに最も運がいい場合でも、正義なんて相対的な概念ですからね。緯度が三度違えば法体系は逆転する……。そう言ったのはパスカルでしたっけ？　危険を冒す気にはなれません。だから船に乗せていただければと思ったんです」

「それについては」とパリスは言った。「サーソ船長本人に直接あたった方がいいでしょう。私が頼んだところで、船長はあなたに好意を持つことはないかもしれません。むしろ逆効果になります」

デルブランはうなずいた。「確かに船長はあなたに好意を持っているようには見えませんでした。それなら僕の財布が役に立つと思います。船長は必ず僕を乗せますよ。ここを出たいのはただ身を守るためだけではないんです」

デルブランは一息ついてパリスと自分のグラスを満たした。「率直に言うと」とデルブランは言った――もっとも率直ではない彼を想像するのは困難だったが。「ここで自分のしていることや手を貸していることに嫌気がさしているんです。この顔にたどり着くまでに僕はかなりの数の顔を描かなければなりませんでした。この十八か月間、ジェイムズ要塞からエルミナまであちこちで、会社の幹部や周旋人や在住の商人たちの肖像を描いてきました。イギリス人だけではなくオランダ人、フランス人も描いた。そしてついに彼らを集約した顔に出会ったんです。僕の筆からこの顔が現れたのは偶然ではない。パリスさん、この海岸に来て以来、僕は自分の墓まで持って行こうと思うものを見たり聞いたりして来ました。船がやって来て海岸で取引をする。この取引で汚染されるのはただ海岸だけと思うかもしれませんが、実際はそうじゃない。人々が必要としない安物の製品が流れ込んで、ここの産業を破壊している。人々はこの取引に依存するようになり、それらの商品は、仲間を奴隷とすることによってのみ手に入れることが可能になる。そのためにますますマスケット銃が必要となるが、それを供給するのも僕たちだ。そうやって僕たちはあらゆるところに死をまき散らしている。しかし先ほど言った貨幣に対する聖なる渇望がすべてを正当化する。取引は合法的だと連中は言う。それで十分じゃないかと。しかし僕にとっては十分じゃない。イーゼルの上の顔は略奪と死の顔、アフリカにおけるヨーロッパの顔なんです。僕には受け入れ難い顔です。だからもう描き続けることはできない。もう肖像画は金輪際描かない。少なくともこの海岸ではね。人間は生計を立てるためには事実の真相に目をつぶることもあり得る。それは下劣ではあるけれど道理にかなっているとは思います。が、しかしその顔が目の前にあると……。今までそれが存在しなかったかのように簡単に消し去ることはできない。わかるでしょう？　それを描くために心と頭を一緒に働かせなかったというのなら別ですがね」

「心と頭」

パリスは、単純で素朴なその取り合わせに心打たれ、繰り返して言った。パリスは画家に本質的な純真さが、放浪と当座しのぎの生活に耐えてきた純粋さがあることを再び認識した。パリスは肖像画の人物のすくみきった恐ろしいまなざしを見た。月明かりが青白いこめかみを照らし、生気のない左目に宿る貪欲な光をよみがえらせていた。

「そうです」相変わらず熱心に画家は言った。「いい肖像を描くには心と頭を一緒に働かさなければいけません。もっとも心の方がより大切ですが」

「心すなわち心臓は生命の維持に絶対必要な器官です」パリスはまじめだが、少し物知り顔な、いつもの調子で言った。「しかし、行動を指示する点では心は不完全な役割しか果たせません。物事を判断し比較するのは頭です。何が真実か見極めるための根拠を提供するのも頭なのです」

「僕は逆の見方です」とデルブランは興奮して言った。「誰も頭のみでは徳を身に付けることはできません――そう考えたのはギリシャ人の愚かさでした。ここの貿易を僕たちは別々の立場で手伝っているわけですが、心の命令に従って手伝っているとお考えですか？」

「逆に頭の命令のみによるというわけでもありません。もっとも、ほかの悪徳と同様、貪欲に突き動かされれば、頭が命令したように見えることもあるでしょうね」

「ええ、だから僕たちの自然の本能はゆがめられているんです。仮に人々が自然の状態で生活する場合、仲間を奴隷にしようとする可能性があるなどと考えられますか？」

「それは大きな問題ですね」とパリスは疑問に思いながら言った。「しかも簡単には答えられない問題です」

「もっともですね。さあ、ブランデーをもっといかがですか。そして、もっと突っ込んで議論しましょう」

デルブランの話の進め方が性急なせいなのか、それとも彼が議論をすることで心配事を忘れようとしているせいなのか、パリスにはよくわからなかった。だが、デルブランのこの熱心さには滑稽さと苦悩が入り交じったようなものがあって、パリスを感動させた。寡黙な者が時折、襲われる寂しさから、不意にパリスは、率直で気取りがなく、思考と感情を自然に言葉に移すこの男に何かを託したくなった。

「お望みなら議論しましょう」とパリスは言った。「ただ、先ほど言おうとして言わなかったことがあります。あなたは生計を立てる必要性と、それがいかに我々に物事の真実から目を背ける気にさせるのかについて話しましたね。でも私にはそのような口実さえないのです」

「しかし僕の理解しているところでは、あなたは生計を立てるために仕事をしているんでしょう？　無給で働いているのではないんでしょう？」

「私には叔父の申し出を受ける必要はなかったのです」とパリスは言った。「叔父は私が働いている船の所有者なんです。私はイングランドのどこか別のところに行ってもよかったのです。あるいは、どこかの植民地でもよかったんです。医者が不足しているアメリカでもね」

「それでは逃げ出す必要があったんですね？」

デルブランが穏やかに事実確認するのを聞いて、パリスは思いがけなく喉を締め付けられた。自分の苦しみを打ち明ける者が、どれほどの苦しみを再び体験することになるのか、初めはわからない。しかし、この月光が引いて暗くなってゆく部屋で、どんな男かほとんど何も知らない相手と肖像画の死の顔を前に、自分は打ち明けるつもりでいることをパリスは自覚した。

「そうです」と彼は厳しい調子で言った。「逃げ出す必要があったんです。でも奴隷船で働く必要はなかった。焼き印を押し、鎖をかけるのにふさわしい奴隷かどうかを確かめるために、かつては誇りにも思っていた自分の職業上の知識を使う必要はなかった」

「そんなに大したことではないと思ったのでしょう」デルブランは先ほどと同様、穏やかに、そして率直に言った。「つまり自分をどう扱おうとも」

これを聞くと今度はパリスが立ち上がり、部屋の中を行きつ戻りつし始めた。「自分に関する限り、自分が何をするかはどうでもいいことだった」とパリスは言った。「今もどうでもいいのです。自分がどうなっても構わない。しかし私には何の権利もなかった……。先ほどは頭を弁護すべきではなかった。あれはただ、議論のためだったのです。相変わらずあの悪癖が捨てきれないでいます。自分の身を滅ぼし妻を殺したのは、真理への欲求という見せかけの裏に隠れた、自分の意見を是が非でも通そうとする私の頑固さでした。そうなんです、妻を殺したのです」相手が反論するかもしれないと思ったかのように、パリスは激しく首を振った。「傲慢な愚かさによって、私は妻と腹にいた子を殺したんです」彼はそこで一息ついてグラスを飲み干したが、自分が何をしているのか気づいていない様子だった。

「私たち夫婦はノーフォーク州に住んでいました」と彼は言った。「私はそこで外科医兼薬屋をしていたのですが、化石とそれが地球の年代について教えてくれることに関心を持つようになりました。さらには長い年月の間に起こる地球の表面の隆起と沈下の形跡にも興味を持ちました。そこで海の化石の採集を始めたんです。あるものは海面よりかなり高いところで見つかりました。その存在は聖書に書かれた創世の説明とは相容れないものです。これを私の単なる個人的な研究にとどめておけばいっさい問題はなかった。こういった事柄についてひそかに自分たちの説を立てている科学者たちがヨーロッパ中にいます。でも私は自分の発見と見解を公表したかった。印刷機を購入し、小冊子を発行し、その中でモーペルテュイの見解を支持したのです。彼の著作はご存じでしょう?」

「残念ながら名前さえも知りません」とデルブランは言った。「そういった事柄については関心がなかったものですから」

「彼は天才です」パリスの心は深い悲しみに満ちていたが、若き日のこの英雄への賞賛から、その口調は生き生きとしてきた。「彼の名は誤解と妬みによって埋もれてしまいましたが、いつの日か彼の真価は世に知れ渡ることになるでしょう。彼は遺伝の研究によって、たった二つの個体からまったく異なる種の増殖がいかに生じ得るかを明らかにしたのです。その起源は偶然——誤りとも言えるもの——の形成によるものであり、誤りの一つ一つが新しい種を生んで……」

「でもそうすると、僕たち自身が誤りの結果であるということ、現在の僕たちのようになる必然性はなかったということになるのでしょうか」

「そうです。いくつかの異なった偶然の出来事が起こったかもしれません。モーペルテュイだったらそう言うでしょう。想像できない何かが……。こういった考えを初めて読んだときには圧倒されました。常に私の頭を悩ましてきた生物の多様性について説明を与えてくれるように思われたからです。さらに、地球の年齢についての私の結論を裏付けてくれたのです。このような変化が起こるには非常に長い年月が必要だからです」

パリスは話を中断し、喉にからんでいるものを飲み込んだ。「非常に長い年月が」わずかに震える声でそう繰り返した。これらの初期の研究と思索、ランプの明かりに照らされた彼の机、どこか間近で立ち働いているルース、これらが彼の思い出の中で大切なものだった。「私はこの理論を出版したのです」しばらくして彼は話を続けた。「それは正統派の考え方、特に教会の教えに反するものでした。私は敵対する者たちからだけでなく、友人や同業者からも警告を受けました。そう、十分警告を受けたのです。しかし私は意に介しませんでした」パリスは立ち止まり、部屋の中央にじっと立ったままデルブランを見つめた。デルブランはろうそくの明かりの外に座っていたので、顔が陰になっていた。「私は真実という甲冑を身に付けていました」とパリスは言った。「自分ではそう思っていた。あるいはそう考える振りをしていた」笑みを浮かべようとしたがだめだった。「実のところ私は強情で傲慢に過ぎなかった。まだ捨てきれていない悪癖です。ノリッジ主教の告訴で逮捕されました。判事は教会の側についていました。扇動的な出版物を刊行したかどで有罪を宣告され、支払い不可能な額の罰金を課され、支払うまで投獄されたのです。叔父はそれを聞きつけると、代わりに罰金を支払ってくれましたが、私が投獄されている間に教会側にそそのかされた暴徒が印刷機を壊そうと私の家に押し入ったのです。妻は恐怖のあまり流産してしまった。彼女はもともと丈夫ではなく、結局ショックから回復できず……。死に目にも会えませんでした……」

ふと否定の表現を続けて使ったことによって、パリスは今まで事実について話す振りをすることで保とうとしてきた自制心を失った。「死んだとき、一緒にいてやれなかったんです」と言うと、パリスは声を詰まらせた。不意にデルブランが立ち上がって、こちらにやって来ようとするのが見えた。パリスはすばやく言った。「そこに座っていてくださるだけで結構です。今まで誰にも話さなかったのですが、どういうわけか、あなたにはお話ししておきたい気持ちに駆られていて、最後までお話しするには間に距離が必要なんです」

しかし、デルブランが示したとっさの思いやりに接してパリスは涙が溢れそうになり、こらえようと、しばらく黙っていなければならなかった。最もつらい部分が残っていた。非難を認めたとしても、また自分を責めたとしても、自分の身になされたことに対する羞恥心を表現しようとする言葉がまだ告白の奥底にあった。議論を通してその道を探ろうとするのがパリスらしいところだった。

「先ほどパスカルを引用されましたね」とパリスは言った。「緯度が三度違えば法体系が逆転する、と。デルブランさん、利益のためであろうと正義の名によってであろうと、人が他者になそうとすることに緯度は何の影響もありません。扇動的なものを出版することは我々の法律では重罪になります。私は禁固刑に服する前に十二時間晒し台にさらされました。私たちの文明化した国において、地球が六千年より古いという見解を公表し、それにより聖書を否定したと言われました。それを理由に、柱に足を鎖で繋がれ、頭と手を板の穴に通されて締め付けられ、ノリッジの市場で一晩、群衆のなすがままにされたのです。隣でさらされたのは同性愛で有罪になった男でした。私にとっては幸いでした。暴徒の怒りが彼に向けられ、直接危害を加えられずにすんだからです。彼は街の売春婦たちから石を投げつけられました。翌朝、台から降ろされたときには意識がありませんでした。彼が生きていたのか死んでいたのか今でもわかりません」

パリスの声にはもうためらいがなかった。悪夢にうなされたように言葉が次々と出てきた。彼は話しながら、汚物と血が着実に浸透してゆくのを意識していた。この静かな部屋の中で、自分の言葉と一緒に汚れが広がっていった。デルブランの動かぬ姿にも、総督の恐ろしい沈黙にも自分を阻むものはなかった。ただ、遠くで何かを警告するように海鳴りが聞こえた。何か月にもわたる、うずくような自制心が消え、恥辱を受ける苦しみがよみがえってきた。今では許すことができ、歓迎できる思い出のように……。あのうずくまった獣のような愚かしい姿勢。

市場で群衆の標的にされるカボチャのように、体から離されて痛ましいほどむき出しになった頭と顔。同性愛者のうなだれた頭とだらりとした手。つぶれたカボチャのようにどろどろと血だらけになった顔と髪。群衆から頭を引っ込めることもできずに、情けを乞う訴えは口から溢れる血ではっきり聞き取れない……。

ようやく自分を抑えると、すすり泣くように深くあえいだ。「合法的な生計の手段だって？　否定できない真理を表した顔だって？　翌朝、役人が晒し台から私を外しに来たとき、顔をまじまじと見てやりたかった。その覚悟はできていた。でも真っすぐ立てなかった。背中は従順な動物のように丸まってしまい、私はうずくまったまま引っ張って行かれた。にもかかわらず、私はここにやって来た。枷をはめられ嘲笑されることがどんなものかわかっています。それでもここに来た。どうしてそれが許されるでしょうか？」

もう一度うめき声が漏れた。あの灰色の朝のときよりもひどい恥辱を覚え、自分の愚かしさを自覚した。絶望が人を解放できる、死への願望が良心の重荷を取り除いてくれるなどと考えるとは……。「それさえ本当じゃない」と言って彼は半ば盲目的に振り返り、外の夜にどこか逃げ場を求めるように窓辺に行った。「あのときだって本当ではなく、今だって本当じゃない」

月は高く昇り、雲一つかかっておらず、驚くほどこうこうと輝いて、星が見えなくなっていた。月光が、ここに来るときに横切った沼地やぬかるんだ平地全体を覆う銀世界の中できらめいている。昼間は雑然として安っぽく見えたものすべてが、今は何か一瞬、祝福を受けて横たわっているかのように、一つになってまばゆく輝いている。そして少しの間、このすべてを変える月明かりが、パリスの頭の中で昼間の陽光と、鉄格子を背に炎で縁取られたように立っていた女の姿と錯綜した。「死にたいということさえ本当じゃない」とパリスは言った。そしてこの最後の告白をしながら、月に照らされた平地を見た。それは薄い銀の溶液で溶いたように混じり合って明滅し、それからぼんやりにじんで明るいクモの巣のようになった。しばらく抑えていた涙が止めどなく溢れてきたのだった。

第三十三章

船に戻った翌日、パリスは再び日誌をつけ始めた。このところ日誌をつけることを怠っていた。時間をとられ、注意を向けなければならないことが多かったからだ。その日の午後は、どのみち進んで体を動かして仕事をする気にはなれなかった。手足がだるく、わずかだがこめかみに押し付けられるようなしつこい痛みを感じていた。横になって休みたかったが、なすべきことをせずに休むのは、性分に合わなかった。小さなテーブルに身を丸めるようにかがみ込み、船底の汚水の臭いを時たま意識しながら根気強く書き進めた。

デルブランは財布がものを言うだろうと言っていたが、正しかった。今朝、彼は小さなキャビン・トランクを一つ持ち、正装して陽気な顔で乗船して来た。変化と冒険が、特にあらかじめ計画しないものが好きな男のようだ。自分の描いた肖像画が総督にどんな影響を与えたか、その結果を見ずに来たのは明らかだ。デルブランには向こう見ずなところがある。高潔な心の持ち主で、下劣な行為はしないだろうが、道を誤ることがあるかもしれない。誰にも責任を負わず、自分の思うままに行動する男のようだ。この点で彼は私と違う。だが、多分、だからこそ彼に強く引かれるのだろう。昨晩(ゆうべ)の彼の友情と忍耐に対する感謝から、今は一層そう感じている。彼が乗船して来たのはうれしい。すでに我々は心と頭の長所についての議論を再開した。彼は奴隷船の甲板を行ったり来たりしながら前夜と変わらぬ熱心さで、拘束されない自由と心の本来的な善良さを弁護する議論を展開した。この熱意にはどこか感動させられるものがあるが、また滑稽なところもある。すべての優れた理論家がそうであるように、彼も自分の考えと周囲の状況とが合っていなくてもあまり気にかけない。もし権力の強制から解放されさえすれば、人々は平和と調和のうちに共生できるというのは本当だろうか？　水夫たちの顔をのぞき込んだ限りでは、そう信じることは難しい。

要塞で募った二人の新しい乗組員がデルブランとともに乗船して来た。リーズとリマーだ。リーズは樽職人で感じが良い男だが、顔にひどい疱瘡の痕がある。会社にはこの要塞で二年間雇われていたが、以前は水夫だった。リマーは今まで見た顔の中でも放蕩の限りを尽くしてきたような悪党面だ。酒と荒んだ生活でむくんで、噛みつきかねない犬のような険悪な目をしている。彼は以前ここに来た別の奴隷船から逃亡したか、追放されたかして、以来、この海岸でどうにか生き延びてきたのだろう。乗船後間もなく、バートンに対して何か横柄に振る舞ったのか、それとも単にいい加減に振る舞ったのだろう。バートンは船中に響くような平手打ちをリマーに食らわせた。私もその場に居合わせた。普通の平手打ちに過ぎなかったが、リマーはショックを受けた様子だった。彼はやり返すほどばかではなかったが、恐ろしい形相だった。バートンは顔色を変えなかった。「俺の言う通りにするんだ」とバートンが言うのが聞こえた。「それもさっさとやるんだ。さもないとお前はジャマイカに行き着けないぞ」もちろんバートンはこういった手合いは初めからしごかなければならないことを知っている。この数日、バートンが船の指揮をとっている。サーソは個人的な商用で岸に上がっている。

あのリマーのような目付きは監獄ではたまに目にしたが、ふだんはめったに見られない。必要以上に危害を加えようとする者たちの目付きだ。タプリーにもそういったところがあるが、この新入りほど図太くないし、タプリーは誰かの庇護と指示を必要とする。タプリーの親分のリビーの顔にもあの邪悪さはない。リビーは粗暴で情がないだけのように思われる。

私は顔の専門家になりつつあるようだ。ヒューズやキャヴァナはどう猛な目をしているが、その目で一心に見つめるときはほとんど無邪気にも見える。それは、まだ鍛錬も、心を和らげることも知らない荒々しい無邪気さといったものだ。そのような表情は鉄格子越しに我々を見つめていた黄金海岸出身のニグロたちの顔にも認められた。あの女も同じ仲間なのかわからない。翌朝、私が起きる前に、サーソは彼らを検査し購入していた。前夜、総督の言い値を受け入れたのだろう。彼女も彼らと同様長身だが、肌は明るく、黒というよりは黄褐色で、髪はそれほど硬くない。私は懐疑というか良心の呵責――何と呼んでいいのかわからないが――にさいなまれている。恐らくそれはソーンダズのあとについて通路を歩いて行くときに起こった期待感のせいだろう。しかし、あそこで、あの陽光の中で彼女は待っていたかのようだった……。

キャヴァナは午前の中ごろに、ロープに繋がれたサルを一匹連れて船に戻って来た。明るい目をした小さな体で、房のような耳をし、尻尾が体より長い。色が非常に美しい。頭は黒、小さな顔は白、腕と足は薄いオレンジ色だ。キャヴァナはサルをすっかり気に入っている。もっとも、そうではない振り――少なくとも私にはそう見えるが――をしているが、それは彼が内気だからだろう。ブレアは私たち二人でキャリーの背中を治療して以来、私に遠慮しないで話し掛けるようになった。彼の話では、ことのいきさつはこうだった。ブレアたちはヘインズとともに日が出ると間もなく、薪を集め、ハトを撃つために岸に上がった。岸からほんの少し入ったところの木々の間にハトの大群がいると言う。ブレアたちはそこで、やはり停泊中のアメリカの穀物船から同じ目的で上陸していた一行に会った。一行の一人がそのサルを持っていたが、キャヴァナが気に入ったのを見て、買わないかと誘った。キャヴァナは金(かね)を持っていなかったが、銀のネックレスを首に掛けていた。それが唯一自分の持ち物だった。目の前に欲しい物があるとき、こういった男たちはよく衝動的な行動に出る。キャヴァナも同様に衝動的にネックレスを外してサルと交換しないかと申し出た。それほど衝動的ではない性格の私には、ずいぶん突飛な行為に見えるが、ブレアだって多分、同じことをしただろう。サルはキャヴァナの肩の上にとても居心地好く座って、我々の顔を見ようと鼻面をこちらに向けている。話の内容に驚いたように、絶えず頭の皮を持ち上げてしわを寄せるのが滑稽だ。

サーソは数日は戻って来ない。なぜ出掛けているかは謎だし、第一、ここに停泊し続けていることも不思議だ。値がよそより高いとすれば要塞を通してニグロを買う理由は何か？　サーソは必要以上の金を払うような男ではないし、バートンが一度漏らしたように、これがサーソの最後の航海だとすれば、今後のために好ましい関係を保とうとしているわけでもないだろう。きっと何か個人的な目的のためにわざわざこの海岸に来たのだろう。バートンはその目的を明かされているに違いない……。

パリスはここでペンを置いた。気分がひどく悪かった。手足はだるくなる一方で、眼球をわずかでも動かすとこめかみがずきずきと痛んだ。粉末にしたキナ皮を煎じ、濃い飲み薬を作って飲み、ベッドに入った。一時間と経たないうちに激しい熱病の最初の発作に見舞われた。

それからパリスは発汗と悪寒に交互に襲われ、時間の感覚を失った。小康状態のときにはキナ皮の煎じ薬を飲み続け、大量の汗をかくとレモン水で水分を補って熱病と闘った。

パリスの身の回りの世話役はサリヴァンがチャーリーから引き継いでいた。サーソがいたら、水夫が世話をすることなど許可しなかっただろう。その晩、サリヴァンが見張りの交代時にやって来ると、病人はぶつぶつつぶやき、寝返りを打ち、うわごとを言っていた。それを見てサリヴァンは、パリスの顔と胸を冷やす湿布を用意するために、大樽の雨水を取りに走った。かつて自分もある女からこのように看護を受けたことがあった。サリヴァンにとってそれは愛の思い出だった。熱病の治療で彼が知っていることといえばこれしかなく、根気強くその方法で看病を続けた。額を海綿でぬぐったり、パリスの在庫薬品から乾燥させたノコギリ草の葉を持ち出して厨房に駆けつけ、モーガンに煎じ薬を作らせたり、と一心に看護した。

四日目の朝になると、パリスは体は弱ってはいたものの、すっきりした頭で目覚めた。意識が戻った彼の耳に、意識の混濁した状態のときに聞こえるような騒々しい音——頭上で踏みならす音、耳障りな鎖の音、しつこく奏(かな)でられるバイオリンの陽気な音など——が聞こえてきた。奴隷たちが朝のダンスをしていたのだ。パリスはサリヴァンが用意した朝食をとった。時折、コクゾウムシが見つかる堅パンと石のように硬いチェダーチーズだったが、どちらもうまかった。パリスは、自分が罹った熱病は、ジョンソンとトルーを襲った熱病と同じタイプのものであることを確信していた。きっと海岸の毒気によって伝染する沼沢熱の一種だろう。もし同じものならば、これからも発作を起こす可能性がある。トルーは今のところまだだが、ジョンソンにはすでに発作があった。

パリスはゆっくり着替えて甲板に上がった。そこでは奴隷たちがまだ運動をさせられていた。リビーとタプリーは鞭を手に、奴隷の間を歩き回りながら彼らをののしり、マックギャンとエヴァンズは後甲板の大砲のところで待機していた。メーンマストから先の甲板中央部全体が黒い体の群れで騒然となって揺れている。朝、彼らは水を掛けられ、甲板は洗い流され、バケツに入った排泄物は船べりから投げ捨てられていた。にもかかわらず、むかつくような悪臭が舷門のそばに立つパリスのところに漂ってきた。臭いが肋材に染み込み始めているのだ。どんなにこすって洗い流しても完全に落とすことはできない。リヴァプールまでこの臭いを持ち帰ることになるだろう……。

女たちと少女たちは甲板を夢遊病者のように歩いていた。サリヴァンのすばやいバイオリンの弓の動きが奏でる音楽よりもはるか遠くからくる音楽に合わせるように、時々腕を上げたり体を揺すったりしている。男たちは枷をはめられたまま跳び上がったり、のしのし歩いたりしている。男も女もともに叫び声やうめき声を発し、震えるような声で歌っている。その声が鞭の音や足を踏みならす音、鎖のジャラジャラいう音と混ざってバイオリンの音をかき消さんばかりだった。パリスは熱がひき、一時的かもしれないが意識がはっきりしてきた——とはいえ、力が入らずどこか調子の悪さが残っているのだが——にもかかわらず、サリヴァンが奴隷たちの鎖を鋸でひいているような錯覚にとらわれた。と同時に、しっかりしてきてはいるが頼りない意識の中で、何人かの子供たちが、体を動かしている大人たち間で音に合わせて踊っている振りをしながら、待ち伏せと誘拐のゲームに興じているのに気づいた。それから急に彼らが囚われの身であることを思い出した……。踊っている者たちの中に、要塞の牢で自分を見つめていた女がいるのに目がとまりはっとした。女は下を向き無表情だった。彼が寝台で伏せっていた間に連れて来られたに違いない。パリスは男たちの方を見たが、コリマンテ族のニグロを見つけることはできなかった。女はほかの女たちと同様、綿布の腰巻きを与えられており、陰部は隠れていたが、腿はむき出しになっていた。踊りながら体をひねると尻の筋肉が滑らかに動いた。

女から目を離すと、キャヴァナが肩にサルを乗せ、水夫部屋から上がって来て船首の便所の方に消えるのが見えた。それと同時に、サーソがバートンを従え、不機嫌に顔をしかめながら後甲板の右舷に現れた。「よくなってよかった」と船長はパリスに向かって言ったが、その顔は少しもうれしそうではなかった。

「あれは一体何だ?」と彼はバートンに聞いた。

「サルです」

「バイオリン弾きにあのうるさい音をやめるように言え。奴らはあのキーキーいう、聞くに耐えない音を嫌というほど味わっただろう。俺も十分だ」

「はい、船長」

バートンはバイオリンを弾くのをやめるようにと後甲板から大声で怒鳴った。それを待っていたリビーは一心に弾いているサリヴァンを肘でつついた。音楽はやみ、踊りもやんだ。奴隷たちは監視の水夫たちによって船中央の決められた場所に戻された。水夫たちはすぐにも仕事を終えて甲板から降りたがっていた。間もなく八点鐘の時刻だった。

「あのいまいましい動物を私の船で走り回らせておくわけにはいかない」とサーソは言った。「キャヴァナにそう言え」

「サルはキャヴァナを気に入って離れようとしないようですが」とパリスは船長に向かって数歩近づいて言った。「私が病気の間に戻られたのですね」

パリスはサーソの小さい困惑した目に、あれこれ聞かれることに対するいつもの怒りの表情が表れるのを見て取った。サーソがサルを見たことでいら立っているだけではないことは明らかだった。

「戻ってみると赤痢に罹っている奴隷がいた」とサ

ーソは言った。「赤痢に罹った奴隷がだ」

「それは知りませんでした」パリスは船長の言葉に非難が込められているのに気づいた。「この数日、自分の船室から出ることができませんでしたから」

「奴はまだ十二歳かそこらだから」とサーソは言った。「それほどまずいことではない。それでも四十バーの損失だ。しかし最悪の事態ではない。こうなると早くこの海岸を発(た)たねばならん。あと十人ほど買い入れることもできたが、これでもう待てなくなった。沖合に出て風が赤痢を吹き飛ばすのを待つしかない」

「では、その子は死んだのですね？」

「死んだ？　血を垂れ流しているんだ。死のうと回復しようと変わりはない。船から降ろさなければならん」

「船から降ろすですって？　海岸に置き去りにすると言うんですか？」恐ろしく単純明快なサーソの判断に、今度もパリスは意表を突かれた。「でも治療できるでしょう」と彼は慌てて言った。サーソが治療の可能性を見逃していたのだと愚かにも一瞬思ったのだ。「薬を作れます」と熱心に続けた。「アヘンチンキはひどい下痢に効くことがあります。それにウイキョウを調合すればいいでしょう。ウイキョウは優れた――」

「何ということだ」サーソが急に怒りを爆発させたのでパリスはたじろいだ。「どうして私が、自分の国の病気の治療法しか知らない愚かな陸者(おかもの)と議論して、精力を無駄に費やさなければならないんだね？　私の言っているのは恐ろしい赤痢のことだ。いったん赤痢が船上で広まれば、積んでいる奴隷の半分を失うことになる。金に計算していくらになると思う？　当てにならない煎じ薬で君が奴を治すのを待っておれというのかね？　それに、もし失敗したらどうなると思う？　断じてそんなことはできない。これ以上何を言おうと無駄だ」

サーソは明らかに自分の激情を抑えようとして口を閉ざした。この瞬間、パリスに対する嫌悪がすべて外に溢れ出たのだった。怒りで黒く充血した顔を突き出して、一本調子のしゃがれ声で言った。「私がこの船の指揮者だ。これ以上つべこべ言うと口輪をはめて下の犬小屋にぶちこむぞ」

パリスは視線を落とし、前方の甲板を見つめたまま何も言わなかった。こうなるとサーソは言った通りのことをするだろう。熱病で衰弱しているせいか、いつものような怒りは感じなかった。ただ途方もない疲労感と落胆だけがあった。彼にとって強烈過ぎたのは相手の残忍さではなく、その論法だった。これには反論の余地はなかった。船がわざわざここまで来たのはそのためだったのだ。

「これ以上は何も申し上げません」とパリスは言った。「ただ、私がその少年と海岸に行くこと、それに通訳を連れて行くことを許可していただきたいのですが」

「浜に子供を置いて来るのに通訳がいるというのか」とサーソは言った。しかし少し間を置いて、関心がない振りをしてつぶやくような声で承諾を与えた。ボートが海面に降ろされ、震えている少年が連れて来られ、間もなくパリスはジミーと並んで艫に座り、四人の漕ぎ手とともに岸に向かった。

どうすればいいのか当てがあるわけではなかった。できそうなことは何もないと思っていた。彼がサーソに許可を求めたのはほとんど衝動からだった。自分を傷つけようという衝動、少年の苦しみを自分も分かち合おうとする衝動だった。しかし、岸に上がれば、誰か助けてくれる者が見つかるかもしれない、少なくともどこか避難させる場所があるかもしれないという気がしてきた。

「どこの出身か聞いてくれ」とパリスはジミーに言った。「多分この辺りの海岸の出身だと思うが」

「ここの出身ではない」と通訳が言った。「この子ヴァイ族の子。そう思う」

ジミーが二言三言少年に話し掛けると、少年はくぼんだ目をジミーに向けた。目を見張ってはいたが、焦点は合っていなかった。靄か炎のスクリーンを通して見つめているかのようだった。少し間を置いて、弱々しい声でぼそぼそと答え、どこかを指し示そうとするように細い腕を上げた。

「あそこから来たと言っている」ジミーも少年のあいまいな動作を繰り返した。ジミーは哀れみと軽蔑のこもった笑みを浮かべた。「この少年は自分が今、どこにいるかわからない。だからどこから来たか言えない。思いつくところをどこでも指す。空を指す。皆同じこと」

「この子が言っていることを、君は一言もわかっていないのだろう」とパリスは言った。「わかる振りをしているだけだ」

「わかる振りをするのも通訳の仕事の一部」とジミーは威厳を持って言った。「この子はヴァイ語のうちの一つ話す。ガリーナス川付近に住む何百人かを除いて、この子の言うことわかる人いない。ここから舟で十日から十二日かかる」

少年は目を大きく見開いて二人を見つめていたが、何かを訴えようとしているようにも見えた。自分が話題になっているのは少年にもわかっていた。丸裸だった。歯がかすかにカチカチ鳴り、薄い胸が上下に震えている。パリスは厳めしい顔付きをしてジミーの視線を避けながら、自分のシャツを脱いで少年の肩に掛けてやった。

パリスたちが本船を離れるところは何人かの水夫によって目撃され、ジブブームの下の前方に集まっていた一団の話題になっていた。

「サーソが何かをするときには必ず訳があるからなあ」とウィルソンが言った。「損をしても岸に奴隷を運ぶなんて理由は一つしかない。あの子供はどこか悪かったんだ」

「赤痢か疱瘡だ。この二つが最悪さ」とキャヴァナは言った。サルは彼の肩に乗って、その黒い鼻面をひくつかせて彼らの顔を見ると、繰り返し頭の皮を持ち上げしわを寄せていた。キャヴァナは岸から伐ってきた竹でサルのために篭を作っていた。

「何でそいつはいつも顔をしかめてるんだ?」とリビーは強い不満の色を片目に浮かべ、サルを見つめて言った。「サルは疱瘡を流行らせるんだ。今流行っている疱瘡の原因がこいつでも俺は驚かないさ」

キャヴァナはナイフで竹を二つに裂いていた。彼は物を作るのがうまかった。手の動きは的確で迷いがなかった。「俺と二人のときには、こいつは顔をしかめないさ。人がいると落ち着かないんだ」

ブレアはサリヴァンに目配せした。「そうさ」とブレアは言った。「リビー、お前がするようなものすごい屁の風上に回るときに奴は顔をしかめるのさ。もし頭の皮が緩かったら俺もそうするぜ」

「こいつは頭がいいんだ」とキャヴァナは自慢そうに言った。「周りで何が起こっているかわかっている。俺のこともわかっている。ほかの誰のところにも行こうとしないしな」

サルは自分が注目の的になっているのに気づいて、頭を引き、恥ずかしそうに顎を引っ込めた。しばらくして、内側に毛がなく妙に人間のような赤みがかった腕をけだるく気難しげに伸ばして、キャヴァナのもつれた髪を優しく探った。何かを見つけて賢そうな琥珀色の目でそれをじっくり見てから、飲み込んだ。

「ハッハー」とキャリーは言った。「何かを見つけたんだ。シラミの卵を見つけたんだ」彼の目は丸くなっていた。「キャヴァナ。あんた、シラミだらけだ」とキャリーはうれしそうに言った。「なんていう名前だい？」

「俺はヴァスコと呼んでいる」とキャヴァナは言った。その口調には自己弁護的なところがあった。「船乗りの名前でそういうのを聞いたことがあるんだ。こいつは正真正銘の船乗りさ。売ってくれた男が、こいつは塩漬けの牛肉と堅パンを食うって言っていた」

キャヴァナは篭の枠にする竹を編み、糸を使って曲げ始めていたが、うつむいて、多芸で雑食のヴァスコを自慢に思っていることを隠そうとした。

「サルは船の守り神になることもある」サリヴァンが周りを見回しながら、いつもの何かに憑かれたような表情を浮かべて言った。「奴らは千里眼を授かっているんだ。こいつと同じようにひもで繋がれていたサルの話を知っている。その船はバハマ・バンクを避けて航行中だった。この船と同じように二本マストの横帆艤装船だった。同じようなサルに同じような船だ。今から思えば奇妙なことだが……。でも奴隷は積んでいなかった」

「何が言いたいんだ」とブレアがいら立たしそうに言った。「船の種類がどうだって言うんだ？」

「あそこの海峡はどんな船にとっても厄介なんだ」とサリヴァンは言った。「詰め開きで帆走できない横帆式の商船にとってはなおさらのことさ。いずれにしても船が風上に向かっていると、サルがひもの結び目を解いて索具のところに突進した。誰も止めることができないうちに見張り台に登り、海上に目をやると、キャッキャッと言って指差し始めた。誰にも何も見えない。見えるようなものは何もない。サルは気が狂ったようになって口から泡を吹く。見張り台から下りると船長室から望遠鏡を持ち出して船長に渡すが、船長はそれでも何も見えない。すると今度は段索に尻尾を巻き付けて逆さになりながら左右に体を揺すって、下の海を指差し始める」

サリヴァンは自分の話に夢中になって、首を奇妙な角度に曲げ、長い人差し指で甲板を突き刺す身振りをした。「『サルは一体、何で慌てふためいているんだ？』と誰もが聞く。誰にもわからない。船長は何も問題はないはずだがと思いながらも測深する。すると自分の目が信じられない。七尋の深さの海域にあって浅瀬に接近しているじゃないか。あと五分もすれば高波に乗って座礁していただろう。船は針路を危機一髪のところで変えたが、すべてはそのサルのおかげだったのさ」

「何で望遠鏡を持ち出したんだろう？　目で見たってわかるもんじゃなかったろうに」しばらくしてウィルソンが言った。

「そう、確かにそこんところは間違えたんだ」とサリヴァンは言った。「その賢さにも限界があったのさ。それは認めるさ」

「どうやってサルはわかったんだろう？」とキャリーが言った。

「そう、それが問題なんだ」とサリヴァンが言った。「自然には説明するのがとても難しいことがいろいろあるんだ」

短い沈黙があった。キャリーを除けば誰もその話をまともには信じていなかった。

「さて」とマックギャンは言った。「岸に連れ戻された黒ん坊に話を戻すと、奴が赤痢に罹っている方に六ペンス賭けてもいい。熱はそれほどないみたいだったな。リビー、お前さんへインズから聞き出せるだろう。誰か賭けにのるかい？」

「聞いてあきれるぜ」とサリヴァンは言った。「俺がサーソに面と向かって言ってやったんだから、お前は俺にまだ一シリング借りがあるんだ。ビリー、お前、俺の証人だろう」

「奴は聞いてもいないことの証人にはなれないさ。サーソに何を言ったのかわかるわけがないじゃないか？　入って行って何かでっちあげて話してきたんだろう？」とマックギャンが言った。

「俺は本当のことを言ったんだ」とサリヴァン。「マックギャン、俺のことをうそつき呼ばわりする気か？」

マックギャンは気の毒そうにサリヴァンを見て首を振った。「本当かうそかっていうのは関係ない」とマックギャンは言った。「これは金の問題なんだ」

パリスは上半身裸の上、裸足で戻って来た。シャツは病気の少年に、靴は銀のバックルが付いていたために、海岸の小高いところにあるわら葺き小屋にいた老婆に与えて来た。パリスはその老婆がかつては自分の子を育てたことがあるに違いないと思ったのだ。やせた尻をした老婆は小屋の入口でしゃがみ込み、陶製のパイプをくゆらせ、ジミーがパリスの言葉を通訳している間、表情を変えずに聞いていた。この子はソヴァ・モノウ〔現地語で赤痢のこと〕で腹を病んでいる。偉大な要塞の特別な庇護のもとに置かれている。すべての弱き者、無力な者に対してと同様、総督自らこの子には特別な関心を寄せておられる。総督とイギリス兵は遠方よりこの子が手厚く看病されるよう見張るだろう。総督は空高く、要塞の頂きに巨大な望遠鏡を持っておられる。その望遠鏡を通してすべてを見ておられる。

老婆は歯のない歯茎で少しの間、口をくちゃくちゃさせ、それから甲高い声で不満そうにまくしたてた。

「何と言っているんだ？　この子の世話をするのか？」

「総督がこの少年に関心を持っているとは信じられないと言っている。総督は健康な少年を売るのに忙しくて、ソヴァ・モノウで腹を病んでいる子一人のことなど構っていられない。イギリス兵なんてくそ食らえ——申し訳ないですが——と言っている。本当によくしゃべる女だ」とジミーはさげすむようにこっそり言った。「誰も奴隷のことなど構っていない。それに望遠鏡なんて信じないとも言っている。でも、あなたのシャツと靴の銀のバックルをくれるなら、この子の世話すると言っている」

話を聞いているのが次第に苦痛になってきたパリスは急いで同意した。彼が折り畳みナイフでバックルを切り取ると老婆はまた何か言った。相手が気軽に同意したのを見て、今度は靴全体を要求してきたのだ。パリスは靴を脱いで、船から持って来た紙袋に入った少量のカッシアの粉末とともに渡した。

ジミーはこの催吐(さいと)剤の調合についての指示を伝えた。女は袋を受け取ったが、それを見もしなかった。

少年は相変わらず幻でも見ているように目を見張って成り行きを見守っている。やせた体はシャツの折り目に隠れて見えなかった。パリスは自分が情けなくなって少年を正視することも声を掛けることもできなかった。しかし立ち去る前に少年の頭にしばらく手を置いた。海岸線まで来て振り返ると、その小さな姿はまだその場にうずくまっていた。だが、体を覆っていたシャツは消えていた。

翌日、サーソは、最近沖合に来ていたリヴァプールのブリッグ船が、アフリカ白檀と象牙を満載して帰路に就くというので、ケンプ宛ての手紙を託した。この中でサーソは総計百九十六人の奴隷を積んで早々にこの海岸を去る考えであると報告した。

それに続く一週間の大半は出発の準備に費やされた。ヤムイモと米がさらに積み込まれ、水が樽に補給された。水夫たちは帆の修理に追われた。この海岸に長く滞在している間にネズミに穴を開けられた帆が多かったからだ。ネズミの数はかなり増えており、飢えでがつがつし、大胆にも眠っている人間をかじろうとしたり、錨綱にかじりついたりさえする始末だった。

この間、陸から吹く強風と、とりわけ潮の変わり目に船体を揺らす絶え間ない高波のため船はひどく揺れ、作業はなかなかはかどらなかった。最悪だったのは高波と苦闘する中で、数日の間に続けてメーンマトスの左舷の横支檣索の一本と、トップマストの縦支檣索が切れたことだった。また、二人の女奴隷の買い入れが失敗に終わった。カヌーが磯波に砕かれ、うしろ手に縛られていた二人が溺死したのだ。さらに仲間からはぐれた女奴隷が二人の水夫によって下に引きずり下ろされ、帆布で目隠しされて強姦された。犯人が誰なのか女にはわからなかったし、たとえほかの水夫が知っていたところで申し出る者もいなかった。

こういったさまざまな腹立たしい出来事のせいでサーソは機嫌が悪く、数日間顔をしかめっぱなしだった。そうでなくても、この時期には、この海岸を一刻も早く離れたいという思いと、だるくなる湿った海岸の空気が混じり合って、乗組員たちは不満を募らせていた。ヘインズは索具の修理をさせられて機嫌が悪く、水夫たちを酷使していた。水夫たちも過酷な仕事と、足場を危うくする船の不断の揺れをぼやいていた。サルのヴァスコにさえこの蔓延する船上の空気は伝わっているようだった。キャヴァナは木槌をうまく振るってネズミを殺し、自分のペットの適応力を自慢しようとしてヴァスコに食べるよう与えたが、ヴァスコはあからさまに不機嫌になり、そのぐにゃっとした汚い動物を投げ捨てた。「料理すれば食べたんだろうが」とキャヴァナは言った。しかし彼は、ヴァスコの好物がハエ、カブト虫、ゆでたプランタン、ココナッツをつぶした物であることを知っていたので、モーガンにプランタンとココナッツの料理を作るようしつこくせがんだ。

　パリスにとっても、それはつらい時期だった。熱のせいで心身とも弱っていた上に、病気の少年を見捨てたことに対する罪悪感からすぐに立ち直ることができず、船室にこもっていた。そして自分の職務にあのような形で背いたにもかかわらず、鏡に映る自分の顔が変わっていないのを見て驚いた。次はどのようなひどいことが起こるのだろうか？　そして自分はそれにも同意してしまうのだろうか？　上下に揺れる狭い牢獄のような船室でパリスは、自分はまだ借りを払っていないのだ、さらに悪いことがきっと起こるに違いないという思いにさいなまれていた。

　ただ一人デルブランのみが船内に蔓延する空気に侵されずにいるようだった。飾らない上品な服装でしばしば甲板に現れ、耳を傾ける余裕のある者がいれば、誰とでも彼らしく率直にさりげなく話をした。船の揺れにはまったく煩（わずら）わされることがないようだった。パリスが悔悟にくれる独房のような船室から出てくると、デルブランは、知識の源泉、もしくは行為の仲介者としての感情に関する理論についてパリスに話し掛けるのだった。出発の前夜になってデルブランは操船に由来する巧みな暗喩を披露して船長をしばらく引き留めた。情感は舵手であり、激情のみが帆に風をはらませ船を前進させる。たとえあまりの激情が船を転覆させることがあるとしても……。その間サーソは、あまりの激情に今にも圧倒させられそうに見えたが、それでも乗客を相手にしているので礼儀をわきまえざるを得なかった。

　翌日の早朝、錨を揚げ、すべての帆を揚げて風を頼りに、船は岸から遠ざかった。暗闇の中をひそかに、リヴァプール・マーチャント号は西インド諸島に向かって、荒波に逆らいながらゆっくりと最初の何リーグかを進み始めた。とはいっても、その船出はそれほどひそやかでもなく、船足もそれほど遅くはなかった。甲板の間の暑い暗闇にぎっしり詰め込まれた奴隷たちは、変化に気づき、絶望の叫び声を上げた。その叫びは海面を渡ってこだましたが、それが出帆する奴隷船の唯一の別れの挨拶となった。

二日後、パリスは黒人の中に三人の熱病患者を見つけた。

病気でひどく衰弱はしていたが、回復に向かったかに見えたトマス・トルーが再びひどい高熱に見舞われた。今度は嘔吐をともなっていた。風は弱くなり、ほぼやんでしまった。わずかな風でも利用するためジグザグに進まざるを得なくなった。しかし船上では悪臭が漂い、微風も感じられなくなっていた。昼までには舵が効くための最低速力さえ出なくなった。それに続く日々は微風と凪ぎが交互にやってきて、船は何とかなるときはジグザグに進み、また、ほとんど動くことのできないまま何時間も過ごすということを繰り返した。病気の奴隷のうち一人が死んで、船の後方のサメが泳ぐ流れの緩やかな海に投げ捨てられた。それとともに風がぴたりとやんだ。

サーソの心の奥に潜んでいたヒステリーが、このように活動を妨げられたとき呼び起こされた。サーソにとっては嵐の方が扱いやすかった。予備の帆に風を当てさせ、雑用艇を裏返しにして硫黄とピッチを塗らせ、ネズミによって損害を受けた錨綱を修理させた。しかし無風状態は続いた。出帆して六日経っても相変わらず北にはダロ山が見え、ギニア海流が二ノットの速度で船と反対方向に流れ、陸地から十分遠ざかるほどは進まなかった。精神的重圧からサーソの気分はますます悪化した。船室に閉じこもり、ブランデー一本を前に、なぜこうなってしまったのか原因をはっきりさせようとして、自然の悪条件の取り合わせについて考えていた。これといった名案も浮かばず、頭の中にいる相談役からも見放されて、彼は押し黙ったまま座っていた。どんなときでも何か理由があることはわかっていた。何かしでかしてしまったことがあるとか、うかつにも手を打ってないことがあるとか……。ブランデーは彼を酔わせることなく、ただ気分を荒々しくさせ、予測できないものにしただけだった。

夕方、サーソは後甲板に上がって来たが、ブランデーと夕陽のせいでいくぶん目がくらんでいた。日が沈みかかり、海面を渡って広い帯状の炎を陸の方に投げかけていた。一瞬、彼は舵輪に双頭の奇形男がいると思った。それからそれが肩にサルを乗せたキャヴァナであることに気づいた。その瞬間、ついに彼の頭の中の相談役が彼の問い掛けに答えてくれた。すべてはあのサルのせいだ。

「その動物を俺の目に入らないところに連れて行け」とサーソは言った。

「はい、船長」キャヴァナは動揺して目が飛び出しそうだった。彼はヴァスコに危険が迫っているのを感じたが、舵輪から離れるわけにはいかなかった。

「目に入らないところですか？　どこに置いたらいいんでしょう？　舵輪から離れる許可をいただきたいんですが。こいつを連れていく間、舵取りがいなくなるもので」

キャヴァナのためらいと狼狽はサーソを激高させるのに十分だった。

「何だと？　俺に口答えするつもりか？」とサーソは言った。「お前に代わって俺がそいつを始末してやる。ひもをよこせ」

サルは船長の怒りを察知してか、驚いて問い掛けるように頭の皮を上げたり下げたりし始めた。サーソは歩み寄ってキャヴァナの手首からさっとひもの輪を外すと、端をしっかり握り、腕を一振りして船べりからサルを投げ飛ばした。

舵輪のところで体を硬直させて立っていたキャヴァナは、サルが落ちた水音は聞いたが、そのもがく姿は見ずにすんだ。しかしメーンマストの頂きで小帆を取り付けていたヒューズ、外の空気を吸おうと厨房の外に出ていたモーガン、船首楼でたばこを吸っていたウィルソンとサリヴァン、それに偶然右舷の手すりに寄り掛かっていた奴隷たちは、サルが短い軌道を描いて、輝く海面に顔から落ち、沈んだあと顔を出したのを見ていた。輝く海面のせいで、わずか数インチの浅い水——ヴァスコのもがきで乱されてはいたが光が突き抜ける水の層——の中で、ヴァスコは命がけでもがいているように見えた。一方、残りのすべて、ヴァスコの下にある暗い海は異なる領域のように思われた。ヴァスコが細い首を上げ、大きく口を開けて空気を吸い込もうとしているのが見えた。光の広大な航跡を泳いで渡る決意をしたように、ヴァスコは腕で水をかいた。しばらくの間、重い尻尾がヘビのように滑らかに海面に出ていた。それから手足をばたつかせ、ヴァスコは水中で回転し、黒い鼻を大きく広げ、空を焦がれるように見上げた。ヴァスコのもがく姿が見えたのはわずかの間だけだった。ヴァスコは再び沈んだ。オレンジ色の腕と足が鮮やかに水中で屈折して根のようにぶら下がるのが最後に一瞬見えた。こうして船はサルを片付け、ヴァスコは皆の視界から消えた。

サーソは何も言わなかった。両足を甲板にしっかり据えて立っていた。やがて頭を上げ、風を求めて匂いを嗅いだ。キャヴァナは舵輪を両手でしっかり握って、しばらく真っすぐ前方を見ていた。それからゆっくり船長の方を向いて、その顔を忘れまいとするように横からまじまじと見つめた。

その晩遅くトマス・トルーが死んだ。口数が少なく不潔にしていたので、船には友達もいなかった。リビーが遺体を毛布にくるんで縫い込むと、息を引き取ってから半時間も経たないうちに海に葬られた。サーソがいつものしゃがれ声で弔いの言葉をつぶやいたが、それは近くの者にしか聞こえなかった。聖書からの引用を省いて、いつものように最後の短い祈りにとどめた。

「ゆえに我らはこの肉体を大海原に委ね、朽ちるに任せよう。やがて海が死者たちを手放し肉体が復活する時まで。そして来るべき世の命が……」

サーソはここで言葉を止めた。それはほんの一瞬だったが、乗組員の誰もがその訳を知っていた。静けさの中で皆ははっとした。紛れもなくそよぎが感じられた。風が起こったのだ。船のすべての帆布がパタパタと長く鳴った。

第七部

第三十四章

サーソが手紙を託したリヴァプールのブリッグ船は快調に航海を続け、手紙は一か月足らずでケンプの手元に届いた。

「サーソは積めるだけのニグロを積み込まないうちに出発しようとしている」とケンプは息子に言った。二人はマージー河の川岸を見下ろす事務室に座っていた。「十二人足りないと書いてある」

二人はマホガニーのテーブルを前に座っていた。テーブルの上に置かれたさまざまな物、宝石を量る天秤や銀製の分銅、象牙のペーパーナイフ、漆塗りの箱などは、磨き上げられたテーブルの表面にその姿が映っており、まるで浮かんでいるように見えた。

二月の午後は寒く、背後の暖炉では灰をかぶった瀝青炭がバラ色と青の揺らめく炎を上げて燃えていた。窓越しの空は今にも雪が降りそうで、暗い青みを帯びた灰色の陰うつな河がその下を緩やかに流れていたが、河岸に沿って建つ倉庫や資材置き場の陰に半ば隠れていた。

「マシューは元気で上機嫌だとしか書いていないんだ」とケンプは甥の手紙を息子に渡しながら言った。「どうしてサーソは十二人という数字を出したのかわからないな。通常の収容能力は船の積載量一トン当たりニグロ二人だ。リヴァプール・マーチャント号は百二トンだから、私の計算では十二人ではなく八人の不足ということになるのだが」

この数週間でケンプは老けたように見えた。顔色が悪く頬の肉はたるんでいた。しかし事実を把握する力は相変わらず衰えていなかった。「二フィート六インチある上下の平甲板間の空間を考慮してもだ」と彼は言い足した。

イラズマスは従兄の短い手紙に目をやった。そこには上機嫌でやっているとは一言も書かれていなかった。パリスは叔父への挨拶と、自分が健康であること、叔母と従弟によろしく伝えてほしいと記していた。イラズマスは、その角張った大きな文字からまざまざと従兄の姿を思い出し不愉快だった。従兄の黒っぽい服、ぎこちない慇懃な態度、しわを刻んだ青白い顔。あの面汚しが、あの夕食のテーブルに座ったのだ……。イラズマスは見方を改めたり、自分の経験を解釈し直したりするということをほとんどしなかった。従兄に対する敵意は彼にとって信念のようなものだった。しばらくしてイラズマスは嫌悪感から自分が歯を食いしばっているのに気づいた。

「もちろん」と父親は言った。「サーソは経験豊かな男だし、空間を有効に利用してニグロたちを収容する方法だっていろいろと考えているはずだ。ニグロの中に悪性の伝染病患者が出たらしい。広まれば非常に危険な赤痢だ。だが直ちに出発し、神の恵みを受けて順調に航海すれば、それ以上の損失なしに西インド諸島に運べるだろうとサーソは書いている」ケンプはそこでちょっと言葉を切って、垂れ込めた雲を窓越しに見上げた。それから「サーソ船長を信用したことが間違っていなければいいが」と言った。

イラズマスは漠然とした苦痛を覚えた。自信家の父親が疑念や不安を口にするのは、裏切り、約束の反故も同然だった。このところこういった落胆させられるような言辞を父親から聞くことが多くなっていた。「黒人たちの病気はむしろマシューの仕事です」とイラズマスは言った。「マシューが船に乗ったのはそういったことの面倒を見るためでしょう」

しかし、ケンプは聞いていない様子だった。視線はいまだに窓に向けられたままで、河から反射した冷たい光が眉に沿って映っていた。イラズマスは、父親の顔に悔恨と悲しみの表情が浮かぶのを見て、低い声でこう言うのを聞いた。「どうして綿に目がいってしまったんだろう？　砂糖の取引に踏みとどまるべきだった」

父がつぶやいた言葉とそのひきつった口に、イラズマスは消し難い印象を受けた。しかし、そのとき彼が驚いたのは、その言葉が脈絡もなく出てきたように思われたからであり、また、父親が一人で考え込んでいると感じたからだった。不吉な予感がして、父を守ってやりたいという衝動を覚えた。何か言おうとしたが言葉が見つからなかった。

「さて」とケンプはしばらくして物憂げに言った。「地図を出そう」

船の航路を地図に書き入れることが、このところケンプの気に入っている仕事の一つだったが、この出発の知らせがあらたな励みとなった。

二人はテーブルの上に地図を広げ、宝石を量る分銅で四隅を押さえた。「ここを彼らは出発したんだ」とケンプは言った。「会社の要塞はここにある」その爪がカヴァリ川の河口に触れ、月明かりで光景が一変するのをパリスが見た、ぬかるんだ平坦地を横にこすってかすかな音を立て、二人の縛られた奴隷の少女が——どちらもセーラ・ウォルパートと同じ年ぐらいだったが——波間に溺れ死んだ地点で止まった。

オーク材の羽目板が張られた壁とトルコ絨毯、それに台帳や年鑑の納まった棚のあるこの静かな部屋で、船がどのような状況に置かれているのか、ギニア海岸での取引の現実がどのようなものか、二人が思い描こうとしたところで、それは困難だった。困難であるばかりでなく、どのみち余計なことだった。効率よく働く——いやしくも働く——ためには結果に集中しなければならない。状況を想像することなど商売にとっては無益である。何も生み出しはしない。あくまで想像しようとすると心が恐怖で窒息しかねない。抽象の領域の中に安心して多忙でい続けるのを助けるために、また合法的な努力によって合法的な利益を上げるという意識で自らを慰めるために、図表や貸借対照表や会社の哲学がある。さらには地図があるのだ。

「ほら」とケンプは言った。「船はこの辺りにいるはずだ。海岸を出発してからほぼ一か月になる。カラカスの北のこの辺りだ。北緯十五度を西に向かうことになっている」

ケンプの指は地図上の線をなぞり、頬を膨らませて飛ぶ天使童子、陽気なイルカ、穏やかな大西洋を帆をいっぱいに膨らませて航海する小さな船の輪郭をなでた。一方、リヴァプール・マーチャント号は枷をはめたニグロたちを窒息しそうなほど詰め込み、船倉にネズミが走り回る状態で西へとジグザグに進んでいた。近くの商船は悪臭を避けて風上を航行した。

「彼らはもう冬の貿易風に乗ったことだろう」とケンプは以前の情熱を見せて言った。「我々がここでこうやって話をしている間にも、彼らにはカリブ海の砂糖諸島が視界に入っているかもしれない」

イラズマスは父の見方に賛成だった。そう見るのが最も妥当だった。父が再び快活さを取り戻したのを見てうれしかった。やがてあの出来事のあとになって、このころのことを、たとえ船の進行が父親の心配事の中心だったとはいえ、ほかにも父親を悩ませていたことがいろいろあり、自分がそれにずっと気づいていたのに、と苦い自責の念をもって思い返すことになる。兆候はすでにあった。手形の支払いが遅れたり、借入金の更新のとき、金利が高くなっていたり、街に入る道路沿いの土地を買収する会社の方針が急に変更になったりした。もちろん父親の損失がどの程度のものかイラズマスにはわからなかった。ウォルパートに雇われ、ケンプの事業を根気よく調査しているパートリッジさえ、株式取引所で損失を埋めるためにケンプがどんな自暴自棄の試みをしているのかを見抜くことはできなかったし、事情を知っていたのはケンプ本人と彼の株式仲買人だけだった。そしてイラズマスもまた、この時期ずっと自分だけの夢に心を奪われて、周りが見えなかったのだ。

セーラの十八回目の誕生日が近づくにつれ、二人の婚約披露が間近となっていた。季節の変化や周囲のあらゆる光景は、このすばらしい出来事の先触れに過ぎないようにイラズマスには思われた。三月の夕暮れ時の銀色の空や、マージー河上空の層雲の中に、陽光によってうがたれたような明るい流れ雲や線模様、川面を波立たせるそよ風は、自分の幸福の先触れに見えた。それだけでなく、街路のいつもの喧噪や倉庫の中で彼を取り巻く原綿や麻の香りさえもそう感じられるのだった。荒れ地に群生するギシギシやイラクサの若葉も、郊外の野原の上空を飛ぶヒバリの歌も、空を歌でつんざき飛び交いながら上昇する鳴き鳥でいっぱいの空も皆そうだった。そして父親と地図を見ていたあの凍てつく日からヒバリがうれしそうにぬうように飛ぶまでの日々は、イラズマスにとって終わりが決まっていない待ち時間のように思われた。

　婚約披露の三日前の午後早く、前もって父親から許可を得ていたイラズマスは、ウォルパートの館に馬を走らせた。出掛けに父と交わした言葉をあとになって何一つ思い出すことができなかった。いずれにしても、ふだんとは変わらない言葉だっただろう。だが、父親が自分の視線を避けたことは覚えていた。

　チャールズを訪問するという口実で初めて館に行ったのは、去年の今ごろの季節だった。イラズマスは自分の屈辱感を、年老いた召使が何を言っているのか理解できなかったこと――彼はますますよぼよぼになっているがまだ仕えている――を、木々をぬって聞こえてきたこの世のものとは思えない澄んだ歌声を思い出した。あの歌声につられて自分は広々とした空間によろよろと出て、ファーディナンドの役を割り当てられる羽目になったのだ……。

　あのときと状況は大きく変わっていた。セーラは彼女の誕生日に正当な資格、承諾、公の認知によって自分のものになるのだ。彼女を喜ばせるために、もう自分の性に合わないことを強いられることもない。セーラは自分を愛し尊敬し、そんなことを求めなくなるだろう。

　このような勝ち誇った気持ちで見ると、見慣れた光景もその日の午後には新鮮に見えた。街道沿いのブナの並木道もすでに若葉に覆われ、記憶にないほど新鮮な緑色になっていた。隠れている鳴き鳥の鳴き方もゆっくりとして甘かった。広い敷地に栗の木がろうそくのような花を付け、館の下のテラスはゼラニウムで目が覚めるようだった。

　彼は約束の時間よりも早く着いた。そうすればセーラと彼女の母親の三人きりでお茶が飲めるからだった。父のウォルパートとチャールズは仕事でまだ帰宅していなかったし、弟のアンドルーは勉強部屋で家庭教師が目を光らせていた。午後の日射しが背の高いフランス窓から入って部屋を満たしていた。この輝く光の中で周囲を見回すと、見慣れたさまざまの物にも同じ勝利の喜びと新鮮さがあった。壁に掛けられた水彩画、暖炉棚に立てかけられた今は亡きセーラの母方の祖母による刺繍品、ウォルパート夫人の脇の低いテーブルに置かれたビーズ模様の刺繍箱、ガラス製の棚の上の見事な広口グラス——こういった物すべてがこの日、特別な輝きを帯びていた。劇のリハーサルの合間に一度、この部屋でセーラと二人きりになったときのことをふとイラズマスは思い出した。あのときは自分の本を探していたのだ……。あの日の自分の対応ぶりといったらなかった。悲惨なほどだった。でもセーラにはわかっていたのだ。彼女の頬がわずかに赤らんだのを思い出した。あのあと、セーラはミランダを演じることに熱中して、すべてを無視するように見えたが、自分はそれをどんなに嫌ったことか。彼女のあの変わりよう、あのすべての気取りとまね事を。それに不和が癒やされ、敵同士が和解する魔法の島といったナンセンスを……。もう二度とあんなことを繰り返させはしない。セーラと目が合うと彼女が幸せなのがわかった。

婚約披露の打ち合わせで訪問時間の大半が過ぎた。招待状はすでに発送してあった。招待客の数は百人を超えた。五人の楽団が演奏する舞踏会が開かれることになっている。好天に恵まれれば屋外のテラスで夕食ということになるだろう。

「外でも踊れるわ」とセーラが言った。「芝生の上で踊るの」彼女はいつもの繊細な落ち着いた顔をしていた。彼女の表情には常に何か平然と構えたところ、いや、どこか片意地でさえあるところがある。だが、その目は興奮して輝いていた。

「外の芝生でですか？」イラズマスはこの突飛な提案を聞いてわずかに笑った。「それは妙な思いつきですね。屋内に申し分ない立派な舞踏室があるのを忘れていませんか？」

「それはそうですけれど、外で踊ることになれば、特別なものに、心に残るものになるわ。そうでしょう？　みなさんが私のパーティーをずっと覚えていてくださるのではないかしら。いつも舞踏室で踊っているのですもの」

それでイラズマスは合点がいったが、物わかりがよさそうにウォルパート夫人をちらっと見ながら、ただほほ笑んで首を横に振った。何も言わない方がいい。じきにこのような思いつきは忘れるだろう——あるいは彼はそう願っていた。

　しかしセーラは今や有頂天になっていた。そして自分が舞踏会に着る新しいドレスを見てほしい、しかもただ見るだけではなくて着ているところを見てほしいと急に言い出した。ウォルパート夫人は即座に反対した。失礼ですよ、というのだ。それに迷信からくる不安もあった。しかしセーラは何かに一心になったときに見せる仕草で、姿勢を正し、繊細な顎を決然と上げて言い張り、許可を求めた。結局、娘がこのように興奮したときにはいつもそうなのだが、母親が折れた。夫人は娘がどういう様子を見せたときは折れるべきかを知っていた。しかも今回はイラズマスから助け船を得られなかった。彼は新しいドレスをまとった恋人を見たいという思いと、そうすべきではないという分別に引き裂かれて、ただ黙っていたからだ。

　セーラは三十分以上も別室に退いていた。広い両開きのドアを開けて入って来た彼女は、髪型を変え、頭の上で結んでいた。そして頰の自然な輝きに何か手を加えていた。ドレスは柔らかいアプリコット色の絹で、濃い色合いの細いストライプの間に花と葉の蔓（つる）模様が入っている。短い裳裾（もすそ）が付いたゆったりとしたスカートは、クリーム色のキルト・サテンでできた輪骨張りのペティコートの上に重ねられている。ブロケード織りの革帯付きハイヒールの靴が装いを完璧なものにしていた。

　セーラはしばらく二人の前を歩いてみせた。頰を紅潮させてはいたが、その場にふさわしい真剣な顔をしていた。しばらくの間、部屋には絹が擦れる心地好い音が聞こえるだけだった。仕立屋で生地を選ぶのを手伝い、ドレス合わせを見たウォルパート夫人にとって、その場で言うことはさしてなかった。娘がこうしてドレスを着てみせることにまだ大反対で、早く終わることを望んでいた。イラズマスが長い間黙っていたので、ついにセーラは立ち止まって、横柄に、しかしいくぶん嘆願するように彼を見た。

「きれいですよ」とイラズマスは言った。「それに美しいドレスです」

　自分の声がかすれて奇妙に聞こえた。心からそう言ったのだ。この輝くように美しい女性が間もなく自分のものになることが今でも信じられなかった。しかしそう言いながらも、彼の表情が変わった。ほかの男ならば、彼ほど若くして女性を自分のものにできる喜びに浸っているときでさえ、少女の見せびらかそうとする虚栄そのものの中に耐え忍び服従する無力な姿を見て取り、哀れみに似た気持ちを覚えたかもしれない。だが、イラズマスにはそのような思いやりはなかった。確かに喜びを感じてはいた。喉が締め付けられるほどだった。しかしその一方で、セーラの振る舞いが不愉快にもなっていた。彼女はイラズマスを見て、イラズマスのためにポーズを取っている。だが、この振る舞い、ポーズはイラズマス一人のためではない。イラズマスはこの部屋の向こうのどこかにいる観客とともに彼女を共有しているのだ。イラズマスはそう感じ始めていた。彼女は再び舞台に立っているのだ。

この不愉快な気持ちも、セーラの弱点のせいだと割り切ってしまえば、長くは続かなかった。彼には彼女の弱点をうまくコントロールする自信があった。暇乞い(いとまごい)をするまでにイラズマスは完全に落ち着きを取り戻していた。セーラは光沢のある明るい青の絹の普段着に再び着替え、馬車道の出口まで彼を見送りに出た。イラズマスは彼女の横を馬を引いて歩きながら、純粋な幸福を感じた。門のところで二人はキスをし、彼は彼女を抱き寄せた。セーラが自分に体を押し付けるのを感じるとイラズマスは頭に血がのぼり、しばらく視界がぼやけた。

セーラには彼の息遣いが変わるのが聞こえていた。

「愛しい人」とセーラが言った。

「では土曜日に」とイラズマスは言った。彼女が歩み去り、カーブで見えなくなるまでイラズマスは目を離さず、じっと見守っていた。

家に戻って来たのは六時近くだった。玄関の広間を階段に向かって通り過ぎようとすると、それを母が聞きつけて声を掛けてきた。母はお茶のセットをまだ目の前に置いたまま自分の小部屋に一人でいるのだった。

「誰も私のことを気にかけてくれないのね」イラズマスが部屋に入るか入らないうちに母は愚痴をこぼし始めた。「いつもあと回し。おじい様が知ったら、草葉の陰でお嘆きになるわ。きっとそうよ。私はずっとこういう扱いをされてきたのだから。おじい様がお嘆きにならなかったら変よ。でも今度ばかりはあんまりだわ」

母のいら立たしげな息遣いと頭をつんと上げる様子から、イラズマスは母がいつもの興奮状態になっているのがわかった。「どうしたんですか、お母さん？」と彼は聞いた。その言い方には父が母に向かっていつも言うときの口調が無意識のうちに混じっていた。それは愛情がこもってはいるが庇護者ぶった快活な口調だった。

「お茶のセットを片付けるよう呼び鈴を鳴らすことさえ、どうしようか決めかねているの」今度は落ち着いてはいたが悲しげな声で母が言った。

「では僕が呼び鈴を鳴らしましょう」

イラズマスは母が髪をフレンチ・カールの名で知られているかなり手の込んだ髪型に結って、髪に粉を掛け、外出するためにレースの胸当てが付いたピンクと金色のブロケード織りのガウンを着込んでいることに気づいた。

「すてきなガウンですね」と彼は同じ口調で言った。

「お母さん、今晩はとてもエレガントですよ」

「でもお父様はまだ戻っていらっしゃらないの。きっとお忘れになったんでしょう」

気をもんで顔色が悪かったので、頬紅が目立ち過ぎた。「また動悸がしたの」と彼女はドレスのブロケード織りの胴着に白い手を置いて警告するような口調で言った。「あなたの従兄のマシューが勧めてくれた薬草チンキがなかったら、どうなっていたかわからないわ。それに薬剤師がきちんと同じ分量で調合しているかわかったものじゃないのよ。助言してくれるマシューも今はここにいないし。マシューがこんなに長くここを留守にして、荒くれ者の水夫や黒人相手に才能を無駄遣いするなんて本当に残念だわ」

「でも、そのことでお父さんを非難されないでしょうね」イラズマスはほほ笑んで言った。「このところいろいろと心を痛めていらっしゃるのはご存じでしょう」

「どうして私が知っているというの？　何も打ち明けてくださらないわ。今日はお茶に間に合うように戻ると約束したのに。夕食を早くすませてから、近ごろオープンしたばかりの評判になっているマンション・ハウス・ガーデンに行って、楽団演奏を聴くはずだったのに」

「きっと間もなく戻られますよ」とイラズマスは言

った。彼はそのまま母の部屋に残って、セーラのドレスがどんなにすばらしかったかを説明して母を慰めた。母は、セーラが婚約前にドレスを着てみせるのは適切ではないというウォルパート夫人の意見にまったく賛成だった。母はいつもトランプをすると神経が和らいだ。二人はホイストを何番かやった。彼女はトランプでは抜け目のない熟達したプレーヤーで、勝とうとする欲望が強く、時としていかさまもした。部屋が暗くなり始めたので、ランプに火を灯すために小間使を呼んだ。にもかかわらず、ケンプは戻らなかった。時計が八時を打つとイラズマスは立ち上がった。

「完全に忘れていらっしゃるのでしょう。もし仕事の都合で戻れなくなるようなことが起こったのなら、伝言をよこされるはずです。事務所に行って見て来ます」

馬を出させて再び鞍を付けさせるほどのことはないように思われた。レッド・クロス街の角のライオン亭の外にはいつも駕籠かきが客を待っていた。一見してそれほど汚さそうには見えない駕籠の二人組をすぐに見つけた。

途中ほとんど何も考えなかった。駕籠の椅子のわずかな揺れと、人混みを払う先頭の男の声が眠気を誘うリズムとなり、彼は黙想ともまどろみともつかない状態に陥った。

河畔街の端、旅館のラムズ・ヘッド亭の横で料金を払って駕籠を帰し、狭い裏通りを河岸へと歩いて行った。河口の対岸から風が渡ってきて、どこかの緩んだ板がガタガタと音を立て、旅館の重い看板を支える綱がキイキイと鳴るのが聞こえた。艫にランタンを付けたはしけが一艘河に出ていた。

一階の倉庫には明かりがなく、通りに面した扉にはすべて鍵が掛かっていた。イラズマスは建物の横に回り、金属製の短い階段を昇って踊り場の夜警室に入った。そこには夜警がジンの臭いをぷんぷんさせて大口を開け、のんきにぼろのキルトの上で大の字になって寝ていた。階下の戸締まりをすませると、夜間の警備は終了したものと決め込んで酒を飲み始めたのだろう。イラズマスは夜警を蹴って起こそうとも考えたが、そうして触れることさえおぞましく思われた。こいつにとってはこれが会社での勤務の最後の眠りになるだろう。少なくとも彼はそう心に誓った。

夜警室の裏から建物の端まで廊下が続き、片側は倉庫を見下ろすそれぞれの部屋に、もう一方は河岸を見下ろす各部屋に出入りができるようになっていた。父親の事務室とその隣の自分の小さめの事務室は廊下のほぼ中央にあった。父子とも建物の出入りにはふだんこの順路を通り、鍵を一組ずつ持っていた。

足元を照らすために夜警室から黒ずんだオイル・ランプを持って来た。廊下は真っ暗だったが、父親の事務室のドアの下から光が漏れているのが見えた。ドアをノックし、待ち、開けようとした。が、鍵が掛かっていた。自分の鍵を使って開けたが、部屋には誰もいなかった。テーブルの上に置かれた背の高いろうそく立ての短くなったろうそくは炎を揺らしながら燃えていて、テーブルの磨き上げられた表面にぼんやりと光の波を投げかけていた。

イラズマスはただ軽い当惑のようなものを覚えて、しばらくじっと立っていた。このような遅い時刻の静まり返った部屋は、なじみのあるようで同時に見慣れないものでもあった。溶けたろうそくの蝋と古い書類の臭い、そして夜気を通して付近のすべての建物に忍び込む河の水の臭いが漂っていた。

彼は最初、炎がなびいているのはろうそくがわずかになったからだろうと思ったが、そうではなく、空気の流れのせいであることに気づいた。テーブルの上と近くの壁で光が揺らめいているのはそのためだったのだ。テーブル越しに目をやると事務室の端にある小さな貯蔵室のドアが半ば開いているのが見えた。多分、何かの理由で父は向こうに行ったのだろう。貯蔵室の奥には廊下に再び通じる通路がある。イラズマスはランプを持ったままテーブルを数歩回り、ドアに近づいた。「お父さん」それほど大きくはない声で呼んでみた。「そこにいらっしゃるんですか？」

彼はさらにドアを開けた。中に入ると影がどういうわけか長く見えた。目の前に自分の揺れる影があった。影はろうそくの光が投げかけてつくる以上より長く伸びている。もう一つの影がランプによってできていたのだ。彼はランプを顔に近づけ過ぎていた。ランプを上げてわずかに一、二歩前に出ると、頭上に黒い大きな塊がぶら下がっているのが見えた。

そのショックからか、床に転がっているスツールと、どういったバランスのいたずらか、一方が他方より極端に低く下がっている靴の脱げた足が目に焼き付いた。

何か口走ったが、何を言ったのか、あとになって思い出せなかった。また最初にとった行動のあと、何をどんな順序で行ったのかも思い出すことができなかった。最初にしたのは、父がとらわれていたのと同じ秘密への本能から、事務室から廊下に出るドアに鍵を掛けようとしてドアに駆け寄ったことだった。この用心深い行動を除いて、その後のすべての行動は、とっさになされたもので手際が悪く乱暴だった。椅子の上に乗って父の頭の上のロープをぎこちなく鋸で切ったが、落とすと父の体をさらに傷つけるかもしれないというばかげたためらいから、しっかりと抱きかかえたものの、その重みを支えきれずにドサッと一緒に落ちた。抱かれるように床に倒れたまま、ロープの結び目を不器用に緩めた。そうすれば息を吹き返すかもしれないと思ったからではない。体はもう冷たかった。ロープを解けば父の目が閉じるかもしれないと思ったからだろう。しかし目は閉じず、イラズマスはその顔に触れることができなかった。

再び注意深くドアに鍵を掛け、イラズマスはやって来た順路を逆に戻った。夜警は部屋でまだいびきをかいていた。旅館から駕籠に乗り、駕籠かきに落ちついた口調ではっきりと行き先を告げた。秘密にしておかなければならないと腹を決めたことで、イラズマスは表面的には平静さを保つことができた。家に戻ったところで初めて、張り詰めていた気持ちが萎えそうになった。母親はまだブロケード織りのガウンを着たまま、自室で一人トランプをしていた。ここにずっとお母さんはいたんだ、と彼は思った。この部屋にずっと……。

「あら、やけに時間がかかったこと」と母親は不満そうに言った。「お父様はいらしたの？　どのみち遅過ぎます。もう出掛けるのはあきらめたわ」

イラズマスが答えられないでいると、母親はきっと彼を見上げた。それから目が大きく広がり、椅子の中でびくっとして身を乗り出した。「どうしたの？」と母親は言った。「お父様はどこ？」

「大変なことが起こったんです」と言うとイラズマ

スは声を詰まらせた。それは悲しみのせいではなく――彼にとって父の死はまだひとえに恐怖だった――、どのように母に話したらいいのか、ずっと父に保護され機嫌をとってもらってきた母にどう伝えたらいいのか、わからないまま苦しんでいたからだった。

「お母さん」と彼はようやく言った。「覚悟していただかなければ――」

驚くほどすばやく母親はトランプを放り出して椅子から立ち上がり、イラズマスに近寄った。母親の頭は息子の顎より低い高さだが、このときばかりは身長の差は感じられなかった。それほどすさまじい形相（ぎょうそう）で彼を見つめたのだ。

「どうしたの?」と母親は再び言った。「話しなさい」声が大きくなった。「事故でも起きたの?」

隠そうとする本能からか、母をかばおうとする本能からか、イラズマスは「事務室のドアに鍵を掛けて来ました。誰も中に入れません」と言った。それは自慢しているように聞こえた。それから母の手が自分の腕を握り締めるのを感じて話し始めたが、順を追ってゆっくり話そうとして、かえって話の筋道を見失ってしまった。悪い夢を見た子供がどこから話を始めてよいかわからないかのように、彼はあのぶら下がる姿に自分を導いた手掛かりのところで混乱してしまった。傾く炎、開きかけのドア、妙にゆがんで見える影――「そこにいらしたんです。暗闇に」と彼は、自分をそして父を恥じて、母から目を背けて言った。

「確かにドアに鍵を掛けたのね？　鍵は持って来たの?」

鋭い語気の質問を受けてイラズマスは目を再び母親に向けた。血の気が引いた青白い顔にさしたまだらの頬紅がグロテスクで道化じみて見えた。しかし母の目はしっかりイラズマスを見据え、口は真一文字に結ばれていた。

「ええ、もちろん」と彼は言った。「持ってますとも」

「お父様のは、ご自分で鍵を掛けられたのならば事務室にあるわね。それで夜警は?」

「夜警ですって?」

「そうよ」と母親は急に怒ったようにいら立って言った。「夜警よ、夜警。頭を使いなさい。このことを隠しておくためには一刻も猶予できないわ。夜警は鍵を持っているの？」

「階下の倉庫の鍵しか持っていません」

「今晩中にお父様を家に運ばなければならないけれど、うちの者にはさせられないわ。バンクス先生にすべてを頼まなければ。今晩、今すぐに会いに行きましょう」

「でも何のためにですか？」イラズマスは当惑して聞いた。「お父さんは亡くなられたと言ったでしょう。そうでなければどうして置いて来るものですか」

「証明をもらうためよ」と母親は言ったが、その唇は震えていた。「医者が死因について署名する決まりなの。イラズマス、私の言う通りになさい。馬車の準備をさせて来てちょうだい。ウィリアムがまだいるわ。お父様と私をマンション・ハウス・ガーデンに乗せて行くためにずっと待っているの。いいと言うまで馬を厩に戻さないことになっているから」母親の声は、息子を哀れむような優しいものになった。イラズマスは母のそんな口調を決して許すまいと思った。「一緒に来て」と彼女は言った。「かわいそうに。あなたは何もしなくていいわ。でも一緒にいてほしいの……。こんなに夜遅くですもの。さあ、行って。その間に着替えるわ」

　イラズマスは夢でも見ているように黙って言われる通りにした。医者の屋敷――最近完成したファッショナブルなボウルド街にある大邸宅――の前に馬車を止めたときにはすでに午後十一時を回っていた。ヘンリー・バンクスは今日（こんにち）、リヴァプールでも一流の医者の一人だったが、開業当初からケンプ家の掛かり付けの医者だった。

　バンクスは診察室として使っている小さな部屋へすぐに二人を迎え入れたが、寝室用のガウンに着替え、就寝用の帽子をかぶっていることをわびた。これから床に就こうとしていたところだったのだ。上背のある怒り肩で、相手に強い印象を与える落ち着いた物腰の男だった。長い顔に洞察力のある穏やかな目をしていた。

「何かお飲みになりますか？」とバンクスは、二人を交互に見ながら聞いた。二人が入ってきた瞬間からショックで黙り込んでいるのを見て取ったからだ。「リキュールを一杯どうですか？　何か体が暖まるものでも？　まだ夜は冷えますからね。どうですか？　よろしいですか？　では、どういったご用件かお聞かせ願いますか」

ここでエリザベス・ケンプは初めて泣き出した。彼女は涙ながらに事故、恐ろしい偶発事故、について話した。どなたを頼ってよいのやら。夜分まことに申し訳ありません。お休みになるところでしたのでしょう。先生を頼りに訪ねて来られる方も多いのは重々承知しておりますが、馬車を用意させたときにはすでに……。

医者はほとんど何も言わず、落ち着いて辛抱強く話を聞いていた。相手を促したり泣くのを止めようとすることもなく、ころ合いを見計らって夫人が要件を切り出すのをじっくり待っていた。しかしイラズマスには納得がいかなかった。母のこのばかげたうそと医者の追従は恥ずべきものに思えた。父は不面目にも息絶えて闇の中で目を見開いたまま、あそこに横たわっている。それなのに母は言葉巧みに医者を操ろうと目にハンカチを当てている。涙さえ浮かべて……。自分が主導権を握って二人のために話さなければならない。

「父は自分に暴力を振るったのです」とイラズマスは荒々しく言った。「もちろん偶発事故ですが、自殺とも解釈できるもので、だからこそ私たちはそういった受け止め方をされるのを避けたいのです」イラズマスはそこで一息ついて、喉に何か詰まったようにせき払いをした。「先生に自然死であると認定していただけるかお聞きするために伺ったのです」

「自然死ですって？」医者は鋭く、冷淡にイラズマスを見つめた。「すると亡くなられたのですね。しかも暴力的な状況の中でですか。いや、どのようにして亡くなられたのか私は知りたくありません。それでしたら、当局に任せ、現場に手を触れないようにしなければいけません。そういった事柄を検査するよう指定されている者がいるのです。私のような職にある者が重罪を内々に処理するなどと本気でお考えになったのですか？　お母様にお任せになった方がよかったのでは？」今度は母親の方を向くと表情が和らいだ。二十年以上も彼女は、おおむね思い込みの軽い病気を診てもらいにバンクスを訪れていたし、バンクスは夫人のことを気に入っていた。

「奥様」と医者は言った。「事故は大変お気の毒に存じますが、よく理解できないのです。こういった状況では――」

「息子は気が動転しているんです」と夫人は急いで言った。「自分で何を言っているのかわかっていないのです。夫を発見したのはこの子だったんですから。まだほんの子供で、状況を取り違えてしまったんです。どうか許してやってください。こういった恐ろしいことになって、ただ先生の助言をいただこうと伺ったのです。私はただの女で、世間についても暗いし、ほかならぬ先生がご存じのように健康もすぐれません……」

実際のところ、イラズマスが思い出せる限り、この瞬間ほど母親が病弱どころか溌剌として見えたことはなかった。イラズマスが口をはさんだことで生じた危機が彼女の目から涙を払い、目が生き生きとし、頬は輝き生気が溢れた。質素なキャンブリック地のドレスと縁飾りの付いた頭巾を身に付け、両手の指をしっかりと組み合わせ、背筋を伸ばして座っている夫人は健康そうに見えるばかりでなく、それ以上にきりっとして美しく見えた。イラズマスは、バンクスがその厳めしい態度にもかかわらず、自分と同じ印象を受けたことに気づいた。

夫人は考え込むようにしばらく黙っていたが、再び口を開くと今度は別の、もっと思慮深げな口調で話した。「ご存じのように夫は高血圧で、首がかなり短く、時折、めまいを起こし、頭に血がのぼることがありました」

バンクスはゆっくりうなずいた。「ご主人は多血質でした。おっしゃる通りです」と医者は言った。「時折、瀉血（しゃけつ）させていただいたのを覚えております」

「それで、私の考えでは、主人はこの病気のせいで別のお医者様にも時折、診てもらっていたのだと思います。例えば先生が出張されているときとか、往診していただけないときなどに」

医者は黙ってしばらく彼女を見つめていた。それからなおも何も言わずに、考え込むように自分の右手の認め印付き指輪を見つめ、しばらくぼんやりとそれを左右に回していた。イラズマスは驚いて母をちらっと見た。もう一人の医師のことは初耳だったので、そう言おうとすると、黙っていなさい、とでも言うように、母親がわずかに眉をひそめたので言い出せなかった。

医者は顔を上げた。その顔には何の表情もなかった。「そうです」とバンクスは言った。「私は時折、出張で出掛けることがあります。ケンプさんがそういったときに別の医師に診てもらったとしてもまったく無理からぬことです」

「ですが困ったことに」と夫人は言った。「私は愚かで物覚えが悪いものですから、どうしてもそのお医者様の名前が思い出せません。急に調べようとしてもどうやって調べてよいやら。もしかして先生がご存じなのではと思いまして。先生はいろいろ多くの事情をご存じでいらっしゃるし、街の開業医の方たちの間でも顔が広くていらっしゃるので……」

再び沈黙があった。ドクター・バンクスはいつもの厳めしい表情を浮かべ、両手の長い指を合わせて軽くたたきながら、真っすぐ前方を見つめていた。

「高血圧の症状について診断書を書いてほしい、とおっしゃるなら書きましょう」とようやくバンクスは言った。「つまり請われれば、この病気のためにケンプさんが私の治療を受けておられたことを証明することは差し支えありません。例えば、ご主人が診てもらっていらしたその医師に請われれば、ということですが。だからといって、それだけでは死因を認定したことにはなりません。おわかりですね。しかしながら別の医師が署名した診断書の場合には信用されるかもしれません。そう、きっと信用されるでしょう」こう言うと立ち上がって机のところに行き、引き出しの中をしばらく調べてから、さらにしばらくの間、書き物をしていた。戻って来ると手に紙を一枚持っていた。「ご主人が私の留守中に診察を受けていたのはこの医師でしょう。住所もここに書いておきました。彼は時間の融通がきくので、いつでも会ってもらえるでしょう」

夫人はその紙を受け取るためにすでに立ち上がっており、しばらくバンクスの手を握り締め、その手に頭を下げた。目に再び涙が浮かんだ。その涙は先ほどの涙とは違っていた。涙が溢れてなかなか礼が言えなかった。医者も前の涙とは意味が違っていることを理解し、今度は慰めの言葉を掛けながら、彼女をドアまで支えて行った。「ケンプさんは友人にこと欠きませんでした」と医者は言った。「助言してくれる方は何人もいるでしょう。それに支えになるこんな立派なご子息がいらっしゃるじゃありませんか。もしほかに私にできることがありましたら、どうか気兼ねせずおっしゃってください。私がご主人を検査できないこと、この件にこれ以上、直接かかわれないことをご理解ください。もし誰かがどうして私を呼ばなかったのか聞いたら、私は具合が悪かったからだ、とでもおっしゃってください。まあそういったことはないでしょうが」

バンクスは別れるとき、二人にほほ笑んで言った。

「手続きはいつものまったく決まったやり方です。私がお教えした男はその点を十分心得た医師です」

真夜中もとっくに過ぎ、ある酒場の上階の悪臭漂う、今にも崩れそうな住居にその十分心得た医者をつきとめたとき、イラズマスはようやく事情を呑み込み始めていた。この足元のおぼつかないやつれた男――二人は男が寝ているところを起こしたのだった――、まだ酒の臭いをぷんぷんさせた男と母親が取引をしている間、イラズマスは黙って聞いていた。十分間、交渉したあと、二十五ギニーで話がつき、ウィリアム・ケンプの死は心臓疾患によるものと公認され、喪の期間を経て、霊場への埋葬が保証されることになった。未亡人と息子は醜聞と汚名の亡霊から解放された。さらに五ギニーを払い、生活に困っているが口は堅い二人のごろつきを雇い、覆いの付いた担架を手に入れた。商人は自分の倉庫に納められていた上質の青い綿布にくるまれ、翌朝未明に自宅に運ばれた。

母はあの悪党と取引をしたのだ。イラズマスには到底、信じられなかった。「お父様の名声はお金のためじゃないの」と母親は言った。「お金には替えられないわ。でもああいった人たちが欲しがるのはお金なの」

イラズマスが気に入らなかったのは、人が何を欲しがるのか、思いがけなく母親が知っていたこと、そして自分があがいているうちに母は臨機応変に切り抜けたことだった。しかも彼を欺いて何も教えてくれなかった。母が恩着せがましいバンクスにどのように自分のことをわびたかを思い返すと不愉快で内心身もだえした。

「お母さん、どうして言ってくださらなかったのですか?」と一度彼は聞いた。「どういうおつもりだったのか、どうして教えてくださらなかったのですか?」

「かわいそうなイラズマス。あなたは知らなければ知らないほどいいと思ったの。あの夜、あなたはすでにお父様を亡くしていたのだから」

　彼は母親のこの典型的な、彼の見方からすれば、論理を欠いた答えに甘んじなければならなかった。優れた論法と、父に対する忠誠心のあかしのように持ち続けている清廉さを自負していた自分は、あの夜、人の扱いについての教訓を学び取らねばならなかったのだ。最悪だったのは、自分がそのことを心の底では理解していたことだ。この教訓を彼は今後、決して忘れはしないだろう。

　その後の数日間、彼は欺かれたという気持ちから、純粋に悲しみに浸っていることができなかった。もちろん父も自分をだまし、裏切っていたのだ。父が人生の最後の数時間、何を感じていたのか、病的なほどの疑い深さでそれを想像しようとした。あの自分の知らない父の行動をどうにか筋の通るもの、説明がつくものにしようと試みた。あの日の午後、別れ際、父が自分の目を避けたのを思い出した。父子とも常に相手の目を真っすぐ見て話してきたから、それはまれなことだった。あのときにはもう腹を決めていたに違いない。ロープをすでに用意していたのだろう。梁（はり）の鉄鉤（かぎ）を使おうと決めていたのだろう。多分、ずっと以前から決めていたのだ……。しかしこれ以上落ち着いて思いを巡らすことはできなかった。孤独と裏切り。食卓に着き、仕事の話をし、いろいろな表情を見せながらも、その裏では父は一貫して死ぬ覚悟をしていたのだ。

　父の裏切りに対するイラズマスの気持ちの下には恐怖があった。父がひそかに計画を遂行したことへの恐怖、狂気の儀式に対する恐怖があり、それがイラズマスの脳裏を去らなかった。ドアを閉め、テーブルにろうそくを置き、この狂気の行為の最中のどこかで、父は自分の最後の足音が聞こえないよう靴を脱いだのだ……。

　イラズマスは葬儀の前夜、開いた棺に納まった父の顔を見て、まだ涙を流せるほどではなかったが、この恐怖から解放された。エリザベス・ケンプは今度もまた、周囲の目を欺くことで夫への愛を示し、義務を遂行したのだった。彼女はたった一人で遺体を洗い、屍衣で包んだ。皮膚の下の黒い斑点を蝋を塗って消し、憤（いきどお）っているように見える見開いた目を閉じた。腫れた舌が隠れるようその口を閉じ、亜麻布で締め付けて押さえた。

　死はそれ自体、決して偽りではない。彼女はただ生きて残された者たちのために外見を繕（つくろ）っただけだった。しかしその静かな部屋で一人ひざまずいていると、イラズマスは初めて父の顔の真実が見えたような気がした。血の気が失われたことで、表情の変化、血色の良さ、熱を帯びたまなざしなど、本質的でないものは消えていた。父は、結局はその考え方が正しかったことを認められた熱狂者の顔をしているのが今、見て取れた。父の人生で自分が思い出せること、父の身振りや主張、父らしい独得の溌剌とした表情、これらすべては、この蝋で固められた最終的な静止への下手なリハーサルに過ぎなかったのだ。イラズマスは言い表し難い痛みを感じながらそう思った。

　このように父を哀れに思う気持ちから涙が出そうになった。必死に涙を押さえようとすると――彼はそれまで泣かずにいたのだが――、父の顔を見つめるまなざしがひどくこわ張り、目の前の父の顔がぼやけて、一瞬その顔がほんのひととき休息しているだけのように見えた。そしてまぶたがぴくぴくして鼻孔がわずかに広がり、何かの匂いを嗅いでいるように思われた。

　イラズマスはもう一年以上も前のディクソン造船所でのことを思い出した。あの冬の朝、伐られた木材や湿ったおが屑の中で父はしゃがみ、伐り出されたばかりのマスト用木材に、鑑定人のように鼻を近づけて嗅ぎ、最高の代物だと断言した。

　別のもっと忌まわしい臭い、腐敗の臭いもあった。あの日というわけではなく、あの時分、船が造られていたころだ。光が失せていく目、薄暗がりの中でのぴくっとした動作、誰にも気づかれずに死にたいという無言の訴え……。この清潔な亜麻布と菫（すみれ）の香水の淡い匂いに自分の死のおぞましい臭いを加えている別の男……。急に立ち上がるとイラズマスは立ちくらみを覚えた。立ちくらみが消えて頭がはっきりすると、やりきれぬわびしい気分の中で、あの日、造船所で父が嗅いでいたのは自分の死の臭い、自分の腐敗の臭いだったということ、父を殺したのはあの船だったということを彼は悟った。

第三十五章

　パリスの努力もむなしく、船上で赤痢が広まっていった。それにつれて、死者が日々絶え間なく増えていった。アフリカを離れようとするこの二度目の試みも最初のときと同様、成功したとは言えなかった。それは恐らくあのサルでは生け贄として十分だとはみなされなかったからだろう。それとも、サーソの相談役が気まぐれから彼を見捨てただけなのかもしれない。あるいは、思っていたよりもこの商売を長く続け過ぎたため、サーソの運も信用も尽きてしまったためかもしれなかった。理由が何であれ、続く数週間リヴァプール・マーチャント号は、この時期のこの海域における最悪の天候に見舞われた。北東の貿易風がこの季節にしてはふだんより弱く、しかも船が南にい過ぎていて、その風を帆に受けることもできなかった。三十リーグも沖合に出ないうちに再び風が凪いで、船は動けなくなった。ギニア湾に向かって東方に流れ込む潮流にとらえられ、浅瀬へと押し戻された。北緯七度の少し南辺りで静止し、そのまま何日も無駄に過ぎていった。この付近は赤道無風帯として知られていた。海流が弱く、ささやくように吹く微風が収束してやむ海域である。反対方向からやってくる風がそこでぶつかり合ってゆっくり上昇し、大気中にふらふら上がって消滅するのだ。

　変化の兆候はあった。表面を微風が優しくなでるように、少し離れた海面が軽く波打つのが認められた。それは持続する微風の前兆だった。檣頭でヒューズはこのかすかな兆しに気づき、古い迷信に従って後方縦支檣索を爪でかき、風を求めて口笛を吹いた。

　しかし風はやってこなかった。帆布は垂れたまま、天幕の縁はそよともしなかった。黒人たちは天幕の下で物憂げにむっつりと押し黙っていた。恐怖から目付きが鋭くなり、熱病に罹ったように見えていた彼らの顔から、今はその恐怖の表情が完全に消えていた。恐怖心がもっと悪い事態によって押さえ付けられてしまったように、目はすわり生気がなかった。手足を動かすときには渋々ゆっくりと動かすのだった。

海と空はわずかにくすんだ暑苦しい単一の白色で、継ぎ目なくつながっていた。船は海水よりも濃い不活発な物質の中にいるかのように、海上に静止していた。しかしこの生気のない海もエネルギーを発散する瞬間があった。たまに海面が爪でかかれたように深くえぐられ、妙にさざ波が立ったり、逆まくような動きを見せた。時折、船の付近で一列になった泡が破裂して、悪臭を放つゼラチン状の浮きかすが残った。この臭い浮きかすの正体を巡って、船首楼ではブレアとリーズとの間で殴り合い寸前の激しい口論が起こった。一方はそれが魚の死んだ卵だと言い張り、もう一方はクラゲの腐敗した一部だと言い張った。水夫たちは汚い仕事をさせられ、十分な食事を与えられていなかったので気が短くなっていた。今ではサーソの命令で食料が制限されていたのだ。自分のサルを殺されてから船長への憎しみが治まらないキャヴァナは、備蓄食糧を購入するための金をサーソが着服したのだという噂を流した。これは水夫たちがサーソについて知っていることと符合し、食料制限への不満があったため皆が信じた。こうして不満が募ってはいたが、船長本人の聞こえるところでは皆、口を閉ざしていた。

パリスも、この青白い光を放つ海を時折かき乱す奇妙な動きを見た。わずかの微風ももたらさないその動きを見ながら、彼はおぞましい想像をした。生き物たちが海面の真下で宴を張っている。汚い浮きかすを食らって太り始めているのだ、と。船は死者の肉体と、生者の排泄物を周囲のよどんだ汚水のような海に捨てることで、日々、海に汚物を流していた。汚した海域から出るためには、時々ロングボートを降ろして曳航させなければならないほどだった。

このころ、パリスは病的な空想に浸りがちだった。それは、黒人の間で病気が猛威を振るい、手の打ちようがなく、無力感に打ちのめされていたせいでもあった。末期段階の赤痢患者は衰弱して、用を足すためのバケツも使えない。特に男たちがひどい。彼らはこの段階でも二人ずつ鎖で繋がれている。奴隷たちのいる船倉と船中央部の甲板は、極めて不潔になっていた。パリスは感染を防ぐために自分の知っているあらゆる手段を講じた。奴隷たちを洗い、甲板をよく磨き続けるように命じ、また船倉の汚れた空気を浄化するために働いた。奴隷部屋を酢で拭かせ、甲板間の空間をタールと硫黄をたいていぶした。サーソもできるだけ多くの黒人を生かしておきたいという強い気持ちからパリスと協力し、自分の本分を尽くした。サーソは船内の数か所で、鉄鍋に湿った弾薬を入れて燃やすよう命じた。これはサーソが以前から頼りにしてきた殺菌方法だった。しかしあらゆる努力にもかかわらず、死者は増え続けた。そしてさらに悪いことに、水夫たちの間に壊血病の症状が見受けられ始めた。

最初に症状を訴えて来たのはマックギャンだった。女の死体を船べりから投げ捨てるのにサリヴァンを手伝っただけだった。だが、その作業中に膝ががたがたして足がきかなくなった、とパリスのところに来て言った。

「女を持ち上げることができねえんだ」とマックギャン。「しかも女はやせこけて骨みたいになっていたのになあ。関節が弱くなっちまった」

マックギャンはよく仮病を使ったり、状況に応じて抜け目なく立ち回る男だ、という評判があったので、パリスは初めはこの訴えをまともに聞かなかった。しかしマックギャンの息が非常に臭かったので、口の中を調べると歯茎が異様に赤みがかった鉛色で柔らかく、海綿状になっているのにすぐ気づいた。検査のために少し歯茎を押すと多量の出血があった。

「それに足を見てくれよ」マックギャンは悲しそうに言ってズボンを巻き上げたが、そのズボンは以前よりも袋のようにだぶだぶになっていた。両足の皮膚には数か所黒ずんだ鉛色の斑点があった。腫れておらず、打撲による内出血に似ていた。

「少しでも体を動かすと息切れするんだ」とマックギャンは言った。

パリスはうなずいて言った。「壊血病だね」

「ほお、そうかい？」

マックギャンの態度から本人はすでにそれを知っているのがパリスにはわかった。

「栄養が足りていないせいだ」とパリスは言った。

いつもかぶっているマックギャンの大きな帽子が前にずり落ちた。その下からひきつった小さな顔がパリスを食い入るように見上げた。

「確かにいつも腹が減ってんだ。食い物を十分もらってねえ。米のプディングをちっとでも余分にもらえれば、力が戻るんだが」

「空腹なのは知っている。しかし二倍食べたところで体の調子は変わらない。原因は食べ物の量じゃない。私は種類が問題だと思う」パリスは少し間を置いて力なく言った。「マックギャン、率直に言って、私にはこの症状の原因が何なのか確かなことは言えない。多分、栄養不足だろう。レモンの汁がこの病気に効果があると聞いたことがあるが、そのようなものは船にはない。うがい薬を作るから、それで様子を見よう」

マックギャンはこの診断と処置を聞いて疑いの表情を見せ、失望と不満の色を浮かべた。食べ物を余分にもらいたいという一心でやって来たのだということに、ようやくパリスは気づいた。自信はなかったが、大麦を煎じて酢を加えたうがい薬を作り、マックギャンに持たせた。

それから数日の間、注意して見ていると、水夫たちの間に同様の顔のむくみがあり、だるそうにしている者たちがいた。しかし、確認できる範囲では、黒人は一人として壊血病の症状を見せていなかった。パリスはしばらく考えたあと、この鍵は、蓄えがあったとき、米と一緒に黒人に与えられた青トウガラシにあるに違いないという結論に達した。食べ物に関しては乗組員も奴隷もほかにはさほど違いがなかったのだ。

凪ぎが続き、それにともない病気が広まるにつれて、船上では人々の気持ちにさまざまな変化が生じた。その変化は一人ひとりの気質や立場によって異なった。罪悪感にさいなまれていた内向的なパリスは、この膠着状態に道徳的な意味合いを感じ取り、ふさぎ込み、病的な空想にとらわれた。居住空間に関して彼ほど恵まれていない水夫たちは、互いにけんか腰になり、高級船員に恨みを抱くようになっていた。ヘインズとバートンは相変わらず水夫たちをこき使っていたが、用心深くなって、弾を込めた銃をベルトに下げていた。

サーソも自分への反感に気づいて武装していた。彼は自分だけの煉獄に生きていた。大抵一人で押し黙って食事をとり、甲板ではバートンを通してしか話さなかった。彼の小さい血走った目は、かぶさるような眉の下から周囲の者たちを疑うような鋭い視線を投げかけていた。それはまるで彼らの顔に犯人を、つまり自分の商品の殺人犯、この破滅的な凪ぎの張本人を探し出す手掛かりを見つけようとしているかのようだった。パリスにはサーソが明らかに錯乱状態にあることが伝わってきた。

　ただ一人デルブランだけはおおむね影響を受けていないように見えた。だが、これはパリスがのちに悟るのだが、誤った印象だった。実際、この変化のない日々が続く間に、デルブランは誰よりも深く変わった。ただ、ますます彼らしくなっていくように見えたので、その変化が目立たなかっただけだった。丹念に髭を剃り、念入りに髪を整え、キャンブリック地のシャツと足にぴったり合った優雅な半ズボンを身に付けて、船を歩き回っていた。そしていつも率直で魅力のある態度で、手の空いている水夫に誰彼なしに話し掛けていた。

　自分の船室の静けさの中で、彼がどんなことを考えていたのか、どのくらい真剣に反乱を扇動しようとしていたのか、あるいはそれを望んでいたのかは、結局、わからなかった。本人もそれを明らかにしなかった。しかし、この汚水のような海の上で船が悪臭を引きずり、死んだ黒人たちを相変わらず船べりから投げ捨てる状態が続く間に、デルブランが一種の改宗を遂げたことは間違いなかった。それは全員に、奴隷たちにも水夫たちにも重大な結果をもたらすことになる。そしてその最初の兆候は彼が改宗者をつくろうとするやり方だった。

　人は生きながらえても、自分のことを知らないままでいることがある。本当の自分とは違う者を自分であると思い込み、人生でその幻想を変えるように迫られる機会がないばかりに、そのまま幻想を抱いて死ぬのだ。恐らく我々の大半はそうだろう。デルブランは自分のことをいい加減な芸術家、放浪者、人生における失敗者とさえ考えていた。自分が世の中に何の足跡も残すことができなかったと感じる多くの人間と同じように、彼も自由と平等の考え方を支持してきた。もっともこの理論を普通の社会の中では、彼自身の自信のなさもあって強く意識したことはなかった。ところが、今この船の状況に、彼は縮小され濃縮された世界を、暴政の完璧な雛形を見出していた。彼は自分の人生の目的とは何か、と自問する気持ちに駆り立てられたのだ。

　デルブランとパリスは、最初の出会いから始まった議論を、甲板の隅や少しゆったりとしたデルブランの船室で頻繁に続けた。パリスはデルブランにますます好意を持つようになっていった。デルブランには温かみが、個人的な魅力が、誰の目にも明らかな抗し難い誠実さがあった。これらの特質を持ち合わせていなかったとしても、彼はパリスの好意と敬意を変わることなく受けただろう。というのも、あの夜、要塞で、パリスの言動を一つも見逃すまいとしているように見えた総督のデスマスクの肖像画が置かれた月明かりの部屋で、パリスが真情を吐露したのは、ほかでもないデルブランにであったからだ。

しかしながら、二人はすべての点で同意するというわけではなかった。デルブランの主張は、どの民族・国家・集団も考え方の習慣を変えることで、即刻状況を根本的に変えられるというものだった。

「地上で最も抑圧されている人々の考え方を改めさせてごらんなさい。そうすれば彼らは自由ですよ」とデルブランは、形が良く力強い手を激しく振りながら言った。その茶色い目は異常なほどの率直さと無防備な表情を浮かべて輝いていた。近ごろ彼は、紳士らしい平然とした物腰とは妙に合わない身振りを示すようになっていた。それは唐突な激しいもので、予想される異議を抑え込み、切り捨てるような調子だった。

「この船の人々だってそうです。どちらも監禁されているんですから」

このところ熱をともなった不眠症に悩まされ、疲労しきってふさぎ込んでいたパリスは、デルブランの無垢な輝き、溌剌とした表情と小ぎれいな服装、思索上の熱意、ますます熱を帯びる態度に目を見張った。そこには、やがて皆が深く感化されることになるデルブランの狂信的なところが表れていた。もっとも、その点はあとになって初めてパリスも気づくのだが……。

「思考を変えることによって状況を変えられると君は言うが」とパリスは言った。「思考を変えられると君が考えるのはどういう理由によるのですか？　君は土台をしっかり造らずに二階の部屋を造ろうとする人間と変わらない。考え方の習慣を変えることが容易であるなどと信じているんですか？　僕にはとても信じられない」

「もし観念が生まれつきのものでないとするならば、もちろん生まれつきのものであるはずはないんですが、それが頭の中に深く根付き、頭から追い出せないということはあり得ません」とデルブランは熱心な身振りで相手を制するように言うのだ。「一組の観念連合を別の一組の観念連合に取り替えるだけの問題です。僕はできると確信している……。パリス、僕には自分の心と頭でそれがわかる。人は誰でも自由に生きることができる。しかも他人の自由を制限しようとしないでいられるんだ。他人が自分の自由を制限しようとしない限りはね」

　このように、二人の議論はいつも同じ道筋をたどった。しかしデルブランの使命感は大きくなっていった。彼はパリス以外にも話し相手を求めるようになった。甲板を洗い流しているイタチ顔のタプリー、奴隷用の船倉を磨き終えて、むっとした顔で甲板に上がってきたビリー・ブレア、腐った肉を何とかだまして食べさせようと頭をひねっている厨房のモーガン。誰にでもデルブランは話し掛け、社会的状況は人為的なものであり、ある人間が別の人間に対して持つ支配力は単に慣習によるものでしかないということに同意しないか、と聞いた。デルブランの態度は誰に対しても同じだった。好意的で率直だった。当初は信念を説くため説得方法を工夫せず、理解力が不足している相手にも説得の手を緩めなかった。

「僕たちは生まれつき平等なんだ」と、あるとき、ぽかんとして笑みを浮かべているキャリーに向かって言った。「だから統治者は統治される者の同意にいつも頼らなければならないということにならないか?」

　デルブランは読書家で、自分の知っている言い回しを使った。マックギャンにも話し掛けて、人間の性格は外的環境から生じるものであるから、環境が変われば性格も変わるというのは本当だとは思わないか、と聞いた。

　水夫たちは丁重に聞いていた。あるいは聞いているように見えた。というのも彼は紳士であり、船賃を払っていたからである。間もなくデルブランは自分が水夫たちに対して間違った言葉遣いをしていることに気づき、別の言い回しを試し始めた。こうしてしつこく水夫たちの邪魔をし続けるならば、船旅の残りの間、船室に閉じこもってもらわざるを得なくなるとサーソから乱暴な警告を受けた。「奴の無駄口を止めさせてやる。船室を板で打ち付けて閉じ込めてもいいんだ」とサーソはバートンに言いきった。しかし、そうする必要はなかった。船長の表情を見ただけでデルブランは相手が本気だと納得した。この脅しへの対応のうちに、のちに彼を際だたせることになる、現実に対するすばやい理解力が示されていた。船室に閉じ込められてしまえば元も子もない。それ以後、デルブランはもっと慎重に振る舞うようになった。

その点、彼は賢明だった。サーソによる処罰はもはや蛮行以外の何物でもなかった。サーソは正義を装う素振りも見せなかった。見るからに腐っており悪臭を放つ牛肉について船長に苦情を言うために、デイヴィスが代表に選ばれて船尾に行った。デイヴィスは目を伏せたまま恭しく話し出したが、すぐにサーソは怒りを爆発させ、格子板にデイヴィスを押さえ付けさせ、ロープの端で打った。サーソは思いきりロープを振り続けながらうめき声を上げた。そして息がきれ、疲れきるとようやく打つのをやめた。

「デイヴィスは絶対に許しませんよ」とサリヴァンはパリスにこっそり言った。「絶対に。百まで生きたとしてもね。あの罰は不当だと奴は思っているんです。デイヴィスはまじめな男だ。だから選ばれたんだ。それに奴は船長に丁寧に話をした。船長は九尾の猫鞭を食らわせようとしたが、それを持って来させるのも待ちきれなかった。それほど血に飢えていたんだ」

「今は難しい時期にある」とパリスは言った。彼は船長をあからさまに批判することには加担しないようにしていた。

サリヴァンは少し言いよどんでから口を開いた。「俺がこんなことを言う立場にないのはわかっているが、船長と航海士に対する反感が募ってます……」また話を中断したが、今度は先ほどより沈黙が長かった。再び口を開くと、一気にこう言った。「サーソがどうなったってちっとも構わない。俺たちは黒人よりもひどい扱いをされてきたから。でも、パリスさん。申し訳ねえが、あんたは船主の親戚だから、船長に近い立場にいる……。用心しといた方がいいと言っておきたかったんです」

「ありがとう。覚えておく」とパリスは言った。

サリヴァンは自分の忠告が悪く取られなかったことに安心してほほ笑み、抜けた歯並びを見せた。奴隷をバイオリンで踊らせる件で親切な言葉を掛けられてから、彼はパリスにずっと好意を持っていた。彼がやって来たのは、一つにはパリスに警告するためだったが、いま一つには願いを聞いてもらうためでもあった。彼はパリスに証人になってほしかったのだ。

「マックギャンは、俺が船長に面と向かって言ってやったってのを信じようとしないんです」とサリヴァンは言った。

「俺たちは一シリング賭けたんだ。俺には船長に立ち向かう勇気がないと言ってマックギャンは一シリング賭けた。もちろん奴は俺が船長のところに行ったのは知っている。だが、あの出来損ないのスコットランド野郎ときたら、俺が実際しゃべったってのを信じない振りをしてやがるんだ」

サリヴァンがマックギャンの強情さに頭を振ると、長いぼさぼさ髪が顔の周りを揺れた。

「俺がサーソに言ってやったのは、俺の音楽だったていうこと、鎖の音のせいでバイオリンの音が自分でも聞こえねえっていうことだったのに、奴はその証拠がなければ、一シリングを手放すつもりはねえと言うんだ」

「なるほど」

パリスは相手の表情から、これがサリヴァンにとって重大な問題であると理解した。上半身裸のサリヴァンはひどくやせて、肩の骨が出ていた。しかし、彼の目は、たった今ちらっと見て、すぐに見失ってしまった輝きの幻影を探し求めるような、いつものまなざしを見せていた。

「マックギャンが一シリング持っているとは思えないが」パリスはしばらくして言った。「彼はまだ給料をもらってないんだろう？　マックギャンがぼろぼろの服を着て船にやって来て、しかもそれを燃やされてしまったのは覚えているだろう？」

「よく覚えている。俺もまったく同じことをされた。ただ、俺の方がマックギャンより身なりはよかった。俺は真鍮のボタンの付いた上等の上着を着ていたんだ。そのボタンはまだ手元に戻っちゃいないんだが」

「それは知らなかった。ただ私が言いたいのは、もしマックギャンが一文無しで乗船してきたのなら……」

「金のためじゃない」とサリヴァンは言った。「それが金の問題だったら、約束手形をもらってもいい。長い間旅をしていれば、俺だって法律ってものが少しはわかってくる。約束手形が法貨だってことも。相手の懐に一ペニーもないのに、約束手形を振り出したって何の役にも立たないってのはわかっている。そういうことじゃなくて、俺が要求しているのは、俺が賭けに勝ったって奴が認めるかなんだ。マックギャンはひどい壊血病に罹っている。あしたにも死ぬかもしれない。俺は水夫たちがあれに罹って突然、死ぬのを見てきた。冗談を言ってたと思ったら、次の瞬間には死んでるんだ。マックギャンもそんな顔をし始めている。この件は奴が死ぬ前にはっきりさせておかなければならないんだ、パリスさん。それが我々の言う公正ってもんでしょう。先生があの場に居合わせて話を聞いておられたんで、俺が船長を見据えてきっぱり要求を伝えたんだということをマックギャンに言ってもらえないかと思ったんだ」

「よろしい」とパリスは言った。「そうしたところで問題はないだろう。私は君がどのように話したか、その内容を伝えよう。君がどのように振る舞ったのかは、マックギャンの想像に任せよう」

しかしパリスが話をする前に、マックギャンは枷をはめられてしまった。黒人たちに、米飯の施しを求めたためだった。生き残っていた黒人は自分を虐待してきた水夫に食べ物を分けてやることがあった。パリスには不可解で感動的な慈善行為だったが、これが奴隷をさらに衰弱させ、彼らが生き残る可能性を低下させるという理由から、船長をことのほか怒らせたのだ。

パリスはマックギャンに会うために、主甲板に一塊になっている奴隷たちの脇を通らなければならなかった。彼らは、鞭と棍棒で武装しているウィルソン、リーズ、ヒューズに監視されていた。サーソは水夫に銃を渡すのをやめていた。男奴隷は依然二人一組で足枷をはめられ、女と子供は自由を許されていた。パリスが横を通り過ぎたとき、要塞から連れて来られた女がその中に混じっていたのに気づいた。やつれてはいたがまだ元気そうだった。彼女が黄金海岸ではなく、もっと西方の出身であることをパリスはジミーから聞いていた。牛を放牧して暮らすフラニと呼ばれる遊牧民の出身だった。パリスが通り過ぎても女は彼の方を見なかった。

マックギャンは船首楼甲板に重い足枷をはめられたまま座っていた。彼はぼろぼろの縁無し帽子を眉まで下ろし、頭を垂れ、パリスの証言を聞いた。マックギャンの顔の特徴だった薄く黄ばんだ肌はもはや黒ずみ、明らかに呼吸困難に陥っていた。パリスはこの機会に彼の足の染みを再び診たが、悪化して潰瘍の状態になっていた。

「以上が実際に交わされた話だ」とパリスは言った。「私はその場に居合わせ、サリヴァンがそう言ったのを聞いた。君のところに来て話をするようサリヴァンから頼まれたのだ。確かにサリヴァンが賭けに勝ったことを君が納得するようにと」

マックギャンはこう言われて顔を上げた。目付きがうつろだった。かつての執拗で狡猾な表情の顔には、しわが刻まれていた。

「すると、あんたはサリヴァンの味方か」とマックギャンは言った。彼は息をぜいぜいさせていた。「そうやすやすと一シリングは手放さないぞ。サーソに頼んで、この枷を取ってくれ。そうしたら金はやる」

「君を自由にするようサーソ船長にはもう頼んである。いずれにしても、また頼んでみるつもりだ。サリヴァンとの賭けについて君がどう決めようと無関係にだ」

マックギャンが自分の話を信じたかどうか、パリスにはわからなかった。マックギャンは返事をせず、ひどく強情なところを示すように、ただ顔を下げただけだった。

パリスの訴えにもかかわらず、マックギャンは一晩中枷をはめられたまま放っておかれた。ヘインズが枷を外しに行ったときにはまだ生きていて話すことができた。しかし、ヘインズたちが立ち上がるのを手伝おうとすると、一度大きくうなって甲板に倒れ込んで死んだ。一時間も経たないうちに帆布に縫い込まれ、重りを入れて、葬儀もそこそこに海に投げ捨てられた。

二日後、天候が好転し、皆の意気を高めた。だが、天候の回復は一時的なものに過ぎず、皆に期待を抱かせただけに、かえって残酷だった。東から順風が起こり、初めは不安定だったが、やがて落ち着いた。サリヴァプール・マーチャント号は、まず、弱風を最大限に利用するためにジグザグに針路をとってかなり進んだ。

順風が吹いたのは赤痢の進行の中休みと同時だった。九日間死者が出なかった。しかし奴隷たちはひどく衰弱しており、洗うために甲板に上げると、何人かは鞭打たれても支えなしには立つことができなかった。死者はすでにかなりの数にのぼっていた。記録係のバートンによれば、シエラレオネで最初の奴隷を積んで以来、船上で七十六人が死んだ。

にもかかわらず、好天により船足が速まったことで、サーソは前より機嫌がいいように見えた。彼はパリスとデルブランを食事に招き、バートンもその相伴にあずかった。パルマス岬で積み込まれた比較的新鮮な塩漬け牛のばら肉の一部がまだ残っていて、船長と航海士たちのために確保されていた。これをみじん切りにし、ビスケット、タマネギ、米を加えてシチューが作られた。サーソはこの料理と取って置きのボルドー・ワインで冗舌になって三人に語った。ハリー博士の海図によるとジャマイカのキングストンの経度はロンドンから七十六度三十分にある。それゆえ、自分の計算によれば、船はキングストンから百四十二リーグの位置にいる。ただし、セント・アン岬の経度の計算が正しければの話であるが、と。だが、肩を怒らせ、パイプに臭いの強い黒たばこを詰め、自分を哀れむ悪魔が目の前にいるかのように、にらみつける船長の挙動のすべては、自分の計算が正しいことを信じて疑っていないことを示していた。

パリスは、まだ、船上から壊血病が消えていないことに頭を痛めていたので、船長の上機嫌に乗じて、船長のクラレット〔ボルドー産赤ワイン〕を薄めて水夫たちに配ってほしいと頼んだ。

「私のクラレットをだと？」サーソは心から驚いたようにパリスを見た。「パリスさん、君の頭はどうかしているんじゃないか。言うことを聞かない船首楼のくず共に私のクラレットをやってほしいとは」

「マックギャンは壊血病で死んだのです」とパリスは言った。「ほかにも二人がその症状を見せています。栄養が足りないせいです。ワインが多少は効くのではないかと考えているのです。何と言っても、葡萄の汁ですから。少量の砂糖と私のところにある乾燥させた薬用サルビアを入れて温めてみようと思うのですが」

「そうか。そうして私のワインを始末してくれるとはご親切なことだな。マックギャンは性病に侵されたちび野郎で、骨髄がなくなったんで死んだのだ。塩漬け牛肉が悪いんじゃない。我が国の海軍は何世紀もこれを食べてきた。もし食糧のせいなら、なぜ残りの水夫たちは壊血病にやられないのかね？　皆、同じものを食べてきたじゃないか」

「その点がどうもはっきりしないところです」とパリスは言った。

「ああ、それでは、君にも知らないことがあるのだね。いいかね。君の言う三人は仕事を怠けているだけだ。自分の仕事をさぼる者は誰でも鞭をたっぷり受けることになる。船長のワインはもらえんぞ、パリスさん」

これが最後で、訴える余地はもうなかった。パリスは黒人たちに与えられていた青トウガラシについて再び考えざるを得なくなった。こっそりと倉庫から乾燥したエンドウ豆を一袋持って来て、船室で発芽するまで水に浸しておいた。これを配膳前の水夫用シチューに入れるようにモーガンに言い含めた。

しかし、結局のところ、パリスには水夫たちが健康を回復することを確認する時間も、長期的に栽培を続ける時間も許されなかった。

マストの上の見張り台で、ヒューズは、頭上に熱帯特有の尾長の鳥を、海面下に明るい色のマンボウの群れを見た。船が内海に入ってきた兆候だった。また、彼は風の吹いてくる方向の、はるか彼方の雲の端にかかる太陽の暈(かさ)に気づいた。それが嵐の前触れであることは知っていた。しかし嵐はあまりにも急にやってきたので奴隷たちを船倉に入れる余裕もなかった。どこからともなくやってきてのしかかる高波の衝撃で船は激しく揺れた。それにともない東方から竜巻がやってきて、猛烈な勢いで船を襲った。船のきしみと張りの音に負けまいとしてヘインズは怒鳴り声で水夫全員に叫んだ。サーソはメーンマストのところに立ち、脇のバートンは船長の命令を大声で伝えた。クリューライン〔帆の下縁〕についた水夫たちは雷鳴のような音を立てる厄介な帆布をヤードまで引き上げようと必死だった。船体が大きく揺れる間、頭上ではヒューズとウィルソンとキャヴァナとブレアが横木の上で揺れながら、トップスルを押さえ込み巻き付けようとしていた。水夫たちは衰弱していたが、規律と長年にわたる忍耐の習慣から仕事を続けた。そして驚くべき速さでフォアマストとメーンマストのトップスルを畳み込み、船首を風上に向けて船を停めた。

その後、船は激しいスコールにほとんど絶え間なく襲われ、流された。六日間奴隷を甲板に上げることができなかった。奴隷たちの食事はスコールの合間の凪ぎのときに船倉で与えられた。荒波と豪雨のため甲板の舷側に沿って作られた換気口が閉められ、またタール塗り防水帆布が格子蓋の上に掛けられたため、空気が入る途はすべて閉ざされてしまった。

すでにさまざまな形で自由を奪われて衰弱し、また、その多くが赤痢に罹っていた黒人たちの苦しみは想像を絶するものだった。彼らの部屋は間もなく耐え難いほど暑くなった。閉じ込められた部屋の空気は酸素の欠乏で息苦しくなり、詰め込まれた大勢の奴隷たちの息と汗と排泄物で有毒になっていた。部屋の高さはわずか二フィート足らずで、彼らが横になっている床板はかんなが掛かっていない厚板だったので、窒息するような暑い闇の中でどうすることもできず寝返りを打つと、板の粗い表面で背中や脇腹の皮膚が剝がれた。風がやんでいるときには、助けを求める黒人たちの声が、狂ったような激しい叫び声がパリスの耳に届いた。

格子蓋から時々湯気が上がってくるのが見えた。状況が許すときにパリスは何度か黒人たちのところに降りて行った。そのたびに、三人の水夫が付き添った。一人はランプを持ち、二人は奴隷が足に噛みつくのを防ぐために仕込み棒を持っていた。パリスにはこの場所が地獄の屠殺場に思われた。船倉の床は赤痢による血液と粘液で滑りやすく、足元を危うくさせていた。

パリスは奴隷たちを元気づけるために水に浸したパンを持って行き、気絶している者を甲板に上げ、意識を回復させようとして探した。いつも降りる前にシャツを脱いでいたが、この暑さにそれほど長くは耐えられなかった。最後のときには降りる前からすでに気分が悪く熱があった。十分も経たないうちに熱と悪臭と汚れた空気に圧倒されてめまいがして、一緒にいた水夫たちの助けがなければ倒れるところだった。

これは船旅の途中で以前、彼を襲った熱病の再発の前兆だった。一昼夜、船室のベッドで汗をかき、震え、時折うなされながらも眠った。その間に、スコールは徐々に収まっていき、天候は再び安定し始めた。

こうしてパリスが伏せっている間にサーソは一計を案じた。それは単純な考えだったが、実際、サーソ自身が単純で、利潤動機の化身のような男だった。利潤動機より単純なことはあり得ない。彼の案はいくつかの否定し難い事実に基づいていた。悪天候の六日間に黒人の死者は十八人――男十八人、女五人、少年三人――にのぼった。船は吹き流され航路をかなり外れていたし、ジャマイカに到達するまでには、さらにかなりの死者が出るだろう。生き残った者たちでさえ、奴隷を買い付けに来るプランテーション経営者にはとうてい魅力的には見えまい。いわゆる自然の理由で船上で死ぬ積み荷はまったく無価値だが、遭難時におけるように正当で十分な理由から投げ捨てられる積み荷は合法的な投げ荷として分類され、市場価値の三十パーセントを保険会社に請求できる……。また、もう一つの事実がある。厄介を引き起こしかねないパリスに意見を聞く必要もない。奴は熱病で船室に閉じこもっているが、運がよければ今しばらくはそのままにしているだろう。本当に運がよければ死ぬかもしれない。サーソは陰険にそう考えた。

船長室に一人で座り、ブランデーを飲むサーソ船長の頭の中でこうした事実が総合的に組み立てられていった。相談役は俺を見捨てておらず、戻って来て再び俺に話し掛けているようだ。これが最後だ。この案は十二分に合理的であり、同時にそれ以上に道徳にかなっている。自分がさほど得をしないことはわかっている。ただ、ケンプが保険で利益を得るだけだ。この航海が終われば俺は引退する。金（かね）は蓄えてある。バートンと買った砂金の四分の三は俺のものだ。黒人たちが生き延びようと死のうと俺には大したことではない。だが、自分の評判のことは考えなければならない。船長としての長い経歴を通して、いつも船主を満足させるためにできるだけのことはしてきた俺ではないか……。サーソは合法的な手続きを踏んでおく必要性があると判断して、バートン、ヘインズ、デイヴィスそしてバーバーを船室に呼んだ。高級船員の中で生き残っているのは彼らだけだった。

翌日の早朝、目を覚ましたパリスは、前夜の会議の結果を目の当たりにすることになった。ふらふらして弱ってはいたが、熱が下がっているのを感じた。彼は船がわずかに傾いているのに気づいて、船倉の排水が行われたのだと思った。完全に目覚めてはいないものの、天候が穏やかになり、頭がはっきりしてきたことをありがたく思いながら横になっていると、不可解な音がひとしきり聞こえてきた。どこか頭上の甲板の上で引きずられる鎖の重い音、そして何人かの男たちが一緒に走る音、妙に狂喜するような長い叫び声が一つ、右舷の海水がわずかに跳ねる音。目がはっきり覚めたと確信する前に再び聞こえてきた。甲板の上の鎖の音。足枷が落ちる音のようだ。先ほどの叫び以外には人の声は聞こえない。夢の中で手掛かりを求めるときのように、最初は強い好奇心に駆られ、次いで一種の疑念から彼は立ち上がり、弱ってはいたが、できるだけ急いで服を着て甲板に上がった。

パリスは、広々としたまぶしい空間の中に自分が出て来たときの印象を生涯決して忘れなかった。この印象は一生彼から離れることなく、ある種の経験――まぶしい光、自由の予感、そして当惑のようなもの――をすると、必ず顔を出すようになる。初めは何が起こっているのかわからなかった。穏やかな海と空に、すべてを覆いすべてを許す広大で空白の空に当惑した。

最初、パリスは乗船員たちが取っ組み合いのけんかをしているのかと思った。ヘインズとリビーはレスラーのように身をかがめて向かい合うようにしている。サーソとバートンは決闘の介添え人のように両側に立っている。十人ほどの男たちが短い重そうな棒で身を固め、まるでどちらの闘士も逃げ出さないようにと見張っているかのように半円形になって周りを取り囲んでいる。

しかしそれがけんかではないことはすぐわかった。闘士はいなかった。二人の男奴隷が鎖を外され、船の手すりに背を向けて並んで立っていた。サーソが何か言っているのが聞こえた。今度はヘインズとリビーにウィルソンが加わって二人の黒人に詰め寄った。三人の腕っ節の強い男たちが……。奴隷たちは手荒く船べりから突き落とされようとしていた。すでに落とされた者たちもいた。パリスが聞いたのはその音だった。それにあの音は鎖を外す音だったのだ。鎖にはまだ価値があるというのか……。皆は成り行きに気を取られて、まだ誰一人パリスを見ていなかった。黒人のうちの一人は無表情に突っ立っていたが、もう一人は恐怖に自制心を失い、嘆願するように両手を上げ、詰め寄る男たちにお辞儀をするように頭を前に突き出していた。それは獣のようにいじめられあざ笑われる者がとる姿勢で、パリスにも覚えがあった……。

どのような結果が引き起こされるのかといったことは考えなかった。「だめだ！」パリスは叫んだ。「だめだ！」パリスは甲板を横切って彼らの方にすばやく歩き始めた。漠然とした衝動に駆られて、彼は証言台に立ったときのように右手を思いきり高く挙げた。胸が張り裂けんばかりの声で空に向かってもう一度叫んだ。「だめだ！」

第三十六章

数日後、義理の父親になるはずであった男との最後の面会の際に、イラズマスは、すべては船のせいだと思うと述べた。激情のあまり、すんでのところで父親の本当の死因をうっかり漏らしそうになった。「船のことで父は心を痛めていました」と彼は言った。顔は青白く、目は熱を帯びていたが、ベルベットの喪服と白のストッキングを身に付けて、装いは非の打ちどころがなかった。経営破綻の全貌が明らかになるにつれ、彼はますます身なりにやかましくなり、頻繁に手を洗い、一日に二度、下着を替えるようになっていた。また流行の髪粉を掛けるようになった。「あの船への期待を裏切られたことが」と彼は言った。「父に……父の発作につながったのです」

イラズマスの言葉の言い替えや、わずかな言いよどみから何か気づいたことがあったとしても、ウォルパートは何の気配も見せなかった。ウォルパートは、この若者が父親の死因として、そのような些細なことを挙げるのは奇妙だと思った。もっとも、イラズマスの性格には極端に走るところがある。この点で彼は父親似だ。莫大な負債は、極端に走る父親の性格をまたしても証明したことになった、とウォルパートは意地悪く考えた。ケンプの事業経営が陥った行き詰まり状況からして、奴隷船二十隻分の利益でもケンプを救うことはできなかっただろう。それは周知のこととなっていた。

「船が行方不明になったとしても、あきらめるのはまだ早い」とウォルパートは言った。「出帆してからまだ一年にもならないし、現在、ギニア海岸の取引は活発ではない。君のお父上はそのくらいのことはわかっていただろう」

ウォルパートはケンプ父子に憐憫の情のようなものを感じ、息子の判断に対して父親を弁護しようとしてそう言った。しかし、若者のこわ張った表情は変わらなかった。年長者の言い回しに含まれる善意に気づいて、それを拒むように、ますます背筋をぴんと伸ばした。

「船は六か月前にアフリカを発ったのです」と彼は素っ気なく言った。「手紙が届きました……。船長から手紙を受け取っています」

「確か君の従兄が船に乗っているはずだね」とウォルパートは言った。以前、通りでケンプと立ち話をしていたとき、ケンプがふと漏らしたのだ。「きっとショックを受けるだろうね。お父上は君の従兄の恩人だから」

イラズマスが従兄のことについてウォルパートに話したことは一度もなかった。イラズマスはわずかにうなずくだけで、何の返答もしようとしないように見えた。しかしやがて言った。「船は難破したと思います。従兄を乗せたまま」

ウォルパートはため息をつき、手前の机の上に両手を重々しく置いた。「要点を言おう」と彼は言った。「今度のことについては、君には何の責任もない。しかし事態は当然変わってしまった。損失については、何がいけなかったのかと詮索しても無益だろう」

ウォルパートは再び話をやめ、目の前の無表情な顔を見た。彼がイラズマスに好意を持ったことは、実のところそれまで一度もなかった。冷酷さとか、圧迫感を与えるようなものをイラズマスに絶えず感じていたからだ。セーラに対する明らかな献身にさえ、それを感じていた。しかしながら、この若者のエネルギーと野心についてはますます評価するようになっていた。その若者がエネルギーと野心を除いてすべてを失ってしまった今、以前にもまして優しい気持ちをイラズマスに抱いた。

「お母上はご自分の資産を持っておられるのだろうね」とウォルパートは聞いた。

「祖父が母に残した信託財産からわずかな収入があります」

「屋敷に長くはおられないのだろう？」

「はい。屋敷は家財ともども売りに出されます。母はノーフォークの伯母のところに身を寄せると申しております」

「この悲しい出来事の中で、お母上が見せられた毅然とした態度には皆、感銘を受けている」ある種の心遣いからウォルパートはこれ以上言わなかった。エリザベス・ケンプの足取りがこれほど軽く、頬の血色がこれほど良いのをウォルパートは数年来見たことがなかった。

「君たち母子がこのような窮地に立たされているのを見ると心が痛む」しばらくしてウォルパートは続けた。「これから私が君に言おうとしていることには君への非難はいっさいない。お父上の損失がどの程度のものだったのか、君には推測がつかなかっただろうし、特にこの数か月間の不運な投資についてはなおさらのことだろう」

「私が注意さえしていれば、その兆候に気づいていたはずです」イラズマスは、損失を出した責任は誰が重いかなどと、他人が勝手に決めつけるのを黙って聞いているつもりはなかった。「自分のことで手一杯でしたから」

ウォルパートはわずかに肩をすくめて言った。

「それはもっともだ。今から話し合わなければいけないのはそのことだ。君はわかっていると思うが、現状では私の娘との婚約はあり得ない。公式のものであろうとなかろうと婚約はあり得ない。娘との特別な関係を君に認めるような、いかなる同意も了解もあり得ない。そのことはよくわかってくれるだろうね」

「すでに承知しております」若者はそう言って立ち上がろうとした。

「ちょっと待ちなさい」ウォルパートは手を挙げて制した。「まだ話は終わっていない。負債は君が抱えたものではない。君がまだ共同経営者になっていなかったケンプ氏の会社が抱えたものだ。債権者たちはできるだけ回収しようとするだろうが、それだけの話だ。この点に関しては——」

「いいえ。失礼ながら、そういうわけにはいきません」

「どうか最後まで言わせてくれたまえ。私は君の才能に感銘を受けている。私の家族で経営する会社での職を、合意できそうな俸給で君に提供する用意があるのだが。年収三十ポンドではどうだろうか。悪い額ではないことは認めてもらえると思うが。会社の輸送部門を担当する息子のチャールズの補佐をしてほしい。すぐに返事をする必要はないが、少しでも考えてもらえば、この申し出の条件がいいことはわかってもらえるだろう」

「そのような申し出は、貧しい者にとっては明らかにいい条件でしょう」とイラズマスは唇を苦々しげに曲げて言った。しばらく何も言わずにいたが、やがて立ち上がった。「考える時間は要りません」と彼は背筋をぴんと伸ばして言った。「お申し出には感謝いたしますが、お断りしなければなりません。ご厚意に対して、その理由を説明しなければならないでしょう。父が遺した負債に関するあなたのご意見には同意できません。法律上私に責任があろうとなかろうと、父の負債は私のものです。私は父の汚名をそそぎ、負債を弁済するつもりです。すべての債権者に相当の利息を付けて全額を支払います。お申し出いただいている俸給ではそれはかないません。そう、三倍にしてくださったとしても」

ウォルパートは意表を突かれてしばらくじっと座っていた。「よろしい」今度は自分も立ち上がりながら、不快感をあらわにして言った。「君のことは君が一番よくわかっているはずだ」

実のところ、ウォルパートはそのときそう考えてはいなかった。この商人の人生観にはドンキホーテ的なところは何もなかった。負債は契約を取り交わした者の間の問題だった。それなのにイラズマスがこのように言い張るとはウォルパートには信じられなかった。それに損失によって被った傷を隠すどころか、長く耐えようとする意志もウォルパートには理解できなかった。今までも時折あったが、彼をいら立たせたのはこの若者の高圧的な態度だった。しかし、一方でウォルパートはどこかほっとした気分にもなった。自分はとにかく義務を果たしたのだ。それにイラズマスは御し難い部下になったかもしれない。

これ以上、二人が話し合うことはなかった。もともとそれほどあったわけではない。「いずれにしても幸運を祈る」ウォルパートは握手をしながら言った。「娘が君に会いたいと言っている。玄関の広間の向こうの客間で待っている」

テラスと湖に下る長い坂を見渡す高い窓を背にしてセーラは立っていた。イラズマスが入って行くと歩み寄ろうとしたが、彼が入り口でじっと立ったままでいるのを見て、思いとどまったようだった。

「あなたがここにおられるとお父上が教えてくださいました」とイラズマスは言った。彼はセーラに会うときに備えてすでに下稽古してきた。取り乱さぬように振る舞う必要があると心に決め、声に感情を出さないようにした。三日前、すでに自分たちのものではなくなった屋敷の自室で、一人セーラのことを思って熱が出るほど泣いたのだ。今は涙も涸れ果てていた。

彼女はしばらく待ってから言った。「断られたのですね？」

「断る？」

「父の申し出をあなたは断られたのですね？」

彼女は日光を背に立っていた。彼には彼女をはっきり見ることができなかった。この数日間、世間に対して断固として挑戦的なまなざしを向けようとして絶えず努めてきたせいか、視力が変に弱くなっているような気がした。焦点を合わせようと瞬きしてみた。セーラが頭を横に向けているのが見えた。サマードレスを着て日光を背に立っている彼女の肩の線がいくぶん揺れていた。彼女は泣いていたのだ。

「すると、あれはあなたの考えだったのですね？」とイラズマスは言った。「あなたがお父上にあの考えを吹き込んだのですね？」

「あなたは父が他人から吹き込まれるような人だと思われて？」

彼女は涙声になっていた。どうして泣いているんだ？　すべてを失ったのは自分なのだとイラズマスは思った。「いいえ」彼は妙に思慮深さを示そうとして言った。「そうは思いません。ただ、あなたがお父上に頼まれたのでしょう。あなたの望みだったら何でもかなえてくださる方ですからね」彼はまじめな気持ちで言ったが、彼女はあざけられているように感じた。「チャールズ・ウォルパート君のために貨物の重量や荷車の車輪の幅を測ったりするなんて」と彼はしばらくして言った。

「私たちにとってはそれが唯一の途だったのに」彼女も苦しんではいたが、その言い方には、口論のときにしか見せない怒りを含んだ皮肉が込められていた。「父は人の頼みに耳を貸すようなことはしないわ」と彼女は言った。「そうよ、イラズマス・ケンプさん。これはあなたに好意で施しをするということじゃないのよ。それなのにあなたは一瞬でも私のことを考えてくださらなかったのね」

「唯一の途ですって?」彼女が何を言おうとしているのかイラズマスには理解できなかった。「僕は他人の好意を受け入れることにやぶさかではありません」と彼は強い口調で言った。「父の名誉を回復するためなら、どんな手段でもとります。父に自分の気持ちを伝え結婚の許可をもらったときに、父は言っていました。私とお前は違うんだ、私たちの性格は違うんだと。私は何かを見るために立ち止まる性格だが、お前は立ち止まろうとしない性格だから、結局はそれがどうしようもなくなるまで膨れ上がってしまうんだと。でも、そうではない。僕たち父子は同じなんだ」

彼は自分の言おうとすることを強調しようとして、ぎこちなく片腕を上げた。「今度のことでは、父も手がつけられなくなるまで膨らませてしまった。父には問題を切り離して考えることができなかった。だから、あの船が父にとってすべてを意味するようになった」

「私は誤解していたわ」彼女がつぶやくのが聞こえた。「あなたは私を離さないために、私を失わないために闘ってくださると思っていたわ。この大変なときに、どんなことがあっても私があなたをあきらめずにいることを、待ち続けるつもりでいることを、あなたがわかってくだされば、あなたも気を落とさずにいられるのでは、と思ったのに……」彼女は少し間を置いて、理解できないといった口調で言った。

「あなたは私のことを何とも考えていてくださらなかったのね」

「僕はかつての僕と同じではないのです。今となっては僕たちは結婚できません。終わりです。僕はすべてを失ったんです」

これを聞いてセーラはさっと近寄り、彼の硬い肩に両手を置き、顔をのぞき込んだ。「すべてじゃないわ」とセーラは言った。「すべてじゃない」しかし彼女はイラズマスの硬直した表情を、放心したような明るい目を見てたじろいだ。イラズマスは彼女を見ていなかった。

「僕は父と違うと思われたくない」と彼は言った。「父が言ったことをもう一つ覚えている」彼はセーラを抱こうとも触れようともしなかった。しばらくして彼女は顔を背けた。

両肩に置かれていた手が引っ込められ、セーラがうしろに下がるのを見ていると、イラズマスは彼女を失ったことを実感し、たまらなくつらくなった。その瞬間、彼は自分が彼女に対して抱いていた希望の核心部分を、肩に置かれていた手の温もりと、彼女の息遣いのためらいがちな優しさ、大きく無防備に開かれたまなざしを感じた。セーラの言葉は立派だが、彼女は間違っている。自分はすべてを失ったのだ。彼は言った。

「綿を扱うんじゃなかったと父は僕に言ったのです。父は砂糖で商売を始めましたから」

イラズマスはしばらく黙っていた。何を話したらいいのかわからなかったのだ。何も言うことはなかった。今となっては、彼女は負債と損失の一部、彼が賠償すべき対象の一部だった。彼は借りを返すことを彼女から始めることにした。「僕は再起を図るつもりです。砂糖の取引を始めるつもりです」

「あなたはご自分のお好きなようになさるんでしょう」とセーラは言った。「誰がどう言おうと、あなたを変えることができないのはよくわかっています。誰もがわかっています」証人に世間を持ち出すやり方は、口論中にセーラがしばしば使う手だった。しかし今度は彼女は声を震わせていた。初めて本当の苦しみを一人きりで耐えなければならないからだ。

「あなたが初めていらっしゃって、私をあのように見つめたとき、私はあなたから少しもいい印象を受けませんでした。横柄で洗練されていない方だと感じました。誰もがそう思いましたわ。それから劇をめちゃめちゃにして。どんなに私が劇に出たがっていたかご存じだったはずなのに。それで、あなたは私の機嫌をとることに気を配るというより、私のことを愛してくださっているのだと思ったのよ。そこが私に話し掛けてきたほかの若い男の人たちと違っていたわ。でも、そんなふうに思ったなんてばかだったことにようやく気がついたの。あなたがしようとしていたのは、ご自分を満足させることだったんだわ」

イラズマスはどう答えていいかわからなかったし、今、自分が一文無しになってしまったというのに、彼女が以前の不満をなぜ蒸し返そうとしているのかもわからなかった。彼にはあまり聞き慣れない言語を彼女がしゃべっているように感じた。

「それは簡単なことです」とイラズマスは言った。「お父上が僕たちの結婚を禁じられたのです。お父上に逆らうわけにはいきません。僕は一文無しになったのです。あなたに捧げられる物は何もないのです」

「いいえ、イラズマス」とセーラは言った。その声は今ははっきりとして、ためらいがなかった。「そのせいじゃないわ」

最後にもう一度彼は、魅力的であると同時に困惑させられるような表情が彼女の顔に表れるのを見た。半ば閉じられた目、言葉が発せられる前の輝くような休止、恍惚への前奏のようなあのわずかな口のねじれを。しかしその口から出てきた言葉は、最終的な認識にたどり着いたことによる悲しみに溢れていた。

「私に捧げる物がないからではなくて、私を添え物にするような財産をあなたが失ったからだわ」

こう言われてイラズマスは怒りを覚えた。セーラは自分の犠牲を取るに足らないものにしてしまったのだ。短い別れの挨拶をしてから彼は立ち去ろうとした。セーラは答えなかったが、彼が部屋を出るときになって大声で叫んだ。しかし、再び涙が溢れて言葉にならなかった。恐らく彼の名を呼ぼうとしたのだろう。

父そして娘との会話の中で、すでにイラズマスは自分の決意を告げていた。しかし、それを自分の神聖な部屋で誓う必要があった。自分の部屋では孤独と習慣によって、決意を神聖な誓約に結び付けることができるのだ。

いつものように、自分の持ち物、自分になじみの物が儀礼の際の重要な道具の役割を果たして、彼の感性に働きかけた。危機と変化の真っ直中で約束を口にするときは身を切るような強さを必要とするが、屋敷と家財のほとんどが間もなく競売に付されるという事実によって、彼の言葉は力がこもり熱を帯びた。スズメが窓の上のひさしで愛をさえずり合っている間、ベッドの横にひざまずいて、彼は神に、壁に掛かった銀製の闘鶏用蹴爪（けづめ）とピストルに、従順な者たちの美徳をたたえる、母の額入りの刺繍に話し掛けた。

「一ペニー残らず」それはささやきにもならなかった。乾いて熱を帯びた唇のかすかな破裂音が、乾いた口の中で舌が鳴る音が聞こえるだけだった。「僕は父の名誉を回復します。砂糖業界に入ります」

（『聖なる渇望』第一巻了）

聖なる渇望 I

2021年7月20日　　第1刷発行

作者　バリー・アンズワース
訳者　小林 克彦／二村 宮國

発行所　東京都文京区目白台1-10-3　株式会社　至誠堂書店
電話 03(3947)3951　振替 00170-7-97579　郵便番号 112-0015

太平印刷社／壺屋製本
ISBN978-4-7953-1506-8　C0097　￥2900E